攻玉

终结篇

凝陇 著

青岛出版集团 | 青岛出版社

图书在版编目（CIP）数据

攻玉·终结篇/凝陇著.—青岛：青岛出版社,2024.6
ISBN 978-7-5736-0117-9

Ⅰ.①攻… Ⅱ.①凝… Ⅲ.①长篇小说—中国—当代 Ⅳ. ①I247.5

中国国家版本馆CIP数据核字（2024）第044937号

GONG YU · ZHONGJIE PIAN

书 名	攻玉·终结篇	
作 者	凝 陇	
出版发行	青岛出版社（青岛市崂山区海尔路182号）	
本社网址	http://www.qdpub.com	
邮购电话	18613853563	
责任编辑	郭红霞	
特约编辑	程钰云	
校 对	李晓晓	
装帧设计	蒋 晴	
照 排	梁 霞	
印 刷	三河市良远印务有限公司	
出版日期	2024年6月第1版 2024年6月第1次印刷	
开 本	16开（710mm×980mm）	
印 张	31.5	
字 数	553千	
书 号	ISBN 978-7-5736-0117-9	
定 价	65.00元（全2册）	

编校印装质量、盗版监督服务电话 4006532017 0532-68068050

目录

上 册

"你这是要做什么？上次我可是为了救你。"蔺承佑强行保持最后一丝清明，身子一动也不敢动，"喂，你们府里的下人可没走远，端福也在，你可别公然轻薄我啊。"

『长命百岁，一生相随。』蔺承佑只觉心弦震荡，反复低声诵念了好几遍，『说好了，下辈子也是如此。』

滕玉意重重点头：『有双生双伴结做证。』

蔺承佑回头亲她一口。

目录

下册

第一章

尺　廊

滕玉意到山上时已近黄昏。

骊山行宫住所有限，随行的官员和女眷又多，住所分配下来，除了三品以上的王公大臣，底下的官员们至少需两人同住一室，甚或四五人住一间房。

至于女眷，香象书院的一众小娘子被安置在翔鸾阁。滕玉意和表姐住在东廊的最里间。杜庭兰拾掇好行装，走到轩窗前往外看，窗后是通往温泉池的花园，宫女们在花丛间迤逦穿行。这时节长安城里的花大多谢了，骊山上却仍是一片秾丽芳景。杜庭兰倚窗深深呼吸，清凉的暮霭徐徐灌入肺腑，仿佛一瞬间能澄思静虑。

她忽听屋里的滕玉意低声道："阿姐，帮我把窗户关上。"

杜庭兰只当妹妹要换衣裳，随手关上窗户，却见妹妹在床前鬼鬼祟祟地不知在鼓捣什么，走近才发现妹妹手里拿着一根很长的头发，看样子正要将其系到床前。

这根头发丝起码是由十来根长发连接而成的，中间以结相连。

"这是要做什么？"杜庭兰起初不明白这样做的缘故，但稍一思量就懂了，忙压低嗓门道，"是不是要防备那个暗害你的人？"

滕玉意先是环视一圈，确定门窗紧闭，接着又侧耳细听，确定廊外无人，这才扯开那根头发丝，将其一头系在床前，一头系在屏风的横木上，随后悄声说："我想过了，那晚我是临时起意去致虚阁拦小道长的，即便那人提前弄断我的丝绦，也无法预料我中途会遇上哪些人，如果想玷污我的名声，此举显得毫无意义，所以不妨换一个思路，也许此人没想那么多，她当时只是想偷我的香囊。"

"偷你的香囊？"

"我所有的贴身物件用的都是同一种熏香，除了玫瑰，里头还加了两味别的香料。这配方是我自己想出来的，旁人连仿都仿不了。这香味初闻是玫瑰，仔细闻又掺杂了别的异香。那人或许是想知道我惯用的香料的配方，但又不能当面问，所以只好偷了。春绒和碧螺习惯给我的衣带打如意结，此结极难解，当晚那人借着同席之便不着痕迹地靠近我，却怎么也解不开丝绦上的结，怕拖久了事败，便改用利物悄悄地割，结果没等她割断丝绦我就离席了。"

杜庭兰骇然一响，点点头道："怪不得你说这事与你的贴身大丫鬟无关，如果春绒和碧螺有异心，早将方子告诉对方了，何须那人亲自动手？若叫这人知道了你香料的详细配方，日后能做的文章就大了，只需把染了你惯用香料香气的小物丢到男人处，就能玷污你的名声……不，除了这些闺阁手段，甚或还有其他意想不到的龌龊伎俩。"

滕玉意自顾自地取出一包药粉，笑道："那人这样费心思，我要是不好好回敬她一遭，岂不是辜负对方待我的这片心意了？"

杜庭兰问："这又是什么？"

滕玉意和颜悦色地掂了掂那个绣囊："这叫百花残，是我头几日让端福弄来的，只要那人被这个药粉沾上，脸上和身上就会不断地起痒癣，不出一个月容貌就会变丑不少，因为药性微弱，中毒之状看上去跟普通的湿疹差不多，连尚药局的奉御都别想诊出来。"说到此处，滕玉意微微一笑，"今晚她胆敢潜进我房里偷我的东西，我就叫她尝尝百花残的厉害。她只要靠近我的床榻，就会碰到这根系在床前的头发，头发一断，屏风后的小机栝就会把小香囊里的药粉撒下来，药粉飘在空气里，自会叫她中毒而不自知。"

说着她用帕子掩住口鼻，对杜庭兰道："阿姐，你快躲一躲，我吃了解药，你没吃，当心被药粉沾到了。"

她一面说一面将绣囊系口的丝绦扯开一点儿，走到屏风后踮脚将那包药粉搁到上头，又不知从哪儿摸出一个木头做的小机栝，把机栝连在头发丝与绣囊之间。

杜庭兰目瞪口呆地看着妹妹做完这一切："你这些手段从哪儿学来的？"

滕玉意默了默，回身瞅着杜庭兰："阿姐你要说我吗？"

杜庭兰对上妹妹那双乌溜溜的清亮眼眸，不由得哭笑不得："阿姐怎会说你？阿姐是觉得……是觉得……"

她突然想起姨母亡逝得早，母亲和她再怎样也替代不了姨母，姨父军务繁忙，阿玉早就习惯用自己的法子应对所有事了。

杜庭兰心一软，声调也跟着软了下来："你且记住了，无论你做何事，阿姐永远站在你这边。这法子虽然……只要管用就好，早日把这个恶人揪出来，也不至于整日悬心了。"

滕玉意拉着阿姐到桌边坐下："趁着这回在骊山同住的机会，那人一定会忍不住出手的。今晚女眷们都去温泉池边了，翔鸾阁这边一个人都没有，那人说不定会抽空回来。宫人们对我们还不熟，又是夜里，只要那人装扮上跟我差不多，即便进了我的房间也不会惹来怀疑。我想瞧瞧那人有没有同伙。"

"怎么瞧？要盯梢吗？可是山上禁卫森严，端福又没法跟到女眷这边来。"

"只好我亲自来了。法子我已经想好了，阿姐你瞧，这是上山之前我让程伯给我准备的易容面具，只要把它贴到脸上就可以改换容貌。含耀宫的温泉池有专供女眷休息的轩阁，今晚我从温泉池出来时，让春绒披上我的披风，佯装醉酒在池边的轩阁里歇息，用帕子盖着脸只说要睡觉，我则穿上春绒的衣裳出来，到时候阿姐帮我遮掩就是了。"

杜庭兰想了想，春绒的身形跟妹妹差不多，有她这个做姐姐的在旁边照料，旁人想必也不会起疑，就算有什么变故，她大不了随机应变。

正商议时，两人就听外头有宫人说："杜娘子、滕娘子，皇后令人在倚霞轩置了晚膳，请早些入席吧。"

女眷这边的晚膳是由皇后亲自主持的。

小娘子们上前叩拜时，皇后的目光有意无意地在滕玉意身上停留了一瞬，之后用膳时，滕玉意间或能感觉到来自上首的亲切注视。

滕玉意悄悄抬眼，却发现皇后正由着宫女在面前布膳，表情端庄柔和，似乎压根儿不曾看过底下。看来先前的注视只是她的错觉。

散席后，宫人们代皇后传话："入山这一路车马劳顿，诸位夫人和娘子想来也乏了，膳毕可以自行去泉林中沐浴解乏，不愿即刻去温泉沐浴的，可以随皇后去丹林殿观赏南诏国伶人们献的字舞。除此之外，行宫里也有球场，稍后此次上山的所有小郎君都会到球场打马球，我朝历来不禁女子马术和马球，诸位夫人和娘子若是感兴趣，不妨过去一观。总之今晚不必拘在一处玩乐。"

众女眷伏身应了。

香象书院这帮小娘子一大半要去球场观球，皇后在上首期待地等了一晌，不提防看到滕玉意毫不犹豫地选择去温泉，内心不由得百感交集：看来这孩子目前的确对佑儿无意，好在这样一来也能确定滕娘子没有心上人，否则她不会对今晚世家子弟都会去的球场毫无兴趣。

出了倚霞轩，有人一盘点，愿意去温泉池的同窗只剩一小半了，为首的是武绮，剩下的便是滕玉意姐妹、李淮固、柳四娘、郑霜银等人，加起来也有十来个。

众女互相挽臂，结伴回翔鸾阁取衣物。

杜庭兰和滕玉意早就打定主意去温泉池，因此房中的东西都是准备好的，她们回房做了做样子，便带着春绒和红奴等贴身大丫鬟出来了。

她们一出来就遇到了武绮主仆。武绮性子飒爽，最快拾掇好出来了。

"要不我们先走吧？"她们等了等不见其他人出来，武绮主动说道。

"也行。"

今晚行宫中处处可见人影，除了宫女和太监，还有不少说笑着路过的女眷，那边有几个年少的世家公子许是为了稍后的击球做准备，正忙着让仆从们检查球具。

她们路过一座凉亭时，武绮脚下突然一崴。

"哎哟！"她惨叫一声，顺势跌坐到栏杆上。

杜庭兰和滕玉意互望一眼，武绮脸色都变了，看样子崴得不轻。

"没事吧？"杜庭兰低头帮她查看，关切地问，"要不要去请奉御？"

武绮摇了摇头正要说话，那边有位公子碰巧路过，听到武绮的痛呼声，闻声一望，忙朝这边走来。

这个盛服少年滕玉意下午才见过，就是进山途中目光灼灼地看着她的那个人。

果见武绮委屈地撇嘴："阿兄，我崴到脚了。"

武元洛蹲下来瞧了瞧，想是妹妹大了，不好亲自检视，只好将一只胳膊搁在膝盖上，垂眸看着武绮的脚："你也太不小心了，很疼吗？"

武绮面色焦灼："疼死了。阿兄你想想法子，我还想在山上好好玩几日呢，不揉开瘀血，明日脚踝就会肿起来。"

武元洛顿了顿："余奉御也在行宫里，只是派底下人去请太失礼，你在此处等一等，阿兄亲自去请他。"

说着他便起了身，叉手冲滕玉意作了一揖："烦请两位娘子帮忙照看舍妹。"

他垂眸行礼，举止落落，比起下午那恼人的注视，这会儿倒是守礼多了。滕玉意搜索枯肠，隐约想起前世① 听过这位武大公子的大名，此人有辩才，四岁就得了神童之名，至于别的，她可就什么都记不起来了。

这当口又有一行人路过，蔺承佑也在其中，看见这一幕，不由得刹住了脚步。

他先是看看滕玉意，又看看那位疑似崴了脚的小娘子，最后再看看武元洛，很快就猜到发生了何事。

武元洛该不是故意借由头跟滕玉意搭话吧？蔺承佑暗想，不然也太巧了，武娘子这边一崴脚，武元洛就出现了。

滕玉意没接武元洛的话，杜庭兰则是没想好如何答话，武元洛这个要求合情合理，这个地方来来往往都是人，武绮毕竟是个未嫁的小娘子，况且同窗崴了脚，她们掉臂不顾似乎不大好。杜庭兰思量着正要答话，又听武绮说："阿兄，她就是上回在桃林里带我们逃出来的那位滕娘子。"

武元洛顺势转眸，两道清湛的目光落到滕玉意的脸上："原来是滕娘子，上回听舍妹说起此事时，武某就纳罕滕娘子的才智。"

蔺承佑在心里一哂：这武大公子接下来就该说，滕娘子救过舍妹一命，武某日后定当图报。

不出蔺承佑所料，武元洛果然又道："滕娘子救过舍妹一命……"

啧，蔺承佑扬了扬眉，忽然笑道："这不是武大公子吗？快要开场击球了，武大公子为何还不过去？"

滕玉意闻声望过去，就见蔺承佑似笑非笑地看着这边。

武元洛很自然地接过话头："舍妹不慎崴了脚，武某正要去请余奉御。"

蔺承佑顺手解下腰间的玉牌递给身后的宫人："去请他老人家过来看看。"

武元洛的笑容滞了滞，普天之下仅凭一块玉牌就能请余奉御出诊的不出五个人，不巧眼前这位就是其中之一。

蔺承佑对着武元洛粲然一笑："举手之劳，武公子不必言谢。"

滕玉意顺势拉着杜庭兰告辞。尽管武绮极力掩饰，但神情分明有些心虚，滕玉

---

① 编者按：本文涉及重生以及妖邪等情节，属于文学创作，是古代志怪小说的常见写法。作者用丰富的想象力为读者虚构了一个发生在唐朝的传奇故事，文中提到的妖魔、道术、符箓种种元素借鉴了古代志怪小说的表现形式。虽然现实世界并无鬼怪，但故事中引人向善的精神内核是亘古不变的。希望这个故事能陪伴每一位读者度过一段美好而奇妙的时光。

意早就看出她不是真崴了脚，这样做不过是要帮阿兄跟自己牵线搭桥。

蔺承佑来了就好说，起码她不用犹豫是静观其变，抑或是直接推拒了。

她路过蔺承佑身边的时候，蔺承佑仍未走，滕玉意本想同蔺承佑行个礼，不料看到那头走过来的淳安郡王，就顿住了。

她暗想，那晚此人出现在致虚阁，是被人引去的吗？这会不会与她有关？只恨她不能辗转打听，要是那人是蔺承佑就好了，至少她可以当面问他。

这样一思量，她就忘了继续行礼了，姐妹俩又往前走了几步，迎面看到南诏国太子顾宪走了过来。

顾宪虽说只与滕玉意打过几次交道，但那晚在成王府共同抵御尸邪的事似乎给他留下了深刻的印象，不等滕玉意走近，就冲她行了个南诏国的礼。

"滕娘子。"

滕玉意一看到顾宪就想起邬莹莹，但自打那晚与父亲深谈过后，她就决定相信父亲一次，所以明明知道邬莹莹住在何处，却一次也没去找过邬莹莹的麻烦。

顾宪就不一样了。邬莹莹是他名义上的婶婶，在南诏国这些年，顾宪一定很清楚邬莹莹的底细，有机会她一定要婉转地向他打听打听。

因为抱着这个心思，她回礼时就显得很慎重。

她回完礼，便同杜庭兰往含耀宫的温泉池去了。

蔺承佑面上在说笑，心里却酸得慌。

他本想着，滕玉意坐了一日辇车必定乏了，不如让她好好歇一晚，明日再去找她，那三条准则他已经背熟了，只要见了她，必定运用自如。

可看方才这架势，他似乎等不到明日了。

他才把武元洛从滕玉意身边支开，迎头又来了皇叔。滕玉意光顾着打量皇叔，压根儿都没跟他打招呼，还有，顾宪今晚看着也很讨厌。

也对，滕玉意的好，又不是只有他一个人瞧得见，就算有再多人喜欢滕玉意，他也丝毫不觉得奇怪。

不成，看来今晚他不能只顾着打马球了，今晚各处都热闹，谁知道会不会冒出第二个武元洛？他怎么着也得见滕玉意一面，至少在她面前实施一回那三条准则。

想到这儿，他顿住脚步："哟，头好疼啊，今晚怕是打不成马球了。"

含耀宫的汤池专供大臣女眷沐浴之用，汤池长达数百尺，逶迤贯穿整座宫殿，泉水"潺潺"，药香伴着热气氤氲蒸腾。滕玉意和杜庭兰到得早，殿中只有她二人，这下子正中滕玉意的下怀，姐妹俩依照原计划做好部署，李淮固等一众小娘子就来了，没多久丹林殿的宴会似是散了，陆陆续续又有不少夫人来沐浴，这下含耀宫彻底热闹起来。

过了片刻，滕玉意暗中四下里一顾，发现汤池里不知何时少了几个人。她心中一动，忙对表姐说："阿姐，我得去捉贼了。"

周围人多眼杂，幸而提前做了准备，主仆俩费尽周折换了衣裳。春绒扮作滕玉意留在含耀宫的轩阁里，滕玉意则换了春绒的衣裳遮遮掩掩地出了含耀宫。

沿路滕玉意碰到不少人，好在她脸上贴了浑然天成的面具，路过的人只当她是某位仕女的婢子，无人多看她一眼。

孰料迎面走来一个熟人，这人长得太招眼，哪怕园中光线不如殿中亮，滕玉意也一眼就能瞧见。

蔺承佑似乎在找人，目光径自在园中搜索，与滕玉意擦身而过时，连正眼都没给她。

滕玉意松了口气。她与蔺承佑好歹也算熟人了，连他都认不出自己，别人就更别想认出来了。

哪知她刚走到翔鸾阁附近，后头冷不丁传来脚步声，有人道："你鬼鬼祟祟的做什么呢？"

滕玉意先是一惊，随即松了口气——来人是蔺承佑。她震惊地回头看着他："我易容成这样你还能认出我？"

蔺承佑凝神听了听，确定左右无人，这才将滕玉意拽到一处僻静的角落，心想：脸是一时半会儿没认出来，我是靠你身上的香味认出来的。

他歪头打量滕玉意："这面具能扯下来吗？瞧着不大顺眼。"

"不能。"滕玉意下意识地捂住颊边。

蔺承佑眼波微动，脑子里浮现一句话：迁就她。

就算滕玉意做出再奇怪的事，他也得依着她不是？

他笑了笑，和颜悦色地道："行，愿意戴就戴吧。"

滕玉意在心里咦了一声，蔺承佑怎么古里古怪的？这也不像他以往的作风。她狐疑地看了他一眼，清清嗓子要说话，蔺承佑忽然作势闻了闻："百花残？不对，百花残的解药。"

两人这一近身，那股淡淡的药味就从滕玉意的气息里蹿出来了，这药味连她的玫瑰香气都压不住，直冲他的鼻端。

滕玉意耳边如有惊雷炸响，愕然地低头看看自己，又抬头看看蔺承佑：这人的鼻子是什么做的？五感未免也太灵敏了。

蔺承佑也在诧异地打量滕玉意：百花残可是害人的把戏，滕玉意弄这个干什么？

"滕玉意，你弄百花残是想害……"

话未出口，他脑海里冒出烂熟于心的另一句话：要对她格外有耐心。

唉，他差点儿又在她面前没耐心，没弄明白缘故就说她"害人"，滕玉意能不恼吗？

蔺承佑只好又把后头的话吞回去，笑着颔首道："说吧，想捉弄谁？我来帮你。"

滕玉意错愕地揉揉耳朵，本以为蔺承佑要像审犯人似的诘问她，谁知他居然来了这么一句。

他喝酒了吗？看样子他醉得还不轻。

滕玉意凝神闻了闻，蔺承佑身上是有酒香，只不过很淡，应该只是席间喝了几杯，离醉酒还远着呢。

这就怪了。

哦，是了，他兴许是怀疑她做坏事，故意拿这些话给她下套。

记得那回在彩凤楼，他就是这么对付她的。他常年在大理寺办案，早就形成了一套捉犯人的固有思维了，这事要是不当面说清楚，怕是没那么好糊弄过去了。

不行，今晚她可是来捉贼的，凭什么被蔺承佑当成贼来看待？

"谁说我要捉弄人？"滕玉意理直气壮地说，"我是……不对不对，先不说这个，百花残无臭无味，世子你能闻出这个味道？"

蔺承佑心想：她不是捉弄人？那就是有人欺负她了，也对，滕玉意虽说脾气大点儿，心肠却一点儿也不坏。

"这你就不懂了吧。"他说，"百花残本身是无臭无味的，可它的解药就不同了，用的都是些刺鼻的食料，味道独一无二，你吃了解药之后，哪怕沐浴焚香也掩不住那气味。我好歹也办过几桩用百花残害人的案子，怎会闻不出来？下回你要用这些东西，先问问我好了。"

下回？他这是要指点她？滕玉意原本只是觉得蔺承佑不对劲儿，这下更是满腹疑团。

蔺承佑顺势从怀里取出他常带在身上的清心丸："把这个吃了，这药丸气息清凉，多多少少能压压你身上的气味。"

滕玉意错愕地低头望了望药瓶，又抬头看看面前的这个人，和颜悦色的蔺承佑，通情达理的蔺承佑，主动帮她销赃的蔺承佑。

不对，这绝不是蔺承佑。

她下意识地瞟了瞟腕子上的玄音铃，没响，探探袖内，小涯也没反应，她猜错了，面前这个居然真是蔺承佑本尊。

她思绪有点儿混乱，他是不是病了？就算他想套她的话也用不着这样。换作从前，他要是想查她，从来都是单刀直入……等等，那副紫玉鞍他似乎极喜欢，今日进山途中还见他将其配在马上。是了，收礼的人总归面子薄，刚收下这样一份厚礼，回头就揭她的短，或许蔺承佑自己也觉得不够地道。

这样一想她才觉得通了。

滕玉意松了口气，将信将疑地接过药丸："世子真要帮忙？"

当然，难道他的态度和口吻还不够真诚？

他再次发问："说吧，招惹你的那人是谁？"

滕玉意端详蔺承佑。蔺承佑笑归笑，但着实不像耍弄人的样子，眼神甚至还相当真诚，她勉强压下胸口那团疑惑，踮脚朝他身后望了望："好吧，世子你自己说要帮我的。跟我来，那贼此刻估计就在翔鸾阁里。"

依照滕玉意原先的计划，进入翔鸾阁之后，她得先找个隐蔽的角落藏起来，位置她都提前选好了，就在东廊对面的那片梅林里，藏好之后再静候那人出现。

蔺承佑的法子就更简单了，他们到了翔鸾阁门口，蔺承佑直接把守门的宫人叫到一个隐蔽的角落，问宫人方才有没有人回来过。

宫人一头雾水，看看蔺承佑，又看看他身后的面生婢女，连声说没有。

蔺承佑跟滕玉意互望一眼，翔鸾阁后墙有大量护卫把守，纵然那人身手好也不敢胡乱翻墙，看样子那人还没来。

"别让人知道我们进来了，胆敢走漏半点儿风声，我唯你们是问。"

"绝不敢。"宫人吓得指天发誓。

两个人就这样大摇大摆地进入了翔鸾阁。

滕玉意在后头望着蔺承佑高挑的背影，先不论蔺承佑今晚到底哪儿不正常，有他帮忙倒是比她独自应对要省事不少。

他们到了东廊后头的梅林中，蔺承佑仰头看了看，挑中一株最高大的梅树，取出符箓，刺破指尖，自顾自地在树下画着什么。

滕玉意弯腰在边上看着，蔺承佑这是在设结界。早在彩凤楼的时候，蔺承佑就用这法子猫在树上过，这样即便树上的人有什么动静，也传不到底下人的耳朵里。

过了不久，蔺承佑拍拍手直起身，向上指了指树顶，低声对滕玉意说："练了这些日子的轻功，这树对你来说不成问题了吧？"

滕玉意仰头估量着最大的那根枝丫离地面的高度："差不多。"

"那我先上去了？我到上面接你。"

"唉。"滕玉意点点头。

眼前人影一闪，蔺承佑翩翩然纵上了树梢，滕玉意不甘示弱，暗暗蓄满内力，先是往后退了一段路，接着如同小牛犊一般，对着那棵树埋头就冲了过去，两脚接连踏上树干，往上一纵，眼看要搭上瞄准的那根枝丫了，不料手一滑，整个人就坠了下去。

蔺承佑虽说在树上猫着，却一眼不错地看着底下的滕玉意，见状急忙飞出银链拴住滕玉意的腰肢，将她如木桶一般缓缓吊了上去。

滕玉意有些讪讪的，在半空中不好动弹，只好满不在乎地耸了耸肩："平时这种高度的树对我来说不成问题，刚才是手滑了。"

蔺承佑一边把她慢悠悠地提上来，一边回想她那破绽不少的动作。

他还能说什么，要对她有耐心不是？

他得夸她。

"是。"他赞不绝口，"你姿势轻灵，运用内力时也很有悟性，才练了十来日，已经小有所成，可见你天资相当不错。"

滕玉意先前还挺高兴，听到后头又觉得不对味儿了，暗暗瞅他一眼，他多聪明的一个人，今晚看着竟像是吃错药了，可惜眼下抓贼要紧，回头她再弄明白蔺承佑今晚到底是怎么回事。

蔺承佑将滕玉意稳稳当当地放在枝丫上："坐稳了。"

滕玉意抱着粗壮的树干调整位置，蔺承佑跃到另一边的枝丫上坐下来，两人中间只隔着树干。

等了一会儿，四周连个人影都没有，蔺承佑转脸看了看滕玉意，大晚上的，他居然跟她跑到树上猫着。

"耐心"和"迁就"都实施两轮了，滕玉意好像还是没反应过来，看来他得搬出"在意"了。

滕玉意聚精会神地看着东廊的厢房，等了半天都没看到人影。蔺承佑想了想，陡然明白过来："别告诉我这贼想偷你的东西？"

树上的说话声是传不到树底下的，滕玉意默了默。她可以不信任别人，却不能不信任蔺承佑，他要是想害她，前几回邪魔来害她时只需袖手旁观就成了。今晚这一幕既然被他撞见了，或许她可以托他查查那晚府里都有哪些人不对劲儿。

她一低头，主动把藏在袖中的那截断丝绦递给了蔺承佑："世子过生辰那晚，席上有人暗中割断了我裙带上的丝绦。"

她把那晚发生的事原原本本地说了。

蔺承佑听着听着，脸上的笑意不见了。他举起手里的那截丝绦，借着不远处的光亮仔仔细细地看着，这种丝绦细软归细软，却是坚韧异常，若是用来悬挂银质香囊、扇坠之类的小物，再重也不必担心被曳断。

滕玉意说得没错，这根丝绦是被人故意割断的。

有人想害她。

他的心猛跳了几下，她身上总带着毒药和刁钻的暗器，是因为察觉到危险了吗？可恨那时候他不知内情，只当她心性歪邪。

他眼波颤了颤，抬眸看向滕玉意，语气很认真："那人害你几回了？"

滕玉意谨慎地说："除了梦里见过的黑氅人，这人应是第一次出手对付我。"

蔺承佑沉着脸想：先不说黑氅人到底是巧合还是一种预兆，偷香囊那人真的只出手过这一次吗？

滕玉意来长安本就没多久，这一两个月又是到彩凤楼避难又是到大隐寺躲灾的，那样的场所那人自然无从下手，即便不在躲灾，她身边也少不了端福相护。

那晚女眷席上端福不在她的身边，那人就乘机下手，可见早就伺机而动了。

"行宫不比别处，一旦失了手，会连累自己的家族在帝后面前丢尽颜面，这人此前能忍耐这么久，说明性情还算谨慎。依我看，她今晚未必会出现。"蔺承佑看向不远处的东廊，眉梢眼角像染上了一层寒霜。

滕玉意张望一番，看样子是这样的，再过一会儿，该有女眷陆陆续续地回来了。她有点儿不甘心："害我白准备了一包百花残。过几日香象书院开学，那人在书院里就没那么多顾忌了，同窗们住在一处，下手的机会就多了，我猜那人还会忍不住出手的。"

蔺承佑把那截丝绦纳入自己怀里："不急，这事交给我来办。"

滕玉意刚把视线转回东廊，闻言似是一愣。

蔺承佑瞥瞥她："这件事毕竟发生在我们府里，再说了，你的事就是我的事。"

他这样一说，滕玉意该知道他有多在意她了吧？

滕玉意似乎彻底呆住了。

蔺承佑耳根一烫，清清嗓子想：滕玉意这是感动坏了，还是……他忽然觉得不对劲儿，猛然转过头，却见东廊的尽头悄无声息地出现了一个怪物。

那东西浑身赤裸，四肢皆伏在地上，形态像蟾蜍，但是比蟾蜍大上无数倍，脖子高高仰着，头上却长着一张老人的笑脸，爬行时无声无息，速度却奇快。

才一眨眼的工夫，那东西就飞快地从廊道尽头爬下了台阶，看样子是冲着梅林而来的。

尺廓？蔺承佑一震，这地方怎会出现尺廓？他随手掷出一张符箓，那东西竟顺势一跃，成功避过了这一击。

"那是什么怪东西？"滕玉意终于回过神来，然而嗓音止不住地颤抖。

她话音未落，那怪物像是发现了树上的人影，把头一转，那张怪脸突然冲滕玉意笑了起来。

蔺承佑见势不妙，忙将滕玉意拉到怀里抱住，顺势捂住她的耳朵，搂着她跃下树顶。

滕玉意心知那东西的笑声定有蹊跷，情急之下把头埋在蔺承佑的怀里不敢动，脸颊一贴上他的前襟，心就古怪地漏跳了两拍。

说时迟那时快，蔺承佑似是又掷出一张符，声音传到她的耳朵里："滕玉意，我算明白了，你这不叫倒霉，这些东西分明是冲着你来的。"

此话一出，滕玉意脑中"嗡嗡"作响。

她到长安这一两个月，堪称灾祸不断。树妖追她追到紫云楼，尸邪追她追到成王府，耐重把她掳到地宫，就连化作厉鬼的舒丽娘都飘荡到滕府找她讨要胎儿，加上今晚这个怪物，早就不是一个"倒霉"能解释的了。

蔺承佑这一起疑，绝对会把她身上的事查个底朝天的。

难不成她要主动跟他坦白借命一事？蔺承佑算半个道家中人，这算不算泄露天机？会不会给自己带来新的灾祸？

除此之外，帮她借的多半是她的某位亲人，私底下滥用邪术，没准儿会被蔺承佑抓到大理寺的牢里去。她自己也就罢了，怎忍心连累那人？

心里正乱着，她又听蔺承佑说道："你先自己捂着耳朵，可以看，但千万别听。"

还好蔺承佑忙着对付那怪东西，眼下没工夫一味追问。

"好。"滕玉意这次回应得倒是够快，二话不说就捂紧了双耳。

她忽地闻到一股腥臭至极的怪味，忍不住睁开眼，就见那怪东西怪笑着朝他们扑过来。

结界拦不住怪物，符箓也全无效用，蔺承佑已经接连出了好几招，那东西的速度却是丝毫不见减缓。

滕玉意近看之下，那张苍老的笑脸说不出地恐怖。

眼看那个怪东西就要追上来了，滕玉意浑身一个激灵，面前银光一闪，蔺承佑袖中自发探出一条银链，纵到半空化作一柄长剑，剑势急如星火，一剑将那怪东西的咽喉贯穿。

那怪物的笑脸抖了抖，凌空溅出好些颜色古怪的黏液。蔺承佑似是极为忌惮那汁液，不等那东西溅到脚边，腾空一跃，搂着滕玉意往后纵去。

怪物随即化作一缕黑烟，消失得无影无踪，"锵"的一声，长剑掉到地上，瞬间变回了锁魂豸。

蔺承佑在原地伫立了片刻，抱着滕玉意朝那边走去。滕玉意在他怀里探头张望："这是打死了？"

"遁走了。"这东西最善遁地，这一跑今晚他们是别想追到了。

蔺承佑观望四周，待要召唤宫卫进来，一动才意识到自己还抱着滕玉意。怪物走了，再抱着她似乎不大好，他琢磨了一下，只好将她放下。哪知双臂一动，前襟就被什么东西扯住了，他低头一瞧，才发现滕玉意的手指还紧紧地揪着他的衣襟。

蔺承佑脸一红，滕玉意怎么像个小孩儿似的，看来刚才被吓得不轻，都有些忘形了。他倒是愿意让她这样揪着，可是马上就会有人来了。

他清清嗓子，低声说："那个……别揪着我的衣裳了。"

滕玉意一低头，才发现自己失态了，连忙缩回手，等到蔺承佑把她从臂弯里放下，面上仍有些不好意思。

蔺承佑也没好到哪儿去，乜斜她一眼，正要找话，突然听到旁边有怪声，扭头瞧过去，就见锁魂豸兀自在地上扭动，边扭边发出"哕哕哕"的怪声。

滕玉意好奇地道："咦，这长虫怎么了？"

蔺承佑蹲到锁魂豸面前，有些好笑地道："它这是恶心坏了。这虫子只喜欢甜浆花露，刚才被臭液溅了一身，估计要吐好几日了。"

滕玉意好奇地问道："这臭液能洗掉吗？它看上去挺难受的。"

这话似乎提醒了蔺承佑，他扭头开始寻找枯叶。虫子听见这话，仿佛越发委屈，一边扭动，一边冲蔺承佑"吱哇"叫起来，嘴巴一张一合，俨然是池子里等待喂食的金鱼。

滕玉意越发觉得出奇。

"好了，知道你受委屈了，待会儿我帮你弄点儿香汤好好洗洗。"

锁魂豸听到"香汤"二字，一下子安静下来。

滕玉意一笑，看来这虫子也是个喜欢撒娇的。

蔺承佑随手捡起一片树叶，让锁魂豸缩小成几寸长的虫子，用树叶把它包起来，转头瞧见滕玉意的笑靥，眉头不由得一松。他望着她的侧脸暗想：今晚这怪物出现得古怪，滕玉意的反应更奇怪，不急，他先查查附近的情况再来问她。于是他对滕玉意说："这东西是从东廊上冒出来的，趁护卫和那些女眷没闯进来，我们先到东廊上去瞧瞧。"

"好。"滕玉意心有余悸，"世子，这尺廓到底是什么来历？"

蔺承佑边走边说："它不能算妖异，也不算鬼物，只能算煞物，通常是由天地间的怨气凝集而生，算是煞中之最。"

滕玉意想起了黑氅人："这东西会是被人引来的吗？"

"基本不可能。"蔺承佑认真地想了想，"尺廓不像前头的双邪或是耐重。尸邪生前是亡国公主，金衣公子是只好色风流的禽妖，耐重呢，因为心怀妒念绕不开'辩机'的魔障，这三只大物心中都有欲念，有欲念就好说，法力再高也能被人诱惑。尺廓就不一样了，此物无魂无魄，无欲无求，别说驱役它，连近身都不可能，除此之外，此物无须用阵法镇压，即使被降伏也只会化作一缕黑烟，过后往往连阵眼都无处去寻。当然，这只是《妖经》上的记载，今晚这东西究竟是怎么来的，还得先看过东廊上的痕迹再说。"

滕玉意越听越忐忑，这东西不能被人驱役，那么显然是冲着她借命的体质来的。她心虚地看了蔺承佑一眼：他心里一定也在想这件事，怎么办？这些年朝廷对邪术一党似乎深恶痛绝，帮她借命的那位……

她忽又想起，小涯说她只需再斩一两只妖物功德就攒得差不多了，要不要趁蔺承佑追查此事之前，用小涯剑把这怪东西除掉？

这东西看着体积不算大，法力似乎也不像耐重那么可怕，不然不会被蔺承佑一剑打跑……

她突然有了信心。

"世子，这东西法力高不高？"

"法力不大清楚，但此物不出现则已，一出现就是一窝。"

滕玉意一僵："像蜘蛛那样的一窝吗？"

"差不多吧。"蔺承佑似乎也觉得有点儿恶心，"师公也在山上，待会儿我和他老人家到处找一找，行宫这样大，说不定还有其他的尺郭潜伏在附近。"

滕玉意摸摸发凉的后颈，照这样看她一个人是不可能应对得了尺郭了。哎，差点儿忘了东明观的五道了！上回五道在彩凤楼因为与她打赌输了，欠下的那个人情至今未还，此事有白纸黑字的契约为证。

她大不了让东明观的五道过来帮忙，五道多半想不到她是借命之人，就算想到了也不会追究此事。

如此一来，她既能消除借命之灾，又不至于因为惊动大理寺连累帮自己借命的那个人。

她心中拿定主意，随蔺承佑上了台阶，顺着那东西爬行留下的痕迹往前找，一直到廊道的拐角处，黏液的印迹都很清晰，然而一转弯，那条印迹就不见了。

蔺承佑四下里一顾，嫌廊下悬着的宫灯不够亮，便取出火折子点燃。两人借着火光在附近找了一圈，没发现符箓或是朱砂之类的东西。

排查完毕，蔺承佑抬眸看向滕玉意，不必说，这东西就是凭空出现的。尺郭多少年没现世了，一出现就在滕玉意附近，一来就冲着滕玉意怪笑，除了瞄上了滕玉意身上的气息，没别的解释。

这样一想，尸邪、耐重，还有那晚出现在滕府的舒丽娘的鬼魂为何出现在她附近就通通解释得通了。

什么样的人会频繁招惹邪祟？

滕玉意自己知道这件事吗？

她应该知道，不然不会将小涯剑时刻放在身上。

他静静地望了滕玉意一会儿，冷不丁地说道："好了，查完了。这东西是冲着你来的。"

滕玉意心一跳，也抬起眼与蔺承佑对视。

火苗跳跃，映在两人的黑眸里。

起初，两人都没有开腔。

一个人在心里想：他果然着手查问她了。

一个人在心里想：她眼神躲闪，分明有点儿心虚。

未几，滕玉意茫然地眨眨眼，率先打破沉默："冲着我来的？世子这话什么意思？"

蔺承佑目光随着她的眼神微微移动，她掩饰得不错，可惜他跟她那么熟了，光看她眨眼的次数就知道她慌了。

她为何慌？滕玉意聪明得很，如果出于某种缘故邪祟缠身，她应该想法子让他帮忙才是。

是了，她压根儿就不信任他，所以防他如同防贼。

他尽量让自己显得平静："滕玉意，你觉得这些事瞒得过我吗？"

滕玉意垂下长长的眼睫，蔺承佑一旦起疑心，这件事怕是快要露馅儿了，但这个世上除了亲人，谁会愿意遭受天谴为她借命？她倒是愿意跟蔺承佑坦白，但后面的事怎么办？

她至今没弄明白"借命"到底是怎么回事，借的是妖邪的命也就算了，如果其中还牵扯到别的事，帮她借命的那位说不定要认罪伏法。

蔺承佑一向秉公执法，凭她和他的这点儿交情，就别指望蔺承佑网开一面了。

其实她的功德已经攒得差不多了，只要五道带她除掉尺廓，或许往后就不会有妖邪来找她了，那么前头的那些事，通通可以用"巧合"来解释。

不行，现在她绝不能承认，无论如何都要挨一挨。

蔺承佑目不转睛地观察着滕玉意脸上的每一个变化，难道他会害她吗？打交道这么久，两人多次共患难，别的事她不愿意说就算了，这等性命攸关的事竟也如此防备他，不求她跟他说出所有真相，只要她肯承认自己的境况，天大的麻烦他都替她扛着。

他屏息等待着，如果她肯说，证明她还算信得过他；如果她不说，说明她压根儿就没想过让他帮她。可他终究失望了，等了没多久，滕玉意抬起那双静幽幽的眼睛："我瞒着世子什么了？"

蔺承佑定定地望了她一会儿，一句话都没说，直起身打了一声呼哨，护卫们很快从外墙纵进来，满脸诧色："世子。"

蔺承佑淡声道："通知四处，行宫出现妖邪，暗中加强防备，勿要惊动山上宾客。"

他又点了两名护卫，随他送滕玉意扮的"春绒"回含耀宫。路上滕玉意间或抬头看看蔺承佑，蔺承佑没开腔，也没瞧她，径自把她送到含耀宫门口，掉头就走了。

碰巧杜庭兰搀扶着"醉酒"的"滕玉意"出来，后头还跟着碧螺和红奴。

滕玉意上前扶着扮成自己的春绒，五人遮遮掩掩地往翔鸾阁走去，身后传来说笑声，陆续有夫人、娘子从含耀宫里出来了。

到了翔鸾阁，杜庭兰等人都是一惊，门口站着大量的护卫，数目比之前多了三倍都不止。

她们问了宫人才知道，这都是成王世子临时调过来的。

路过东廊时，滕玉意有心观察，发现廊道上的妖祟痕迹已经被清理干净了，蔺承佑显然没想惊动行宫里的宾客。

她们回到房中，杜庭兰屏退丫鬟，先是抬目看了看床边，接着便拉着滕玉意的手问："怎么样？抓到那人了吗？"

滕玉意将先前的事说了。

杜庭兰一骇："又有妖怪？！"

她忽听廊下喧嚷，打开门才知道，原来是有宫人过来送符箓。

"山里夜间偶尔会有山魅，贴上这个可保一夜平安，诸位娘子万万别漏贴了，奴婢们回头会帮着娘子们一一检视。"

小娘子们心下疑惧，忙结伴到外面询问出了何事，正好蔺承佑与清虚子道长等人路过。路过翔鸾阁时，蔺承佑连瞧都没朝里头瞧一眼。

人堆里有人小声议论："咦，成王世子看着好像不大高兴。"

"许是身子不适，听说他今晚都没去击球，这可是他的拿手本领，以往从不缺席的。"

滕玉意混在人堆里，踮脚看了看蔺承佑的背影，闻言暗想：看来不是她的错觉，蔺承佑的脸就是很臭。

蔺承佑这是要跟她翻脸了吗？

李淮固望着蔺承佑的背影，也是满脸疑惑，无意间转眸看了看滕玉意，看滕玉意有些怅然的模样，低头想了想，隐约猜到了什么，想着想着秀眉松开了，转过头，温声对边上的娘子道："既然送了符箓来，我们回房贴上吧。"

她说话时语调轻松，仿佛心情大好的样子。

明春阁。

夜已深，帝后却还在外殿等消息，也不知等了多久，听到宫人进来说清虚子道长和蔺承佑回来了，皇帝登时松了口气，起身迎了出去："如何？"

清虚子道长把罗盘放到桌上，抖了抖衣袍说："闯进行宫的只有那一只，附近没有别的邪祟。"

皇帝亲自扶着清虚子道长坐到榻上："眼下正是太平盛世，尺蠖这种东西，论理不会出现在这世道啊。"

清虚子道长捋须不语。

蔺承佑行了礼，自顾自地在一边坐下。

皇后令宫人把粥点呈上来，坐下后才发现蔺承佑神色不好。

皇后忍不住跟皇帝对了个眼色，这孩子绝不可能因为出现妖祟心情不好，如此烦闷定是因为旁的事。

他该不是在滕娘子处碰壁了吧？她笑道："今晚可见到滕娘子了，按照伯母说的做了没？"

"做了。"

皇后充满期待地问："怎么样？"

还能怎么样，她对他的"耐心"无动于衷，对他的"迁就"毫无反应，对他的"在意"表示拒绝，而且，防他如同防贼。

想到这儿，他连半丝笑容都挤不出来。

清虚子道长听到这话，忽然转脸看向蔺承佑："说到滕娘子，今日师公拿到滕娘子的生辰八字后，替她算了一卦。"

屋里人都怔住了。

蔺承佑没接茬儿，耳朵却一下竖了起来。

"这孩子断乎活不过十六岁。"

蔺承佑手一晃，杯盏里的茶险些洒到衣袍上。

皇帝和刘冰玉瞠目相顾。

清虚子道长觑着徒孙，话一出口，这孩子当即变了脸色。

清虚子道长叹气："你不必疑心师公算错了，师公用六壬、太乙、奇门三种卦式分别算过了，得出的卦象一模一样。这孩子生下来就命中带煞，长到十五岁开始应煞。这煞非同小可，是大劫，是大难，无论使何种法子，化不了也躲不开，不用等到十六岁，这孩子定会应劫而亡。她腊月二十八满的十五岁，眼下已经正式进入应劫之年了。"

这不可能！蔺承佑耳边如有雷声轰然炸响，上回缘觉方丈说过滕玉意命格不大对，但方丈说话较委婉，不像师公直言滕玉意活不过十六岁。

他挣扎着说："那晚您老人家在致虚阁看到了滕玉意，回来之后不是说她是有福之相吗？"

说到此处，他诧异地顿住了。是了，上回缘觉方丈也说过滕玉意面相好，可是这样的好面相，偏偏有着极凶的命格，此事方丈也觉得费解。

他听师公道："所以师公觉得这孩子身上有些古怪，看面上，着实是个福寿之相；看命格，却又是个短命之人。"

皇帝闻言想起一事："师父，记得您老以前曾说过，这种面相与命格相背离的情况极为罕见，通常是由怨念所致，有点儿像……一种诅咒。"

清虚子道长"哦"了一声："举个例子就明白了。二十多年前，昌乐坊有一家富户请师父上门除祟。富户姓程，膝下有一子，人称程大郎。程大郎自小体健聪明，十四岁之前从未生过病，没想到一满十四岁，程大郎就突然怪病缠身。程老爷和程夫人为儿子求医问药不知想了多少办法，可惜无论庸医还是名医，都没能看出程大郎生的是什么病，有人猜程大郎是中邪了，程老爷便跑到青云观请为师上门帮忙相看。

"为师到程宅之后，先是里里外外地看了一圈，未看出冤魂作祟的迹象，再看程大郎的面相，是个长寿之人，然而印堂发黑，分明冤孽缠身。为师心知有古怪，便向程老爷要了程大郎的生辰八字，一排之下，发现程大郎活不过十五岁，眼下已经到了应劫之年，怕是难逃一劫了。程夫人自是恸哭不止，程老爷又惊又恨：'定是……定是那个田舍奴搞的鬼！'

"为师看他二人情状，忽然想起一种叫'错勾咒'的咒术，就问程家以前是不是得罪过什么人，程老爷支支吾吾地说了一桩旧事。原来这对夫妇二十多年前未迁来长安时，因为在乡间抢地与人结下了大仇。那老农夫被程家夺了地，又不肯做佃户，被程家逼得走投无路，便找了一条麻绳吊死在程家的大门口，死前怨气冲天，说自己这一死，定要诅咒程家断子绝孙，即使程家侥幸生下后嗣，也断乎活不过十五岁。

"程氏夫妇为这事耿耿于怀，也不知是不是巧合，这事过去之后五六年，两人一直未有子嗣，好不容易怀上，定然会滑胎。程老爷为此又纳了几房妾室，也都是如此。程老爷和程夫人想起那个农夫当年的诅咒，心里隐约觉得不对头，本要去寺庙找高僧相看，哪知这当口程夫人忽然有孕了，这一胎怀得很顺利，生下来的孩子就是程大郎了。

"据这两口子说，程大郎自小体健，起初夫妻俩还时不时想起那个农夫当年的诅咒，随着日子一天天过去，程大郎一天天长大，这件事也就被他们淡忘了，怎知程大郎一到十四岁就出了岔子。程老爷断言此事跟那老农夫的诅咒有关，哭着求为师想法子，说这个梁子是他结下的，怎能报应到儿子身上？只要儿子能活，他情愿赔上自己的性命。

"没等为师想好怎么做，当夜程大郎就死了。"

皇后听得唏嘘不已，蔺承佑却是暗暗心惊。这种诅咒他也知道，下咒之人往往怀着滔天的恨意，为了诅咒仇人，甘愿赔上永生永世。下咒的那一刻，施咒人就会魂飞魄散，因此带来的怨念也极强。所谓"错勾"，指的是这种咒术没法直接实施到仇人身上，而是会错位到仇人的子孙头上。

被诅咒之人的子孙个个命中带煞，要么死于意外，要么重病而亡，无人能幸免。且此咒无解，因为下咒之人已经赔上了自己所有轮回转世的机会，已经用最酷烈的手段惩罚过自己了。

这是一种玉石俱焚的报复手段。

皇后不安地问道："如果滕娘子也是这种情况，莫非滕家与人结过大仇？"

皇帝思忖着说："滕家几位男儿在战场上动辄斩馘数千，经年征战，难免会杀戮过重，但这种战场上的厮杀，论理不会招来这样深的仇恨。"

无论是在朝堂上还是在战场上，只要有利益争端，滕绍不可避免地会与人结下梁子，但要想报复滕绍，有的是别的手段，何必赔上自己的生生世世来下这样的血咒？除非……除非恨到了骨子里。

清虚子道长发问："为师对朝堂不熟，滕绍此人品行如何？"

皇帝面露称许之色："滕家满门忠烈。当年滕元皓在朝为官时便为政清严，之后胡叛图谋江山时，滕公带着长子和次子为抵抗胡叛以身殉国，遗芳余烈为人称颂。至于滕绍，记得师父当年教导徒儿时说过一句话，判断一个人的心性，不要看这个人对上的态度，要看这个人对下的态度。滕绍在战场上杀敌无情，但他待自己的部下、俘虏、百姓，无不仁善宽厚，行军所过之处，可谓鸡犬不惊。这一点，无数人可以做证，一个人可以伪装一两年，没办法伪装一二十年。滕绍其人始终如一，所以要说滕绍做过什么伤天害理的事，我是断乎不信的。"

清虚子道长沉吟："那就奇怪了，如果滕家人秉性忠良，怎会给孩子招来这种诅咒？"

蔺承佑已是心乱如麻，竭力理了理自己的思绪，抬头对师公道："您老人家现在只是发现滕玉意面相与命格不符，这不一定表示她就是中了错勾咒，其中会不会还有别的可能？"

清虚子道长"哼"了一声："师公入道门这么多年，头一次看到这么凶的命格，也是头一次看到这样有福气的面相，这种情况实在罕见，只能说明这孩子出生前就遭到了诅咒，纵算不是中了错勾咒，也是招惹了类似的冤愆。"

"那……"蔺承佑不甘心地问，"有什么法子破吗？"

帝后愀然互望一眼。

清虚子道长眼皮一掀："怎么着，问清法子，难不成你要帮她续命？"

那就是有了，蔺承佑心"怦怦"直跳，勉强笑道："徒孙是觉得滕娘子没做过什么恶事，这种恶毒的诅咒本不应该她来承担。她自小就没了阿娘，如果再活不到十六岁，想想实在可怜，要是有法子能救她一把，徒孙我……没办法坐视不理。"

清虚子道长直直地瞅着徒孙。

蔺承佑顶着师公的视线不语。

他知道，法子肯定是有，但绝对不是什么正道。

命格不对，咒不可解，那就只能帮她换命了。

观里就庋藏了关于借命、换命之术的秘籍，法子容易学，只是这毕竟是逆天悖理之举，真要实施起来，施法人定会为此付出代价。

如果师公不肯告诉他，他就自己想法子。

他回想滕玉意这几个月的艰难处境，她这样搏命不就是为了活下来吗？假如她搏到最后还是死了……

他的心脏仿佛被人揪了一把。

行吧，滕玉意可以暂时不喜欢他，但最好长命百岁。

清虚子道长焉能看不出徒孙在想什么？他放下茶盏，喟叹道："你啊……"

蔺承佑听师公的语气，这是有转机了？这下不只蔺承佑喜出望外，帝后也把心提到了嗓子眼里："您老是不是有更好的对策？"

"那晚师公仔细打量过滕娘子，如果她已经到了应劫之年，一定会印堂发黑，甚至浑身煞气，但那晚滕娘子身上全无这些迹象，这又与她的命格相矛盾。师公今日替她算完卦之后，觉得好生费解。"清虚子道长看着蔺承佑道，"这样吧，你去打听打听滕娘子及笄之后可遇到过什么凶险，又是如何化险为夷的。记住了，须得是满十五岁之后遇到的事。"

蔺承佑略一思量，心头忽地一震："师公的意思是……？"

"有人帮她借过命了。"清虚子道长目光如炬，"师公这一生只见过两位中了错勾咒的人，真到了应劫之年，中咒之人不会像滕娘子这样面上毫无端倪，所以今日师公想来想去，觉得最有可能的就是有人暗中帮她换过命格了。"

"滕娘子是滕绍的独女，"皇帝怔然地点点头，"以滕绍之能，要找些能人异士帮女儿换命、借命，倒也不算难事，不过此事毕竟有违法理，我想即使滕家做了，也绝不会让外人知道此事的。"

蔺承佑不但很快就想到了伯父说的这一层，还想起滕玉意回长安途中曾经落过水，时间是二月，正好是她及笄后不久。

据滕将军说，当时女儿被打捞起来后，船上突然冒出了许多魑魅魍魉，而且自那之后，滕玉意一离开小涯剑就会做噩梦。

滕玉意自己也对他说，她因为那次溺水落下了怕水的毛病。

难道师公真猜对了？那一次便是滕玉意的死劫，因为有人暗中帮她借了命，所以她才能活下来？

是了，借命之人身带冤孽，自然会不断招惹邪祟。

照这样说，滕玉意命中的大劫已经化了？

他想着想着，脸色慢慢不那么难看了，然而，心头那种沉甸甸的感觉半分没消减。

会不会滕玉意也知道有人帮自己借命了，所以死活不肯跟他吐露实情？

她是为了保护自己的阿爷？

这很有可能。

他突然不好吭声了。

假如借命的事是真，伯父是追究还是不追究？

伯父不追究，违背了朝廷打压邪术的方略；追究的话……

看来他只能先拖延一阵，至少先等他从滕玉意口里弄明白到底是怎么回事。

"这……"他故意蹙了蹙眉，"没听说滕娘子最近遇过什么大祸啊，徒孙跟她毕竟也不算熟，要不这样吧，回头徒孙托人打听打听。"

"尽快打听明白。"

皇后悬着的心落了地，她欣慰地说："我倒是希望滕娘子真借过命了，佑儿好不容易相中一个小娘子，万一活不过十六岁，未免太叫人伤心了。如今滕娘子逢凶化吉，佑儿也就没有后顾之忧了。"

皇帝和清虚子道长对望一眼，这事恐怕没这么简单，佑儿已经到了应劫之年，就怕情劫应在这上头。

他们担心归担心，这事一说开，殿里那凝重的氛围一扫而空。

宫女们温好粥点，重新呈上来。

皇后询问太子是不是还在球场打马球，让人送几份夜宵过去。

膳毕，蔺承佑送清虚子道长回了下榻处。

这边刘冰玉同丈夫说："佑儿的亲事算是有点儿影子了，阿麒这边也不知何时才有动静。这回我把香象书院的小娘子都召上山来，无非是想让阿麒自己相一相，哪知才住一晚，行宫里就冒出这些邪祟？要是明日就启程下山，就辜负了这些安排了。"

皇帝温柔地看着妻子："何止你这边有安排，我也需在山上同几位大臣商议一桩要事。尺廓虽然难对付，却也不像耐重那样动辄掀天揭地，先前我已经派人下山给城中送信了，大隐寺和各大道观会连夜做出应对之举。行宫这边，阵法和符箓也都发下去了，想来一时半会儿不会有尺廓再闯进来。明日不必动，后日一早再启程回城便是。"

刘冰玉喜不自胜，点点头说："这样再好不过了。阿麒这孩子秉性忠直，我这做阿娘的只希望他将来找个情投意合的娘子。还有，敏郎年岁也不小了，两个侄子一旦有了着落，他也不好意思再拖着了。香象书院这些小娘子看上去都不错，但品性如何，面上未必看得出来……趁这回她们都在山上，我想了一个好法子。"

皇帝讶然笑道："你要试探她们？"

刘冰玉认真地想了想，笑道："不能用一般的法子试。明日一早把这些小娘子召来，然后……"

蔺承佑回到寝殿，还没想好怎么问滕玉意，况且两人现在这种状况，滕玉意绝对不可能跟他说实话，与其再去碰一次壁，不如先睡一觉。今晚这遭大起大落，比他平日打十场马球还要累，要不是记得还得沐浴，他真想倒头就睡。他闭着眼睛立在床边，刚要脱下外裳，就听宫人说："太子殿下、郡王殿下和南诏国太子殿下来了。"

蔺承佑懒洋洋地把腰间的玉带重新系上，迎到外殿，碰巧宫人们领着太子等人进来。

顾宪率先行礼，口气却很促狭："听说你头疼，疼得没法打马球，所以我们来看看你。"

太子也笑着，就连淳安郡王也有了笑意。

蔺承佑暗觉纳闷儿。

四人在月洞窗旁的席上坐下，窗子正对着花池，满地都是银霜般的月光，花枝在月光里摇曳，随风送来一阵阵馥郁的花香。

蔺承佑坐下后左右一顾，笑道："这样看着我做什么？出什么事了？"

太子道："听说你瞧上武中丞家的二娘子了？"

蔺承佑："……"

顾宪道："据说是这位武二娘在园子里崴了脚，你为了讨好她，主动拿出自己的玉牌让人去请余奉御，怎知武二娘子不愿接受这份好意，宁愿自行崴着脚回房。今晚球场上的人都在传武二娘是何等守礼端庄，而你又是如何对她求而不得。"

蔺承佑怔住了：这是唱的哪一出？他下意识地看看皇叔，连皇叔都点头表示确有其事。

"估计明日整座行宫的人都知道你倾慕武二娘了。"

"不过武元洛已经郑重表示妹妹绝对不可能嫁给成王世子。"

武元洛？

蔺承佑暗晒：失策，这厮居然比他想的还要贱。

第二章

无　为

　　蔺承佑在心里骂了武元洛一通，待要接话的时候，不由得又顿住了：怪了，武元洛这厮胡说八道，今晚为何竟没人质疑他的话？

　　从生辰那晚到今晚，算来才过了十二日，其间他只对师公和伯父伯母提过滕玉意，绝情蛊失效的事，甚至连皇叔和太子都被蒙在鼓里。

　　这才过了多久，为何这些人似乎都知道他能对小娘子动心了？

　　这不太对。

　　师公绝不可能大肆宣扬此事，伯母甚至不敢在人前流露出自己对滕玉意的关注。所以这事是别人传出去的了？

　　皇室的这些流言到了坊间，会像春天的柳絮一样满城飞扬，此事发酵了这些日子，早不知经过多少人的口和耳了，因此今晚听说他对某个小娘子倾心，才会无人表示质疑。

　　能走漏风声的无非是两个地方：青云观、宫里。

　　青云观只有师公和小师弟，那么只能是宫里了。

　　蔺承佑不动声色地喝了口茶，记得那回滕玉意曾借小涯之口说日后会有人对他不利，从前他不以为意，现在看来，那人或许根本不在所谓的"三年后的军营"里，而是一直在自己身边。

　　他是装作不知道等对方露出更多的马脚，还是顺着线索马上把那人揪出来？

　　流言这种东西，一向极难溯源，都过去这些日子了，要想再找到源头怕是不易，对方应该也是料定了这一点，才如此肆无忌惮。

更有意思的是武元洛的反应。武元洛自小有神童之名，无论与人斗智或是斗诗，号称从未遇过敌手，主动把自己的二妹跟他攀扯到一起，仅仅是为了与他斗气？

武氏兄妹的阿爷是武如筠，御史中丞，同中书门下平章事，国之重臣，目前朝中唯一能与侍中邓致尧、郑仆射分庭抗礼的宰相之一。

这几只老狐狸经常在朝堂上斗来斗去，这些年就没消停过。

如果他没记错，前些日子在商讨太子妃人选时，侍中邓致尧率先将自己的孙女推到了皇伯父面前，武如筠不甘示弱，随即把自己的次女夸到天上有地上无。最后皇伯父自然是秉持一贯的持平之策，把两家娘子的名字都添上了。

武元洛今晚来这一出，就不怕妹妹参选太子妃一事泡汤？

哦是了，武元洛还有一个大妹妹武绁。

武绁自小与郑仆射的大公子郑延让定亲，那时候武中丞还只是吏部的一个侍郎。前一阵两家本要正式过聘礼了，郑延让却与段家的女儿段青樱有了私情。段青樱怀着身孕不肯堕胎，郑延让自然不敢再娶武绁。

因为这件事，郑仆射和武中丞几乎撕破了脸。所以武家这是打算改由武绁来参选太子妃了？

听说这位武大娘子才情和样貌都比妹妹更胜一筹，只因自小有亲事在身，武家才不得已将二女儿推出来应选，现如今她因为郑家的过错退了婚，武家为了稳操胜券，自然会重新考虑武大娘子。

一旦武绁被选上，郑仆射父子头一个被狠狠打脸，如此一来，武家也就能顺理成章地出口恶气。

除此之外，武如筠真要是做了未来国丈，武家在朝中的威望慢慢也就能压过郑仆射及郑家在朝中的一众门生了。

只是本朝历来没有姐妹俩同时参选太子妃的先例，大女儿有了着落，武家为了补偿小女儿，说不定会给小女儿选一门差不多的亲事。

看样子，武家是打算把武绮跟他捆到一起了。

呵，不愧是武元洛，估计是知道了家里的打算，乘机玩了一出"顺水推舟"。

这小子敢拿这种事招惹他，大概是活腻了。

"你们瞧他。"太子主动发话了，"最近动不动就发怔，每回跟他说什么话，别指望他马上有回应，这是不是叫患了相思病？"

顾宪道："你不会真瞧上武二娘子了吧？"

蔺承佑在心里拿定了主意，喟叹道："我蛊印未消，哪儿能瞧得上谁家的娘子？我不过好心帮个忙，倒叫武元洛生出这样大的误会。"

淳安郡王意味深长地看了蔺承佑一眼。

"真没消？"太子表示不信，起身到蔺承佑身后一瞧，愣了愣，遗憾地坐回原位，"我和皇叔听到这个消息，还大大地高兴了一场。阿大，你也别急，这回师公回来了，说不定能想到法子。"

蔺承佑知道太子忠厚，怎忍心他为自己担心？暗暗给太子使了个眼色，心想：阿麒，回头再跟你解释。

顾宪好奇地问道："蛊毒不解就不能动情吗？世子，你就从没对某个小娘子有过一丝异样的感情？例如，看到她就会心旌摇荡，几日不见就会心生牵挂，看到她和别的郎君在一处就会心生妒意，总想着为她做些什么？"

全中，蔺承佑在心里想。他忽然笑道："这些我不知道。不过看来顾太子是有心上人了，怎么样，南诏国要迎娶太子妃了？"

顾宪滞了滞，淡笑着岔开话题："听说明日又有狩猎又有马球，你头还疼不疼，能不能来？少了你可就没那么好玩了。"

"来。"蔺承佑焉能听不出顾宪有意转移话题，难不成顾宪真有心上人了？他因为要对付武元洛，所以暂时不能承认对滕玉意的喜欢，顾宪有什么好顾虑的？

淳安郡王像是想起一件事："对了，前两个月阿芝悄悄地问我府里可有扬州来的门客，请我打发这些门客回乡帮你打听你那位小恩人。我猜这孩子是想偷偷给阿兄一个惊喜，也就答应她了。这一阵我这些门客陆陆续续地回来了，我把他们打听到的消息都誊写下来了，暂时还没拿给阿芝瞧，你先看看可有对得上号的。"

蔺承佑怔了怔，这两个月因为长安屡有妖异，他都快把这件事放到一边去了，当年要不是那个小女孩救了他，他早就出意外了。他一直记着救命之恩，这些年一直没放弃过打听那人的下落。

太子看着那本录簿上清晰整洁的笔迹，笑着点点头："阿芝和阿大的事，皇叔从来都是最放在心上的。"

蔺承佑接过册子，笑道："我就不跟皇叔说谢谢了。"

淳安郡王淡然地说道："我可不是要帮你的忙，是答应了阿芝才没法子。"

"是，皇叔无非就是教我和阿双识识音律，再就是教阿芝写写字，才懒得理会我们这些小辈的事呢。"

太子笑着向顾宪解释："你不必觉得奇怪，这对叔侄斗嘴归斗嘴，感情却好得很。皇叔识音的本事天下第一，阿大兄妹的琴技、笛技都是皇叔亲手教的。"

顾宪举杯道："说起音律，那年某刚来长安时，有幸听到郡王殿下和世子殿下合奏一曲《思归引》，中原音律之广博精深，某是第一次领会，不过自此也留下了一个坏毛病，日后再听别人琴笛相和，总有难以入耳之感，也不知何时再有幸听二位合奏一回？"

蔺承佑道："过奖了。前阵子事忙，今晚都在山上，我身上正好带了玉笛，假如皇叔也方便，请人把皇叔的琴拿来就好了。"

淳安郡王放下茶盏，扭头吩咐宫人："去拿吧。"

顾宪自是又惊又喜。等待宫人把琴拿来的间隙，蔺承佑翻了翻那本录簿，上头一共记录了三十多位早年来过长安的扬州娘子的信息，然而他逐一看下来，年岁要么太大，要么太小，基本对不上。

翌日一早，宫人到翔鸾阁传旨，说是皇后殿下要在后山的静兰阁召见各位小娘子，阁内共准备了四十席，请小娘子们按照到达的时间依次入席，皇后大约辰时就会到，各位小娘子莫要迟到。

这旨意一传下来，翔鸾阁顿时沸乱起来，小娘子们一个个忙着梳妆换衣，唯恐到得迟了让皇后不喜。

滕玉意和杜庭兰拾掇好出来，碰巧在廊上碰到李淮固等人。李淮固面若桃花，气色比前两日好了不知多少。

这一点连彭大娘和彭二娘都看出来了："李三娘，你是不是听到什么好玩的事了，说出来让我们也听听？"

"是呀，看着比在大隐寺那几日气色好多了。"

李淮固讶然道："有吗？许是因为昨晚睡得极香。骊山空气清新，上山之后我整个人都恬适不少。"

武绮悄悄拉过滕玉意："昨日的事是我不对，我阿兄说他想认识你，我想着周遭都是人，即使见个面也不会有什么不当之处，我就……我就答应配合他了，回去之后我后悔了大半晚。阿玉，你别生气，我一时糊涂，自己都懊悔不及，下回我再也不帮我阿兄做这样的事了。"

她满脸羞惭之色，像是恨不得一头钻进地缝。

滕玉意脸上含着笑意，一双眼睛极其明亮。

"你跟我说明白就好了，我不会计较的。要是我有阿兄，说不定我也会答应帮忙的。不过只此一次，下回我可就恼了。"

武绮神色微霁，揽着滕玉意端详，确定滕玉意没有愠色，这才歘然道："我保证绝不会有下一回了。"

此时有人往后看了一眼，打趣武绮道："听说你昨日崴了脚，成王世子情急之下亲自去请了余奉御？"

滕玉意和杜庭兰都是一愣，昨日她们也在场，不过好像不是这么回事。

武绮目瞪口呆："胡扯。昨晚成王世子只是碰巧路过，看在我阿兄的面子上才请的奉御，再说你们别忘了，成王世子身中绝情蛊，哪儿能说瞧上谁就瞧上谁？你们可别再胡说八道了。"

她说着挽过身边的郑霜银，小声嗤道："瞧瞧这些人，连这样的话也敢乱传，别说昨日的事只是一场误会，就算是真的，我也不可能嫁给这些皇室子弟，日后我一定要找个处处听我话的郎君。"

静兰阁在后山腰上，途中要穿过好几座宫殿和园林，宫人们在前面带路，刚穿过一座竹林，迎面走来几位外地官员的女眷。

有人惊讶地道："阿固？"

众人望了望，见是一个十七八岁的女孩，女孩身着绮罗，神态有些娇憨。

宫人低声说："这是江南东道王将军的女儿。"

李淮固似乎也有些意外："王四娘。"

王四娘拉起李淮固的手："自打杭州一别，我们都快有五六年没见了吧？阿固，你模样没怎么变，还跟幼时一样漂亮。"

李淮固看看左右，神态仿佛有些尴尬。

王四娘身边的婢女委婉地提醒自家娘子："娘子，你忘啦，李家三娘不喜欢人在外头叫她的小名。"

王四娘不好意思地笑了起来："对对，差点儿忘了。"

李淮固捉住王四娘的手，赧然地说："我这个小名古里古怪的，还是别被人知道的好。你也来长安了？太好了，头几日怎么没见你？回头到我们府里来玩儿。"

领头的宫人在旁边咳嗽："李家娘子，皇后殿下还等着召见诸位。"

李淮固于是不敢再寒暄，红着脸冲王四娘点头示意，回到原处，随宫人继续前行。

她们穿过竹林，又绕过一条溪流，周遭越来越安静，人也越来越少。

宫人们道："前头会路过一片花田，田里有些农妇、花匠在劳作，基本是当地

29

带着儿女的孀妇，皇后殿下怜她们孤苦无依，特允她们在此做活，只是这些农妇言行粗鲁，诸位娘子当心别被冲撞了，待会儿路过的时候，随奴婢们走快些就好了。"

不一会儿，前方果然出现一片大花田，里头奇花绽放，令人目不暇接，沿路只见几位农妇埋头在花田里拿着花锄干活，听到有人路过也不敢胡乱张望。

眼看要穿过花田了，边上突然传来小孩儿的啼哭声，滕玉意循声望去，一眼就看到田埂下的水沟里歪倒着一个三十多岁的农妇，那妇人的脚鲜血淋漓，一看就知是被花锄砸伤了。

田埂上站着一个两三岁的小女孩，两只胖胳膊无措地冲妇人伸着，像是被吓坏了，一个劲儿地"哇哇"大哭。妇人吓得把手递给孩子："娃儿别哭，待会儿要惊动娘娘们了。快，快把阿娘拉起来。"

杜庭兰和郑霜银见状，不由得都停下了脚步。

旁的小娘子看到这一幕，也都露出不忍之色，心知这妇人多半是死了丈夫，母女相依为命。这孩子这样小，阿娘摔伤了也帮不上忙。

宫人一径在前头催促："快到辰时了，娘子们稍稍走快些。"

众女心中一跳，只好又加快脚步。

四十个席位并未定座次，谁到得早，谁就能离皇后近些，而离皇后近，就意味着皇后可能会对自己留下更深、更好的印象，这样无论对自己还是对父兄都有数不尽的好处。

杜庭兰人虽往前走了，却忍不住频频回头。滕玉意虽说没往后看，耳朵却留意着小女孩的哭声，那哭声让她想起了幼时刚失去阿娘的自己。她这一犹豫，杜庭兰立刻下定了决心，拉过滕玉意，二话不说拉着她回头就走。

"拉她们一把，要不了多久。"说着杜庭兰走到田边，用帕子包着手抓住那妇人的胳膊："来。"

妇人大喜过望，连声说："谢谢小娘子！"

滕玉意扶着妇人的肩膀和另一只胳膊，姐妹俩合力把妇人拽了上来。

"好了。"杜庭兰松了口气。

小孩儿眼里带着泪，呆呆地看着这一幕。

妇人连声道谢，时辰来不及了，滕玉意拉着阿姐要离开，看了看妇人裙上的血，又从袖中拿出一小包惯用的金疮药："这个能止血，拿着吧。"

妇人更是感激不尽，小女孩正搂着阿娘的脖子给阿娘"呼呼"，见状以为得了一包糖，不由得破涕为笑，拍着胖手"咯咯"笑了起来。

姐妹俩走了一段，迎面碰到了返回来的郑霜银和武大娘子武绢，原来两人因为放心不下那对母女，到底找了回来，姐妹俩就把先前的事说了，四人便一同往回赶。

四人这一耽搁，自然远远落在了众人之后，等她们到了静兰阁，殿内只剩离皇后最远的四个席位了，席位设在角落里，前面还有廊柱挡着，不出席的话，皇后压根儿看不到她们。

李淮固、彭花月、彭锦绣等人坐在前排，皇后问的那几个问题，又数李淮固、武绮和柳四娘答得最好，席散后，皇后便留下李淮固等人单独问话。

宫人们对剩下的人说："此地有不少奇花异草，还未到用膳时分，娘子们不妨到附近赏赏景。"

这时忽然有几位男子说笑着从庭前路过，正是太子和蔺承佑等人。

宫人们"呼啦啦"地跪了一地。

女孩们也忙垂首敛衽。

太子的笑容温煦明朗，目光在杜庭兰身上停留了一瞬，他像是有些好奇，又像是有些称许之色，接着又看了杜庭兰边上的滕玉意一眼，这才收回了视线。

滕玉意垂眸静立片刻，没忍住悄悄地抬眼看向蔺承佑的背影。

她回想昨晚的情形，蔺承佑因为没套出她的话，差点儿当场跟她翻脸，过后别说跟她说话，连个眼风都没给她。

她猜他已经决定找她麻烦了，就不知他接下来会怎样做。

昨天一整晚她就像烙饼似的在床上翻来覆去，一会儿琢磨联合五道找寻尺廊的事，一会儿担心蔺承佑查得太快害她没办法攒够功德，这样思来想去，直到后半晚才睡着。

她看方才蔺承佑这冷淡的架势，他差不多已经不打算理她了，他们的交情还是不够深，说翻脸就翻脸，那副叫他极满意的紫玉鞍也拦不住他查她。

正当这时，李淮固等人也退出来了，众女既羡慕又好奇，纷纷围了上去。

李淮固谦虚地摇头，眼睛却看着那边的蔺承佑和滕玉意，看他二人面色一个比一个冷淡，不由得盈盈浅笑起来："我笨得很，皇后只问了我一个问题，我答得不好，后来皇后一直在问柳四娘她们。"

滕玉意闷闷地同杜庭兰离开前庭。

杜庭兰问道："从昨晚到现在就没看到你笑过，到底在发愁什么？那妖怪不是被打跑了吗？"

她还能发愁什么，借命的事快要瞒不住了，她只求在蔺承佑查清真相之前把功德攒完，要不是现在不能下山，她恨不得插上双翅飞到东明观，拿出先前那张契约，逼五道立刻陪她去找尺廓。

姐妹俩沿着花径走了许久，一抬头才发现宫人没说错，这里漫山遍野种满了各类花卉，让滕玉意意外的是，当中居然还有玫瑰花丛，花苞异常娇艳饱满，比她以往见过的玫瑰都要好。她一下子眼馋了，忙对阿姐说："那边有玫瑰，我们去赏花吧。"

到了玫瑰花丛近前，滕玉意越看越爱，这样好的花瓣，无论拿来熏香还是做糕点都是上品，这时节梨花已经谢了，好在还有玫瑰花，府里的模具快打好了，拿回去正好做鲜花糕。

她瞄瞄前方，宫人们都离得极远，再说皇后殿下也没规定不能摘花，只是以阿姐的性子，绝不会同她一起摘花的。她佯称要到后头花丛看看，一拐弯就从袖子里取出帕子，摘下最盛丽的一朵玫瑰，将其兜到帕子里。

如此反复几次，她倒也顺利地摘下了五六朵花。

很快帕子就兜不下花了，然而这些花瓣只够做一盒鲜花糕的。滕玉意低头从袖子里取出另一条备用的帕子，忽然听到有人淡淡地道："你在这儿做什么？"

滕玉意吓得手一抖，帕子随即落到裙边，娇嫩的玫瑰花滚了一地。

滕玉意抬头瞟了蔺承佑一眼，他穿着一件鸦青色锦袍，那清透的颜色越发衬得他眼睛黑漆漆的，他脸上没笑意，但也没恼意。

这对蔺承佑来说已经算是臭脸了，她便也淡声说："摘花。"

蔺承佑果然"来者不善"："这花你们滕府没有吗？"

滕玉意轻哼，径自在旁边找了一块石头坐下，弯腰把玫瑰花一朵一朵地捡起兜到帕子里："我们府里的没这个好。虽说世子跟我翻了脸，但我可是个重诺之人，答应了给两位小道长和世子做鲜花糕，当然要挑最好的花瓣。"

蔺承佑心里微微一漾，忍不住侧目看向她，她眉眼淡淡的，今日好像一直没露过笑脸，鲜花糕的赠送对象自动加了绝圣和弃智，但这事她原来一直放在心上。他咳嗽一声，也掀袍在花丛前的另一块石头上坐下："巧了，我也是个重诺之人，说好了要帮你把那恶人找出来，我可不想半途而废。"

滕玉意耳朵一动，听蔺承佑这口吻，他似乎不大像要找她麻烦的样子。

难不成他改变策略了？

有可能。她看看周围，蔺承佑这一过来，阿姐和宫人们就不见了，一定是被蔺承佑引开了，他就是有计划来找她的。

她是见识过蔺承佑查案时那股不眠不休的劲头儿的，他这人，看着倜傥不羁，可一旦想办成什么事，事情再棘手也不会中途放弃。

唉，这事可真让人头痛，蔺承佑是她的救命恩人，为这事跟他撕破脸太不值当，实在不行的话，她只能见招拆招了。

当然，鲜花糕还是要做的，就当继续还他的恩情了。

滕玉意脸上的这些细微表情变化，全落在蔺承佑的眼里，换作从前，他只会当她防心太重，但昨晚大致猜到真相之后，心里就只剩下怜惜了：她无非是想保护替自己借命的那个人，所以事事都想自己扛，可是这等违背天理的大事，她一个人扛得住吗？

他不清楚滕玉意是不是知道自己活不过十六岁，反正自从跟她打交道起，从没见过她破罐破摔或是悲苦自怜，像现在，闹脾气归闹脾气，也没忘记细心地整理花瓣。

他心里突然不大好受，忙把自己的视线挪回前方："至于怎么抓这个人嘛……我已经想好了，过两日书院就开学了，你在书院里念书，不好擅自出入，我会给你在书院里找个靠得住的内应，日后你无论遇到何事都可以告诉那人，她会即刻转告我。还有，你最近这么倒霉，尺郭说不定还会去找你，我们得早做防备，你先把这个拿着吧。"

滕玉意手里忙着系帕子，耳朵却一直竖着，前面的话倒是符合蔺承佑查案时的谨慎作风，后头的话却有点儿匪夷所思了，他居然主动把尺郭找她的原因归咎为她"倒霉"，这意味着那个他亲手撕开的小口子又被他自己糊上了，难道他真不打算追究了，还是说怕她防备不好逼得太紧？

大约是看出了她的疑惑，蔺承佑拉长声调道："没办法，前头收了你的宝鞍，后头又劳你做鲜花糕，这叫'拿人手短'。你不是总说我仗义嘛，这点儿小忙我还是愿意帮的。"

滕玉意心头一松，这倒像是蔺承佑会说的话。她转过脸瞅着他："世子这回可说好了，在抓到那人之前，不能再随便翻脸了。"

蔺承佑有点儿好笑："我像是喜欢随便翻脸的人吗？"

滕玉意心里嘀咕：昨晚那个翻脸像翻书的人是谁？

蔺承佑头稍稍一歪，指了指自己，又指了指她，笑道："滕玉意，你我打交道以来，到底谁更喜欢翻脸？我答应过的事，哪回没办到？"

滕玉意心想：半斤对八两吧。然而她脸上绷不住，到底笑了起来。

她这一笑，蔺承佑的黑眸不自觉地也漾出了笑意。

两人这算是正式讲和了。

滕玉意没意识到自己的笑靥有多么甜美，把那兜玫瑰放到裙边，接过蔺承佑手里的东西："这是什么？"

"你就没发现玄音铃已经失灵好几次了？"

滕玉意"咦"了一声："没错，昨晚那只尺魈出现的时候铃铛就没响，我还以为这是尺魈的禀性与妖邪不同的缘故。"

"何止昨晚，上回耐重去香积厨找你时铃铛就没响。昨晚我问师公，他老人家说，这宝贝每回示警都会消耗自身灵力，耐重阴力那么强，光是在桃林中示警那回灵力就折损了大半。它这是该供奉了，你把这包药粉溶到清水里，把它里里外外地好好洗一洗就成了。"

"好，我回去就洗。"滕玉意小心翼翼地把药粉收入自己的袖笼，想了想又说，"世子，山上暂时没有邪祟，如何知道这铃铛有没有恢复灵力？"

蔺承佑道："简单，在你上学之前，我帮你捉一只厉鬼试试。"

滕玉意心中一动，忍不住抬眸看向蔺承佑。蔺承佑早把视线转到一边了，盯着周遭的玫瑰花丛打量来打量去，显然对玫瑰的兴趣比对她的兴趣大多了。

滕玉意微微松了口气，她还是别自作多情了，蔺承佑可是个身中绝情蛊的人，蛊毒没解，怎会突然瞧上哪位小娘子？

前世他直到中箭身亡都没定亲，长安仕女如云，纵算没瞧上她，总有能入得了眼的，这只能说明他压根儿没动情。

她想想前世，要不是她不自量力，怎会招来那句冷冰冰的"不娶"？这样的错误，她才不会犯第二次。

这样一想，她顺理成章地把刚冒出的疑惑抛到了脑后。

蔺承佑看着玫瑰，注意力却放在滕玉意身上，还好他躲得快，不然她该起疑心了。

早上伯母把他叫去教育了一通，从殿中出来后他独自琢磨了许久，认为"耐心"和"迁就"必须照做，但眼下暂时不能让滕玉意知道他有多在意她，她现在连半丝喜欢他的迹象都没有，真要知道他喜欢她，就算不躲着他，两人见面时也只会徒增尴尬。

好吧，他脸皮厚倒是不怕尴尬，但是滕玉意现在不但一肚子秘密，还极容易招邪祟，万一她躲着他，有些事他就不好照看她了，今日好不容易让她放下芥蒂，剩下的事慢慢来好了。

不远处的"鹧鸪"叫了两声，蔺承佑转头看着她，低声说："我先走了，回头我会把书院里内应的名字告诉你。"

"好。"

不一会儿，果然有位宫人过来领路，滕玉意随宫人走了没多远，就见到花丛旁正四处张望的阿姐，望见她过来，杜庭兰紧张的神色才有所缓和。

杜庭兰微笑着冲宫人点了点头，把滕玉意拉到一边低声说："你跑到哪儿去了？赏着赏着花你就不见了。"

"我摘花去了。"

永嘉殿。

农妇牵着女儿立在殿中，结结巴巴地说着花田里的事。

皇后神色温柔，边听边点头，望见蔺承佑从外头进来，示意农妇先停下，冲蔺承佑招招手说："过来。"

蔺承佑笑着行了一礼，起身走到东侧，撩袍坐到太子边上。

皇后对那农妇道："你接着说。"

农妇就把刚才那一幕从头到尾说了。

"所以第一拨回去帮你的是杜娘子和滕娘子？"

农妇唯唯诺诺地道："是。这两位小娘子合力把奴从地里拽上来，那位杜娘子说话可和气了，没多久，那头又有两位娘子返回来了。"

皇后"哦"了一声："后头赶来的是郑娘子和武大娘子。"

农妇又把手里的那包药粉递给身边的宫人："这是那位滕娘子给奴的，她说'这是金疮药，能止血'。"

农妇的脚伤是假的，这药粉自然用不上。皇后微笑着吩咐宫人："赏。给孩子弄点儿好吃的，带她们母女下去吧。"

宫人们就把皇后准备的一大堆赏赐呈给这对母女，又给孩子拿了好些点心，这才和和气气地领着二人下去了。

等到殿中下人都退下了，皇后倾身望了托盘里的那包药粉一眼，笑眯眯地道："眼光不差，滕娘子是个心善的。"

蔺承佑笑着没接话，心里却想：这还用说吗？滕玉意好不好，他早就知道了。

皇后冷不防又瞅向儿子："你这孩子发什么怔？从进殿起就没见你说过话。"

太子赧然道："哦，儿子听到刚才这件事，想起那回在玉真女冠观也见过那位杜娘子。"

皇后心中一喜，口吻却很平静："你且说说。"

太子就把那回杜庭兰因为妹妹被掳走哭得鼻红眼肿、自己没分到宁心莲却忙着把捡到的药丸还回去……这些当日发生的事，一一对母亲说了。

皇后含笑道："这都多长时间之前的事了，你还记在心里？"

太子禁不起母亲这样盘问，神态益发拘谨，但双眸熠亮，声音也平稳如常："记得这位杜娘子献'香象'二字时曾说过，'悟道有深浅，求学亦一样'，又说书院以'香象'命名，可警醒学生做学问时应当'沉心尽底'。儿子当时听杜娘子说话，觉得她应该跟阿娘一样，是个心善向佛、善学善思之人，后头又见她这两回做的事，发现她不只在阿娘面前如此，私底下也是言行如一，所以阿娘一问，儿子就想起来了。"

太子说着说着脸就红了，还有一点他没说，杜庭兰那副温柔入骨的模样，也给他留下了很深的印象。

皇后把太子的情态看在眼里，心里乐开了花，儿子善良心细，行事也沉稳，连这些小事都记在心里，可见他早就留意杜庭兰了。

她想想杜庭兰这孩子的相貌，当真是人如其名：庭中之兰，遗世独立，幽隐馥郁，姿貌明秀。

其实在今日之前，她和圣人考虑的一直是郑霜银和武大娘武缃，一个是郑家女，一个是武家女，两个孩子都端庄敏慧，但如今既然阿麒自己有了主意，她这做阿娘的自然要以儿子的心意为主。

再说不论儿子娶武家女还是郑家女，都会牵扯到朝堂，朝中一党满意了，必然会招致另一党的不满，而阿麒日后有个威望隆盛的丈人，少不了处处受掣肘。

杜庭兰就不一样了，杜家虽说也是百年望族，但在朝中的势力这些年早已式微。杜裕知目下只在国子监任四门博士一职，又素有直谏之名，儿子如果娶了杜裕知的女儿，那些啰唆的老臣也就不能再说三道四了。

杜庭兰这孩子也争气，先前她拿农妇来试验这帮小娘子，杜庭兰和滕玉意可是第一拨返回去的。

殿里本就没有外人，皇后心里一高兴，就忍不住笑了起来："原本我和你婶婶只担心你们两个不开窍，没想到……杜娘子和滕娘子都是好孩子，佑儿娶世子妃也就算了，你娶太子妃可是国之大事，等她们进了书院，再看看也成。你们两个是兄长，后头的弟弟妹妹都看着呢，再过两年，就轮到阿麟和阿双说亲事了。当然，昌宜和阿芝要多留几年，不到二十岁不相夫婿。"

皇后越说越开心。

太子一向孝顺，再不好意思也只能恭谨地听着。

说来奇怪，有些人哪怕日日相见，也不见得会多加留意，他才见了杜庭兰三次，她却次次在他心里留下了深浓的影子，如今听着阿娘说到议亲一事，那道窈窕的身影止不住地在他的脑海里轻轻摇曳起来。这陌生的悸动感困扰着他，一方面让他眉眼越发温柔，一方面又让他无所适从，趁宫女给阿娘送茶盏的当口，他转脸冲蔺承佑使了个眼色。

蔺承佑一本正经地聆听着皇伯母的教诲，面上比太子装得还认真，察觉太子的眼风，他不动声色地在案下用胳膊肘轻碰了太子一下，暗道：伯母最热衷于给人说亲，自从去年静怡出降后，已经好久没大展拳脚了，这才刚开始，且受着吧。

好在宫人过来禀报倚霞轩的午膳已经备好，几位大臣的夫人皆已入席，就等着皇后驾临了，刘冰玉才放兄弟俩一马。

这日，帝后携众大臣及各府女眷启程下山。

次日天刚亮，朝廷的旨意就颁下来了。

香象书院最终定于二十五日开学，朝廷同时还公布了书院院长、女官，以及第一批入学的八十名学生名单，其中除了那日同上骊山的那批小娘子，又添了不少朝中官员和各地节度使的千金。

当年的云隐书院院长一职是由卢国公夫人担任，目下卢国公夫人年事已高，难以再分神管理冗杂的书院事务，所以这回香象书院开学，院长只能另拟人选。

众人商议到最后，定下了两位院长。皇后人在宫中，遥领书院院长一职，副院长则由国子监祭酒刘文昌的夫人担任。

刘夫人为二品诰命夫人，早年也是长安有名的女才子，年轻时锦心绣口，年长后更是德高望重，消息一公布，朝廷内外均表示钦服。

此外，书院里还设了司律、司德、司读、司行四位女官，由皇后亲自遴选，考察了好些时日，确保个个德才兼备。

四位女官中，有三位是长安衣缨之族的后裔，还有一位是洛阳大儒简文清的独女。四位女官从二十岁到四十岁不等，全是立志终身不嫁的大才女。

传旨的宫人又说，学生们必须在家准备好行装和笔墨，开学那日，礼部尚书及书院两位院长将主持鼓箧之礼。行礼过后，学生们还需当场缴纳束脩，当然，这束脩的定额仅是每人三匹绢，几乎只是象征性地收个费。

旨意一传到滕府，满府的人都忙碌起来。

此前程伯就将书院的一应事项都打听好了，知道书院管理严格，娘子入学后一个月才能回来一次，唯恐小主人在书院里过得不顺意，便亲自跑到潭上月来指挥春绒等人准备行装。

这一整日，潭上月喧闹不已，下人们进进出出，忙着打点滕玉意的箱箧。

滕玉意自己也没闲着，跑到厨下让厨娘把模具拿出来，净了手亲自揉面团。她进了书院后这鲜花糕就做不成了，趁今日做好了，正好赶在开学之前送到青云观去。

小主人都上手了，厨下里的人自是丝毫不敢慢待，满屋子的人都在旁边侍立，不是帮着递石蜜，就是帮着剪花瓣。滕玉意从骊山上带下来的玫瑰花瓣远不够用，一大半花朵是碧螺带着小丫鬟们在府里临时剪的。

滕玉意先用玫瑰汁子将面团揉成淡粉色，再将花瓣与石蜜调在一起，同时在馅料里掺入甜软的果脯，末了尝了尝馅料，绝圣和弃智跟她一样爱吃甜的，蔺承佑却口味清淡，所以一份馅料甜一些，另一份馅料清淡些。随后她用模具把面团细细地嵌成玫瑰花的形状。

这是极为精细的活计，她一做就做到了下午，最终做出八屉子面团，每一块玫瑰花样的糕点都惟妙惟肖。滕玉意左看右看，感觉非常满意，兴致勃勃地让厨娘们把面团收到厨架上，吩咐明早再上屉蒸。

第二日这点心还没送走，青云观的帖子就送来了。

帖子是绝圣和弃智写的，说他们有要事同滕玉意商量，请滕玉意即刻到东市的明月楼一叙。

程伯有些费解："明月楼是一家专做江南菜的菜馆，历来只款待豪绅巨贾，菜价可谓不菲，两位小道长这是……？"

程伯言下之意是，以绝圣和弃智的做派，他们绝不可能约滕玉意在那种地方见面。

滕玉意百无聊赖地用小银匙舀着碗里的乳酪鲜樱，心想，这帖子哪儿是绝圣、弃智写的，绝对是出自蔺承佑之手，想来那厉鬼有着落了，便慢条斯理地道："小道长抠门儿归抠门儿，待人却很周到，难得约我这样的好朋友出门，就不能大方一次嘛。事不宜迟，帮我备马吧。"

春绒和碧螺忙找出男子的锦袍和幞头，滕玉意装扮一番后，又让端福去易容。

待到主仆都换了相貌，她就将那几盒鲜花糕交给端福捧着，一行人大摇大摆地去了东市。

他们到了明月楼门口，一望就知道程伯为何不信绝圣和弃智会选在此处碰面了，因为这酒楼实在是贵盛至极，光是楼面窗扉上的银镂朱漆就比别家考究不少。

偌大一座酒楼，几乎没客人，滕玉意入店打听小道士，主家像是等候多时了，竟亲自迎出来道："是王公子吧？快请随小人上楼。"

她到了二楼雅室，却没看到绝圣和弃智的影子。

主家热络地端茶送点心："王公子在此稍等，两位小道长还在路上。"

滕玉意只好先坐下了。

蔺承佑在大理寺忙着。

那日大隐寺和各家道观接到尺郭出现的消息，立刻在城中四处巡逻，巡视一番并未发现尺郭的痕迹，想来这东西还未潜入城中。碍于此物来去无踪，众僧道仍连夜在城外设置阵眼，清虚子道长一从山上下来，就赶到城外亲自坐镇指挥此事。

相比僧道们的忙碌，大理寺这几日却极为清闲。

不知是不是巧合，自打皓月散人伏法，各州县已经好些日子没呈送案子了，同僚们手里只有一些往日积压的案子。严司直和蔺承佑这等一贯办案利索的，手头就更清闲了。

从骊山上下来这晚，蔺承佑先是帮着师公布阵，次日一早又让绝圣和弃智给滕玉意发帖子，看看天色还早，想想手头那几桩案子还有不少疑点，就纵马到了大理寺。

严司直每日都是到得最早的那个，今日也不例外。蔺承佑进办事阁时，严司直正端端正正地坐在轩窗边整理几桩旧案的案呈。

蔺承佑对严司直的勤勉早就见怪不怪了，笑道："严大哥。"

严司直搁下笔："来得正好，我有事要同蔺评事商量。"说着他把自己写的一沓录簿推到蔺承佑面前，"早上整理这些旧案，别的都好说，唯独胡季真一案，却是连案呈都不知怎样写。案发至今，没有目击证人，没有凶器，没有清晰的害人动机，甚至都没能从受害人口里听到只言片语。现在胡季真面上与痰迷心窍症一模一样，仅凭这个就怀疑卢兆安与此事有关，未免证据不足，可想要查到更多的证据，整件事面上全无痕迹，简直无处下手。"

蔺承佑坐下翻了翻录簿，这上头的每条记录他都很熟，前些日子他为了查卢兆安调派了不少人手，结果因为皓月散人一案又中途搁置了。这几日一闲，他和严司直就重新着手调查此案了。

"既然有那么多模糊不清之处，不如先从明朗之处入手。"蔺承佑点了点录簿上的某一处，"行凶手法——明。胡季真是被人抽掉了一魂一魄才变成现在这样的，这是一种取魂的邪术。"

严司直点了点头，依照蔺承佑的思路写下第一行。

蔺承佑又道："行凶时辰——明。胡季真是上个月二十出的事，确切地说，是他同好友们从慈恩寺回来后被害的。当日他于未时末与最后一位友人分手，回到胡府已是申时末，而且一回府就发了病，所以凶手只能是在未时末到申时末这一个时辰之内动的手。"

严司直再次颔首。

"行凶地点——明。"蔺承佑说，"胡季真是在醴泉坊的得善大街与友人们分的手，那地方与胡府所在的义宁坊只隔一条街。胡季真仅被人抽掉了一魂一魄，最初的半个时辰面上看不出端倪，凶手应是一直跟在胡季真的后头，所以能操控胡季真骑马回家，但行凶的地点不会离胡府太远，因为若是拖得太久，胡季真会露出更多的端倪。由此可见，行凶之处就在醴泉坊的得善大街与义宁坊附近，甚至就在半个时辰的脚程内。"

严司直写下第三条，顿了顿，拧眉道："那……最关键的行凶动机呢？胡季真在国子监念书，今年才十四岁，性情虽耿直，心肠却很柔软，听说平日连府里的下人都舍不得斥责，他父亲胡定保在兵部任侍郎一职，也是外圆内方之人。要说卢兆安加害胡季真的动机……尸邪闯入成王府的那一晚，卢兆安只顾自己逃命而把胡季真关在门外，但知道这件事的人不多，即使胡季真到处宣扬，卢兆安也可以说这是胡季真的一面之词，仅凭这一点就害人，会不会风险太大？而且我们至今没发现卢兆安会邪术的蛛丝马迹。"

蔺承佑抽出底下的一份记录："加上这个是不是就清楚一点儿了？胡季真的同窗好友杜绍棠那日去胡府探望，结果胡季真似是被好友关心自己的举动触发了记忆，受惊之下居然吐出了一句话，'别过来，我什么也没瞧见'。那句话是他犯病以来唯一一句口齿清楚的话，如果不是胡言妄语，那么很可能是他被害前最强烈的一个念头。"

严司直望着记录上的那一句话："难不成胡季真是因为不小心撞破了什么才被

害的？"

蔺承佑道："这些年邪术一党为了躲避朝廷的追查，甚少用取魂术害人。那日凶手用这个法子对付胡季真，想来也是迫不得已。他们直接杀死胡季真，必定会惊动朝廷，用这种取魂术害人就稳妥多了。受害人面上与痰迷心窍症差不多，就连寻常的僧道也休想看出不妥，要不是胡定保病急乱投医央我上门探视，谁也不会知道胡季真是被人蓄意谋害的。"

严司直思索着道："可那日胡季真都快走到家门口了，又能撞见什么要命的把柄？当时天并未黑，坊街上到处是人。"

蔺承佑琢磨了一下，随手提起笔在一卷空白的竹简上头勾画："从他驱马走到得善大街来看，他是打算直接回家的，但不知为何又临时改了主意，附近并无店肆，他也不大像要临时去买东西，平日像这种情况，一般都是……"

严司直一愣："半路撞见了熟人，或是被什么人拦住了？"

蔺承佑想了想："无故被人拦路，胡季真必定不肯下马，双方一起争执，少不了引起旁人的注意，可当日这两个路口没人起过争执，附近酒肆的伙计也证明胡季真当日并未与人进店喝过酒，所以很有可能是某个人或是某件事引起了他的注意。胡季真或是悄悄驱马跟随那人，或是被那人邀请到自己家中，再然后，胡季真就撞见了一些不该见到的东西，并因此被害。"

严司直望着桌上的竹简，蔺承佑在上头画了代表胡季真和坐骑的一人一马，以及这一人一马走过的路段。蔺承佑接着在那个小人儿的西北角和东北角各画了一座宅子，一座代表普宁坊，一座代表修祥坊。他先指了指普宁坊："卢兆安现今就住在普宁坊，恰好就在得善大街的西北角。"他又指了指东北角的修祥坊，"那日卢兆安又在修祥坊的英国公府赴宴，碰巧离案发地也不远，如果卢兆安借故从席上出来，是有可能与胡季真相遇的。"

严司直问："所以蔺评事还是怀疑此事与卢兆安有关？"

"胡季真往日从未与人结过仇，近日唯一起了龃龉的似乎只有一个卢兆安。胡季真原本极为仰慕卢兆安，尸邪闯入成王府当晚，他甚至把保命的符箓主动交给卢兆安保管，怎知一到生死攸关的当口卢兆安就暴露了本性，过后胡季真一定会失望到齿寒。严大哥，假如你是胡季真，正因为此事耿耿于怀，某日突然在街上看见卢兆安，你会怎么做？"

严司直斟酌着说："胡公子才十四岁，为人又耿直，就算不好直接跑到卢兆安的住处兴师问罪，私底下撞见也未必忍得住……愤慨之下大约会当面质问卢兆安为何如此。"说到此处，严司直一滞，"你是说，当日胡季真原本要回家，不料在街上撞见了卢兆安？但这样也没法证实卢兆安与此事有关。"

蔺承佑点点头："就像严大哥说的，假如胡季真只是驱马在大街上随便走走，又怎会撞见什么要命的把柄？依我看，这件事很有可能发生在暗处，胡季真不大可能随意跟踪陌生人，但碰上卢兆安就不一样了。胡季真想起那晚的事，心头火起，按捺不住上去找麻烦，不巧撞见了某件了不得的事，也许是在卢兆安的家中，或是在某个偏僻的巷尾。胡季真也意识到自己撞见了不该看到的东西，所以就有了那句'别过来，我什么也没瞧见'。"

严司直仍觉得匪夷所思："卢兆安一门心思要入仕，这段时日头上时刻悬着一把刀，哪怕内心再虚伪，也必定谨言慎行。我想不明白胡季真能撞见卢兆安什么丑事，只要没有作奸犯科，谅也掀不起什么大的波澜。卢兆安就不能用银钱贿赂胡季真，或是央求胡季真莫要宣扬此事？无论怎样都比冒着风险害人要强。"

蔺承佑道："别忘了胡季真是兵部侍郎的儿子，有些事一旦被撞见，牵连的可就不止卢兆安一人了，凶手认为胡季真必须变傻、变疯，说不定还觉得自己手下留情了。"

严司直呆了一呆。

蔺承佑笑笑："一切只是猜测。但光从取魂这一条来看，这起案子就不可能简单。此事也许不只是因私怨而起，而是牵扯到更广的事，所以这起案子我们不但要查到底，还要放在近日要案的第一位。"

严司直神色益发凝重，提笔在一片空白的"行凶动机"后头细细地补充上方才的推论，写罢又道："对了，卢兆安当日在英国公府赴宴，可有人能证明他中途离过席？还有，可找到了卢兆安会邪术的证据？"

"当日卢兆安几个才子为了斗诗去了花园，有一两个时辰不在席上，这一点英国公府的下人可以做证。至于后一点嘛，也许胡季真撞见的不止一个人，用邪术害人的兴许是卢兆安的同伙，只不过目前我们只有一个怀疑对象，所以只能从卢兆安身上入手。"

这一点，只能从卢兆安写给杜庭兰的那沓信里找痕迹了。

早前蔺承佑匆匆看了一眼，这几封信还是卢兆安去年在扬州时写的，大多是些清新雄健的诗句。看过之后，蔺承佑不得不承认，哪怕在遍布硕学之士的长安，卢兆安也是出类拔萃的那几个之一，会引来杜娘子和郑家女儿的青睐，丝毫也不奇怪。

只是此事毕竟关乎杜娘子的名声，就算他从信上窥到了端倪，也得借用别的方式证明卢兆安会邪术。

严司直眼见蔺承佑把查案思路一一理清了，信心百倍地放下笔："先前我只在义宁坊得善大街那一带盘问过，看来今日还得到普宁坊卢兆安赁的宅子附近问一问了。蔺评事，你我一道走？"

蔺承佑笑道："今日我有点儿事，恐怕去不了，严司直先走一趟，下午等我回来再去普宁坊转转。"

严司直一怔，蔺承佑是天潢贵胄不假，但只要有案子待查，往往比他还拼命。他冷不丁一看，蔺承佑仍望着桌上的案宗，眼中却好似带着一点儿笑意。

严司直想起前些日子蔺承佑那古怪的问话，一个念头从心中冒了出来：莫非他猜得没错，蔺评事真有心爱的小娘子了？

他决定试探一下："蔺评事有别的案子要查？"

蔺承佑在心里想：今日是例外，谁叫滕玉意在明月楼等他，他帮滕玉意准备了一窝厉鬼，绝圣和弃智不靠谱，他决定亲自带她去除祟。

日后滕玉意进了书院，他再想见她就只能等到晚上了，晚上见面倒也不耽误白日查案，不过严司直这边必定得打招呼，次数多了不可能瞒得住，不如直说自己有点儿私事，也省得临时找借口。

他放下竹简便要接话，正当这时，外头有衙役道："有案子来了。"

他们到了外头，果见两名衙役抬着一具白布蒙着的尸首穿过前庭。

几位年轻官员暗暗摇头，才闲了两日，又有案子了。

有位姓王的司直随口问道："何处送来的？"

衙役忙回："城北义宁坊送来的，死的是个小娘子，说是昨日同女伴们一同去楚国寺游玩时，中途突然失踪了，同伴们找了半天，结果发现这个小娘子死在了附近的一口井里，听说才十一岁，说起来怪可怜的。"

衙役一面说着，一面抬着尸首往后头去了。

这听上去像是不慎坠井而死，这种意外长安每年都要发生好几十起，就算是谋杀伪装成意外，也应该先由长安县的法曹审理后再呈交上来，哪儿有直接送到大理寺来的？

疑惑归疑惑，这起案子上级毕竟暂未指派由谁来查办，就连蔺承佑也觉得这起案子无甚出奇，因此并未多问。

怎知没过多久，仵作突然令人过来传话："蔺评事，陈仵作请你过去看看那具尸首。"

蔺承佑急着去明月楼，这会儿早就到门外了，闻言只得又返回去。

严司直也随蔺承佑到了停尸房。

蔺承佑入内一看就明白了，这个女子的眼眶里只能看见眼白，连一丝黑色都看不到，这是魂灵被侵扰过的迹象。

仵作满脸惊愕："长安县的法曹说，昨日在楚国寺打捞尸首时，这个娘子的同伴们说她失踪之前就不太对劲儿了，原本极活泼的一个人，突然变得呆呆傻傻的。同伴们一时没看住，这小娘子就失踪了，等到被发现时尸首就浮在井里。衙役捞起尸首一看，这小娘子死状也不大正常，法曹听说近日有妖祟出没，怕耽误捉妖，就把尸首送过来了。"

"死因是什么？"

陈仵作道："表面上看是溺水而亡，因为尸首表面除了坠井的擦痕，并未看到其他外力留下的伤痕，肺里满是水，落水时还活着。"

蔺承佑绕着尸首走了一圈，不对劲儿，枉死之人，头七之前魂魄都会恋恋不肯离去，这女孩昨日才溺死，照理魂灵应该就在左右。

他从袖中抖出一张符，暗中施了个招魂咒，结果失败了，尸首周围竟全无煞气。

严司直和陈仵作看出蔺承佑脸色不对，忙道："如何？到底哪里不妥？"

蔺承佑蹲下来看了看女孩的脚底："这个女孩魂魄不全，如果我没猜错，死之前她就已经被人抽走了魂魄，死前已经神志不清，自然横生不了怨气。"

严司直大惊失色："这岂不是跟……"

是，这跟胡季真被人谋害的手段一模一样，只不过胡季真被凶手操控着回到了家中，而这个小娘子却因为失了神志不慎坠井而亡。

蔺承佑起身问仵作："尸首是在义宁坊被发现的？"

"没错，这个小娘子家就在义宁坊，名叫李莺儿。"

案发地点又是义宁坊。

胡季真也住在义宁坊，并且同样被抽了魂魄，这未免也太巧了。

难不成有人专门搜集魂魄，还是说，李莺儿也撞见了什么不该撞见的事？

"假如这两起案子有关联，恐怕就不能移交给别的同僚了。"严司直立即征询蔺承佑的意见。

蔺承佑望着尸首想：李莺儿的案子是新发生的，如果不想错过关键线索，必须即刻到出事的楚国寺走一趟。严司直得去卢兆安宅邸附近盘查，没法分身去楚国寺，此事交给别人他又不放心，因为说不定会遗漏重要的线索。

可滕玉意还在明月楼等他，他出门之前好不容易才拖住了绝圣和弃智，失约是不可能的。他想来想去，忽然说道："要不这样吧，马上派五名衙役去楚国寺看守事发之处，今日不许任何人出入，我过两个时辰就来。"

谁知老天爷好像偏要跟他作对，他刚安排好这件事，又有同僚过来寻他："蔺评事，东明观的几位道长在衙门外等你。"

蔺承佑到了外头，发现来找他的除了见天和见仙两位道长，还有见美。

蔺承佑从左看到右，讶然笑道："不知几位上人有什么急事，居然跑到大理寺来找我？"

见天急急忙忙地开腔："世子，你瞧瞧这个。"

那是一张黑色符箓，上面全是用鲜血画的咒语，血迹已经干涸了，恨意却力透纸背。

"七咒符？"

"昨日李将军令人请老道上门除祟，说是他家夫人和女儿像是撞了邪，前两日突然开始上吐下泻，他自己也浑身不舒服。贫道上门查看，果见李家人个个像生了重病，见美想起一种咒术的效果跟这个很像，仔细查看大门口的台阶底下，才发现有人给李家下了这样的符术。若非发现得及时，李家七日内就会有血光之灾。"

见美严肃地说："世子，七咒符跟引魂术可是无极门的拿手好戏，自从这群贼道伏法，坊间多少年没见过了。贫道们觉得事关重大，只好赶忙跑来给世子报信。听说这位李将军是朝中炙手可热的新贵，不日就要被擢升为一方节度使，会不会是李将军得罪了什么人，所以有人暗中用这样的法子来残害他们？"

蔺承佑望着符箓若有所思。

见仙也道："这种事关系到朝堂，我等就不好插手了，今日过来，就是想把此事转托世子，真凶摆明就是冲着要李家人的命去的，有这次必然会有下一次，趁李家门口的咒印还在，世子要不亲自去瞧一瞧？"

明月楼。

滕玉意坐在窗前，不时往楼下看一眼。她耳边丝竹清悦，乐工们在帘后奏曲，点心流水般地呈上来，每一块都透若冰玉，关键只有拇指般大小，连续吃也不觉得甜腻，那酒浆不知用什么调的，堪比神仙洞府的香醑。

滕玉意对面前的吃食很满意，只是她来这儿快一个时辰了，既没瞧见蔺承佑，也没看见绝圣和弃智。蔺承佑许是怕凶鬼吓到店里其他客人，所以提前包下了今日的明月楼，偌大一座酒楼只有她一个客人。

转眼已是初夏了，日头也比头些日子灼盛，滕玉意在窗前坐了一会儿，渐渐被日光照得脸热，虽说帖子上没写明具体时辰，但既然约了人，哪儿有这么晚不露面的？

端福自进来后，便一直木头似的戳在一旁，看出滕玉意有些焦急，开了腔："要不要让长庚去青云观打听打听？"

"再等一会儿吧。"

话音未落，就听楼下传来喧哗声，滕玉意探头往下看，正好看见一道高挑的身影，紧接着楼梯响起了脚步声，主家屁颠屁颠地陪着来人上来了。

不一会儿婢女们打开门，来人果然是蔺承佑。

他像是临时赶来的，连官服都没换下，青衫幞头，脚蹬皂靴，走动时襕衫侧摆露出里头的赭红色罗裤，举止要多洒脱就有多洒脱，要不是腰间悬着金鱼袋，处处都与年轻官员毫无二致。

可惜他的衣领里头还是露出了端倪，估计他是嫌天气闷热，厚重的官服里头居然穿着宫制的雪白纱罗禅衣。

蔺承佑摆摆手让主家和乐工等人都下去，撩袍坐到对席，笑道："让王公子久等了。"

滕玉意忙道不敢，看他额头上有汗，好奇地问道："今日大理寺很忙吗？"

蔺承佑给自己斟了杯酒，笑了笑道："有点儿忙。"

他差点儿就没能及时赶来赴约。

蔺承佑喝酒的时候，目光忍不住越过酒盏上沿看向滕玉意，她把胡子摘下来了，一张粉脸美若莲花，眼睛仿佛含着春水，被窗外透进来的阳光一照，乌溜溜的比葡萄还要黑亮。

蔺承佑收回视线，转头看了看门口："我叫他们上菜了？正好我也饿了，这家菜做得还不差。"

滕玉意一愣："不等小道长了吗？"

等他们做什么？他巴不得他们不来，这家菜馆他带他们都吃过好多回了，大不了他回头再给他们加点儿菜，蔺承佑心里这样想，嘴上却说："这家店的菜比旁处上得要慢，绝圣和弃智一时半会儿赶不过来，我还有要事在身，且等不了了。"

滕玉意想了想，蔺承佑应该是急着办完事走人，她指了指自己的腕子，悄声说："玄音铃我已经洗过了，世子可以把厉鬼释出来了。"

"哦，没带。"

"……"明日书院就要开学了。

"这两日事忙，我没工夫去捉鬼。"蔺承佑道，"不过城北的修真坊有座庄子闹鬼，听人描述，像是专门吸食人魂魄的伥鬼，我正好要过去办案，王公子要是有空，要不我带你一起去除祟？"

滕玉意喜出望外，伥鬼这种东西算是恶鬼一类，而且法力不算很高，有小涯剑在手，她一人就能应付，如此一来，她不但能试试玄音铃的灵力，还可以除祟攒点儿功德。

她心里乐开了花："正好我也想试试端福教我的剑法，世子要是不想亲自动手，到了闹鬼的庄子，我一个人来对付就行了。"

蔺承佑垂眸饮了口酒，借命之人只能靠斩妖除魔来消灾，那一窝厉鬼够滕玉意攒好些功德了，不怪她高兴成这样。

他一本正经地道："也行。只是我手头有好几桩待办的案子，碰巧地点就在修真坊底下的义宁坊。王公子是同我一道去，还是在此处等我？若是嫌麻烦，我取完证再回来接王公子也成。"

滕玉意沉吟片刻，眼下已是晌午了，义宁坊离东市足有小半个长安城，等蔺承佑办完案子回来，不知要到何时了。要不改日她再去？但她明日就要带着玄音铃进书院了……

蔺承佑忽然又道："其中一桩案子的受害人说起来你也认识，正是胡季真。另一个当事人没报案，只能算上门除祟，绝圣和弃智今日不在，要是王公子没空，我只好再找人帮忙了。"

滕玉意一愣。自从她得知胡季真的事可能与卢兆安有关，就一直盼望着能借助此事揪出卢兆安的把柄，难得今日有机会打听一下案情，就算只能在外头等着她也愿意，于是她马上改了主意："我同世子一道去。如果我一个人不够用，端福也能搭把手。"

蔺承佑在心里笑了笑，勉为其难地点点头："真要去的话，光贴上络腮胡还不成，你这模样还得改一改，还有你这身衣裳也得换一换，最好换成道袍。"

滕玉意问道："难不成世子要除祟的那户人家认识我？"

"到时候你就知道了。"说着他击了击掌，侍女们鱼贯而入，将酒菜一盘盘呈上来，端的是芳酒绮肴。

二人用膳时，连杯箸都不闻响动。蔺承佑偶尔抬眸看看滕玉意，滕玉意似是觉得这菜颇为可口，不知不觉间每一道都吃了不少，他看在眼里，自己的胃口也出奇地好。

膳毕，滕玉意让端福帮她弄了一套小道士穿的道袍，装扮妥当后下楼，果然变成了一个面生的小道士。

蔺承佑上下打量滕玉意一番，笑着点点头："赐你道号无为，待会儿到了李府，叫你'无为'的时候，你要记得答应。"

滕玉意笑着垂眸："贫道知道了。"

旁边突然传来绝圣和弃智的唤声："师兄！"

他们转头一看，正是青云观的犊车，一到楼前，绝圣和弃智就从车上跳了下来："师兄，你们这么快就吃完了？王公子呢？"

蔺承佑在心里叹了口气，到底被这两个小家伙追上来了，他自顾自地翻身上马："上车吧。"

滕玉意乘机上了青云观的犊车，随后就从窗口探出脑袋："小道长。"

绝圣和弃智听这个声音耳熟，忙也上了车，坐下后细细一瞧，惊喜地说："滕娘子？你怎么穿成这样？完全认不出来了！"

滕玉意把玄音铃失灵的事说了，又把手里的漆盒递给两人："饿了吧？你们师兄让店里另做的素菜和素点，都是你们爱吃的，趁热吃吧。"

绝圣和弃智乐呵呵地接过漆盒："我们不饿，师兄先前给了我们钱让我们买好吃的，这个留着晚上吃。滕娘子……"

"嘘，你们得叫我无为，这是你们师兄刚才给我起的道号。"

弃智笑着改口："好，无为师兄。师兄现在要带我们去哪儿？"

"说是去除祟，据说那户人家姓李。"

绝圣和弃智感到既新鲜又兴奋，往日虽说也曾与滕玉意一起除妖降魔，但几个人一同去某户人家除祟，这还是头一回。

这一路上，青云观的犊车中不时有笑语声传来，蔺承佑在车外听着，三个人也不知说到什么高兴事，"叽叽喳喳"地就没消停过。

他们到了那户人家门口，滕玉意下了车一看，李家？李淮固家何时遭了邪祟？

李光远和李家几位公子不在家，李夫人得了消息，拖着仍有些虚弱的身子，亲自率府中众人迎至中堂："老身有失远迎，竟劳动世子上门除祟。"

她说话时脸色焦灼，分明正忧心着什么。

滕玉意第一回来到李家在长安的府邸，不动声色地看看左右，此处远比李家旧宅要富贵，处处珠帘翠幕，处处花卉繁茂。

蔺承佑笑着叉手作揖："李夫人多礼了，晚辈受东明观五位前辈之托，上门帮忙除祟，不知除了昨日发现的那道黑符，府上可还有什么古怪之处？"

李夫人深深一揖，焦声道："五位道长上门后，我等都已见好，唯独小女仍旧昏睡不醒。"

"一直昏睡不醒？"蔺承佑蹙了蹙眉，五道一来就破了七咒符的咒术，论理府中之人都该无恙了，"可请医工上门诊视过了？"

李夫人道："老爷去尚药局请直长了。但小女前两日还好好的，我料着不是身子有恙的缘故，只怕还是那符咒搞的鬼。"

蔺承佑略一思索，指了指身旁的绝圣和弃智，对李夫人道："我这两位小师弟善解邪毒，且年岁尚幼，夫人若是不介意，可以带他们到令爱房中诊视。"

李夫人眉头一松。

李家的几个女儿里，就数李淮固最出众，当年有位游方之士看到尚在襁褓中的李三娘，断言这孩子有鸾凤之相。李光远长期在滕绍手下任副将，无论功勋还是家世都远不及比他小十岁的滕绍，听到这术士的话，自觉原本无望的仕途生起了一丝希望，自此将三女儿视作珍宝。

李家倾尽心力培育三娘，李淮固也不负爷娘的期望，长大之后，容貌和才情可谓出类拔萃，尚未及笄时，便有不少贵户上门提亲，李家却以女儿年岁尚小为由，一概推却了。

尽管如此，有几位世家公子因为倾慕李三娘的美貌不肯死心，不是在外佯装与李三娘邂逅，就是托人送信、送礼，李三娘似是极有主心骨，从不假以辞色。

那时李光远还只是一名小小的副将，有那等心胸狭窄的小人因为提亲遭拒气不过，便在背地里嚼舌根，说李三娘这个也瞧不上那个也瞧不上，难不成将来要嫁给皇室子弟？她也不想想李家是什么门第，当真是心比天高。

怎知短短数年，李光远就被擢升为一方要员了。

如今李光远身负功勋进京述职，女儿更是因为献出"香象"二字进入香象书院念书。李家将三娘视作掌上明珠，怎肯在这个当口出岔子？

先前五道上门时，李夫人就因为担心损了女儿的名声，只肯让他们在外院瞧瞧，这回换了蔺承佑，李夫人虽说对蔺承佑是万般喜爱，但外男进闺房传出去总归对女儿不好，如今她听到这番安排，自是又惊又喜，再次行了一礼，含泪道："世子虑事周到，那就一切有劳了。小道长，请随老身入内。"说着她便让李府大管事招待蔺承佑和他身边的小道士，自己则带着绝圣和弃智入内院探视女儿。

蔺承佑领着滕玉意到大门口查看咒印，忽然道："无为，把显魂砂拿给师兄。"

滕玉意忙恭敬地应了一声"是"，低头在肩膀上的布袋里翻找，但里头的小布囊有好几个，她也不知哪包才是显魂砂，旁边就是李府的管事，她当面询问必定会让人觉得奇怪，不由得踌躇起来，是把这些小布包一股脑儿拿出来递给蔺承佑，还是拐弯抹角地问蔺承佑？

蔺承佑似是后脑勺上长了眼睛，隐晦地提醒："显魂砂够沉的，拿稳了，你笨手笨脚的，别把东西摔到地上。"

滕玉意灵机一动，把胳膊探入囊中悄悄掂了掂，果然有一包东西像铁锭那么沉，忙把那包东西取出来，弯腰递给蔺承佑："师兄，给。"

她果然一点就透，蔺承佑不让眼里的笑意透出来，佯装严肃地接过布包，扯开系绳，把显魂砂细细地撒到台阶上，然后换了一副认真的神情，蹲下来一寸寸仔细查看。

显魂砂一撒，上头就显出各种残缺的脚印。这些脚印拾级而上，乱哄哄地越过了李府的门槛。

显然，这道七咒符把方圆百里的厉鬼都引到李家来了，还好五道发现得及时，再迟一两日，就算把厉鬼通通驱走，李家人的神志也会严重受损。

蔺承佑看着地面，口中问李家管事："贵府最近可曾得罪过什么人？"

管事用帕子擦了擦头上的汗："老爷和夫人向来与人为善，这段时日阖府宁静，实不知得罪过什么人。"

蔺承佑一指台阶上的脚印，淡淡地道："瞧见了吗？这都是被黑符引来的厉鬼的脚印，被这么多厉鬼缠上，阖府上下都会遭殃，不想再被这人暗害的话，最好把知道的都说出来。"

管事打了一个哆嗦："小人不敢妄言，但自打老爷携眷来到长安，处处规行矩步，几位公子和娘子也是素来谦让和气，即使出门在外，也不曾与人起过龃龉，要让小人说，小人确实说不上来。"

"前几日可有什么可疑的人在府外徘徊过？"

管事埋头想了想："府外夜里常年有护卫把守，至于白日……对了，前日大公子过生辰，邀一帮好友到府里喝酒，当日来的人甚多，仆从也多，府里一整天都很喧闹，门口照管不过来也是有的。"

蔺承佑暗自思忖，这范围实在太大，人一多，别说宾客，府外的人也能趁乱扔符。

滕玉意也在暗暗揣摩，这件事会不会与李淮固身上的种种疑点有关？一个原本见识短浅的小娘子，再见时已经学富五车，要不是那回在乐道山庄试探出李淮固依旧极怕虫子，她都要怀疑李淮固换了个芯子了。

李家对女儿的才名向来是不遗余力地宣扬，李将军能力平平，却几次御灾有方，次数多了，难保不会有人把这件事与他女儿想到一块儿。

莫非有人真相信了李淮固能"预知"这件事？那人怕李淮固预知出对自己不利的事，于是动了杀机？这件事会不会是彭震那帮人干的？李家如今圣眷正隆，李淮固能预知出别的大事也就算了，若是预知出彭家会造反，岂不是会坏事？

她记得前世彭震麾下就有不少会邪术的异士，对彭家来说，派出个把能人用邪咒害人丝毫不成问题，而且这咒术如此阴毒，不费一兵一卒就能将李家上下害得非死即残。

啧，李家这算是搬起石头砸自己的脚了，韬光养晦不好吗？何苦要大肆宣扬女儿的才名呢？

蔺承佑看完大门口，又带着滕玉意绕着李宅的院墙慢慢检查。管事和下人们不敢慢待，忙跟了上去。

蔺承佑绕着垣墙走了一圈，忽然发现对街有株柳树，那柳树后的宅邸似是无人居住，门口连个下人都无。

蔺承佑径自走到那株柳树下，忽然停住了脚步："无为，把法天象地铲递给我。"

滕玉意恭声应了，可等她往布囊里一摸，里头居然有三把巴掌大的小铲子，她愣住了，哪把是法天象地铲？可恨蔺承佑只顾低着头，她连眼色都使不了，突又听蔺承佑道："别把朱砂染到铲子上了，擦干手再摸。"

滕玉意心中一喜，看来是那把银质的小铲子了。她像模像样地把铲子拿出来，蹲下来递给蔺承佑："师兄，给。"

蔺承佑在心里叹了口气，这么聪明的假师弟不好经常带出来，不然该多有意思，那声"师兄"又清又脆，让他颈后痒痒的。他摸摸耳朵，一本正经地接过铲子。

他铲了两下，树下的土就蓦然变了颜色，原本是黑褐色的，一下子透出青金

· 51 ·

来。他又接着往下挖，就从土里挖出个三寸大的小木人来。

小木人身上贴着一张写着生辰八字的符咒，头顶还插着一根金针。

蔺承佑冷笑道："原来藏在此处。"

他念了一道咒，那根金针便缓缓地从木人头顶退出来，他顺手又小心翼翼地扯下小人身上的符箓，递给管事道："认得出这是谁的生辰八字吗？"

管事白着脸辨认一番："从年份来看，应是我家三娘的生辰。"

滕玉意眼波微动，看来七咒符只是障眼法，凶徒就是冲李淮固来的。

蔺承佑转动那个小木人："这应该就是府上娘子一直昏睡不醒的原因了。"

他用厚布将其包好，起身走向别处。

蔺承佑在李宅外找了一圈，确定再无异样，一行人正要返回李宅正门，便有下人欣喜地走来："我家三娘醒了！"

管事如释重负："先前世子殿下在那边柳树下挖出了一个木人。"

他们回到李宅，李夫人、绝圣、弃智也刚从内院出来。李夫人脸色见好，绝圣和弃智却是一头雾水的样子，两人一看到蔺承佑就道："师兄，李三娘醒了。说来奇怪，我们压根儿看不出李三娘中的是什么符咒，本来要出来找师兄，怎知李三娘突然就睁开眼睛了。咦，这是……"

两人一看到那木人就变了声调："定魂金针！"

蔺承佑对李夫人道："令爱被人单独施了咒术，除了门口那道七咒符，府外还藏着一道更恶毒的符咒，今晚子时之前不把这金针拔出来，令爱就会命丧黄泉。"

"什么？！"李夫人吓得腿颤身摇，幸而有两边婢女的搀扶才不至于跌倒。

蔺承佑问："令爱最近可得罪过什么人？"

李夫人颤声道："怎么会？！这个孩子素来性情宽和，别说与人结仇，甚至从未与人红过脸。"

蔺承佑道："七咒符虽然阴毒，目标却是'家宅'，要下咒，只能埋在大门口。门口人来人往，极容易暴露行迹，凶徒应是觉得一道咒不够稳妥，所以才到府外的西北角，看准了方位埋下更阴狠的定魂金针。夫人看看这符箓上写的是不是令爱的生辰八字，如果是，那么凶徒就是冲令爱来的，而且此人似乎想尽快取走令爱的性命，所以用的都是最损修为的符咒。"

李夫人哆哆嗦嗦地接过那沾了土的符箓，一望之下，身子又是一晃："正……正是小女的生辰八字。"

蔺承佑道："既然令爱已经醒了，夫人不妨仔细问问她。那人懂邪术，手段也狠毒，兴许是知道直接投毒或是派人刺杀都有可能查到自己身上来，下咒术就隐秘得多了。这次是侥幸被我们发现了，下次或许就没这么幸运了。假如令爱想起什么，你们可以到大理寺报案。还有，我先跟夫人打个招呼，这木偶事关邪道，我得拿回大理寺仔细查验一番。"

李夫人恨声道："此人心肠着实狠毒，多亏世子心细如发。老身待会儿就问问小女，若有什么线索，自会托老爷当面告知世子。"

蔺承佑又道："无为，取一瓶清心丸给李夫人。"

这回他不用拐弯抹角地给提示了，滕玉意往日总看到蔺承佑拿出这药丸给人，所以本就认识这个药丸。她在李夫人面前不敢应声，只能唯唯点头，很快摸出药瓶，上前交给李夫人。

李夫人惊魂未定，哪儿顾得上打量面前的小道士？她勉强稳住身子，千恩万谢地送蔺承佑等人出来。

蔺承佑在李府门前上马，滕玉意几人上犊车，告别李府的人，赶往义宁坊的楚国寺。

他们刚拐过街角，蔺承佑忽然令车夫停车，把滕玉意叫下来，问她："对了，我突然想起来李光远曾是你阿爷的副将，你跟他的三女儿熟不熟？"

滕玉意说："小时候算熟的，早年她常到我家里来玩，但是自她父亲迁任杭州后，我和她就再没见过面了。"

蔺承佑点点头："她来长安后，你跟她来往过吗？"

"来往过好多回，前日李三娘也上了骊山，我和她同住翔鸾阁。"

"她上过骊山？有这么个人？"蔺承佑对此毫无印象。

"当然。"滕玉意奇怪地道，皇后还单独召见过李淮固，蔺承佑这是什么记性，"而且上回在乐道山庄，李三娘还跟我阿姐一同想出了第一等的名字。"

哦，滕玉意说到小红马他算是想起来了，当初滕玉意相中的小红马差点儿就被赏给那个李三娘了。没错，是有这么个人，蔺承佑摸摸下巴："行吧，我知道她是谁了。对了，她最近可有什么异常之处？有没有跟谁起过龃龉？"

李淮固异常之处太多了，滕玉意内心纠结成一团，可惜真要说出来，只会让蔺承佑知道她是有前世记忆的"邪物"，而且她也不能说她怀疑是彭震派人下的手。

淮南道与淮西道相互防扼，假如彭震造反的风声是滕家放出来的，这对滕家有百害而无一益，不说彭震会倾尽全力对付阿爷，倘或拿不出彭震预谋造反的确凿证据，朝廷说不定会怀疑阿爷才是有不轨之心的那个。

目下阿爷正暗中部署揭发彭震一事，她这边绝不能提前露出半点儿破绽，但她又必须让蔺承佑知道李淮固有点儿问题……有了。

"我不知道她最近是否与人结仇，但常听人说李三娘能预知吉凶，不知此事与她被暗害有没有关系。"

蔺承佑一哂，这可有点儿意思了，世上能预知吉凶的人凤毛麟角，人称"神仙"，大多在庙里供着呢。

"好，我知道了。"

滕玉意望了望蔺承佑，看他这嗤之以鼻的样子，应该是不大相信李淮固会预知吉凶的，加上今日这令人闻风丧胆的符咒术，也不知道他能不能顺藤摸瓜查出彭震预谋造反一事。

蔺承佑在楚国寺门前下了马，滕玉意、绝圣和弃智也下了车。

蔺承佑道："好了，我要进去取证，你们三个在门口等着。"

滕玉意好奇地往里瞧了瞧："师兄，里头出了什么案子？"

蔺承佑耳根一烫。她这句"师兄"倒是叫得怪顺口的，他不用猜也知道，滕玉意是关心卢兆安一事的进展，可惜证物尚未取全，带她进去不合理法，他只好说："前几天出了一桩人命案，案情有点儿特殊，刚移交到我和严司直手上。天色不早了，尽快取完证也好带你们去除祟。"说着他迈步上了台阶。

门口负责把守的衙役望见蔺承佑，忙过来打招呼。

"无为师兄，我们到那边坐着等吧。"绝圣道。

天气越来越热了，跑了这一晌出了好些汗，滕玉意让端福把水囊取出来，坐下来分水给两人喝。

她想了想，蔺承佑骑马只会比他们更渴，又让端福另取一只水囊，托门口的衙役转交给蔺承佑。

也不知过了多久，蔺承佑拎着水囊从寺里出来了，先对门口的衙役说可以撤离了，随后转头一望，就看到滕玉意、绝圣和弃智在寺门口的槐树下坐着。

三人并排而坐，全托腮望着他。三人身后不远处，还戳着个五大三粗的端福。

这一幕让他心里一暖，他低头看了看手里的水囊，要是只带绝圣和弃智这两个粗心的家伙出来，分发水囊的那个就是他了。

"好了，办完了。"他走到三人面前，目光下意识地落到滕玉意脸上，"我们走吧。"

滕玉意拍拍道袍起了身，绝圣和弃智一跃而起："师兄，可找到什么线索了？"

滕玉意竖起耳朵听着。先前她已经令端福到附近的店肆悄悄打听过了，昨日楚国寺有个小娘子坠井而亡，估计是死因有点儿问题，所以才惊动了大理寺。

蔺承佑径自把水囊递给滕玉意，没接绝圣和弃智的话："你们瞎问什么。天色不早了，别忘了还得带无为师弟去历练，走，上车。"

说着他翻身上马，提起缰绳时下意识地回首望向楚国寺。比起谋害胡季真时凶手那毫无破绽的作案手法，谋害李莺儿的凶手的作案手法似乎粗陋许多，而且那人像是临时起意，因此现场留下了不少线索。

等明日到了大理寺，他再同严司直把两起案子的细节核对一下。

那座闹鬼的荒宅离楚国寺不算远，就在修真坊的东南角。他们刚拐过街角，滕玉意袖中的小涯剑就发起烫来，绝圣和弃智把头探出车窗往外看，讶然道："师兄，好重的阴气。"

蔺承佑没接茬儿，里头足足有四十多只伥鬼，全是他前晚用阵法引到此处来的，眼下聚在一堆，阴气能不重吗？

滕玉意拔剑出鞘，早已是跃跃欲试。绝圣和弃智跳下车，二话不说就要往宅子里冲，哪知刚一动，蔺承佑就扯住了他们俩的衣领。

"跑什么？忘了这两日你们不能用剑了？"

绝圣一愣："为何？"

蔺承佑道："师公说这一次尺魍足有五十多只，接下来得随时准备对付尺魍。伥鬼喜食内脏，最是脏污，每杀一只就会多损一分剑上的灵力。你们杀完这一窝，剑起码要七日才能恢复，要是这当口尺魍冒出来了，你们是不是打算在旁边干看着？"

"是哦。"绝圣挠挠头。

弃智埋头就要从怀里掏出符箓："不怕！师兄，我们用符术对付它们。"

弃智掏了半天才掏出那符箓，可那符箓不但染上了污渍，还黏糊糊地粘在了一起。

绝圣和弃智张大了嘴："这……这是……？"

"沾上蔗浆了？"蔺承佑似笑非笑地说，"这必然是不能用了。"

绝圣和弃智灰溜溜地一缩脖子："许是吃饭的时候不小心洒上的，我……我们不是故意的。"

令他们感到庆幸的是，师兄这回居然没骂他们。

滕玉意在旁候了一晌，腕子上的玄音铃越来越响，她料定里头的东西不少，早已激动得两眼冒凶光，见状自告奋勇地说："没关系。耐重和尸邪我对付不了，对付寻常恶鬼还是没问题的，而且小涯已经许久没历练了，这回不如就交给我吧。世子、小道长，稍后你们只管在边上歇一歇。"

绝圣和弃智被吓了一跳："这怎么能行？滕娘子，你不是道家中人，伥鬼虽然法力不高，却也甚是狡猾，要是你一个人进去，说不定会有什么变故。"

蔺承佑却道："也行吧，跑了一天我也累了，到了里头你先应对，我们呢，就在门外等你，实在应付不了再叫我们。"说着他抬手推开门，率先进了荒宅。

绝圣和弃智面面相觑，眼看他二人已经进去了，只好也跟上去。

滕玉意边走边兴致昂扬地说："端福你不会道术，在外头等我就行。"

端福一声不吭，显然对这个安排很不放心。

这座宅子已经废置许久了，院中荆榛满目，中堂里到处结着蛛网，暮色笼罩下来，每一个角落都显得分外荒凉。

他们越往里走，空气越寒凉，眼看即将到花厅了，滕玉意与鬼屋相距数丈就听到里头"砰砰"作响，像是有东西试图撞开门窗跑出来，玄音铃也随之撞击得愈加凶猛。

蔺承佑随手捡起廊庑下的一盏风灯，点燃了递给滕玉意："这灯熄不了，可以在屋子里照明。你怕不怕？"

滕玉意接过风灯："不怕。"

蔺承佑笑笑，望着滕玉意，右手却帮她一把推开侧边的房门，伴随着刺耳的厉啸声，无数鬼影急冲出来，然而才探出脖颈，就被蔺承佑弹出的符箓打了回去："滚回去待着。"

滕玉意趁乱闯了进去，扔下一句话："端福，在外头等我。"

端福疾步跑到门前，恰好被关闭的房门碰到了鼻子，他无声地握了握拳，回头看见蔺承佑已经闲闲地坐到了廊下。娘子再三叮嘱他别跟进去，他纵然忧心如焚，也只好一动不动地戳在门口。

绝圣和弃智急得如同热锅上的蚂蚁："师兄，真让滕娘子一个人进去？万一有什么差错怎么办？"

蔺承佑背靠门扇而坐，拧开水囊喝了口水，随后将胳膊搁在膝盖上，转头看看两人："师兄在此，你们怕什么？"

弃智急得还要说话，冷不丁听到窗户响了，有只伥鬼竟将脑袋从窗子破掉的缝里硬挤出来，蔺承佑闻声没回头，却懒洋洋地往后掷出一道符。

绝圣和弃智定睛一看，师兄使的是定影符，只能把鬼影定住，却不能损及伥鬼分毫。

两人心里一慌，但紧接着，就听滕玉意兴冲冲地在屋里说："看剑！"

两人只听一声惨叫，那只伥鬼似是因为动弹不得，被小涯剑刺得魂飞魄散。

绝圣和弃智傻眼了，蔺承佑皱了皱眉："别戳着了，坐下来等着。"

弃智隐约明白过来了，师兄在锻炼滕娘子捉鬼的本事。是了，师兄是很喜欢滕娘子的，要是滕娘子能熟练运用小涯剑，往后就能常出来跟他们一起除祟了。

屋里，滕玉意正忙着追逐一只伥鬼。伥鬼作恶多端，每杀一只，她就能多攒一分功德。

话说起来，这些伥鬼模样一个比一个骇人，嘴角全咧到耳边，一张嘴就能把人吓得半死。

换作是两个月前，别说上前追杀，她连多看伥鬼一眼都会腿软，现在早不一样了，邪物也是有等级的，她见识过尸邪和耐重那样的大物，这些小东西就有些不够看了。

伥鬼似乎极畏惧她手中的剑光，不是忙着在屋中飞奔，就是蜷缩到角落里，好在屋子不算大，她只需施展轻功就能追上他们。

唯一的困扰就是屋里只有她一个人，她好不容易追上这个，又跑了另一个。

绝圣和弃智趴在窗口往里看，不时摇头叹气："惨，太惨了。"

伥鬼行动速度极快，且个个有血盆大口，阔嘴一张，似能吞下世间万物。

师兄在屋子四角埋下了金刚阵，这阵法滕娘子不懂，他们却是看得明白的。被这阵法困了这些时辰，伥鬼早已阴力大减，加上滕娘子手中那把小涯剑剑气如虹，一时间这些伥鬼只有被打得鬼哭狼嚎的份儿。

他们跟随师公和师兄捉妖这么久，头一回看到混得这么惨的伥鬼。

"惨！"眼看滕玉意又将剑刺入一只伥鬼的胸膛，两人不约而同地叹了口气，"谁叫你们做鬼也不老实，该！"

可惜滕娘子身手不算好，伥鬼又善躲藏，这样一只一只地杀下来，也不知她要杀到何时。

他们扭头一望，师兄似是极有耐心，头靠着门板，居然闭上了眼睛，看上去似在假寐，但只要有伥鬼逃出来，师兄即刻就会往后扔出一张定影符。

两人趴在窗口看了一晌，发现一切动静都瞒不过师兄，便也坐下来耐心等待。

在这个当口，端福一直在侧耳聆听屋内的声响，听到小主人始终活蹦乱跳的，表情才稍稍松懈下来。

也不知过了多久，绝圣和弃智脑袋挨着脑袋打起了盹儿。

又过了片刻，廊下渐渐起了夜风。

他们忽听"吱呀"一声，有人从屋里出来了。

绝圣和弃智被动静惊醒，猛地睁开眼睛，就看见滕玉意持剑朝他们走来，脚步轻快又稳健，耳旁的乌发湿漉漉的，看样子方才出了不少汗。

蔺承佑也睁开了眼睛，转过头看着滕玉意走近。

滕玉意眼睛亮晶晶的，精神头好得出奇，到了近前，赧然笑道："叫你们久等了。幸不辱命，总算都清完了。"

"一只都不剩？"

"一只都不剩了。"

蔺承佑笑着点点头："不错，本事见长。下回绝圣和弃智有事不在的时候，可以找你搭把手了。"

绝圣张了张嘴：这不行吧？滕娘子这一清都清到大晚上了，还得全程有人在外头帮着把鬼拦住，要是每回捉妖都这么慢，还……

他忽然瞥见师兄扫过来的眼风，只好又改口笑道："是的，滕娘子好厉害。"

弃智也憨笑道："滕娘子实在是太厉害了。"

蔺承佑在心里啧了一声，他们这话说得还不如不吭声。

他们说话间，只听"咕噜噜"一阵响，绝圣和弃智脸一红，同时捂住自己的肚皮。

"饿了吧？"蔺承佑道，"带你们吃东西去。"

"等等。"滕玉意低声对端福说了句什么，不一会儿，端福从外头抱了一堆东西进来，他们上前一看，是八个锦盒。

滕玉意笑眯眯地打开最上头的一个锦盒："既然大伙儿都饿了，不如先拿这个垫垫肚子吧。"

绝圣和弃智探头望去："哇，好漂亮的点心！滕娘子，这是你们府里新做的吗？以前怎么没见过？"

滕玉意骄傲地道："当然没见过，这可是我亲手做的鲜花糕，早上本来就想给你们，结果一整天都没能寻到机会。这糕点热的时候好吃，凉了也别有风味。这地方太荒凉了，最近的店肆估计也要半个时辰的路程，怕你们太饿，吃些点心再上路。"

绝圣和弃智眉开眼笑地接过锦盒："多谢滕娘子。"

滕玉意顺势坐到蔺承佑身边，把其中一盒捧到他面前："世子，尝尝我的手艺。"

蔺承佑瞥了瞥满盒子的玫瑰花糕，那点心被捏成了玫瑰花的形状，一朵一朵地挨在一块儿，这样精细的小点心，他一看就知道极费功夫，想想这是她亲手捏的，眼里不自觉地溢出了笑意。

只可惜这次连绝圣和弃智都有份儿，何时她做一份只给他一个人吃的点心就好了。正想着，他又听滕玉意道："这四盒是专门给世子做的。世子不那么爱吃甜的，所以这里头的馅料清淡许多。"

这回蔺承佑的笑意从心里蔓延到了嘴角："谢了。我一个人吃不了这么多，你和端福也饿了，这盒你们吃吧。"

滕玉意兴致勃勃地说："世子你先尝尝。"

蔺承佑接过弃智递来的帕子净了净手，随手拿起一块吃了，果然不算甜，味道清新，口感软糯，有种说不出的风味。

"你夸口说这是江南最好吃的点心？"

滕玉意反问："世子以为呢？"

蔺承佑笑道："行吧，比我想象的还要好吃。"这次他绝没有丝毫违心夸赞的意思，一口气吃了好几块。

滕玉意眼中的笑意越发深了，蔺承佑好像还挺挑嘴的，如果他觉得这点心不好吃，绝不会吃这么多。

她含笑捧起一盒鲜花糕，先用帕子裹了好几块递给端福，自己也拈了一块放入口中。

几人盘腿坐在廊下，心里一高兴，便肆意说笑起来。

庭院荒凉，夜风阵阵，头顶灯光昏暗，隔壁满是鬼怪的残骸，这情景实在诡异，而且玫瑰花糕也早已凉了，可是这一顿吃下来，每个人都觉得心头热乎乎的。

滕玉意回到滕府已是半夜了，跟绝圣、弃智告别后下车，蔺承佑在马上望着她说："之前跟你说的记住了？"

滕玉意颔首："知道了。"

蔺承佑安插在书院的内应姓简，滕玉意日后有事可以托这位简女官传话。

蔺承佑看了看候在滕府门口的一众下人，一抖缰绳："行了，那就告辞了。"说着他催马离去。

绝圣和弃智从车里探出脑袋："滕娘子，明日开学之礼我们不便去打搅你，下回等你有空，我们再找你除祟。"

滕玉意目送车马的身影消失在夜色中，这才高高兴兴地回了府。

端福不声不响地跟上去，心里默默地想：这一整日，娘子笑的次数好像比过去一整年都要多。

第三章
浴佛节

四月二十五日，香象书院开学。为了这一天，各府已经筹备好些日子了。

天刚蒙蒙亮，书院门前的大街上就停满了各式犊车。时辰一到，下人们络绎不绝地往内搬送箱箧，知道书院规矩大，个个谨言慎行，门外毂击肩摩，门内却连交谈声都不可闻。

滕玉意与杜庭兰是最早来书院报到的，一入内便有女官带她们前往寝舍。

正如皇后所说，那回众人在乐道山庄拟的几个好名字全用在了书院各处。教经史的书阁叫探骊院，这是当初武绮献的；教音律的书楼叫东游楼，这是郑霜银献的。

娘子们的寝舍叫自牧阁，为户部尚书柳谷应之女柳四娘所献。

寝舍是两人一个套阁，因学生大多是世家女子，书院特准许每人带一名婢子，但不能在房中置膳，更不能在房中饮酒作乐，所有学生一律要在思善阁用膳。

学生晨间有早课，晚间不得擅自出入书院，至亥时中必须就寝，就连三餐的餐缯也都各有定准。

滕玉意和杜庭兰被分在同一套寝舍，杜庭兰住在东厢，滕玉意住在西厢，中间是个小小的起居室。杜庭兰身边留了大丫鬟红奴，滕玉意在春绒和碧螺之间犹豫了许久，想起两婢中碧螺梳头更快，而梳头快就意味着她早上能多睡一会儿，于是忍痛选择了碧螺。

春绒为此哭红了鼻头，想着将有一个月见不到娘子了，直到滕玉意临走的时候还在抹眼泪。

姐妹俩住在东边那排寝舍的中间，右边住的是彭花月姐妹，左边住的是郑霜银和侍中邓致尧的孙女邓唯礼，再过去，便是李淮固和柳四娘的寝舍。

武缃和武绮不与她们住在同一排寝舍，而是住在对排的寝舍里。

李淮固出来时，滕玉意留神打量她。李淮固是大病初愈，脸色难免比头些日子差些，好在体态袅娜，这一病非但不减容色，反倒更添了几分楚楚可怜的风致。

不一会儿，皇后驾临。

学生们噤若寒蝉，捧着绢候在前庭。

两位院长、四位女官、应邀前来观礼的几位大儒，连同礼部尚书，同升鼓箧之礼。

典礼参照国子监升学的流程，足足持续了一个时辰。皇后为鼓舞她亲自挑选的这批学生，说了好些勖勉之词。

皇后训话时不经意间望了望底下的杜庭兰，这孩子的那份文静又与旁人不同，不是装出来的，是当真宛如一尊柔美庄严的菩萨像，那小大人的模样，真是越看越招人爱。

皇后训完话，滕玉意才敢平视前方，不出所料地在皇后身边见到了蔺承佑所说的那位简女官简明秀。

简明秀是洛阳大儒简文清之女，也是四位女官中最年轻的一位，二十岁出头，据说跟父亲一样文藻宏丽，为继承父亲的书院，立志终身不嫁。

举行典礼时，简女官始终不曾看过底下。她是司读女官，所谓"司读"，指的是掌管学生们的课业。

待学生们依次缴完束脩，礼就算成了，皇后起驾回宫，刘副院长带领学生们伏拜相送。

滕玉意本以为今日不过是升礼入学，礼毕书院就会让她们回寝舍整理箱笼，哪知女官们紧接着就带领她们到探骊院上课。第一堂课讲的正是大经之首《礼记》的首卷，而讲课人正是副院长刘夫人。

刘夫人素来不苟言笑，教书时更是不怒自威，学生们端坐在席上，个个大气都不敢出。

滕玉意怕自己不小心打哈欠，只得咬紧牙关。

昨晚她为了清伥鬼大半夜才回府，早上天不亮就起了，挨到现在早已困了，若是先生教些新鲜的东西她或许不至于打瞌睡，但这些经史她十岁前就背熟了，实在叫人犯困。

为了分散注意力，她暗自打量左右，彭花月把眼睛瞪得大大的，彭锦绣的脑袋却早已一点一点的了，司律的白女官巡视到此处时，用戒尺轻轻敲了敲彭锦绣的几面。

彭锦绣猛一激灵睁开眼睛，那头彭花月似是嫌妹妹不争气，忍不住对妹妹翻了个大大的白眼。

未几，刘副院长开始发问，这个问题很深，也很活，起初无人应答。

不懂的人自是不敢随便接话；懂的人，例如杜庭兰稳重内敛，不喜出风头，是不愿答，郑霜银性情孤傲，觉得问题太简单，是不屑答，滕玉意入书院是来找凶手的，可不是为了表现优异嫁给宗室子弟的，是懒得答。

刘副院长等了一晌，没等到人接话，干脆往下一指："武缃，你来答。"

武缃一字不错地答上来了，末了还温和地引申了一番。

刘副院长边听边颔首，滕玉意讶然地打量武缃，这问题答上来不难，但武大娘的这份见地实让人另眼相看，这不只须要熟读经史，还须有极高的领会能力。

不过她再一想，武中丞的才名历来不输郑仆射，武家大郎武元洛也有神童之名，武家满门都是绩学之士，武大娘有此学识也就不出奇了。

她细细打量武大娘，武缃相貌比妹妹武绮更柔美，只是性情不如妹妹武绮活泼。滕玉意与武二娘算是很熟了，可只与武大娘说过几句话，只当武大娘天生害羞，没想到人家只是善于藏拙而已。

她回想起来，武大娘也是在退亲之后才开始频繁露面交际。依滕玉意看，段青樱处处都不如武缃，郑大公子应该是眼睛漏了风，才会在定亲前跟段青樱有了首尾。

滕玉意转念一想，自己不是也被段宁远摆了一道吗？她在心里冷笑：世间男子无不喜欢见异思迁，婚约在身也拦不住他们头脑发热。

她忽又想起阿爷和阿娘，当初爷娘那样恩爱，阿娘去世时身边却只有她一人，阿爷他……想着想着，她心里就仿佛结了冰碴子，只余一片冰凉。

刘副院长果然对武缃大加赞许，嘱咐简女官将武缃的答话记下来送到宫里给皇后过目，又说："往后出题时，凡是答得好的，先生都会在各人的操行簿上记录用作日后评优，答案尤为出彩的，会即刻送呈皇后。"

她的言下之意是学生们的言行都会及时反馈给宫里，往后她们须得勤勉自省。

众人惴惴地应了。

众人上完这堂课就到晌午了。

学生们送走刘副院长，自觉精疲力竭，便相携到思善阁去用午膳。

好在午膳时并无女官在旁监督，学生们一下子就没那么拘束了。

膳毕，众人回到自牧阁，柳四娘率先带着婢女给同窗们送见面礼，紧接着郑霜银和邓唯礼也带着食盒出了屋。

滕玉意和杜庭兰也各自准备了礼物。几个人一带头，自牧阁总算喧闹起来了，小娘子们在游廊相遇，热热闹闹地互赠礼物。

邓唯礼似是对滕玉意很好奇，送礼时含笑看了滕玉意好几眼。

滕玉意也忍不住端详邓唯礼。

邓唯礼的祖父是侍中邓致尧，外祖是卫国公，端的是华贵满门，她是长安城数一数二的贵女。

头些年邓夫人病逝，外祖母疼惜外孙女，常将外孙女接到洛阳居住，邓唯礼一年中有大半时日不在长安，但因邓唯礼性情幽默可爱，无论走到何处，身边总有一大堆女孩相随。

滕玉意前世在大明宫觐见时见过邓唯礼一次，当时因为面见皇后，不敢四下里打量，最后脑中只留下了一个模糊的影子，只记得邓唯礼姿貌明艳。

此番一打量，她才发现邓唯礼跟自己有些相像。

柳四娘也立刻发现了这一点，看看滕玉意，又看看邓唯礼，讶然笑道："滕娘子和邓娘子好像有点儿像，杜娘子你觉得呢？"

她们是有点儿像，杜庭兰在心里想，都是水汪汪的眸子，花朵一样的脸蛋儿，但细看又不像了，邓娘子眼睛细长些，妹妹却是一双杏圆漆黑的眼睛。与其说她们相貌像，倒不如说气度有些像，都是未语先笑，万事都不放在心上的娇贵模样。

邓唯礼憨笑着点头："我说为何觉得滕娘子那么亲切，原来是我俩有点儿相像的缘故。你不记得我了吧？我可还记得你，小时候我们斗棋，那么多小孩儿就你赢过我了。可惜头两个月我在洛阳外祖家，都不知道你来长安了。"

滕玉意一愣。她幼时与邓唯礼见过面？那是哪一年的事了？她怎么一点儿印象都没有了？

她笑着问道："我在哪儿赢的你？"

"在我们府里。我祖父做寿，你们府里的管事带你上门送礼，你同我们玩了一下午呢，你那时候才五六岁吧，我跟你同年。"

杜庭兰在旁边微笑听着，两人模样不相像，但说话时这副聪明外露的神态倒是有点儿像。

邓唯礼说话间挽住了滕玉意的胳膊，又令婢女把自己准备的礼物送给滕玉意姐妹二人。

彭氏姐妹出手最阔绰，竟给每位同窗准备了一套笔墨纸砚，纸是剡溪纸，砚是龙须砚，墨和笔也都是珍稀上品，同窗们纷纷闻讯而来，彭氏姐妹的屋子里一下子聚集了十来个小娘子。

这厢说完话，大伙儿又相携去柳四娘和李淮固的屋子里。李淮固待人接物向来极周到，这次同窗相见，论理会准备些别出心裁的礼物，可她不知是不是刚病愈的缘故，只拿了些府里做的点心。

滕玉意立时对李淮固刮目相看。一个人不怕出错，就怕出错后意识不到症结所在，李淮固被咒术一害，居然马上意识到自己此前行事太招眼，为了避开锋芒，总算知道遵养时晦了。

接下来同窗们去各屋送礼时，李淮固果然只笑吟吟地相随，邓唯礼与郑霜银大肆讨论音律时，她也不再像往日那样不露痕迹地插言。

众人送完礼，女官们便带着使女们过来说该午歇了，女孩们这才依依不舍地各自回屋。

碧螺和红奴相约到厨下去取水，滕玉意自行在西屋鼓捣一阵，接着便抱着小布偶跑到东屋，说要跟阿姐在一张床上睡。

杜庭兰好脾气地把枕头推给滕玉意，自己往里挪了挪，顺势抬头往对屋望了望，悄声说："你又在床前挂了百花残？"

滕玉意把衾被拉到下巴处："窗边我也挂了。午歇足有一个多时辰，我睡觉实，目下端福也不在身边，谁知那人会不会使什么怪招。"

"谨慎些好。"杜庭兰道，"你昨日是不是歇得很晚？上课时看你想打瞌睡的样子，趁这个工夫赶紧睡吧，阿姐替你盯着。"

滕玉意打了个哈欠，把头埋进小布偶怀里："阿姐你也睡吧。那机关做得不露痕迹，只要有人敢过去，必定逃不过的。"

学生们似乎都歇下了，外头廊道上慢慢安静下来，再过一会儿，整座自牧阁都只能听见花草在风中摇曳的声响。

姐妹俩不知不觉都睡过去了，也不知过了多久，听得碧螺和红奴在床边轻唤："娘子，该起了。"

杜庭兰本就警醒，连忙睁开眼睛。滕玉意下床时看看对屋，床幔好好的，不像有人来过的样子。

碧螺帮滕玉意梳妆，低声说："婢子和红奴怕扰了娘子午歇，取水回来就到花园里转了转，刚到芭蕉树底下坐好，怎知彭大娘几个就过来了。"

滕玉意一下子来了精神："她们没回屋里午睡？"

红奴在另一头帮杜庭兰梳妆，闻言摇摇头："她们像是要托人送信，看着是从前院绕过来的，路过时大概觉得花园里无人，就停下来说了几句话。彭大娘像是不大高兴，一过来就直叹气，说自己失策了，原来那日在骊山上摔倒的农妇是皇后一手安排的，现在已经失了一步先机，后头怕是不好补救了。"

杜庭兰和滕玉意都大吃一惊：当日那一出竟出自皇后的授意？

让滕玉意更为吃惊的是另一层：这件事朝中知道的人应该不多，彭家竟这么快就得到了消息。

碧螺也悄声说："彭大娘还说，当日回去帮农妇的只有四个小娘子，但是看皇后的意思，似乎最属意武家。武大娘许是因为郑大公子悔婚一事气不过，铆着劲儿要搏一搏太子妃位了，往日连门都不大出，最近却频频出风头，加上武中丞在朝中的势力，皇后极有可能就定下武大娘了。"

滕玉意问："彭锦绣是怎么说的？"

"彭二娘说：'也未必吧，不是还有滕玉意、杜庭兰、郑霜银吗？还有邓唯礼，当日她在洛阳，又没上骊山，皇后说不定也属意她呢？'

"彭大娘就斥责妹妹：'成日就知道吃喝，也不动动脑子，没看到刘副院长上课时点名要武大娘回答问题，还即刻将武大娘的答话送到宫里去了？这可是极好的露脸机会。若非本就想关照武大娘，院长又怎会如此？照我说，刘副院长早就与武家互相通过气了，甚至这件事也是皇后默许的。不信你就瞧吧，太子妃十有八九就是武大娘了。'"

碧螺绘声绘色地复述两人的对话。

杜庭兰听得一呆。

滕玉意笑了笑：有点儿意思，太子妃人选关乎国体，书院一开学，朝中各方势力就蠢蠢欲动了，这才是第一日，后头估计还会有更多猫儿腻。

如果刘副院长是武家一派的，在刘副院长的频频照应下，武大娘的确更有可能获得皇后的青睐。

就不知那四位女官又各自与哪家有攀扯。书院管理严格，彭氏姐妹不在房里午歇，却溜出来送信，料想在书院中早有内应，那人会是谁呢？嗯，那人说不定就是女官中的某一位。

65

红奴又低声说："除了这个，彭大娘还骂了妹妹一顿，说妹妹的信她扣下来了，叫妹妹死了这条心，别说浴佛节^①那日书院未必放假，就算放假，也别想着指使下人们帮她制造机会与郡王殿下邂逅。"

滕玉意怔了一怔，过些日子就是浴佛节了，长安百姓都会结伴出游，城中四处有俗讲^②，晚间不宵禁，说起来浴佛节是一年中极其热闹的节日之一，今日是二十五，算起来没几日了。

杜庭兰惊得差点儿将手中的簪子滑落到地上——彭锦绣竟恋慕淳安郡王！她忙屏息听了听廊道上的动静，正色嘱咐二婢："这种事表面上是闺阁闲谈，实则牵连甚广，万一被对方知道你们在偷听，定会带来无穷无尽的麻烦。记住了，只此一次，往后不许再听墙脚了！"

二婢意识到事关重大，连声说："婢子绝不敢了。"

杜庭兰又说："白日我们去上学时，你们须寸步不离地留在这边的房中，我和妹妹这些贴身首饰、小物，万不可被人偷了去，你们该知道丢了这些东西会有什么后果，切不可心存侥幸。"

二婢肃容点头。

晚膳后，娘子们在房中做好功课，因为还未到就寝的时辰，便高高兴兴地去串门。

比起郑霜银等贵女，邓唯礼更活泼可爱，这些自小在长安长大的女孩大多与她交好，等到邓唯礼身边的婢女把滕玉意和杜庭兰请过去后，邓唯礼的屋子里都是人。

大伙儿在讨论浴佛节出游的事。

邓唯礼说："我问过副院长她老人家了，说是那日只上午有一堂大经课，中午

---

① 浴佛节：这里为文中时间线，笔者特意改了时间，真正的浴佛节是四月初八。

唐朝的统治阶级为了巩固皇权，很善于利用宗教加强与民间的联系，相应地，宗教节日比较多，也非常隆重，比如四月初八的浴佛节、七月十五的盂兰盆节。每到这几个节日，长安的寺庙里往往人山人海，有权贵带来的乐队和舞蹈班子（伎乐）、玩百戏的胡人们，寺院还会有"戏场"。戏场除了供寺里的和尚师父们做法事开俗讲，平时还会经常上演各种伎乐、百戏、傀儡、参军等文艺活动，大一点儿的场地还可以用来玩蹴鞠、打马球，总是非常热闹。

② 俗讲：唐朝非常普遍的一种民间娱乐活动，源于佛寺讲经。它是把佛经故事演绎为通俗易懂的变文，在寺庙外进行演出，其目的是通过表演佛经故事，让世俗大众给佛寺捐香火钱。

就放假了，那日各大佛寺都有戏场①，最热闹的当数慈恩寺了，要不我们一道出去游乐吧！"

武大娘面如银盘，脾性也甚是温和，看滕、杜二人进屋，上前笑道："滕娘子，往年你在扬州，我也跟你不熟，今年来了长安，你可得跟我们尽兴同游一回。"

滕玉意挽住武大娘的手要接话，才发现武大娘手腕上涂着药膏，伤口不大，才指甲盖大小，而且看着快愈合了，只是这么一瞧，她才发现武大娘的手腕上有一块浅浅的青色胎记。

武大娘顺着滕玉意的目光往下一看，笑着解释说："前几日在房中摆弄首饰时不小心擦到了。"

这时，那头的郑霜银问滕玉意："阿玉，你那日想去哪儿玩？"

滕玉意道："慈恩寺离书院有点儿远，第二日还得上学呢，要不去青龙寺也成。那些登进士科的才子有所谓'慈恩寺题名'，我们这些不栉进士不妨就来个'青龙寺题名'。"

女孩们眼睛一亮，都说这个主意有趣。

武绮原本正跟柳四娘下棋，闻言笑着指着滕玉意道："我早说滕娘子好玩，你们不信，且瞧着吧，待会儿她还有更多好主意呢！"

女孩们这一整天都憋坏了，说笑时便分外肆意，直到歇宿时辰到了，各人脸上还带着笑意。

滕玉意和杜庭兰刚回屋，四位女官就联袂前来巡视。

简女官似是负责东边走廊，走到滕玉意和杜庭兰的屋子时，先是随便看了看，接着便温声道："今日是你们进书院第一日，可有什么不适之处？"

她说话时，目光在滕玉意身上停留了一瞬。

这番话不露痕迹，但滕玉意知道，简女官要不是受蔺承佑所托，绝不会有此一问，她忙说："劳简先生挂怀，一切都好。"

简女官又道："你二人功课不错，我是司读，日后念书时遇到一应不懂之处，都可以过来询问我。"

杜庭兰和滕玉意低头敛衽："是。"

---

① 戏场：当俗讲密集到一定程度的时候，寺庙外就会出现规模大的戏场。北宋《南部新书》记载，那时长安城最著名的戏场是慈恩寺戏场、青龙寺戏场、荐福寺戏场、永寿寺戏场。

简女官让使女递给二人一个提篮："院长有令，学生们须敬惜字纸，往后不得用家里带来的那些桃花笺、绿金笺了，而须统一用书院发的纸墨，每半个月学院会发放一回，用完了可以同先生说。"

姐妹俩接过提篮，恭送简女官出屋。

关上门窗，杜庭兰看时辰不早了，便回房换衣裳。滕玉意顺理成章地拎着提篮回了西厢房，伸手在篮中摸了摸，面上是笔墨纸砚，底下却藏着一个小漆盒。

她打开一看，里头是一匣子三清糕，旁边还附着一封信，上头歪歪斜斜地写着几行字：

"滕娘子，你在书院里好吗？一定没有在家里自在吧，这个月怕是不能约你出来除祟了，我们给你做了三清糕，你吃了就安心念书。"

落款写着："绝圣、弃智叩上。"

滕玉意望着这信笑了起来。这没头没尾的一封信，当中还夹杂着不少错字，然而她一字一字地读下来，只觉得信里的心意贵重万分，可惜她这边不能回信，只能托简女官回一句"安好"。接着她又看了看信的底下和背面，蔺承佑许是为了避嫌，并未留下只言片语。

滕玉意用烛火把信点燃，耐心地等信纸燃尽，然后在窗前和床前布好机关，到对屋跟阿姐挤在一张床上睡。

她躺下后，杜庭兰替滕玉意掖好被角，回想这一日，只觉得无比乏累，望着帐顶感叹道："书院的第一日就这么过去了。"

滕玉意掰着手指头数日子："还有小半个月才能出去玩呢。"

"快了快了。"碧螺和红奴睡在床边的榻上，起身吹灭灯，笑道，"明日还要早起，娘子早些睡吧。"

翌日，成王府。

蔺承佑穿戴好出门，宽奴过来禀事："世子，今早依旧无事。"

蔺承佑默了默，昨日是滕玉意入学第一日，昨晚为了等消息，他半夜才睡，据简女官回报，昨天白日无事，看来晚间亦无事。

他看了看宽奴空着的双手："只有这个，没有别的？"

宽奴低头看了看手，愣了愣："只有这个。"

书院看得那样严，难不成世子还指望滕娘子再送一盒鲜花糕出来？

蔺承佑暗想：滕玉意忍得住酒瘾，小涯那老头儿未必忍得住，他本以为滕玉意会托他带酒，对他来说这事不算难办，只要他想去找她，书院防守再严也拦不住他。

可惜滕玉意压根儿没提这事，应该是怕太麻烦他，他只好改口道："专门派个人在书院附近等简女官的回信，整日守候，一刻不得离开，记住了吗？"

宽奴忙说："早派人过去了。对了，据说浴佛节那日书院会放假。"

蔺承佑脸上这才有了点儿高兴劲儿，琢磨一下，道："知道了。"

他说话间，不动声色地看了看街对角，上了马，直视着前方道："我身后这'尾巴'跟得够久了，你们还没弄明白上家是谁？"

"差不多摸清楚了。"

"那就抓吧。记住我要活口。"

宽奴无声地点了点头。

蔺承佑催马赶到大理寺，先去停尸房找陈仵作，再去办事阁寻严司直。

严司直正仔细比对胡季真案和李莺儿案的两份卷宗，抬头看到蔺承佑进来，忙说："蔺评事，我已经把两起案子的相似之处都整理出来了。"

蔺承佑坐下来一看，共同点共三处：第一，两名受害者都被邪术取了魂；第二，两名受害者都住在义宁坊；第三，死者遇害前都去过得善大街，胡季真是回家时必须经过得善大街，李莺儿是在楚国寺坠井的，而楚国寺就在得善大街上。

"从这几点来看，很难不怀疑凶手就是同一个人。"严司直说，"而且凶手很可能就住在得善大街附近，可惜胡季真一案中，凶手留下的线索太少，不然还可以总结出更多的共同点。"

蔺承佑把手中的东西放到桌案上："严大哥先看看陈仵作写的验尸呈，李莺儿鞋底上沾了不少油，经查验是豚油一类的荤油。前日我去楚国寺检查李莺儿坠落的那口井，也发现井栏边沿有一个手印，手印上栖满了苍蝇，料着也是荤油的痕迹。昨日我再次去核对，发现那手印与李莺儿的右手相吻合，说明这是李莺儿落井前留下的。两下里一合，我猜她出事前跌倒过，只是手掌摁到了地上肉块之类的东西，所以并未擦伤，反而蹭到了一手油。"

严司直讶然地翻阅验尸呈："手上有荤油，脚底也有荤油，莫非李莺儿出事前去过肉肆之类的地方？"

"可是那附近没有肉肆，甚至连店肆都无。"蔺承佑想了想，"李莺儿当时的女伴说她们是相约出来游玩，当日直到进了楚国寺，李莺儿都还是好好的。看李莺儿的装扮，并不像个邋遢之人，鞋底和手弄满了荤油，她不可能不清洗，所以这应该是她丧失意识前那一瞬间发生的事，之后她虽然丢了一魂一魄，却执意要到井边去，大约是糊里糊涂地想洗手，却不慎跌落井中。"

严司直道："凶手会不会是个屠夫？往日我曾见屠夫将未卖完的肉带回家去，有时候就用草绳系了提在手中。那人追杀李莺儿时肉块跌落，碰巧被李莺儿跌倒时碰到了。荤油不好清洗，所以凶手哪怕知道自己留下了证据，也只能匆匆离去。这样吧，我马上去得善大街问问附近可有屠夫一类的人居住。"

蔺承佑忽道："不觉得不对劲儿吗？胡季真与李莺儿年岁相当，一个是少年郎君，一个是穿襦裙的小娘子，胡季真还骑着马，遇到危险时谁会跑得更快，岂不是一目了然？凶手暗害胡季真时都可以不留下半点儿线索，为何在追杀李莺儿时反倒狼狈起来？"

"这……"

"要么凶手并非同一个人，要么凶手在暗害李莺儿时遇到了意想不到的波折……"蔺承佑脑中忽地浮现一个念头，"寺中僧人私藏荤食也是有的，看来我还得去一趟楚国寺的香积厨。"

一连几日，书院里都风平浪静。

简女官每日都会过来探寻滕玉意，滕玉意每晚都回说"无事"，临睡前从不忘布置机关，可惜一直都没等来那个贼。

她很快就适应了书院里的生活，功课她闭着眼睛就能应对，何况膳食不差，同窗面上也和睦友善，除了没有好酒，简直处处顺心，她暗想小涯跟着她在书院里待上一个月，怕是也要憋坏了。

好在入学时带了那件给阿爷做了一半的锦袍，滕玉意无事时便让阿姐带着她做衣裳。

转眼时间就到了浴佛节这日。

一大早白女官还在上课时，女孩们就按捺不住在底下眉眼乱飞，等到上完课用完午膳，忙不迭地回房装扮起来。晚上还得回书院睡觉，她们须得抓紧时间出去。

各府得了消息，晌午前就过来接人。等到诸人穿戴好从书院里出来，门口早有好些犊车了。

众人分别之前，邓唯礼叮嘱各位同窗："说好了，酉时初在青龙寺戏场外碰面。菊霜斋门口，不见不散。"

滕玉意跟杜庭兰同乘一车，滕玉意放下窗帷，回身对杜庭兰说："这几日那人一直没露出马脚，阿姐，你说那人今晚会不会找机会下手？"

杜庭兰忧心道："我觉得会。书院里规矩多，街市上却人多眼杂，换我也认为是个下手的好机会。要不今晚还是别出门了，阿姐不怕别的，就怕端福照管不过来。"

滕玉意说："不怕，我就等着她出手呢，我倒是很好奇她会用什么法子对付我，回去我就安排起来，总之今晚一定要抓住她。"

滕玉意一回府就给青云观去了一封信，可惜直到傍晚出门都没等到蔺承佑的回信。

滕玉意换了一身新做的裙裳，戴上帷帽从府里出来，依照定好的计划，带上端福、长庚等人乘车去杜府接表姐。杜绍棠听说两个姐姐要去青龙寺戏场玩，一下子来了兴致，说什么也要跟着凑热闹。

于是姐弟三人一同去往今晚最热闹的崇义坊。

街上车马骈阗，路边有僧人发放"糕糜"，不远处笙鼓鼎沸，遍地可见胡人歌舞，年轻男女们采兰赠芍，耳边尽是欢声笑语，这番热闹景象，丝毫不输上元节。

犊车行到青龙寺附近的安福街时，无论如何都走不动了。滕玉意三人只好下了车，端福和霍丘、长庚等人隐没在人群中，始终与滕玉意保持着不远不近的距离。

他们到了约定的菊霜斋门口，店里果然有好些人等着了，除了书院里的同窗，也有各人的兄弟姐妹，所幸年岁都不大，倒也无须避嫌。

郑霜银等人亲自过来接滕玉意姐弟，坐下后往外一看，恰好可以看见青龙寺对面的长长拱桥。青龙寺在门外专门开凿了一条渠沟，渠沟直通城外，水面上漂浮着一串串许愿灯，远看宛如明亮的珠串，今晚是许愿保平安的好时机，这灯都是前来祈福的老百姓自发放入河中的。

李淮固清点一番菊霜斋的同窗们，疑惑地说道："好像还有几个人没来。"

"邓唯礼呢？她可是今晚的东家，为何到现在还没露面？"

桌旁的同窗一大半喜欢邓唯礼，忙笑着打圆场："你们又不是不知道她的性子，又憨又娇，出门总比别人慢些，稍等一等吧。"

忽然又有人说："哎，你们听说了吗？成王夫妇快回京了，说是得知儿子有了心上人，这次回来第一件事就是要给儿子定亲。"

滕玉意本在喝茶，闻言差点儿被呛住，到底是谁在故意散播这些谣言？上回在骊山行宫就有人说这事，今晚又来了，但那日在荒宅中她看得清清楚楚，蔺承佑颈后分明有个赤金色的蛊印。

她下意识地看向对面那人，挑起话头的是彭锦绣。

武绮忙摆手："你们可别再往我身上扯了啊，那日成王世子为这事当面把余奉御找过来对质，弄得我阿兄好生下不来台。也是无妄之灾，他二人斗法，莫名其妙地把我卷进来了，我现在都恨死我阿兄了，我阿兄赔了我一匹千里马我都不肯理他。"

另一人笑着接话："这回不是你。因为我听说那位小娘子很娇贵，武二娘你也很好看，但气质偏飒爽，我听说成王世子极爱那个小娘子，为了讨好那个小娘子，还在摘星楼买了极贵重的首饰。"

连摘星楼都出来了。滕玉意望着手里的茶盏，除非有人暗中盯梢蔺承佑，否则即使是造谣也不能详细到这个程度。

娇贵？首饰？滕玉意想想蔺承佑对师弟和妹妹的那份偏疼，要是他真动了"凡心"，倒真有可能做得出这样的事，难道蔺承佑真有喜欢的人了？不可能呀，那样的蛊毒怎会说解就解？

杜庭兰佯装不经意地看向身边的妹妹。她曾怀疑过蔺承佑喜欢妹妹，只因想起蔺承佑身中绝情蛊的事才打消疑虑，难不成……但是妹妹最近可从未收过什么首饰，而且这些日子妹妹在书院里能吃能睡，也不像陷入情思的模样。

忽然有人一惊："咦，那不是邓唯礼吗？"

李淮固循声望去，杯盏里的茶险些晃出来。

滕玉意一抬眸，不由得也睁大了眼睛：就在不远处的拱桥上，邓唯礼带着两名婢女立在桥上，头上帷帽的纱帘早被风掀开来，露出芙蓉般的一张脸。

邓唯礼旁边立着的高挑的俊美少年，可不就是蔺承佑吗？蔺承佑望着河中，也不知在瞧什么。

路过他们身边的行人频频回顾，似乎从未见过这样般配的美貌男女。

屋里人红着脸笑道："成王世子瞧上的那位娇娘子该不会就是邓唯礼吧？"

滕玉意把头转到一边，放下茶盏笑道："咦，那不是卖糖人的吗？这些年没在长安，我也忘了糖人的滋味了，我出去买几个糖人，你们谁要？"

有人说："我要，滕娘子，麻烦帮我带一串吧。"

滕玉意笑眯眯地出来，到门口寻到端福，正要用目光示意他过去瞧瞧，恰在此时，门外有个锦衣公子要进楼，滕玉意只觉那人眼熟，顾不上细看是谁，脚步下意识地往后一退，再一望，桥上的蔺承佑和邓唯礼都不见了。

来人身着墨色襕衫，头戴白玉冠，似是察觉楼里有人出来，率先退后几步：

"滕娘子。"

滕玉意瞧了对方一眼。

这人生得丰标俊雅,举止也秀敏。

武元洛?

武元洛身后还跟着好几个仆从。

恰在此时,武元洛后头有好些纨绔公子路过,几人边走边打量拱桥的方向:"没看错,方才那人就是成王世子,旁边那小娘子是谁?"

"我妹妹说是邓侍中的孙女。"

"啊,那不是太子妃的钦定人选之一吗?成王世子这是要撬太子的墙脚了?两兄弟不会因此发生龃龉吧?"

另一人笑道:"美人如名花,可遇不可求。桥上那位小娘子容华绝代,换我也心动。"

说话间,众人一回头,看见门口的滕玉意,不由得都顿住了。天气渐暖,小娘子帷帽的纱帘做得很薄透,夜风一吹,隐隐约约能瞧见点儿轮廓,众人一望那秀丽的下颌线条以及光滑细腻的脖颈,就知那是个娇滴滴的大美人。

今晚这是什么运气,竟接连碰见两位绝色小娘子?几人挪不开目光了。武元洛眼里浮现一抹讥诮之色,自发让到一边:"滕娘子请便。"

他不动声色地把后头那几个少年的视线都挡住了。

滕玉意眼下哪儿有工夫理会旁人?她回了一礼便要下台阶,怎知这时候,又有两个年岁小的娘子追出来,拉住滕玉意的衣带怯怯地说:"滕娘子,也帮我们买两串糖人好不好?"

她们一个是柳四娘的妹妹,年方十岁,另一个是陈家的远房表妹,才十一岁。

滕玉意笑道:"行,你们在门口等着吧,我买了糖人给你们,你们帮几位姐姐捎回去。"

"好。"

滕玉意扭头找寻小贩的踪影,可就是这一眨眼的工夫,卖糖人的小贩面前已经围了好些人,男女老少全挤作一堆,她真要过去的话少不了被人推挤。滕玉意踟蹰了,她毕竟是个小娘子,换往日大可以让端福去买,然而她今晚还要捉贼,当着武元洛的面,不好暴露端福等人的形迹。

武元洛看看滕玉意,又看看卖糖人的小贩,反身走到那堆人面前,也不知说了句什么,人群就自动向两边分开了。武元洛大摇大摆地走到摊贩面前,一口气买下了十串糖人。

随后他返回楼前，把最大的一串糖人递给滕玉意，笑道："没想到滕娘子都这么大了，还爱吃这个？其实我大妹也喜欢吃，还特别爱吃粘了胡麻的这一种。"

滕玉意瞄了瞄，武元洛手中果然有一串粘了好些胡麻的糖人，再看看其他糖人，都是一模一样的款样。

这让她想起一件事，那回她到武氏姐妹房中去玩，碰巧月底各府给孩子们送吃的进来，她和阿姐进房间时，武氏姐妹正着婢女清点锦盒。

武元洛给二妹妹武绮的礼物无外乎是些吃食，给大妹妹武细的却是些不常见的古籍琴谱，哪份礼物更用心，简直一目了然，当时滕玉意就在心里想，武元洛好像更疼大妹妹武细。

如今这粘满了胡麻的糖人更说明她的猜测不假，武元洛只帮武细准备了独有的一串，武绮那串却毫无特殊之处，倘若不是更把大妹妹的事放在心上，他不会连这样的小细节都记得。

她是打着买糖人的幌子出来的，不接反倒显得假了，只好接过说："多谢。"

武元洛顺理成章地把手中剩下的那一把糖人递给两个小女孩："拿进去吃吧。"

他似是急着进楼找人，说完这话，就带着两个小孩儿进了楼。

滕玉意趁这当口对人群中的霍丘使了个眼色，霍丘心知娘子要他留下来保护杜家姐弟，暗暗点了下头。

滕玉意举着糖人走入人群中，街上那几位纨绔子弟互相一推搡，红着脸跟了上去。

滕玉意回想桥上那一幕，先前她打量桥上的时候，无意中瞥见河边立着两个泼皮。

旁人都忙着弯腰放许愿灯，那两个泼皮却装作闲聊盯着蔺承佑。

当时蔺承佑看上去有些心不在焉，似乎并未察觉身后有"尾巴"。

想起前世那支毒箭，她决定提醒一下蔺承佑，加上她今晚本就准备假装落单引书院那人出手，便托词买糖人出来了。后头这个计划，她下午就知会过阿姐了。

出来走了两步，察觉那几个少年跟了上来，滕玉意只嫌对方碍事，只恨人多的地方不好动手，四下里一望，右前方便是一条僻静的巷子，顿时计上心来，忙朝巷口走去。

没想到她才走几步，迎面碰上了从里头出来的邓唯礼主仆。

邓唯礼主仆边走边频频回首，因此并未留意人群中的滕玉意。

邓唯礼虽然戴着帷帽，但夜风不时撩起她面前的纱帘，她嘴唇嫣红，脸颊也泛着绯色，俨然遇到了什么高兴事，其中一位婢女抱着一个锦盒，锦盒上錾了三个字：摘星楼。

滕玉意暗暗收回目光，邓唯礼前头才出现在桥上，过后手中就多了这个，都说蔺承佑前些日子去过摘星楼，看来这首饰正是蔺承佑送的。这简直不可思议，难道他的蛊毒解了？

她转念一想，这一世有许多事与她记忆中不相符，这次清虚子道长提前回来，说不定正是因为找到了解蛊毒的法子了。

她又想到摘星楼的首饰名贵非凡，邓唯礼肯收这样的礼物，说明也属意蔺承佑，就不知这事邓家知不知道。

很快走到了那条巷子，滕玉意顺势右转，那几个少年果然按捺不住了，一窝蜂地拥上来："小娘子请留步，你掉了东西，我们好心帮你捡了。"

端福等人忍耐这一路，指节早已捏得"咯咯"作响，趁巷中僻静，便要跳下来把这几个轻薄儿狠狠摔晕扔出去。

哪知后头又有人跟上来了，身手极快，二话不说就揪住了领头少年的衣领，却是武元洛身边的仆从。

"武大公子？"领头的少年挣扎了几下没能挣脱，怒视武元洛，"你这是要做什么？"

武元洛道："刚才就觉得你们鬼鬼祟祟，幸好我跟过来看了一眼。你们打算做什么？这举动会不会太龌龊了点儿？！不多说了，我虽是读书人，但能动手的时候绝不动口。上！"

说着他摆摆手，让仆从们把那帮纨绔少年揪出去。

"武元洛！这关你什么事？！"纨绔少年身边也带了仆从，两边立时厮打起来。

武元洛径自走到滕玉意面前："滕娘子，此地人多眼杂，今晚你若是想四处闲逛，最好约了同窗一起走。"

滕玉意饶有兴趣地看着他，心想如果这一出是武元洛安排的，也不知要提前准备多久。

武元洛目光灼灼地注视着滕玉意，意识到滕玉意也在纱帘后打量他，脸蓦然一红，赧然拱手道："滕娘子别多心，上回在骊山上，武某因为倾慕滕娘子多有唐突，过后自知孟浪，早就想寻机会跟滕娘子赔罪。今晚虽是碰巧，但归根究底是因为武某本就格外留意滕娘子，怕这些人冒犯滕娘子，才一路跟过来。滕娘子，武某对你只有维护之意，绝不敢心存唐突，你要去何处？武某送你一程，要不我送你回菊霜斋也行。"

他发言清雅，举止磊落不凡，说话时与滕玉意相距数尺，要多守礼就有多守礼。

滕玉意垂眸望望手里的糖人，笑了笑道："武大公子——"

忽从那边蹿过来一道黑影，速度堪比雷电，黑影腾空而起，一下子扑到了巷口。

武元洛面色一变，那几个纨绔少年也被吓得忘了扭打。

"豹……豹子！"

那黑物油光发亮，一双眸子绿莹莹的，行动时无声无息，但自有一股令人胆寒的神威之气。

众人心生畏惧，吓得连架都忘打了。

滕玉意一喜，俊奴？！自从彩凤楼一别，她好久没看见这小黑豹子了。

她再看巷子那头，那边不知何时多了个穿竹柏绿襕袍的郎君，走动的时候腰间玉佩微微响动，暗沉沉的乌犀带束出一截好腰来。

武元洛一讶："蔺承佑。"

蔺承佑笑道："真够热闹的，追犯人路过此地，不巧撞见不少熟人。"

黑豹向前一纵，拦住先前那帮意图轻薄滕玉意的纨绔，大肆撕咬起来。

众人大惊："世子！"

然而黑豹这一扑，竟是真咬。

领头的纨绔惨叫一声，挣扎半晌，拼死夺过自己的腿，剩下几个人也被抓出了好几道血痕，屁滚尿流地逃跑了。

蔺承佑这才假模假式地喝道："俊奴，不得无礼！"

武元洛怕滕玉意受惊，忙要将滕玉意带走，孰料一恍神的工夫，滕玉意就不见了。

武元洛心下纳罕，看那黑豹又掉头瞄准了自己，他天不怕地不怕，唯独怕猛兽，白着脸忍耐片刻，一哂道："今夜到处是游人，世子把这猛兽带在身边，就不怕伤及无辜？"

蔺承佑笑道："我这灵兽天生通灵性，只咬妖邪和恶人，不咬良善之辈。武公子如果没做什么亏心事，是不必担心它咬你的。俊奴，过去跟武大公子打个招呼。"

俊奴慢慢地朝武元洛踱过去，武元洛盯着蔺承佑，脚下不自觉地后退几步，不甘心地看了看滕玉意消失的方向，淡笑着颔首道："好灵兽。武某就不打搅世子办案了，告辞。"

滕玉意趁乱跑到巷尾，藏到墙后，把脑袋探出来看蔺承佑教训那帮纨绔，正看得津津有味，忽听后头有人道："滕娘子。"

她一回头，就见宽奴捧着一摞东西候在角落里，与此同时，端福和长庚也悄悄地从墙头跃了下来。

"滕娘子，世子有事要找你，烦请在此稍候片刻。"宽奴笑呵呵地道，"娘子别怕，世子不会让俊奴下手太重的。"

滕玉意心想：她才不怕下手重，长这么大，头一次遇到敢轻薄她的流氓，就算蔺承佑不动手，阿爷事后知道了，也会想法子找补的。

她看看宽奴的身后，先前邓唯礼主仆就是从这条巷子里出来的，过后蔺承佑也突然在此现身，料着之前他们一直在此幽会，怪不得邓唯礼脸上有羞色。

她点点头说："也好，我正要提醒你们世子一件事。"

不一会儿她就听到了脚步声，蔺承佑和俊奴过来了，滕玉意弯腰摸摸俊奴的脑袋，笑道："多谢你帮我出了一口恶气。"

俊奴嫌弃地把头偏到边上，滕玉意欢喜得不得了，偏要再摸几下："喂，你我也算朋友了，朋友见面不打个招呼吗？"

怎知她一靠近，就闻到了蔺承佑身上飘来的一缕暗香，芳馥盈怀，一闻就知道是女子惯用的香。她好奇地嗅了嗅，确定这绝不是蔺承佑常用的皂角香。可惜她不记得邓唯礼平日惯用什么香了，不然说不定就能对上号了。

蔺承佑上下打量滕玉意，确定她安然无恙，末了目光一移，落到她手中的糖人上："这是武元洛买的？"

滕玉意这才意识到自己手里还举着糖人，干脆咬了一小口："还挺好吃的。"

蔺承佑瞅着那糖人，先前武元洛大肆献殷勤，滕玉意不大像反感的样子，加上那出"英雄救美"，滕玉意该不会是被这厮唬住了吧？

"这有什么好吃的？"他嗤了一声，"这附近有的是好吃的，你要是肚子饿了，买别的就是了，这个……直接扔了吧。"

"扔了做什么？"滕玉意置若罔闻，不过想想正事还没说，只顾着吃糖人似乎不好，于是只吃了一口，就把糖人交给身后的端福，"有件事须提醒世子，先前在拱桥上，我瞧见有两个人跟踪你。世子，你一定要当心。"

蔺承佑总不能把糖人直接夺过来扔掉，只好"嗯"了一声："如果不是为了对付那几个'尾巴'，我也不至于挨到现在才来找你。"

滕玉意松了口气："世子心里有数就好。下午我送到青云观的信瞧了吗？我还得抓贼，那就先走了。"

说完这话，她作势要告辞。

哪知她刚一动，蔺承佑就伸臂拦住了她："等等，我还有事要同你说。"

滕玉意踮脚看了看巷口："下回吧。出来前我虽然跟阿姐打了招呼，但也不能耽搁太久，况且这周围有不少我的同窗好友，万一引来什么误会就不好了。"

比如刚才蔺承佑跟邓唯礼在一起，就有不少人瞧见了。

蔺承佑让宽奴把手中的东西递给滕玉意："这件事还挺重要的，今晚非说不可，你先把这个换上，我带你去一个地方。"

那是件灰扑扑的披风，要是罩到身上，从头到脚都可以遮住。

滕玉意想想他才与邓唯礼在此私会过，这披风说不定邓唯礼穿过，于是不肯接："这地方也很僻静，有什么事不能在这儿说吗？"

"横竖到那儿就知道了。放心吧，在你那帮同窗面前，我自会令人替你遮掩。"

蔺承佑说的那地方也在河畔，只不过在沟渠的下游，地处青龙寺寺后的西北角，游人本就偏少，加上寺中住持帮着清了场，因此河畔几乎看不见人影。

宽奴铺好了茵席，滕玉意受邀坐到席上，蔺承佑抱臂立在滕玉意身边，不时瞥瞥滕玉意。她裹着那件灰色披风，坐着的时候宛如一截矮树桩，披风里头却另有乾坤，鬓髻霓衣，容貌如玉，她就这样静静地临水而坐，恍若一枝带露含香的玫瑰。

只是她手中那根糖人甚是碍眼，沿路走过来，他都给她买了一大堆吃的了，她依旧不肯把那糖人扔了。

俊奴在两人面前转了个圈，最后趴伏在蔺承佑脚边。滕玉意倾身拉过俊奴的爪子，兴致勃勃地跟它玩起来。

水面上满是形形色色的许愿灯，一抬头正好能看见栈桥一角，滕玉意玩了一会儿，百无聊赖地开了腔："世子，是不是有要事同我说？"

蔺承佑给俊奴扔了一小块肉脯，撩袍坐下："最近在书院里，有没有人聊起过太子妃人选？"

滕玉意一愣，当然有，明面上没几个人聊，但背地里关心这件事的人还真不少。

"有。"

蔺承佑转脸看她："你跟邓侍中的孙女熟悉吗？"

他绕了半天，原来是想打听心上人的事。

"算熟的。我们的寝舍挨得很近，平日来往也多，邓唯礼言谈诙谐豁达，人缘很不错。"滕玉意自觉评价很公允，"我挺喜欢她的。"

蔺承佑问："你有没有发现书院里有人跟踪她，或听她说过丢了东西？"

滕玉意怔了怔："没听说，难道有人会对她不利吗？"

蔺承佑说："回书院后你留意留意，要是发现有人跟踪她，或是她身边出现什么异事，你就令简女官告诉我。"

滕玉意默了默："好。"

思量一晌，她没忍住道："世子，你为何不当面问邓娘子？"

蔺承佑莫名其妙："当面问她？"

滕玉意抬手指了指远处的那座桥："先前你们一起在桥上赏景时，很多人瞧见了，你都同她一起出游了，何不直接问她？"

蔺承佑头顶仿佛滚过一道焦雷："什么？！"

滕玉意奇怪地道："世子不会以为没人瞧见吧？同窗们当时都坐在菊霜斋里，正好能看见对面的桥。哦对了，同窗们都说你有心上人了，说你这位心上人娇贵貌美，你为了讨好她，特地到摘星楼买了贵重首饰。流言早就传开了，知道这事的人不会少，说来也巧，这话刚说完，我们就看到你和邓唯礼在一起。"

娇贵貌美的小娘子？他去摘星楼买贵重首饰？蔺承佑越听越奇，这些传言条条他都做了，可他要讨好的那个人不是什么邓唯礼，而是滕玉意。

行吧，对方挖了这么大的坑，原来在这儿等着他。今晚他为了引那几个"尾巴"上钩，故意往人多的地方走，路过桥上时，那几个人跟得越发紧了，他只好顺势在桥上装作赏景站了一会儿。当时身边都有哪些人，他压根儿没注意，事后倒是如愿抓到了活口，但没想到对方用另一种方式摆了他一道。

他想想这段时日发生的事，先有武绮，后有邓唯礼，对方这是铆着劲儿把原定的太子妃人选往他身上凑。

他越想越窝火。就因为怕滕玉意对这些流言信以为真，所以他今晚才执意要约她出来。他可以暂时不让她知道他喜欢她，但也不能让她误以为他喜欢别人。

话都已经到嘴边了，他听滕玉意一条条细细说着，脑子里忽然冒出一个念头，笑了笑道："除了这个，你还听见了什么？"

滕玉意看他浑不在意的模样，抬手一指自己的眼睛，淡淡地道："我何止听见了，我还看见了。你跟邓娘子从桥上下来，是不是一道去了巷子里？前脚邓娘子抱着摘星楼的首饰盒从巷子里出来，后脚你就出现了。"

她连"抱着首饰盒"这种动作都记得……

蔺承佑聚精会神地望着滕玉意的表情，换作是他听到滕玉意跟别人如此，胸口估计会酸胀得炸开吧。滕玉意刚及笄，未必能明白自己的心意，只要她有那么点儿酸溜溜的意思，他今晚就把步摇送给她，明日就……明日就请伯母赐婚。

他若无其事地道："那……你听到这些事，心里有什么反应？"

话一说完，他喉咙像着了火似的焦渴起来，心也"怦怦"直跳。

她这样在意这件事，他就不信她一点儿吃味的意思都没有。

滕玉意怔然。

他这问题可真奇怪。

难不成蔺承佑想知道大伙儿对他解蛊一事的看法？

话说回来，这事对皇室一脉来说不算小，看蔺承佑郑重其事的样子，她只当其中牵扯到什么利害关系，只好认真作答："我跟其他同窗的看法一样，觉得你和邓娘子很般配。世子，你何时解的蛊毒？"

蔺承佑盯着滕玉意。

她眼神平静，口吻中连一丁点儿酸味都没有。

不，这不对，他不信。

"你等一等。"

他说着从袖中抖出锁魂豸，施咒让它缠上滕玉意的手腕。

"好了，现在可以接着说了。"

说不定她在掩饰自己的想法，他只有探到脉息才能弄明白滕玉意的心此刻究竟有没有乱。

滕玉意疑惑地看着手上的银链。

蔺承佑指了指河面："尺廓好些日子没现形了，此地临着河面，万一那东西从水里钻出来，有这个相缚我也好及时施救。"

滕玉意恍然大悟，郑重地点点头："还是世子虑事周到。"

蔺承佑接着说："刚才说到哪儿了……哦，是了，你看到邓娘子怀中抱着摘星楼的首饰盒了？"

他一面满不在乎地发问，一面暗自感受银链上传递过来的脉息，由于太过专注，连呼吸都屏住了。

滕玉意一愣："我当然瞧见了，'摘星楼'三个字还挺打眼的。"

她说话这当口，蔺承佑全神贯注地把着银链，直到这句话说完，她的脉搏和呼吸都不曾乱一下。

这简直令人绝望。

呵，那一定是他问话的方式不对，他换一种方式问。

他笑了笑说："没错，我前阵子是去摘星楼买首饰了，买的还是此楼中最好看的一对步摇，打算今晚就送出去。"

滕玉意淡淡地"哦"了一声。

看样子他已经把东西送给邓唯礼了。滕玉意感觉口里的糖人好像一瞬间没那么甜了，甚至有点儿发涩，皱了皱眉，顺势把糖人递给俊奴。其实比起蔺承佑送了邓唯礼什么首饰，她更好奇这蛊毒是怎么解的，莫非清虚子道长这次回来真带了解蛊的法子，所以蔺承佑对邓唯礼动心了？

她眼前浮现邓唯礼那娇艳的模样，邓唯礼应该对蔺承佑送的礼物很满意，不然不会高兴成那样。蔺承佑热衷于查案，并无多少纨绔习性，没想到蛊毒一解，还挺会讨好心上人的。

她有点儿好奇他送的步摇是什么样的，但这终归是他和邓唯礼的私事，再说了，换作她是邓唯礼，也不会愿意外人知道这些事的。

她憨笑了一声，托腮望向波光粼粼的河面，接下来不但不接蔺承佑的话，甚至连开腔的意思都没有了。

蔺承佑不动声色地数着滕玉意的脉搏，他的心都快从嗓子眼里跳出来了，她仍是心如止水。

很好，什么叫"纹风不动"，今晚他算是领教了。

即使他再不甘心，也得承认滕玉意现在对他没那个意思，而且他再说下去只会叫她误会他喜欢的人是邓唯礼。

手腕一抖，他闷闷地把银链纳入袖中。

沉默了一会儿，他捡起衣袍边的一块石头随手扔向水面，这是他自小就爱玩的游戏，石子轻飘飘地落到水面上，击起二十多圈水纹。

水纹荡开的一瞬间，他想通了。

他还能怎么办，谁叫他喜欢她，所谓"耐心"不就是用在这种地方吗？他想想她身上背负了那么多秘密，纵算心里再憋闷，也渐渐释然了。

滕玉意本来准备起身告辞了，见状也捡起一块石头打出一串漂亮的水花，然后潇洒地拍了拍衣袍："世子，我得走了。"

她面前忽然多了一样东西，蔺承佑把一个妆花锦包裹的物事递给她："瞧瞧喜不喜欢。"

滕玉意一愣，好奇地打开妆花锦，眼前霍然一亮，这竟是一对花枝缀琼玉的步摇，树叶和花蕊雕刻得栩栩如生，垂下来的琼玉也是意态别致，轻轻摇曳的时候，花叶晶莹耀目，堪称巧夺天工。

滕玉意怔住了，哪怕她自小见惯了绢璧珠彩，也甚少见到如此别致的首饰。

"这是……？"她抬眼，对上蔺承佑乌沉沉的黑眸。

蔺承佑把头一转，直视着前方说："我可不认识什么邓唯礼，更没送过她什么首饰，前阵子我是去过一趟摘星楼，但只买下了这对步摇，早就想送给你，可惜一直没机会。哎，你千万别多想，上回在玉真女冠观的地宫里不是让你丢了一支步摇吗？这只能算是赔礼。"

他说到最后一句话的时候，着意加重了语气。滕玉意对他半点儿心动的迹象都没有，假如让她知道他送礼的初衷，她必然不肯收，但若是他再不拿出来，滕玉意说不定真认为他买了首饰送给邓唯礼，这对他来说可是天大的麻烦。

他可不想让滕玉意认为他是个朝三暮四的人。

滕玉意望着步摇，俨然在发蒙。

蔺承佑轻描淡写地说："我原本不想赔的，结果无意中听说那是你阿娘的遗物，那次不小心弄丢了，我也算有责任。如今玉真女冠观仍不能随意进出，我只好赔你一对了，还有，你上回送的紫玉鞍太贵重了，我这只能算是小小地回个礼。"

滕玉意这才回过神来，抬头望了望他的后颈。蔺承佑的后颈只露出了一点儿，她仔仔细细地看了一阵，心头一松：没错，那蛊印还在，假如蛊毒解了，论理蛊印也会消失。

她就说嘛，他前世一直没能解蛊，今生这蛊怎会说解就解了？

那邓唯礼是怎么回事？

似是猜到她在疑惑什么，蔺承佑摸摸下巴："今晚这件事，算是个套中套。我在桥上是为了甩掉'尾巴'，可不是为了跟某个小娘子幽会，而且我和宽奴从后巷绕过来时并没有看见什么人，料着是有人故意暗算我和邓娘子。这事很蹊跷，我会好好查的。"

滕玉意终于有了动作，一手持着锦囊，一手举起其中一支步摇轻轻转动，那璀璨的光映在她的如水秋瞳中。

蔺承佑等了一会儿，看她仍不接茬儿，激她道："滕玉意，别告诉我你瞧不上这对步摇。也对，比起紫玉鞍那等价值连城的宝贝，这东西的确不起眼。行了，滕玉意，还给我吧，我回头再赔你一对更贵重的。"

滕玉意下意识地把手往后一缩："谁说我瞧不上？我是觉得……"

蔺承佑把话说得那么明白，无非是怕她自作多情，可两人再熟，总归男女有别，她收这样贵重的一份赔礼，未免不合礼数。然而蔺承佑言出必行，这次她不收，下次他指不定会弄出什么更贵重的东西。

她收下也没什么吧。

她想想若是她弄坏了他的宝贝，也会想方设法赔的。

她就这样说服了自己。

"好吧。"滕玉意笑眯眯地点点头，"不过话得说清楚了，上次在地宫里丢步摇的事不能怪世子，不过世子礼数如此周全，我只好勉为其难地收下了，这对步摇我就已经很满意了，千万别再破费了。"

蔺承佑粲然一笑，怕她瞧出端倪，随即又敛了笑意，佯作随意地道："那就收起来吧。时辰不早了，我先送你回去。"

"也好。"滕玉意对那对步摇爱不释手，小心翼翼地把玩了一会儿，郑重地把锦囊包好。

这时宽奴不知从哪儿弄来几盏许愿灯："世子，青龙寺放灯很灵验的，要不放个许愿灯再走吧？"

滕玉意来了兴致，接过其中一盏灯："先不说灵不灵验，反正挺好玩的。在哪儿许愿？是写在灯笼里吗？"

宽奴笑着说："灯笼里有块竹片，用水或是用墨写在上头都成。小人这儿有墨条，娘子拿着写吧。记着许愿的时候要虔诚，把自己想祈福的人的名字都写上去就成。"

滕玉意拎着灯笼走到一边，蹲下来用墨条蘸了点儿水，取出灯笼里的竹片，认认真真地在上头写下自己的愿望，愿望很简单：平平安安地活下去。

她想了想，又在底下祈福的名栏里，添上了阿爷、姨父姨母、表姐表弟等人的名字，端福虽然不是亲戚，也被她郑重地写上了，她正要起身时，不经意间望见那边的蔺承佑，蓦然想起他前世被人用毒箭暗算，他今年十八岁，倘或没能被救回来，算起来才活了二十一岁。

她灵机一动，旋即又迟疑了一瞬，她一个外人帮着祈福也不知好不好使……

罢了，看在他救了她这么多回的分儿上，出于感激她也应当帮着祈祈福，于是她回过身来，恭恭敬敬地写上了蔺承佑的名字。

那边宽奴也递了一个灯笼给蔺承佑。

蔺承佑懒得接，回想刚才那一幕。仅是叫滕玉意收一份礼物都要费这样大的劲儿，他心里正烦着呢，自然没好气，却听宽奴道："世子还是放一盏吧，坊间都说这灯能保平安的。"

蔺承佑望了望滕玉意的侧影，她正埋头虔诚地在竹片上写着什么。

今日是浴佛节，换作长安的任何一个小娘子，都会心无旁骛地尽情游玩，只有滕玉意还在殚精竭虑地考虑抓贼的事。

他于是改了主意，一声不吭地接过灯笼和墨条，在竹片上写了一行字，走到水畔把灯笼放到水中。

滕玉意放了灯笼过来，正好望见这一幕。

"世子许的什么愿？"

蔺承佑笑了笑，没接话："走吧。"

宽奴用竹竿把两盏灯尽量送得远远的，灯笼一亮，里头的竹片也被照亮了，他不小心瞅了一眼，世子的竹片上只有一行字："滕玉意长命百岁。"

回去这一路上，滕玉意忙着和蔺承佑商量引贼出洞的法子，回到方才的窄巷，她脱下灰色斗篷交给宽奴。

蔺承佑望了望滕玉意的帷帽："先前你出来时，我让人说你去临水斋取首饰了，现在再回去，空着手不好，你头上戴着帷帽，不如把步摇戴上。首饰铺的主家我已经打好招呼了，事后若是有人问，也不怕对不上号。"

滕玉意暗想：只要不把帷帽摘下来，任谁也发现不了她头上多了一对步摇，何况今晚人多，那对步摇仅用一个锦囊包裹着，走在人群中她老担心会被摔碎了。

"也好。"滕玉意取出那对步摇，摸索着戴到头上。

蔺承佑歪头打量她一眼，可惜巷子里太黑，瞧不清她戴这步摇的模样。

滕玉意再三摸了摸，确定步摇插得很牢固。宽奴过来说："世子，严司直在那边等你。"

滕玉意忙告辞出来，借着人潮和夜色的遮掩回到街道上，不料半路遇到武大娘一行人。

武绸似是一直在附近游玩，手中拿着不少小玩意儿，看到滕玉意，停下来笑着说："你阿姐说你去临水斋取定做好的首饰了，结果等你半天不见你回来，方才没忍住出去寻你了，应该没走远。我去放许愿灯了，待会儿回来同你们玩。"

　　她眉眼与妹妹武绮很像，但体态丰腴，肤白如玉，说话也更和气。

　　滕玉意同武绸分了手，回到菊霜斋，发现同窗少了一大半，阿姐和表弟不在，再看头，霍丘也不见了人影。

　　桌边只有邓唯礼、柳四娘、武绮等人，都是爱说爱笑之人，倒也分外热闹。

　　滕玉意冲外头的端福使个眼色，示意他派长庚去找阿姐他们，坐下来时四下里一望，笑问："都出去放许愿灯了？"

　　"可不是，横竖一会儿就回来了。"柳四娘看着邓唯礼锦盒里的首饰，"阿玉你瞧，这是唯礼刚收到的礼物，对方还附了一封表达倾慕的信，指明是送给唯礼的，可惜没有落款，我们都在猜是哪位郎君送的呢。"

　　滕玉意望了望锦匣，里面是一对映月珠环。

　　邓唯礼笑盈盈地说："这东西好归好，但没头没尾的我可不会收，明日交给我祖父，让他找到送礼的人，把东西还回去。"

　　武绮跟柳四娘互望一眼，说："唯礼，你早就猜到送礼的人是谁了吧？"

　　邓唯礼坦坦荡荡，耸耸肩说："真不知道。"

　　武绮打趣道："虽说倾慕你的小郎君不知凡几，但能送得起这等首饰的人满长安没有几个，我就不信你心里没影子。"

　　"就是，这首饰出自摘星楼。"柳四娘微笑着喝了口茶，"刚才我们可都瞧见了。"

　　邓唯礼不接话，只含着笑意出神，但从她的眼神看，俨然默认这个答案了。

　　滕玉意深深地望了邓唯礼一眼，忍不住把帷帽摘下来，托腮转动脑袋，手指有一下没一下地轻点着自己的脸蛋。

　　她这一动，头上的步摇也晃动起来。

　　起先桌上的人都没留意她这边，柳四娘不经意间一回头，目光顿时一亮："阿玉你这对步摇是新做的吗？"

　　武绮和邓唯礼也露出惊羡之色："呀，真好看。"

　　滕玉意一笑露出两个深深的梨窝，眼睛直视着邓唯礼，漫不经心地说："在临水斋定做的，赶上今晚过节，就顺路取来戴上了。"

　　邓唯礼不疑有他，边打量边笑着说："我是头一次看到这样别致的步摇款式。阿玉，这是你自己画的样式吗？花枝居然是用翡翠做的，倒是别出心裁。"

武绮干脆坐到滕玉意身边，仰着脸细细看着。这时又有几位同窗进来了，坐下后看到桌上摘星楼的锦盒，悄声打趣邓唯礼："是不是成王世子送给你的？"

邓唯礼一惊："谁？"

柳四娘佯怒："你还装模作样，我和你自小交好，你不会连我都瞒着吧？先前我们都瞧见了，你跟成王世子一起在桥上赏景。"

邓唯礼困惑地抬起手："等等，等等，我先前之所以在桥上待着，是因为有位同窗要我在第七个桥墩处等她。"

滕玉意微讶地端详邓唯礼。她本以为是有人借着蔺承佑的名号把邓唯礼约到桥上，而邓唯礼也认定是蔺承佑约的自己，但看邓唯礼的表现，似乎并不是这么回事。

"哪位同窗？"武绮等人自是半信半疑。

"武大娘呀。"邓唯礼环顾四周，"就是她让我在第七个桥墩处等她的。"

众人越发讶异，武缃稳重善良，不是爱捉弄人的性子。

邓唯礼看了看窗外："我记得刚才武大娘从楼前路过，不行，我得去找她当面把这事说清楚。"

"不必去找了，一定是阿兄带阿姐放许愿灯去了。"武绮嘟了嘟嘴，"一家子都偏疼我阿姐，我阿娘如此，我阿兄也如此，他今晚过来找我们，也没说带我出去玩。"

柳四娘同情地拍拍武绮的手背。

邓唯礼仍执意要去找武大娘对质，说话间拉着柳四娘和武绮起了身，滕玉意顺着往外一望，却看到一个熟悉的身影。

卢兆安？卢兆安怎会在此处？滕玉意忽又想到姐姐在附近，心一跳，卢兆安会不会是冲着姐姐来的？

她忙也要出去察看，忽听街上传来一声凄厉的惨叫。

"出什么事了？"店门口有人惊讶地问道。

"那边有位小娘子出事了。"

"看穿戴是位贵女。"

店里的人静了一瞬，然后一窝蜂地往店外拥。

只见不远处的拱桥下方围满了人，很快，人潮便被驱散开来。

滕玉意生恐阿姐出事，带着端福拼命地挤入人群中，到了近前，只见地上躺着一位穿郁金裙的小娘子。

滕玉意一眼就认出了那人，错愕地说道："武大娘？"

武缃原本姣好的五官扭曲变形，眼眶子里全是眼白，双腿绷直，浑身抽搐。

武元洛半跪在妹妹边上，脸色惨白得像一张纸，试图按住妹妹，却又怕激发她更强烈的反应。

"快去请奉御！"硕大的汗珠从武元洛的鬓角滴落下来，他扭头呵斥武缃身边的婢女，"愣着做什么，还不快把帕子盖到娘子脸上！"

婢女们慌里慌张地正要给武缃盖帕子，这时人群朝两边分开，蔺承佑赶到了，他蹲下来看了一眼，往武缃额头上贴了一张符，武缃脊背一挺，总算不再抽搐了。

武元洛抬袖擦了把汗道："世子，我妹妹这是……？"

蔺承佑翻了翻武缃的眼皮，脸色顿时难看起来。他身边跟着的严司直等人见状讶然道："蔺评事，这位娘子看着像是……"

"凶手应该还没走远。"蔺承佑面无表情地道，"她刚被取走了一魂一魄。"

他边说边抬头看向周围众人，目光从左到右一一扫过，俨然要把人群里每个人的表情都收入眼中。

蔺承佑飞快地扫视左右，忽然似是瞧见了什么，转头寻到宽奴，冲他招了招手，等宽奴到了面前，低声叮嘱几句。宽奴点点头，带着十来名护卫混入人群中。

严司直低声同蔺承佑商量了一会儿，回身指了指两名穿常服的衙役，让他们立刻寻一架兜笼来，自己则起身负责维持现场的秩序。

蔺承佑重新低头审视武缃，突然一指她右胳膊肘处的一大块污渍："这是何时弄脏的？"

武元洛早已是面如死灰，闻言看了看妹妹的胳膊，不由得也是一怔，厉声对身边的婢女道："说话啊！"

婢女们猛一哆嗦，忙惶然地摇头："婢子也不知，方才娘子的衣裳明明还干干净净的……"

滕玉意心惊胆战地打量那一处污渍，那里颜色明显比别处更深些，看着像被泼了油汤之类的物事，别说武缃自己，婢女也绝不可能容许自家娘子的衣裳如此脏污。所以从衣裳被弄污到武缃出事，一定只隔了很短的工夫。

她忽又想起菊霜斋窗外那一幕，前脚卢兆安刚出现，后脚武大娘就出事了，加上绍棠那位突然被夺魂的同窗胡公子，她简直没法不怀疑卢兆安。此处人山人海，纵算蔺承佑有通天之能也照管不过来，滕玉意唯恐卢兆安趁乱逃走，忙示意长庚过去提醒蔺承佑。

"大理寺官员在此办案，无奉不得近前。"严司直好声好气地拦住长庚。

蔺承佑却一眼认出了长庚，这个护卫虽说易了容，今晚却一直跟在滕玉意身边，蔺承佑只当滕玉意有事，忙道："严大哥，放他过来吧。"

长庚上前将滕玉意方才的发现说了。

蔺承佑四下里一望，挤在最前排看热闹的大多是五大三粗的汉子，他一时没在人堆里找到滕玉意，只好低声说："此地危险，先带你家主人回菊霜斋。"

长庚应了。

滕玉意闻言忙从人堆里出来，现在不担心别的，就担心阿姐和绍棠的安危。

她没走多远就看到阿姐和绍棠迎面走过来，阿姐身边还有一位身材顾秀的男子，那人浓眉大眼，长相与圣人几乎是一个模子刻出来的。

滕玉意怔了怔：阿姐怎会与太子在一处？

太子一行人显然也听说这边出事了，脸上都有些不安之色，杜庭兰脸发白，边走边在人群里找寻着什么。

他们渐渐走得近了，太子像是察觉了周围的目光，不动声色地与杜庭兰拉开距离，随后带着身边人快速穿过人堆，冷不丁望见地上的武绅，当即大吃一惊，走到蔺承佑身边半蹲下来，低声询问发生了何事。

杜绍棠望见人群里的滕玉意，不由得又惊又喜："玉表姐！我们正寻你呢！"

杜庭兰疾步走近，一把抓住滕玉意的胳膊："那边到底出什么事了？"

"先别过去，凶手可能混在人堆里。"滕玉意依旧满脸错愕，把杜绍棠姐弟拉到人少处，"阿姐，你们怎么会与太子在一起？"

杜庭兰脸微微一红，杜绍棠瞄了瞄阿姐，表情顿生古怪。

傍晚出来时，杜庭兰和滕玉意就商量过引贼的事，因此先前滕玉意借故去买糖人时，杜庭兰并未跟出来，但等了一会儿不见妹妹回转，心里不免有些担心，她便也寻了个由头，带着弟弟出了楼。

姐弟俩刚到门外，人群中就有个小厮不声不响地靠近，霍丘原本要出手对付那人，但认出对方是蔺承佑身边的长随，一下子愣住了。宽奴把姐弟俩请到不起眼的角落里，客客气气地禀明来意。

他说自家世子有件要事想同滕娘子打听，请杜娘子帮着遮掩一二，万一有人打听滕娘子的下落，杜娘子只说滕娘子去临水斋取定做好的首饰了，他还说临水斋的掌柜也都被他提前打好了招呼，杜娘子不必有所顾虑。

杜庭兰姐弟同蔺承佑打过几回交道，知道此人是蔺承佑的心腹，哪怕满心疑惑，也只好应了。

为了让自己返回时显得更自然，姐弟俩就顺手买了些玉尖面，回到菊霜斋分发给同窗们，不一会儿同窗们也坐不住了，纷纷相约离开。

杜绍棠勉强又挨了半个时辰，眼看楼里没几个人了，便说："阿姐，今晚这样热闹，老坐着有什么意思，我们也去逛逛吧。"

他非要拉着姐姐出楼。

一到了外头杜绍棠就活跃起来了，到河边放了许愿灯，又拽着姐姐闲逛起来。杜庭兰一面走一面找寻滕玉意，可惜一直走到临水斋都没消息。

姐弟俩只好又沿着原路返回，半路遇到胡人耍寻橦。那胡人锦衣朱裤，在半空中的一根长绳上纵跃腾跳，那灵巧的身形堪比猿猴。杜绍棠年纪小贪玩，顿时来了兴致，拖着姐姐走近观看，碰巧有位老媪抱着孙子从人堆里出来，迎面撞上杜绍棠。老媪来不及抽脚，被杜绍棠重重踩了一脚。

杜绍棠吓得后退几步。

杜庭兰一愣，忙伸臂扶住老媪。

杜绍棠很快稳住身形："老夫人，没事吧？"

老媪青襦素裙，头上连根木钗都无，怀里的孙子抱个破旧的拨浪鼓，也是一身粗布衣裳。

老媪不提防被人踩了脚，自是一肚子火，待要大啐几句，才发现踩自己的是一个衣饰华贵的小郎君，再看扶着自己的少女也是通身贵气，心知对方非富即贵，硬生生把那句"是不是没长眼睛？"给咽了回去。

她是不敢啐了，面上却没什么好气，推开杜庭兰的手，一瘸一拐地抱着孙子走到一边，大声呼痛道："哎哟，疼杀老身了！"

她这一喊，把周围人的目光都吸引了过来。

杜绍棠慌了神，这妇人年事已高，他这一脚下去，该不会踩断了对方的趾骨吧？

杜庭兰脸上也火辣辣的，好在戴着帷帽，不至于被太多人围观，忙示意弟弟道歉，自己则扶住老媪，一个劲儿地温声宽慰："舍弟冒冒失失的，老夫人莫恼，这附近就有医馆，我们陪您去瞧一瞧。"

杜绍棠躬身深深一揖，赧然道："对不住，都怪晚辈莽撞。"

老媪刁钻归刁钻，心眼却不算很坏，想了想，对方原本可以不予理会，只因教养好才留下来赔礼道歉，她听了姐弟俩这软声软语的几句话，肚子里的气早就消得差不多了。再说脚上本无大碍，她真要到了医馆，医工说不定连瓶药水都懒得给她拿，于是她粗声粗气地说："用不着。这位小郎君，你看着瘦瘦弱弱的，踩人的力气倒是够大的，老身这脚面怕是要肿好几天了。"

杜庭兰自是过意不去，看老媪不肯去医馆，只好取出一个小钱袋，把里头的几缗钱给了老媪的孙子。

这回换老媪过意不了了，杜庭兰便含笑说她的孙儿生得可爱，这钱是给小郎君买吃食的。

老媪这才眉开眼笑地接了。

姐弟俩转过身，就看到不远处有个穿紫衣的少年郎笑着看这边，眼神温和可亲，气度也雍容不凡。方才那一幕，都被这人瞧见了。

杜庭兰姐弟在乐道山庄见过太子，不由得诧异相顾：太子殿下？

太子白龙鱼服，身边只带了几个随从，这种情况下他们不好贸然上前行礼，只好装作没认出太子。

他们走了没多远，杜绍棠看到路边有个商贩卖蒸梨，兴冲冲地说："阿姐最爱吃这个了，阿姐你等一等，我去买两碗。"

杜庭兰只得停下脚步。

经过方才那一遭，杜绍棠生恐再踩到旁人的脚，明明到了人堆外，却迟迟挤不进去。

杜庭兰惦记着去找滕玉意，见状便要唤弟弟回来，可就在这时候，有几个人走到小摊前，一口气买下了好几碗蒸梨，太子回身把其中两碗递给杜绍棠，笑着说："杜公子，拿着吧。"

杜绍棠本以为太子一行早就去了别处，没想到竟也到了此处，不好拂了太子的意，于是恭谨地接过碗，道过谢之后，径自从人堆里出来，把其中一碗给了姐姐。

杜庭兰疑惑归疑惑，也只能一头雾水地收下这份好意。

有了这碗蒸梨的交情，太子顺理成章地与姐弟俩同行。

"杜公子在国子监念书？念了几年了？"

太子的声音宛如清风。

杜绍棠一贯胆小，这会儿早被吓得魂不守舍了，抬袖擦汗时下意识地瞟向阿姐，结果没对上阿姐的眼神，却瞥见了不远处的霍丘。自从玉表姐把霍丘派到他身边，霍丘是朝乾夕惕，连一次差错都未出过，想想这可都是玉表姐调教出来的人，而玉表姐只比自己大四岁……

以往他事事都听爷娘和阿姐的，这段时日他指派了霍丘不少事，渐渐习惯了自己拿主意的感觉。

他定了定神，试着按照自己的想法回答道："某五岁开蒙，已在国子监念了六年书了。"

太子温声说："杜家子弟个个芝兰玉树，令尊更是才贯二酉，听闻杜公当初进士科得了第一等，却因作了一篇《百姓苦》的长赋被吏部的昏官贬谪出了长安，我有幸拜读了这篇长赋，别的官员惯于歌功颂德，令尊却字字为百姓叫苦，可惜这篇长赋并未传到我阿爷手里，就被当年那个昏庸无能的顾尚书擅自压下了，这事……杜公子可听说过？"

杜绍棠暗暗捏了把汗，那是阿爷仕途的重大转折点，原本阿爷前途无量，自此跌落谷底，他的回答事关杜家前途，绝不能随意，他一时拿不定主意，只好求助似的看向阿姐。

太子将杜绍棠的表现看在眼里，不免有些懊悔，本想随便找些话头，没想到叫姐弟俩如临大敌。

杜庭兰察觉弟弟求助的视线，面上没吭声，脊背却挺得更直了。

杜绍棠心里一亮，斟酌着字句道："阿爷常说身为朝廷官员，第一要务是为圣人和百姓分忧，越是明君，越能纳谏如流，所谓'法有所失，卿能正之'，正因为圣人是一位爱民如子的明君，阿爷才敢秉笔直书。"

太子微微笑了起来，这番话不卑不亢，颂扬君主的同时，也再次剖白了杜家人的忠直心肠。

他听说杜裕知性情太过耿直，常常面折人过，这样看来，杜绍棠似乎要比父亲柔和一些，外圆内方，尤为可贵。

是了，杜夫人出身太原王氏，姐弟俩的性子许是随了母亲，难怪杜庭兰那样温柔敦厚。

杜庭兰心中更是五味杂陈，阿玉总说要弟弟独当一面，她和阿娘却总是不放心，如今看来她和阿娘错得太深了，这世上哪儿有离不开护翼的小鸟，仿佛就是一刹那，弟弟就长大了。就不知太子接下来还会问什么，不过看样子她不用时刻悬着心了。

太子见此不免有些无奈。

怪他，他这也是第一次同女孩搭讪。

阿娘别的事都管得松，唯独在未来儿媳的事上分外留心，迁入东宫前，他身边没有侍婢，迁入东宫后，宫里亦只有些年长的嬷嬷。

　　不只如此，阿娘还叮嘱几个儿子以阿爷为典范，一生不许纳妾。

　　太子心里很清楚，当年正是因为先帝身边妃嫔众多，襁褓中的阿爷才险些遭了毒手。阿爷深恶后宫争宠，多年来从未纳过妃嫔，他们自小将阿爷对阿娘的专情看在眼里，也觉得这是一件天经地义的事。

　　到了今年，他在阿娘的要求下开始留意长安的这些仕女，原本他因为滕绍而对滕玉意万分好奇，不巧在乐道山庄那一晚滕玉意风疹发作，他没能瞧见滕玉意的长相，倒是被杜庭兰吸引了全副心神。

　　从前他只是远观，刚才近距离窥见了杜庭兰的相貌，风一吹，那薄薄的纱帘压根儿挡不住什么，杜庭兰琼鼻樱唇，生就一双弯月般的眸子。

　　他从来没见过那样温柔清澈的眼睛，一望之下，心跳止不住地加快。

　　看出杜绍棠有些局促，他决定转移话题，笑道："那边有说变文的，要不过去听听？"

　　姐弟俩同时松了口气。

　　就在这时，大批游人朝青龙寺门前的拱桥拥去，杜庭兰始料未及，差点儿被人群冲倒。

　　杜绍棠身躯单薄，自是护不住阿姐，霍丘被隔在了三尺之外，一时也无法近身。杜庭兰被身后的人潮不断推挤，即将跌倒的一瞬间，被人伸手稳稳地扶住了。

　　杜庭兰狼狈地抬头，恰好对上太子的眼睛。太子松开手道："那边好像出了什么乱子，过去瞧瞧吧。"

　　杜庭兰自是感激不尽。

　　可是她越往前走，心里的疑惑越浓，无论人群多么拥挤，在她将要被挤到的时候，太子总能不着痕迹地帮她挡一挡。而且今晚太子未免出现得太巧，青龙寺戏场那样大，太子却一直与他们同路。

　　她越琢磨越心惊。

　　好在他们一到事发的地点，太子就自发与他们分开了。

　　"阿姐？"滕玉意好奇地望着杜庭兰。

　　杜庭兰不知如何接话，这件事实在太古怪了，但细细一想，又觉得一切只是凑巧，杜绍棠则认为太子的态度过于热络，在脑中捋了捋，悄悄地把方才的事都说了。

滕玉意怔住了。

青龙寺附近可以游乐的地方那样多，太子去哪儿不好，偏要同阿姐他们同行，关键还打听了那么多杜家的事。

当然，在滕玉意的眼里，阿姐是这世上最美的人，上回在乐道山庄阿姐在一众才女中拔得头筹，太子不在场则已，在场瞧见了，会心动也不奇怪。

只不过今晚游人如织，刚才那一幕估计被不少人瞧见了，好在阿姐戴着帷帽，附近也没几个人认识太子。

滕玉意放下心来，挽住杜庭兰的胳膊："这地方不好说话，我们先回菊霜斋。"

杜庭兰踮脚眺望事发地点："到底出什么事了？"

滕玉意就把先前的事说了。

姐弟俩大惊失色。

三人回到菊霜斋，门口站着两名大理寺的衙役。

同窗几乎全回来了。滕玉意在心里默默地数了数，人都在，唯独少了武缃和武绮，一个是出了事，一个则陪着阿兄在边上帮忙。

柳四娘等人直抹眼泪："大伙儿高高兴兴地出来玩，谁知竟出了这样的事，凶手真是胆大包天。"

彭大娘和彭二娘也愕然叹气："你们没瞧见吗？武大公子和武绮都急成什么样了，出了这样的事，武家绝不会善罢甘休的。"

"丢了一魂一魄是什么意思，不知还能不能找回来？"

邓唯礼脸上也有泪痕，沉默了半晌恨声道："今晚的事太奇怪了。武缃说要领我去见一个人，要我在第七个桥墩处等她，结果我没等来武缃，却被大伙儿误以为与成王世子同游。"

李淮固愣了愣："你当时不知道成王世子在你边上？"

"事后我两个婢女告诉我了，可事实上，我那会儿一心等武缃，都没留意身边有哪些人。"

滕玉意忍不住道："这话是武缃亲口对你说的还是别人帮忙传的话？"

"武缃亲口对我说的。"邓唯礼抽噎了一下，"奇怪的是她这话一说完，一整晚我都没找到她，好不容易见到她从楼前经过，没等我当面问她在搞什么鬼，她就出事了。"

同窗们面面相觑："武大娘想让我们误以为你同成王世子幽会？但这样做对她自己又有什么好处？"

有位柳家的远房亲戚傻乎乎地插话道："我听说武大娘是太子妃竞选人之一，倘或叫大伙儿误以为邓娘子跟成王世子有私，她不就……"

柳四娘当场变了脸色："五郎你闭嘴！"

那位小公子被吓得不敢作声了。

邓唯礼断然道："不可能，武大娘是什么样的性子我还不知道吗？她才不会因为这种事害人呢。"

旁人也附和道："就是，武大娘可是出了名地心肠软，平日与世无争，不然也不会被镇国公府的段青樱偷偷撬了墙脚。"

"但凶徒取走武大娘的魂魄，总要有个缘故。"

彭锦绣似乎想起了什么，猛地打了个哆嗦："上回听人说太子有了意中人，那人性情温柔，太子一见倾心，书院里有才有貌的娘子不少，性情温柔的却没几个，这说的就是武大娘吧，凶手会不会是因为这个才……"

女孩们一愣。

选太子妃一事牵一发而动全身，在尘埃落定之前，宫里绝不会泄露半点儿风声，彭家是从何处得的消息？

彭花月大声打断妹妹的话，强笑道："诸位莫见怪，二妹憨直得很，估计是某位同窗跟武大娘开玩笑，我这妹妹却信以为真。"

彭锦绣也自知失言，惴惴地揪住了披帛，接下来一个字都不敢说了。

此时，众人听门外有人说话，不一会儿衙役进来说："请问哪位是邓娘子？大理寺官员有几句话要当面询问，请邓娘子上二楼雅室，严司直和蔺评事稍后就来。为着避嫌，诸位可以将婢女和嬷嬷带在身边。"

邓唯礼于是戴上帷帽，带着下人们上了楼。

衙役又道："烦请武大娘的同窗在此稍候，稍后大理寺官员可能会一一问话。"

邓唯礼在二楼雅室中等了一会儿，就听楼梯处传来脚步声，很快，蔺承佑和严司直推门进来了。

邓唯礼起身行了一礼。

严司直坐下后问："今晚是武缃约邓娘子去的桥上？"

邓唯礼将先前的事一五一十地说了。

蔺承佑道："今晚是不是有人送了你一份首饰？在何处送的？知道那人是谁吗？"

邓唯礼令婢女将摘星楼的锦盒呈送给二人："我从桥上下来时，本想直接回菊霜斋，只是看到路边有卖木偶的，忍不住停了下来。那小贩说他的货箱里有一套完整的曲艺十八部，只是眼下放在那边巷口，假如我感兴趣，可以到巷口瞧一瞧。我身边带了不少仆从，况且周围全是行人，谅这小贩也不敢生歹念，就跟着到了巷口。那小贩从货箱里拿出一个锦盒塞给婢女，一句话也没多说，转身就跑了。我觉得此事蹊跷，就让婢女把锦盒扔了，婢女却打开锦盒瞧了瞧，里头是一对珍贵非凡的映月珠环，盒子外头还錾着'摘星楼'三个字。对了，盒盖内侧还附着一封信。"

蔺承佑问："你很喜欢买木偶？"

邓唯礼坦然地说："自小喜欢买木偶，每回出来玩都会买几个回去。"

蔺承佑和严司直互望一眼，怪不得对方每一步都能掐准，原来提前摸透了邓娘子的癖好。

"那封信呢？"蔺承佑又道。

邓唯礼令人把信呈了上去。

蔺承佑展开信，当场愣住了，那封信上的内容很陌生，笔迹却很熟悉。

严司直更是吃惊："这不是……"

这不是蔺承佑的笔迹吗？

这封信写得很缠绵，几乎每一句话都在表达自己对邓唯礼的倾慕，再加上拱桥"同游"、摘星楼的首饰，任谁都会误以为蔺评事瞧上了邓唯礼吧。

蔺承佑看向落款处，一个字都无。

"邓娘子知道这信是谁写的吗？"

邓唯礼沉默了一会儿："我也没有头绪。"

蔺承佑笑了笑："真要是毫无头绪，你会当场把锦盒扔在巷中，又怎会让婢女小心保存？"

"好吧。"邓唯礼托腮叹了口气，"我以为是太子殿下令人送给我的，所以不敢擅自丢弃。"

严司直怔了怔，这位邓娘子的神态举止倒是与那位滕将军的女儿有点儿像。

蔺承佑顺手合上锦盒："这件事可能与凶徒有关，大理寺须即刻弄明白首饰的来源，假如真是邓娘子的某位倾慕者送的，等我们弄明白，自会还给邓娘子。"

邓唯礼松了口气："也好。"

蔺承佑又道："所以武细出事时，菊霜斋中都有哪些同窗？"

邓唯礼一惊，听这意思，大理寺莫不是怀疑是某位同窗对武大娘下的手？

"除了我，有滕娘子、柳四娘、武绮，另一桌的则是……"邓唯礼细细回想，为了谨慎起见，又补充道，"对了，滕娘子是最后一个进来的，她坐下后不到一刻钟，外头就出事了。"

邓唯礼离开后，严司直道："看来菊霜斋的这几个人可以排除嫌疑了……取魂之后每个人的发作时辰不一样，事发时滕娘子虽然在楼里面，但坐下不到一刻钟就出事了，这样说来，她倒是有嫌疑。"

却听蔺承佑道："不会是她。"

严司直一顿。

蔺承佑望着面前的笔簿，轻描淡写地说："之前她跟我待在一块儿，我向她打听书院里的事，大约说了几句话，就让宽奴送她回了菊霜斋，她半路遇到了武大娘，据宽奴说，当时武大娘神志清醒，停下来与滕娘子寒暄了几句才分手，此事宽奴和几位随从都可以做证，取魂至少要烧符，在宽奴等人的眼皮子底下，滕娘子没机会动手。"

这事如果他不事先说清楚，严司直为了查案必然会仔细盘查滕玉意，如此一来，他和滕玉意私下见面的事就会被记在案呈里了。

严司直愣怔地看着蔺承佑：你说事就说事，脸怎么也红了？他心中霍然一亮，原来蔺评事的心上人是滕娘子。

蔺评事的心上人一定是滕娘子，不然蔺评事不会急着帮滕娘子撇清，严司直想想自己过去找蔺评事时，正好撞上一个匆匆离去的窈窕身影，当时蔺评事就待在巷中，可见两人刚分手，以蔺评事的为人，他要是不想跟哪位小娘子私底下见面，绝不会如此。

严司直并不戳穿蔺承佑，只体谅地点点头："也好，那……我们下一个找谁答话？"

"滕娘子吧。"

滕玉意很快就上来了，一推门就看到了蔺承佑。蔺承佑坐在案后，示意她在对面坐下。

"坐。"

滕玉意点点头，头上虽然戴着帷帽，步摇晃动时的细碎声响却是清晰可闻。

蔺承佑抬头望了望滕玉意的帷帽，随即又低下眸子，面色如常地道："滕娘子今晚最后一次见到武大娘是在何处？"

滕玉意说："在拱桥附近。"

"当时武大娘身边都有哪些人？"

"好像只有三名婢女。"

"没有同窗？"

滕玉意摇头。

"武元洛也不在？"

滕玉意想了想："反正当时不在武大娘身边。"

"武大娘面上可有什么异常？她同你说话时口齿清楚吗？"

滕玉意颔首："很清楚。她手里拿着好些小玩意儿，有巴掌大的小风筝、小锤子，差不多有四五件，望见我的时候，她停下来笑着同我说了几句话，然后就带着婢女们朝另一头走了。"

"她可说了要去何处？"

"她说她要去河边放许愿灯。"

蔺承佑一顿："她手上可提着灯笼？"

"没有。"

"身边的婢女呢？"

"也没提灯笼。"

严司直皱了皱眉："要去河边放许愿灯，手里却没有灯笼，所以是打算临时去买灯笼了。"

蔺承佑忽然又道："当时你们周围可有什么可疑的人？比如某个人手里提着一块肉，不声不响地跟在武大娘身后。"

滕玉意眨眨眼，谁会在这等良宵提着块肉四处闲逛？难不成凶手是个屠夫？

她认真回想："没瞧见。主要是街上人太多了，我也没太留意。"

"那你回来的路上可遇到了什么怪事？"

"有。"滕玉意忙说，"回菊霜斋后没多久，我看到卢兆安从楼前走过，紧接着就听说武细出事了。"

这事滕玉意已经派长庚告诉蔺承佑了，严司直却不知情，闻言大骇："卢兆安？！"

每回有丢魂的案件发生，卢兆安都碰巧在附近。第一个胡季真胡公子自不必说，第二个受害人李莺儿不慎跌落在楚国寺的那口井里，这两处的事发地点都与卢兆安的住所相距不远。

今晚的武大娘总算与卢兆安扯不上关系了，卢兆安偏偏在事发前出现在附近。

严司直提笔写下这条笔录："蔺评事，看来我们可以正式提审卢兆安了。"

蔺承佑又对滕玉意说："近日武大娘在书院可有什么异常之处？"

滕玉意先是摇头，随即想起一事，忙道："前些日子我看到武大娘的手腕上有个很小的伤口，也不知是在何处弄的，看着像做绣活时不小心划破了。"

蔺承佑蹙了蹙眉，早前检视时并未发现武大娘有什么外伤，想来那伤口极浅也极小，并且早已愈合了，若是表面上没什么痕迹，自然极容易被忽略。经滕玉意这么一说，他决定再令仵作大娘仔细检视检视。

"武大娘的手腕上？"

滕玉意点点头："不记得在左手腕还是右手腕了。"

"知道了。把你的手摊开，我瞧瞧有没有使过符箓的痕迹。"

滕玉意心知他这是做给严司直看的，于是伸直双臂，在两人面前摊开自己的掌心。

蔺承佑起身上前，当着严司直的面用符箓试了一遭。

"好了，没用过符箓，你可以走了。"

接下来，蔺承佑和严司直又传李淮固等人问话。

蔺承佑开门见山："武大娘出事前你在何处？"

李淮固从容地说："带婢女去买风筝了。我家仆人说我幼时在青龙寺附近放过风筝，可惜我小时候大病一场，早把这些事忘了，头先我家仆人说起此事，我好奇之下就到那家风筝铺瞧了瞧。"

她说着，让身边的婢女把刚买的风筝拿出来。

蔺承佑愣了愣，这个风筝好生眼熟，也不知在何处见过。

"你今晚在何处见到过武大娘？"

李淮固摇摇头："我来后就在菊霜斋喝茶，过后就去买风筝，再之后就听说出了事，一整晚都没见过武大娘。"

风筝铺子就在附近，李三娘在店里待了多久他们一问店里就知道了，她敢这样说，想是问心无愧。

蔺承佑从桌后起身："烦请李娘子把手摊开，我得检查一下你今晚用没用过符箓。"

"好。"李淮固抬起双臂，把掌心摊开。

蔺承佑到了近前，负着手弯腰查看。

严司直的目光落在李淮固手上，这女孩的手指倒是异常洁白纤长。奇怪的是，那双手本来稳稳当当地举在半空，蔺承佑一靠近，李三娘胸口突然猛地起伏了一下，像是有点儿紧张，又像是有点儿害羞，她很快回过神来，不动声色地稳住自己的胳膊。

第四章
相思蛊

李淮固手上并没有使用符箓、朱砂等的痕迹。

蔺承佑检视一番，径自回到桌后："我记得你上次被人施咒害过，不过李将军好像一直没去大理寺报官？"

李淮固轻声答道："因为阿爷暂时不想报官。这些年阿爷在江浙任上一心为民，因为吏治清明，得罪了不少当地鱼肉百姓的豪强。阿爷说，报复李家的很可能就是这批人，只是目前对方并未留下太多破绽，即便报案，充其量也只能抓到一两个顶罪的，而等这件事平息后，幕后主使还会再次出手，所以阿爷想等对方露出更多破绽，再请大理寺正式介入此事。"

严司直诧异地看了蔺承佑一眼，这位李三娘不但口齿清晰，还颇有见微知著的本事。

蔺承佑问："自那件事之后，贵府有没有再遇到过异事？"

李淮固摇了摇头："我最近一直在书院里念书，没再碰见过异事，听爷娘说，家中也是整日太平。"

蔺承佑没接话。他隐约有个感觉，尽管凶徒都懂邪术，但对付李家的和今晚谋害武大娘的是两拨人。

对付李家的凶徒用的是最恶毒的咒术，不但要李三娘死，还要整个李家倒霉。

今晚凶徒的手段却和缓许多，目标明确，只对付武缃一人。

"最近武缃可说过什么奇怪的话？或是在书院里与谁发生过矛盾？"

李淮固谨慎地摇了摇头："这个我不清楚。"

"好了，没什么要问的了，你可以走了。"

李淮固一走，严司直疑惑地问："蔺评事，这位李三娘你以前见过吗？"

蔺承佑忙着在脑海里整理几个人话里的线索，听了这话漫不经心地道："哦，见过。"

只不过她一直没给他留下什么印象，直到上回滕玉意提醒他，他才记起曾经见过这么个人。顿了顿，他转头问道："严大哥为何这样问？"

严司直哑然。李三娘原本从容大方，蔺评事一近身却明显失态，那种局促的、隐秘的羞态他曾经在新婚的妻子身上见过，这种情愫是藏不住的，一旦面对自己的心上人，便会不经意地流露出来。

假如没有帷帽做遮掩，一定会泄露更多情愫的，李三娘仿佛也很怕被人瞧出来，只一瞬就恢复了常态。

他本想直言"那位李三娘好像很喜欢蔺评事"，话到嘴边又咽了回去。

这种事对女子来说关乎名声，况且他也不是十拿九稳，蔺评事现在眼里似乎只有滕娘子，这一点在先前蔺评事问滕娘子话的时候就能瞧出来，如果他擅自说出自己的疑惑，对那位李三娘来说似乎不大厚道。

他只好硬着头皮转移了话题，笑道："哦，刚才听你问李三娘李家遭人暗算的事，本想多问几句，既然眼下忙着找凶手，那就等有空的时候再问吧。我们下一个传谁？"

"传杜娘子吧。"

杜庭兰上来了。

严司直发问了："滕娘子说今晚最后一次见到武细时，武细对她说过一句话'你阿姐说你去临水斋取定做好的首饰了'，所以武细出事前你们见过面？"

"见过。"杜庭兰道，"我和弟弟原本在菊霜斋等妹妹，其间同窗们陆陆续续出去玩了，弟弟说要去放许愿灯，我们就出来了。也就是那时候，我们在附近碰到了武大娘，她手上拿着新买的绢花，很高兴的样子。我问她要去何处，她开玩笑说要办一件大事。她看阿玉不在我身边，就问阿玉去哪儿了，我和她说了几句话就分开了。"

"一件大事？"严司直问，"她可说了是什么大事？"

"她没说，我也没问。"

蔺承佑忽道："当时武细身边都有什么人？"

杜庭兰审慎地说："好像只带了几个婢女。"

"没有同窗相伴？武氏兄妹也不在身边？"

杜庭兰摇摇头。

蔺承佑问："今晚你可在菊霜斋碰到过武缃？"

杜庭兰道："没有。今晚同窗们虽是约着来青龙寺戏场游玩，但几乎一来就各自散开了，接下来要么结伴去看百戏，要么结伴去放许愿灯，鲜少有齐聚在菊霜斋的时候，多了谁或是少了谁，压根儿没人在意。"

杜庭兰一走，蔺承佑忽然说道："不觉得奇怪吗？武缃在'暗算'完邓唯礼后，好像一整晚都没回过菊霜斋。"

严司直仔仔细细地核对每个人的答话，未几，怔了怔道："还真是。"

他点了点笔簿上头的记录："邓唯礼这边，据她说，每回出来玩她都比别人动身晚，今日也不例外。原本约好了酉时初在菊霜斋碰面，但她直到酉时中才到青龙寺门口。

"结果她一下车就碰到了武缃，武缃说有位新朋友要介绍给邓唯礼认识，要邓唯礼去拱桥上等她，邓唯礼出于对武缃的信任，就带着婢女过去了。

"在这之后，她一直没见到武缃。

"滕娘子和杜娘子分别碰到过武缃一次，但都是在楼外碰到的，别的同窗除了一开头在菊霜斋见到过武缃，过后就再也没见着了。

"至于武氏兄妹，武元洛买了糖人进去寻两个妹妹，却只看到了二妹武绮。武绮说大姐同她一起进了菊霜斋，然而刚坐下一会儿大姐就去找阿兄了，郑霜银和柳四娘是第一批到的，两人均可证明这一点。后来武绮就留在菊霜斋与同窗们玩耍，但一直没见到姐姐回来。这样算下来，一整晚武缃只在开始的时候进过菊霜斋。"

蔺承佑点点头："武缃迟迟不回菊霜斋，可能的原因无非有两个：自己不肯回，有人不让她回。

"若是前者，她算计了同窗邓唯礼，因为心虚不敢回。谣言这种东西，传得越广越好，武缃一来怕邓唯礼与她当面对质，二来也怕谣言发酵的时辰不够长。只要当事人没反应过来自己被人暗算了，自然不会主动澄清，待到邓家做出反应，满长安的人都会认定邓娘子与我幽会过，那么武缃的目的也就达到了。"

严司直迟疑地道："但是纸包不住火，即使今晚武缃没出事，只要明日邓唯礼当众一对质，大伙儿都会知道这件事是武缃搞的鬼，到时候武缃别说再参选太子妃，整个武家也会因此而蒙羞。"

蔺承佑一笑："是，这种损人不利己的事，傻子才会做，所以我猜武缃也被人算计了，她或是与人打赌，或是受人所托，总之她将话传给邓唯礼，却不知道这样做会给邓唯礼和自己带来天大的害处。那么她不回菊霜斋只有一种可能了——有人故意不让她回。因为那人知道，只要武缃和邓唯礼打照面，武缃就会顿悟自己被人陷害了，必然会当场说出今晚是谁给她传话，继而在同窗面前揭穿那人的真面目。"

"结果没等两人碰面，武缃就被害了。"严司直有些发蒙，"如果这是凶徒事先算计好的，未免也掐得太准了。不对啊，武大娘出事前一直神志清醒，怎样做才能让她不回菊霜斋？"

蔺承佑道："法子很简单，武缃出事前曾说自己要办一件大事，这件'大事'说不定就是凶徒下的钩子。两人约好了办完之前不能回菊霜斋，所以滕娘子见到武缃时，武缃手里拿着好些小玩意儿，假设都是今晚临时买的，显然武缃已经在外头闲逛好一阵了。"

"武缃身边不是有婢女吗？"严司直精神一振，"把婢女们叫来一问不就知道那人是谁了？"

结果找来武缃的几名婢女一问，严司直当场就傻眼了——婢女们也不知道自家大娘说的"大事"是什么。

今晚武家姐妹到了菊霜斋，武大娘才坐下就说要去接邓唯礼，让二妹在店里等别的同窗，自己则领着婢女们出了楼。

然而一到外头，武大娘就说要先去寻武元洛商量事情，让婢女们半个时辰之后去河边等她，说完这话便只身离开了。

武大娘再出现时，已经是半个时辰之后的事了。

在这半个时辰里，武大娘见过什么人、说过哪些话，婢女们通通不知道。

事后她们听说武大娘引诱邓唯礼去拱桥，也是大为惊讶，因为自家娘子不可能做出这种事。

蔺承佑一哂："你们娘子独自一人离开，你们就一点儿都不担心？"

为首的婢子直摇头："奴婢们以为这是大公子的安排。大公子听说书院会放假，早就说今晚要带两个娘子好好玩一玩。大公子最不喜欢下人们打听主家的事了，婢子们就没敢跟上去。"

蔺承佑沉吟。早先他已经问过武元洛了，武元洛一整晚都没见到大妹妹，直到事发时听见尖叫声循声找过去，才发现出事的是自家妹妹。而且，武大娘如果只是去找自家哥哥，没必要连身边的婢女都支开。

可若是她去见外人，今晚到处都是耳目，武大娘不可能不知道私自见外人会引起什么误会，凶徒能叫她这样的名门淑女单独去相见，必然有某种特殊的缘由。

他随即道："你们娘子回来后可说过什么？神色可有异常？"

婢子回忆道："娘子好像有点儿失落。"

蔺承佑脑中闪过一道亮光，笑着换了个问法："你们知道今晚太子会到青龙寺附近来？"

婢女们目光一颤，忙摇头道："婢子们不知道。"

但她们闪烁的眼神已经说明了一切，这对蔺承佑来说已经够了。

蔺承佑问到现在，总算在团团迷雾中窥见了一点儿真相。

想必武家人提前打听到今晚太子会来青龙寺戏场，便将这件事告诉了大女儿。这是个制造太子与武大娘单独相处的绝佳机会，为了让太子青睐武大娘，武家必定会使出浑身解数。

武家人口众多，这事总会走漏风声，或许有人利用这一点，以太子的名义，把武大娘引到了某一处，与此同时，又利用某种方法让武大娘引诱邓唯礼去拱桥。

武缃给邓唯礼传过话之后，便满怀希望地前去赴约，不料没能见到太子，就这样白跑一趟，回来后难免有些失落。

如此一来，一切都说得通了。

所以婢女们的说辞破绽百出，而武元洛和武绮明知武大娘没回菊霜斋，却一直不急着找寻。

兴许他们都以为武大娘那会儿与太子在一处，如此良宵美景，年轻男女同游戏场，自然会暗生情愫，只要太子动了心，武大娘就是当仁不让的太子妃人选。

这对武家来说是光耀门楣的喜事。

谁知这一切只是个陷阱。

到头来邓唯礼被人暗算，武缃莫名其妙背了黑锅，就连蔺承佑也被人摆了一道。

打探太子的行踪是大忌，婢女们死也不可能承认的，蔺承佑笑了笑，突然转移了话题："所以这次你家娘子回来，胳膊上就多了一块油污？"

婢子们怔了怔。成王世子好像非常关注这一点，打从事发起就一再追问大娘的衣裳是何时弄污的。

"没有。"婢子们在别的事上丝毫不敢隐瞒，"那么大的一块油污，婢子们绝对不会瞧不见的。奴婢们敢确定，娘子直到出事前衣裳都是干干净净的。我们记得娘子回来后有点儿失落，但也没说什么，一边带我们四处闲逛，一边时不时地会朝河边瞧一瞧，半路若是碰到同窗，娘子总会停下来寒暄几句，大约逛了半个时辰，娘子就说要去河边放许愿灯，结果刚走到拱桥附近就出事了。我们也是直到娘子抽搐倒地，才发现她的胳膊上多了一大块油污。"

严司直点点头，看来油污就是凶手动手时留下的。

"事发那一刻你们可闻到什么怪味？"

几个婢女面面相觑。

蔺承佑提醒她们："烧焦的气味，或是油腥味什么的。"

有个婢女一愣："奴婢想起来了，有闻到一股焦味，但婢子们很快就发现娘子不对劲儿，也就没顾得上找寻那焦味的来源。"

看来这应该是烧符的味道了。

蔺承佑又道："事发时有没有书院里的某位同窗靠近你家娘子？"

婢女们茫然地道："没看到。"

"那你们可看到一个手中提着豚肉的人？"

婢女们再次摇头。

"整晚都没看到过？"

"没有。"

蔺承佑待要追问，宽奴手下的一名随从跑上来复命，匆匆走到蔺承佑身边，低声说："小人们已将卢兆安扣下了，但他手上并无豚肉，而且事发时他正与几位友人喝酒，这一点一同喝酒的人都可以做证。"

这可说明不了什么，即便卢兆安与此事有关，他也不会傻到亲自动手。蔺承佑低声道："可抓到一个手提豚肉的人？"

随从摇头："没抓到。坊门早已关闭，附近的不良人全被调集起来了，街口已被一一堵住，谅那人逃不出去。宽奴还专门派人在河边守着，只要有人往水里扔豚肉，立即将其抓起来，但说来也怪，一直没瞧见一个手提豚肉的人。"

蔺承佑眼皮一跳：难道不是豚肉？

他看过那位乾坤散人写的取魂术秘籍，施行此术少不了两样东西：引魂符和锁魂囊。但引魂符与寻常的符箓不同，阔达数寸，符上涂满了尸油，只此一张，必须反复使用，而且点燃后不会当场化为灰烬，而是会燃几息再熄灭。而锁魂囊上头系着镇魂铃，因为囊中聚满了怨气，铃铛时不时会发出响动。所以施术人要在大庭广众下施行此术不难，难的是事后处理。

任谁看到某个人手里拿着一张燃烧的符箓都会起疑心，听到铃铛声更会觉得奇怪，但今晚事发后没有一个人发现周围有异。

凶徒施法后，一定是马上把符箓和锁魂囊藏起来了，因为藏得够及时，甚至还可以装作路人大大方方地在旁边看热闹。

他将作案工具藏在衣裳里是不成的，因为符箓会把衣裳点燃；藏到灯笼里也不行，因为灯笼只能帮着遮掩燃烧的符箓，却挡不住锁魂囊的铃铛声……

所以他一度怀疑那是一块豚肉。凶手作案后把符箓和锁魂囊塞入肉里，再若无其事地提着肉离去，所以现场没一个人起疑心。

武缃身上出现了一块硕大的油污这一点，完全可以证明他这个猜测。经仵作查验，上回那个死在楚国寺的李莺儿的脚底和右手掌上也有油污。

这是两桩取魂案最大的相同点。

引魂符对凶徒来说很重要，不到万不得已，绝不可能丢弃，所以蔺承佑一赶到现场就派人将周围堵住，继而挨个儿排查可疑之人，但各方人马都已经到位了，依旧没找到疑凶，婢女们也说整晚都没见到提着豚肉的人。

难道是他的思路错了？不是豚肉的话，还有什么东西提在手中不起眼？

蔺承佑低头一想，目光倏地一凝：对了，酒瓶或是水囊。

只要在酒瓶里装满水，不难掩藏燃烧的符箓和铃铛。

蔺承佑的心猛跳，他转头对随从说了几句话，随从急匆匆地走了。

随从走后，蔺承佑的脸色慢慢冷了下来，凶手似乎非常清楚他的办事风格，竟连他都提前算计进去了，若非两桩案子里都留下了那显眼的油污，他的思路也不会被凶手引得歪到豚肉上去。

希望一切还来得及。

武家的婢女走后，严司直细细地回顾众人的证词："利用武缃陷害邓唯礼的人，与利用邪术暗算武缃的人，并非同一拨。前者是为了败坏武缃和邓唯礼的名声，后者则直接取走了武缃的魂魄，假如凶徒是同一个，何必这样费事，完全可以同时将两人的魂魄取走。"

蔺承佑暗忖，不对，一定是同一个人。凶手在布局时完全不怕武缃事后同自己对质，显然已经预料到武缃今晚会丢失魂魄。

这是一个完整缜密的局。

严司直接着分析："前头那个人能让武缃如此信任，一定是书院里的某位同窗，踢掉了最有希望当上太子妃的武缃和邓唯礼，她的机会也就大了。"

他说着，提笔将名簿上的"郑霜银""柳四娘"重点圈了出来。

蔺承佑瞧了瞧，顺手将"彭花月""彭锦绣""邓唯礼""陈黛儿"等一系列贵女的名字都圈上了。

严司直愣住了："这……"

蔺承佑一笑："踢去了武、邓两家，郑、柳二人的确是最有可能选上的，但严大哥别忘了，凡是书院里的学生都在候选之列。太子妃的人选一日不公布，就意味着人人都有机会争一争。至于邓唯礼，鉴于今晚这事当场就被说破了，她名声算不上受损，反倒把自己择得干干净净，所以她也不能排除嫌疑，而且依我看，那人未必是同窗，要让武缃毫无防备，只要是武缃信任的某个人就能做到。"

严司直费解："不对，还是不通，既然太子妃人选没公布，凶徒何必急着动手呢？万一害错了人，他们岂不是白忙一场？我还是坚持原来的看法，那人如果想扫除障碍，大可以将邓、武二人的魂魄同时取走。"

蔺承佑摸摸下巴："如果有传言说太子妃定下的是武大娘呢？"

严司直哑然。

蔺承佑望着条案想：这段时日他和圣人为了试探彭家究竟在朝中安插了哪些人，时不时会放出一些风声。例如上回在骊山上，伯母为了考察书院学生的心性，特地用一个受伤的农妇来试探。结果返回去找农妇的只有滕玉意、杜庭兰、郑霜银和武缃四人，彭氏姐妹对此全不知情。

从这一点来看，彭家尚未在宫里安插进自己的人，而当伯父故意将这件事透露给尚书省时，彭家很快就有了反应。

除了彭家，那回在骊山武家应该也未得到消息，不然返回去的不会只有武缃，她妹妹武绮也会返回。

由此可见，武大娘是真正心善之人。

过后有人听说这件事，当然会认为未来的太子妃会在这四个人里面选。可杜家如今式微，滕玉意明显志不在此，那么剩下的就只有郑霜银和武缃了。

没多久这些贵女进书院念书，副院长刘夫人又因为与武夫人私交不错多次抬举武缃，开学没几日，就送了好些武缃作的文章进宫给皇伯母瞧。

武缃文采出众，皇伯母自然大加赞赏。

这几点凑到一块儿，足够让人以为太子妃会是武缃了，再拖下去这事会成定局，所以凶徒背后的那股势力忍不住出手了。

严司直依旧对这个害人的理由表示怀疑："蔺评事别忘了，凶手还在楚国寺用同样的手法害了李莺儿。李莺儿可是庶民之女，这辈子都不可能跟皇室扯上关系，至于三月被害的胡季真，他可是男儿身。这两人都不可能去当太子妃，但也都被人取走了魂魄。"

蔺承佑没吭声，这也是他最想不通的一环。

几桩凶案的作案动机，显然并不一致。

严司直又道："除了这个，武家的婢女在事发时也并未瞧见书院的同窗，我记得蔺评事说过，这种取魂术是当年无极门留下的，取魂无非有几种目的——摆阵法、帮至亲招魂。或许凶徒想利用邪术达到某个目的，所以在大街上找寻合适的下手目标，前面撞上了胡季真和李莺儿，今晚又无意中撞上了武缃，这几人的魂魄都符合他的要求，所以他趁人多下手了。"

蔺承佑抱臂思索一阵，笑着说："今晚一事发我们就关闭了坊门，如果不出意外，一个时辰之内就能抓到凶徒，到时候一审就知道了。这边已经问得差不多了，去瞧瞧凶手可有着落了。"

严司直合上笔簿，匆匆同蔺承佑下楼去帮着抓捕凶手。

武大娘一出事，宽奴就在蔺承佑的指派下带人围住了青龙寺戏场，凡是有手提大块豚肉之人，都须当场扣下。

不一会儿，衙役和不良人也奉命赶来，一拨在街上四处巡逻，一拨负责将青龙寺附近的整条河道都看住。

他们这一查就是大半个时辰，结果一个手提豚肉的人都没瞧见。

眼看迎面走来一个手提酒壶的醉汉，宽奴上前把他拦住，那人袒胸露背，趔趔趄趄地说着醉话。宽奴上上下下瞧了醉汉好几眼，确定这装束绝没有藏肉之处，然而捉住那人的胳膊闻了闻，却闻见了一点儿油腥味。

宽奴为求万无一失，便仔细地搜了一遍身，可是连醉汉的鞋底都搜过了，连只蚂蚁都没搜到。

醉汉打了个酒嗝："你们这是要做什么？我……我可是良民，你们无故在大街上拦人，还有没有王法了？"

宽奴被醉汉口里的油腥味扑了一脸，下意识地把头往后仰了仰，不用说，这人一定是刚吃完一顿酒肉，难怪身上有油腥味。

"没事了，请走吧。"宽奴摆摆手。

醉汉笑嘻嘻地走了。

醉汉刚一走，衙役们就寻来了，一来就附耳对宽奴说："世子说了，那人未必拿着肉，兴许是拿着酒壶或者水囊。"

宽奴一惊，忙对人说："快把那醉汉拦住！"

却见醉汉大摇大摆地走到了堤岸附近，仿佛察觉后头有人追来，干脆停下来伏到河边大肆呕吐，吐着吐着，顺手将手里的酒壶扔到了河里。

附近的不良人早被醉汉呕出的东西熏了个半死，再说他扔的是酒壶，又不是豚肉，他们也就没有留意。

那酒壶落入水中，发出"砰"的一声响。蔺承佑赶来时正好看到这一幕，右臂撑住堤坝，翻身跳了下去，同时口中喝道："把他给我扣下！"

醉汉冷不防被人缚住，瞪大了一双醉眼骂道："你们……你们要做什么？来人哪，杀人啦！"

宽奴等人惴惴地望着河面，酒壶被水一冲，自会朝下游流去，除非有什么特别好的法子，否则一下子怕是捞不回来了，醉汉似是料定了这一点，闹得越发凶了。

谁知没多久，蔺承佑就从底下上来了，胸口以下全湿透了，手里却拿着一个酒壶："是不是以为把东西扔进水里，就没有证据了？"

他当众打开酒壶盖，把里头的几样东西倒了出来，果然是符箓和锁魂囊。蔺承佑虽然早有准备，但仍有些意外，静静地打量醉汉一番，点点头道："带走。"

翌日，滕玉意起来没多久，就听说谋害武绌的凶手被抓到了。

据说凶徒是住在义宁坊的一位医工，名叫霍松林。他行凶后先是把那宝贝法器藏在酒壶里，再装作醉汉准备逃走，顺利逃过了众多关口的盘查，结果被赶来的蔺承佑逮住了。

霍松林曾是一名无极门的学徒，当年朝廷查禁邪术时，此人侥幸逃过了追捕。此后他隐姓埋名，靠行医度日，日子虽然贫穷，但也能过得下去，怎知去年他的女儿突然得了怪病，眼看活不成了，霍松林就想起当年学过的那套把戏，无极门的邪术臭名昭著，只要摆阵法将几人的魂魄拼凑在一起，就能做出一个空有魂壳的傀儡代女儿死去。

至于他为何选中武绌等人做被取魂人，也都是有讲究的。胡季真与他的女儿同月同日生，李莺儿则与他的女儿相貌相似，而武绌则是命格贵重。按照这邪术的要求，越是命格贵重之人的魂魄，越能为他的女儿添福添寿。霍松林为了选择合适的贵女，特地到香象书院附近蹲守了几日，有一回武家的犊车从他面前经过，碰巧武缃掀起窗帷，霍松林看她面盘丰腴，料定她命格贵重，从此就盯上了武缃。

赶上浴佛节出游，他就伺机下手了。

听说大理寺的官员连夜在霍松林的家中搜到了不少物证，香象书院附近店肆的店主奉命到牢里看过后也做证：霍松林前几日曾在附近转悠过。

霍松林的女儿的确重病在床，屋里也的确有作过法的痕迹，再加上几个月前霍松林就开始筹备此事，因此留下了不少物证和人证，日子时辰都对得上，绝不可能临时作伪。

武家人得了消息，自是摧心剖肝，捧在掌心里养大的如珠似玉的宝贝女儿，居然被这样一个无赖给谋害了。武家人连夜把女儿送到青云观，清虚子道长却爱莫能助——胡季真和李莺儿是取魂超过了七日，武缃则是魂魄随着酒壶被丢入了水中，河水一冲灵根大损，便是神仙在世也没法子了。

武中丞如今急怒攻心，武夫人干脆一头病倒，武元洛和武绮悲怒交加，整个武家都乱了。

同窗们谈论此事时，除了替武缃惋惜，言语间满是对蔺承佑查案之能的钦佩。

滕玉意在旁边听了半晌，始终没听到卢兆安的名字，暗想：不对吧，三桩案子卢兆安明明都在场，末了罪名却全落到了那个霍松林一个人的头上？但以蔺承佑之能，绝不会抓错人，况且卢兆安尚未入仕，又有何德何能让霍松林这样的人替他顶罪？难道这几桩案子真是凑巧？

这一整天，同窗们的谈资都是这件事。每回众人说起武缃，总有同窗流泪叹气。

过了两日，武绮被武家人送回来了，听说她不肯再回来上学，武中丞却说书院的名额是皇后指定的，不回来上学等于拂逆皇后的懿旨，枉她在家闹了几日，硬是被武夫人亲自押回来了。

出了这件事，书院比从前管得更严格了，不许学生们再私自结伴出游，凡是送入书院的东西，一律须经过几位女官查看把关。

每晚简女官过来巡视时，滕玉意都会瞧瞧简女官手里的东西，可是自从第一回之后，简女官再没带过书信和点心，想来蔺承佑忙着查案，绝圣和弃智则是没法把话传到书院来。

又过了两日，眼看快到端午节了，书院里的氛围总算稍稍轻松些，同窗们偶尔聚到一起闲聊时，不再一味愁眉不展。

下午上完课，同窗们便在一块儿讨论明日过节的事，前几日精神绷得太紧了，她们聊着聊着才觉得开怀，有人拿出自己编的长命缕给大家展示，有人拿出家里送来的粽子分给大家吃，气氛渐渐活跃，同窗们坐不住了，干脆到园子里去玩耍。

园子坐落在书院东北角，离学生们住的自牧阁很远，她们这一玩就玩到了晚上，谁也不肯回屋，直到女官过来巡视，滕玉意和杜庭兰才依依不舍地跟同窗告别。

回到屋子，杜庭兰接过滕玉意手里的长命缕望了望："你也编得太快了，一下子编了五六条，这线头有点儿粗糙，明日这里得拆了重新编。你编这么多长命缕，都要送给谁？"

滕玉意打了个哈欠。她还没想好送给谁，不过这可是她亲手编的东西，要送也得送给亲友才是。

她夺过那粗糙的长命缕，把头靠在杜庭兰的肩膀上："阿姐，我困了。"

杜庭兰看看漏壶："是不早了，梳洗了就睡吧。"说着她让后头的红奴和碧螺去打水，自己拉着滕玉意进了东厢房。

滕玉意每晚都要在对屋放百花残的机关，所以自进书院以来都是跟着阿姐睡，杜庭兰刚要说话，滕玉意忽然一把拽住了杜庭兰："等等。"

杜庭兰一愣："怎么了？"

滕玉意死死地盯着面前的某一处："不见了。"

"什么不见了？"

滕玉意声音有些发凉："我牵在房中的那根头发丝不见了。"

杜庭兰心里仿佛刮起一阵狂风，自打进了书院，妹妹不只在对屋仔仔细细地设了机关，还会顺手在她这边做点儿动作，但因为重点放在那间房，这边往往只是随便在房中绑一根头发丝。

门窗都紧闭着，那根头发丝不会被吹走，所以这是……

"有人来过了。"滕玉意一动不敢动，这不对，那人的目标明明是她，为何会潜到阿姐的房中来？

碧螺和红奴被吓得不敢动弹，哆哆嗦嗦地说："那个贼会不会是跑错屋子了？"

滕玉意拉着杜庭兰小心翼翼地朝后退了几步，一转身，慢慢地挪到对屋，警惕地推开房门一瞧，窗边和床边的头发丝都完好无损。

几人愣住了。

滕玉意冷冷地望着自己屋里的机关，自己的屋子没人来过，这个人就是冲着阿姐来的。可到底为什么？

阿姐近日可没做过什么引人注目的事，而今书院又加强了戒备，这贼不可能是从外头进来的，只能是书院里头的某个人。

"娘子，现在怎么办？"红奴紧紧地攥住杜庭兰的胳膊。

杜庭兰下意识地把妹妹拉到自己身后，尽量让自己维持镇定："别怕，阿姐马上去告知副院长，就说房里进了贼，请她老人家做主。"

"不行。"滕玉意道，"副院长这一查，整个书院的人都知道了，在弄明白那人的目的之前，绝不能四处声张。你们留在这儿别动，我去去就回，记得别动房中的任何东西。"

杜庭兰忙拽住妹妹的手："你要去做什么？"

"我去找简女官，让她给蔺承佑送信。"

"这么晚了？"杜庭兰大吃一惊，这个时辰蔺承佑绝不可能赶过来的，妹妹又不让通知副院长，难道她们要担惊受怕一整夜吗？

滕玉意心里也没底，但这是她和蔺承佑说好的，而且这是她眼下能想到的最稳妥的法子了。

"试试总没错。"

滕玉意从简女官处回来，主仆四人一动不动地坐在中间的起居室里。

碧螺和红奴大气不敢出，滕玉意和杜庭兰则是生怕破坏贼人留下的线索。

滕玉意思来想去，始终想不通那人为何突然瞄上了阿姐。

"阿姐，你最近可遇到过什么奇怪的人？"

杜庭兰只顾摇头。

红奴颤声说："都说青龙寺的许愿灯最灵验，这才几日，怎么就被贼惦记上了呢？"

滕玉意脑中白光一闪：是啊，她怎么忘了，浴佛节那一晚，阿姐身上明明发生了一件引人注目的事——太子不但陪阿姐游乐，还给阿姐买了蒸梨。

只不过紧接着出了武缃的事，这件事才没有在书院里激起半点儿波澜。但当晚人那么多，没人讨论，不代表没人瞧见。

那人就因为这件事盯上了阿姐？滕玉意越想心越凉，在一遍遍地猜想那人的意图时，心中一个埋藏了很久的念头，如同雾中的孤岛一般，冷不丁地露出了嶙峋的一角。

重活的这几个月，她一直在想自己前世遇害的原因，直到这一刻，她好像终于接近了真相。

也许她的思路一开始就错了，前世那个黑氅人要杀她，并不是冲着阿爷书房中的那封信，也不是因为她是滕绍的女儿，而仅仅是不想让她当太子妃。她记得前世自从在大明宫中碰见太子后，太子就一直很注意她，皇后当众赐她罕异的名香，阿爷去世后，甚至有传言说太子会在她出孝后娶她。

照这样看，前世黑氅人杀她，也许正是因为太子倾慕她，而且从这几日发生的事情来看，这个人可能就是她的某位同窗。

前世最后是谁做了太子妃？

她无意识地攥住了矮榻的扶手。

滕玉意发怔的同时，杜庭兰等人也是半点儿不敢松懈，起先她们还能听到各屋说话的声音，慢慢地四周就寂静下来了，几人的心颤巍巍地悬在腔子里，每一个瞬间都漫长得像过了一整年。

"要不我们今晚就在这屋睡吧。"杜庭兰对蔺承佑过来并不抱什么希望，怕妹妹着凉，就要把自己的披风解下来。

红奴和碧螺勉强挪动脚步，忽然听到矮榻后的窗口传来"咚咚咚"的轻响，声音不大，像是树枝刮过窗棂的声响。

几人一愣，滕玉意让红奴等人从榻上起来，倾身摸索着打开窗户，就见一个人抓着窗框，翻身跃了进来。

红奴和碧螺又惊又喜，杜庭兰震惊地看了看蔺承佑，又看了看屋里的漏壶，他来得也太快了，这才……这才过了半个时辰。

蔺承佑这一露面，滕玉意也大感意外，在原地愣了一会儿，高兴地上前帮忙关窗户，这人实在是太靠谱儿了，凡是答应过的事从不曾含糊，她心里一下子踏实了不少，忙低声对蔺承佑说："那贼……"

蔺承佑正忙着检视窗外，闻言把食指竖在唇边，示意滕玉意噤声。

滕玉意点点头。

蔺承佑屏息检视一番，确定窗下没有害人的机关，随手在窗缝里撒了点儿颜色奇怪的粉末。他又转头打量滕玉意，看她安然无恙，才将手中的囊袋递给滕玉意。

滕玉意打开囊袋看了看，除了符箓和药粉，里头还有一沓信。

杜庭兰在边上看着两人的举动，心头的疑惑更浓了：蔺承佑这么晚赶来也就算了，妹妹居然毫不见外，两人举止那样自然，好像觉得这一切理所应当。

关上窗，蔺承佑反身朝门口走去，把门拉开一条缝，蹲下来一寸一寸地细查，检查完毕，头也不回地招了招手，滕玉意忙走过去蹲下，在蔺承佑的示意下，从囊袋里取出一张符箓递给蔺承佑。

杜庭兰张了张嘴，两个人的这份默契，让她想起了蔺承佑带两个小师弟除祟时的情形。

妹妹何时跟蔺承佑这样熟了？

蔺承佑在门口撒了点儿引魂粉，又悄悄地在门后将符点燃，待到符箓熄灭，这才起身把门关好。

须臾间，门外和窗外起了一阵阴风，蔺承佑侧耳听了一会儿，示意滕玉意看自己腕子上的玄音铃。

滕玉意还没弄明白是怎么回事，玄音铃就轻轻响了起来，只是摆动起来懒洋洋的，像是周围的阴气不值得它卖力，这说明附近有阴物过来了，但法力并不高强。

蔺承佑开了腔："好了，我招了些小鬼帮我们看门，屋子里的动静传不到屋外去，现在可以说话了。"

这当然不是什么正当的道术，但是廊道左右住满了女学生，设结界须得绕屋一周，哪怕他动作再轻，保不齐会惊动旁人，他权衡一番，只好招些会吞声的小鬼帮忙站岗。

小鬼的阴气几不可察，即使隔壁有懂道术的人也无法察觉。

屋里人哪里跟得上蔺承佑的思路，滕玉意却马上回身对杜庭兰等人说："好了，现在可以说话了。"

杜庭兰虽然仍在发愣，心里却有些好笑——妹妹怎么像个小传话筒似的？她忙歉然地冲蔺承佑行了一礼："叨扰世子了。"

滕玉意将今晚的事一一对蔺承佑说了，最后指了指两边的厢房："我屋子里的百花残机关纹丝不动，那贼直接进了我阿姐的屋子。世子，你跟我来。"

他们到了东厢房门口，滕玉意立在门外不敢进："这贼很谨慎，屋子里的东西表面上全在原处，如不是我提前留的那根头发不见了，绝不可能知道有人来过了。"

蔺承佑四下里查看："书院的同窗知道你们姐妹俩各自住在哪屋？"

"知道。同窗们经常到各屋串门，就连书院的女官们也知道我阿姐住东厢房，而我住西厢房。"

所以那贼就是冲着杜庭兰来的，蔺承佑依次检查地面、镜台、桌后……又伏身检查榻底和床底，结果一无所获。

贼人并未埋下害人的机关，屋中更不见用过邪术的痕迹。

最后蔺承佑把目光投向床幔："万一凶徒在衾被中藏了毒针，可谓防不胜防，为稳妥起见，我得瞧瞧你阿姐的衾被。"

滕玉意回头看向杜庭兰，杜庭兰忙说："一切都是为了捉那恶人，世子不必有所顾忌。"

蔺承佑先检查床幔周围，确定没有暗器，继而拿起妆台上的一根玉如意挑开床幔，轻轻地翻弄床上的衾被和枕头。

滕玉意在后头瞧着，心中暗道好险，今早她起来时，碧螺拿起她的小布偶闻了闻，一闻就直皱眉："娘子昨晚睡觉时是不是又流口水了？"

滕玉意知道肯定是小布偶又变臭了，当然不肯承认："你又瞎说，我睡觉才不会流口水呢。"

碧螺自知说不过娘子，只好撇了撇嘴："进书院以后也没洗过，要不婢子今日把这宝贝洗一洗吧。"

滕玉意不想让别人瞧见她的私物："过几日回家了再洗吧，今日日头大，拿回屋在窗根下晒一日也成。"

小布偶就这样被晒了大半天，下午出去玩之前，滕玉意照例回屋检视百花残机关，顺便把小布偶塞到了床上。

阿姐的床榻处处整洁，那破旧的小布偶可谓格格不入，蔺承佑瞧见了少不得问一句，他连她服用过百花残的解药都能闻出来，必然能闻出小布偶上头的口水味。

这事总不能赖到阿姐头上，她都能想象蔺承佑知道后会怎样嘲笑她。

很快蔺承佑就把床铺的每一个角落都查过了，依旧没有收获，回身跟滕玉意对视一眼，两人都在心里想：书院里到处是耳目，潜进屋一趟实属不容易，那人千辛万苦地进屋，难不成只是四处看看？

两人同时想到了什么，一个把目光移向妆台，另一个则望向书案。

蔺承佑走到妆台前拿起一盒胭脂，开始仔细检查里头的膏体，贼人若是在里头神不知鬼不觉地掺入慢性毒药，完全可以叫杜庭兰在毫无防备的情况下毁容或是中毒。

滕玉意则走到书案前，案上有一沓姐姐平日抄的诗稿，还有一沓手抄的佛经。

虽然蔺承佑已经查过里头没藏毒针，却并不知道稿子具体的数目。

"阿姐，你瞧瞧可少了诗稿？"

不一会儿，蔺承佑把妆台上的胭脂、花钿、梳子、铅粉都试了一遍，依旧没看出有什么问题，杜庭兰却胆战心惊地说："不对，少了两篇诗稿。"

"自打进了书院，我每日都会抄诗，共是三十六篇。"她抬头对滕玉意和蔺承佑说，"但现在只剩三十四篇了。"

滕玉意屏息问："确定吗？"

"绝不会记错的，丢的两篇是我进书院那日抄的，一篇是《诗经》里的《邶风·雄雉》，一篇是骆宾王的《咏蝉》，放在最下面，每日整理诗稿我都能瞧见，可现在最下面的诗变成两首乐府诗了。"

蔺承佑接过那沓诗稿，翻着翻着，眼中浮现出讥诮之色，《邶风·雄雉》本就是表达思念的诗，至于骆宾王的《咏蝉》，面上是借咏物来讽世，但末尾那两句"无人信高洁，谁为表予心"，也可以引申为一种含蓄的情思。

这人倒是够聪明的，知道如果直接下毒谋害杜庭兰，马上就会惊动官府，只要大理寺过来查案，自己随时可能会暴露。

就算大理寺一时没查出什么，毕竟前头才出了武缃的事，帝后知道书院里暗藏着一个心肠歹毒之人，说不定会干脆打消在这一批女学生里选太子妃的念头。而那人取走诗稿就不一样了，只要是杜庭兰亲笔写的东西，就会有数不清的用途。

碧螺和红奴哪见过这种歹毒手段，忍不住哆嗦："才偷走不久，诗稿一定还在那人手里，要不要马上搜查书院？"

滕玉意冷笑："现在搜查书院的话，这恶贼只需把诗稿吞进肚子里就能销赃，除了让她知道自己已经暴露而更加谨慎，我们什么也查不到。"

蔺承佑把诗稿再次检视了一遍，讥笑道："我大致知道这人到底要做什么了。要不是滕娘子习惯在屋子里埋藏机关，说不定杜娘子大祸临头都不知道是谁害的。"

杜庭兰被吓得魂不守舍，忙问："这恶贼究竟要做什么？"

蔺承佑坐到圆桌边，对滕玉意说："把那沓信给我。"

滕玉意"唉"了一声，忙从囊袋里取出那沓信放到蔺承佑面前，看蔺承佑在圆桌边坐下，便也拉着阿姐坐下。

蔺承佑指了指那沓信："我猜那人要把杜娘子的诗稿送到卢兆安处，动机嘛，自是知道太子属意杜娘子。"

杜庭兰一震。

"那人利用杜娘子亲笔写的'情诗'诬陷杜娘子与旁的男子有私，很容易破绽百出，卢兆安就不一样了。此前在扬州，杜娘子的确与卢兆安来往过，即便后头断绝了来往，卢兆安依旧可以说出杜娘子一些鲜为人知的喜好，加上这些诗稿，足可以证明杜娘子与他还有来往。这事一传到宫里，即便太子不介意，那些一心要自己女儿做太子妃的朝臣必定会极力反对杜娘子当选太子妃。"

这话与滕玉意的猜想不谋而合，她好奇地问道："世子那晚也看到太子和我阿姐同游了？"

不然蔺承佑怎么知道太子属意阿姐？

蔺承佑笑道："太子自己跟我说的，他说过些日子，等杜娘子与他再熟些，他可能就会请旨赐婚了。"

杜庭兰脸红得要滴血，起身行了一个大礼，郑重地说："还请世子帮我转告太子殿下，殿下的这份错爱，杜庭兰断不敢受。自从那回私见卢兆安差点儿被树妖害死，我早已心如死灰，整日研抄佛经，就是因为早有了断尘绝俗的念头，只是眼下弟弟尚且不能支撑门户，怕爷娘伤心才迟迟没将这个念头告知爷娘，等到弟弟立事，我自会出家修行。"

蔺承佑愣了愣，转头看向滕玉意。

滕玉意也呆住了："阿姐，卢兆安蓄意害你，他犯的错，难道你要拿来惩罚自己吗？！"

杜庭兰眼里隐约有泪光，语气却很坚定："这世道对女子极为严苛，只要有心人把这件事挖出来，整个杜家的名声就都毁了，阿爷教我们坦坦荡荡做人，我行差踏错，怨不得旁人。"

她又感激地对蔺承佑说："世子一诺千金，自事发以来，一个字不曾泄露过，世子的高恩厚义，杜家铭记在心。只是这件事瞒得了一时，瞒不了一世，烦请世子将这件事早些告诉太子，请殿下另觅佳人。这起案子牵连甚广，连武大娘都遭了这人的毒手，我担心往后还有同窗受害，如果案子真与卢兆安那个小人有关，世子切莫因为我而缚手缚脚，假如需要我做证人，我绝不会推辞的。"

红奴忍不住哭起来，娘子这是破釜沉舟了。滕玉意一怒之下，便盘算着让人去杀了卢兆安，要不是被这个小人加害，阿姐怎会心灰意冷？而且他似乎害了不少人，早知道当初她一来长安就该令人取了他的狗命。

不料蔺承佑正色道："我没将此事告诉旁人，除了答应保密，也是因为知道这世上谁都会有犯糊涂的时候。杜娘子认识卢兆安时才十五岁，纵算有错，也只能算'识人不明'。人这一生，谁没有犯过错？我机缘巧合之下做了知情人，但因为不清楚首尾，并无资格做评判者，而且我相信以杜娘子的为人，早晚会把这件事告诉太子的，到时候究竟该如何做，太子自会定夺。

"今晚杜娘子这番话，果然没让蔺某失望，这世上道貌岸然的伪君子多，肯主动承担过错的真君子却少之又少。"蔺承佑心悦诚服地道，"杜娘子，诚为君子也。"

滕玉意一下子怔住了。

杜庭兰赧然垂首，蔺承佑能说出这番话，倒是比自己想的还要正直通透。

蔺承佑又道："另外有件事须要告诉杜娘子，当初你在扬州与卢兆安的'偶遇'，以及之后的诗信往来，可能都是他一早就策划好的。今晚我带着这些信过来，就是因为前几日在信上发现了一些端倪。除了这个，我还弄到了卢兆安当初让人送给郑霜银的干谒诗，一经比对，两批信都不大对头。"

屋里的人一默。

蔺承佑执起其中一封信："这些信我前前后后看了不下十遍，假如一个人想利用邪术在信里耍花样儿，至少要用朱砂，鉴于一直没能看出问题，这件事也就搁置了一段时日。直到前几日我从郑仆射处得知郑家的确曾有意招卢兆安为婿，我才换了个思路，那之后设法弄到了卢兆安给郑娘子的第一封信，把它与杜娘子收到的第一封信进行对比，发现两封信有一个共同点。无为，把烛台移过来。"

滕玉意愣了愣——这声"无为"他倒是叫得够顺口的，她"哦"了一声，起身把烛台推到蔺承佑面前。蔺承佑把信一展，再次同杜庭兰确认："杜娘子瞧瞧，这是卢兆安给你写的第一封信吗？"

杜庭兰早已是心神不宁，闻言看了一眼信上的日期，点点头说："没错。我与卢兆安是前年清明节在扬州隐山寺踏青时相遇的。"

彼时卢兆安正与当地的文人墨客斗诗，见杜庭兰带着婢女们路过就追了上去，自称是杜裕知的学生，托杜庭兰把这封信转交给她阿爷。杜庭兰看他言辞恳切，只好接过了那封信，哪知回去路上一瞧，封皮上写着"杜娘子亲启"。

"我本想将其丢弃，后来也不知怎么了，鬼使神差地打开了，结果里头是一首文采斐然的情诗。"

蔺承佑把信纸摊到烛台下，又展开卢兆安给郑霜银的那封信，灯火映照下，两封信上居然有一模一样的一小块污迹，像滴上了油汤之类的物事，圆圆的，很不起眼。

假如蔺承佑不把两封信同时拿出来比对，任谁也发现不了两封信上有相同的污渍。

"这不是道术，而是一种蛊虫。"蔺承佑指了指两封信，"这块污渍呢，是蛊虫留下的黏液，这叫相思蛊，可以让人发疯一般爱上下蛊的人。二十年前长安城有个女子利用这种蛊虫蛊惑世家公子，破蛊之人正是我师公，所以等他老人家一回长安，我就把信上的蹊跷处呈给他老人家，他老人家一瞧就认出来了。凡是中蛊之人，都会对中蛊后看到的第一个名字背后的人产生情思。卢兆安利用写信的方式分别给你和郑霜银下了相思蛊，目的就是让你们爱上他。他把封皮上附着蛊虫的那封信交给杜娘子时，不怕杜娘子不接，因为哪怕蛊惑的只是你身边的婢女，日后也总能利用婢女让你中蛊。"

滕玉意和杜庭兰目瞪口呆，碧螺和红奴也被吓傻了。

蔺承佑又道："卢兆安盯上杜娘子，自是因为你是杜家的女儿，对于当时一介布衣的卢兆安来说，杜家是他一辈子都难以企及的名门望族。他用这个法子如愿让杜娘子爱上他，不但很快从杜娘子手里获得了不少盘缠，还承诺日后会娶杜娘子。到了长安之后，他一朝中了魁元，在见识过郑仆射等长安名宦后，自然就瞧不上杜公的官职了，所以又借助与同门四处拜谒的机会，把信送到了郑家娘子的手里。"

"中蛊者会对下蛊的人牵肠挂肚。"蔺承佑笑了笑，"所以杜娘子明知卢兆安变了心，上巳节那晚也要冒着风险去竹林见他；郑仆射的二女儿本来目无下尘，却在见过卢兆安的诗作后对其产生绵绵情思，不但即刻与卢兆安书信来往，还示意父亲招卢兆安为婿。"

滕玉意愕然听着，前世卢兆安的确成功了，阿姐被人勒死后半年，卢兆安就风风光光地娶了郑霜银，自此扶摇直上，成为本朝最年轻有为的谏官。

"可是……这相思蛊会自发解开吗？"滕玉意费解地道，"阿姐经历树妖一事后，再听到卢兆安的名字只觉反胃，而且据我观察，郑霜银也对卢兆安冷淡了许多。记得那晚尸邪闯入了成王府，卢兆安和胡季真胡公子共用一张符箓。可等尸邪来时，卢兆安只顾自己逃命，把胡季真关到门外，郑霜银应该是看见了，过后再也没理过卢兆安。"

而且以郑霜银的为人，如果她一心想嫁给卢兆安，绝不会主动参选太子妃的。

"是不好解。"蔺承佑笑道，"但偏偏杜娘子和郑娘子都解了蛊。这种蛊虫最是顽固，除非发现宿主快要死了，否则绝不可能主动跑出来。不巧的是，杜娘子遇到了法力近乎成魔的树妖，那晚等你和端福赶到时，杜娘子已经昏迷不醒。郑娘子当晚和大伙儿被困在成王府的花厅时也被尸邪蛊惑。遇到这种大邪魔，人往往很难活命，宿主一死，体内的蛊虫也会跟着当场死亡，蛊虫心知大事不妙，吓得从宿主身上跑了出来，因为没人再用它下蛊，自此成为无主之虫。"

屋子里没人说话，因为都震惊到无以复加。

滕玉意望着桌上的那些信，脑中突然不合时宜地冒出一个念头。

还记得前世在大隐寺陪皇后礼佛时，她曾听到昌宜和阿芝郡主说过一件事。

有一回两个人去郑仆射家中赴宴，无意间发现蔺承佑藏在树上。

两人好奇地问阿大哥哥藏在树上做什么，蔺承佑说他在找鸟窝。这当然是敷衍小孩子的说辞。

当时她听说这件事感到很纳闷儿，蔺承佑总不会无故藏到郑仆射家的大树上，这样做莫非是要调查郑仆射？

如今她再想这件事，蔺承佑查的那个人会不会就是卢兆安？

那回在彩凤楼，彭玉桂临终忏悔，邪术这种东西，一朝沾染上，便会日复一日地蚕食心性。卢兆安利用邪术和蛊毒为自己谋得了大好前程，日后遇到棘手的问题，必然会故技重施，次数一多，保不齐会被聪明人察觉，想来前世蔺承佑也对卢兆安起了疑心，而以蔺承佑的性子，他一旦想查什么，势必会查到底的。

假如卢兆安的这些伎俩被蔺承佑查出来，他绝对不可能有好下场。

如此说来，前世蔺承佑也算间接为阿姐报了仇。可惜后头的事她也不知道了。

琢磨一阵，滕玉意心中又冒出另一个念头，前世阿爷死后被追封为晋国公，而她也被赐为贞安郡主。她和端福等一众下人在府中被人杀害，算得上惊天大案，传到朝廷里，圣人定会让大理寺严查此事。

她不知最后是不是蔺承佑接手此案，只要由他来查案，相信真相总会有水落石出的一天。

想到此处，她的心轻轻摇荡起来：会不会前世在她死后，有个人帮她报了仇，而这个人，就是面前的蔺承佑？

她悄然打量蔺承佑一眼，可惜她无法求证了，而且照这样说，前世当上太子妃的那个人未必就是杀害她的黑氅人，因为只要蔺承佑查出了凶手是谁，这个人哪儿还做得了太子妃？

她忽然听到耳旁传来哭声，转头一看，才惊觉阿姐恨声啜泣起来，红奴也在默默地抹眼泪。

滕玉意鼻根一酸，忙将阿姐搂到怀中。阿姐为了这件事背负太多了，怕爷娘和弟妹为自己忧心，面上强作无事，实则郁郁寡欢，为了不影响杜家的名声，甚至动了遁入空门的念头。她再想想前世，阿姐正是因为卢兆安的蛊惑才去了竹林，或许碰巧撞见了卢兆安和幕后主家议事，才会被人勒死在林中。

她恨得牙根直发痒，沉默了一会儿，抬头问蔺承佑："有了这两封信上的蛊虫痕迹，是不是就可以抓卢兆安了？"

蔺承佑望了望仍在啜泣的杜庭兰："这件事需要有人当面指证卢兆安，郑娘子和杜娘子都是被蛊毒残害过的当事人，所以在动手前，得同你们商量一下。"

杜庭兰前头已经表过一回态，而今得知真相，自是对卢兆安恨之入骨，连忙抹了抹泪道："只要需要我做证，世子告知一声便是，我绝无二话。"

蔺承佑想了想，对滕玉意说："让这两个婢女出去吧。"

他并非不信任这二婢，如果她们有问题，早就提醒凶徒别来房中窥探了，只是凶徒太狡猾，为免她们不小心说漏嘴，接下来的事知道的人越少越好。

红奴和碧螺轻手轻脚地退下，顺便把门关上。

蔺承佑这才再次开口："卢兆安势单力孤，以他一人之力没法儿指使霍松林这样的人为他顶罪，在他背后，应该还有位幕后主家，可惜这个霍松林嘴硬得很，在牢中被关了几日，一口咬定胡季真和武大娘等人都是他害的。我原本还在琢磨用什么法子把幕后之人给诱出来，有了今晚这一出，算是有了头绪。"

滕玉意昂了昂头："是不是因为我设下的机关捕到了那人来过的证据？"

蔺承佑看她喜笑颜开，料定是因为查出了卢兆安用过蛊虫，她放下了一桩大心事，他笑了笑道："可不是。今晚能得到这条关键线索，全仰仗滕娘子。"

滕玉意骄傲地说："前脚太子与阿姐同游，今晚就有人偷阿姐的诗稿，卢兆安想害阿姐，此前早有无数的机会，何必等阿姐进了书院再动手？再说近日世子一定派了人昼夜盯梢卢兆安，卢兆安分身无术，不可能跑到书院里来翻阿姐的东西，所以书院里潜藏着一个真正的凶徒，而此人就是冲着太子妃人选来的。"

蔺承佑道："武大娘一案有太多疑点，她与霍松林素不相识，绝不可能在霍松林的指使下去陷害邓唯礼，因此当晚的霍松林只是个傀儡，幕后策划者另有其人。我一直以为这人是武大娘很信任的某个亲友，今晚这一遭可以证明真凶就是武大娘的同窗。"

杜庭兰困惑地道："书院里都是世家女子，究竟是怎么跟邪术扯上关系的？"

"别忘了皓月散人，她生前可一直在玉真女冠观假扮静尘道长，玉真女冠观会定期举办诗会和赏花会，长安贵女们经常结伴去观里游玩，因此结交皓月散人并不难。"

滕玉意陷入沉思。没错，皓月散人懂邪术，会使银丝。记得前世黑鹙人在杀害她和端福时，她为了活命主动说："我知道你想要什么，这东西现在被我藏在城南的一座庄子里。"

但那人压根儿懒得打听那是何物，一露面就想杀她和端福，可见那人对滕府的秘密丝毫不感兴趣，当晚就是来索命的。

但她往日从不曾与人结过仇，结合这一阵发生的事，她猜她被人盯上，很有可能与阿爷去世后太子频频令人探视她有关。

那人到底会是谁呢？

她记得当初应选时，太子妃候选人的名单上共有三人，除了她，就是武绮和邓唯礼。现在书院里的这些同窗都在候选人之列，这个名单也作不了准，因为如果太子直到三年后才娶亲，其中一定还有变数。

不过说起现在这些同窗，滕玉意首先可以排除一个人的嫌疑。前世李淮固的阿爷官职不高，而且她早在大隐寺那回就被蔺承佑改名为"李淮三"了，这件事传出去后，李淮固别说嫁入皇室，连长安的世家大族都嫁不了了。

听说那件事过去的第二日，李光远和李夫人就灰溜溜地带着女儿离开了长安。

从黑鹙人可能想做太子妃这一点来看，前世的事理当与李家无关，因为即使李家把她杀了也轮不到李淮固当太子妃，一朝露了痕迹，还会落得个满门获罪的下场。

滕玉意思量着说："如果这个人只是想当太子妃，未必是卢兆安的幕后主家。这个恶毒的同窗只是碰巧接触过邪术，又或者认识幕后主家。幕后主家怕这三桩案子牵扯到自己身上，干脆找了一个叫霍松林的替罪羊，把三桩案子都安到了霍松林一个人的头上。"

这番话与蔺承佑的猜测不谋而合，因为这三桩凶案的作案动机并不一致。

胡季真的案子极有可能是卢兆安做的，行凶动机或许是"灭口"。

后头的李莺儿和武大娘则是书院里的这个人害的，行凶动机是让自己顺利当上太子妃。

单独谋害武大娘动机太显眼，于是那人先拉出一个无辜的受害者加害，这样便能顺理成章地炮制出一个"取魂救女儿"的假凶手霍松林。

蔺承佑垂眸思索一番，笑道："想抓住这人吗？"

滕玉意道："当然。"

"那人万万料不到你在房里设下了头发丝，自以为做得神不知鬼不觉，没几日就会拿诗稿做文章，何不利用这一点做一个局，把卢兆安和书院里的这个人一网打尽？顺利的话，说不定还能把幕后主家揪出来，只是……这个局须得有三个人配合——你、杜娘子、太子。"

杜庭兰愣了愣，滕玉意想也不想就说："世子说吧，需要我们怎么配合？"

"过几日皇伯父会出城狩猎，京中贵胄也会随行，到时候我让皇伯母下旨，让书院里的……"

听完蔺承佑的计划，滕玉意好一阵没出声，这人聪明入骨，短短的时间就能想出一个天衣无缝的局。

她摇了摇头。

"心软了？"蔺承佑奇怪地道，"滕玉意，你什么时候变得瞻前顾后了？"

滕玉意叹了口气："我是说不够狠。还有没有更狠的法子？"

杜庭兰正为查清卢兆安一事百感交集，听到这话不由得一愣，抬头望望妹妹，又望望蔺承佑，这两个人平时就是这样说话的吗？她有些哭笑不得，拉住妹妹的手，冲妹妹轻轻摇了摇头：你说话就说话，别目露凶光。

蔺承佑却展颜一笑，像是在说，这才是滕玉意。

"说吧，你想怎么做？"

眼看时辰不早，蔺承佑起身告辞。

他唯恐翻窗时发出动静，走时并未撤走小鬼，而是把送走小鬼的法子告诉了滕玉意，让她在他走后再撤。

两人走到窗前，蔺承佑转头看着滕玉意说："知道怎么做了？"

"知道。"滕玉意方才听得很仔细，忙把法子原样复述了一遍。

蔺承佑想了想："差不多吧。"

他睨了滕玉意一眼，又道："无为，你也算青云观的半个俗家弟子了，是时候学着自己施展这些简单的道法了。我出去后在屋脊上等一等，假如你做得不错，说明已经入了门，那么下回带你除祟也就没什么顾虑了。要是你做得不够好，说明还差火候，我也是很怕被人拖后腿的，带你除祟的事就得再等一等了。"

滕玉意一听这话，忙道："世子瞧着就是。"

蔺承佑一笑，很快便翻窗出去。事不宜迟，滕玉意忙用火折子点燃蔺承佑留下的符箓，口中念念有词，先送走窗外的小鬼，再送走门外的小鬼，末了把门口和窗缝的引魂粉清扫得一点儿不剩。

做完这一切，滕玉意低头看腕子上的玄音铃。玄音铃果然不再轻轻摇动，这说明她成功地把小鬼都送走了。

她心知蔺承佑未走远，恨不能对窗外高兴地喊上一句：我做得不错吧？

蔺承佑屏息猫在屋脊上，见状笑了笑，纵身一跃，轻飘飘地没入了夜色中。

梳洗的时候，滕玉意时不时能感觉到阿姐朝自己投来疑惑的目光，等到两人上床躺下，阿姐果然开口问她："你跟世子一起除过祟？"

滕玉意不能对阿姐说自己这样做是为了攒功德，只好含混地说道："两个小道长拉我去的，正好我最近总是撞邪，觉得学些道法对自己大有益处，所以就跟着去了。"

杜庭兰把一只手压在右脸下，另一只手替妹妹掖了掖被角："你没瞧出来蔺承佑喜欢你？"

滕玉意一愣。

"你想想，如果他不是把你的事极放在心上，怎会一听说书院有事就马上赶过来？"

滕玉意惊讶地张了张嘴："但这是我们事先说好的，蔺承佑本来就是个重诺守信的人。"

"带你除祟也是为了履约？你又不懂道术，他带着你不嫌拖累吗？"

滕玉意怔住了，与此同时，心里涌出一种很奇怪的悸动感，这感觉不算陌生，此前也曾蹿上过心头，但每回只短暂地停留，一瞬就会消逝。她呆了好一会儿，出声道："那回他们带我去除祟，是为了帮我试一试玄音铃是否恢复了法力，这事说起来还是因为我要进书院念书，蔺承佑听说我身边闹贼，也很好奇那贼是谁。"

杜庭兰微笑道："你身边闹贼又与他有什么相干？成王夫妇眼下不在长安，成王府的一干事宜都需蔺承佑打理，他如今又在大理寺任职，经手的都是错综复杂的大案。他每天四处奔波，本就很忙了，倘或不是心里非常在意，有必要抽出精力来照管你吗？"

滕玉意再次滞住了，因为她居然觉得阿姐的话很有道理。

"不对、不对。蔺承佑自己说过，他是因为收了我送的紫玉鞍才答应帮忙的。"

杜庭兰叹气："成王府每年不知要收到多少天下异宝，假如每收一份珍品就要答应帮一次忙，蔺承佑不知要帮多少人的忙了。"

"我跟那些人可不一样，我跟蔺承佑还有绝圣、弃智有过命的交情。绝圣和弃智说，那回要是没有我帮忙，大伙儿不能那么顺利地降伏尸邪，后头除去血罗刹，我也占了很大的一份功劳。蔺承佑是非分明，很清楚我在其中帮了多大的忙，如今我被人暗算，他冲着这份交情也不会不管的。"

123

滕玉意兀自滔滔不绝地说着，杜庭兰却只静静地听着，等妹妹一口气说完这番话，笑着说："这些话你是不是总在心里对自己说？"

滕玉意哑然一瞬，旋即振振有词："阿姐，你忘记蔺承佑还中着绝情蛊了？你看看卢兆安那贱人给你下的蛊有多毒辣就知道了，除非宿主劫后余生，否则很难解开，蔺承佑这蛊毒料着更不好解。再说就算蛊毒解了，蔺承佑要是喜欢谁，犯得着遮遮掩掩吗？他每回都告诉我他只是帮个忙，一再叫我别多想。"

杜庭兰没接茬儿，这也是她最想不通的一点。

蔺承佑心悦妹妹，这点她绝不会看错，但以蔺承佑坦荡的性子，喜欢谁一定会大方承认，他前前后后为妹妹做了这么多事，却连自己的心意都没让妹妹知道，这实在令人想不通，难不成其中有什么隐情？

滕玉意看阿姐不说话，只当阿姐被自己说服了，把衾被蒙到头顶，在被子里闷声说："阿姐睡吧。"

杜庭兰却又道："浴佛节那一晚蔺承佑把你约出去，你回来之后头上多了一对步摇，当时因为出了武大娘的事，阿姐也没心思追问，现在阿姐要问你，那对步摇可是蔺承佑送你的？即使答应帮你的忙，他有什么必要送这么昂贵的首饰？"

"早说了是为了还人情。他说他不习惯收这么贵重的生辰礼，那步摇算是回礼。"

"哦，所以你就接了？"

滕玉意被问得不耐烦，翻了个身背对着阿姐："我很喜欢那个样式。这很不妥吗？那我还回去好了。"

杜庭兰生恐妹妹在被子里闷坏了，拉拽被角试图让妹妹的脑袋露出来："你好好同阿姐说话。你是不是也早就疑心蔺承佑喜欢你了？"

滕玉意一边把自己捂得更严实，一边在被子里"哼"了一声："他可没说过喜欢我。再说了，世间男子无有不薄情的，就算他眼下喜欢我，保不齐哪一日就变心了。倘若相信男人的话，日后准会伤透心肝的。别说蔺承佑未必喜欢我，就算真喜欢我我也不会同意。我早就想好了，这辈子决不嫁人。"

杜庭兰的手顿在了半空，烛火早就熄了，黑暗中她看到模糊的轮廓，面前那条"长虫"仍在扭动，她却不知如何接话了。

姨母去世时她虽不在身边，但也听说过姨母去世时的情形。姨母卧病在床，姨父却急着护送一位邬姓女子离开，等到姨父赶回来，夫妻俩都没能见上最后一面。

妹妹因为这件事心里结了一个死疙瘩，这些年一直对姨父冷冰冰的，再加上前一阵出了段宁远的事，难怪会干脆断了婚嫁的念头。

杜庭兰在心里叹了口气，轻轻推了推妹妹的肩膀："你把头钻出来，阿姐不说了。"

滕玉意正好憋得慌，依言钻出来，只是双眼仍然紧紧闭着，口里嘟哝着："我睡着了。"

杜庭兰望着黑暗中模糊的脸庞，只觉得千头万绪不知如何开口，末了只轻轻拍了拍妹妹的被子："睡吧睡吧。"

她看妹妹这表现，也不像全然不在意蔺承佑。蔺承佑光明磊落，光是救妹妹就救过好几回，两人共同经历了这么多事，又岂是一个段宁远能相提并论的？人越在意某个人或某件事，心思被戳穿时反应就越大，所以妹妹才会急着否认，还一口气列举那么多蔺承佑不可能喜欢自己的理由。

还有那对步摇，换别人送妹妹那对步摇，估计她瞧都懒得瞧一眼。她肯收下步摇，只因送礼人是蔺承佑。

只不过妹妹在男女一事上还懵懵懂懂的，加上心结太重，即便明白过来，也不可能轻易敞开心怀。

杜庭兰忧心忡忡，这种事不戳破则已，一戳破必然要有个结果，到时候两个人少不了闹一场别扭，万一妹妹钻了牛角尖，说不定会跟蔺承佑断绝往来……

紧接着她想起方才两人相处的情形，两个人自有默契，交流起来外人压根儿插不上话，罢了，横竖这种事外人帮不了忙，就由着两个人自己闹去吧，他们闹着闹着，这结说不定就解开了。

第二日，蔺承佑没去大理寺，而是在成王府等消息，用完午膳没多久，宽奴就跑来了。

"世子料事如神。昨日一整晚卢兆安那边都没动静。今早香象书院放了端午节的假，学生们各自回府，没多久卢兆安那边就有动静了。"

蔺承佑在游廊前的一株茶花前停下："那人是谁？"

"一个卖饧粥的老婆子。"宽奴说，"这些日子卢兆安忙着备考制举鲜少出门，老婆子刚吆喝两声，卢兆安就出来了。那附近全是住户，老婆子要是诚心做买卖，一定会多卖几个时辰，但是卢兆安买完粥没多久，老婆子就推车走了。我们几个一直跟出门，这老婆子始终没露出破绽，可等她把车推到醴泉坊的永安大街时，有个贵户的下人出来买粥，小人认出那是谁的下人，简直不敢相信自己的眼睛。"

蔺承佑问："谁的下人？"

宽奴说了一个名字。

蔺承佑皱了皱眉。

"太狠毒了。"宽奴摸摸发凉的后颈，"那回世子过生辰，这人也曾上门贺寿，买粥的下人就是那人身边最得力的大婢女，小人绝不会认错的。"

蔺承佑第一个念头也是"太狠毒了"。

昨晚他和滕玉意列举了重点怀疑对象，此人的名字虽然也在列，但他们心里并不觉得那人会与此事有关，今日知道这个消息，他当然会觉得意外。

"说说当时的情形。"

"婢女上前买粥，这老婆子故技重施，等婢女买了粥，只挨了一会儿就推车走了。没多久老婆子回到了附近的下处，过后再也没出来过。这帮人藏得实在太深了，而且整件事做得滴水不漏，要不是世子说今日一定会有人给卢兆安送东西，小的也不会留意一个卖饧粥的老婆子。世子，你怎么知道他们今日会传递东西的？"

蔺承佑只在心里想：一个一心想当皇后的贵女，即便在皓月散人的引诱下接触了邪术，又如何知道卢兆安也是这伙人中的一员？

莫不是幕后主家有意帮衬这位贵女，故意放些风声给对方？

是了，一旦这个贵女如愿当上了太子妃，对幕后主家来说有百利而无一害。

贵女早年做过的那些腌臜事，幕后主家心知肚明，到了适当的时机，便可以拿这个来胁迫这位太子妃。

此女未必知道主家的真实身份，甚至未必知道对方的真实目的，但她为了保全自己的荣华富贵，一定会乖乖从命的。

那人只要控制了东宫，接下来无论是谋逆或是弑君，都会变得容易许多。

瞧瞧这人心思多么缜密，考虑问题又是多么长远。

"很好。"蔺承佑道，"挑几个精明能干的，务必把这老婆子给我盯死了。她的屋子里应该藏着不少好东西，到时候都是定罪的铁证，等我这边布置得差不多了，直接抓人便是。还有，既然知道书院里害人的那位是谁了，我这边会多放点儿关于太子妃人选的风声，那女孩听多了，必然会按捺不住的，人一乱，就容易出岔子。这几日你们好好跟着她，说不定还能逮到更多的破绽。"

"好。"宽奴想了想又说，"可惜浴佛节那晚抓到的几个'尾巴'因为毒发身亡没法确认身份了。但是前头跟踪世子的那几个泼皮，小人已经按照世子的吩咐查过，有两个人曾经是朝廷的逃犯，二十年前一逃到淮西道就杳无踪迹了，但不知为什么，前一阵偷偷潜回了长安。小人猜他们八成是彭震养的死士，就不知为何盯上了世子。"

"这还不明白吗？"蔺承佑一嗤，"这帮人是在我抓住庄穆以后才开始盯梢我的。彭震万万没想到庄穆会暴露，碍于不能堂而皇之地去大理寺劫狱，只好令人偷偷盯梢我。我去摘星楼买名贵首饰的事都是彭家人放出来的。至于浴佛节那晚盯梢我的几个'尾巴'……"

那有可能是卢兆安身后那位主家派来的，但也可能是那位贵女自己雇的人，他们跟了他一路，却又屡屡暴露行踪，这样做的目的，无非是想促使他与邓唯礼相遇，即便当晚没成功，过后也会用别的法子制造他与邓唯礼私会的假象。当晚他们侥幸成功了，这几个尾巴再无用处，是以一被抓就毒发身亡了。

想到此处，蔺承佑心里忽然产生了一种异样的感觉。

他曾无数次设想皓月散人那位幕后主家是谁，在他看来，那人可能是跟彭家一样怀有异心的某位强藩，或是对中原虎视眈眈的某个邻国派来的细作，也有可能是某位藩国王子，甚至可能是朝中某位因为被冷遇而怀恨在心的大臣。

总之不论出于什么目的，那人除了财力、物力，还须有远胜常人的谋略手段。但是他越查越觉得，除了以上种种，此人好像还对他的行事风格很熟悉。

"对了，可查清楚卢兆安在扬州时都与哪些人来往密切？"

"大多是扬州城的名人墨客。这帮人也常常到长安和洛阳游历，若是赏识卢兆安的才华，极有可能为他引见京中贵要。"

"好好查一查这帮人的底细。"蔺承佑道，"特别是近一年来过长安的，这帮文人墨客表面上是闲云野鹤，实则可能与京城某些势力暗中有来往。"

"是。"

"对了，我要出门，替我备马吧。"

他得去找太子打听一件事。

除了太子，明日他还要见一个人。

"还有，明日要出城狩猎，你帮我安排见一个人。"

宽奴一愣："谁？"

"武元洛。"

既然知道书院里那个凶徒是谁了，此前很多事就能串联起来了，不过他还是觉得有些不可思议，所以得向武元洛当面确认一些事。

武元洛和蔺承佑在菊霜斋内对坐着喝茶。

127

武元洛脸色很难看。今日他原本要随君出城狩猎，走到半路就被蔺承佑拦下来了，没等他弄明白怎么回事，蔺承佑就以要调查案情为由，把他请到了菊霜斋。

这地方让他觉得很不舒服，偏巧座位又在窗边，他想起那晚大妹妹出事的情形，几乎一刻都坐不住。但他也知道，蔺承佑无事绝不可能把他约到这种地方来，勉强按捺着心情喝了口茶，声音嘶哑地问道："找我何事？"

蔺承佑打量着武元洛，短短几日这人就憔悴了不少，家中出了这样的大事，武元洛身为武家长子，必定焦头烂额。

估摸着气氛酝酿得差不多了，他开门见山地道："说吧，那晚你为何故意接近滕娘子？"

武元洛万万没想到蔺承佑一开口就问这个，望了蔺承佑一会儿，淡淡地道："这件事与阁下有关吗？"

废话，当然与我有关。

蔺承佑讥笑："你是怎么认得滕娘子的？"

武元洛望了蔺承佑一会儿，突然笑道："怪不得那日在骊山你会好心借玉牌给我，我早该看出你对滕娘子的心思，你故意捣乱就是怕我接近她吧？"

蔺承佑并不接话，只是笑道："你武元洛一向眼高于顶，怎会突然对滕娘子产生兴趣？她来长安没多久，你充其量瞧见了她的模样，至于性情如何你可是毫不清楚，结果一上骊山，你就迫不及待地让你妹妹帮你制造机会接近她。"

武元洛哼笑："大理寺不是很忙吗？要是你只想打听这种无聊的事，我可没工夫奉陪。"

"无聊不无聊，你说了可不算。"蔺承佑笑容一淡，"我来猜猜吧，你是不是听人说起了桃林里的那件事？玉真女冠观的谜局天下闻名，滕娘子第一回去观里游乐，论理并不清楚观里的谜局，但她成功破解了耐重的谜题，带领同伴们逃出生天。你听说了这件事，一定对这个聪明绝伦的小娘子很好奇。"

武元洛没吭声，但表情已经说明了一切。

"长安从来不乏貌美端庄的仕女，你武元洛自小在锦绣堆里长大，面对这样的女子只觉得无趣，但是滕娘子就不一样。她当日的那番作为让你刮目相看，你有'神童'之名，但这个女孩的机智显然不在你之下。在那之后你又从某个人的口里听说了种种关于她的事，对滕娘子更是心生向往，没多久你终于等来机会接近她，于是毫不犹豫地出手了。"

武元洛微微一笑："窈窕淑女，君子好逑。蔺承佑，你不是也相中了滕娘子吗？"

蔺承佑话锋一转："所以那回在骊山上你借故接近滕娘子，究竟是你的主意，还是……"

武元洛忽然觉得有点儿不对劲儿了，琢磨了一会儿道："这话什么意思？"

"直接回答我的问题。"

武元洛虽然疑窦丛生，但还是把答案说了出来。

蔺承佑默了默，若非向当事人求证，任谁也想不到实情会是这样。

"还有一件事也让我很好奇，能不能说说为何你更偏疼大妹妹武绷？"

听完武元洛的话，蔺承佑心里已经有了答案。

"你再把浴佛节头几日府里发生的事，以及当晚你们兄妹从府里出来后的种种，从头到尾，一字不漏地告诉我。"

学生们从书院出来，正好赶上太子护送皇后到书院。

学生们依次上车，太子带着护卫们伴在皇后的凤辇旁，原本目不斜视，但当杜庭兰走过来时，太子却突然转头看向她。

虽然只是短暂的一瞥，但是那含着笑意的打量，让人想忽略都难。

滕玉意将这些看在眼里，低头与几位同窗上了车，这辆车是朝廷专为香象书院打造的，比寻常辇车更为阔大，也更为牢固。

起先，同窗们没作声，因为都注意到了太子的异常，碍于杜庭兰和滕玉意在场，没好意思公然议论这件事。

不一会儿，柳四娘率先打破了沉默："刘副院长她老人家说，那回在骊山上原本要好好举办几场围猎和马球比赛的，结果山上闹邪祟，只好匆匆下山了，圣人觉得不尽兴，故而今日召了这么多人随行。碰巧赶上朝廷的制举选拔要开始了，圣人为了亲自挑选良才，就下旨让今年那帮进士科的大才子也随行。"

"是了，刘副院长还说，这些人都是旷世逸才，待会儿圣人若是叫他们作诗，必然首首不凡。刘副院长一再叮嘱我们都好好听一听，说我们说不定能当场悟出些作诗的学问。对了，到时候刘副院长一定会让人当场誊写的，我们推谁做这个誊写员好呢？"

女孩们打趣道："邓唯礼呗。比记性谁能比得过她？她可是连好多年前发生的事都还记得。"

邓唯礼歪倒在滕玉意身上："你们还是找别人吧，我记性是不错，但我写字可比别人慢多了。"

说着她一推滕玉意："说起这个就来气，你真不记得我了？你小时候来过长安的，我至今记得你那会儿……"

李淮固冷不丁道："哎，不知这回我们要出游多久？"

"差不多后日就能回城了吧。"陈二娘看了看窗外，"不过我好担心呀，书院开学这么久了，皇后殿下那么关心学生们的功课，刘副院长她老人家为了让皇后殿下放心，一定会当众考查学生们的功课的，就不知今晚刘副院长会抽到谁。"

"阿玉和唯礼都不爱回答问题。"柳四娘推推郑霜银，"我要是副院长，一定会选你出来给书院争光，说起学问，同窗里可没有比你更好的了。"

"那可不一定。"彭大娘慢条斯理地说，"别忘了还有杜娘子，杜娘子学问可是一顶一地好，还有武绮也不算差。最近这段时日，刘副院长可送了好些武绮作的文章到宫里去，还有，别忘了上回在乐道山庄，皇后殿下还夸过武绮献的'探骊'二字气势飞远呢。"

郑霜银因为大哥无故退亲一事对武氏姐妹满怀愧意，闻言叹了口气："你们别打趣她了，她整日郁郁寡欢的，听到这些话未必高兴，每回被副院长叫起来答话，也不过是硬着头皮应对罢了。"

众人到了丽云宫，宫人们带学生们安排各自的房间。

这边刚安置好，宫人就传话说晚膳备好了。

众人都知道今晚的宴会绝不可能是一场简单的晚宴，这一去也不知是祸是福，出发时个个都有些惴惴的。

众人到了设宴的永嘉殿，那广阔的宫殿简直令人目眩。

殿前燃着熊熊烈火，阔大的殿堂分作男席和女席。好在用膳时帝后并未发问，众人好歹逃过一劫，战战兢兢地用过膳后，便在宫人们的引导下，前往花园观赏于阗等国的伶人们献艺。

这一回，男宾席与女宾席近了许多。

滕玉意一抬头就能看见对面的男宾席位，不一会儿蔺承佑和太子说笑着出现了，鉴于帝后不在，席上的氛围比方才轻松不少。

坐在上首的几位诰命夫人正与刘副院长闲聊，刘副院长一边回视席上的学生们，一边低声道："郑娘子、邓娘子、武二娘子、杜娘子，都是学问不错的孩子……"

话音未落，刘副院长忽听身后有人"哎哟"一声，原来有人不小心被酒污了裙摆。

此人正是彭二娘。滕玉意顺着彭二娘方才注目的方向看过去，才发现是淳安郡王来了。

彭大娘唯恐在御前失仪，吓得低声埋怨妹妹："你怎么这么不小心？"

彭二娘傻愣愣地看着自己手中的杯子："我也不知道。"

彭大娘唯恐被人看穿妹妹的心思，忙低声对妹妹说："趁诗会还没开始，快下去换衣裳。"

彭二娘臊眉耷眼地带着婢女离了席。

那边几位诰命夫人正挨个儿询问学生的名字，很快就问到杜庭兰了，其中一位夫人道："我记得这孩子，她是杜裕知的女儿。"

刘副院长赞许地看着杜庭兰："这孩子禀性和善，文章也作得很不错。"

夫人们似乎来了兴趣："杜娘子今年多大了？"

可就在这时候，彭二娘身边的婢女迎面撞到了一个人，那人幞头长衫，俨然要入席的样子。

男席上的人笑道："卢大才子来了。"

女孩们听说这是今年夺魁的状元，不免好奇地回眸，一众女孩中，唯有郑霜银和杜庭兰神色如霜。

"听说如今长安有好些小娘子心许卢大才子，你们瞧瞧，不说他这一手好文章，光是这相貌就够出众了。"

"卢大才子，刚才你离席那么久，该不是又有小娘子拦住你送你诗稿吧？"

卢兆安一边笑着摇头，一边忙着叉手还礼，不提防被彭二娘身边的婢女一撞，袖中便掉落一卷东西，那东西暴露在煌煌烛火下，正是一卷诗稿。

彭二娘明显愣了一下。

她这一愣，同窗们也好奇地看向地上的诗稿。

有人讶然道："那不是我们书院统一发放的笺纸吗？"

打从入学第一日起，书院就不许学生们再用从家里带来的绿金笺、桃花笺，只许学生们统一用书院发的纸和墨。

男席上那些好事之徒伸长脖子往前看去："咦，这字好生娟秀，落款是杜……"

众人一呆，因为底下的落款清清楚楚地写着"杜庭兰"三个字。

太子将众人的神情看在眼里，淡淡地瞟向对面的一个人。

书院的同窗们蒙了一会儿，纷纷把诧异的目光转向杜庭兰。

卢兆安忙要把诗稿纳入怀中，有个人却抢先一步捡起了地上的诗稿："世上怎会有这么凑巧的事？前日有人报官说丢了东西，今晚这贼就自己送上门来了。"

卢兆安一抬头，笑容不由得僵住了。

蔺承佑一笑："卢大才子，跟我师公打个招呼吧。"

话音未落，便有宫人唱道："圣人、皇后驾到！"

宫人又唱："清虚子道长到！"

众人面色微变，正是圣人亲自扶着清虚子道长来了。

席间的人纷纷伏拜叩首。

太子出席迎接爷娘。

卢兆安伏在地上，早已是面如金纸。

圣人说"平身"，阔步扶清虚子道长到了上首，坐下后，温声问蔺承佑："听说闹贼了，究竟出了何事？"

清虚子道长意味深长地看了看卢兆安，蔺承佑笑道："此事说来话长，容侄儿细细回禀。"

圣人和皇后笑着互望一眼："难得今晚这般热闹，万想不到还有故事听，甚好。听完这个故事，再听你们年轻人斗诗也不迟。"

蔺承佑便开了腔："这个故事还要从端午节说起。端午节这日，国子监的杜公到大理寺报案，声称自己的女儿杜娘子前晚在书院丢了东西，托大理寺详查此事。负责接案的正是我的上司——严万春严司直。"说着，他对着席间一个不起眼的角落说，"严司直，烦请你说说当时的情形。"

有人应声站了起来，正是严司直。

今日这一趟，有不少年轻官员伴驾而行，严司直只是其中之一，混在人堆里，丝毫不打眼。

"正是如此。"严司直道，"那日杜公报案说女儿在书院里丢了两份诗稿，负责写案呈的恰是严某。"

蔺承佑接话道："杜公报案时可说杜娘子丢的是哪两篇诗稿？"

严司直一丝不苟地回答道："一篇是《诗经》里的《邶风·雄雉》，一篇是《咏蝉》。"

席上隐约骚动起来，因为大伙儿瞧得一清二楚，从卢兆安怀里掉出来的那堆诗稿中，最上头的那篇正是署有杜娘子名字的《咏蝉》。

蔺承佑为了让众人看得更明白些，故意让宫人把诗稿捧得高高的，等到大伙儿都看得差不多了，这才令人呈给帝后。

他笑道："偷东西的贼很谨慎，不偷金银首饰，也不偷随身小物，因为她也知道，这种东西杜娘子日日都会使用，若是丢了，即刻就会有所察觉。诗稿就不一样了，据杜公说，杜娘子每日都会誊写佛经和诗稿，写完后就顺手放在书案上，一共写过多少篇她自己也未必记得，即便记得，也不会日日核对数目。等到杜娘子察觉少了诗稿，这边的局已经布置完毕，到那时候，杜娘子明知自己被暗算，也百口莫辩了。

"到了今晚，这贼觉得时机成熟了，便特意挑一个人多的、灯火通明的场合，让同伙装作不小心当众将诗稿扔出来。在场的人只要看见那两篇诗稿，都会以为这是杜娘子送的，这样也就能顺理成章地诬蔑杜娘子与这位同伙有私了。"蔺承佑笑道，"卢大才子，我说得对不对？"

香象书院的学生们想通其中曲折，纷纷怒目瞪向卢兆安，此人好生歹毒，竟敢用这种龌龊的法子暗算她们的同窗！

卢兆安先是讶然，随即失声道："世子恐怕是误会了，卢某从不曾见过这两篇诗稿。对了，刚才过来时，卢某曾经被人撞了一下，会不会就是那一阵被人暗算了？"

空气一静，所有人都将目光移向彭二娘和她身边的丫鬟。说来也巧，要不是彭二娘身边的丫鬟撞到卢兆安，那卷诗稿也不会暴露于人前。

卢兆安似是很愤慨，白着脸跪于御前："圣人在上，卢某斗胆为自己辩驳一句。"

他"咚咚咚"地磕了几个头，两手伏地说："卢某虽出身寒微，万幸赶上了仁君和盛世。圣人选材时历来秉持'博访英贤，不以卑而不用'①的原则，一朝应举，卢某侥幸成为天子门生。自从中了魁元，卢某深恐有负天恩，孜孜矻矻，不敢行差踏错，但不知何故，这一阵常有人在背后中伤卢某的品行，今晚这一出，更是陷卢某于卑劣之境。卢某敢说，此前从未见过这两篇诗稿，此事另有蹊跷，还请圣人明察。"

他的话掷地有声，那些原本对他怒目而视的人，在听了这番话之后，不由得都迟疑起来。卢兆安文采冠绝长安，又是今年进士科第一名，假如有人忌妒卢兆安，又或者有人不想让朝廷选中这样的俊才，那么真有可能做出陷害他的举动，而那个撞到卢兆安的彭家婢女，就显得很可疑了。

---

① 出自李世民的《帝范》："是明君旁求俊乂，博访英贤，搜扬侧陋。不以卑而不用，不以辱而不尊。"

彭二娘感觉到四面八方投来的目光，气得脸都红了，手一抬，愤而指向卢兆安："你胡说！这卷诗稿明明就是从你袖中掉出来的，休想诬赖别人！"

卢兆安振振有词地说道："卢某不敢妄言，但刚才过来之前，卢某身上可没多出来的这两篇诗稿。"

彭二娘浑身的血直往脑子里冲，她只恨太年轻，当着帝后和臣工的面，竟是一个字都说不出来。

彭大娘坐在席上，早已是又惊又怒，眼看妹妹转眼就被卢兆安拉得入了套，正要起身为妹妹辩解，席上有人先她一步起来说："皇后殿下明鉴，方才彭二娘本在席上，不知为何突然离席而去，想来其中有些缘故。"

那人正是书院四位女官之一的白女官。

彭大娘忙也朝皇后跪拜行礼："启禀娘娘。臣女的小妹是因突然被人泼湿了裙角才不得不离席，事发前不知会遇到何人，被人撞到更是始料未及，这分明是有人在祸水东移。如果臣女没记错，是有人碰到了妹妹的胳膊肘才致使她洒落酒水。"

彭二娘身边的婢女早如烂泥一般瘫软在地上，闻言哆哆嗦嗦地说："婢子不是故意的……"

她突然想起了什么，猛地看向席间："奴婢想起来了，是……是有位娘子不小心撞了婢子一下，婢子没能站稳，才会不小心撞到二娘的胳膊肘。"

婢女一边说着这话，一边目光乱扫，扫到一个人身上时，目光陡然一凝。

"是她。"婢女惊愕地吞了口唾沫，"奴婢想起来了，是武二娘碰到了婢子。"

武绮的表情比婢女的更震惊，她骇然地张了张嘴："我？"

婢女紧张地点点头："奴婢没记错，就是武二娘。"

同窗们的目光齐刷刷地投过去。

婢女战战兢兢地道："当时你在跟人扔纸团玩，突然狠狠撞了婢子一下。"

同窗们开始用目光默契地互相交流。大伙儿入席后，因为帝后迟迟未现身，刘副院长又只顾着在上头同几位诰命夫人说话，那几个性情活泼的，就忍不住在底下偷偷玩闹起来。武绮玩得最凶，碰巧就坐在彭二娘边上。

武绮蒙了一会儿，哭笑不得地说："这……这实在是冤枉。方才我是跟邓娘子互相用纸团打闹过，但我真不记得撞过你。"

邓唯礼一呆，想为自己辩解，然而这是实情，可她越琢磨越觉得不对劲儿，再看武绮时目光就复杂了不少。

那婢女急得眼圈都红了，仰头看着彭二娘说："娘子，别人不信婢子，你得信婢子，婢子真是被武二娘碰到才会撞到你的。"

武绮一下子睁圆了眼睛："真有这回事吗？我……我怎么一点儿印象都没有了？况且我和彭二娘之间隔着你这婢子，就算碰了一下，怎么就能让彭二娘洒了酒？要不你再好好想想？"

众人越听越糊涂。

彭大娘和彭二娘恨恨然地瞪着武绮，越往下攀扯，被牵扯进来的人只会越多，闹到最后，这事必然会成为一笔糊涂账，要命的是单凭自家婢女的证词，根本无法证明酒是被人成心碰洒的。

正在一团乱麻之际，有人鼓起掌来："好好好，难怪能布下这么多天衣无缝的局，就凭这睁眼说瞎话的本事，足够蒙骗许多人了。"

说话的正是蔺承佑。

大伙儿一头雾水。

蔺承佑一笑："先不说这两篇诗稿是何时出现在卢兆安手中的，就说刚才那一幕。是，席上是挺喧闹的，正是仗着这一点，那人才敢颠倒黑白。不巧的是，因为大理寺早早就有了怀疑对象，所以有些人的一举一动，全被人看在眼里。严司直，烦请你说说当时是怎么回事。"

严司直再次起身："严某入席之后，一直盯着那个嫌疑人。事发时彭二娘子手里端着酒盏，婢女则在旁侍立，彭二娘子端起酒盏喝酒的时候，有个人的后背重重撞到了婢女，婢女因而撞上了彭二娘子，于是酒就洒了，但因为郡王殿下正好来了，众人忙着起身行礼，席上一乱，彭二娘子和婢女也就顾不上追问这件事了。再之后彭二娘子忙着离席整理妆容，婢女扶着彭二娘子匆匆而去。因为始作俑者将时机掐得正好，纵算有人事后追问，也是一笔糊涂账，好在严某瞧得清清楚楚，当时撞到彭家婢女的那个人……"严司直肃然地看向武绮，"正是武家娘子。"

武绮满脸茫然。

严司直又道："因为你这一撞，彭二娘和婢女不得不离席，婢女在离去的时候又撞到了赶来入席的卢兆安，偏偏这么巧，卢兆安恰好在大伙儿面前掉落那卷诗稿……"

彭大娘和彭二娘万万没想到此时居然有人做证，并且这个人还是大理寺的官员，一时也呆住了。

蔺承佑看着武绮笑道："想不到吧？是你撞的，不是别人撞的，这件事可赖不到旁人头上。"

武绮愕然半晌，无奈地苦笑："对不住，都怪我记性不好，或许是玩得太兴起，压根儿没意识到自己撞了人。二娘，刚才我也是一头雾水，情急之下没注意，我向你赔个不是。"

彭二娘不接话。此时一大半的人相信了武绮的话，严司直的证词只能证明武绮撞到过彭家婢女，却无法证明武绮是有意还是无意，毕竟玩得兴起时谁会注意到自己撞了人？于是众人再次把愤怒的目光投向卢兆安——要不是此人存心抵赖，怎会把彭锦绣和武绮扯进此事？

蔺承佑体谅地点点头："武娘子记性不大好，这也无可厚非。不过有了严司直的证词，至少可以说明彭二娘并非有意离席，一个事先毫无准备之人，又怎能把诗稿塞到卢大才子手里？卢大才子，你还要坚持说是彭家婢女把诗稿塞到你怀中的吗？"

卢兆安挺直脊梁，泰然地说道："卢某从头到尾都没说过是那位婢女所为，但卢某从未见过这两篇诗稿是事实，也许是有人趁乱将其塞到了卢某怀中，还请圣人明察。"

蔺承佑似是早就料定卢兆安有此说法："行，你没见过这两篇诗稿，总该见过她。"

说着他招了招手："带上来吧。"

金吾卫们押着一个穿着粗布衣裙的老媪过来了，老媪被五花大绑，嘴里还被塞了布条。

老媪身后则跟着好些布衣百姓，再后头则是大理寺的衙役，衙役们手里抬着好些箱笼，也不知里头装着何物。

蔺承佑一指老媪，对卢兆安说："你可认得她？"

卢兆安漠然地摇头："不认识。"

蔺承佑看着左边的几个老百姓："他说他不认识这个婆子。你们是卢公子的邻居，要不要提醒提醒卢公子？"

几个老百姓伏在地上不敢抬头，口里却说："卢公子，你怎会不认识她？这是卖饧粥的王媪，经常到我们巷口卖饧粥的，每回王媪过来，你都要出来买一碗粥，记得前日你还买过。"

卢兆安恍然大悟："哦，原来是王媪，恕某眼拙，看她被五花大绑，一时没认出来。世子，她这是怎么了？"

蔺承佑却道："好了，卢公子这边认完了。接下来该认认另一位了。"

说着他看向右边那几个老百姓，看他们被吓得哆哆嗦嗦的，蹲下身来温声说："别怕。待会儿需要你们认一个人，你们抬起头来好好说话。"

几人擦了一把冷汗，慢慢地抬起头来。

"你们住在醴泉坊永安大街附近？"

几人讷讷点头。

"见过这个婆子吗？"

"见过。她隔三岔五就到我们巷口卖饧粥。"

"抬头仔细瞧瞧，那边可有你们眼熟的人？"

几人顺着蔺承佑的指引往前看去，不一会儿就认出了某个人："有，她叫皎儿。"

"为何认得她？"

"她经常出来买东西，买得最多的就是饧粥。"

"她是谁的婢女？"

"武……武二娘。"

"端午节那日，皎儿可出来买过饧粥？"

几个人再次点头："买过。"

蔺承佑"哦"了一声："记得这么清楚？"

"因为这饧粥不算多么好吃，况且这位是宰相千金身边的丫鬟，端午节府里有的是好吃的，论理是瞧不上一碗饧粥的。"

问完这话，蔺承佑对众人道："连日来卢兆安为了备考鲜少出门，端午节也不例外，这一整天，他只在这位王媪过来时出门买了两碗粥。而等卢兆安买完粥没多久，王媪就推车走了，一路不曾停留，径直走到武二娘家附近才停下来继续卖粥，不一会儿，武二娘身边的婢女皎儿出来买粥，皎儿走后老媪同样马上就推车走了。这一点，两边的街坊邻居都可做证。

"有意思的是，监视卢兆安的衙役回报，这位看似贫苦的王媪一整天只卖了三十七碗粥，而从卢兆安所住的义宁坊到武二娘所住的永安大街，中间起码有五处热闹的街口，王媪口里吆喝，脚下却没停下来过，起点是卢兆安的住处，终点则是武二娘的住处。

"杜娘子前脚丢了诗稿，后脚这诗稿就出现在了卢兆安的手里，加上这位推车穿过整整两座坊，但事实上只卖了三十七碗粥的王媪，我有理由相信，这件事与武二娘有关，她负责偷诗稿，而王媪负责将其传递给卢兆安。"

卢兆安愤懑地道："荒谬，实在是荒谬！卢某虽买过几回饧粥，却从不曾与这位王媪说过话，单凭这个就硬说卢某与此事有关，卢某断不敢认。"

武绮也很茫然："我可从来没听说过这事。皎儿，你在外头买过饧粥？"

那婢女忙说："婢子是买过几回，但婢子连这老媪的模样都没瞧清过，这实在是无中生有……不，婢子的意思是说，是不是有人故意嫁祸咱们？"

"嫁祸？"蔺承佑讥诮地道，"义宁坊那边，每回买粥的是卢兆安本人；永安大街这边，每回买粥的是武二娘身边的大婢女。没人押着你们去买粥，一切都是你们自愿的，而且不是一两次，也不是一两天。我在弄明白这种事绝对无法嫁祸后，当晚就令人盯着王媪，而另一边则派人守候在武家附近。到了今早，天还未亮，武二娘身边的皎儿就偷偷出门了，到附近寺院东墙外的梧桐树下，把一包东西塞到了树干的虫洞里。皎儿走了没多久，王媪也摸黑儿来了，趁周围没人，把那包东西摸出来拿走了。

"今日卢兆安和武二娘都要随驾出城，为着不打草惊蛇，我没让人捉住皎儿，而是下令当场逮住王媪。王媪来不及把那包东西藏起来，里头正是一锭金。"蔺承佑盯着武绮，"你说你不认识王媪，却让你的丫鬟皎儿一大早给王媪送金子，如今人赃并获，我倒想听听你还能怎样狡辩？"

武绮瞠目结舌："我什么都不知道！"

她倏地转头看皎儿："你这婢子，这到底是怎么回事？"

皎儿面如死灰，一言不发地埋头跪下。

蔺承佑令衙役把皎儿带过来，和颜悦色地道："看清楚你的主人是什么人了？下一步，她就要说那锭金是你偷走的而她全然不知情了。她指使你做下这么多腌臜的事，转头就把你推出去，不觉得心寒吗？你确定还要为她卖命？"

皎儿死死地咬住嘴唇。

"根据我朝律典，从犯如能主动供述犯案细节，可以从轻发落。你也知道她心肠有多狠毒，等她把所有事都推到你一个人头上，你可就难逃一死了。你想想她学来的那些邪术，何其诡异，动辄让人魂魄不全，你就不怕自己也落得跟武大娘一样的……"

皎儿打了一个激灵："我说，我说！那锭金……那锭金是二娘让奴婢送给王媪的！"

满殿哗然。

第五章
天道好还

蔺承佑瞥了武绮一眼："她为何要送金子给王媪？"

皎儿道："因为王媪帮忙办了事，这金子是给她的酬劳。"

"都办了哪些事？"

皎儿怯怯地说："帮忙安排暗算……"

"刘副院长！"武绮猛地出声打断皎儿。

随后她匆匆离席，冲刘副院长俯首行礼："学生是您老看着长大的，学生是什么性子，您老最清楚。我自小性情爽直，怎会做出这种事？买通一个丫鬟并不难，这分明是一场针对武家的构陷！前不久我大姐才出事，这是又要轮到我了吗？还请刘副院长主持公道，与其被人无端泼一身脏水，阿绮情愿自尽以证清白！"

她义愤填膺，喉间发哽，端的是一副饱受委屈的模样。

刘副院长心中一软，赶忙扶起武绮："好孩子，你先别急。"

武绮抹了抹眼泪。

刘副院长与武夫人私交甚笃，平日在书院里便没少关照武家姐妹，今晚武夫人为了照顾丢魂的大女儿未出城，出了这事，她也有责任为武绮洗脱冤屈，于是委婉地对皇后说："娘娘明鉴。阿绮这孩子我是知道的，历来憨直，断乎做不出这种卑劣的行径，单凭一个丫鬟的说辞，恐怕难以作准。"

皇后想了想，对底下说："佑儿，除了这丫鬟的证词，可还有别的证据？"

蔺承佑睨着脚旁的皎儿，武绮闹了这一出，皎儿明显比之前惶惑不少，瑟瑟地跪在地上，竟是一个字都不敢吐露了。他抬头看了武绮一眼，笑着接过皇后的话头："有。侄儿早料定今晚这两个贼人异常狡猾，岂敢不做万全准备？"

说着他对皎儿道："你放心，她绝对跑不了。只要你把知道的全说出来，我保你毫发无损，但你若是支支吾吾的，等她今晚一脱身，回头第一个就会对付你。"

皎儿头皮一紧："二娘……二娘让婢子把那两篇诗稿交给了王媪。"

蔺承佑道："把话说清楚，哪两篇诗稿？"

"二娘从杜娘子处偷来的诗稿。"

"当晚一偷出来就送给王媪了？你家二娘早认得卢公子？"

皎儿摇头："不认得。这是王媪出的主意。"

"你家二娘跟王媪很熟吗？"

"很熟，她俩是通过玉真女冠观的静尘道长认识的。"

宴席上登时炸开了锅。静尘道长也就是皓月散人可是朝廷追捕多年的要犯，前一阵才因事败而自戕。

"你胡说！"武绮断喝道，"世子，听说你很有断案之能，素来洞若观火，今晚怎么糊涂到被一个婢子牵着鼻子走？皎儿早已被人收买，所说的一切只不过是……"

蔺承佑抬手让衙役们将武绮与周围的人隔开，又示意那几个武功高强的宫卫防着有人暗算武绮，这才对皎儿说："继续往下说。"

皎儿胡乱擦了一把汗，把自己知道的事一五一十地说了。

五六年前，武绮偶然听说玉真女冠观许愿灵验，自此便常到观里去烧香，有时候赶上观里花开，也会邀同伴在观里举办诗会。

一来二去，她就与皓月散人扮的静尘道长熟络起来，起先只是与皓月散人品茶聊天，后来就开始跟着皓月散人学些奇奇怪怪的武功。

这位王媪就是当时皓月散人介绍给武绮认识的，只不过当时王媪并不是四处卖粥，而是自称柳婆子，在西市经营一家胡饼铺。

皓月散人对武绮说，自己经常不在长安，武绮若有什么事，可以直接去找柳婆子。

前一阵皓月散人伏法之后，柳婆子怕被朝廷追查，从此不再卖胡饼，而是易容一番，摇身一变成了王媪，改为在大街小巷卖粥。

自此武绮就只能找王媪议事了。

王媪得知武绮想对付杜庭兰，就回信让武绮把杜庭兰的随身小物偷出来，说剩下的事交给她来办，保管弄污杜庭兰的名声。

"如此说来，你们二娘不知道这两篇诗稿最后会被送到卢兆安手里？"蔺承佑问。

皎儿说："二娘从前都不认识这个人。那日二娘偷到了杜娘子的诗稿，令婢子送给王媪。王媪很快回信说她那边已经安排好了，只是到时候人多眼杂，难免会出错，为着万无一失，让二娘另做些准备，必要时可以把这件事推到彭家的女儿头上，还叮嘱二娘务必做得不露痕迹。"

听闻此话，彭花月死死地盯着武绮，彭锦绣的目光里也瞬间全是恼恨。

"你居然知道得这么清楚？"蔺承佑饶有兴趣地道，"就算你家二娘信任你，王媪也不可能不防备你，你不过帮着传个信，哪儿能知道这些细节？除非……你偷看过她们的信。"

皎儿不安地绞着手指。

"为何要偷看主人的信？"蔺承佑饶有兴趣地问道，"是不是得知武二娘谋害亲姐姐，你害怕了？也对，虽然你早就知道你家主人手脚不干净，但她以前至少没谋害过自家人，经过这件事，你才发现你家二娘的心肝早已烂透了，之后再帮她们送信时，都会事先不露痕迹地过目一遍。你这样做，只是不想死得不明不白，一个连自己亲姐姐都下得去手的人，对贴身侍婢更不可能手软。"

皎儿肩膀猛地一颤，瑟瑟发抖地趴伏到地上。

"婢子……是很害怕，但……但不只是因为出了大娘的事，而是在更早之前，在得知楚国寺那个李莺儿的死与她们有关后，奴婢就很害怕了。"

"李莺儿的死？"

皎儿点头。那一阵，因为武大娘和郑大公子退亲一事，武绮整日闷闷不乐，皎儿本以为二娘是因为姐姐受了委屈才如此，事后才知道府中正商量让武大娘参选太子妃，而本朝历来没有姐妹俩同时参选太子妃的先例，武大娘一参选，那就轮不到武二娘了。

书院开学前的某一日，武绮一反常态，没让皎儿出门假借买粥送信，而是乔装一番亲自去找王媪，因为事态太紧急，她没等皎儿走远就在门里与王媪说起话来。

"不是只要你们把人的魂魄夺走吗？为何闹出人命了？"

皎儿在窗外听到这话，当场就屏住了呼吸。

王媪说："动手时出了点儿意外。寺里有口井，照理说李莺儿被夺走魂魄后只会昏迷不醒，可当日也不知怎么回事，她竟迷迷糊糊地走到井边失足跌了下去。这件事我们也始料未及。"

武绮道："可我听说因为这个女孩的死状不对劲儿，长安县把尸首送到大理寺去了。都惊动了大理寺，你们就不怕他们查到咱们头上来吗？"

王媪说："大理寺早就暗中调查此事了，何不乘机做出个连环案，横竖顶罪羊已经找好了，索性把整件事做得毫无痕迹。你要是现在就不做了，这女孩就白死了。你不是想当太子妃吗？何不想想自己现在的处境？你阿姐被退了亲，令尊为此与郑家大闹了一场，听说郑娘子也参选了太子妃，令尊正铆足了劲儿要把郑家压下去。你阿姐才貌比你更胜一筹，照你爷娘对你姐姐的疼爱，这太子妃的位置可就轮不到你了……"

忽然似是听到了外头的细微声响，王媪厉声说："你没把你的婢子遣走吗？！"

她抬手就射出一根银丝，银丝利若刀器，险险地擦过皎儿的鼻尖。皎儿被惊出一身冷汗，跌跌撞撞地跑了。

虽说没当场被王媪击杀，但皎儿知道自己早晚会被灭口，二娘只是一时半会儿找不到信得过的侍婢，暂时留她一命罢了。

当晚皎儿就做起了噩梦。

她害怕归害怕，但白日毕竟只听到了只言片语，并没有意识到这件事只是开端。

直到武缃出事，她才明白当日王媪说的那个"连环案"是什么意思。

倘若她们直接暗害武缃，大理寺很快就会洞悉凶手的动机，那么接下来查案的重点也会放在武大娘亲近的人身上，这样二娘很容易就会暴露。

可如果在武缃之前，先有一个被人夺魂的李莺儿就不一样了。李莺儿和武缃素不相识，先后被人用同一种手法谋害，任谁都会以为凶手的动机是搜集魂魄，而武缃只是倒霉才被凶手选中。

"想明白整件事之后，婢子不但很害怕，良心上也很是过意不去。大娘在府里时待我们这些下人甚是亲厚，假如婢子早些提醒大娘，或许大娘就不会有此难了。这些日子看到大娘痴痴傻傻的样子，婢子甚是不安。"

"这么有良知的话，你早该将此事告诉你家老爷，为何要继续帮着你家娘子谋害杜娘子？"

"因为……"皎儿猛然抬头，"因为二娘威胁奴婢说，假如我把这件事说出去，王媪立刻会用同样的法子残害婢子的爷娘和弟弟。她又对婢子说，往后她还有许多事要婢子帮着打理，除了婢子，她谁也信不过，所以上回她明知婢子在外偷听，也没让王媪伤婢子半分，只要婢子助她当上太子妃，日后婢子会有数不尽的好处。婢子当然不图这些，但婢子害怕家人被连累。"

蔺承佑笑了。这个婢子真要告密的话，王媪那边未必能及时得到风声。她说来说去，还是荣华富贵最重要，太子妃距离皇后只有一步之遥，那意味着什么，这婢子心里很清楚，加上武绮软语哄骗，免不了做些白日梦。皎儿不愧是武二娘的忠仆，主仆行事作风如出一辙，明知自己昧了良心，也不忘用言语粉饰一番。

"你血口喷人！"武绮怒极反笑，"大理寺竟是这样断案的吗？这婢子颠三倒四的疯话，也能当作证词？"

蔺承佑冲后头招了招手，衙役们把王媪身边的箱笼抬了过来。

"王媪被我们当场抓获，没能赶回房中销毁证物，一搜之下，我们搜到了不少有意思的东西。这是一个信匣子，藏在房中的一个暗格里，里头没有别人的信件，全是武二娘写给王媪的亲笔信。"

蔺承佑从箱笼里取出一个信匣子，当着武绮的面取出其中一封信，然后，缓缓将其展开。

武绮定睛一望，脸色一刹那就变了。

蔺承佑了然地看着她："我知道，当初皓月散人一定教过你某种让墨迹消失的法子，只要在墨中做些手脚，信上的字迹不出半日就会隐去。你确信自己交出去的信不会留下把柄，所以才有恃无恐，可你万万想不到，皓月散人和王媪诱惑你、利用你，却也防着你，在给你的墨里另做了手脚，字迹仅仅消隐片刻，不出一日又会重现，而这一切，都是她们为了日后威胁你而留下的致命的证据。这上面的字迹清清楚楚，一核对就知道是你亲笔写的。"

"难道字迹不能伪造吗？"武绮咬牙切齿地道，"那人收买了皎儿，轻而易举就能伪造我的字迹。"

蔺承佑道："好硬的嘴。可惜王媪很清楚你是什么样的人，知道一旦事发，你势必推脱得一干二净，所以她在某封信里，以取魂为由，让你把你阿姐身上的胎记和各处的痣全画下来给她。你阿姐的脚趾缝里有一颗绿豆大小的黑痣，这一点不光你阿娘不清楚，你阿姐身边的大丫鬟都不知情，但你从你阿姐口里问到了，之后你蘸了那种特制的墨汁，在信上详细地画下了你阿姐身上那十一处大大小小的胎记和痣的形状与位置，包括脚趾缝里的那一颗。"

席间"嗡嗡"作响。

"王媪知道，对付你这样的人，单凭这一封信还不够。"蔺承佑气定神闲地道，"于是在下一封信里，她向你提出了一个更巧妙的要求。她说取魂时需要用到被害人的几滴血，随信交给你一根簪子，让你用簪尖在你阿姐身上最显眼的两处胎记上取血，又交代事成之后，务必在三日内把簪子还回去。

"你一心要参选太子妃，听说皇后和刘副院长都属意你阿姐，怕夜长梦多，只好收下簪子，之后你趁着与你阿姐打闹的当口，佯装无意用簪子划伤她的胳膊，又隔一日，再次'失手'划伤了她的左手腕，接着你在信上写下取血的具体时辰，把簪子附在信里还了回去。你阿姐第一回被划伤时只说无事，第二回却有些纳闷儿，此事不但惊动了你阿姐身边的丫鬟，连书院的某位同窗也有印象，此人清楚地记得你阿姐手腕近日曾经受过伤，只因伤口太小，没几日就愈合如初。如你所料，大理寺最初的确没注意到这两处不起眼的伤口，你料定此事神不知鬼不觉，殊不知王媪早已给你织了张大网，你阿姐身边的丫鬟可以做证，正是你两度用簪子划伤了你阿姐，碰巧两处都划在胎记上，而这两次的日期和时辰，恰与你在信上描述的一致。"

这番话如同一块被投入水中的巨石，一下子激起了轩然大波，字迹可以被模仿，丫鬟可以被收买，甚至连胎记都可以慢慢打听，但在武大娘两处胎记上先后划出两道伤口的举动，是任何人都无法代替武绮做的。

这一切只能是武绮自愿做的。

刘副院长终于动摇了，满脸震惊之色。

"而今这根簪子就放在画着你阿姐胎记的那封信旁边。"蔺承佑取出匣子里的一支簪子。簪子上镶满了金玉，表面上与别的簪子并无不同，然而簪尖出奇地锋锐，宛如一根长针，灯火映照下，簪尖上赫然可见干透的暗色血迹。

大伙儿背上慢慢生出一阵凉意。

武绮死死地盯着那根簪子。

蔺承佑道："严司直，今日仵作去查过武大娘的伤，回来后怎么说？"

严司直冷冷地看着武绮："仵作说王媪早在簪尖上做了手脚，用这根簪子划破的伤口都呈月牙形，伤口即便很快愈合，也会留下非常浅淡的月牙形疤痕。簪子可以伪造，你亲手在你阿姐身上留下的伤口却是独一无二的，这都是日后用来指证你的铁证。除此之外，王媪处还藏了不少你早年写给皓月散人的信，你经常在信上抱怨自家的琐事，好些事都是五六年前发生的，外人不知情，你家人想必还记得。你口口声声说有人栽赃你，但五六年前你才十岁左右，那时候就有人开始伪造你的笔迹写信，会不会太早了点儿？"

武绮面色惨然。

蔺承佑冷笑："想不到吧？为了对付你，皓月散人早早让手下人留了一手。其实这不让人意外，在你决定跟邪魔打交道的那一刻起，就该做好被邪魔索要报酬的准备。她们千辛万苦助你当上太子妃，为的是从中索取好处，而不是日后被你反咬一口，只有拿出让你无法抵赖的铁证，才能把你武二娘死死地拿捏在手里。枉你机关算尽，终究算不过魔鬼。"说着他让衙役们把武绮带到跟前亲自辨认簪子。

武绮面色变了几变，突然断喝一声："别过来！"

"你要是还不肯认，这里头还有更多证据。"蔺承佑漠然地说道，"还需要我一一展示吗？"

席间阒然无声，所有人都屏息看着武绮，比起刘副院长等人骇然的目光，同窗们的目光更为复杂，有厌憎、有震惊、有费解，更多的是痛惜。

武绮胸口剧烈地起伏一阵，厌烦地垂下眼睛："没这个必要，我承认，是我做的。"

话音未落，西侧的凉亭后突然走出来一个玉面公子，不知是悲恨到了极点，抑或是失望到心酸，原本是极体面的模样，此刻却狼狈得活像被人重重打了一拳，脚下趔趄，面色惨白，好不容易到了近前，却忘了向帝后跪拜。

来人是武元洛。他早就来了，但始终相信这不过是一场误会，直到亲耳听到武绮认罪。

"你做的？"武元洛死死地盯着武绮，"为什么？！大娘可是你亲姐姐！"

"为什么？！"武绮陡然提高嗓门，"还不是你们逼的！知道我十岁那年为什么跑到玉真女冠观去许愿上香吗？因为你们全偏疼姐姐，我许愿让你们多喜欢我一点儿，不要眼里只有姐姐。若非如此，皓月散人怎会利用这一点诱我走上歪路？！"

武元洛仿佛被扼住了咽喉，一下子哑住了。

"你和爷娘有多偏心，你们自己心里没数吗？"武绮冷笑连连，"说好了由我参选太子妃，结果呢，阿姐一被退亲，你们马上要给她挑一门更好的亲事，阿爷说我的相貌和学问不如阿姐，立即到御前请旨改由阿姐参选！你们知道我为了这一刻准备了多少年吗？你们问都不问我，直接就毁了我想要的一切。你们对此丝毫没有愧意，就连阿姐都觉得理所应当。我在这个家到底算什么？你们到底有没有心肝？"

"可是你从未说过你想参选太子妃。"武元洛的嗓子像被砂纸打磨过，"你不止一次说过要自己挑夫婿，当初阿爷要你去参选，我只当你不愿，曾极力反对过。"

"那还不是因为我早就习惯了掩藏自己的真实想法！"武绮目光里满是愤怒之意，"阿爷当年还在吏部任小小侍郎的时候，郑仆射就已经是朝中举足轻重的要员了，他赏识阿爷的才干，有意与武家结为儿女亲家。郑家是长安数一数二的名门，想与郑家结亲的官员不知凡几，我与阿姐明明只差一岁，阿爷却想都不想就让阿姐去结亲，即便阿姐和郑大郎头些年相冲，即便他们只能等到今年才可以正式定亲。从那一刻起，我就明白了，最好的东西，爷娘通通要留给最疼爱的大女儿，我这个二女儿，只能捡姐姐剩下的！"

她恨声笑起来。

"还有你！"武绮咬牙切齿地道，"你记得阿姐的所有喜好，就连帮她买糖人时都不忘让摊贩蘸胡麻，可我这个二妹的事，你何时放在心上过？那一年我在玉真女冠观的谜局里走失，皓月散人临时出去了，观里只有几个不懂机关的女冠，她们怕我出事，赶忙到武家去送信，我只盼着阿兄你快来救我，因为这天下没有阿兄你破不了的谜局。天色越来越暗，我心里害怕极了，可一直没能等来我的兄长，等到最后，竟是太子路过时听说观里有人被困住，进观把我领出来了。"

说到此处，武绮忍不住看向席上的太子，太子有些惊讶，也有些迷茫，显然早年的这段经历，早就被他忘光了。

武绮的视线虽然只在太子身上停留了一瞬，却隐隐迸射出一种柔软的复杂情愫。

滕玉意冷冷地看着武绮，心渐渐像结了冰。

原来如此。

她曾无数次猜测前世黑氅人谋害她的动机，尽管近来终于猜到是因为太子想娶她，却没想到其中还掺杂了别的复杂情愫。

很显然，武绮把嫁给太子当作执念，除了要胜过自己的亲姐姐，还有一种对太子的强烈的独占欲。

她记得前世她和邓、武二人奉命去大明宫觐见时，皇后只赏了邓唯礼和武绮各八匹绢，赏她的却是人称"百药之冠"的羯婆罗香。

武绮对她的杀意，想必在那一刻就埋下了吧。在那之后，太子不但频频打探她的近况，还流露出在她出孝后要娶她的意思，这些消息传到武绮的耳朵里，那份埋在心里的杀意就酝酿成了真正的行动。

她记得前世并无今生她遇到的这些大魔大怪，小涯曾说过这或许与逆天改命惹来了灾邪有关，那时皓月散人还未暴露，而武绮早与皓月散人勾结，那么当晚的黑氅人很有可能是武绮让皓月散人派来的。

这些人各怀鬼胎，但她们的目的显然是一致的：帮助武绮当上太子妃。

至于邓唯礼，阿爷说过，圣人有意抬举支持平藩的朝臣，邓侍中却极力反对圣人平藩，为了打压朝中反对平藩的势力，圣人选邓唯礼做太子妃的希望就很渺茫了。

这意味着只要把她除去，剩下的太子妃人选就只剩武绮了，所以他们目标明确，一进府就动手杀她。

无论前世还是今生，这个武绮都狠毒至极。

前世武绮害死她，今生谋害自己的亲姐姐。

滕玉意下意识地攥紧手指，恨不得把眼前这个魔鬼撕成碎片。

她难过，难过自己竟枉死在这种人手中。前世她只是个孤女，阿娘早逝，阿爷也走了，却因为这样一场阴谋，连独自活下去的资格都被剥夺了。

武元洛显然看懂了妹妹眼中的情愫，咬牙道："你为何不早跟阿兄说？！"

"我说了你就会帮我？"武绮一嗤，"不，你还是会把最好的给阿姐。这世上没人能帮我，我只能靠自己！"

蔺承佑冷嗤："所以凡是有可能阻碍你当太子妃的人，你都要一个个提前剔除？为此你谋害你姐姐、陷害邓娘子、暗算杜娘子，甚至在骊山上算计滕娘子。"

说到此处，他下意识地望了滕玉意一眼，意外发现她正满含恨意地看着武绮。这恨意是那样深浓，仿佛苦寻多年的仇人意外出现在眼前，却又说不出地悲凉，像是无法排遣的愁绪盘踞在心头，蔺承佑怔住了，这样强烈的情绪，绝不仅仅因为阿姐差点儿被眼前这人暗算而产生。

蔺承佑正暗觉纳罕，就听武绮道："她们是什么处境？我又是什么处境？"

蔺承佑被这话拉回了心神，滕玉意不会无故如此，有什么话他也只能回头再问了，于是压下心头的担忧和疑惑，把注意力挪回面前。

"邓唯礼是被邓家和卫国公府捧在掌心里养大的，自小千娇百贵。"武绮振振有词，"滕玉意的阿爷是威震四海的强藩，她历来随心所欲。杜庭兰是家中长女，不必像我一样整日面对偏心的爷娘和阿兄。她们在家中想做什么就做什么，想说什么就说什么，即便没有选上太子妃，家中也会为她们争取最好的亲事。她们有无数条退路，我呢？假如我不为自己谋夺，没人会为我做主！"

武元洛咬了咬牙："所以你连阿兄都算计进去了？骊山上崴脚明明是你出的主意，事后你却推说是我逼你做的。"

武绮嘲讽地笑了笑："有何不对？朝廷本就有可能在节度使的女儿中挑选未来太子妃，以滕娘子的才貌，她极有可能被挑中，若是能引得阿兄对滕娘子示好，她应选的事说不定就泡汤了。提前踢掉一个强劲的竞争对手，我又何乐而不为？再说我可不曾伤害到谁，阿兄你不是也很喜欢滕……”

“说说浴佛节那一晚的事吧。”蔺承佑冷不丁打断她的话，“来之前我向你阿兄确认过了，当晚他本来要亲自送你们姐妹到青龙寺，结果你摆了他一道。”

武绮移目看向蔺承佑。

蔺承佑神色异常冷淡：“原本跟同窗约好了酉时初在青龙寺集合，你却告诉他是酉时中。等你阿兄赶到青龙寺，你已经哄骗阿姐出面把邓娘子诱到桥上去了，之后又用某种法子让你阿姐迟迟不回菊霜斋。这种把戏不难猜，无非是利用‘信任’二字，我只是好奇当晚被送到邓娘子手中的首饰和情信是从哪儿来的。首饰是昂贵的映月珠环，情信上则伪造了我的笔迹，你们安排这一切，自是要让人误会我与邓娘子有私。王媪是不是认识某些朝官，否则为何能模仿我的笔迹？”

“我不知道她是怎么做到的。”武绮冷冰冰地说，“每回她都只告诉我计划的一部分，叫我管好我这边的事，至于另一头的事，从不让我打听。例如今天这一出，我也是昨晚才知道杜娘子的诗稿被送到了一个叫卢兆安的进士手里。王媪说卢进士今晚也会伴驾出城，叫我在他出现时想法子让彭氏姐妹离席。”

蔺承佑冷笑道：“你不知道整盘计划，但你一定知道他们动手的时辰。当晚那个叫霍松林的替罪羊利用邪术夺走你阿姐的魂魄时，你与同窗们坐在菊霜斋的窗口旁说笑。你这样做自是为了把自己的嫌疑彻底择干净，但当时只要你出声喊一句，立刻就能制止这场悲剧，你却眼睁睁地看着你阿姐被人谋害，明明只有一步之遥，你就不曾动过半点儿恻隐之心？”

“我为何要动恻隐之心？”武绮嗓音一下子尖锐起来，“骊山那回她明知农妇是皇后为了试探我们安排的，她一个人返回，可曾提醒过我？她取代我去参选太子妃，事后可曾向我道过歉？但凡她心里、眼里有我这个妹妹，也不会做得这样绝情……”

武元洛断喝一声：“大娘她根本不知道那是一场试探，这件事爷娘也被蒙在鼓里！大娘肯返回，只因她天性善良！而你若是对一个农妇心存怜悯，又何须旁人来提醒？事到如今你还不明白吗？你本就凉薄自私，自小到大都是如此！”

武绮眯了眯眼。

武元洛直视武绮，厉声道：“你口口声声说爷娘和阿兄偏心，却忘了这些年都发生过什么事了。行，你记不得了，我来帮你回忆回忆。

“人称十月怀胎，可你七个月就落了地。”武元洛语气发涩，“爷娘生恐养不活你，特地找来术士给你算命，本盼着听些吉祥话，术士却说你日后会祸及家门，阿爷气得令人把术士轰出家门，对你的疼爱丝毫不亚于从前。你小时候身体不好，而大娘身子骨康健，自小全家人都把你捧在掌心里，对大娘的照顾和关心反而远远不及对你。"

武绮一动不动。

武元洛满眼失望："记得你五岁那年，因为患疟疾病得很重，阿爷每日下朝回来第一件事就是到你的病榻前陪伴你，阿娘和我为了照顾你，更是整日衣不解带，医工说要用同胞姐妹的臂血做引子，大娘也才六岁，却二话不说照做了，怕我们累倒，也在旁边帮着端汤送药。好不容易你痊愈了，大娘却染上病了，可你对病床上的长姐丝毫没有疼惜之心，还因为爷娘和阿兄忙着照顾大娘忽略了你，径自在房中大发脾气。你早产体弱，打从一出生就获得了全家人对你的偏疼，久而久之，你似乎忘了大娘也是武家的女儿了，只要爷娘对大娘稍稍关爱些，你就会使性子。

"人心都是肉长的。"武元洛眼中涌动着暗潮，"小时候阿兄念书，每到天寒地冻的腊月，大娘怕阿兄练字生冻疮，会主动在边上帮阿兄烧暖炉，阿兄让她回房，她却执意相伴。你呢？每到这时，你都会抱怨阿兄只顾着念书没陪你玩。那回阿兄上树替你取风筝，跳下来时不慎崴了脚，你嘴上说对不住阿兄，过后照顾阿兄的却是大娘。你们随母亲回颍州外祖父家，回来时大娘买了好些阿兄爱吃的糍糕，之前阿兄不过随口说了一句，大娘却默默记在心上。姐妹俩给阿兄做鞋袜，大娘做的永远合脚，你却连阿兄的脚长都没留意过，阿兄穿不进去你做的鞋，开玩笑说这鞋浪费了，你气得说阿兄偏心大娘，当着我们的面把那双鞋扔到了井里。

"是，阿兄本不该把这些小事放在心里，但这不是一两件事，而是长年累月的相处，这些琐事点点滴滴地落在心上，再粗心的人也能体会出来。越长大，阿兄心里越清楚，大娘恬淡豁达，而你心胸极窄。这些年阿兄感受到了太多大妹妹对兄长的关怀，出于回报，不自觉地会对大娘偏疼些。就像她记得阿兄不爱吃桃花醋，不喜闻屠苏酒的味道，不吃鱼脍，不碰胡荽，这些事你通通不知道，大娘却全记在心里，那么阿兄记得大娘喜欢吃胡麻又有何难？"

武绮表情依旧冷硬，眼波却颤了颤。

武元洛自嘲地笑道："你说那回阿兄没能及时赶到玉真女冠观救你，却绝口不提阿兄当时在城外。我马不停蹄地赶回城，因为太急着赶路，路上差点儿就摔下了马，只不过迟了一步，就被你记恨到现在。我到你房中去探望你，你却把阿兄关在门外，阿兄站在廊上，面对着那扇紧闭的门，那滋味至今忘不了，赶路太急，身上的衣裳早已经被汗打湿了，风一吹，瞬间凉到骨子里，但身上再凉，也没有心凉。"

武元洛喉头发哽，顿了顿："至于爷娘，你们姐妹俩平日如何，他们只会比我更清楚。无数小事，长年累月地积累，我们从当初对你百般呵护，转变为疼爱大娘，一切都是有因由的。前一阵大娘被郑家退亲，整日在房中垂泪，爷娘和我怕她寻短见，自然对她百般关切，这一切落到你眼里，又变成了全家对大娘的偏疼。你就不曾想过，假如当初被退亲的人是你，阿爷也会豁出一切为你做主的！"

"你胡说！"武绮嘴唇抖动，两行泪颤巍巍地涌出来，"阿爷才不会为我做主，就算我死了你们也不会心疼的！哪怕你们把心稍微摆正一点儿，我也不会走到今天这一步！"

武元洛牵了牵嘴角："你如今身强体健，似乎忘了过去这些年爷娘为你做过多少事了。阿爷听说兴元府有位善治小儿顽疾的巫医，不惜专程跑到千里之外去请，为此耽误了吏部的考核，在吏部做了整整十年的侍郎。阿娘年年亲自为你做鞋袜，因为小时候你比别的孩子怕冷，阿娘总是格外费心思，哪怕你长到这么大了，她为你做的鞋袜依旧比别人的厚软几分。你自小喜欢穿红裳，阿娘便年年为你添置好多红绢红纱，这些东西就被收在你房中的箱笼里，难道你要说是阿兄凭空捏造的？大娘对你如何，你更是心知肚明，你爱吃的东西，她从不碰；你看中的玩具，她再喜欢也不要。可惜你已经被那贼道的邪术害得心性歪斜，这些年只记恶，不记善！"

武绮身子晃了一下，眼泪越发汹涌，咬牙恨声说："你胡说……你们太伪善！这些小恩小惠算什么？每回涉及切身利益，你们眼里只有阿姐。我早为自己挑中了夫婿，可你们为了阿姐把这一切都毁了。"

武元洛越发失望："那么，你总该记得前一阵大娘问过你的心上人是谁。你说你要自己挑夫婿，却不反对家里把你送到香象书院念书，我们都怀疑你有相中的郎君了，而且那人应该是某位宗室子弟。没多久大娘被郑家退亲，全家愁云惨雾，可你一听说成王世子过生辰，二话不说就带着贺礼去了成王府，我和大娘料定你的心上人就是成王世子，所以在那之后，大娘同意参选太子妃，阿兄则在骊山上设法把你和成王世子凑到一起，本以为是皆大欢喜的安排，没想到惹来你对全家的憎恨。"

武绮的眼泪凝住了。

武元洛闭了闭眼睛："罢了，我说这么多，只是想知道一件事，做下这些事，你心中可曾有过半丝后悔？你想想大娘从前的样子，再想想她现在的模样，能不能发自内心地对她说一句'对不起'？"

武绮牙关紧咬，嘴唇却兀自颤动。

武元洛红着眼睛等了片刻，终究是失望了，一转身，直挺挺地跪到帝后面前，随即伏地叩拜，道："家父抱恙，家慈忙于照顾大妹，今夜之事，悉由元洛一人支应。武家家门不幸，出此刁恶之徒，为谋一己之私，行伤天害理之事，天网恢恢，兹罪难恕。元洛既是罪犯之长兄，也是受害者之亲眷，得知真相后五内俱焚，愧悔难以自处，唯有乞伏圣人和朝廷秉公执法，为几位受害者讨还公道。若有需武家承担罪责之处，武家绝不敢辞。"

夜风吹过庭前的火焰，武元洛的话决绝又痛楚。圣人有些动容，叹了口气道："武大娘之遭遇，可怜可叹；武二娘之狠毒，实难饶恕。佑儿，你是负责调查此案的官员，你怎么说？"

在座众人纷纷把目光投向蔺承佑。

蔺承佑正色直言："'罚不阿亲贵，以公平为规矩'，本案中最无辜的受害人是庶民之女李莺儿。她年仅十一岁，本与武二娘等人无冤无仇，被谋害只因恶徒要拉扯幌子。前一阵严司直去义宁坊查案，回来说李莺儿的阿娘仍昼夜哭泣，民之痛，即为天子之痛。侄儿恳请圣人重责、重罚。武二娘、王媪、卢兆安罪证清楚，宜即刻移送大理寺详加审讯。唯有明正典刑，方能以儆效尤。"

这番话，字字铿锵有力。

滕玉意攥紧的拳头慢慢松开，有了蔺承佑这话，她就不必担心武绮被减罪了。

武二娘再狠毒，到底是武家的亲生女儿，万一武中丞或是武夫人突然心软，说不定会到御前为武二娘求情，这叫她如何甘心？

前世的她就跟今生的李莺儿一样，死得何其无辜？皓月散人和幕后主家固然罪无可恕，武绮的妒念却是导致她前世枉死的主因。

她不但要武绮认罪伏法，还要想办法让武绮把知道的线索全吐露出来。

若能成功抓住皓月散人的那位幕后主家，她就算是大仇得报了。

她向蔺承佑投去感激的一瞥，可惜蔺承佑直视前方似无所觉。

圣人赞许地点头："好一句'民之痛，即为天子之痛'。好孩子，朝廷本该为子民主持公道，你只管秉公执法。王媪幕后定有主家，先让人把他们押下去，记得严加看守，以防奸徒杀人灭口。"

衙役们刚要把卢兆安捆住，卢兆安高声道："圣人在上，卢某只不过在王媪的小摊前买过几碗粥，据此就说卢某与这帮恶徒有牵扯，不但卢某不敢认，坊间恐怕也会不服！"

蔺承佑一嗤："放心，没忘了你。"说着他从怀中取出两封遮挡了名姓的信，问卢兆安，"认得这两封信吗？"

卢兆安顿时色变。

"两封信都是出自你卢兆安之手，一封是你在扬州时写的，日期是前年清明节；另一封是你来长安后写的，日期是二月底。两封信虽然相隔近两年，却有一个古怪的共同点，就是信上有两处相同的'油斑'。我师公查验过后，证实那是一种蛊虫唾液留下的痕迹。师公，请您老说说这是什么蛊。"

"相思蛊。"清虚子道长看卢兆安的眼神就像在看一摊臭水，"这蛊虫能迷惑人的心性，最是肮脏下作，这些年早就绝迹于坊间了，万没想到江南一带还有人暗中用这种蛊术害人。巧在师公当年就与这蛊虫打过交道，所以能一眼认出。"

蔺承佑侧目看着卢兆安："听懂了？两位受害人勇气可嘉，在弄明白事情的原委后，为了防你日后继续害人，主动到大理寺录了口供，如今人证物证俱在，就等着将你绳之以法了。除此之外，王媪为了拿捏你，早藏了好几封你的亲笔信……"

蔺承佑说话这当口，几位武艺高强的宫卫将卢兆安捆得死死的。

卢兆安像被糊了满脸的泥灰，脸色比死人还难看，口中被堵了布条说不出话，只能死死地盯着蔺承佑。

蔺承佑一笑："我知道你在想什么，你在想我都有证据了，为何还要听凭你狡辩？废话，当然是想看你还能闹出什么笑话。我办案这么久，见惯了狠毒的犯人，但脸皮像阁下这么厚的委实不多见。你越是惺惺作态，大伙儿就越知道你多虚伪。带走！"

宫卫们正要将武绮口中也塞上布条，武绮却突然说："慢着！"

她留恋地朝太子投去最后一眼，颓丧地说："事到如今，我只有一个疑问。我之所以暗算杜娘子，自是因为在浴佛节当晚看到太子与她同游，为了万无一失，在正式动手之前，我曾借着同窗们在杜庭兰的房中玩闹的机会，偷拿过她的两份诗稿，可是直到我把诗稿还回去，杜庭兰都并未察觉，这说明她并不会留意这些小事，为何那晚她那样快就发现丢了诗稿？若不是她那么快报案，你们也不可能顺藤摸瓜查到王媪头上，从而搜出这么多证据。"

蔺承佑笑道："无可奉告。"

武绮不甘心地看着席上的杜庭兰和滕玉意，忽然像意识到了什么："我明白了，是不是房中……"

蔺承佑早让人堵上了武绮的嘴。

滕玉意冷眼看着武绮。当初她进书院本是怀着抓贼的目的，没料到设的百花残机关没派上用场，随手下的一步闲棋却意外在阿姐房中抓到了前世谋害她的主凶，

152

这可真是冥冥中自有安排。

衙役们押着王媪等罪犯离开，武绮跌跌撞撞地走了几步，忽然扭头看向远远地注视自己的兄长。

突然之间，她不顾衙役的掣肘，跪下冲武元洛的方向磕了三个头，动作又急又重，才几下额头就破了。做完这一切，她断然转过身，接下来直到被押出花园，再也没有回过头。

武元洛喉结滚动，面无表情地目送二妹离开。

没有人知道，武绮的这三个头是给谁磕的。

她兴许是在向爷娘赔罪，也可能是在告别。又或者，她终于被阿兄那番话唤起了一丝良知，因为抵不过内心的煎熬，用这种方式向可怜的阿姐说一句"对不起"。

翌日傍晚，大理寺牢中。

蔺承佑对铁牢中的卢兆安说："好了，我把王媪给你带过来了。"

卢兆安缓缓地睁开了眼睛，一看到蔺承佑身后被五花大绑的王媪，眼里就情不自禁地流露出一份炽热的情意。

他自己似乎也吃了一惊，骇然望向蔺承佑，嘴里支吾有声，仿佛在质问：你对我做了什么？

蔺承佑抱臂道："阁下不是很聪明吗？这还看不出来？我在你房中的暗格里找到了一包蛊虫，昨日没弄明白用法，今日在你身上试了试。你现在的心上人可是王媪，所以心里总是惦记着她，我知道你想看到她，所以把她送到你面前来了。"

卢兆安倏地瞪大了双眼，王媪仿佛也呆住了。她脸上的易容面具已经被蔺承佑撕下，显露出本来的相貌，她少说也有五十多岁了，且面色黝黑，生就一双刻薄的三角眼。

卢兆安猛烈挣扎，看样子似乎恨不得一头撞死在牢中，然而每当目光掠过王媪身上时，立刻又会变得痴迷起来。

蔺承佑一脸无辜："好蛊虫，果然立竿见影。怎么样，是不是一看到王媪就高兴？"

卢兆安尽量不让自己的视线触及王媪，只直勾勾地盯着蔺承佑，那恼恨的表情一目了然：蔺承佑，士可杀不可辱，你干脆一刀杀了我吧。

蔺承佑把王媪架到刑具上，作势要给王媪上刑。

卢兆安当场就变了脸色，居然扭动着爬到牢笼前："别动她，要问什么冲着我来。"

旋即他又明白过来，发指眦裂地对着蔺承佑："你无耻至极！"

蔺承佑坏笑起来，这法子是那晚他和滕玉意一起想出来的，损到没边了。

对付这种奸佞小人，寻常的刑责简直不痛不痒，只有让卢兆安亲自体会一遭被蛊虫控制心智的滋味，才算以其人之道还治其人之身。

"说，胡季真胡公子的魂魄是不是被你和同伙夺走的？"蔺承佑不紧不慢地为王媪扣上刑具。

王媪千锤百炼不怕受刑，这话他自然是对卢兆安说的。

卢兆安依旧牙关紧咬，目光里却藏不住深深的痛楚和担忧。

蔺承佑退到一旁，挥挥手要让衙役施刑，眼看王媪要吃大苦头，卢兆安痛苦地闭了闭眼："我说。"

蔺承佑示意衙役们停手，到牢笼中把卢兆安口中的布条扯掉："幕后主家是谁？"

卢兆安并没有马上答话，而是无限怜惜地望着王媪。

蔺承佑忍不住"啧"了一声。

就连王媪自己也是浑身上下不得劲儿，把眼皮死死地合上，拒绝与卢兆安对视，显然比起这个，她情愿受酷刑。

衙役们强憋着才没笑出声，蔺评事这个主意实在太坏了，不过看样子似乎有奇效。

卢兆安恨恨地瞪着蔺承佑："只要你别动她，我什么都说。"

蔺承佑等到身上那股肉麻劲儿过去了，这才笑着点点头："行，我不动她。"

卢兆安默了一会儿，面无表情地道："我来长安后，一直是一位叫萼姬的妇人与我联系，但我不知道幕后主家是谁，因为有很多事是萼姬出面叫我办的。"

蔺承佑一怔，虽然早就怀疑萼姬是皓月散人那一伙的，但没想到负责与卢兆安接头的就是她。

"你是如何认识她的？"

"去年我启程来长安之前，扬州一位叫王玖恩的儒生过来寻我，他懂些邪术，相思蛊的蛊虫就是他头些年给我的。他平时会接济我一些银两，为人古道热肠，所以我明知他有点儿问题，也经常与他来往。王玖恩说以我的学问，此去必然高中，但若想入仕，中进士只是第一步，要想青云直上，少不了要在京中结交一些贵人。我听了他的话，一到长安就去平康坊找蓼姬，碰面之后才发现她是一家妓馆的假母。"

卢兆安说话时，时不时看一眼不远处的王媪，表情扭曲古怪，一会儿厌恶，一会儿深情。

"蓼姬可向你透露过她的幕后主家是谁？"

卢兆安摇摇头："我尚未中进士时，蓼姬待我很冷淡，听闻我中了魁元，才突然待我热络起来，主动赠我银钱，还说我有宰相之才。我听她的谈吐，实不像个风尘女子，就问她到底什么来历，她说该知道的时候自然就知道了。她又说要想中制举光有学问可不够，还需大量银钱在朝中打点，不过只要我听她的话，这些都不成问题。之后她又介绍我与王媪认识，说若是她不方便出面，就让我与王媪联络。"

蔺承佑垂眸思索，看样子这位幕后主家至少认识吏部或是门下省的官员。

"你有没有见过皓月散人？知不知道她与蓼姬是一伙的？"

"我没见过她。从头到尾与我打交道的只有蓼姬和王媪，而且自从我中了进士，长安城愿意与我结交的豪士越来越多，蓼姬和王媪也越发笼络我。"

"胡季真是因何被害的？"

"那日我本在英国公府赴宴，一个歌姬突然扔了个纸团到我脚边，我捡起一看，是王媪的字迹，她让我立刻回家一趟，说有个重要人物想见我。我急匆匆地赶回家，没想到途中被胡季真撞见了，这小郎君因为成王府我甩开他一事耿耿于怀，居然一直跟在我后头。我进屋后看到了王媪和王玖恩，有些意外，因为自从扬州一别，我已经许久没见过王玖恩了，刚要关上门，没想到胡季真推门闯了进来，口中说：'当面问卢大哥一句话，问完就走。'"

王玖恩和王媪脸色当时就变了，紧接着屋里也传出动静，显然还有别的客人。

胡季真很快回过神来，出于礼貌便要行礼，说时迟那时快，王媪挥出银丝就要杀了胡季真。

卢兆安正是心惊肉跳的时候，却听屋里有人发出声响，俨然有人敲了敲桌子，王媪即刻收回银丝，改而朝胡季真拍出一张阔大的符箓。

蔺承佑沉着脸问："当时在屋子里的是幕后主家？"

"我不知道。王媪当着我的面对胡公子施了邪术，我又惊又惧，唯恐接下来就轮到我。王媪说接下来的事她来处理，让我马上赶回英国公府，然后装作什么事都没发生，继续与旁人宴饮，我依照她的话做了。等我回来，王媪和王玖恩都不见了。第二日我就听说胡公子发了疯病。"

"你就一回都没见过幕后主家？"

卢兆安再次摇头："近日连萼姬都没见过了。王媪说萼姬因为彩凤楼闹妖一事被人盯上了，可能很长时日不能出来走动了，叫我有事只管去找她，千万别再去平康坊。"

蔺承佑垂眸思索，这条长线好像越来越清晰了，他又发问道："后来你可去找过王玖恩？他来长安后住在何处？"

"他住在蛾儿巷的一座旧宅中。"

蛾儿巷？蔺承佑一愣，这地名好熟悉。是了，他记得滕玉意告诉他，那回端福在玉真女冠观意外发现有黑氅人出没，当即追了出去，一路追到蛾儿巷，黑氅人就消失了。

"你说的可都是真话？若有半句假话，我一定还会好好招待你的心上人。"蔺承佑笑着说道，同时令那边的衙役们再次给王媪上刑具。

卢兆安百般眷恋地看着王媪，只恨身不由己，挣扎了好一会儿，白着脸说："别欺辱她。我……我说的都是实话。"

蔺承佑抖了抖身上的鸡皮疙瘩，这法子倒是好，就是忒肉麻。他正要继续发问，这时一位名叫黎四的老衙役进来说："蔺评事，外头有位王公子有急事找你。"

蔺承佑一凛，忙要起身，看看时辰，又谨慎地问："长什么样儿？"

"白白净净的，模样很漂亮。小人头一次见到这么好看的公子。"黎四感慨道。

蔺承佑心里的笑意差点儿蹿到脸上，看来来的真是滕玉意了。他并未急着走，而是故作淡然地道："她身边带了几个人？可说了是什么事？"

"身边还有一个彪形大汉，说是有很急的事找蔺评事。"

彪形大汉？那就是端福了。

蔺承佑点点头："知道了。"

他重新把卢兆安捆住，起身出了牢笼，顺手将王媪锁到另一个铁笼中，亲自给两间铁笼上了锁，交代衙役们几句，确认没有什么不妥之处，这才朝牢外走。

黎四与同僚们说笑着走到牢笼前的桌椅旁，撩袍正要坐下，眼前人影一闪，有人狠狠地扣住他的喉咙，一下子把他提溜了起来。

对方身形快如鬼魅，纵算黎四身手不差，也是始料未及，当即被掐得双眼暴突，手中那团已然探出半截的银丝，更是骤然落到地上。

"谁派你来的？"蔺承佑眼中满是寒霜。

"黎四"的五官扭曲成一团，他似乎闹不明白自己到底哪里露了馅儿，眼神中有阴戾，更多的是诧异，他困惑归困惑，却没忘记回击，右掌灌满了内力，大力劈向蔺承佑的前胸。

蔺承佑抬腕就是一个手刀，重重击向"黎四"的手腕，同时屈起右膝猛力一撞，正中"黎四"的胸腹。

"黎四"咽喉被锁，内力和速度均受到了压制，躲开了上面的手刀却没能躲开腹部那一记攻击，脊背往后一弓，仿佛五脏六腑都被击碎了，两膝抖动不已，差点儿跪倒在蔺承佑面前。

这一切发生得太快，衙役们终于回过神来，纷纷拔刀上前。

"别过来！"蔺承佑喝道，"盖住牢笼，防止他给犯人放毒烟！"

"是。"衙役们改而跑到牢笼外，飞快地将铁笼周围的幕布放下。

蔺承佑为防"黎四"咬毒自尽，从袖中抖出银链让其钻入黎四的口腔，等左手腾出空，便要抬手撕下黎四脸上的易容面具。

"黎四"仍死死地瞪着蔺承佑，仿佛在质问：我到底哪里露出了破绽？

蔺承佑一哂，敢假借滕玉意的名头，这人也不问问自己配不配？滕玉意出门在外时比谁都谨慎，从前扮作男子时就很难让人认出本来的相貌，最近出门脸上更是少不了易容面具。假黎四为了引他出去，一再强调王公子貌美，殊不知恰好是这点露了破绽。

"外头说不定还有同伙，赶快到外头把人拿下。"

"是！"几个武功高强的衙役领命而去。

这边蔺承佑一扯下假黎四的面具，假黎四的嘴边就溢出一股黑血，显然他来之前就已经服过毒了，不受伤则已，一旦体内气血涌动，立刻会毒发身亡。

面具被撕下来后，空气里弥漫着一股几不可察的气味，蔺承佑瞬即屏住呼吸。这里面果然有诈，那味道似有似无，稍纵即逝，不像毒雾，但又说不出地古怪，好在很快就消散了，而面具底下是一张陌生的脸庞。衙役们惊愕不已："我说黎四今晚看着比平时消瘦些，我还以为自己眼花了，原来竟是假的。他是为了劫狱还是为了灭口？真是防不胜防。"

"我记得黎四之前说要出去吃饭。"蔺承佑开始搜查假黎四的尸身，"你们快到附近找一找，说不定黎四已经遇害了。另外，赶快通知两位寺卿，说有奸党意图劫狱，狱中需重新布防。从今夜开始，几重门卡处均须时刻留人把守，不论何人进来，都须先仔细搜身和检视面容。"

检查完假黎四的尸身，蔺承佑看向牢中的王媪，看样子，因为他网住了一条大鱼，那位一向沉得住气的幕后主家终于按捺不住要同他正面交锋了。

他细想刚才那一幕，委实令人胆寒。彩凤楼那帮伶人虽然与王公子打过交道，却不大清楚王公子就是滕玉意。可此人不但很清楚王公子就是滕玉意，还知道利用王公子来诱惑他。

想出这个主意的，很可能是萼姬和她的幕后主家。

萼姬本就是幕后之人的眼线，又生就一双毒辣的眼睛，经过彩凤楼那几日的相处，不难猜出王公子就是滕将军的女儿，可令人费解的是，他们居然还知道现在的他很在意滕玉意。知道这件事的人应该不算多。

不过他一细想，此前他去摘星楼买过首饰是事实，如今案件已经水落石出，邓家为了维护邓唯礼的名声，一定四处宣扬此事，时隔一晚，料着已经有不少人知道当晚邓唯礼收到的映月珠环并非他送的了，那么他在摘星楼买的首饰去了何处，就很耐人寻味了。

或许是有人据此猜测他的心上人其实是滕玉意，所以才有了今晚这一出？但这反应未免也太快了吧？

若不是这个假黎四自作聪明，他说不定真就因为一句"王公子有急事"出去了。

很快就有衙役回来禀告："蔺评事，门外压根儿就没有什么王公子。"

另外几名衙役抬着黎四的尸首回来了，含泪痛声道："黎四被暗杀了，尸首就被藏在旁边的巷子中，救不回来了……这帮败类！"

蔺承佑直起身检视一番黎四的尸首："在我审讯完王媪之前，所有人不得擅自离开。"

半个时辰后，蔺承佑坐在王媪和卢兆安的铁笼中间，静静地等待着。

同样的法子，同样的蛊虫，整整过去半个时辰，王媪看卢兆安的眼神依旧冷冰冰的，甚至透着浓浓的嫌恶。

相反，卢兆安看王媪的眼神仍是那么火辣辣的。

右边是卢兆安火一般的深情，左边则是一潭死水，蔺承佑夹在水火中间，不禁陷入了思索：难不成法子不对？但他用的是同样的法子，头先已经成功一次了，没道理会出错啊。

他忽然又想起，王媪这种人就跟早前的庄穆一样，不但熬得住酷刑，还很善于掩藏内心的情绪，说不定她已经对卢兆安萌生爱意了，只不过面上不显而已。

一念及此，蔺承佑把卢兆安从铁笼中放出来，给他上了刑具，然后对王媪说："好了，我要给卢公子上刑了。"

王媪瞪着一双三角眼，依旧无动于衷。

蔺承佑挥挥手令人上刑。

卢兆安发出杀猪般的惨叫声。

蔺承佑在卢兆安的惨叫声中和颜悦色地对王媪道："只要你说出幕后主家是谁，我马上不折磨他了。"

王媪翻翻白眼，看样子，她对卢兆安的死活全不在意。

蔺承佑扬了扬眉，这招不管用？这蛊虫如此霸道……不好使的话，除非她体内另藏着别的蛊虫。一个宿主容不下两只蛊虫，只要新蛊虫侵入心脉，立刻会被体内旧有的那只吞入腹内。

他失策了。

他再对卢兆安用刑，卢兆安体内那只相思蛊说不定会弃主而逃，那就得不偿失了，于是蔺承佑摆摆手让衙役们停下。

卢兆安气喘吁吁地说："有什么事冲着我来，别打她的主意……"

蔺承佑忍着腻味的感觉问："你是进士科第一名，入仕是早晚的事，偏偏舍正道走邪道，幕后主家到底许了你什么天大的好处？"

"进士第一名又如何？"卢兆安满眼都是嘲讽之色，"你是天之骄子，岂能体会我们这等寒门之士的苦楚？我自小家贫，在外头行走时不知遭过多少白眼，这世道什么样，我比谁都清楚。一个人若是在朝廷没有靠山，纵算入了仕，也只能从小吏做起……我熬了这么多年，怎甘心久居人下？我就是想出人头地……谁能助我青云直上，我便同谁打交道……凭我的才华，只要给我施展的机会，总有一日我卢兆安会权倾寰中，门生广遍天下。"

衙役们纷纷啐道："寒门之士那么多，有几个像你一样不择手段？"

"还权倾寰中？用那种下作蛊虫祸害无辜女子，你的心肝比臭水沟里的泥还臭。若叫你这种人做了宰相，整个朝堂都要被你带臭了。"

蔺承佑却从卢兆安这番话中琢磨出了一点儿意思，令人把卢兆安捆好了重新送回牢笼，对王媪道："你那位主家跟皓月散人认识很多年了？"

王媪不吭声。

蔺承佑思忖着说："难怪朝廷当年没能捉到皓月散人和文清散人，原来他们就藏匿在长安的某个角落，收留他们的，应该就是某位长安的贵要吧？假设他们三个是逃亡之初就认识的，你主家年纪可能也不小了。他们之间交情很深吧？所以上回你那位主家得知皓月散人事败，拼上三十三名死士的性命也要把她的魂魄抢走。"

王媪如一潭死水，无论蔺承佑说什么都激不起半点儿波澜。

蔺承佑出其不意地道："你体内的蛊虫是皓月散人下的还是文清散人下的？"

死水终于起微澜。

蔺承佑笑笑："他们给你下蛊，是不是怕你出卖他们？你也是当年无极门的某个弟子吗？抑或是后来被这两位散人拉入邪途的？"

王媪闭上了眼睛。

蔺承佑同情地说："为虎作伥的滋味不好受吧？若是有人能帮你解蛊，你是不是也想过上几天安生日子？"

王媪眉峰微微耸动，表情很古怪，仿佛在说：好小子，我熬得过酷刑，敌得过诱惑，万万没料到你会想出这种法子诱我开口。

蔺承佑心知这回下对了药，笑道："当年朝廷一共抄没了无极门数十本秘籍，其中最出名的当数《魂经》，这是乾坤散人的拿手好戏，上头记载了好几种拘魂的邪术，但同时被没收的还有几本《蛊经》，我师公研习了这么多年，早弄明白对付无极门蛊毒的法子。只要你把知道的都说出来，我们可以马上为你解蛊。"

王媪直勾勾地看着蔺承佑。

"不信？"蔺承佑面不改色地扯谎，"以我为例，我体内的蛊毒已经解了一多半了，只需最后一步，我身上的蛊印就能完全消失了。你们能知道王公子，想必早就打听过我身上的种种，这可是最有说服力的例子，对我师公来说，你体内的蛊毒同样不成问题。"

王媪低头做沉思状。

蔺承佑诱之以利："体内蛊毒一解，日后便没人能控制你了，只要你能帮大理寺抓住你的主家，我可以酌情帮你减刑，出狱后你可以过上寻常老百姓的生活，不必再东躲西藏了。究竟是继续在'阴间'做邪魔，还是重回'阳间'做人，可全在你的一念之间。"

王媪依旧不答。

蔺承佑耐心十足："给你半个时辰，你好好考虑考虑，等想明白了就告诉我。"

他忽听外头有些喧闹，原来是两位寺卿和同僚们听说有人意图劫狱，从家中赶来了。

严司直和宽奴也在其中。

宽奴还带来了萼姬的尸首。

今晚从卢兆安口中审出关于萼姬的线索后，蔺承佑当即让守在大理寺外的暗卫去通知宽奴收网，然而等宽奴带人闯进去，萼姬早已服毒自尽了。

"看死状，今天一大早就死了。"宽奴擦了擦汗，"这几日萼姬足不出户，几班人马轮流盯着她，整整两天，萼姬只在早上去菩提寺附近的一家饦饦店买过饦饦，想必是听说卢兆安落网，知道我们很快就会查到她头上，回去后不久就在屋中服毒自杀了。"

"可马上派人将那家饦饦店看起来了？主家是谁？"

"不知道主家是谁，但这家店在长安开了五六年了，位置很偏僻，平日去的人不多，我们赶过去时店铺早已关门了，小的暗中留了两拨人马在附近盯梢。"

蔺承佑同严司直一道检验萼姬的尸首，看瞳孔和嘴唇的情状，确是中毒身亡，而且用的还是坊间最常见的断肠草。

严司直听着廊道外的交谈声，低声对蔺承佑说："此地人多眼杂，狱中还需你照应。这样吧，我马上带人到那家店瞧瞧，萼姬的宅子里一定有不少线索，我里里外外再细搜一遍。"

"兵分两路，那家饦饦店让宽奴他们过去。"蔺承佑说，"严大哥带人去蛾儿巷捉拿王玖恩，记得多带些衙役，另外再让宽奴给严大哥多派些暗卫。对手手段狠辣，宽奴他们武艺高强，有他们照应严大哥，我也放心些。如果打探到什么消息，严大哥要立即让人回来送信。"

"好。"

狱中重新布防，衙役们经过相互搜身，确定各处都再无异样，蔺承佑便重新提审王媪，哪知王媪依旧不开口。

蔺承佑疑惑了，他提出的条件足够诱人，看王媪的模样，分明也有些动摇了，为何态度还是如此顽硬？

挨到了第二日早上，王媪还是抵死不说。

眼看软硬兼施都不管用，蔺承佑心中闪过一丝怪异的感觉。

莫非王媪笃定师公无法解开她身上的蛊？

她如何能笃定呢？

绝情蛊让人无法动情，但他偏偏有了心上人，这一点足够让人疑心他体内的蛊毒是不是还在了。

思来想去，他脑中冒出一个念头：说不定这蛊毒不是让人绝情，而是有别的害处，前些日子师公为此忧心忡忡，莫不是也想到了这一点？

他走到牢笼前，刚要把王媪提出来问个明白，王媪突然倒地抽搐起来。

"蔺评事！"衙役们大惊失色。

蔺承佑迅疾地上前制住王媪身上的几处大穴，顺势把解毒丸塞入她的口中。但王媪显然并未中毒，而是蛊毒发作，不但大肆呕吐，皮肤上还迅速遍布红斑，蛊毒发作才一会儿，她就气绝身亡了。

卢兆安眼睁睁地看着心上人在面前惨死，顿时肝肠寸断，一边哭一边打滚撞头，一个劲儿地寻死觅活。

蔺承佑想起假黎四面具上的那股怪味，面色极为难看，原来面具上附着的不是毒药，而是诱使王媪体内蛊毒提前发作的虫引子。

他虽及时让人遮挡了犯人的牢笼，但万万没想到虫引子是会爬动的。

平生第一次，他生出一种被罪犯挑衅的感觉，对方手段层出不穷，心思还缜密得出奇。

对方要玩是吗？他在心里冷冷地想，他倒要看看，最后到底是谁玩谁。

王媪一死，线索断了一大半，蔺承佑反而没那么急切了，萼姬能那么快得到卢兆安落网的消息，那家饽饹店是关键，他离开大理寺，亲自到店中去取证。

不出所料，不等大理寺查上门去，饽饹店在萼姬死亡当晚就突然着了火，还好宽奴提前留的人手看到店中浓烟蹿起，及时引水扑救，主家夫妇和店中伙计当时已经睡熟了，险些葬身火海。

排查到傍晚，萼姬的家中和饽饹店被蔺承佑翻了个底朝天，他没发现什么有用的物证，却意外在审讯饽饹店的伙计时得到了一个重要线索。

主家和伙计死里逃生，心有余悸，被问到店中都有哪些熟客时，想起事发当日早上，有个熟客过来买过饽饹。

他们不知道那熟客的来历，只知道那人四十多岁，衣饰整洁，模样齐整，只是鼻翼的左边有个黄豆大小的痦子，痦子上还有一根白毛。以往此人隔三岔五就来店里买饽饹，当日萼姬过来时那人刚走，两人并未打招呼，显然互不相识。

蔺承佑脑中闪过一道白光，沉声说："去找画师。"

很快画师就来了，主家和伙计对着画师结结巴巴地描述那人的模样，等到画像一画出来，严司直当场就怔住了——

这个熟客竟是郑仆射身边的大管事郑宝荣！

上回在查办舒丽娘的案子时，严司直与郑仆射府上的这个大管事打过好几次交道。

"竟会是他吗？"严司直嗓音有些发颤。

倘若这是真的，这个消息对长安甚至朝野来说，不啻一道惊天巨雷。

他想想整件事，对方藏得太深，下手也太快，要不是蔺评事这边应对及时，这些饼铛店的人早就没法开口指认了。

审讯完毕，蔺承佑和严司直从房中出来。

蔺承佑望着庭前的松柏出神，幕后主家有谋略、有财力、有人马，这些条件郑仆射都符合。

偏巧这段时日发生的事，也都能与郑仆射一一关联。

前一阵的剖腹取胎案，舒丽娘恰是郑仆射的别宅妇。

宋俭可以为了报仇娶小姜氏为妻，郑仆射当然也可能为了得到月朔童君让做过恶事的舒丽娘做自己的别宅妇。

此外郑仆射的大公子突然悔婚一事也很值得推敲。此事明面上的退婚理由是郑大公子不慎让段青樱有了孕，但焉知不是郑仆射不想让儿子成为作恶多端的武二娘的姐夫，特地安排了这一出？

如果幕后主家真是郑仆射，那么当年皓月散人和文清散人能逃过朝廷的搜捕，就说得过去了，毕竟朝廷绝不可能想到他们就藏在郑仆射的某处宅子中。

整件事里，唯一一个说不通的地方就是郑霜银。

假设郑仆射就是幕后主家，又怎会让卢兆安用相思蛊迷惑自己的女儿？

蔺承佑转念一想，也许这件事郑仆射自己也不知情，过后才知道自己的女儿被算计了，所以事发后完全没有保全卢兆安的意思，而是毫不犹豫地把他当成弃子。

他姑且当郑仆射就是幕后主家，但是仍有几个疑点对不上。

"严大哥，我得进宫一趟。"不管幕后主家究竟是不是郑仆射，朝廷和宫里都必须尽快在暗中布局。

谁知等蔺承佑从宫里出来，衙役过来说："严司直，武二娘说有重要线索要提供，但在提供线索之前，她想见自己的阿娘。此外，她还想见一见杜娘子和滕娘子，若是大理寺不答应她的要求，她就拒绝提供线索。"

"照她说的做。"蔺承佑毫不犹豫地说道。

衙役迟疑地道:"但是……滕娘子和杜娘子毕竟是弱质女流,未必敢到大狱中来。"

"不,她们会来的。"蔺承佑笑了笑,径自往外走去。

他还不知道滕玉意吗?她天不怕地不怕,听说武绮要见她,一定会飞速赶来。

这两日滕玉意吃得香睡得好,随着武绮和卢兆安的落网,早前那片覆在心头的阴影挥去了一大半。

尽管大理寺暂时未查出幕后之人是谁,但她对蔺承佑的破案本事很有信心,相信只要顺藤摸瓜查下去,早晚会将那人绳之以法。

碰巧赶上书院放假,她便好好偷了几日闲,大理寺的消息传过来时,她正歪在榻上跟小涯对酌。

听到春绒的回禀,滕玉意赶忙放下酒盏。

"武绮要见我?"她以为自己听错了,下意识地摸摸耳朵。

"没错。"春绒和碧螺在帘外道,"除了娘子,她还说要见杜娘子。大理寺的衙役过来传完话,又赶到杜家传话去了。娘子,咱们要去吗?"

滕玉意挥手让小涯钻进剑中,一骨碌爬了起来。

"当然要去。"她斩钉截铁地说,"快帮我备衣裳、备车。"

滕玉意到杜家接了杜庭兰,姐妹俩一同赶往大理寺,杜绍棠放心不下,自告奋勇驱马相伴。

蔺承佑在大门口早候了许久,眼看滕家的辎车来了,便下了台阶迎上前去。

滕玉意很快下了车,一近身,蔺承佑就闻到了她身上淡淡的酒味。

那是甜甜的蒲桃酒,气味这么香浓,她少说喝了一罐,喝这么多她也不怕醉。

他瞟了瞟帷帽后那双亮晶晶的眼眸,滕玉意也正望着他。

身后是严司直和衙役们,蔺承佑只瞄了一眼,便一本正经地对姐弟三人拱手:"打扰了。嫌犯突然说有重大线索要提供,在下不得不劳烦杜娘子和滕娘子走一趟。"

杜庭兰拉着妹妹敛衽行礼:"蔺评事破案要紧,我等责无旁贷。"

蔺承佑看了看两人身后的杜绍棠:"烦请杜公子在此等候。"

杜绍棠担忧地点点头。

"事不宜迟,随我进去吧。"蔺承佑回身上了台阶,率先负手往内走,"待会儿到了牢中，我会一直候在左右。你们……不必怕。"

滕玉意望了望蔺承佑的背影，内心踏实无比。她是半点儿都不害怕的，但阿姐明显有点儿紧张，打从刚才起就紧捏着她的手，手心还一直冒汗，多亏蔺承佑说自己不会走开，阿姐才总算安心不少。

三个人刚要入内，道路尽头忽然又来了一队人马，领头的那人紫袍金冠，是太子。

太子到门前下马，先是看了杜庭兰一眼，继而冲众人点点头，末了把蔺承佑拉到一边，低声问："嫌犯要见杜娘子，你竟也答应她了？不怕出什么意外吗？"

滕玉意扭头看看阿姐，阿姐倒是一副很平静的样子，但藏在帷帽后的脸蛋一下子变红了。

她再看那边的杜绍棠，竟主动上前跟太子说话。

滕玉意暗自琢磨：该不会这两日太子私底下去找过阿姐了吧？不然他们不会这样熟络。

可惜这两日她为了庆祝凶手落网整日在家吃睡，阿姐几回过来寻她，她都在家中睡大觉。不成，她回头得仔细问问。

也不知蔺承佑对太子说了什么，太子似乎放下心来，上马候在门外，却没有要离去的意思。

"走吧。"蔺承佑支开旁边的衙役，独自领着两人往内走。

滕玉意边走边环顾左右，原来这就是蔺承佑平日办案之处，没她想象中的那么阴森，反而宽阔简净。

不知是不是提前清点过了，沿路他们几乎没看到别的衙役和大理寺官员。

他们穿过前厅，便是中堂，出了中堂，两旁是办事阁，从办事阁出来，后头便是一个疏朗的院子，院中栽满了青翠耐寒的松柏，清幽中透着几分严肃。

蔺承佑在前领路，注意力却放在后头的滕玉意身上。他做梦也想不到，有朝一日会把滕玉意领到此处来参观。

这地方对她来说会不会太无趣了？

他忍不住扭头看了一眼，恰好看到滕玉意打量东边的办事阁，回过头直视着前方道："那是办事阁。"

身边没有外人，滕玉意早比之前自在了不少，难得进一回大理寺，也想打探几句，闻言好奇地问道："就是官员整理案宗和写案呈之处？"

"没错。"蔺承佑道。

他没想到她还真感兴趣。

办事阁对他而言形同虚设，除非有惊天大案，否则他在里头待的时间很少能超过一个时辰。

滕玉意点点头，又问出一个好奇了许久的问题："那……那些受害人的尸首平日都放在何处？"

"停尸房，待会儿你就能看到了。"

杜庭兰变了脸色——妹妹胆大包天，竟打探这种东西！

好在他们路过停尸房时，蔺承佑只远远地给妹妹指了一下，没真带她过去。

"瞧见了？"

滕玉意叹为观止："原来是这么不起眼的一排矮房。"

蔺承佑有点儿好笑："你以为停尸房长什么样？"

"我以为像悲田养病坊的停尸间一样阴森森的，没想到大理寺的停尸房全是矮房也就算了，外头还栽满了这么多漂亮的花花草草。"

蔺承佑道："呈交到大理寺的案子通常比较棘手，遇上那些陈年的案子，尸首都已经腐烂不堪了，为了防止异味四处扩散，庭前和屋后不得不栽些驱臭的花草。那一排廊柱是空心的，里头塞满了冰砖，这样也能让尸首腐烂得慢些，你就没发现此地比别处要凉快些吗？"

滕玉意"哎"了一声："还真是。"

杜庭兰微笑着听着，蔺承佑在妹妹面前每回都很有耐心，就不知道他们俩自己有没有意识到。

前方就是大狱了，蔺承佑径自领二人入内，囚禁重犯的死牢建在地下，外头有重重关卡。

沿路走到最里头的一间牢房前，蔺承佑停下来说："到了。"

牢房前的衙役对蔺承佑说："武夫人刚走，过来时给犯人带了些吃食，被小人拦下了，母女俩在里头说了不少话，武夫人走的时候满脸都是泪。寺卿和几位司直全程在外头看着。"

蔺承佑淡淡地说："知道了。"

他带着滕、杜二人进去了。

滕玉意一进去就看到了坐在铁牢里的武绮。

短短两日，武绮狼狈了不少，发髻散乱，身上的红裙也脏污发皱，他们进来时，她正背靠墙而坐，脸上的表情依旧顽固冷酷。

蔺承佑讥诮地道："人，我给你带来了，接下来该怎么做，我说了算。记住了，问完问题马上把线索吐出来，胆敢耍花样，你知道后头会有多少苦头等着你。"

武绮铁板一般的表情终于起了微妙的变化，似乎满含憎恨之意，但更多的是怵意，她看了蔺承佑一会儿，从齿缝里挤出一句话："知道了。"

随即她转眸看向滕玉意和杜庭兰："来了。"她嗓音沙哑。

不仅如此，她的眼圈还有些发红，不知是不是才见过阿娘的缘故。

"你想问什么？"杜庭兰硬着头皮发问，显然不大习惯面对这样的武绮。

武绮漠然地道："任凭我想破脑袋，也没想通自己究竟哪里露出了破绽，今日找你们来，就是想问问那晚你们是不是在房中预先做过手脚。"

蔺承佑侧目瞧滕玉意，目光里的意思很明白：你想回答就回答，不想回答就不需要理会。

滕玉意没接话，而是静静地端详武绮。

她看得很慢、很仔细。

从前滕玉意只看到了武绮的皮相，这一回，她要看到这人的骨子里去。

前世的真相永难追寻了，但只要凶手是同一个人，对同一件事的看法必然是一致的，那么有些话她只需当面一问就明白了。审视武绮许久，她缓缓开腔："这个问题我可以回答你，但是在那之前，我得先问你两个问题，只要你如实回答，你马上就可以知道答案。"

武绮起先没吱声——一个答案凭什么要拿两个答案来换？但她心里很清楚，若非那晚出了问题，蔺承佑未必能及时抓获王媪，那么即便事后查到她头上，也无法拿出铁证指证她。

她的万般谋算全毁在那晚，所以她一定要知道真相。

答案就在眼前，她不问个明白难以死心。对峙一阵，她妥协了："你说。"

"假设太子喜欢上了某位仕女，帝后也认为这位小娘子是理想的太子妃人选。这个女孩尚在服孝，太子格外关照她不说，还流露出要在她出孝后娶她的念头，你得知此事，会让人谋害这个女孩吗？"

屋里一静，这个问题没头没脑的，杜庭兰听得一头雾水，蔺承佑也面露诧色。

但或许是关系到太子，武绮想了片刻，居然认真作答："假如我没习练邪术，这个问题没准儿是另一个答案，但自从接触了这种坏人心性的东西，我的性子就一天比一天偏激，只要能达成所愿，不论什么法子我都愿意尝试。倘或太子的心意无法回转……不除掉那个女孩，又怎能轮到我做太子妃？即使我一时半会儿无法下定决心，皓月散人也会怂恿我出手的。"

滕玉意攥紧手指，够了。

这一刻，心中的猜测终于被证实，她终于亲耳从凶手口里听到了前世谋害她的动机。

她心里一阵阵发冷，牙齿却咬得咯咯作响。

她想想前世自己在冰水里溺死的惨状，再看看武绮这副人不人鬼不鬼的模样，那句"天道好还"差点儿就脱口而出。

她内心满是狂风暴雨，却不料自己的失态全落在旁人眼里。她余光捕捉到蔺承佑的目光，忙稳住心神。

武绮却自顾自地发起怔来，过了好一会儿才自嘲道："事到如今，我也没什么好推诿的，但与皓月散人打交道之前，我可从来没有害过人。皓月散人为了笼络我，待我如亲女儿一般，教我防身术，处处关照我。我那时年幼，不知她包藏祸心，错把她当作良师益友，常常对她倾诉自己的苦恼，有时候爷娘明明没有不公之处，她也会告诉我爷娘就是更疼爱阿姐，加上她教的那些邪术极毁心性，久而久之我行事自然越来越极端。况且……"

她嘴角往下一垂："他们为了拿捏我，没少怂恿我做坏事。当初谋害我阿姐的主意，就是王媪出的，但是说到底，我不过是个自以为是、被他们利用的傀儡罢了。"

滕玉意眼神锐如利剑。当初在彩凤楼，彭玉桂临终前也曾说过类似的话，朝廷正是很清楚习练邪术的种种害处，才决意清扫无极门。

但武绮究竟是怎样被人引诱着走上歧途，又与她有什么相干？她只知道自己前世惨死在这帮人手中。

可惜时辰不够，还有另一个问题待求证，她松开紧握的拳头，佯装平静地继续发问："那晚在成王府，你是不是想偷我的香囊来着？"

武绮一脸莫名其妙："偷香囊？"

滕玉意和蔺承佑惊讶地互望一眼：难道不是武绮？

"我可没偷过你的香囊。"武绮淡淡地说，"我都没想好要不要对付你，又怎会打草惊蛇？你也太小瞧我了。当晚我赶到成王府，不过是想找机会见见太子罢了。"

滕玉意思忖着点点头。

"我要的答案呢？"武绮抬眸看着滕玉意。

滕玉意秀眉微挑，反问道："答案不就在我的上个问题中吗？"

武绮做恍悟状："莫非你因为担心那贼还会出手，自此每晚都在房中留下某种记号？"

滕玉意冷笑道："结果没能逮到那个小贼，倒意外逮到了你们这帮大贼，这可真叫天网恢恢。"

武绮胸膛起伏不定，猛然爬过来，接着又颓然地倒回去，垂头丧气地道："罢了，没有你滕玉意，我早晚也会在别处露出马脚。从王媪藏下那么多关于我的把柄就知道了，哪怕这一次我逃过去了，日后也逃不过他们的桎梏。"

"好了。"蔺承佑面无表情地道，"该你回答问题了。"

武绮牵牵嘴角："我记得律典有规定，只要从犯主动提供线索，就可以酌情减刑？"

蔺承佑道："那也得看你提供的是什么线索。"

武绮沉默了好一阵，慢吞吞地说："那回玉真女冠观骤现大怪，我也被吓坏了，在家待了几日，忍不住跑去观中问皓月散人到底是怎么回事。她从外头回来，似是心情大好，破天荒地喝了不少酒，还神秘兮兮地对我说，再过几个月长安必有一场大灾祸，但这灾祸究竟因何而来，她暂时也没闹明白。我问她到底是什么灾祸，她意识到自己酒后失言，死活不肯往下说了。"

大灾祸？滕玉意和蔺承佑同时皱眉。

假如皓月散人指的是耐重现世，灾祸明明近在眼前，为何要说是"几个月后"，而且她既然知道会有大灾祸，怎会不明白灾祸的由来？

说完这话，武绮面色冷淡："这条线索分量够不够重？"

蔺承佑不置可否，掉头带着滕玉意和杜庭兰就要离开大牢。

"等一等！"武绮急忙爬到铁栏杆前，"我还没说完！我刚才已经告诉我阿娘了，当晚我阿姐的残魂并未被丢到水中！"

三人刹住了脚步，蔺承佑似乎有些难以置信："残魂在何处？！"

武绮道："藏在我书院的寝床底下。王媪说青龙寺附近人多眼杂，若是霍松林逃走得不及时，很有可能被当场捉住，万一酒壶中阿姐的残魂被人及时唤醒，势必会说出当晚是谁布局害她。我这边一暴露，整盘棋都会失败，所以霍松林的酒壶里放的是李莺儿的残魂，我阿姐的残魂则被他藏到了青龙寺附近的一个桥墩下。第二日我把东西取回来，一直放在书院里，今日正是浴佛节后第七日，若是及时作法，我阿姐一定还能救得回来！"

蔺承佑面色一凛："走！"

滕玉意匆匆跟上蔺承佑的步伐，回首却看到武绮仍旧紧紧地抓着牢笼，显然因为没能得到蔺承佑的一句准话而满心都是不甘之意。

滕玉意对蔺承佑道："稍等，我跟她说两句话就走。"

她迅速回到牢笼前低声说："关入牢中整整两日也不见你说出此事，为何今日肯说了？"

武绮没料到滕玉意会返回，探究地打量滕玉意："奇怪，你好像对我的事很好奇，不过告诉你也无妨。当初我本来也没想害我阿姐，只因太想当太子妃钻了牛角尖才会被恶人利用，如今我已是一败涂地，又何必再害自己的姐姐？再说了……"

滕玉意在心里替武绮补充：她不这样做，如何能让爷娘心软，继而为她在御前求情？

这就是武绮，或许她原本没这么坏，但邪术这种东西，沾上了就没有回头路，就算原本性子只有三分邪，也会变成十分邪。

武绮想借此脱罪？

"劝你死了这条心。"滕玉意冷冷地笑道，"中丞千金又如何？别忘了前一阵伏法的皓月散人本就有弑君之心，如今整个朝堂都知道这并非简单的凶案，而是与谋逆有关。听说太子也在御前恳请圣人严办此案，人人对此事避之唯恐不及，无罪释放你就别想了，不祸及整个武家就不错了。况且你心里比谁都清楚，假如你这次不被抓，日后还不知有多少小娘子要遭你的毒手。凡此种种，加起来断你个绞刑都不为过，好好在大理寺的牢中待着吧，据说至少是十年的监禁。"

武绮刹那间变了脸色，不知是因为听说太子也要求严办，还是因为听说自己脱罪遥遥无期。

她恼恨地望着滕玉意扬长而去的背影，身子往前一倾，一把抓住牢笼说："滕玉意，你为何这般恨我？我可没害到你！"

这一回，滕玉意的脚步没有丝毫停留。

牢房里，只有武绮的喊声在回荡，任她将两手指节抓得发白，回答她的也只有她气呼呼的喘息声。

蔺承佑令人把滕玉意和杜庭兰各自送回家，自己则疾驰到青云观请师公。

滕玉意回到家中，一方面令人时刻留意武家的消息，另一方面暗自琢磨皓月散人所说的"大灾祸"指的是什么。

次日她听说武缃醒了，只是人比从前呆傻了不少。清虚子道长说，武缃这是魂魄离体太久，灵根多少有些受损，要把身边的人一一认出来，少说要两三个月的时间。

杜庭兰得知这个消息，当天就约滕玉意去武家看望武绀。

武绀房中早聚满了同窗，大伙儿都在轻声细语地陪武绀说话。

武绀像个木头桩子似的坐在床上，面对同窗们的关怀，不时露出茫然的笑容，然而目光呆滞，连一个同窗的名字都叫不上来。

大伙儿同她说话时，她不是愣愣地发呆，就是疑惑地转动脑袋找寻着什么。

邓唯礼和柳四娘柔声问武绀："在找什么？是不是想吃东西了？"

武绀张了张嘴，费力地说："阿……阿绮呢？"

同窗们互相一望，集体静默下来。

一片寂静中，邓唯礼苦涩地抿了抿嘴，强笑道："你在家中闷了好些日子了，要不要出去散散心？后日我祖父做寿，到我们家来玩好不好？"

武绀傻乎乎地笑道："哦。"

同窗们跟着笑起来，屋子里的氛围重新热络起来。

过了片刻，邓唯礼把滕玉意拉到屋外说："你今年才回长安，往年都没同我们好好玩乐过，我早跟大伙儿说好了，这回你是主宾，后日我家设宴，你早点儿到我家来。"

滕玉意睨着邓唯礼："你是不是想偷懒了，但你是不是忘了我比你还懒？喝酒嘛，我倒是在行，行酒令和安排事项你还是找别人吧。"

旁的同窗忍不住笑，邓唯礼捏住滕玉意的脸颊："你们瞧瞧，也就这位敢公然说自己懒。平日你躲懒也就算了，当晚你可得帮帮我的忙，不然我一定会找你麻烦。反正我已经跟你说好了，到时候你早点儿过来帮我招呼。"

过了两日，滕玉意在家里拾掇得漂漂亮亮的，看看天色不早了，就约了阿姐去邓府赴宴。

邓府的婢女们热情地领着姐妹俩去内院找邓唯礼，二人一问才知她们俩是第一拨到的。邓唯礼还在房里梳妆，听说她们来了高兴坏了，亲自跑到廊下来迎接。

整个邓府的氛围与邓侍中的做派一样，从上到下都是风风火火的，快言快语。

当晚邓家宾客盈门，花园里处处是霓裳倩影，滕玉意被同窗们围在中间忙着发双陆，忽然暗觉小涯剑有些发烫，再看玄音铃，却是安静无声。她满腹疑团，假借去净房离开了花厅。

出来后，滕玉意昂首环顾四周，眼看端福远远地跟在后头，稍稍放了心，径直走到花园中一座极为幽静的假山后，便要让小涯出来，不料腕子上的玄音铃突然响了起来，滕玉意心中一凛，忙要拔剑，忽然有人从树上纵了下来，低声对她说道："过来。"

"世子？"

两人猫到假山后。

滕玉意抬头瞄了瞄蔺承佑，他身穿一件宝蓝色银花团纹锦袍，目光比头顶的清辉还要明亮，整个人神采奕奕，甚至称得上美。

"把剑收回去吧。"蔺承佑凝神听了听四周的动静，低声对滕玉意说。

滕玉意依言做了，悄声道："世子，刚才这附近是不是有邪物？"

"有只地煞路过，不过已经被我收了。"蔺承佑说，"对了，你我既在此碰见了，就不用另外让人去滕府通知你了，明日我要去城外捉尺蠖，你要不要跟着去？"

"去。"滕玉意眼睛一亮，"城中没有伥鬼了？"

蔺承佑道："哪来那么多伥鬼？上回好不容易招来几十个，全被你杀光了。"

说完他一顿，心中暗道不妙，这话岂不是明明白白地说上回那堆伥鬼都是他安排的吗？

"我是说……"蔺承佑不动声色地找补，"我喜欢把邪物聚在一堆打，因为这样打起来才痛快，上回碰巧我累了，而绝圣和弃智的剑有别的用处，一时找不到人手，才会让你打了一回。"

滕玉意把脸转到一边，对着那边的蔷薇花丛"哦"了一声。

蔺承佑瞥瞥她，又像煞有介事地道："正好明日我也缺人手。"

滕玉意点点头。

蔺承佑无话可说了，只好说："明日我还有别的安排，你可以早点儿出来。"

"行。"

"那我走了，你没有别的话想问了？"

滕玉意摇了摇头。

蔺承佑没动：滕玉意怎么有点儿怪怪的？

滕玉意转头看着他："世子还有别的嘱咐吗？"

"没了。"蔺承佑挪开视线，"你可别多想，这回之所以带你去，是因为绝圣和弃智明日还有别的活儿要干。"

滕玉意再次点头。

蔺承佑狐疑不已，越看越觉得滕玉意跟平日有点儿不一样，她该不会瞧出他喜欢她了吧？她心防那么重，万一因此不肯跟他除妖就不好办了。

"你在想什么？"

"我在听世子说话不是？"

蔺承佑把心一横，干脆指指自己，那句"我这像是喜欢你的样子吗？"差点儿脱口而出，恰在此时，那边有人过来了，他忙噤了声，悄无声息地把滕玉意拉到树后。

第六章

求　亲

倘若被人撞见他们藏在此处，难免会惹来误会，因此光藏起来还不够，蔺承佑还示意滕玉意用他教她的那套内功心法屏住呼吸。

滕玉意照做。蔺承佑教她的桃花剑法据说是道家终南山的一位开山祖师所创，走的是正大恢宏的路子，端的是光华内蕴，自从练了这套剑法，她老觉得体内真气绵绵涌动，无论是练功还是屏息，都比常人简易不少。

两人无声无息地躲在树后。

来人有两个，一个在前，一个在后。前头那个是男人，练过武功，脚步又轻又稳，后头的则是一位女子。

很快两人就到了近前，前头的男人停下脚步，查探一圈并未听到明显的人声，用很低的声音说："此地还算清静，我同你说两句话就走。"

女子道："太子有话请直说，若是离席久了，回头妹妹该找我了。"

滕玉意和蔺承佑一愣，来人是太子和杜庭兰。早知道是他们，方才两人不如直接迎出去，这下好了，躲也不是，不躲也不是。

太子低声说："我让人送的信你看了吗？"

杜庭兰默了默："还没拆看。"

太子一滞："你对我总是百般回避，到底是瞧不上我这个人，还是有别的什么顾虑？"

杜庭兰声音有些发颤，不知是惶恐，抑或是害臊："殿下言重了。殿下龙章凤姿，心性仁厚，臣女对太子只有钦佩和尊重，何来瞧不上一说？"

"那你为何不收我的赠礼，不肯出门与我相见？你是不是怕我对你并非真心？你可知道，我对你有好感并非一日两日了，阿娘她也很喜欢你。"

杜庭兰惶然地说道："承蒙皇后和殿下错爱，臣女岂敢……"顿了一下，杜庭兰似乎镇定了几分，"斗胆问殿下一句，殿下才见过臣女几面，连臣女的脾性都不大清楚，为何就认定我好呢？"

太子仿佛有些明白杜庭兰的顾虑了："你是不是担心我对你只是心血来潮？"

杜庭兰没吭声，但沉默中自有一份柔软的倔强。

太子哑然片刻，低声笑道："你这样就很可爱，我很喜欢。"

杜庭兰气息越发紊乱，但仍执意道："殿下请认真……回答臣女的问题。"

太子顿了顿，语气变得异常郑重："你放心，我对你并非心血来潮。有些话本不欲宣之于口，但既然你想问个明白，我就细细告诉你。

"第一回见你是在乐道山庄，你锦心绣口固然让人萌生好感，但我知道这世上言清行浊的人多，表里如一的人少，所以那回只是知道你是杜公的女儿，并未对你多留意。结果那之后碰见你，你次次都让人刮目相看。玉真女冠观，你主动把捡到的宁心莲交还给旁人；骊山上，你第一个回去帮那个受伤的农妇；浴佛节那晚，你弟弟不慎踩了一个老妇的脚，你不但留下来赔罪，还把身上的银钱赠给那对祖孙；你妹妹出事，你哭得鼻红眼肿，你妹妹在大隐寺避难，你明知危险也要陪妹妹在寺中住下。你不只待人赤诚，对妹妹的情谊也很让人动容。我虽没有正面与你打过交道，但这些事我都看在眼里，有些人越接触越想疏远，有些人却越接触越心仪，你心肠柔软，人如其名。

"还有上次那件事，阿大还没告诉你卢兆安对你用过蛊的真相时，你就让他把这些事通通告诉我，说阿爷教你坦坦荡荡做人，劝我趁早打消念头。过后你得知卢兆安用蛊害人，因为怕他再祸害别的女子，竟不怕损坏自己的名声主动到大理寺录口供指证。我弄明白来龙去脉后，对你说不出地怜惜，而且经过这件事，我才知道你不只心地纯善，更刚毅果敢。"

杜庭兰没言语。

"还觉得我是心血来潮吗？你以为我只见了你几面，殊不知我早就知道你有多好了，不然我为何会请旨求你做太子妃？"太子声音越来越低。

杜庭兰慌乱挪步，随即那脚步声又顿住了，不知杜庭兰是被太子牵住了手，还是被太子揽入了怀中。

滕玉意听到衣料相擦的声响，一颗心险些从嗓子眼里蹦出来，她再偷瞄边上，蔺承佑的耳朵居然也红了。

蔺承佑皱着眉头闭着眼睛，心里叫苦不迭。

谁能想到这么巧撞上阿麒对杜庭兰表白？偏巧此时他又跟滕玉意在一起。

这会儿他们再出去只会让双方都尴尬，他只好硬生生挺着。

好在两人迅速分开了，杜庭兰挣扎着说："我……我得走了。"

太子似乎又拽住了杜庭兰："你明日能出府吗？"

杜庭兰没说话，但低乱的呼吸声显示她现在心里很乱。

太子好像也有点儿不好意思，笑道："那回我听人说，一个郎君若是爱慕一个女子，自会想方设法地跟她待在一起，为了能见上一面，不惜想出诸多拙劣的借口，日后我也懒得再像从前那样找借口了，我就是想多见见你。"

蔺承佑耳边如有惊雷炸响，什么叫做贼心虚，这一刻他算领教了。这话听上去怎么有点儿像在说他？他下意识地瞄了瞄滕玉意，滕玉意抬头观赏头顶的月色，一副若无其事的模样。

蔺承佑在心里把太子臭骂一通，剖白心迹就剖白心迹，扯这些做什么？什么"拙劣的借口"，他的借口可从来都是光明正大的。

一直到太子和杜庭兰离去，树后的氛围仍说不出地古怪。末了还是蔺承佑率先开腔："捉妖事大，明天记得早些出发。"他用了义正词严的口吻。

滕玉意这回没再抬头欣赏月色了，而是很认真地观赏那边一丛芬芳馥郁的玉簪花，听到蔺承佑这么说，她"哦"了一声。

怎知这时外头又有人来了。

蔺承佑和滕玉意飞快地互望一眼，只得重新躲回去。

这回来的是一群人，前头是两位夫人，后头跟着好些婢女。

蔺承佑和滕玉意同时腹诽一句：怎么没完没了的？然后，他们越发屏息凝神。

两位夫人他们都认识，一个是户部尚书柳谷应的夫人，另一个则是临安侯的儿媳林夫人。

两人仿佛有些醉意，边走边说着话。

"里头太热了，还是外头凉爽，这地方清静，在此歇一歇吧。哎，方才我在席上打听朝廷给香象书院的孩子们赐婚一事，你为何一个劲儿地冲我使眼色？"

说这话的是林夫人。

柳夫人道："我是看你提起淳安郡王，怕你碰一鼻子灰，好心帮你岔开话题罢了。"

林夫人讶然笑道："这话从何说起？世人都知道淳安郡王尚未娶妻，往日也不知多少人家想与郡王殿下结亲，可惜郡王殿下一概推拒了。说起来殿下也有二十多岁了，迟迟不定亲料着是没相中长安城中的仕女，我这娘家外甥女可不一样，出身范阳卢氏，年初才来长安，琴棋书画样样出众，模样你也瞧了，娇艳得跟芙蓉似的，眼下年岁是小些，但明年也就及笄了，若是叫郡王殿下瞧见，说不定一眼就相中了。我说让这孩子明年进香象书院念书，无非是想做回媒人。"

柳夫人笑道："你我自小交好，有些话只能说给你听。你打消这个念头吧，我听老爷说，郡王殿下多半有了意中人，前日郡王殿下还在御前打听宗室王爷都是如何办亲事的，说不定过些日子就会直接请旨了，真要是被赐了婚，哪儿还等得到明年？"

蔺承佑一震，怪他这几日忙着查案，竟不知皇叔有了意中人。

滕玉意也很吃惊。

林夫人笑问："郡王瞧上哪家的娘子了？"

"不知道。大伙儿都猜测是某位外地官员的女儿，说不定刚来长安不久，不然为何郡王殿下以前没动静？还有人说，兴许就是滕将军的女儿，因为今年来朝的这些外地官员的女儿，就数这孩子才貌最出众。上回在玉真女冠观遇见大邪物，听说就是这孩子带着同伴们逃出去的。郡王殿下神仙似的人物，寻常的女子料也瞧不上。"

滕玉意暗暗皱眉，这些话未免传得太离谱儿了。

这当口有婢女寻过来，柳夫人和林夫人便走了。

滕玉意一转头，才发现蔺承佑脸色很难看。

蔺承佑面色难看归难看，因为怕接下来还有第三拨人过来，只看了滕玉意一眼，很快松开了眉头，说了句"明日记得早些出来"，闪身朝另一边走了。

翌日，滕玉意没睡懒觉，一大早就起来了。

她梳好发髻换完道袍，坐到妆台前把程伯送来的假面具一丝不苟地贴在脸上。

贴好后，她对着镜子左顾右盼，镜子里是一张全然陌生的脸庞，除了眼睛和嘴唇是自己的，别的地方都与自己的五官相差甚远。她越看越觉得镜子里那张脸不顺眼，皱眉对春绒和碧螺说："问问程伯，这面具有点儿丑，能换张漂亮点儿的吗？"

春绒和碧螺愕然相顾：往日娘子易容只求不被人认出真容，今日怎么挑剔起面具的美丑了？

碧螺无奈地道："婢子去问问。"

不一会儿，碧螺捧着几张面具回了屋："程伯说他那儿还有几张，但都不大好看，易容面具弄得太漂亮的话，就该惹旁人注意了。娘子今日又不是出门赴宴，怎还在乎美丑？就用这个吧，至少不起眼。"

滕玉意撑着一边的脸蛋儿，不大耐烦地打量镜子里的人，仔细想想，自己好像是有点儿无理取闹，易容嘛，当然是要让人认不出才好，于是打消了这个古怪的念头："好吧。"

装扮好后，滕玉意让端福也去易容，自己则坐在窗边仔仔细细地抹拭小涯剑，擦好了剑正要用早膳，程伯过来说："成王世子来了。"

程伯语气有些迟疑，闹了半天娘子是要同成王世子出门。

滕玉意一听这话也顾不上用膳了，忙带着端福出了门。蔺承佑昨日一再强调要早些出发，她也不好意思磨蹭，因为说不定他回城后还有别的安排。

她出门就看见蔺承佑骑马候在门外。

天空还透着淡淡的青色，蔺承佑玉衣金冠，周身轮廓被晨曦镀了一层金边似的，身后不远处停着青云观的辎车，就连车夫都是现成的。

"上车吧。"蔺承佑打量滕玉意一眼。

滕玉意高兴地应了一声，让端福同青云观的车夫坐在外头，自己掀帘上了车。

他们拐过巷口，沿着出城的方向走了没多远，便到了银春巷，再往前走，就是长安很有名的一家饆饠店。

蔺承佑控缰勒马："我还没用早膳，吃点儿东西再走吧。"

滕玉意闻见巷子里飘出来的香气，才意识到自己出来得太急，也没顾得上用早膳，于是在车里说道："好。"

蔺承佑似乎对这些大街小巷中的食肆很熟，主家一看到他就热情地迎出来："世子来了！这位是……？"

蔺承佑笑道："青云观新收的师弟，叫他无为就行了。"

滕玉意装模作样地行礼："贫道稽首了。"

主家热情得不像话："小道长快里边请！"

"想吃甜的还是想吃咸的？"蔺承佑转头问滕玉意。

滕玉意想了想："甜的吧。"

蔺承佑就让主家做四份饆饠呈上来，两份送给店外的端福和车夫，两份呈到桌上，他自己那份是放了蟹黄和天花蕈的咸口饆饠，给滕玉意的则是浇了乳酪的樱桃饆饠。

两人坐在靠窗的桌边，安安静静地对坐着用膳，金灿灿的晨光探进窗口，为两人的脸庞蒙上一层柔和的色彩。

滕玉意对饆饠的滋味很满意，蔺承佑平日为了办案经常走街串巷，饿了就在街边随便买点儿吃的填肚子，论起找吃食，恐怕长安城没几个人比他强。

蔺承佑很快就吃完了，用帕子净了手面，看滕玉意仍在慢条斯理地品尝，便耐着性子等着。

等她吃完，他问："吃饱了吗？"

滕玉意净了手面，指了指窗外问："这附近还有别的吃食吗？待会儿出城就没这么多食肆了，不如再买点儿别的东西上路。"

蔺承佑笑了笑，这主意倒是不错，换他自己一个人说不定就懒得张罗了，想了想，他起身道："行，跟我来吧。"

他带着滕玉意转了一圈，很快就给她买了一大堆东西，都是附近很出名的吃食，光是饼就买了好几份，一份火焰盏口饼、一份金粟平饼，此外还有猪酢、鱼脍、各式果脯……无一不是容易携带又能饱腹的干粮。

"会不会买得太多了？"滕玉意问蔺承佑。起先她是巴不得样样都尝一遍，但买着买着连自己也觉得过分了。

蔺承佑端详那堆食盒，忖度着说："现在差不多了。你把最喜欢的那几样藏到车上，剩下的让端福拿着就成了。"

滕玉意"咦"了一声："为何要藏起来？"

"待会儿你就知道了。走，去买酒。"蔺承佑带着滕玉意走到一家名叫白家酒铺的店铺前，让主家送了一个酒囊出来，拿起酒囊拧开囊口，作势让滕玉意闻。

"闻闻。"

滕玉意嗅了嗅，满脸都是惊喜之色："博罗酒？！"

蔺承佑眼中满是笑意，就知道滕玉意会喜欢。

"如何？"

滕玉意赞不绝口："好酒，好酒。"

她对蔺承佑佩服得五体投地，这酒肆如此不起眼，谁能想到里头藏着这样的酿酒好手？这酒香气清洌如雪，丝毫不比良酝署酿出来的差。

她兴致勃勃地询问价钱，没想到不算贵。蔺承佑让主家送了十囊出来，掏钱付了酒账，回身问滕玉意："还要买别的吗？"

滕玉意心满意足："够了够了。"

蔺承佑翻身上马："那就上路吧。"

他带着滕玉意直奔城外而去，出了延平门，往前又走了一段，没多远道路尽头就出现了一座废弃的村庄。

滕玉意褰帘往外看，路边居然候着五个骑着小毛驴的老道士。

"五道？"

"世子。"见天跳下毛驴，率领师弟们迎了过来。

蔺承佑在车外对滕玉意说："下车吧。"

滕玉意下车一望，连见喜和见美都来了，自从他二人在彩凤楼被尸邪弄伤，已经许久没出来走动了，看样子伤养得不错，红光满面的。

蔺承佑应该是提前就打过招呼了，五道看到滕玉意，丝毫不诧异，走过来上下打量她一番，乐呵呵地打招呼："无为小道长。"

滕玉意笑眯眯地还礼："晚辈见过诸位上人。"

见喜暧昧地看了看滕玉意，又看看蔺承佑："前几日要找世子，世子只说没空，今日倒是挺闲的，居然抽出一整天的工夫跑到城外来打怪。"

空气一静，蔺承佑似笑非笑地看着见喜，要不是绝圣和弃智不在，而滕玉意法力不够，他也懒得带上这五个糟老头儿。这话难不倒他，他微微一笑，就要把话顶回去，见天唯恐师弟吃瘪，抢先一步回答道："前日是前日，今日是今日，世子自有他的安排，走走走，少啰唆，打完我们也好早些回城。"

滕玉意这会儿才明白蔺承佑为何要买这么多吃食，大约是嫌五道太聒噪，提前买些吃食，也好在适当的时候拿东西堵上他们的嘴。

她心念一动，果听蔺承佑说："无为，把带来的干粮分给几位道长。"

滕玉意挥手让端福把食盒拿过来，很体贴地对五道说："捉妖太费神，道长们把干粮藏在怀里就好，饿了就拿在手上吃。"

五道闹哄哄地围到端福面前，因为忙着分干粮，立时又安静不少。忙完这一阵，一行人就出发了。

前方的村庄荒烟蔓草，隐隐有阴气掠过。

"昨日有道友在此地发现邪物作祟的痕迹，没敢往里细探，煞气这样重，多半就是尺郭了。"

蔺承佑静静地打量村庄一会儿，抖出银链让其变成一柄长剑，嘱咐滕玉意："这地方不大对劲儿，待会儿记得跟紧我，无论发生何事，千万别跑开。"

滕玉意审慎地点点头，拔剑出鞘紧跟着蔺承佑，又让端福确认脖子上的囊袋是否完好。这囊袋还是上回对付耐重时蔺承佑给的，里头的符箓是清虚子道长亲自画的，法力非寻常符箓可比。

见天边走边说："对了，世子，前些日子为了找寻尺廓，城里城外全布过阵了，近日为何还要派这么多道人按时出城巡视？"

滕玉意心中一动，上回武绮交代皓月散人说长安不久后会有"大灾祸"，看来蔺承佑不但把这话放在了心上，还开始查探这所谓的"大灾祸"是什么了。

蔺承佑不紧不慢地道："你们不觉得尺廓出现得很古怪吗？这东西是由天地间的煞气所化，非乱世不会出现，可眼下是盛世。耐重和尸邪百年前被阵法所压，能被皓月散人那帮人释出不奇怪，尺廓却是无魂无魄之物，没法被人摆布，更不可能被阵眼所压，骤然出现，只能说明天地间有异象。"

见乐闻言仰头看了看天："最近天象是有点儿古怪，但要说到底哪里不对劲儿，老道一时半会儿也说不上来。对了，《妖经》上说尺廓也有预示灾祸之能，它们这一出现，未必应的是眼下之事，说不定是指将来之事。"

滕玉意在心里想：这话不大通，尺廓原本一片虚无，只能借天地煞气而生，一下子冒出那么多，说明这煞气已经存在好一阵了。

蔺承佑显然也不认可见乐的说法，但也没反驳，只是说："最近各位前辈在城外巡视时，除了尺廓，可还看到过什么不常见的邪物？比如说……只有乱世才会出现的五奇鬼之类的。"

五道纷纷摇头："没见过。"

蔺承佑若有所思。说话间众人迈入了村庄的大门，空气里那股凉意越发浓厚，明明是丽日晴天，四周却雾茫茫的，人行走在其间，稍有不慎就会迷失方向。

滕玉意为了辨认方向，努力睁圆眼睛，忽听银链泠然作响，雾中袭来一样东西拴住了她的腰，紧接着那银链又快速往后探去，顺势把端福也捆上了。

滕玉意松了口气，那边五道似乎发觉不对头了："这也不像尺廓的结界啊，这雾……怎么看着有点儿像……"

话音未落，几人后头有什么东西跑过，雾中传来女人的笑声，那笑声出奇地柔媚，阵阵勾人心魂。

五道怪声大叫："七欲天！"

蔺承佑脸色古怪，一把将滕玉意扯到自己身边，后退两步，拉着她就往外跑："这怪打不了，快走！"

滕玉意稀里糊涂地跟着跑："连打都不打就跑吗？不是，师兄，你不是说这世上没有你打不了的怪吗？"

"那也得分什么情况不是？"蔺承佑振振有词。

见天等人怪叫道："无为，听你师兄的吧，今日没带你出来也就算了，有你在可就打不了了。你想想这邪物为何叫七欲天，它最喜欢蛊惑年轻男女了。你要是不想跟你师兄同时被蛊惑……就听你师兄的吧！"

滕玉意张了张嘴，莫非这雾中的邪物不大正经？

恰在此时，端福似乎在雾中撞到了一堵墙。那东西坚固异常，竟把他撞得直直往后飞，幸而他身上拴着银链，不然估计早就消失在雾中了。

蔺承佑一抖银链，硬将端福扯了回来，忽听见喜惨叫一声，显然也被那堵墙弹回来了。

"完了完了，我们跑不掉了！"见乐嚷道。

眼看逃不掉，蔺承佑迅速将滕玉意护到身后，袖口一抖，挥出十来张符篆。符篆一触怪雾，立时化作一团团火球，去如急火，层层驱散面前的迷雾，然而迷雾散去，前方还有一堵花墙。

花墙上有许多洞口，墙后影影绰绰有人影晃动，有六七张脸庞探出来，竟都是梳着双鬟的美人。

美人们羞涩地注视着墙外的人，个个巧笑倩兮。

先前端福就是被这堵花墙弹回来的。

滕玉意从蔺承佑背后探身往外看，冷不丁看见这些笑吟吟的美人，顿觉后背发凉："那是什么妖怪？"

"不是好妖，千万别与她们对视。"

蔺承佑挥出的十几团火球重重地击到墙上，花枝转眼就着了火。美人们含嗔带怨地望着蔺承佑，一闪神的工夫就不见了。

这时五道的剑也赶到了，剑尖齐刷刷地刺到花墙上，只听"欻"的一声，这回连花墙都在眼前消失了。

五道慌神乱叫："真是七欲天，这也太古怪了，这种邪物许久未出现过了。"

滕玉意只当破了阵，蔺承佑却拽着她朝另一边跑去："无论听到什么，千万别回头。"

滕玉意埋头猛跑："好。"

不一会儿，她果然听到身后传来"嘤嘤"的哭泣声，是女子的声音，哭声娇媚入骨。

"我的脚崴伤了，好疼啊。"女子远远地啜泣道，"哪位郎君拉我一把？"

滕玉意跑得更快了，但不得不承认那声音怪好听的，别说男人，她一个女子听了都浑身发酥。未几，她隐约听到有男人的脚步声渐渐远去，只听那女子惊喜地道："端福大哥，你真好！"

滕玉意汗毛直竖，摸索着拽动银链，身后竟是一片空虚，她心中大惊，不敢回头，只大声喊道："端福，快回来！"

蔺承佑却道："他还在，别上那妖怪的当。"

她果听身后端福应声："娘子，端福在此。"

滕玉意擦了一把冷汗，好厉害的幻术，她这边一慌，立刻被那妖怪乘虚而入。

此时，她听旁边的见天大声喝道："见喜！滚回来！"

见喜却说："三师兄，你疯了吗？干什么跑回去？"

蔺承佑和滕玉意心道不妙。

蔺承佑为了及时提醒五道，随手捏了几个符团就要扔出去，然而迟了一步，眼前一晃，迷雾突然如水波一般荡出了层层涟漪，紧接着，面前出现了一座极为瑰丽的花园。

五道只剩下四道了。

四人蓦然发现少了一人，不由得跺了跺脚。

见天带着师弟们跑到蔺承佑面前，恨声说："见喜不见了。上回对付尸邪时他受了重伤，虽然休养了近两个月，但元气还未恢复。这几日为了捉尺郭，他担心人手不够，好心跟着出来帮忙，可谁能想到遇到七欲天这种大邪物。这下怎么办？七欲天喜食男子精元，见喜落入她们手中，还不得被吸成人干啊？"

蔺承佑似在思索对策，俯身在地上捡了一根树枝，施咒让其变成一柄剑，查看四周一眼："本想着摸清这邪物的底细，明日再回来收妖，既如此，那就见机行事吧，无论如何先把见喜道长救出来。"

他又对见天说："七欲天法力奇高，而且千变万化，哪怕是修为顶尖的僧道，也免不了被其蛊惑，你们先想个彼此牵制的法子，也省得再有人被掳走。"

见天扯下腰间的束带，在上头遍洒驱邪用的青莲水，然后将其与师弟们的腰带绑在一起，再将其缠在腕间："这下不必担心失散了。"

这花园玲珑别致，处处柳绿桃红，婢女们身着石榴裙，提着花篮迤逦穿过花园，看到蔺承佑顿时媚眼如丝，互相推搡着，羞答答地往那边去了。

不远处，女子们的欢笑声此起彼伏。

他们循着女子的笑声往前走，很快绕过一座莲池，没走几步，花池后出现了几架用花藤缠绕的阔大秋千，见喜赫然坐在其中一架秋千上，两臂各搂着一个丰腴俏丽的女子。美人们身着轻薄的绡纱，绡纱下隐约可见惑人的春光。她们将手中的杯盏送到见喜的嘴边，语气轻柔缠绵。见喜醺醺然地喝着酒，俨然忘了自己身在何处。

"见喜！"见天等人挥剑刺出，几架秋千却应声高高荡起来，四人的剑不但刺了个空，还差点儿被迎面吹来的邪气冲得摔倒在地。

美人们的裙带在半空中迎风招展，媚笑声阵阵传来："今天是什么日子？来了好些贵客。"

"前头这个小郎君真是好模样，难怪我们夫人一早就瞧上你了。"

最边上的美人身着绿裙，十五六岁的模样，生就一张瓜子脸，一边打量蔺承佑等人，一边不服气地说："小郎君，你身后那女子相貌平平，你为何拽着她不撒手？"

相貌平平？滕玉意张了张嘴，她，相貌平平？

见天等人狼狈地爬起来，滕娘子今日戴着易容面具，看着是挺不起眼的。

蔺承佑嗤笑："你们这几个妖怪长得丑也就算了，眼神还不大好使，与你们说话实在无趣，快把你们夫人叫出来。"

美人们兜头被蔺承佑骂"丑"，非但不恼，反而轻笑道："怪不得夫人常说动了情的年轻男女最好玩，瞧瞧这小郎君，不过说一句他的小娘子不好看，他就恁般不乐意……"

话音未落，蔺承佑手中寒光一闪，长剑凌空朝其中一位美人的额间袭去，美人就如对付五道的剑尖一般，巾帔互相缠绕，化作一堵绢墙挡开剑锋。

哪知这回的剑势比前面的刁钻多了，剑身看似被挥开，结果转头就化作一条火龙，龙口怒张，直朝美人咬去。美人见势不妙，挟持着见喜从秋千上跳下来，火龙竟是紧追不舍，才一恍神的工夫，就把美人的头发给点燃了。

早前那个说滕玉意"相貌平平"的女子，更是整个身体都被火龙吞没，在惨叫声中化作一团绿雾消失在半空中，剩下几个也被烧得皮开肉绽。

熊熊火光里，蔺承佑和见天纵向高处，一左一右地探臂抓向见喜，恰在此时，美人挟着见喜跃入花丛中。眼看见喜就要救不回来，蔺承佑扬手挥出几枚透骨钉，透骨钉穿入美人后背，美人闷哼着倒地，说时迟那时快，蔺承佑凌空跃下，硬将见喜拖了回来。

紧接着，花丛里探出无数双洁白丰润的手臂，速度如疾电，抓向众人。滕玉意猝不及防，脚踝被一双手给死死抓住，那双手如寒冰般发凉，让人浑身发颤。她转动剑尖，用力刺出去，那双手猛烈抖瑟，很快化作一堆焦炭。

端福的脚下也有一双怪手，换作普通人早被那股凉意给冻住了，端福却发力去扯，滕玉意情急之下刺出一剑，好不容易才帮端福脱身。

没等他们松一口气，滕玉意背后忽地冒出一双手搭上她的肩膀。滕玉意忙要回刺，手腕却似被一股看不见的力量挡在了半空中，这让她的剑尖无法前进半分。

那边蔺承佑刚把见喜扔到见天怀中，见状面色一变，一抖银链，就要把滕玉意拖回自己身边，哪知锁魂矛像是喝了一大碗迷魂汤似的，竟软绵绵地垂到了地上。就是这一失手的工夫，滕玉意被拽入了花丛中。

"蔺承佑！"滕玉意惊叫一声。

蔺承佑纵身飞扑过来，试图抓住滕玉意伸出来的双手，竟抓了个空。

他心脏猛跳，飞快地扒开花丛，底下哪儿还有滕玉意的身影？面前是一层厚实的土壤。他当即拍出一张符，土面裂开，下面出现一个阴气冲天的洞口。

见天等人提剑跑过来。

蔺承佑两臂撑着洞口，二话不说就跳了下去。

"世子！"

端福早已是心胆俱裂，毫不犹豫地跟上。

见天等人愣了愣，忙也依次跳入。

滕玉意早在被拖入洞口时就丧失了意识，昏昏沉沉也不知睡了多久，忽听耳边有人说话，脑中一个激灵，登时清醒过来。

说话的是个年轻女子，俨然在哭诉方才的事："夫人，那个小郎君下手好重，您看婢子，身上被烧破了好多处，还有芙蓉，后背受了重伤，这都是被那个小郎君打的，您一定要为婢子们出这口恶气。"

旁边的人宽慰道："别急，这世上就没有哪个男子能敌得过丽国夫人的七欲天，这几个都是修道之人，他们的精元极能助长法力，比起这个，皮肉之伤算什么？还有那个小郎君，那可是纯阳之躯，夫人都舍不得杀他，预备同他入洞房呢。"

滕玉意闭着眼睛装昏，心里却啐道：不害臊。

"你们与其哭哭啼啼，不如赶快帮夫人准备成礼的事宜，记得往浴汤里多撒些花瓣，等夫人受用了，说不定过几日也帮你们到城中找几个能滋补的小郎君。"

女子们破涕为笑。

"那个女孩怎么办？她要是不懂道术还好说，大不了一起蛊惑，可她偏偏带了一把好吓人的剑。夫人，为免她坏夫人的事，要不要先把她杀了？"

滕玉意忽听有人说："她好像醒了。"

她们说话间，便有脚步声朝滕玉意靠近。滕玉意只管装昏，然而很快就感觉一只手探到她的脸上，一把撕下她脸上的面具。

"呀！"那妖怪似乎很惊讶，"夫人你瞧瞧。"

滕玉意装不下去了，只得睁开眼睛。立在滕玉意面前的正是先前某个荡秋千的绿裙美人，她重新梳过头发了，但能看得出脸上被灼伤了好几处，即便施了脂粉也掩不住。

这地方是个阔大的洞穴，洞穴被布置得富丽堂皇，不远处悬着珠帘，珠帘晶莹闪耀，帘后的长榻上歪卧着一个美人。

那美人身躯曼妙，一臂支在脸颊下，另一臂却轻摇着一把轻罗小扇，上面的襦衣近乎透明，裙子却束得很高，绡纱下的曲线勾魂摄魄，只一眼就让人心醉神迷。

滕玉意瞄了她几眼，竟有口干舌燥之感。

"夫人。"滕玉意身旁的绿裙女子返回珠帘前，"我想要这个小娘子的脸。我的皮肤被那个小郎君灼伤了，小郎君如此看重这个女孩，何不将这个女孩的脸给我？"

珠帘前的女子们笑道："茵娘，你素来自负美貌，头一回见你羡慕旁人的相貌，我们倒要瞧瞧这个女孩是什么模样。"

可不等那些人过来，珠帘后的美人就有了动静，两边的女子们挑开珠帘，美人懒洋洋地坐了起来。

滕玉意眼睛微微睁大。

那美人梳着堕马髻，一举一动满是万种风情，单看脸庞仿佛只有十六七岁，但气度雍容妩媚，又让人觉得是上了年纪的少女。美人两眼弯弯如月，红唇边上有个小小的朱砂痣，额间点着梅花胭脂，端的是媚骨天成。

丽国夫人含笑打量滕玉意，忽然红唇微张："你叫什么名字？"

那声音像沁了蜜一般轻柔，轻轻飘过来，像有人在耳边呵痒，滕玉意歪了歪头，没吭声。

那几位美人说："若是个男子就好了，保管问什么答什么。"

丽国夫人仿佛也觉得无趣，笑着一挥手："不听话的孩子最好对付了，把她送去嫁人。"

滕玉意一惊，啐道："我才不嫁人！你这妖怪到底要搞什么鬼？你与其对付我，不如早做准备，待会儿清虚子道长的徒孙闯进来，一定把你们杀个片甲不留！"

丽人们哪儿由得滕玉意挣扎，七手八脚地就把她拽起来，有人不小心碰到了滕玉意死攥在手中的小涯剑，立时化作一团绿雾："夫人，她这剑好生了得！"

话音未落，对面袭来一根长长的披帛。披帛宛若银蛇，顷刻间将小涯剑缠了个密密实实。妖怪法力高强，居然一下子把剑光全挡住了。

丽人们推着滕玉意朝另一边走，滕玉意一人敌不过这么多妖怪，跌跌撞撞地被推到了里头，本以为里面是另一个洞穴，哪知竟是一座极为奇丽的大宅。

滕玉意一愣神：这地方怎么如此眼熟？她仔细分辨一会儿，才意识到这是成王府，自己身着嫁衣，周围满是含笑的宾客，面前是一个婚帐。喜婆们口中说着吉祥话，簇拥着把她送入帐中。

滕玉意抵死不从，奈何妖力滔天，她反抗不得，余光只见新郎立在一旁，却连新郎的模样都没瞧清，枉她拼命挣扎，到底被押着拜了天地。

她再一恍神，周围的人影全不见了，滕玉意疑惑地转动脑袋，发现自己站在一间明净雅洁的厢房里。

房间内轩窗大敞，外头正是花园，花园里玉栏朱楯，窗前栽满了怒放的红梅，雪花纷纷扬扬地落下，花枝上很快覆满了白雪。

滕玉意满眼困惑：这地方……怎么还是那么眼熟？

望着窗外那浓姿半开的红梅，她脑中闪过一个念头：听说成王妃极喜欢红梅，成王为了讨爱妻欢心，早在成婚之初就令人在府中栽满了红梅，莫非……这还是成王府？

滕玉意疑惑地迈步，正好路过镜台，余光瞥见镜中的身影，下意识地歪头往里瞧，发现自己不再穿嫁衣，而是穿着一件雍容雅致的杏黄色冬裙，镜子里的她依旧玉面桃腮，只是头上的双鬟合为一髻。

她瞠目结舌：这是已婚妇人的发式，她真嫁人了？身后站着二婢，她恍惚觉得是碧螺和春绒。

"夫人，今日是王爷生辰，府里一定热闹非凡。你和世子既然昨晚就过来了，不如早些到前头帮着款待吧。"

滕玉意心里越发惊愕，嘴里却情不自禁地接话："世子呢？"

“世子说昨夜夫人睡得晚，让我们别吵你，自己到前院招呼客人去了。”

镜子里的她也不知想起了什么高兴事，眼里满是甜蜜的笑意。她看看屋里，窗前的榧几上摆满了她爱吃的茶点，床旁的紫檀木衣架上赫然悬挂着男子的衣带。

“我去找他。”镜子里的人高兴地说道。

滕玉意其实并不知这个“他”是谁，脚下却情不自禁地往外走。

她下了台阶，穿过游廊，亭台楼阁矗立在一片冰雪中，俨然琉璃世界。她不知走了多久，前方传来箫声，箫声清婉动听，宛然在对谁倾诉着自己的一腔闺怨。

滕玉意暗觉那箫声很熟悉，当即放缓脚步，循着箫声找过去，却看见一株梅树下的石桌旁坐着一男一女。那女子穿着白狐裘衣，端的是容色艳异，口里在奏箫，一双含情的盈盈美目却始终凝视着面前的少年。

少年郎生得丰标俊雅，一边转动着手里的茶盏，一边在出神，明明感觉到那女子的注视，却丝毫没有回避的意思。

滕玉意一眼就认出那少年是蔺承佑，不知为何，顿觉怒意滔天，一个字都未说，转身就朝外走。

后头有人追来，手腕好似被人拽住，她愤怒地推开那人，挣扎间只觉天旋地转，一不小心跌落到一处柔软的所在。

滕玉意睁开眼睛，蓦然发现自己躺在床榻上，试图坐起，身上却连半点儿力气都没有，勉强抬起手，胳膊却细白得仿佛一掐就断。

床边聚满了人，个个都在哭泣。

滕玉意张了张嘴，却是一个音都发不出来，意识到自己生病了，用目光找寻某个人，却连那个人的人影都不见。她心里莫名其妙地难过，耳旁仿佛有人在跟她说：“瞧瞧，这就是嫁人的下场，付出一腔真心，夫君说变心就变心。想想你阿娘的遭遇，觉不觉得你们母女俩同病相怜？”

滕玉意陡然睁大眼睛，忽听有人说：“世子要带夫人去治病，快让开。”

床边的人群分开，有个人过来了，他倾身摸了摸她的额头，背起她二话不说就往外走。

滕玉意奋力挣扎，末了只能无力地趴伏在他身上。少年身上有一股很陌生的香气，香气清丽秀谧，明显是女子的熏香，然而不是她惯用的玫瑰香，而且不是外裳上沾染的，是从里衣里飘出来的。

她耳边那蛇吐芯子般的声音“咝咝”响起：“你看，你生着重病，你的夫君却忙着跟别的女人幽会，里衣能沾上那么浓烈的香气，他们一定缠绵了许久。”

滕玉意心如刀绞，猛然刺出手中的小涯剑，却听耳边声响嘈杂，有人喊道："滕玉意，是我！"

滕玉意剑尖直抵那人的肩背，丝毫没有收剑的意思。

那人咬牙道："你看看我是谁？"

另有声音嚷道："世子，这七欲天怕滕娘子坏事，倾尽法力迷住了她，她已经被迷惑了，一时半会儿怕是叫不醒了。"

滕玉意听到"七欲天"三个字，心中仿佛闪过一道雷电，甩了甩头，发现自己悬在一处断崖边，底下是滔滔黑浪，头顶风声呼啸。

悬崖上方有人拼尽全力地拽着她，她却正试图用小涯剑刺他的胳膊。

那人是蔺承佑。

她身边还有几个人，正是见天等人，他们也被打落悬崖，身子悬在半空中，黑浪中有无数只手探出来，不断拉扯见天等人的双足。他们之所以还没掉下去，全是因为蔺承佑用银链在上面拉拽，但蔺承佑显然快要支撑不住了。

见天嚷道："世子快放手吧，七欲天非同小可，别害得你也掉进这个陷阱。你只管闯出幻境，回城再找帮手来救我们。我们有法力在身还能支撑一阵，就是滕娘子和端福麻烦些，不过这也是命，别连累你也命丧此地。"

蔺承佑却死活不撒手："滕玉意，你睁开眼睛看看我是谁！"

滕玉意陡然收回剑："世子。"

蔺承佑眼中闪过狂喜之色，见天等人不顾自己狼狈的境地，大肆欢呼起来："好你个滕娘子，居然敌得过七欲天的蛊惑！快，我等都被'情丝'缠住了，但它奈何不了你的小涯剑，快用剑帮我们解围！"

滕玉意拿剑乱舞一阵，很快把上头蛛丝一般的丝线划开，随后仰头看向蔺承佑，喊道："如何解围？"

蔺承佑道："瞧见你面前的峭壁了吗？那是七欲天的肉身，用剑刺她，刺得越深越好。"

话音未落，面前的峭壁突然抖动起来，滕玉意瞅准机会往前一刺，只听声声惨叫响起。峭壁开始簌簌往下掉土，底下黑水里的怪手也不见了，接下来她就觉身子一轻，蔺承佑一把将她拽了上去。

断崖上头就是方才的洞穴，里头一片狼藉，早前那些美人妖怪全不见了，滕玉意喘息着环顾四周，发现地上散落着不少诡异的绿色花泥，料着是那些妖精的原身，看样子都没能从蔺承佑手下逃出来。

这时蔺承佑身后又探出一个人，却是端福。旁的男子都被幻境困住，只有他身有残缺未被蛊惑，只不过身无道术，刚才又被妖力拖住了，眼下七欲天的肉身被刺中，自顾不暇，他的手脚方能重新动弹。

在端福的协助下，五道也很快被拽回了洞穴中。

"世子，刚才到底是怎么回事？"滕玉意心有余悸地擦了把汗。这段时日她同蔺承佑收了不少邪物，第一次看到蔺承佑这般狼狈，不，就连她自己也险些着了妖怪的道儿。

见乐在前头说："别说了，我等都被蛊惑了，连世子也不例外。好险好险，大伙儿差点儿就葬身此地了。"

滕玉意定睛一望，才发现蔺承佑的面色比平日要红。听到这话，蔺承佑若无其事地说："现在哪儿有空说这些，赶快逃出去才是正经事。"

他们才走两步，发现洞穴也在抖动，蔺承佑干脆一把将滕玉意背到身上，提气往外飞。

就在他们即将钻出洞穴时，白浪滚滚，迎面灌来，顷刻间将整座洞穴灌满。

蔺承佑身上的符箓都被浸在水中，他们一下子变得极为被动，好在蔺承佑水性极好，游龙般带着滕玉意游到洞口，托着她往上一推，又依次把五道推出去，自己正要往外钻，不料水中生出无数花蔓，层层环绕，将他的腰身缠住。

蔺承佑旋即拔下腰间匕首，二话不说斩断腰间藤蔓，然而丽国夫人似乎下定决心要把他留下，水中竟源源不断地钻出藤蔓。

见天等人在洞外等了一会儿，迟迟没看到蔺承佑钻出洞穴，不由得急得团团转。

"这可如何是好？我们几个不懂水性，下去也是添乱，再说法器在水下一多半都会失灵，更别提符箓和朱砂了。"

端福作势要下去，见天一把将他拦住："别动，你没有法力在身，下去就是一死。"

二人争执间，滕玉意拨开几人，二话不说跳入水中。

端福忙要拽住自家主人，却因为前头隔着见天等人，一下子没能拽住滕玉意。见天望着水面愕然片刻，恍然大悟道："现在只有滕娘子能帮上忙，别忘了小涯剑不惧水火，那妖怪见着剑光就会自发避让，就不知滕娘子水性如何。"

滕玉意落水后还没来得及划水，身子先一哆嗦，想起前世活活被闷死在水里的经历，心止不住地发颤，但她也知道，蔺承佑法力再高，也没法在水下挺太久，她再不下水救人，他必然难逃一劫。

不出所料，洞穴里的水很怕她的小涯剑，她这边一落水，水便纷纷往两边涌去。

滕玉意一边试着克服内心的恐惧感，一边慢慢地在水中睁开眼睛，刚要找寻蔺承佑的身影，有人游过来握住了她的手腕。蔺承佑已将腰上的藤蔓斩得差不多了，拽过滕玉意就要游上去，正当这时，腰上又卷上来一条极粗的绿藤。

蔺承佑手腕一转，匕首刺向绿藤，但无论他怎么刺，绿藤都纹丝不动，直到滕玉意的小涯剑刺过来，绿藤才刺溜一下逃走了。

蔺承佑乘机拉着滕玉意往上游，两人钻出水面喘了好几口气。蔺承佑回身看了看绿藤消失的方向，抹了一把脸上的水说："我知道这大妖的妖身藏在何处了，它之前被我打成了重伤，若是现在放它走了，定然后患无穷。它料定我们在水下处处受制，绝不会像平日那么防范，只差最后一剑了，不想打完再走吗？"

滕玉意心中一喜。她今日出城就是为了杀妖攒功德，结果闹到最后，却没能亲手斩杀一个妖怪，就此回去自然不甘心，然而实在怕水，瞄了瞄蔺承佑，面上有些踌躇。

蔺承佑自信地说："别怕，有我在，绝不会让你溺水。再说这洞穴中的水全是妖怪召来的，只要将此妖的本体刺死，这些水自然就会消弭于无形了。"

滕玉意一听这话觉得有道理，兴奋地点头："那我们快回去吧。"

蔺承佑拉着她重新潜入水中。

滕玉意心房止不住地发抖，还好她知道蔺承佑水性极佳，有他在身边，好歹不像之前那般恐惧。

蔺承佑沿着绿藤遁走的方向一路往前游，很快游到了洞底，面前出现了一株树干比水桶还粗的大树。蔺承佑绕着树干游了一圈，一把从树上拽下儿臂粗的绿色蟒蛇，他出手如电，蟒蛇竟来不及逃遁，随后他不顾蟒蛇猛力挣扎，示意滕玉意用小涯剑刺它的七寸。

滕玉意登时喜出望外，依言刺出一剑，蟒蛇流出污血，开始疯狂扭动，洞穴被妖力撼动，更是地动山摇。滕玉意第一回近身斩杀这样的大怪，心中自是振奋不已。她亲手斩杀这等大妖，带来的功德无疑抵得上百只伥鬼。

蔺承佑看着滕玉意眼中的喜色，心知她终于如愿以偿，心里也跟着高兴，在一旁耐心等待洞中的水自发退去。结果他失算了，尽管蟒蛇的法力在迅速减弱，洞中的水却丝毫没有消退之意，等着等着，蔺承佑暗暗皱眉，难道他判断错了？这水是从洞穴上头倾泻下来的？

滕玉意也发现不对劲儿了，手中忙着斩断蟒蛇的七寸，眼睛却时不时地瞟瞟蔺承佑，眼神里的意思很明白：你不是说水会退吗？为何还淹着咱们？

这意味着他们还得游回去。

蔺承佑瞅准时机帮滕玉意把剑拔出来，二话不说带着她往回游。先前钻出水面时他喘了几口气，这对他来说足够了，但滕玉意未必能坚持住，才游了一会儿，她果然憋不住了，捂着胸口拼命摇头。

蔺承佑耳边"隆隆"作响，所谓"富贵险中求"，大功德也是如此，他本意是想让滕玉意攒一桩大功德，绝不想让她因此受伤。

滕玉意只觉胸肺似要炸开，脑中更宛如有一记重锤在敲打，起先还勉强控制住自己，末了双手开始无意识地乱划，眼看离洞穴出口还有一小段距离，越发挺不住了，一把拽住蔺承佑的衣袖，口里吐出几个泡泡：蔺承佑，我……要被你坑死了。

蔺承佑在水中一顿，回身将滕玉意揽到自己怀里，不顾猛跳的心脏，用嘴堵住了她的嘴。

滕玉意眉头微皱，迷迷糊糊地睁开了眼睛。

眼前是乌沉沉的车顶，耳边传来"辚辚"的车轮声，她起初有些愣怔，呆了片刻才意识到自己躺在一辆犊车上，脑中一个激灵，赶忙从榻上坐起，转动脑袋观察四周，发现这是青云观的犊车。

她再看自己身上，居然盖着一件大氅，身上的道袍有些潮湿，俨然在水中泡过，低头看脚边，榻前不远处搁着一个火盆。火盆里燃着炭，丝丝地往外冒热气，她醒来后一直没觉得冷，想是有火烤着的缘故。

咦，她不是泡在妖洞里吗？何时回到了车上？

窗帷被风吹动，送入见天等人说话的声音。

"世子，前头老道还觉得你杞人忧天，经过今日这一遭，老道也觉得大有问题了。"

滕玉意一听"世子"二字，疑惑地皱起眉头，歪着脑袋努力思索，隐约记起一些零碎的片段。先前在水下的时候，她以为自己快闭过气去了，丧失意识的一瞬间，有人……

滕玉意脑中白光一闪，随后，一股热气猛然蹿到脸上。

幻觉，那一定是幻觉。

她下意识地捧住头，嘴里"叽里咕噜"地念叨个不停，也不知念叨了多少遍"幻觉幻觉"，心里总算不再乱了。但她只要闭上眼睛，水下那一幕就清晰地浮现在眼前。

他不但堵上了她的嘴，还不小心磕到了她的牙齿，哪怕在水里，她也听到了一声很细微的响动。

还有，他把她搂入怀中时胸膛中好似藏着一万匹狂奔的野马，即使隔着衣物，她也能清晰地听到他"怦怦"的心跳声。

他的唇贴上她的唇时，他的黑瞳分明迷离了一瞬，但紧接着就有一股轻柔绵长的真气顺着她的唇渡入她体内，随之而来的还有他唇齿间的气息，清冽得像薄荷似的。

假如那一切只是幻觉，为何她能记得这么清楚？

她不但听到了、看到了、闻到了，甚至还感觉到了他唇上的温度，越想越觉得脑子"轰隆"作响——莫非那是真的？

不可能，她绝对记错了。当时她因为憋气太久意识都混乱了，出现什么错觉都不奇怪。

说不定那是妖怪设的幻境，先前妖怪不就用这个法子对付过她吗？

她这样想着，心里总算镇定了几分，脸上却仍烫得厉害。

她双手继续捧着头，眼睛却睨向脚边的炭盆，一定是这炭的缘故，天气都这般热了，再在车中烧炭她岂能不热？

她下榻走到盆边，毫不犹豫地拿起盆盖把热气盖住了，却听外头的人又说："世子？世子？"

见乐说道："打从刚才起世子就一直发怔，也不知道在想些什么。世子，别光顾着发呆，老道们在跟你说话。"

滕玉意一滞，欲回榻上蒙头假寐，怎知迈步迈得太急，一不留神碰到了炭盆。

车外的端福立马有了动静："公子，你醒了？"

蔺承佑脸上的红色"唰"的一下蔓延到了脖子根。

滕玉意脚指头不小心碰到了炭盆，正痛得龇牙咧嘴，但不知为什么，并不想被人知道这回事，于是清清嗓子，佯装无事地说："哦，醒了。"她一边说，一边一瘸一拐地回到了榻上。

蔺承佑听着车里的动静，心里宛如有盆火在烤着，她昏睡刚醒，也不知道还记不记得之前的事。

假如她还记得，待会儿他该怎么同她打招呼？"你醒了？我不是故意要轻薄你，我亲你是为了救你"？

　　以滕玉意的性子，她听闻此话，不马上跳下车给他一剑就怪了。

　　他勒住缰绳，转头打量周围，就这样用目光茫然地找寻了半天，也不知自己在找什么。五道发现蔺承佑不对劲儿，奇怪地道："世子，你找什么？"

　　蔺承佑望见端福身边那堆吃食，定了定神，挥出银链卷回一个酒囊，掰开囊盖喝了一口。

　　"渴了，先喝口酒再说。"

　　见美狐疑地道："世子，你的脸也太红了，莫不是在水里中了妖毒？"

　　蔺承佑猛地被呛了一口酒，随即浑若无事地道："天气太闷了，打了这么多妖怪能不热吗？"

　　见天想起蔺承佑抱着滕玉意从水里钻出时的情形，暧昧地冲几个师弟使了个眼色："你们也真是的，一个劲儿地瞎问什么？说起喝酒，老道也渴得慌。端福兄弟，给我们几个也各扔一囊酒来。"

　　端福将脚边的那堆博罗酒一一扔给五道。

　　见乐想起方才的事，仍心有畏惧，喝了几口酒压惊，咂巴着嘴问："师兄，这回的七欲天到底是怎么回事？本体不过是只蟒蛇精，法力竟恁般了得，还有先前那帮花妖的本体，一个个都还是嫩枝，就算化作人形也是法力低微，没想到也能与我们对打。"

　　见天道："历来七欲天并非特指某种妖，而是指一类妖，通常是指蛇妖、花妖、狐妖等妖怪，她们化作人形后个个国色天香，以此为饵，诱惑男子堕入幻境，再趁其意乱情迷之际，想法子夺其精元。以这回的蟒蛇精为例，她原本法力平平，纵算再修炼上百年也难成气候，但她运气好，赶上了天有异象，天地间这股煞气暗自涌动，最能助这等妖怪成魔，她只需每晚对着月光将体内妖丹释出，然后利用煞气帮助自己修炼，短短数月妖丹就会大放异彩，从而炼就带有极高妖力的七欲天。那些花妖本就为蟒蛇精所驭，修炼时免不了沾染上这煞气，法力自然比一般的小妖要高上许多。"他又道："世子，先前尺鹏出现还可以说是凑巧，今日的七欲天几乎可以证实天地间有煞，这样大的煞气绝对不寻常，或是某地有大冤情，或是即将有战乱，我们不能再等闲视之，要不要立刻令人找寻煞气的由来？"

　　蔺承佑道："头些天就在查探了，但一时半会儿还没弄明白是怎么回事。今日有些晚了，不如各自回观吧，等我把这些日子发生的异事同我师公商议商议，回头再安排下一步的行动。"

"也好。"

滕玉意头上蒙着大氅，耳朵却一直竖着，突然感觉车身顿住了，接着就听端福在外头说："公子，到家了。"

这么快？看样子自己之前昏睡了很久。

滕玉意掀开头上的大氅，理理道袍要下车，手刚碰到车帘，又被烫着了似的往回一缩。

平生头一遭，她萌生出一种想遁地而走的想法。

她一下车，势必会看到蔺承佑，可她现在一点儿也不想面对他。

唉，假如她也可以像妖怪那样，"嗖"的一下直接飞回府里就好了，要不她就……装作什么事都没发生吧。

那妖怪千变万化，这事说不定真没发生过。

她眉头一松，掀帘下了车。

他们出发时还是清晨，眼下已入夜了，夜风一吹，她脸上那种滚烫的感觉减轻不少。

滕玉意阔步走下车，先拿余光瞟了瞟周围，瞥到蔺承佑的那匹白马，并不与蔺承佑对视，只潦草地冲五道说："五位上人不进府坐坐吗？"

五道很识趣："不了，不了，改日再来叨扰吧。"

滕玉意又走到蔺承佑马前，开口的时候，尽量让自己的表情与平日看上去没有两样："今日有劳世子了。"

蔺承佑在滕府下人们和五道的炯炯注视下，并未打量滕玉意，只泰然自若地道："别着凉了，早些回府歇着。"

滕玉意也没抬眼看蔺承佑，只微微拱了拱手，未在门口停留，拔腿就往府中走去。

蔺承佑注视着一旁的石狮子，等滕玉意进了府，一抖缰绳，策马离开了。

回到成王府，蔺承佑还在台阶上就吩咐道："备水，我要沐浴。"

常统领和宽奴疑惑地互望：世子平日要等到临睡前才沐浴，目下才戌时中，会不会太早了些？

他们再看世子的衣裳，顿时明白了，看样子世子这趟出城碰到会召水的妖邪了，衣裳看着不似平日那么平整，皱巴巴的像被水泡过。

"去备些热汤帮世子驱驱寒。"

蔺承佑却在前头道："不必，凉水就行。"

蔺承佑一口气洗了三个凉水澡，才感觉身上舒爽了些，从净房里出来，也懒得再用些夜宵，直接倒在床上。

宽奴在外头纳闷儿地问："世子这么早就睡了？"

"累了，别吵我。"蔺承佑闭着眼睛皱眉说道。

宽奴挥退下人们，蹑手蹑脚地离开了。

蔺承佑闭着眼睛假寐，耳边是清静了，心头却闹哄哄的。只要他一闭上眼睛，脑子里就会浮现之前发生的一切，滕玉意的唇瓣就如鲜花一样鲜嫩，让人忍不住……

躺不下去了，他索性翻身下了床，赤脚走到桌前，给自己倒了一大盏水喝了。

但或许是之前在幻境中被蛊惑过一阵，再凉的水也驱不散心头的燥热，他稍一静下来，就仿佛能听到滕玉意在他耳边软声唤他"佑郎"，她穿着嫁衣躺在他身下，整个人娇媚得像一朵盛开的牡丹，他意乱情迷地低头吻住她的红唇，她伸出两只嫩白的胳膊搂住他的脖颈。

想到此处，蔺承佑一头栽回床上：这该死的七欲天。

为了分散注意力，他甩甩头让自己冷静下来，一翻身，开始琢磨先前的那一幕。

滕玉意应该是想起水中的事了，所以态度才会那么不自然。

接下来他要怎么办？他装作什么都没发生？但他都亲过她了……

要不他明日直接上门求亲吧。可是，滕玉意现在又没喜欢上他，万一她恼了，他要怎么办？

等等，刚才在滕府门口告别时，滕玉意脸色虽然古里古怪的，但好像没有表现出憎恶和怒意，难不成……

假如滕玉意反感他，得知自己被他亲了，这会儿该恨不得杀了他吧？

还有，他被困在水底时，她可是毫不犹豫地下水救他。

会不会……她对他有点儿好感了？

他正自胡思乱想，忽听外头宽奴道："世子。"

"滚滚滚，我睡了。"

宽奴急声说："世子别睡了，宫里有急事找世子。今晚圣人在含元殿宴飨众大臣，席上说到官员子弟与香象书院的学生们联姻一事，淮西道节度使彭思顺仗着酒意在御前求旨，说世子无妻，而他孙女彭大娘才貌双全，趁着今晚热闹，求圣人为自己的孙女彭大娘和世子赐婚，这话一出，居然有不少臣子附和。彭思顺又说自己时日无多，眼下最牵挂的就是膝下几个孩子的亲事，若圣人能成全此事，他也算死而无憾了，说着说着他就涕泗横流。此外还有几个大臣替自己的儿子求娶滕将军的女儿，世子要是不想出什么岔子，就赶快进宫吧！"

蔺承佑翻身下床穿衣裳。

今晚的宫中果然出奇地热闹，除了邓致尧、武如筠等几位朝中老臣，还有彭震等回京述职的外地节度使。此外皇后还在翠华殿款待各位命妇、女眷。

蔺承佑先到含元殿给皇伯父请安。

他一进殿中，就感觉无数道目光落到自己身上。

彭震朗声笑道："圣人，世子来了。"

皇帝招手："佑儿，来。"

蔺承佑笑着上前行礼，起身后，坐到太子和皇叔身边。

太子一副"你怎么才来"的表情，皇叔的手边则放着一只小小的舞仙盏。

蔺承佑无意间一瞟，整个人都僵住了，这酒盏太眼熟了，那回滕玉意被困在大隐寺觉得无聊，就是拿着这只酒盏喝酒的，酒盏样式很特别，除了滕玉意他没见旁人用过。

这酒盏……怎么会到皇叔手里？

圣人笑着对彭思顺说："公之意，朕甚体恤，只是婚姻之事，非同儿戏，夫妻除了门当户对，还有脾性一说，成亲后若是意趣相投，自是一生和顺；假如脾性相冲，时日一久，免不了成为一对怨偶。朕知道，彭家的孩子必定个个金相玉质，但万事讲究眼缘，做夫妻也不例外，佑儿这孩子自小极有主心骨，朕是他的伯父，不经他本人同意，怎能贸然赐婚？"

彭思顺伏地听完皇帝的这番话，在儿子彭震的搀扶下颤巍巍地回了席，喘了口气，苦笑着说："圣人言之有理，老臣自知莽撞。但容老臣斗胆问一句，世子既然尚无意中人，又怎知与我孙女大娘合不来？大娘花容月貌，来长安也数月有余了，不知世子可曾见过大娘？既然世子来了，老臣也想亲口问问世子。"

蔺承佑目光一动，放下酒盏要说话。淳安郡王微微一笑，对圣人道："圣人方才问臣弟一事，臣弟尚未作答。"

他硬将彭思顺的话头截住了。

197

圣人本就不愿公然扫臣子的老脸，忙笑着转移话题："瞧朕，敏郎的事才说到一半就给岔开了。众卿也知道，敏郎虽然只比阿麒这几个孩子大几岁，辈分却高了整整一辈，真要谈婚论嫁，怎么也要从敏郎说起。敏郎，莫非你想求旨娶亲？"

淳安郡王还是一副沉静的表情："记得圣人对臣弟说过，臣弟的亲事全凭臣弟自己做主，若有朝一日臣弟有了意中人，圣人会为臣弟当场赐婚。"

蔺承佑手中的酒盏停在嘴边，一颗心直往下沉。

圣人又惊又喜："真有意中人了？但说无妨，皇兄一定为你做主。你刚才说的那个孩子，是从外地来的吗？"

淳安郡王正要开腔，蔺承佑霍然从席上起身，到御前笑着磕了个头说："今晚实在热闹，连皇叔也开口求亲，既然彭老将军提到侄儿的亲事，侄儿也厚着脸皮凑个热闹。上回在乐道山庄伯母召见官员子女，侄儿曾远远地看过滕将军的女儿一眼，此女姿貌出众，样样都长在我心坎儿里，除了滕娘子，侄儿谁也不想娶，求伯父成全此事，不然今晚侄儿就不起来了。"

此话一出，满座皆惊。

淳安郡王讶然一瞬，随后便笑着摇了摇头。

皇帝笑逐颜开："好孩子，伯父倒是愿意成全你，只是你想娶人家，也得经过人家同意不是？今晚滕将军在西营尚未回城，伯父也没法当面问他一句。这样吧，先让刘公公到滕府为你探探口风，假如滕娘子不反对，伯父就成全你如何？"

蔺承佑的心急跳了几下，今晚是话赶话把他逼到了这个份儿上，尽管他是冲动之下求的亲，想起先前的种种，又觉得滕玉意未必不愿意嫁他，于是满不在乎地笑道："就依伯父的话办。对了，烦请刘公公将今晚殿上的事告诉滕娘子。"

他这一笑光风霁月。刘公公笑着躬身退下了。

滕玉意在净房中沐浴。

她面前是热气腾腾的浴汤，但她的思绪早不知飞到哪儿去了，只要听到水声，就会想起今日发生过的似真似幻的一幕幕场景。

幻境中她的夫君是蔺承佑，这实在让人奇怪，她为何会梦见自己与蔺承佑成亲？还好这是假的。假如……假如成亲后夫君移情别恋，那她的遭遇与母亲何其相似？

哪怕当时她只是在幻境里，病榻上的那份酸苦也像亲身经历过一般。

她轻松地拍拍胸口，再次庆幸这只是幻境中发生的事，但脑子还是闲不下来，正暗自琢磨，忽听碧螺诧异地说："娘子，你嘴上是什么？"

滕玉意本就心虚，闻言忙捂住了嘴："怎么了？"

"婢子看着像破皮了，该不是上火了吧？婢子替你瞧瞧。"

"胡说。"滕玉意心中一慌，并不肯把手拿下来，"你们先出去吧，我这儿不用你们伺候。"

春绒和碧螺一头雾水：只不过说一句嘴上破了皮，娘子活像被火烫着了似的。

两人出去了，又听滕玉意闷闷地说："对了，给我送面镜子进来。"

待二婢困惑地离开，滕玉意慢慢地举起了镜子。

她一望之下，头皮便是一炸。

她的嘴唇确实破了，就在下嘴唇上，有一个很小很小的口子，假如不是出了一点儿血，碧螺她们未必瞧得出来，所以先前的事不是幻觉。

这口子就是蔺承佑不小心磕破的。

滕玉意闭着眼把镜子放到一边。

不要慌，蔺承佑又不是成心轻薄她。当时情况那般紧急，他不这样做她说不定会溺死在水里。

既然他不是故意的，她只需当作这件事没发生过就好了。

蔺承佑不说，她绝不会主动提起这件事，即便他主动同她说起，她也一定要装不知道。

她撑着浴斛边缘，用浴巾包裹着自己起了身。

睡觉吧，说不定明早起来她就忘了这件事了。

滕玉意出来后擦净长发，换上寝衣上床倒下，刚闭上眼睛，就听程伯在院子里说："娘子，宫里来人传口谕。"

滕玉意一愣，赶忙让春绒和碧螺准备衣裳，口里问："口谕是给阿爷的吗？"

"给娘子的。"

滕玉意莫名其妙："可说了何事？"

程伯的惊讶程度不亚于滕玉意："说是今晚成王世子在御前求娶娘子，圣人让刘公公过来问娘子一句，愿不愿意嫁给成王世子。"

滕玉意一骨碌从床上掉了下来。

蔺承佑在含元殿继续喝酒作乐，耳朵却一直留意着殿外的动静。

每进来一个宫人，他胸膛里就会刮过一阵旋风，太子和皇叔不时拉着他说话，他全没听进去。

也不知等了多久，皇后和清虚子道长让太监过来传话，说阿芝想哥哥了，让太子和蔺承佑到翠华殿去。

蔺承佑和太子到了翠华殿，鱼池边，清虚子道长正优哉游哉地带着阿芝和昌宜钓鱼，看到蔺承佑过来，清虚子道长尚未说话，阿芝第一个跳起来："阿兄！"

蔺承佑懒洋洋地张开双臂迎接阿芝，外头有宫人说："刘公公从滕府回来了，圣人让刘公公再亲口对世子说一遍。"

空气一静。

蔺承佑没接茬儿，但一颗心瞬间提到了嗓子眼里。

清虚子道长看出徒孙不大对劲儿，问太子："怎么了？"

太子便将先前的事说了。阿芝和昌宜一下子来了兴趣，忙说："快请刘公公进来。"

刘公公含笑进来了。

太子笑问："滕娘子怎么说的？"

刘公公回话道："滕娘子说……"

蔺承佑屏住呼吸。

"滕娘子说，她不嫁。"刘公公一板一眼地转述滕玉意的话。

刘公公走了足有半个时辰了，蔺承佑仍独自坐在鱼池边钓鱼。

阿芝和昌宜原想让蔺承佑带她们玩，白白闹腾了一会儿，到底被清虚子道长连哄带骗地拖到殿里去了。

清虚子道长也没留下。

太子也识趣地闪开了。

偌大一座庭院，转眼只剩蔺承佑一个人，风一吹，说不出地萧瑟。

皇后令人出来探视了好几回，宫女和太监无不轻手轻脚，那小心翼翼的样子，像是生恐自己引起蔺承佑的注意，他们远远地张望一眼，便静悄悄地退回殿中向皇后禀告池边的动静。

蔺承佑钓了半晌鱼，不但耳边听不见半点儿人声，眼前也没半个人影乱晃。

这正合他心意，他现在急需静一静。光这个还不够，他巴不得整个宫里的人都消失才好。但周围再安静，他心里也片刻静不下来，更过分的是，枉他钓了半个时辰的鱼，钓竿始终一动不动。

池中的鱼儿仿佛察觉到了什么，集体躲到一边去了。

蔺承佑随手撒了一把鱼粮，没用。

那群鱼非但不上钩，还一个劲儿地在水底冲他吐泡泡，那串泡泡让他想起滕玉意在水下昏过去之前对他吐出的那一串。

蔺承佑闭了闭眼：很好，连鱼都在取笑他。

这鱼是没法钓了，他放下钓竿作势要起身，横竖自己一个人想不明白，他打算当面找滕玉意问一问。

有些话可以靠别人转述，有些话非得当面说清楚不可，她到底是怎么想的，他得亲耳听她说。

他刚要起身，有个人走到了鱼池边。

那人的锦袍下摆上刺着联珠双鱼纹，微风拂过时，纹路上的银鳞忽明忽暗，只略站了一站，那人就在蔺承佑边上坐下。

淳安郡王拿起蔺承佑刚放下的钓竿，望着水面温声道："今晚在殿中喝着酒，为何突然想起来为自己求亲了？"

蔺承佑也望着水池，闻言笑了笑："不过是赶巧了。今晚君臣都在说宗室子弟的亲事，正好侄儿有了心上人，就顺嘴提一提。"

淳安郡王叹了口气，从怀中取出一样东西递到蔺承佑面前。

蔺承佑转头一瞧，是那只舞仙盏。

"既然你今晚公然求娶滕娘子，有件事叔叔也可以当面跟你挑明了。"淳安郡王指了指酒盏，"这是滕府之物，大约五日前，有人把它当作礼物送到了我府里。"

蔺承佑脸色淡淡的，拿起酒盏慢慢摩挲。

"我让人查过了，这舞仙盏是当年宫廷匠人文仙芝所作，当世只有两套，一套被收在宫里，另一套当年圣人赏给了大败吐蕃的滕将军，此物太稀少，故而头几日一查就查到了滕将军的头上。"顿了顿，他又道，"除了这套仿制的杯子，我府里还收到了好几样出自滕府的礼物，有亲手做的点心，有亲手做的鞋袜，还有亲手做的荷包。盛点心的漆盒与滕府平日用来送礼的漆盒一模一样，包裹鞋袜的布料也是滕府特有的妆花锦，送礼之人刻意在包装上留下种种痕迹，似是唯恐我们猜不到这些东西是滕娘子送的。因为做得太打眼，我们府里的管事早在收到第一份礼物时就把这件事告诉我了。"

蔺承佑端详手里的酒盏，满眼都是嘲讽之意："这分明是有人在暗中败坏滕娘子的名声。做鞋袜、做荷包极费心思，滕娘子前阵子忙着避难，这一阵又整日在书院里念书，哪儿能抽得出这么多闲工夫？"

淳安郡王微笑道："你向来一点就透。这件事做得甚是巧妙，叔叔差点儿就信以为真，起初我想不明白那人为何要这样做，因为只要郡王府不往外传，滕娘子的名声就不会受到半点儿损伤，用这件事陷害滕娘子，显然毫无用处。直到前阵子宫里宫外到处在传你有了心上人，我才大致明白那人想做什么。得知此事后，我本想当面向你确认此事，但你整日忙着查案，我也难得见上你一面，巧的是这传言一出，那人就开始变本加厉地送礼，光是点心就送了几回，而且几乎每一样东西都能查到滕府头上，做得如此明显，只差附上滕娘子的表白信了。鉴于时机凑巧，叔叔开始猜测这人的目的也许不在我身上，而是在你身上，此人不但想让我误会送礼的人就是滕娘子，还想让你以为滕娘子喜欢的人是叔叔。"

蔺承佑讥诮地点点头："送这样显眼的东西，偏偏又不留名姓，如此一来，叔叔就无法当面询问滕娘子，这误会就会一直存在下去。若是叔叔碰巧也瞧上了滕娘子，受到此事的鼓舞，早晚会主动求娶。即使叔叔没相中滕娘子，我毕竟常去郡王府，次数多了，总有一日会撞见'滕娘子'让人给叔叔送礼物的一幕。或许那人以为，只要我误会滕娘子的意中人是叔叔，就会打消求娶滕娘子的念头了。"

上回那盒梨花糕，那人不就差点儿得逞吗？

只是那人千算万算，没算到他有个毛病——凡事喜欢当面问个明白。

想到此处，蔺承佑了然地说道："叔叔是不是早就看出我喜欢滕娘子了？送礼这件事让你起了疑心，但你既不想损害滕娘子的名声，也不想让我误会她。你今晚御前求亲，就是为了激我？"

淳安郡王回视蔺承佑："早在乐道山庄你送滕娘子赤焰雏那回，我就知道你对她的心意了。不只知道这个，我还怀疑你瞧见过'滕娘子'送到府里的礼物，上回那盒梨花糕被送到府里时我就起了疑心，本想让刘福好好查一查，怎知一转头，那漆盒就不见了，当时只有你和阿麒在我府里，漆盒是不是被你顺走了？"

蔺承佑展颜一笑，算是承认了。

"你啊。"淳安郡王闲闲地往上扯动钓竿，"送礼的这个人手段很高明，一环又一环套下来，几乎把每个人都拿捏住了，但叔叔不喜欢被人当靶子，想来想去，要打破这个局，还得你自己来。前阵子我看出你对滕娘子的心思，本以为凭你的性子很快就会求娶，没想到你一直没有动静。今晚我谎称自己有意中人激一激你，那人的盘算就彻底落空了。你这一求亲，满长安都知道你喜欢的人是滕娘子，叔侄二人绝不可能抢同一个女子，往后那人再想扯着我玩这些把戏，就显得多余了。"

蔺承佑在心里长叹，假如他喜欢上的是别的女孩，说不定早就求亲了，滕玉意却不同。

他想想滕玉意这几个月的遭遇，活下来可真不容易。

他猜到真相之后，心疼她还来不及，也因为知道她心防重，为了帮她多攒些功德，迟迟没向她表明自己的心意。

思及此处，他心念一动：话说回来，武绮的案子一破，滕玉意似乎就不再像从前那样处处防备了，往日出门巴不得带上几十名护卫，最近几次出门身边却只带上一个端福。

上回武绮当众认罪后，滕玉意仿佛见到了不共戴天的仇人。过后滕玉意在狱中与武绮当面对质时，她的失态更是无法掩饰。

这个疑团，始终横亘在他的心头。

他忽听皇叔道："这件事还有一个疑点，我因为怀疑有人故意仿造滕府之物，曾让人把东西拿出去暗中打探，问遍了长安城能做仿品的作坊，都说近半年没接过这种活计。而且经查验，无论是'滕府'的漆盒还是舞仙盏，都有些年头了，假如是成心仿造，那也得好几年前就开始操办了。这件事说起来很是蹊跷，既然与你和滕娘子有关，不如由你好好查一查。"

"还有这回事？"蔺承佑饶有兴趣地拿起身边的舞仙盏，"心思够毒辣的。"

淳安郡王道："不论那人是冲着滕娘子来的，还是冲着你来的，这个局早在头几年就开始安排了。等你查出真相，务必告诉叔叔一声那人是谁，我也想知道这到底是怎么回事。"

蔺承佑笑着点点头："就冲她连皇叔都敢暗算，我也得让她吃不了兜着走。"

淳安郡王看了蔺承佑一眼，揶揄道："你是不是打算在这儿钓一夜的鱼？"

"不钓了。"

与叔叔说了这番话，蔺承佑眉心舒展了不少，起身笑道："皇叔回府吗？一道走吧。"

宫里的人走后，滕玉意在床上翻过来、覆过去，折腾了不知多久才睡着。

好在书院明日不上学，她可以心安理得地睡懒觉。

上回出了武氏姐妹的事，刘副院长大受打击，说自己身为副院长，却没能及时察觉学生的异状，一急之下心口痛发作了，调养了好些日子也不见好，书院事务又繁忙，皇后为着体恤刘副院长，索性下旨放了十日假，书院要后日才开学。

滕玉意正呼呼大睡，忽觉鼻端痒痒的，有人在她耳边轻笑道："小懒虫子，快起床。"

滕玉意皱了皱眉，把头钻进被子里："阿姐别吵。"

"来了好些同窗，你打算一直把她们晾在外头吗？"

滕玉意睡意顿消："同窗？"

"你忘了吗？邓侍中生辰那晚，大伙儿约好了去慈恩寺举办初夏诗会，这日子还是你自己定的，邓唯礼、郑霜银、柳四娘她们都来了。"

梳妆的时候，滕玉意不时能感觉到来自阿姐的亲切注视。

滕玉意自然知道阿姐为何如此，昨晚蔺承佑在御前求娶她的事，估计早就传遍长安了。

她想装作无事，却架不住被阿姐一直盯着："阿姐？"

杜庭兰耐着性子继续等妹妹梳妆，等到妹妹拾掇好了，这才悄声问："蔺承佑怎么突然就求亲了？"

滕玉意脸蛋一下就红了，嘴上却若无其事："我……我怎么知道？"

"你真不肯嫁给蔺承佑？"

滕玉意睁大眼睛："我为何要嫁给他？"

"你就一点儿也不喜欢他？"

滕玉意斩钉截铁地道："当然。"说着她昂首朝窗边走去。

杜庭兰微笑道："不喜欢就不喜欢，你急什么？"

滕玉意脚步稍顿，阿姐这话听上去有点儿像在取笑她，但她心里很明白，她现在不喜欢蔺承佑是事实。瞧，昨晚拒婚她可半点儿都没犹豫。对她来说，恩人是恩人，朋友是朋友，要她为蔺承佑肝脑涂地，她绝无二话，但她才不要嫁给他。

这世上的男子鲜少有一心一意的，蔺承佑今日喜欢她，没准儿明日就喜欢别人了。

再说了，他可从来没当面说过喜欢她，所以拒婚的事她不后悔，一点儿也不后悔。

察觉到阿姐仍在注视自己，滕玉意秀眉一挑，打算再强调几句自己的心意，廊下的婢女说："外头又来了好些小娘子，娘子快出去待客吧。"

姐妹俩只好打住了话头。

中堂来了十几名同窗，除了领头的邓唯礼、郑霜银、柳四娘，还有陈二娘、李淮固等人。

满屋子珠翠耀目，邓唯礼穿着新做的夏裳，表情是一贯的笑容可掬。郑霜银身穿鹅银银丝襦裙，整个人就如傲霜的秋菊一般清艳。柳四娘等人笑语声不断，看着也比往日欢喜，一众同窗里，唯独李淮固脸色淡淡的，但也着意打扮过了，身上那件浅荷色绣白蝶襦裙分外清丽，把她衬托得如同画中人一般。

"您老总算出来了。"邓唯礼一看到滕玉意就高高兴兴地迎过来，"这才巳时初，您老不再多睡一会儿？"

滕玉意吩咐下人赶忙上茶点："最能睡的那位同窗都亲自出门了，我敢再在屋里窝着吗？"

柳四娘和郑霜银笑着把两人拆开："你们俩别又打起来。走吧走吧，今日日头好，出去了可以好好玩一日。"

或许是知道滕玉意会难为情，没人主动提起蔺承佑求亲的事。

她们到了曲江池畔的慈恩寺，早有另一拨同窗在此候着了。

女孩们结伴入内，先在寺内赏花斗诗，中午在寺中用素膳，下午便到寺外逛戏场、赏江色。

今日是滕玉意做东，为了让同窗们玩得尽兴，她让端福和长庚租了几艘画舫，画舫一泊到曲江岸边，便有不少女孩相偕下船钓鱼作诗，不爱坐船的也有去处，下人们早在岸上设了帷幄，铺了茵席，女孩们若是逛得乏累了，可以在席上斗草玩耍。

安置好这些后，滕玉意又带着端福买了好些吃食，因为走得太远，回来时主仆俩只能从江边一条偏僻的小径绕过来。

路过一处帷幄时，她听到里头有几个同窗在说话："今日怎么不见彭大娘和彭二娘？"

"别提了。上回彭二娘险些被卢兆安那小人陷害，当时就气坏了，听说回去后就病倒了，之后无论哪位同窗相邀，再也没见她出来玩过。"

"那彭大娘呢？前日她不是说好了要同我们出来玩吗？"

"啊？你还不知道？"

滕玉意耳朵一竖。

"昨晚在御前，彭老将军有意为自己的孙女和成王世子牵线搭桥，万万没想到，成王世子不但当场回绝了此事，还当着众人的面求娶滕娘子，让彭家人脸面尽失。我猜彭大娘因为这事觉得没脸，所以今日死活不肯出门。"

昨晚滕玉意也听说了这件事，当时就觉得怪怪的。

彭思顺一生精明强干，临老反而老糊涂了吗？

他身为朝廷重臣，为子孙谋求中意的亲事不奇怪，但彭思顺一贯老谋深算，正式在御前求旨前，为何不事先探探成王府的口风？他没头没脑地来这么一出，不但彭家上下碰了一鼻子灰，还闹得孙女也跟着没脸。

这不对劲儿。

彭家能有今日，除了在战场上骁勇善战，在朝堂上也有着异乎常人的敏锐和沉稳。

难不成彭思顺病昏头了？就不知彭震在不在一旁，假如彭震在，断乎不会让自己的老父这样犯蠢。

想着想着，滕玉意后颈生出一丝凉意。

有没有可能……彭家是故意这样做的？

上回卢兆安和武绮意图栽赃彭二娘，尽管当场就被蔺承佑拆穿了，但彭家本就有反心，回去后一定会反复思量。

当晚席上的人那么多，卢兆安幕后的主家不栽赃旁人，偏要栽赃彭家的孩子，琢磨到最后，彭家兴许会怀疑自己露出了马脚，怕朝廷提前采取行动，所以有了后头的一系列举动。

在那之后，彭二娘称病不再去书院，加上昨晚这一出，连彭大娘也有理由"闭门不出"了。

他们唯有这样做，才能不露痕迹地将彭家女眷秘密送回淮西道。

滕玉意心中开始不安，照这样说，彭家极有可能会提前造反。昨晚蔺承佑也在殿上，以他的那份机敏，一定也会对彭家人的表现起疑心，但自己能这么快猜到彭家的意图，是因为早就知道彭家想造反，蔺承佑究竟知不知道彭家有不轨之心？

不成，她得赶快把这件事告诉阿爷和蔺承佑。横竖笔和纸都是现成的，待会儿她就写封急信，让端福亲自送给阿爷。至于蔺承佑那儿……

那几人又道："哎，说起这个，你们可知道滕玉意昨晚回绝了成王世子？"

"知道。"另一人道，"昨晚在殿上的朝臣足有上百人，这事早就传开了。早上我阿娘还疑惑，长安城不知多少人想与成王府结亲，成王世子又是那样的好人才，滕玉意为何就没答应呢？"

帐里的几人大约是料定这偏僻的角落不会有人来，说话也就肆无忌惮起来。

"这个我就不知道了，不过出了这件事，成王世子断乎不会再求娶滕娘子了。"

滕玉意忽听另一人笑吟吟地道："为何这样说？"

说话的人是李淮固。

"三娘你才来长安，恐怕还不知道成王世子的脾性。成王世子打小就踢天弄井，长大了也是倜傥不羁。听说皇室这几个孩子，就数他挨打挨得最多，虽说最气人，但也最是讨人欢喜，清虚子道长和圣人疼他疼得不得了。他打小事事顺心，金玉绮罗堆里长大的，这样一个人，怎能受得了这个？除非他爱滕娘子爱得不得了。"

几人笑起来，显然在她们看来，这是不可能的。

"是啊，长安仕女如云，成王世子又没见过滕娘子几回，料着也就是一时心血来潮，绝不会有下文了。"

李淮固心情似是很愉悦，笑道："哎呀，我们别说这个了，你们瞧瞧郑娘子作的这首诗，当真是文辞秀逸，不怪她盛名在外。"

滕玉意在心里一哼，负手昂头往前走。

不一会儿，月灯阁前又搭起一座高高的戏台，有几位高鼻深目的胡人跃到高处变戏法，戏法缤纷奇妙，令众人惊叹不已，女孩们听得笙鼓声，纷纷从帐中出来看热闹。

滕玉意拉着阿姐和邓唯礼到近前观看，身后忽有人道："滕娘子。"

滕玉意高兴地回头，是绝圣和弃智。

"小道长，你们怎么来了？"

绝圣和弃智圆乎乎的脸蛋上满是汗珠，看到滕玉意也很是高兴，抹了一把汗道："可算找到滕娘子了。我们去滕府找滕娘子，程伯说你到慈恩寺附近来了，没想到今日曲池边有这么多人，差点儿就没能找到你。"

滕玉意把他们拉到一边："找我有事吗？"

周围都是滕玉意的同窗。

众人看到青云观的小道士找滕玉意，都有点儿惊讶。

绝圣和弃智一本正经地说："有急事。滕娘子，你随我们来。"

滕玉意只好对杜庭兰说："我去去就来。"

滕玉意随着绝圣和弃智往另一边走去，端福忙不声不响地跟上。

弃智走在滕玉意左边，绝圣走在滕玉意右边。

弃智走了几步，无意中一回头，就看到人群中有个小娘子盯着这边，脸色不大好看，目光也很冷淡。

弃智认得那人，知道她叫李三娘，但李三娘那古怪的表情只维持了一瞬，她很快就冲弃智露出了恬静的笑容。

绝圣和弃智把滕玉意主仆领到岸边，吩咐船夫开船，划到对岸的船坞。他们上岸后七拐八拐，不知走了多久，到得一堵幽静的花墙前，绝圣和弃智说："师兄，滕娘子来了。"

　　滕玉意心跳莫名加快，下一瞬，就见蔺承佑从墙后绕了出来，蔺承佑也不啰唆，拽着她往后走去："问你几句话。"

　　绝圣和弃智吐吐舌头，引着端福远远地避开。

　　滕玉意任由蔺承佑拖着自己，嘴里却说："要是世子想质问我昨晚的事，我还想反问世子呢，没头没脑的，世子为何突然在御前求亲？"

　　蔺承佑脚步一顿，扭头看着她："你说为什么？"

　　滕玉意"呵"了一声，把头转向一边："假如是因为昨日水中之事，世子大可不必如此。我知道世子当时是为了救我，我不会放在心上的。"

　　蔺承佑脸一热，眼里却浮现了一点儿笑意，看了滕玉意半晌，忽道："你以为我是因为这个才突然求娶你？"

　　"不然呢？"滕玉意振振有词。

　　蔺承佑扬了扬眉："如果我说不是呢？"

第七章
救命恩人

不是？

滕玉意目光漾了漾，随即满不在乎地一哼："不是因为这个，还能因为什么？昨日刚从城外回来，晚上突然就……"

"你就瞧不出来我喜欢你？"蔺承佑冷不丁打断她的话，一双眼睛黑如点漆，就那样专注地看着她。

滕玉意脸上立时一片滚烫，人也僵了半边。

蔺承佑没比滕玉意好到哪儿去。

此话一出，他心跳快得像战场上代表进军的鼓点，气息更是阵阵发热，他心一横，索性敞开了说："还不明白吗？我喜欢你所以才想娶你。我喜欢你不是一日两日了。"

他如此坦荡，滕玉意耳边和心中如同电闪雷鸣，张了张嘴，结结巴巴地吐出两个字："我……你……"

蔺承佑登时屏住呼吸，谁知滕玉意蹦了两个字就没下文了。

"我什么？你什么？是不是要我把话说得更明白一点儿？"

滕玉意攥紧手心，微微仰起下巴："好啊，你说，我听着。"

她竭力想装作无事，然而一开腔，那不大平稳的声调就泄露了她的底细。

蔺承佑一眼不错地看着滕玉意，看她有些呆愣，才明白她此刻不过是色厉内荏，实际上，或许压根儿没比他好到哪儿去。

他不由得笑了，这一笑，浑身上下那种燥热难安的感觉也舒缓了不少。

他笑意微敛："行，那我就说得更明白些。我教你轻功，是因为我想让你高兴；带你四处打怪，是因为我想经常见到你；送你赤焰雏和步摇，是因为我想把这世上最好的东西都给你。"

他清亮的眼睛里全是滕玉意的倒影，伴着这异常专注的神情，竟比初夏的阳光还要让人目眩。

"打从彩凤楼出来，我心里就有你了。"

滕玉意眼睫直颤，情不自禁地往后退，不提防绊到一块石头，身子猛地一踉跄。

蔺承佑握紧她的手腕帮她站稳："你躲什么？"

"我没躲。"滕玉意清清嗓子。

蔺承佑本欲说些什么，结果因为握着她的手腕，碰巧触到了她的脉搏，跳得那样急、那样乱……

他脸一热，把头转到一边笑了笑，很快回过头来："昨日求亲被拒，只能怪我莽撞，眼下你也明白我的心意了，若是我再求亲，你愿意嫁给我吗？"

滕玉意闭了闭眼睛："不愿意。"

蔺承佑笑容一凝："为什么？"

"因为我不想嫁人。"

蔺承佑滞了滞：这话怎么与他预想中的完全不一样？

"你是……不想嫁给别人，还是不想嫁给我啊？"

"都不愿意。"

蔺承佑哑然，睨了一眼她被自己握住的手腕，一点儿笑意从嘴角流淌出来："你就一点儿都不喜欢我？"

滕玉意皱眉点点头。

"我不信。你要是不害臊，为何这样慌？"

滕玉意顺着蔺承佑的目光看向自己的手腕。

蔺承佑凝视着她，声音一低："你心跳比我还快。"

滕玉意一惊之下，忙往后抽手："还不是被你这些话闹的，乍然听到这些话，我能不慌吗？"

蔺承佑半信半疑。

他不管了。

"为何不愿意嫁我？难道我不好吗？"

"我……"

蔺承佑点点头："我明白了，你是不是以为我并非真心？那你听好了……"他朗声道，"滕玉意，你是我见过的最好的女孩。你脾气大，不喜吃亏，智多近妖，睚眦必报，成心气人的时候能把人气死，但你心善可爱，护短讲义气，你答应过的事，样样都放在心上。对在乎的人，你肯为对方肝脑涂地。你面冷心热，对彩凤楼的妓子都存着仁悯之心。昨日我被困在水中，你那样惧水也要跳下来救我，你这样好，比天上的明月还要好。见过你之后，我心里、眼里都是你，你笑，我跟着开心；你生气，我也觉得可爱。我蔺承佑……"他低眉笑了笑，"是这世上最好的郎君，现在我想求娶这世上最好的小娘子，不知她愿否？"

五月是一年中最光辉的月份，远处烟水明媚，近处莺啼蝶舞，微风伴着豆蔻的青嫩香气，把蔺承佑的话一字一字地送入滕玉意耳中。渐渐地，她面前仿佛蔓延开一层清甜的迷雾，只需再往前一步，就可沉醉其中，她心中一凛，脱口而出："要是我嫁给你，日后你会纳妾吗？"

蔺承佑一怔："纳妾？"

滕玉意也是一愣，但话一出口，她瞬间冷静了几分，挺了挺胸道："我的夫君，日后只能有我一人，别说纳妾，若是他敢多看别的女子一眼，我立刻与他恩断义绝。这话是认真的，我绝不是在说笑，你敢保证你以后心里、眼里只有我一人吗？"

"我敢。"蔺承佑毫不犹豫地道。

他明白了，原来她在担心这个。

"你跟我打了这么多回交道，不知道我是什么样的人吗？我要是随便见了一个女孩就喜欢，用得着等到今年你来长安？除了你滕玉意，我谁也瞧不上。除了你滕玉意，我谁也不想娶。"

滕玉意的耳朵又开始发烫，她默了片刻，哼了哼道："你敢发誓吗？"

他有什么不敢的？蔺承佑以手指天："若是滕玉意肯嫁我为妻，我绝不三心二意，此生只爱她一人，此心只有她一个，敢违此誓，就让雷劈了我。"

话音未落，头顶"轰隆隆"作响，伴随着剧烈的雷声，当空劈下来一道雪亮的闪电。

蔺承佑手疾眼快，飞快地拉着滕玉意掠到一边。

两人都呆住了——他们只消慢上一步，蔺承佑就会被雷劈中。

滕玉意愣怔地望着地上那被雷劈中的一处。

蔺承佑则是没好气地抬头看天：老天存心跟他作对是吗？这都第二回了，早不打雷，晚不打雷，偏偏在他发誓的时候打雷。

不知过了多久，滕玉意回过神来，望着那焦黑的地面，烦乱地点点头。

她就知道……她就知道会是这样。

连老天爷都信不过男人说的话。

她转头瞪向蔺承佑的侧脸，她承认，他是她见过的最好看的男人，连她都觉得好，旁人只会觉得更好。不论他自己愿不愿意，他这一生，注定躲不开莺莺燕燕的诱惑，眼下他敢言之凿凿，可若是有一日他不那么喜欢她了，誓言又有何用？

趁着蔺承佑出神之际，滕玉意决然地抽出自己的手腕，指了指地面道："瞧，天意如此，世子的美意我心领了。世子对我的大恩大德，我一生不敢忘。世子有什么要我帮忙的，往后只需招呼一声就是，但我不想嫁给你。今日就说到这儿吧，我先走了。"说着她提裙就跑，口中道："端福，我们走！"

天空"噼里啪啦"地下起了雨，滕玉意干脆将披帛挡到头上，埋头猛跑了几步，才觉得心里那种闷胀的感觉减弱了些。

蔺承佑追上一步，倏地停住了，把她拽回来又如何，难道再对她发一次誓吗？这该死的雷把人都劈蒙了，接下来他再说什么她也不会信了，他肚子里窝着火，只恨不知如何发泄，话都说到这个份儿上了，她为何就是不肯信他？

雨越下越大，滕玉意和端福的身影很快消失在雨幕中，蔺承佑抹了一把脸上的雨，掉头朝另一边走去。

绝圣和弃智早就跑过来了。

蔺承佑面无表情地道："走吧。"

绝圣和弃智看出师兄心情极其不好，一时也不敢吱声。

滕玉意匆匆回到对岸，雨一下，也没法继续游乐了，同窗们下了船便各自回府了。

来时路上滕玉意与同伴们尽情说笑，回去这一路上却几乎没说过话。

回到府中，沐浴后换了干净的夏裳，滕玉意自顾自地坐在窗前捧着一本书看起来。

雨"淅淅沥沥"地下了一晌，忽而又停了，轻风裹挟着馥郁的花香，一阵阵吹入浓绿的纱窗，滕玉意望着手上被风翻动的书页，径自出了神。

眼前这一幕让她想起自己不甚快活的童年。幼时的她常常一个人对窗读书，夏日的风吹动书页时，也是这样"唰唰"作响。前几日花架下的蔷薇开了，那浮荡在空中的香气，就与幼时扬州宅邸花园里的气息一模一样。

往日她可以乐陶陶地看上一下午书，今日心境却大不同，看了半晌，连一个字都看不进去，干脆歪倒在榻上，顺手把书盖到脸上。

话说得这样明白了，蔺承佑应该彻底死心了吧，那她应该松一口气了，为何心里还是这样乱？

这陌生的感觉困扰着她，让她感觉自己被一张看不见的大网密密实实地罩住，她急于摆脱这种感觉，闭眼躺了一会儿，忽然又坐起。

她要不抚琴吧。

"春绒，把琴拿来。"滕玉意放下书，扬声对外头说道。

春绒和碧螺忙把琴抱进来。

滕玉意信手一弹，"铮铮"的琴音从指尖流淌出来。"君去芳草绿，西峰弹玉琴。岂惟丘中赏，兼得清烦襟。[①]"

她弹了一晌，心绪还是不大安宁。

春绒和碧螺也觉得不是滋味，往日娘子抚这首曲子时，自有一种高居清雅之境的闲适感，今日听着，却说不出地凝滞涩重。

果不其然，曲子才抚了小半段，铮然一声，琴弦断了。

滕玉意吁了口气，不耐烦地摆摆手道："把琴抱下去吧，我自己到院子里走走。"

这话刚说完，忽觉小涯剑在袖子里发烫，滕玉意挥退春绒和碧螺，走到窗前把剑取出来。

小涯爬出来，动作很迟缓，脸庞透着菜色，钻出来之后没顾得上说话，一骨碌倒在榻上。

滕玉意一惊，忙把小涯捧到手心里，昨日才用小涯剑斩杀了丽国夫人，看样子又要供奉了。

小涯有气无力地说："我要胎息羽化水……"

---

① 出自唐朝常建《张山人弹琴》。

滕玉意焦灼地点头："你等着，我马上去给你弄。"

还好这回绝圣和弃智在长安，她不必再打蔺承佑的主意，低头将小涯剑收入袖中，起身掀开帘子出了屋："让程伯备车，我要去青云观一趟。"

蔺承佑驱马回到青云观，一问，师公不在观中。

蔺承佑也懒得进宫了，径直进了师公的上房，仰头倒在榻上。

鉴于昨晚彭家突然在殿前求亲，今日他一早就进宫与皇伯父商议此事，一天快过去了，宫卫和朔方军也该有动静了。

照理他应该立刻进宫一趟，但他现在心里烦得很，只想闭眼躺着。

未几，宽奴找来了，不敢擅自进房，只在院子里说："世子。"

蔺承佑道："滚，烦着呢。"

他料着没什么急事，因为宽奴静悄悄地退下了。

蔺承佑很快就睡着了，不知过了多久，只觉四肢百骸说不出地酸痛，鼻腔里的气息又烫又涩，好似着了火一般。

他迷迷糊糊间，有人抚了抚他的额头："并非蛊毒发作，这是伤风了。快去给你们师兄熬药，按照伤风的方子准备药材就是了。"

蔺承佑眉头一动，暗觉太阳穴钻心般地疼痛，勉强睁眼，就见师公坐在榻边望着自己，自己身上多了一床衾被，廊外隐约飘来药香。

清虚子道长重重地叹气："早上还好好的，怎么回来就病了？"

蔺承佑笑了笑，翻身要下榻："我没病，睡一觉就好了。"

清虚子道长一吹胡子："还说无事，都烧得烫手了。绝圣和弃智说你去找滕娘子了？"

蔺承佑不说话了。

清虚子道长问："是不是又在滕娘子处碰壁了？"

蔺承佑仰面倒回去："师公，能不能别提这个？我头痛。"

清虚子道长在心里叹气：这孩子自小体健，别说头疼脑热，连喷嚏都没打过几个，若非心里煎熬，怎会说病就病？

按照原本的打算，他本想由着这孩子自己折腾，看这模样又实在不忍，捋了捋须，忍不住问道："你告诉师公，你都怎么跟滕娘子说的？"

蔺承佑一句话也不想说。

他想起小时候师公给他算的那一卦，所谓情劫，看样子就是指的滕玉意，如今他算是领教了，这求而不得的滋味实在不好受。

清虚子道长知道徒孙心里难过，便拿出空前的耐心帮着开解："滕娘子也是个讲道理的孩子，论理不至于闹成这样。当时到底是怎么回事，你给师公细细说说，你情窦初开，有些话未必是你想的那样。"

蔺承佑起初不想说，听到最后一句话时，暗自琢磨了一会儿，把今日的事大致说了说。

清虚子道长骤然明白过来："这孩子让你对她起誓？"

蔺承佑重新闭上眼睛，心意也剖白了，誓也发了，滕玉意别说肯嫁他，看样子日后还要躲着他了。

哐，头又开始钻心地疼。

清虚子道长觑着徒孙，这病来势汹汹，心结不解开，只怕徒孙一时半会儿好不了了。

他抬手就是一个栗暴："傻小子，还没明白过来吗？滕娘子心里是喜欢你的。她要是不喜欢你，只需直接回绝你，何必让你对她发誓？"

蔺承佑心中一动。

"师公听你皇伯父说，滕娘子自幼丧母，滕将军这些年也一直没再娶。这孩子若是遇到什么事，身边也没阿娘帮着开解。这样的孩子，多半有心结，她不敢嫁你，是因为还不够信你。虽说你起了誓，不巧又赶上天雷路过，这下她就更不敢信你了。只要她相信你会一辈子爱护她，她早晚会放下心里的顾虑的。"

蔺承佑心中亮堂起来，师公这番话简直比良药还灵，一下子让他的筋骨都舒展了不少。

他忽听外头的绝圣和弃智道："那人说自己是严司直？"

"没错，说是大理寺有案子，因为涉及邪术，可能需要师兄亲自走一趟。现在严司直在云会堂候着呢，刚给上了茶。"

蔺承佑便要翻身而起。

清虚子道长把徒孙摁回去："给我好好躺着，师公去外头同严司直说。"

蔺承佑却说："若非急事，严大哥绝不会找到青云观来，徒孙还是去瞧瞧吧。"

云会堂里，严司直正端坐着喝茶，看到蔺承佑过来，便要打招呼，瞥见蔺承佑的面色，又愣住了。

"蔺评事，你病了？"

蔺承佑却只道："严大哥，什么案子？"

严司直按捺住满心的疑惑,随手拿起身旁案几上的一个包袱:"刚才李将军到大理寺来报案,说他家三娘回家途中突然被人袭击,幸而今日李府派了护卫随行,否则李三娘说不定就丢了性命。李将军怀疑是上回那伙人做的,急忙到大理寺报案。我带人赶到李府,李将军说他女儿的闺房也被人动了手脚,之后我们在李三娘的闺房里搜出了这个。这布娃娃像是被人做了厌胜之术,里头藏着一张符箓,今早婢女将布娃娃拿出去洗晒时,才发现里头藏了东西。"

蔺承佑望见那个布偶,整个人都僵住了。

那是一个年头久远的布偶,布料都已经旧得不像样了,样式与别的布偶不同,是母亲抱着怀里的女孩的样子。

蔺承佑怔了一瞬,径自走到严司直面前,把布偶拿到手中,翻来覆去地看,没有错,他长这么大,只在一个人怀里见过这个布偶。

"这是在李三娘房里找到的?"他问。

严司直颔首:"听说是李三娘自幼带在身边的布偶,平日总放在床榻上,近日曾被李三娘带到香象书院去过,也不知那贼是何时在布偶上动的手脚。你瞧瞧这符箓。"

蔺承佑略一思忖:"我去一趟。"

他忽听院中的绝圣和弃智讶然地说道:"滕娘子?"说着他们"咚咚咚"地跑进堂中:"师兄,滕娘子来了!"

蔺承佑心一跳,殿前有女孩说话,那清甜的话声像长了翅膀似的,一下子就钻进了他的耳朵里,他脚下顿时如同生了根,一步也走不动了,只好笑着对严司直说:"要不严大哥先走一步,我稍后就来。"

严司直朝外头看去,果然看到了一位戴着帷帽的仕女,微微一笑,体谅地说:"也好。"

滕玉意一边与绝圣和弃智说笑,一边随他们进了云会堂,入内一抬头就看到了堂内的蔺承佑和严司直。

滕玉意忍不住瞄了蔺承佑一眼,才发现他不但脸色有些苍白,薄唇也比平日红,一双眼睛乌沉沉的,看着像有些病容。

她先是一呆,旋即又想,他未必是生病了,说不定只是天气闷热闹得不舒服。

这边严司直冲滕玉意点了点头,回身将包袱重新系上,滕玉意无意间一扫,发现那包袱里露出的一角布料，看着竟有些眼熟。

她暗自怙悷，方才出门前她明明才看到过自己的布偶，就算布偶插上翅膀乱飞，也不可能跑到严司直的包袱里去。她只当自己眼花了，于是收回视线。

她欠身朝蔺承佑和严司直行了个礼，回身让端福等人将从府里带来的一大堆礼物依次放到桌上，这才对绝圣和弃智道："此番冒昧前来，是想请两位小道长帮个忙。"

蔺承佑没接话，径自领着严司直朝外走。

绝圣和弃智被面前这一大堆东西晃了眼睛，怪不好意思地说："滕娘子、端福大哥，快请坐，是要我们帮着除祟吗？"

等到蔺承佑领着严司直出了门，滕玉意笑着说："这件事得私底下同两位小道长说。"

绝圣和弃智错愕地点头。

滕玉意仍在寻思方才的那一幕，世上怎会有这么凑巧的事？不成，待会儿她得同蔺承佑打听打听那是谁的东西。

她正要禀明来意，观里的老修士过来上茶，滕玉意只得又住口，等了一会儿，观中的道士和修士来来往往，竟是片刻不得清静，她只得对绝圣和弃智说："我得向你们讨点儿东西，但这话只能同你们两个人说。"

弃智和绝圣茫然地挠挠头，忙把滕玉意领到东边的回廊外："这地方僻静，滕娘子请说吧。"

滕玉意拿出袖中的小涯剑，准备厚着脸皮向他们讨要浴汤。

"你师兄生病了？"她悄声问。

话一出口，她自己先怔住了——她要说的第一句话明明不是这个。

弃智忙点头："病了。发烧了，烧得烫手。"

绝圣添油加醋："还咳嗽呢，师兄从来没有病得这么重过。师公才给师兄服了药，说估计是淋雨淋的……"

却听有人在后面咳了一声，滕玉意一回头，就见蔺承佑站在那头。

"你不是来找绝圣和弃智吗？为何打听这个？"

这话听上去像在故意找碴儿似的。

滕玉意若无其事地直起身："我瞧世子脸色不大好，随便问一问。"

"劳滕娘子'随口'问一句，我好得很。"

蔺承佑话虽这么说，却猛地咳嗽起来，边咳边径直朝东廊深处走去，经过滕玉意身边时，脚步丝毫未停留，看样子打算直接回后院了。

绝圣和弃智不由得着了慌：师兄先前只是发烧，怎么一下子咳嗽得这般厉害？

"师兄，要不你别出去办案了，你瞧你，又开始咳嗽了。师公说了，哪怕只是伤风也断不可小视。"

"不碍事，死不了。"蔺承佑满不在乎地说，但他分明在强撑，因为话未说完，他又重重地咳了几声。

滕玉意眼睛望着绝圣和弃智，耳朵里却装满了蔺承佑的咳嗽声，发热加上咳嗽，这绝不是简单的伤风，若是掉以轻心，说不定肺会落下病根。

眼看蔺承佑就要走远，滕玉意忽道："我有个治伤风的方子……"

蔺承佑身形稍顿。

"熬汤服下，很快就会见好，小时候我伤风咳嗽就会用这个方子治，几乎百试百灵。"滕玉意望着蔺承佑的背影，"世子，要不你也试试？"

蔺承佑没回头，嘴里问道："有这么灵吗？"

话未说完，他再次咳起来，这回不只咳，还带点儿气喘了。

滕玉意赶忙让端福去抓药。

"灵不灵的，反正药性温和，对症的话，喝上一剂就好了。"滕玉意说，"就是熬药的时候有点儿麻烦，得让绝圣和弃智全程盯着。"

蔺承佑故意蹙了蹙眉："太麻烦就不必了，他们心粗，别白白浪费了滕娘子的药方。我身子骨好得很，大不了多咳几日。"

说话间，他继续往前走，但显然身乏力虚，走起路来浑不似平日那样轻健如风。

他这何止是伤风，看上去连元气都受损了。

滕玉意忙对绝圣和弃智说："我教你们如何熬药。"

廊下架起了红泥炉子，炉上咕嘟嘟地熬着药，药汤翻滚，雾气氤氲。

滕玉意和绝圣、弃智围坐在炉边，眼睛一眨不眨地盯着炉子里的火。

这方子里有好几味药极其娇贵，风力、炭气、汤多汤寡……样样都有讲究。

这药熬老了也不行，熬不到时候也不行，总之须臾不能离人。

滕玉意生恐绝圣和弃智分神，全程在边上盯着。

屋子里，蔺承佑仍在咳嗽。

清虚子道长因为不放心徒孙，也到云会堂来了。

滕玉意带着绝圣、弃智熬药的时候，清虚子道长便在云会堂里打坐，尽管隔着一堵墙，但因为窗扉大开，时不时能听见三个孩子的说话声。

听了一晌，他忍不住把意味深长的目光投向窗边的徒孙。就在方才，滕娘子让绝圣和弃智到后头给他们的师兄拿了一件斗篷，现在佑儿身上便披着斗篷，间或咳嗽几声。

比起先前在后院时，他病势似乎急重不少。

清虚子道长没好气地盯着徒孙。这孩子何止一点就透，简直成精了。

蔺承佑正握拳咳嗽，不提防撞见师公的目光，干脆捂着胸口起身："胸口好闷啊，师公，我到外头透透气。"

清虚子道长嘱咐道："别把嗓子'咳'哑了。"

徒孙脸皮比他想的还要厚，居然在外头"唉"了一声。

滕玉意守在药炉边，熬了这半晌药，药汤不见好，袖中的小涯却突然闹腾起来，她皱了皱眉，眼下绝圣和弃智忙着给师兄熬药，她也不好逼他们立刻去洗澡，只好拿着蒲扇埋头扇火。

但小涯像是一刻也等不了了，竟从剑身里爬出来。滕玉意把蒲扇交给绝圣，自己起身走到一边，正要低声呵斥小涯几句，蔺承佑把她扯到一边："你找绝圣和弃智什么事？"

说完这话，他立刻后退了几步，像是怕把病气过给滕玉意，每回咳嗽时都把头转到一边。

滕玉意瞅着蔺承佑，他脸色潮红，额上有汗，这分明是肺热的征象，她看看那边的炉子，还好药快熬好了。

她指了指自己的衣袖，硬着头皮低声说："小涯快不行了。"

蔺承佑咳嗽声一顿：这是又要讨浴汤了？

"待会儿等药熬好了，请其中一位小道长去沐个浴就成。"

"用不着。"

滕玉意愣了愣。

蔺承佑在心里想：绝圣和弃智老不洗澡，她用他们的浴汤就不怕损伤剑身灵力吗？

那边绝圣和弃智莫名其妙地打了个喷嚏。

蔺承佑咳嗽着说："他们忙着熬药，不如我来吧，正好我出了不少汗要回后院沐浴，把剑给我，我帮你供奉。"

滕玉意脸一热，想了想，上回小涯就用过蔺承佑的浴汤，再来一次好像也没那么不好意思了，"哦"了一声，把剑递给蔺承佑。

到了后院，蔺承佑抬手就把身上的斗篷扯了下来，大热天的披着这玩意儿，简直要把人热死了。

让人打水洗了个澡，蔺承佑顿觉浑身舒爽，换好干净的襕袍，舀了一小缸浴汤把小涯剑放进去，随后坐到一旁，静等着器灵现身。

剑身一挨水，小涯就欢天喜地地钻出来了。

"我们又见面了。"小老头儿枕着胳膊在水中漂浮，口里不忘跟蔺承佑打招呼。

蔺承佑"呵"了一声。

小涯眯缝着一双绿豆眼，热忱地说："我知道世子的病早就好了，放心吧，就冲着世子屡次主动给老夫浴汤的情分，老夫也绝不会乱说的。"

屡次？主动？蔺承佑似笑非笑地看着小涯，话这么多的器灵，他可是第一次见。

他冷嗤道："你随便说。话太多的器灵的下场我知道，无非就是无意中泄露天机，弄得自己器毁人亡罢了。"

小涯脸一绿，钻入水中一个字都不敢多说了。

滕玉意小心翼翼地把药汁盛入碗中，让绝圣和弃智把碗端进去，自己跟着要起身，一抬头就看到蔺承佑回来了。

蔺承佑换了衣裳，身上仍披着斗篷，过来时一个字都没说，直接把剑递给滕玉意。

滕玉意脸热归脸热，却没忘记摸摸剑身，一感觉到那温润的触感，悬着的心落了地。

蔺承佑睨她一眼，咳嗽着往殿中走去："头好疼，我得进去歇着了。"

滕玉意心一抖：蔺承佑该不是刚才沐浴受风，病情加重了吧？她忙跟上去："药已经熬好了，世子先把药喝了。"

蔺承佑嘴角直往上扬，走在前头说："也行，那就喝药吧。"

进了云会堂，滕玉意再次给清虚子道长行礼，绝圣和弃智把药碗端到蔺承佑边上："师兄，药熬好了。"

蔺承佑却不肯接："你们不懂，滕娘子说这药喝的时候也有讲究。"

滕玉意本已坐到对面了，闻言又起身走近："没错，这药极苦，喝药的时候少有人不吐的，一吐就白喝了，喝药之前得准备好蜜饯。"

"我们房里就有。"绝圣和弃智就要到后头去取蜜饯。

他们折腾一晌药该凉了。滕玉意拦住绝圣和弃智，让端福捧过一个小漆盒。

她揭开盒盖，里头是一盒蜜饯，这是她平日坐车时常吃的，她取了一块出来，示意端福递给蔺承佑。

"这是鄌府厨娘做的蜜饯，世子若是不嫌弃，就吃这个吧。"

蔺承佑心里泛起了甜，一边咳嗽，一边"虚弱"地接过药碗。

清虚子道长闭了闭眼，没眼看，简直没眼看。

药方他早就看过了，说起来也算对症，佑儿本就有点儿伤风，喝也喝不出大毛病来，所以明知徒孙身上的热早就退了，他也没拦着。

蔺承佑把药喝完，又接过蜜饯吃了。

滕玉意回到座位上，眼睛一眨不眨地看着蔺承佑。

绝圣和弃智等了一晌，忍不住问："师兄，你好点儿了吗？"

蔺承佑语气有点儿"孱弱"："头还是很疼。"

清虚子道长胡子一抖，再待下去，他怕自己会忍不住跳起来暴打徒孙一顿，忍住吹胡子瞪眼的冲动，慈祥地捻须起身："师公到里头打坐去了，你们好好招待滕施主。"

道长这一走，滕玉意也不好再待下去，恭敬地望着清虚子道长的背影："上人慢走，我等也要告辞了。"她又对蔺承佑说："药没那么快见效，出点儿汗就好了。世子好生养病，我们先走了。"说着她带着端福起身告辞。

蔺承佑看看天色，天已经黑了，滕玉意历来爱招惹邪祟，这样一个人回去，谁知半路会碰见什么。但他若是顺势送滕玉意回府，就没法儿再去李府求证了。

他很快就拿定了主意，李府那边有严司直调查证物，他明日再去也成。

"头痛是好点儿了，就是饿得慌。"蔺承佑懒洋洋地起身，"奇怪，有点儿想吃我们府里常嬷嬷做的杏酪粥了，要不我回府吧。绝圣、弃智，师兄走了，你们好好照顾师公。"

上车之前，滕玉意在心里想：蔺承佑看上去比之前好多了，但骑马免不了要吹风，这样一路骑回成王府，病情绝对会加重。

但蔺承佑压根儿没有要歇着的意思，更怪的是清虚子道长也不拦着徒孙，莫非……蔺承佑已经好了？但那药再灵，至少也得睡上一觉才会见好，蔺承佑好得是不是太快了些？

她正想着，就听蔺承佑说自己骑不了马，让观里的修士把犊车牵过来。滕玉意心里的疑惑顿时转为担忧，自打认识蔺承佑，她从来没见他乘过车，马都骑不了了，看来他是真难受。

眼看蔺承佑要掀帘上车，滕玉意走过去把手中的一整盒蜜饯递给他："那药泛苦，路上一颠簸，当心犯恶心，世子拿着路上吃吧。"

蔺承佑咳嗽两声，恹恹地接过小漆盒："比起这个，我倒是更想吃上回的鲜花糕……唉，你别那样看着我……病中之人胃口古怪，我也不想这样……喀喀……头疼，胸口也疼，不说了，能做就顺便给我做点儿，不愿意做也不强求。"说完他上了车，顺势把帘子放了下来。

滕玉意仍在原地戳着。

她合理怀疑蔺承佑在挟病耍无赖，但他的确生病了。

一个病人提的要求，只要不是太过分，她满足一下似乎也没什么。

"你要吃什么口味的？"

车里，蔺承佑靠着车壁往口里扔了一块蜜饯，闻言，笑意在心口翻涌，怕她听出不对来，故意沉声说："随便吧，上回的玫瑰糕就挺好吃。"

"玫瑰不如前一阵新鲜了，要做也只能做别的样式的鲜花糕了。"

"也成，我不挑。"

滕玉意在心里撇嘴：这还叫不挑呢？要不是蔺承佑救了她这么多次，她才没这份耐心。

"等着吧，明日做了就给你送到观里。"

蔺承佑背靠车壁笑了笑，忽然想起什么，又问："对了，你以往是不是常在家中做鲜花糕，吃过这糕点的人多不多？"

滕玉意驻足：他打听这个做什么？

"在扬州的时候经常做，来长安后就没做过了。"

"照这样说，你在扬州时，只要是常去你府中的人都见过你家的鲜花糕了？"

"当然。世子为何问这个？"

"往日你在扬州时认识的那些人，最近可有到长安来的？"

滕玉意说："那可就多了。近年来从淮南道出来的武将，几乎都在我阿爷帐下任过职，在扬州时，这些将领府上的女眷都登门拜访过，有一阵我觉得无聊，常做鲜花糕款待女眷。今年碰巧赶上三年一度的述职，我阿爷的不少旧部携眷来了长安。对了，有个扬州的熟人你也认识，李光远将军的女儿，她过去就常来我家。"

她？

蔺承佑说："你回头把这些女眷列一份名单给我。"

滕玉意满腹疑团。

蔺承佑默了默。他是不会让滕玉意知道自己因为梨花糕吃过她和皇叔的醋的。

"跟一桩要案有关，回头千万记得给我。"

到了滕府门前的街巷，滕玉意才想起先前在严司直包袱里的东西，当着满大街行人的面不好下车亲自问蔺承佑，便让端福看看蔺承佑走没走。

青云观的车夫正要掉头去成王府，不期然被端福拦了下来。

蔺承佑在车里问："何事？"

端福说："娘子向世子打听一件事，严司直的包袱是从哪儿来的？"

"出了一桩案子，那包袱里的东西是证物，为何打听这个？"

"娘子说，她看着包袱里的东西有点儿眼熟，不知严司直从何处得的。"

蔺承佑心中一动："她看什么东西眼熟？"

端福说："娘子只说眼熟，未说是什么东西。"

蔺承佑想了想，既然滕玉意认识李三娘，应该也见过李三娘房里的东西，那么把这件事告诉滕玉意也没关系。他道："东西是从一个证人家里拿出来的，这人说起来你家娘子也认识，正是李光远的女儿。"

端福应了，回去后一边继续驾车，一边把打听到的事跟滕玉意说了。

滕玉意一怔：李淮固？

换作一个不认识的人，她绝对怀疑是自己看错了，可那居然是李淮固的东西。

这未免也太巧了，那布偶的料子实属少见，何况还那样旧了……

一惊之下，她催促端福加快车速："快快快，我要回府。"

到了潭上月，滕玉意径直进屋跑到床边，弯腰在枕下慌乱摸索，很快摸到了她熟悉的厚软之物，把东西拿出来，大松了一口气——

布偶还在。

怪了，李淮固那里竟也有相同的布料，就不知李淮固拿来做了什么，年头这样久，说不定也是在扬州做的。

滕玉意抱着布偶在屋中打转，武绮一入狱，她闲了不少，这一阵发生的事，她总算能腾出空好好琢磨了。

她想想那晚在成王府赴宴时，有人差点儿偷走了她的香囊，而当时坐在她左边的正是武绮、李淮固和柳四娘。

武绮在狱中矢口否认这件事是她做的，那么就只剩李、柳二人了。

她与柳四娘过去毫无交集，柳四娘也不大像会做出这种事的人……加上今日那包袱里的东西。

她唇角微弯：看来是时候会会李淮固了。

在屋中转了一小圈，她很快拿定了主意，把布偶重新塞回枕下，扬声唤春绒和碧螺："备帖子，明日我要邀书院里的众同窗去探望李三娘。"

端福离开没多久，蔺承佑忽然叫车夫掉头，驱车追到滕府门前，滕玉意早就不见人影了，门口只站着程伯等人，望见蔺承佑都愣了一下。

蔺承佑胸中沸乱如麻，也顾不上装病了，下车唤程伯到近前："程伯，冒昧跟你打听一件事，你家娘子小名叫什么？"

程伯先是一愣，随即警惕地觑了觑蔺承佑。哪儿有外男打听人家闺名的？蔺承佑突然如此，莫不是又想上门提亲了？

这件事他还得先征询老爷的意思。

在得到老爷准许之前，身为滕府的忠仆，他理当对蔺承佑说"不知"，但就怕……娘子自己也愿意。

程伯眼珠一转，含蓄地微笑道："娘子的小名就在闺名中，至于闺名是什么，世子想必已经知道了。"

"阿玉？阿意？"

程伯继续微笑。

"没叫过'阿孤'吗？"

程伯一呆："阿孤？谁家小儿会起这么不吉利的小名？我家娘子从来没叫过这个。"

蔺承佑顿感失落，程伯可是滕府资历最深的下人，连他都没听说过……

蔺承佑依旧不死心："就没有叫过近似的小名吗？滕夫人在世时，都是怎样称呼自己女儿的？"

程伯鉴貌辨色，猛不防察觉蔺承佑眼中竟有焦灼之色，踟蹰片刻，只好也认真作答："老爷和夫人历来只叫娘子'阿玉'或是'玉儿'，打从娘子出生，这个称呼从来没变过。"

"杜家夫人呢？"

"也是如此。"

蔺承佑难掩失望之色。其实早在几个月前因为一包虫子与滕玉意打上交道时，他就让人暗地里打听过她的底细，把她过去在扬州的事大概摸了一遍，没人听说滕将军的女儿叫过类似的小名。

况且假如当年那小孩儿真是滕玉意，她来长安这么久了，知道他一直在找儿时的救命恩人，不可能绝口不提。

这样看来是他多想了。

若不是端福说他家娘子觉得包袱里的东西眼熟，他也不会突然有此一问。

第二日一早，蔺承佑和严司直一同赶到李府办案。

李光远率领满府的人在中堂迎客，略微寒暄了几句，就领着蔺承佑和严司直往后院走。

"出了昨日的事，李某追悔莫及，若非一再姑息，小女昨日也不会被歹人再次袭击，上回一出事就到大理寺报官的话，也许早就发现小女房中的那些厌胜之术了。"

说话间，他们到了李淮固住的小院。

李光远指了指院门口的匾额："三娘与她的几个哥哥姐姐不同，不爱舞刀弄剑，自小爱好书墨，瞧瞧，这都是她自己写的。对了，昨日已经查过了，匾额后头没放那些符箓。"

蔺承佑往上看了看，匾额上面题着三个字：皓露轩。

他忽闻环佩"叮咚"，是李淮固带着婢女们迎了出来，她头上梳着双鬟，一身装扮明净雅洁，配上那窈窕的身段，宛若画中人。

李夫人软声说："阿固，无须再怕了，日后再也不会有人敢害你了。这两位是大理寺的官员，严司直昨日来过，这个是蔺评事，都是过来调查案子的。"

阿固？

李淮固感觉到蔺承佑的注视，不卑不亢地行了一礼："见过严司直，见过蔺评事。"

李光远欣慰地看着女儿，这孩子举止得体，发言清雅，哪怕放在长安的贵女中也是顶出色的。

"世子、严司直，随李某入内吧。"

到了李淮固的房中，蔺承佑当即怔了一下。

这房间实在太眼熟了，屋内的布置与在彩凤楼被尸邪蛊惑时，他在梦中见过的房间几乎一模一样，就连那松霜绿的帘幔、帘上挂着的香囊也是如出一辙。

他一转头，墙上悬着风筝，风筝的形状和花色他也在梦中见过。

对了，他记得梦境里床头悬挂的荷包上绣着"李"字。

李夫人搂着女儿，心有余悸地说："那回我们去乐道山庄赴宴，半路遇到邪祟，亏得世子赶到，不然三娘多半被那女鬼掳走了。说起来也真可怕，自从女儿来了长安，就老有人暗中对付她，可我家三娘历来与世无争，也不知到底碍了谁的眼。"

蔺承佑收回目光，对李光远说："听说令爱有不少私物被人做了手脚，都放在何处，可否拿出来给我和严司直瞧瞧？"

李淮固依偎在母亲怀里，李夫人示意婢女们把东西拿过来。

蔺承佑第一眼先看布偶，就是当年阿孤怀中之物，再看另外几样，要么是绣着"阿固"字样的荷包，要么是刻着"阿固"字样的金银物件，看那使用的痕迹，绝对是有年头的旧物了，造假不会做到这个地步。

他抬眸打量李淮固，难不成她真是当年的阿孤？

但说不上为什么，他老觉得眼前这个人与记忆中那个小小的、倔强的阿孤有很多地方不一样。

当年阿孤明明因为想阿娘哭得那样伤心，听见有人落水，却二话不说就跑过来救他，知道自己拉不动水中的人，就挥臂把风筝扔到水里。

她才五岁，已经那样机智……

事后他跟一帮世家子打架时，阿孤正忙着吃他给她的那包梨花糖，只因与他有了交情，她想也不想就冲上来帮他。

他眼前这个李淮固只有矫揉造作，哪儿有半点儿阿孤的孤勇和义气？

对了，上回在骊山上，半路遇上受伤的农妇时，这个李淮固可是压根儿没想过停步，当日伯母同太子说起第一批赶到阁中的女学生，李淮固的名字赫然在列。

所谓急功近利，这个李淮固表现得淋漓尽致。

一个人的心性会发生这么大的变化吗？

蔺承佑目光复杂地看了李淮固一眼，罢了，一晃眼过了这么多年，没准儿一个人就是会变这么多。假如李淮固真是当年的阿孤，该还的人情他还是要还的，绢彩珠璧任凭李家开口，李光远的升迁成王府也可以帮着出出力，剩下的事就不必啰唆了。

这些事通通让常统领跟李府交涉便是，他也懒得再与李家人打交道了。

为了保险起见，蔺承佑决定再问几个细节："李将军，隆元八年，令爱可曾到长安来过？"

李光远和妻子惊讶地互望："来过。世子为何这样问？"

这时有婢女进来禀报："老爷、夫人，外面来了好些三娘的同窗，她们听说三娘昨日受袭，特地前来探视。"

李淮固一惊。

李夫人热情地追问："都是谁家的孩子？"

"滕将军的女儿、郑仆射家的娘子、邓侍中的孙女、柳尚书家的四娘……现在都在院子外头，就等着进来了。"

李夫人与有荣焉，这么多长安城数一数二的仕女一同前来探望女儿，可见女儿平日多善结交，她忙说："快把这些孩子请进来。"

很快，众人就听到外头传来女孩们的说话声。

蔺承佑听说滕玉意也来了，心早飞到外头去了，回头一看，却看见李淮固正暗暗冲婢女使眼色，婢女把桌案上的东西都收起来，动作急切至极。

蔺承佑心里起疑：她怎么像见了鬼似的？

"慢着。"

李家人一愣。

蔺承佑一笑："有件事想向令爱求证一下，桌上这些东西能不能待会儿再收起来？"

李淮固敛衽道："还望世子见谅。同窗们过来看望我，这些东西堆在外头显得太乱，容我暂且收一收，世子要查什么，回头再拿与世子就是。"

她说得有点儿道理，但婢女刚才的慌乱神色实在让人疑惑，蔺承佑好奇地望着桌上的物件，难不成这里头有什么见不得光的秘密？

他正琢磨，没等他说话，眼看廊下脚步声渐近，婢女居然一股脑儿地把东西抱到怀里，动作何止是慌乱，简直是粗鲁至极。

蔺承佑越发讶异，垂在身侧的左手稍稍一动，不动声色地弹出一样东西。婢女脚下一崴，一下子摔了个嘴啃泥。

她这一摔，怀里的东西撒了一地，碰巧婢女领着滕玉意等人入内，见状吓得顿住了脚步。

邓唯礼和郑霜银等人面面相觑，滕玉意却一眼就瞧见了地上的布偶。

滕玉意面色冷了下来。来之前她做过种种设想，万没想到李淮固真有个同她的一模一样的布偶。李淮固绝不会无故如此，此人究竟在搞什么鬼？

杜庭兰也被吓了一跳，旋即疑惑地问道："阿玉，你之前来探望过三娘？为何你的布偶会在三娘的屋子里？"

蔺承佑脑中仿佛划过一道闪电。

滕玉意这才看到屋里的蔺承佑，不由得越发诧异：他不是去查案吗？为何跑到李淮固的屋里来了？

等等，她好像有点儿明白了，却听蔺承佑道："杜娘子，你刚才说滕娘子跟李三娘有同样的布偶？"

杜庭兰不提防看到屋里的其他人，错愕了一瞬，点点头正要开腔，李淮固突然对李夫人道："阿娘，我去招呼我这帮同窗，您把女儿这几个月屡遭人暗算的事告诉两位官员，有人一直想偷女儿的东西，还好这些都是女儿自小就用的，样样都有年头儿了。今日正好查个明白。"

蔺承佑冷声道："慢着，把话说明白再走。"

屋子里的氛围益发古怪。

邓唯礼等人一头雾水，李光远和李夫人满面错愕，蔺承佑上前将地上的布偶捡起，接上方才被李淮固打断的话头。

"杜娘子，你说这布偶与滕娘子的一样？"

杜庭兰道："没错，妹妹有个一模一样的布偶，是当年姨母在世时亲手给她缝的。"

"还有这么巧的事？"李夫人瞠目结舌，"这布偶我家三娘也自小就有了。"

"何时有的？"

"应该是……"

"打从记事起就有了。"李淮固淡淡地接过话头，"这是当年阿娘在扬州为我做的，此后一直伴在我身边，算起来有十个年头儿了。"

李夫人含笑凝视着布偶："对对对，我想起来了，记得是在扬州的悯春楼做的。那年三娘也才五六岁吧，突然对我说想要个布偶。这布偶是这孩子自己画了样式，又买好了布料，末了托悯春楼一位绣娘做的。那绣娘应该还在扬州，这事一问就知。世子，为何打听这个？"

蔺承佑虽说早就知道李淮固心里有鬼，听到此处也难免有些困惑：李淮固言之凿凿，显然不怕对质，而且假使是成心假冒，哪儿有从十年前就开始布局的？

他忽又想起那堆被送到皇叔府中的物件。

皇叔手下的人查探后得知，"滕府"的漆盒和那套仿造的舞仙盏都有些年头了，并非新物做旧的，是实打实的旧物，也就是说，陷害滕玉意的这个人早在几年前就开始布局了。

先前他只觉得此事匪夷所思，在撞见今日这一出之后，似乎终于能窥到迷雾中真相的一角了。

这些物件有个共同点：都是滕玉意的惯用之物。

李光远是滕绍的副将，李家的女眷早年常与滕家来往，滕玉意自己也说过，小时候李淮固没少到她家中去玩，李淮固完全有机会接触到滕玉意的这些物件。

假如这一切都是出自李淮固之手，这套做旧的手法对她来说并不难。但让他困惑的是，李淮固十年前才五六岁，一个小孩儿，论理不可能那么早就未雨绸缪才对。

这事会不会是李光远谋划的？这样年份更能对得上。但李光远也是上阵杀过敌的骁将，头几年屡次立功，如今也算炙手可热的朝中新贵，这样的人不会局限于这等上不得台面的闺阁花样儿，何况就算害了滕家的女儿，对他自己的升迁也毫无益处。

等等，蔺承佑心中一震，说起李光远的擢升……他早就听人说李光远有个能预知后事的女儿，如果这个女儿指的是李淮固，难道这世上真有人能够……？

他先是震骇，随即皱眉，李淮固的种种举动都针对滕玉意，如果不是滕玉意今日碰巧上门，不会发现李淮固有个用了十年的相同布偶。

除了一样的布偶，李淮固还伪造出那么多滕府的物件……

蔺承佑慢慢地转眸望向滕玉意。

毋庸置疑，那个布偶是她的，算算年头，那一阵滕夫人刚过世，滕玉意整日思念亡母，会给自己取"阿孤"这样的孤煞名字一点儿也不奇怪。

他记得当日临安侯府的宴会空前热闹，阿孤却独自抱着布偶坐在湖边想阿娘。

阿孤的那份孤苦，又岂是眼前这个假惺惺的李淮固能装得出来的？

蔺承佑喉结滚动。这一刻，他忽然生出一种"近乡情怯"的感觉，心中有狂喜，更多的是纳闷儿：枉他找了这么多年，滕玉意却对他半点儿印象都无。

好歹他们也有一份过命的交情，那日他还哄她吃过他的梨花糖，她居然转头就把他忘光了。

事到如今，只有两个疑团尚未解开，而这两件事，他须向滕玉意亲口确认。

他开口的一瞬间，就听李淮固道："蔺评事问完了吗？我准备到邻屋招待我的同窗了。"

滕玉意却道："等等。"

她愕然地环顾四周，之前她的注意力全在布偶上，此刻才发现屋中的陈设与自己早些年闺房的陈设有点儿像。

杜庭兰也注意到了这一点，挽住滕玉意的胳膊，微讶道："这到底是怎么回事？"

蔺承佑目光一动："这屋子不对劲儿吗？"

滕玉意百思不得其解。

她早就猜到李淮固是重生之人，但实在想不通李淮固为何十年前就要仿造阿娘给她做的布偶，更不懂为何李淮固屋中的陈设与她的相仿，眼前这一幕，让她有种回到当年长安故宅的错觉。

蔺承佑这么一问，滕玉意"哦"了一声："我还以为自己在做梦，三娘这房间与我头些年的房间布置得太像了。"

杜庭兰也疑惑地颔首："真有点儿像，连墙上纸鸢的摆放位置都如出一辙。"

蔺承佑心本就跳得很快，闻言胸中犹如刮过一阵狂风：原来如此，竟是这样，他早该想明白的。

尸邪只能用活人的记忆做幻境，所以那回在彩凤楼被尸邪蛊惑时，他无意中闯入的那个幻梦，其实是滕玉意的真实记忆。

尸邪是邪中之王，想利用他的心结蛊惑他，却不想让他根据幻境中的种种找寻到自己的恩人，怕他猜出阿孤就是滕玉意，有意在滕玉意的记忆中搜刮能够误导他的片段。

尸邪搜来搜去，终于搜到了滕玉意病中的一幕，兴许当日李淮固才去看过滕玉意，所以滕玉意床边摆放着好多绣着"李"字的礼物。

尸邪没法篡改一个人的记忆，却可以故布疑阵，或许觉得这是个鱼目混珠的好机会，便利用滕玉意记忆中的这一幕做出幻境误导他。

尸邪的确成功了，因为他一度误以为自己的恩人姓李。

鉴于尸邪只能就近利用活人的记忆做幻境，当时他就猜到阿孤还活着，并且已经来长安了，只是他万万没想到，阿孤就是当晚在他身边的滕玉意。

记得那一年，他因为一直没能找到阿孤，曾迷迷糊糊地梦见过阿孤的闺房。

在梦中，阿孤卧病在床，房间的陈设就与眼前的屋子差不多。

醒来后，他为了不错过每一个找寻恩人的好法子，就趁着记忆清晰，把梦中的景象画了下来，爷娘找来画师画了许多张一样的仿画，托人四处打听。

当时他们派了不少人去打听，连扬州也派人去了，只要是听说过这件事的人，都知道他曾经梦见过阿孤的闺房。

倘若李淮固早就有心假扮阿孤，自然听说过这件事，为了让今日这场"认恩人"的戏码看起来更逼真，干脆按照滕玉意早年的喜好布置屋子。

蔺承佑再次看向滕玉意，面上不敢露出痕迹，实则欣喜若狂，他找了这么久，谁能想到滕玉意就是当年的阿孤。

只需当众问滕玉意一句，就能拆穿李淮固的把戏了，他按捺着满心的冲动，若无其事地要开腔，猛然想起滕玉意那个差点儿被偷走的香囊，话到嘴边又止住了。

李淮固加害滕玉意不是一次两次了，假如他当众将她拆穿，李淮固这露出半截的狐狸尾巴说不定又会缩回去。

思量片刻，他很快就拿定了主意，只是到底成与不成，就看滕玉意肯不肯配合他了。

那边李淮固领着众同窗要出屋："阿爷，我带同窗们去别屋。"

"等等，话还没说完呢。"蔺承佑捡起地上一个刻了"阿固"字样的银质香囊，又看着桌上的臂钏，"阿固、阿固。"

滕玉意一震。因为离得太远，她并未瞧见那些物件上头的字样，瞧这意思，似乎每样上面都刻了"阿固"。她记得前世李淮固假冒蔺承佑的恩人被当场拆穿，这是要故技重施了？不成，她得静观其变。

"别人可以走了，李夫人和李三娘请留步。"蔺承佑换了一副和气的口吻说道。

李淮固止住了脚步，不同于先前表现出的不情愿，这回她的身影明显滞了滞。

滕玉意乘机拉着几位同窗留下来。

蔺承佑把东西递给严司直，两人比对了一下。

严司直很快得出鉴定结果："看着都是有年头儿的物件了。"

蔺承佑略一思索，转头问滕玉意："你说你有一个相同的布偶，能不能拿来瞧瞧？"

滕玉意答道："在我府里。"

蔺承佑讽刺道："你那个布偶是不是新做的？李府这个任谁都看得出用了好些年了。"

滕玉意一怔：蔺承佑这是不信她了？不对，他才不会无缘无故地来这一出，突然朝她发难，一定事出有因。但屋中其他人显然不这么想，都知道滕玉意前日才公然拒绝了蔺承佑的求亲，以蔺承佑的桀骜脾性，他未必能忍得下这口气。

瞧，他这不就开始当众找滕玉意的麻烦了吗？

滕玉意淡淡地道："我的布偶也用了好些年了，旧还是不旧，一看便知。"

蔺承佑的注意力却一下子转移到李淮固身上，他仔细打量李淮固几眼，对李光远和李夫人说："冒昧地问李夫人一句，令爱的小名叫什么？"

这个问题虽然唐突，但谁叫蔺承佑是来办案的？李夫人说："就叫阿固。"

"自小就这么叫吗？"

"很小的时候就这么叫了。这事鄙府的亲眷都知道。"

蔺承佑面上又信了几分，若有所思地点点头："难怪令爱的私物上头都錾着'阿固'两个字。"

他狐疑地瞥瞥滕玉意，当着众人的面又问杜庭兰："容我再问杜娘子一句，令妹的小名又是什么？"

杜庭兰满心疑惑，只当有什么案子要查，只得照直道："妹妹自小叫阿玉。"

蔺承佑一副不大死心的样子："从来没叫过别的小名？"

"这……没有。"

蔺承佑"呵"了一声，深深地看了滕玉意一眼，眼里是掩不住的厌恶和失望。

接下来他再也懒得看滕玉意，把桌上那些用了好些年的臂钏和香囊拿在手中再次端详，确定再无疑点，便转过头去，正色对李光远说："李将军，今日我本是来办案的，怎知在此巧遇当年的恩人。隆元八年，我在临安侯府赴宴时不慎落入湖中，正为令爱所救，当年她五六岁，不但自称阿固，怀中还抱着一个小布偶，因为这布偶的样式独一无二，方才我一眼就认出来了。"

李淮固仍是满脸戒备之色，闻言皱了皱眉。

李光远和李夫人诧异地互望："这……这是……？"

郑霜银和柳四娘也惊住了，滕玉意则神色淡淡地瞅着蔺承佑：他到底在搞什么鬼？

杜庭兰呆了一呆，将滕玉意拉到一边。

李光远愣了一瞬，朗笑起来："世子这话叫李某好生惊讶，当年李某倒是携家眷拜谒过老侯爷，但这些年可从来没听小女提过这件事。"

蔺承佑却只顾打量李淮固："时隔多年，想是令爱淡忘了。"

说着他走到李淮固面前，笑着行了一礼："方才多有唐突，这些年常有人冒充在下的这位恩人，为了慎重起见，不得不多问几句。"

李淮固觑了被冷落在一旁的滕玉意一眼。自从确认两人的小名后，蔺承佑瞧都不瞧滕玉意，而且他似是为了打消心中的疑虑，询问过小名，又异常谨慎地同严司直核对了几遍物件的年头儿。

此时他望着她的目光里只有无限的惊喜和好奇，再无半点儿怀疑。

她满身防备稍稍松懈，矜持地回了一礼，表情仍有些茫然："这事过去太久了，世子不说我都忘了。"

蔺承佑点点头："怪不得这些年总也找不到你。听说十年前李将军从扬州调任杭州，我却只顾着让人在扬州找寻，一晃过去了这么些年，你记不起来也不稀奇。还好这些东西作不了假，我的记忆也作不了假。阿固，你真不记得自己救过人吗？你回忆回忆当年的事，我也好跟你核对几个当初的细节，这样我就能马上给爷娘去信了。"

蔺承佑要写信把这件事告知爷娘，看来他这是要报恩了。李夫人眼睛亮晶晶的，忙示意女儿好好想一想。

李淮固仍旧一副很谨慎的模样。

沉默了一晌，她眨眨眼睛，困惑地望向墙上的纸鸢："好像有点儿印象，不过我只记得自己救过一个小郎君，却不记得他是谁了。"

蔺承佑笑着提醒她："你哭着找自己的阿娘，当时我就知道你阿娘在附近，我幼时不懂事，还取笑过你来着。今日看李夫人有多疼你，我算是知道你为何一时半刻都离不开自己的阿娘了。对了，你可记得用何物救的我？"

李淮固听着这些话，眼里的防备和疑惑之色一点儿一点儿地消散，歪头想了想，回身一指墙上的纸鸢："这个我倒是记得，是纸鸢。"

蔺承佑松了口气："看来错不了了。第一次你为了救我差点儿摔入水中，第二

233

次才把纸鸢投进来。"

这是只有两个当事人才知道的细节，蔺承佑连这个都主动说了，可见是完全把眼前的李淮固当成自己的恩人了。

李淮固的眉头慢慢松开了。

屋子里的气氛活跃起来，李府的下人们个个喜气洋洋的，婢女们呈上茶点，把郑霜银等人请到窗前席上。

蔺承佑凝视着李淮固，笑问："那日你去了何处？一转头我就找不到你了。"

李淮固含笑出神片刻，点点头说："你一说我阿娘，我倒是想起来了，记得当日我随阿娘去赴宴，去的是一户极为热闹的人家。"

"临安侯府。"蔺承佑道，"老侯爷威名远播，又正好赶上百官入京述职，侯府为了让老侯爷高兴，有意大肆操办，凡是当日在长安的外地官员，几乎都受邀了。"

说着，他慨然一笑："你总算想起来了。找了这么久，谁能想到我这位恩人几个月前就来长安了，这可真是意外之喜，我马上给我爷娘写信告知此事。"

他眼里满是笑意，可见高兴坏了。李光远和李夫人欣慰地看着两人相认，能与成王府结交，是多少人梦寐以求的好事。李夫人尤其欣喜，看蔺承佑这架势，似乎很愿意跟三娘攀谈，一来二去的，没准儿就……

蔺承佑对李光远说："对了，这些年圣人和皇后一直很挂念此事，好不容易找到这位恩人了，我这做侄儿的也得让他们高兴高兴。记得皇伯父当年就同我说过，有朝一日寻到那女娃娃，为了奖励她当年的义举，伯父会下旨赐封其厚德县主，另封食邑两百户，今日也不用再等了，即刻就向圣人讨赏吧。李将军，向你讨副笔墨，我的随侍就在府外，我立刻修书一封，让随侍送到宫里去。"

李夫人惊喜得差点儿昏过去。

县主的爵位和两百户的食邑，这可都是意想不到的荣宠，听说郡王殿下才一千户食邑呢，女儿获此殊荣，日后在长安可就不是一般的贵女了。

李淮固却只是微微笑着。

李光远红光满面，朗声道："三娘屋里历来笔墨多，快给世子呈上。"

蔺承佑捉袖提笔："哪怕时隔多年，我也没忘记那日的事，你把我救起来之后叫我什么，你还记得吗？"

他语气很熟络，显然已经不把李淮固当外人了。

杜庭兰转头看了看滕玉意，妹妹脸色不大好看，蔺承佑自从与李淮固相认，再

234

也没正眼瞧过妹妹，她想拉妹妹走，妹妹却稳稳当当地端坐在席上。

李夫人高兴地把女儿推到桌边，这可是一封满载着荣宠的信，一经寄出去，女儿的身份就今非昔比了，到了这时候，可千万别再说记不清了。

李光远对女儿的记性充满信心，倒也不催，李淮固却说得很含混："这事过去太久了，我哪儿还记得那样清楚？隐约记得那个郎君八九岁的样子，为了跟别的公子捉迷藏才猫到湖里。"

蔺承佑眼神一亮："一点儿也不错。"

他高兴地提笔写"李氏三娘力陈当日相救之事，诸般细节尽相吻合……自称阿固"云云。

"对了，我还记得我给你一包吃的，你不怎么爱吃，是梨花糖还是樱桃脯来着？"

李淮固腼腆地摇头："我早就不记得了。"

蔺承佑手中的笔一顿，他迟疑着道："真不记得了？光凭前头几个细节，好像不算很充分……"

他有些踌躇，似乎在犹豫要不要这么快写讨赏信，对李淮固的态度也一下子没那么热络了。

这像是刚把人领到天堂入口，就突然要把那扇金碧辉煌的大门重重关上。

李淮固再审慎，这一瞬也承受不住这份巨大的落差，一个没忍住，再次开口道："我只记得那个小郎君叫阿大，我救了小郎君之后，他就跟别的世家子弟打架去了，我因为找到了阿娘，并未在原地等他。我还叫他阿大哥哥来着。"

全长安只有蔺承佑叫这个小名。蔺承佑眼中闪过一抹戾色，旋即又笑了："这回再也错不了了。"

他似乎疑虑顿消，笑着把李淮固的话一一添在信中，让人送到府外，令宽奴快速赶到宫中，尽快向圣人讨赏。

写完这封信，蔺承佑又当着李家人的面给爷娘写信，一连写了两封信，这才起身对李光远作揖道："往后令爱的事就是成王府的事。听说令爱一到长安来就屡遭陷害？"

李光远说："可不是，去往乐道山庄的途中遭遇厉鬼，前阵子被人下咒术，昨日又突然遭袭。"

蔺承佑想了想："我大概知道令爱为何被人陷害了。"

说着他对李淮固说："李娘子可有怀疑对象？对方暗害你时，可曾落下了什么证物？"

他语气空前有耐心，李淮固信赖地抬眸瞧了蔺承佑一眼，轻声吩咐身边的婢女："去拿来吧。"

婢女把东西递过来："启禀世子，娘子在书院念书时，有一晚有人曾潜进娘子的房间偷东西，还好娘子被惊醒了，那人才没得逞。那贼子匆忙逃跑时，不小心遗落了这个。"

蔺承佑垂眸望着那方绡帕，这帕子看着也是旧物，上面隐隐逸出一抹幽香，这味道他再熟悉不过了。

他心中戾气暴长，险些当场就破功了，勉强牵牵嘴角："严司直，这是重要证物，我们收着吧。"

严司直展开一块包袱皮，小心翼翼地把帕子收入囊中。蔺承佑顺便把塞了符箓的布偶递给严司直。

李光远松了口气："一切有劳世子了。"

他要把蔺承佑请到中堂去，蔺承佑却又殷切地嘱咐道："这案子事关邪术，烦请李夫人将令爱的生辰八字誊写一份给我。"

李夫人照办。

忙完这一切，李淮固走到同窗面前，笑吟吟地说："劳你们久等了，早就想招待你们，谁知突然闹上这一出。"

柳四娘等人起身向李淮固道喜："恭喜恭喜。幼时种善因，今日结善果，看你柔柔弱弱的，没想到从小就智勇双全。"

滕玉意似笑非笑地看着李淮固。

杜庭兰勉强笑笑，拉着妹妹起来："恭喜三娘。"

滕玉意懒洋洋地起身。

滕玉意一转头，见邓唯礼居然仍在发愣，拽了邓唯礼一把："别发愣了，起来吧。"

李淮固热情张罗："头一回招待同窗，容我好好想想，要不中午就在园子里用膳吧。今日日头好，碰巧园子里新近开了不少花。"

众人用完膳，李淮固就陪着同窗们在院子里作诗玩乐。

这一玩就是一下午，眼看要黄昏了，突然有下人飞奔过来："三娘，宫里有旨意到，老爷要你快出去接旨。"

阖府上下顿时欢天喜地，李淮固回屋换了衣裳，匆匆忙忙地赶到中堂接旨。

杜庭兰等人不好待在后院，便也同李淮固出去了。

中堂里，蔺承佑和李光远正同宫里的人说话，负责传旨的是圣人身边的关公公。

关公公蔼然向李淮固投去一瞥，清清嗓子，打开制书，宣道："门下：李家三娘嘉言懿行，奋勇救人……可封厚德县公主，食邑两百户。主者施行……"

李光远满面荣光，带领妻儿伏地接旨。有了这道旨意，女儿就是名副其实的贵女了。

蔺承佑在旁看着李淮固接了旨，笑着起了身："有劳关公公跑一趟。"

关公公努了努嘴："圣人挂念世子，让世子进宫用晚膳呢。"

蔺承佑道："劳皇伯父挂念了，侄儿本就该进宫一趟。对了，我得把这些证物先送到大理寺去。"

说话间，蔺承佑展开李夫人誊写的那张纸，上头写着李淮固的生辰八字。

蔺承佑当着关公公的面询问李夫人："这上头是令爱的生辰八字没错吧？"

李夫人忙过来道："没错。"

"瞧我，真是多此一问，阿娘怎会记错自己女儿的生辰？"蔺承佑笑着说，旋即怔住了，"令爱是三月初七的生辰？不对啊，我那位小恩人是腊月二十八的生辰。"

此话一出，中堂里欢乐的氛围一凝。

关公公问："世子会不会记错了？"

蔺承佑用手指弹了弹纸："我绝不会记错，当日那女娃娃跟我说过哪些话，我可都记着呢，她就是腊月二十八的生辰。"

空气凝固了。

李淮固脸色煞白。

蔺承佑做出一副恍然大悟的样子："刚才光顾着高兴，忘了跟李三娘确认此事了。阿固，要不你……等等，我明白了。"

他面色一冷："李三娘，你好大的胆子！你并非当年的阿孤，为何要冒充？"

李光远怛然失色："这……其中定有些误会，三娘素来胆小，绝不会蓄意冒充！"

"一个人怎会连自己的生辰八字都记错？关公公，速将此事告诉皇伯父。"

李家人心知不妙，圣旨都下了，李家也领赏了，万一弄错了，这可是欺君大罪。

李淮固脸色变了几变。到了这个份儿上，只能将错就错了，她迅速地让自己镇定下来，强笑道："当年我是成心说错生辰的。我这些物件从小就有了，世子方才也确认过了，若有疑惑，回扬州打听便知。我也说过了，好些事我记不清了，一一核对起来，免不了有些偏差，事关体面，三娘断不敢存心欺骗。"

蔺承佑想了想，脸色没那么难看了，耐着性子道："你是成心说错自己生辰的？这回你可想清楚了。"

"我打小就比旁人胆小，阿娘告诉我不能将生辰八字随便告诉旁人，当年我怕世子是坏人，便故意说了个假的生辰八字。"

蔺承佑一嗤："可惜这生辰八字并非当年那个小娘子亲口说的，而是她身上的某个物件上刻的。当日我和她在湖边说了许久的话，她听说我小小年纪会道术，好奇之下把自己的护身符给我瞧了，那上头就刻着她的生辰八字，我因为怕人冒认，一直没跟人提过。"

李淮固身子一晃。

到了这时候，她再想推说自己从未亲口说过这事已经晚了，即使她没有把话说死，已经接受了封赏却是事实。

李光远和李夫人面色变得极其灰败："三娘……"

蔺承佑抖开包袱，取出里面的布偶，冷笑道："之前当着大理寺官员和众香象书院学生的面，你可是言之凿凿，说自己便是当年的阿孤，在临安侯府用纸鸢救了我。说起当初那些细节，你头头是道，就连布偶都提前准备好了，处心积虑不就是想冒认吗？我看你装模作样，险些被你骗过去了，好在一说到最关键的细节，你到底露了馅儿。你明知我在信上为你请赏，却执意欺瞒，明知这不是属于你的恩赏，你也厚着脸皮领赏。关公公，欺君之罪该如何办？"

关公公听到此处，早在旁边叹起了气：枉圣人高兴一场，没想到又是个冒牌货。他心知事关重大，当即道："奴婢这就进宫禀告圣人。"

李光远劝阻的话冲口而出："世子，切不可……"

蔺承佑拱了拱手："李将军，这是令爱一人之错，李将军和夫人想必也不知情。如今人证物证俱在，令爱就等着宫里的处置吧。"

他的言下之意就是李家千万别为了李淮固把一家人都赔进去。说罢他同严司直扬长而去。

李夫人白眼一翻昏倒过去。李家乱成了一锅粥。

李光远急得两眼冒金星，欺君之罪非同小可，何况女儿招惹的还是蔺承佑，看这架势，哪怕他使出浑身解数，也别想帮女儿脱罪，关键是此事一出，满长安都会看女儿的笑话，这下怎么办？他咬牙切齿地对李淮固道："好端端的，你这是犯什么糊涂？！"

李淮固浑身直哆嗦，如同烂泥一般瘫倒在地上，忽然想起什么，咬牙恨恨地回眸，哪知身后空无一人，中堂里早就没有滕玉意的身影了。

滕玉意与阿姐一同坐车回府。

杜庭兰歪头看着妹妹："为何不说话？"

滕玉意托腮道："我为何要说话？"

杜庭兰捏了捏妹妹厚嫩的耳垂："看到蔺承佑对李淮固那般殷勤，是不是有点儿吃味了？"

"我吃什么味？"滕玉意躲开阿姐的手，"那是他的救命恩人，又不是我的。他要是连自己的救命恩人都能认错，我就当白认识这个朋友。"

杜庭兰微笑："你是不是很笃定他不会上李淮固的当？制书来的时候，我看你连眉毛都没抬一下。"

滕玉意懒洋洋地把头歪到姐姐肩膀上。最开始她的确不知道蔺承佑在打什么主意，但她知道，蔺承佑没那么容易受骗，看他突然要给宫里和爷娘写信，她就知道他在给李淮固下套了。

后面的事，自然无须她提醒了。

"话说回来，当年救蔺承佑的那个女孩为何会跟你有一样的布偶？"

杜庭兰心里很疑惑，要说那人是阿玉，阿玉可从来没叫过"阿孤"这个小名，再说妹妹记性那么好，这些时日又总跟蔺承佑往来，若是当年救过蔺承佑，早该想起来这事了。

咦，蔺承佑说这是隆元八年发生的事？隆元八年妹妹因为骤然失去母亲，整日郁郁寡欢，来长安后没多久就生了一场重病，高烧昏睡了半个多月，险些就病死了。

该不会妹妹她自己……

她们忽听车夫讶然地道："世子。"

蔺承佑勒马拦在滕家的犊车前："替我向你家娘子说一句，说我有急事找她。"

滕玉意想也不想就说："不见！"

她脾气够大的。蔺承佑笑起来，朗声道："今日我不是来找滕玉意的，我是来找小阿孤的。阿孤，你把我忘了，我却没忘。那日你救我上岸，我给你吃梨花糖、带你去找阿娘，你帮我打架。阿孤，这些事，你都不记得了吗？"

杜庭兰脑中轰然一响：照这样说，阿玉竟真是当年那个阿孤！

阿孤，阿孤！杜庭兰心中一酸，真该死，她早该想到这一点，以妹妹当时的心境，真有可能会这样称呼自己。

妹妹没了阿娘，阿爷也甚少陪在身边，她整日闷闷不乐，可不就是一个小小的"阿孤"吗？

她一把攥住妹妹的手："你真叫过阿孤？"

滕玉意脸上的惊异之色不亚于杜庭兰，有了今日这一出，其实她也怀疑这事与自己有关，不因为别的，就因为蔺承佑所说的布偶和"阿孤"的生辰八字都与自己对得上，但这件事说起来不算小，为何她脑中一点儿印象都没有？假如她一向记性不好也就算了，但她从小就过目不忘……

纵算她当年病过一场，也不至于把记忆全丢了，因为这个，她始终认为这只是巧合，直到发生了今日的事，这个念头才开始动摇。

杜庭兰心酸地道："你忘了吗？隆元八年你病得很重，小儿高热惊厥，一烧还是那么多天，姨父唯恐你活不下来，整日守在你床边，记得当初医工们都说，你不烧坏脑子就不错了，还好你醒来后，只是精神比往日差些。你病愈后没多久，姨父就带你回扬州了。你真一点儿都不记得了？纵算你全忘了，蔺承佑总不会认错人。"

滕玉意一咬唇，仰起下巴，隔着窗帷对蔺承佑道："我忘了，全忘了。你说我是那个女孩我就是了？你有什么证据？"

蔺承佑在外头接话："你倒是下来啊，别窝在车里问东问西的，你下来我就告诉你。"

下去就下去。滕玉意"哼"了一声，随手拿起身边的帷帽戴到头上，对杜庭兰说："阿姐，我下去问他几句话。"

杜庭兰忍着笑点点头。

滕玉意一露面，蔺承佑也翻身下马。

滕玉意昂着脑袋走到一边，蔺承佑却抱臂环顾四周："这地方可是闹市，你确定要在这儿跟我说话？不如我带你去一个地方，我们好好把事情说清楚。"

滕玉意望望蔺承佑身后，他连辇车都没准备，这是要她走路吗？

"不去。有什么话就在这儿说吧。"

蔺承佑朝后头使了个眼色，宽奴也不知从哪儿蹿了出来。

宽奴亲自驱着一辆宝钿犊车，乐呵呵地到了近前："滕娘子，我家郡主想请你到府上说说话，这是她亲手写的帖子，烦请滕娘子过目。"

滕玉意接过帖子，这上头哪儿是阿芝郡主的字迹，分明是蔺承佑伪造的。

哼，她从帖子上方瞥了蔺承佑一眼。

蔺承佑冲滕玉意一揖："滕娘子，你是我们成王府的贵客，舍妹相邀，还请滕娘子务必赏个脸。"

杜庭兰赶忙在车里说："妹妹，既是郡主相邀，姐姐就先回去了。横竖端福在你身边，阿姐也不必担心什么。"说着她一个劲儿地催车夫驱车离开。

见滕玉意没接茬儿但也没反对，车夫忙驾车沿着原路往前去了。

宽奴恭恭敬敬地打起帘子，滕玉意昂首阔步地上了车。端福跟上前，自行坐到宽奴边上。

蔺承佑翻身上马，伴在犊车边上。

天色不早了，日影渐渐西斜，夕阳照耀着长安城，为路旁的树叶染上一层霞光。

但在蔺承佑眼中，此刻的长安城俨然沐浴在清晨的阳光里，处处朝气蓬勃，让人心生欢喜。

往前行的时候，他不时转头看看犊车，可惜窗帷盖得严严实实，也不知滕玉意现在脑子里在想什么。

滕玉意在车里坐着。

她上车后才发现，车内的几上放了好些吃食，琳琅满目的，全是她平日爱吃的甜点。甜点旁边还放着个小酒囊，她揭开盖子，顿时酒香四溢。那是上等的蒲桃酒。

这是豪门世家常有的待客举动。

滕玉意正好饿了，就顺势吃了一块点心。

成王府的点心没滕府的甜，但意外软糯。

几上还有一个绿琉璃十二曲长盒，她揭开盒盖，里头是一盒梅花形状的点心，点心外包裹着细腻晶莹的红粉，精致如一朵朵雪中红梅。

她拈起一块吃了一口，脆如凌雪。

蔺承佑似是知道滕玉意在偷吃点心，在外头说："多吃点儿。那叫红梅糕，我阿娘最喜欢吃这点心了。"

滕玉意正研究这点心是怎么做的，闻言睨了睨车窗，原来成王府里一直就有类似鲜花糕的点心，蔺承佑倒好意思一次次要她给他做，枉她昨日一回府就给他做鲜花糕。

滕玉意说："这点心比我做的鲜花糕好吃多了，横竖世子的病也好了，我就不用把鲜花糕送到观里去了。"

蔺承佑道："谁说我的病好了？宽奴，把我的药拿来，今日忙着捉贼累了一整天，眼下又难受了。"

宽奴忙说："正要提醒世子吃药呢，昨晚咳嗽一宿，到早上热才退，又不是铁打的身子，怎能受得住？"

滕玉意才不信蔺承佑还病着，可听到宽奴这番话，又变得将信将疑，昨日蔺承佑发烧是事实，她去的时候他身上的药味还未散，才一天，他论理不会好利索。

他折腾一天，说不定病气又起来了。

辇车到了一条街道上，突然停在路边。

滕玉意掀开窗帷往外看，辇车到了大隐寺外的戏场，华灯初上，街上男女络绎不绝。

蔺承佑在帘外咳嗽两声："该用膳了，不用膳没力气说话。阿孤，你也饿了吧？"

谁是他的阿孤？滕玉意磨蹭了一会儿才动身，她一下车，蔺承佑就把在路边刚买的糖人递到她面前。

滕玉意接过糖人，嘴里却说："我才不是什么阿孤，世子你认错人了。"

蔺承佑扬了扬眉："谁敢说你不是？"

"你。今日你当众说我的布偶是假的，布偶是假的，我这个人当然也是假的。"

她倒是够记仇的，明知他当时在给李淮固下套……

蔺承佑摸摸耳朵，笑着点点头："是是，这事都怪我，阿孤明明就在我眼前，我却没一早认出来。"

滕玉意骄傲地迈步往前走："你说我是你的恩人，有什么证据吗？"

"你叫过自己阿孤，这事总没错吧？你见过这世上第二个叫这个名字的孩子吗？记得我问你为何叫这古怪名字，你却突然冲我发脾气。"

滕玉意在心里想，这事倒真像她做出来的。只是"阿孤"是她自己叫着玩的，这些年从未同别人说过，如果这件事真发生过，她不奇怪别的，只奇怪自己为何会把这个自称告诉蔺承佑。

"还有那个布偶，我猜你小时候总带着它，因为你连出门赴宴都不忘把布偶抱在怀中。"

滕玉意依旧没吭声。别说五岁时，直到现在她晚上睡觉都离不开布偶。

"你坐在岸边想自己的阿娘，想得眼泪直流，我为了哄你高兴，就说带你去找阿娘。我当时以为你跟阿娘走散了，今日才知道，那一阵滕夫人她……"

蔺承佑把后头的话咽了回去。

滕夫人在世时应该很疼爱滕玉意，从她亲手给孩子做布偶就能看出来。

也许在年幼的滕玉意心里，她始终不肯接受阿娘离世的事实，所以明知阿娘不在了，听到他说自己的阿娘认识许多女眷，也怀抱着一丝希望让他带她去找。

想起湖边那个孤孤单单的小身影，他心里突然有些难过，明明还有一肚子的话，却有些说不下去了。

滕玉意听到此处，心里已经信了大半，她的确叫阿孤，隆元八年也的确来过长安，至于那个布偶……阿娘刚过世那一阵，她常抱着布偶到处找阿娘，可惜无论她找到哪个角落，都没能见到阿娘的身影。

她清清嗓子："那……后头的事呢？你答应带她去找阿娘，找到何处去了？"

阿娘已经不在了，她很好奇当时蔺承佑是怎么做的。

"我没做到。"

滕玉意一怔。

蔺承佑直视前方，勉强牵牵嘴角："我答应带你去找阿娘，却因为忙着跟别的孩子打架把你晾在原地。后来我去换衣裳，你跟在我后头，手里拿着我给你的糖，对我说：'小哥哥，你的糖。'可是我……"

说到此处，蔺承佑再也笑不出来了："我叫你别跟着我，语气还很不好。等我换好衣裳回去找你，你就不在原地了。"

滕玉意先是一愣，接着便异常生气："蔺承佑，你怎么这样？"

蔺承佑先在心里把自己臭骂了一百八十遍，这才接话道："这些年我让人四处找你，就是因为我想亲口向你道歉。"说着他拦在滕玉意面前，语气异常郑重，"阿孤，对不起。"

滕玉意把头扭到一边。她就知道是这样，要是蔺承佑当日好好款待她，怎会连她爷娘是谁都没问出来。

呵，他就是这样对待自己的恩人的？

她绕过蔺承佑往前走。

蔺承佑负手跟上："我做过这样对不起你的事，如今总算找到你了，你是不是得让我好好补偿你？"

滕玉意还是很生气，从鼻子里"哼"了一声："用不着！"

蔺承佑毫不气馁："我知道，金银珠宝你是瞧不上的，要不这样吧，你也跟我打过不少邪物了，知道狐仙都是如何报恩的吗？"

滕玉意脚步一滞，好奇地道："如何报恩的？"

"以身相许啊。"

滕玉意脸一红。蔺承佑的笑容那样无辜，他仿佛在说一件再寻常不过的事。

她羞恼地瞪他一眼，冷哼道："呵，你是狐仙吗？你是狐仙我就同意你以身相许。"

蔺承佑一本正经地道："我不是狐仙，但我跟狐仙有个共同之处——"

滕玉意明知蔺承佑在卖关子，却忍不住再次接话："哦？你是人，狐仙是妖，你们能有什么共同之处？"

"这你就不知道了。狐仙不但对自己的恩人好，而且对自己的配偶更好，没有择偶也就罢了，一旦择偶，永世不会背叛自己的妻子或丈夫。我呢，也是如此。"

说完这话，蔺承佑下意识地抬头望天，与此同时，迅速地拽着滕玉意退开一步。

还好这一次天上没再打雷。

滕玉意自然知道蔺承佑在怕什么，不由得有些好笑，这一乐，脸上也有了点儿笑意。

蔺承佑观察完夜空，重新把视线挪回滕玉意脸上，隔着纱帘，意外发现她正望着自己笑，不由得也笑了。

他这一笑，当真是双眸如星，说不出地好看。

滕玉意蹙了蹙眉，重新绷起脸道："蔺承佑，你就是这样对待自己的恩人的？你要是再用言语轻薄我，我绝不会再理你了。"

说完，她把胳膊抽出来，越过他就往前走。蔺承佑目光追着她的背影，心里并不懊恼，好歹比上一回好多了，她没有转身就跑。

他背着手不紧不慢地追上去："我知道，你暂时不想嫁人，以身相许的事，日后再商量。反正我心里整天记挂着你，要不这样吧，从现在开始，无论你有什么愿望，我都想办法帮你实现如何？"

这个建议倒是不错，滕玉意认真地想了想，不说好，也不说不好，只说："这个嘛，让我考虑考虑。不过话说回来，我的心愿靠我自己也能实现。"

蔺承佑笑道："说大话。你藏在心里的那个秘密也找到答案了吗？不如这次让我帮你一起找啊。"

滕玉意猛地止步。

蔺承佑静静地望着滕玉意的侧脸，心中有了然，更多的是震撼。

其实早在那回她告诉他他三年后会被人用毒箭暗伤时，他就应该想到滕玉意不对劲儿了。

滕玉意如此敏锐谨慎，怎会把一场梦当真？她让自己的阿爷提醒他还不够，为了让他真正重视这件事，甚至不惜编造出小涯能预知的谎言。除非……滕玉意很肯定这件事会成真。

除此之外，她还一再说自己日后会被一个黑氅人所害。

今日看到李淮固为了冒认做下那么多事，他才知道，原来这世上真有人能"预知"后头的事。

不，滕玉意那发自内心的忧惧，绝不可能只是所谓的拥有预知能力就能解释的。

她分明像是提前经历过一遭。

李淮固也是如此，所以她明明不是阿孤，却能提前做出一模一样的布偶。

蔺承佑看了后头的端福一眼，确定端福暂时听不到他和滕玉意的对话，便拦到滕玉意面前，低眉望着纱帘下的脸庞。

过了片刻，他开口道："你跟李三娘一样，也知道一些寻常人不知道的事对吗？自打我认识你，你出门时，身边总带着一大帮护卫，你的蹀躞带里不放胭脂水粉，只放暗器和毒药。你知道日后会发生什么，所以老担心自己会出事？"

滕玉意胸膛起伏，蔺承佑的眼睛那样明亮，仿佛能看到她心中最深处的秘密。

她猛地把头转到一边。

蔺承佑目光跟着移动，专注地望了她一会儿，再次开腔："滕玉意，你现在不只是我的心上人，还是我的救命恩人，这世上除了你阿爷，最不可能害你的人就是我了。无论你在怕什么，我都替你分担；无论日后发生什么，我都跟你一起扛，好不好？"

滕玉意喉头一哽。不知道为什么，蔺承佑这番话让她想起自己出事前的那个冬夜，她一个人走在漫天飞雪中，寒风呜咽，细雪扫在脸上冰冰凉凉的。

表姐被人害死了，半年前姨母也走了，天地间一片寂寥，正如她空茫孤寂的内心。可她并不知道，前方等待她的是父亲的噩耗和来谋害她的杀手。

她终于没能逃过厄运，被人扔下冰塘，当她在冰水中沉浮，慢慢接近死亡时，依稀记得，有个少年前来救她。

那个少年很有本事，不但很快就破了黑氅人的邪术，还毫不犹豫地跳入冰冷的池塘。

弥留之际她视线已然模糊了，只记得那个少年身手矫健，可惜她没能等到他拉住自己，就咽下了最后一口气。

想到此处，滕玉意攥紧了手指，会不会……会不会前世那个模糊的身影就是蔺承佑？

她记得前世阿芝郡主在她房中看见过自己的布偶，出事的那一晚，阿芝郡主还曾让人递帖子到府中。

程伯告诉她，阿芝郡主翌日会登门拜访，还说会带一个人来找她。说不定，阿芝郡主要带来的那个人就是蔺承佑。

蔺承佑从自己妹妹口中得知她有那个布偶，怀疑她就是当初的阿孤，便决定当面向她确认，毕竟前世只有她叫阿孤，也只有她拥有那个布偶。

也许蔺承佑等不及第二日再来了，好奇之下，当晚或是在滕府外转悠，或是亲自过来拜访，结果意外撞上府里出事。

那个人会是他吗？泪花在她的眼眶里打转，她睁圆了眼睛想仔细打量蔺承佑。

原来他曾那样奋力营救过她。

"啪嗒"，眼泪冷不丁地从她的眼眶里滚落，有了第一颗，紧接着就是无数颗，在街旁酒肆灯笼的照耀下，泪水晶莹如珠串。

滕玉意忙回过头，抹去脸上的泪珠。

蔺承佑当场愣住了。

他知道这话会让滕玉意有反应，但没料到她的反应会这样大。

滕玉意心性坚定，哪怕遇到再艰难的险境，也从来没在他面前哭过。

她哭得那样伤心，分明难过极了。他有些无措，抬起手想替她抹眼泪，才想起自己和她站在街角，何况隔着帷帽，帮她抹眼泪还得先撩起纱幔，她也未必肯依。

他只好缩回手。

"怎么了？"这次他的语气很小心。

滕玉意抽抽鼻子："没什么。"

她转过脸来，再次端详蔺承佑，有一肚子的话想问，却又不知道从何问起。望着望着，她眼里再次涌出大颗大颗的泪珠。

蔺承佑心里越发纳罕，虽然不明白滕玉意到底为何难过，但看着她哭，他心里也不好受，喉结滚动了一下，勉强笑着说："行了，前头的话就当我没说过。你要是不想告诉我，就什么也不必说。你只需知道，日后有我为你遮风挡雨，无论遇到何事，我都替你扛。哎，你别那样看着我，我没说一定要你嫁给我，你不嫁给我，我照样会这样待你。"

滕玉意"扑哧"一声，含着泪花又笑了。

蔺承佑不自觉地也跟着笑了，松了口气道："饿了？我带你去吃东西。"

滕玉意抹了一把眼泪："我想吃上次在平康坊吃过的饆饠。"

"诃墨做的？"

滕玉意点点头。

"走吧。想吃多少我就让他给你做多少。"

蔺承佑领着滕玉意回身找寻成王府的犊车，不料宽奴拨开人群跑过来。

"世子，那个李三娘突然写了一封信让李将军送呈圣人，说她手中有彭家造反的证据，看样子想戴罪立功呢。"

滕玉意一怔。

蔺承佑也有些吃惊，他倒是小瞧了这个李三娘。

皇伯父正愁找不到彭家造反的确凿证据，假如李三娘提供的证据属实，朝廷可以立刻围困彭府了。

滕玉意也在心里盘算，没想到最后出来揭发彭震的是李淮固，前几日彭大娘和彭二娘相继告病不出，彭家离京恐怕就在近日了，今晚她这一揭发，不知会不会打草惊蛇。

蔺承佑冷笑："她打得好算盘。她明明知道彭家可能造反，早不说晚不说，因罪被扣押了才说。就这样她还指望脱罪？不罪加一等就不错了。她现在人被关押在何处？我去会会她。"

宽奴说："圣人想当面询问李三娘，令人将她押到宫里去了。"

"备车，进宫。"

宽奴一走，蔺承佑扭头看着滕玉意，低声说："到了找寻答案的时候了，我们走吧。"

滕玉意抬眸望着他，脸上依稀有残余的泪痕。

蔺承佑的心有些发涩，这就是他找了许久的小阿孤，他当年一松手，竟错过了这么多年。望着她的脸庞，他露出一个笑容，语气空前郑重："我带你去找真相。滕玉意，你放心，这一回，我再也不会中途撇下你了。"

攻玉

终结篇

凝陇 著

下 册

青岛出版集团 | 青岛出版社

第八章

醉　酒

李淮固被关押在大明宫延英殿外的一间值宿房里。

夜色深沉，屋中四角点着羊角灯，灯光摇曳如轻纱，照亮李淮固惨淡的神色。

她呆滞如一尊石雕，已经许久未挪动过了。

那些证据早前在麟德殿时就被一一呈给圣人了，现在她除了等待最后的发落，别无他法。

打从几年前起，她就让父亲动用所有力量暗中搜集彭家造反的证据，搜集到今年，证据已经足够充分。

这份政治筹码沉甸甸的，只要在恰当的时机呈给圣人，分量堪比随君打江山的开国元勋的功劳。

她原想在彭家造反前一个月将其拿出来，这样既不会引起外界的疑心，又能在圣人苦于拿不出平藩之良策时，及时为圣人送上一份甘霖。

她知道彭家会怎样纠集中原几个临近藩道的兵力，也知道彭家会率先发兵扼住陈颍水路。

前世朝廷因为错失了一步先机，足足花了三年的工夫才成功平叛，而今她可以抢在彭家的每一步行动之前，及时让阿爷和朝廷做出准确的应对之策。

只要她阿爷在攻打彭家叛军时胜上几场，那么日后朝廷论功行赏，阿爷就是首功之臣，滕玉意的阿爷再会打仗又如何？被阿爷占了先，事后也只能靠边站。

圣人一贯仁厚，李家少说也会被颁赐国公、侯爷之类的爵位，从此扶摇直上，跻身为长安城有头有脸的勋爵之家。

如此一来，李家再也不会被滕家处处压一头，别人提起阿爷时，也不会再说"那是滕将军的副将"。

　　滕将军的副将，难道阿爷没有名姓吗？！

　　还有滕玉意，以往在她面前骄傲得像只凤凰似的，阿娘每次带她去见滕玉意时都不忘叮嘱她收敛脾气，还没交往就自发矮上一头。

　　每回她到滕家，都能看到那些令她目眩的珍宝被滕玉意随意地丢在榻上、几上。

　　滕玉意坐在一堆珍奇玩具中托腮打哈欠，那满不在乎的懒散神情好像在说：瞧，你求而不得的珍宝，在我看来同草芥没什么两样。

　　她早就受够这一切了！

　　只要李家被封赏，她李淮固也是名副其实的贵族女子了，日后滕玉意在她面前还能骄狂得起来吗？

　　恩情是第一扇窗，李家立下大功是第二扇窗，开启了这两扇窗户，成王府对她来说再也不会像前世那样遥不可及了。

　　她可以名正言顺地与阿芝郡主来往，让蔺承佑一点儿一点儿地爱上她……不，想起白日的那一幕，她身上阵阵发冷，对蔺承佑的满腔爱意早在那一刻就化成了刻骨的仇恨。

　　今日在府里，要不是蔺承佑对她的那份热情让她一瞬间迷失了自己，她怎会犯蠢？

　　前世的事她不怪蔺承佑，毕竟冒认就要做好被揭穿的准备，他那样骄傲的人，怎能容忍别人欺骗自己？

　　今日却不同，他明明早就猜到她是假的却佯装上当，甜言蜜语一步步给她下套，直到给她套上一个"欺君之罪"才罢休。可见他不只要惩处她，还要置她于死地。

　　他做得太狠了。他的无情超乎她的想象。

　　前世拆穿她后，蔺承佑也只是给她改了个难听的名字把她逐出长安而已，今生做得这样绝，无非是为了保护滕玉意。

　　李淮固含着眼泪，几乎发了痴。

　　走投无路之下，她没有别的自救手段了，只能把自己的底牌提前亮出来。

　　其实比起恨蔺承佑，她现在更恨自己不争气。她记得前世第一次见到蔺承佑是在长安街头，一个背着金弓的俊逸少年如春风般纵马从她眼前掠过。

她从未见过那样俊美洒脱的小郎君，一瞬间被迷住了。

街上的人纷纷驻足，她听到有人说："瞧，那是成王世子。"

原来那是长安城出身最显赫的权豪子弟。

她的目光追随着蔺承佑的背影，直到他的身影消失，她才不甘心地放下窗边的帷幔。

那一刻，她心里惆怅又失落。对她而言，蔺承佑就如天上的皓月般遥远，两家门第如此悬殊，她绝没有机会嫁给他，除非他自己愿意。但她连与他接触的机会都没有，又如何能让他爱上自己？

后来经过仔细打听，她才知道蔺承佑自小就中了绝情蛊，听说蛊毒解开之前他不可能爱上女子，所以一直长到十七八岁都未定亲。

这更是让她心生绝望。

她打听完这些事没多久，一个消息传来：滕玉意有意去参加皇室选亲。

她的心顿时悬到了嗓子眼里。

前一阵滕玉意才与段小将军退亲，这次去参选，定然是奔着让段家更加没脸的目的去的。滕玉意诗琴双绝，只要着意施展，真有可能被皇后和成王妃相中。

得知消息后她昼夜难安，滕玉意已经处处过得比她好了，这次连她梦寐以求的郎君也要夺走吗？

结果出人意料，尽管滕玉意当日在人前出尽风头，但当滕玉意的画像被送到蔺承佑面前时，只换来蔺承佑一句冷冰冰的"不娶"。

听说这件事之后，她关上门在房中笑了半天，一想到滕玉意也有这么丢人现眼的时候，她的笑声就差点儿传到院子里去。

但快意过后，她心里重新涌起浓浓的哀愁——

滕玉意无论门第还是模样，在长安都算得上出类拔萃，蔺承佑连滕玉意都没瞧上，就更不可能瞧上她了。

好在没过多久，她又打听到另一件事：成王府曾到处打听一个女孩，那女孩小名叫"阿孤""阿姑"或是"阿固"。这个女孩早年救过蔺承佑，这些年他一直没放弃过寻找她。

她听到这件事，一个大胆的念头在她心里冒了出来：她若能成为蔺承佑的救命恩人，是不是就意味着有机会经常接近他了？

这是她唯一能想到的结识他的法子，碰巧她的名字里也有个"固"字。

前世她准备得不充分，今生总算做得天衣无缝了，只恨没扼制住自己对蔺承佑的爱意，才会在关键时刻功亏一篑。

李淮固恨得咬牙切齿，忽听门"吱呀"一声，有人进来了。

那人双鬟翠浓，眉目如画，身上穿一件藕荷色前胸绣白牡丹的襦裙，走动时环佩"叮当"，精神奕奕如同仙女。

李淮固目光一厉——来人正是滕玉意。

门口的太监和宫卫对滕玉意异常恭敬，弯腰作揖道："滕娘子。"

李淮固冷冷地看着滕玉意，但是下一瞬不得不收敛起自己的狰狞神色，因为她看到了门外的蔺承佑。

他站在滕玉意身边，对滕玉意耐心十足："此地禁卫森严，宽奴他们也会随侍左右，你想问她什么尽管问，不必顾忌什么。我先去麟德殿找皇伯父，回头再来接你。"

滕玉意很自然地"唉"了一声。

李淮固勉强维持着面上的平静，心里却翻江倒海。

滕玉意进屋合上了门，四下里一望，淡声道："原来你早就知道彭家会造反？你早不说晚不说，偏偏在犯了欺君之罪的当口说出来。

"你送到淳安郡王府的那些物件已经被大理寺没收了，究竟是谁令人仿制的，大理寺到杭州细细一查便知。别的不说，光你仿制圣人赐给滕府的那套舞仙盏，就足够圣人定李家重罪了，倘若你不想连累你爷娘，还是趁早说实话吧。"

李淮固恨声打断她的话："别再装模作样了！你不是也早就知道这一切吗？！"

滕玉意气定神闲地坐到桌边。

李淮固满腔惧恨无处发泄，看到滕玉意这副胜利者的姿态，益发受了刺激，知道蔺承佑不在门外，一连串的话语从她口里吐了出来。

"你阿姐明明在上巳节那晚就被人谋害了，但你像是预料到她会出事，提前赶来长安不说，还及时赶到那样偏僻的竹林中救下你阿姐。

"前世明明是段小将军率先上门退亲羞辱你，可你来长安后竟先发制人，不但抢先提出退亲，还顺势让段小将军和董二娘身败名裂。

"若不是出了这两件事，我也不知道你的境况跟我一样。你明明跟我是一样的人，却装作什么也不知道，还说我隐瞒彭家造反的事，你不是也只字未提吗？"

滕玉意兴趣浓厚地注视着李淮固。

早在两个月前她与阿爷交底后，阿爷就设法令人给成王殿下送信。碍于淮南道节度使的身份，阿爷没法言明是彭家要造反，但至少早就提醒了成王殿下，并且一直在暗中搜集彭家造反的证据，这就够了。此事等到成王殿下回长安，圣人一问便知。

李淮固刻意遮着、藏着，无非是为了替自家谋求政治资本，她可没兴趣这样做。但叫她想不通的是，李淮固明明跟她一样是重生之人，为何只有她一个人招惹邪祟？

今夜她来，就是为了弄明白其中的缘故。

滕玉意挑了一个最温和的话题开头："你既然成心假冒阿孤，为何不早些来长安？"

李淮固早已豁出去了，滕玉意虽然没亲口承认，却也不否认自己重生，只要她扯着前生的事多说几句，滕家说不定也跑不了。于是她干脆敞开了说："我没能赶上救他，不然你以为能轮得到你吗？再说了……"她嘴边露出讽意，"别以为蔺承佑瞧得上你。前世你巴巴地去参加皇室选亲，被蔺承佑当众驳以'不娶'，既然料定你们成不了，我早来晚来又有什么区别？"

蔺承佑屏退了门外的护卫，却并未离去，这会儿正抱着胳膊在外头侧耳聆听，冷不防听到这句话，耳边不啻炸开一个雷。

什么？

他对滕玉意说过这样的话？

"可我万万没想到，你也重生了。非但如此，那晚你救下杜庭兰之后，又赶到紫云楼，一来二去的，居然借着捉妖与蔺承佑熟识了。"

李淮固眼里涌动着悔恨和遗憾。

"为了第一次的碰面，我不知做了多少准备。来长安之前，我特地花重金请杭州当地的一个道士帮我捉了一个厉鬼，在去往乐道山庄的途中，我把厉鬼放出来，厉鬼不追别人只追我，如我所料，蔺承佑很快来救我了，可没想到的是……"

她本以为借着这个机会可以与蔺承佑单独相处，两人相处久了她的名声也损了，乐道山庄那么多宾客，不管他愿不愿意也只能娶她。

哪知他根本不让她近他的身。

她并不气馁，自己既能借着前世的记忆让阿爷步步高升，自然也能有法子让蔺承佑对她刮目相看。

在皇后主办的宴席上，她根据前世的记忆献出了"香象"两个字，碰巧当时蔺承佑也在。

那本该是她出尽风头的时刻，但她没想到杜庭兰凭着自身对佛经的造诣，竟也想出了同样的名字。

这也就罢了，事后皇后赏赐，那匹小红马……

她缓缓地抬眸睖向滕玉意。

那匹蔺承佑亲自调教的小红马原本被赐给了她，却不知为何只往滕玉意身边跑。

看到蔺承佑脸上那抹一闪而逝的坏笑，她就意识到这件事不寻常了。

待到玉真女冠观那回，蔺承佑一听说滕玉意被耐重掳走，刹那间就变了脸色，她在旁边瞧着这一切，更加确定了心里的猜疑。

可这到底是为什么？！她想不明白。

蔺承佑身中绝情蛊，今生蛊印犹在，他为何会爱上滕玉意？

为了推翻自己的猜测，当日她不得不跟到大隐寺，而为着让缘觉方丈同意自己进寺，她只能用早前从道士处买来的沾染过妖邪污血的簪子划破手腕。

她如愿住进了大隐寺。没多久耐重闯入寺中，蔺承佑对滕玉意的关怀一再流露，她看在眼中，知道再也没法欺骗自己了。

那一晚，她沮丧得有如生了重病。

"你说你。"滕玉意假装好心地叹了口气，"都知道这么多事了，做点儿什么不好，为何还要执着于假扮阿孤？"

"你不必假惺惺的。"李淮固咬牙切齿地道，"他中了蛊毒，前世我一直到死都没听说蔺承佑对某个女子动过心，除了以救命恩人的身份接近他，我还有什么别的法子？！"

"前一阵你已经知道蛊毒是假的了，为何还要出此下策？"

李淮固怔住了。即便知道蛊毒是假的，她也只能这么做。

她不是没努力过，但蔺承佑依旧没拿正眼瞧过她，得知他在御前求娶滕玉意，她一整晚都未睡，再拖下去他说不定就迎娶滕玉意了，所以她不得不孤注一掷。

"所以前世你是哪一年死的？"滕玉意问道。她也想知道蔺承佑被毒箭射伤后到底有没有活下来，李淮固既然死在她后头，说不定知道谋害蔺承佑的人是谁。

李淮固没言语。

"是不是我死之后没多久，蔺承佑就知道我是阿孤了，不然你为何知道蔺承佑是靠布偶辨认恩人的？奇怪，那一阵你不是被逐出长安了，怎能知道这些事？"

李淮固嘴角流露出一抹笑意，滕玉意终于肯承认自己的情况了，只是口吻还不是很确定。

"我是不在长安了，但爷娘听说你的死讯，也是长吁短叹。滕将军被彭震一党用邪术害死不说，连女儿也没能逃过一劫。他们顾念着与滕将军的旧情，连夜赶回长安吊唁。当日阿芝郡主也来了，我阿娘在后院时，无意间听到阿芝郡主同昌宜公主说话。她说头几日她阿兄就猜到滕娘子是当年的阿孤了，毕竟世上再没有第二个人有那样奇怪的布偶，但是不知道滕娘子是不是那年生过一场重病的缘故，好像早就把这件事忘了。她哥哥那晚没能救下自己的恩人，心里挺后悔的，这几日整天在大理寺办案，估计想尽快查出是谁害的你。"

滕玉意胸口一热，那晚来救她的果然是蔺承佑。

那种汹涌的泪意又涌上来了，她握紧拳头，努力控制住情绪，因为不想在李淮固面前失态。

等到喉头的涩意缓解，滕玉意佯装平静地问："所以凶手是武绮吗？前生她当上了太子妃？"

李淮固淡淡地道："我不知道。但说到武绮，在你死后没多久，我听说武中丞的二千金突然生急病死了。"

滕玉意一滞：莫非蔺承佑查到了武绮头上，幕后主家抢先一步灭了口？

"所以我的案子是何时告破的？玉真女冠观的皓月散人又是何时落网的？"

李淮固冷笑："很想知道？你承认自己是重生之人，我就把这些事告诉你。"

滕玉意自然知道李淮固在玩什么把戏，故意踌躇了一下，无声地点了点头。

李淮固眯了眯眼，她点头是什么意思？外头的禁卫又看不到。

"不成，你得亲口承认。"

"好吧，我承认。现在可以说了吗？"

李淮固却不往下说了。

滕玉意冷笑："别以为你逃得过一劫，那些害你的手段还没叫你心惊胆战吗？你能预知后事的消息早就传遍长安了，彭家怕你坏事，恨不得立刻把你除去。就算这回圣人不治你死罪，彭家怕你'预知'他们的行军路线，迟早也会在你流徙途中派人追杀你。这还只是明面上的彭家，若有人暗中支持彭家造反，也会设法阻挠你说出这一切，你前脚走出长安，后脚就会被人剁成肉泥。我劝你把知道的都说出来，至少还能死个明白。"

李淮固脸色灰白，来回思量半晌，不甘心地说："你的案子似乎牵扯到很多人，反正直到我死都没听说告破，但是你死后不久，蔺承佑就查到了卢兆安是害你阿姐的凶手。听说卢兆安那晚在竹林里与另一个人见面，你阿姐也不知怎么回事，鬼迷心窍地带着婢女去找卢兆安，因为撞见了不该撞见的，被卢兆安勒死在林中。"

滕玉意一瞬间差点儿咬断牙根，还好今生她及时救下了阿姐，还好卢兆安如今在狱中饱受折磨！

"再就是三年后，蔺承佑在郿坊府被人暗算，我听说他身中毒箭性命垂危，就……"

李淮固咬了咬唇。

滕玉意微讶地打量她：难不成李淮固前世为了蔺承佑跑到郿坊府去了？

李淮固心里又酸又恨，前世她的确这样想过，一个人在重病时意志力是最弱的，郿坊府又缺衣少食，那样艰难的环境下，若她能见上蔺承佑一面，说不定他会接受她的照顾。

可惜没等动身，她就听说这个消息是假的。

"假的？！"

李淮固道："听说那只是个局。蔺承佑一'出事'，成王殿下和清虚子道长等人都赶去郿坊府相救了，长安城中只留下圣人、皇后和成王妃。当时朝廷才平了彭震的叛军，京畿地区本就兵力空虚，碰巧圣人生了病，遇上这样千载难逢的机会，潜伏在朝中的另一派人就动手了。"

滕玉意怔住了。

另一派人应该就是指皓月散人和她幕后的主家了。

蔺承佑应该是通过她的案子查到了皓月散人那帮人的头上，但前世她已死，皓月散人和武绮并没有很快露出马脚，不像这一世，她先因为小湉的提醒闯入小姜氏的遇害现场，由此发现庄穆是被人陷害的，过后又因为百花残机关逮到了武绮、卢兆安、王媪这一串大鱼。

没有这一系列巧合，前世蔺承佑一定查得很艰难，但哪怕对方手段再高明，蔺承佑还是查到了那人头上。

"所以另一派造反的人是谁？"滕玉意屏住了呼吸。

李淮固面色很难看："朝廷秘而不宣。那一阵我阿爷随军到北戎打吐蕃，家中无人知道这些朝堂之事，再之后时疫暴发，我因为染上了时疫，很快就不治身亡。"

烛火"啪"的一声，李淮固和滕玉意同时沉默下来。

死亡这个话题让人不安，连滕玉意心中都闪过一瞬的惘然。李淮固原来是死于时疫，那她的重生到底跟自己有没有关系？

她正暗自揣测，李淮固开口道："我知道你现在心里很痛快，但你也别太得意。你阿爷是一方节度使，明知有人造反却一言不发，究竟是心怀不轨，还是想浑水摸鱼？这件事拿到圣人面前一说，自有分晓。我出事，你也别想择干净。"

滕玉意满眼嘲讽之意。

"你没这个机会了。"门被人打开，蔺承佑走了进来。

李淮固悚然而惊，门外竟只有蔺承佑。

不过这也够了，让蔺承佑知道滕玉意有多自私就成了。

蔺承佑冷笑道："有些事不必让你知道，但你别想拖滕家下水。圣人对你的处置早就出来了，你蓄意欺君在先，栽赃滕娘子在后，为了替李家谋取平叛的功劳，不顾天下黎民的安危隐瞒彭家造反一事。本该立即断你绞刑，圣人仁德，免你一死，赏你黥刑^①，永世不得回长安。"

师公听说了这件事，很想从李淮固和滕玉意身上弄明白最近出现这么多妖祟的原因，要不是冲着这个，蔺承佑巴不得今晚就把李淮固赶出长安。

黥刑？！李淮固面色大变。

"不不不！"她浑身战栗，"干脆杀了我吧，我宁死也绝不受这种侮辱！"

蔺承佑笑道："随你的便。"

他目光落在李淮固的额头上，很认真地研究起来："要不黥个'三'字好了。你不是喜欢冒充别人吗？阿固、阿孤这样的好名字你不配叫，正好你排行第三，不如改名李淮三。帮你在额上刻下这个'三'字，你也能时刻记住自己是谁。"

李淮固起先恨得咬牙，渐渐又露出楚楚可怜的模样，一边垂泪一边说："今日这个局分明是你故意引诱我的，世子心知肚明。我……我不过是太喜欢你才出此下策，日后绝不再敢了，求世子放我一马。"

蔺承佑眼中闪过一抹戾色："就你这副两面三刀的嘴脸，别说你不是阿孤，就算你当年真救过我，凭你现在的心性，你以为我会多瞧你一眼吗？你假冒阿孤顶替滕玉意不说，还试图把袭击你的罪名赖到她头上，自己身陷囹圄，也不忘拖整个滕

---

① 黥刑：一种在脸上刺上记号或文字并涂上墨的刑罚。

家下水。就你这毒辣的心肠，依我看圣人罚得太轻了，先黥个'三'字教你如何做人，你要是再啰唆，再加别的刑罚！"

说完他面色一沉："来人！"

立刻有宫卫跑进来。

"世子！"

"押下去行刑吧。"

李淮固一边奋力挣扎，一边恶狠狠地瞪着蔺承佑，被拖下去之前，喊出一句："慢着！我知道彭家的行军路线，只要饶我无罪，我马上可以把这些事告诉朝廷！"

蔺承佑压根儿懒得接茬儿，彭家知道李淮固能预知后事，岂会不调整作战方案？他们不信她的那一套，说不定能迅速平叛，听了她的话，平叛可就遥遥无期了。

他刚发落完李淮固，关公公带着几个小太监迎过来："滕将军已经到御前了，圣人让世子把滕娘子带过去，说要亲自封赏滕娘子。皇后殿下也来了。"

关公公说话时喜气洋洋的。

滕玉意一讶：阿爷在西营，论理不会这么快进宫。

蔺承佑也有些吃惊，笑道："这么快？那走吧。"

滕玉意敛衽行礼，含笑问关公公："敢问关公公，我阿爷今日在城中吗？"

"滕将军早上就从西营回来了，宫里的人找到滕将军时，他刚从靖恭坊的华阳巷出来，听到口谕就赶快进宫了。"

滕玉意头顶顿时如同被浇下一盆冷水。靖恭坊的华阳巷，这地名她只听过一次，但她绝不可能记错，那是邬莹莹来长安后的住处。阿爷他为何要去找邬莹莹？

蔺承佑正琢磨所谓"不娶"一事，想着想着后背掠过一阵凉风，这一定是假的吧，自己办过这样的混账事？他扭头才发现滕玉意神色不大对劲儿。

"怎么了？"

滕玉意纵是心里烦乱，碍于关公公等人在旁边，也只能含笑摇摇头："无事。"

蔺承佑压下满心的疑惑："走吧，去见圣人。"

一路上，滕玉意脑子里都是阿爷去见邬莹莹的事，走着走着，突然意识到蔺承佑也异常沉默。

她稍稍放慢脚步，扭头朝蔺承佑看去，一望之下，当即愣住了。

蔺承佑目中涌动着暗潮，面色也冰寒至极。

她从未在蔺承佑脸上见过这样复杂的神色，仿佛揪心到了极点，又似是充满恼恨。

怔了一下，滕玉意缓缓转过头。来之前她就跟蔺承佑说好了，她和李淮固说话时，只允许他一个人在外头听着，所以李淮固说的那些话，蔺承佑全听见了。

他现在脑子里在想什么？震骇是少不了的，除了这个，他似乎还很难过。

他是因为知道她前世被人害死不好受，还是为上一世没有救下她而唏嘘？

无论怎样，他的低落让她知道，她和李淮固的那番对话在他心中引起了极大的波澜。

滕玉意心里隐约泛起一种很奇妙的感觉，类似小时候每回吃到爱吃的点心时都会有的一种甜甜的感觉。

她下意识地晃了晃脑袋。

这种陌生的悸动感，近日总是时不时地蹿上她的心头。

真讨厌，她定了定神，佯作不经意地睨着他。

这个晃脑袋的动作引起了蔺承佑的注意，他也转过脸来瞥瞥她。

蔺承佑好像从不在人前沮丧，才一晃眼的工夫，就把身上的种种消极情绪收敛起来了，嘴角溢出点儿笑意，笑得还有点儿无赖。

与此同时，蔺承佑还做了几个奇怪的动作。

他先是对着滕玉意指了指自己的胸膛，接着屈起食指和中指，像虫子的一对触角那样对她勾了勾。

滕玉意明白蔺承佑在搞什么鬼。

关公公他们在前头领路，蔺承佑只能冲她打手势。

她揣摩一番，很快明白他在问她：喂，我真对你说过"不娶"？

她撇撇嘴，竖起大拇指，像平时点头的动作一样，屈了屈自己的指节：不是阁下说的是谁说的？你说的，瞧不上我。

蔺承佑竖起两根指头，作势戳了戳自己的眼睛，好像在说：我瞎。

滕玉意原本故意皱着眉头，不提防被蔺承佑的动作逗笑了，一笑，嘴边一对梨窝若隐若现。

蔺承佑也跟着笑了。

两人闹了这一通，滕玉意心头的阴霾一扫而空。

接下来这一路，蔺承佑时不时冲她做个怪动作。

幼稚，滕玉意在心中"哼"了一声，也冲他比画。

前头的关公公忽然顿住脚步。

"滕娘子，到了。"关公公笑道。

两人早在关公公回头之前就及时罢手了，浑若无事地拾级入殿。

殿里，滕绍正替女儿婉拒圣人的封赏。

"即便小女幼时救过世子，也绝不敢接受这份封赏。臣知道，世子心地纯良，但圣人想必也听说了，这段时日小女几度遭遇险境，都为世子所救，论起回报救命之恩，世子早已以万报一，反倒是臣和小女屡蒙大恩，却一直未找到机会回报世子。还请圣人收回成命，此即小女幼时的无心之举，臣实不敢蒙此恩宠。"

滕玉意上前稽首行礼，余光瞥见阿爷身上竟穿着在军营中常穿的橐鞬服，这装扮看着不大像在某处歇过很久的样子。

圣人与皇后微笑对视。一个冒充恩人挟恩前来领赏，一个却坚辞不受，李、滕两家家风有着霄壤之别。

圣人笑道："滕将军有所不知。当年发生此事后，为了褒奖佑儿的这份赤子之心，也为鼓励民间的种种义勇之举，朕曾对佑儿说过，只要找到当年那位小恩人，朕会立刻赐其'厚德县主'的爵位，如今既找到了，朕和佑儿自该履约。滕将军一再婉拒，朕会很为难的。"

滕绍用谨慎的口吻道："小女记性历来不错，但这些年她从未提起过此事，可见此事有待确认。臣不怕别的，就怕万一弄错了，会耽误世子找寻真正的恩人。"

蔺承佑撩袍跪下，冲皇伯父和皇伯母磕了几个头，笑道："侄儿今日才知道，隆元八年滕娘子曾身患重病，日夜高烧险些未活下来，等到她病愈，已经把那一阵发生的事忘光了，好在当年滕将军请过尚药局的奉御和直长，此事只需一问便知。况且今日这回巧遇，侄儿是通过好几件证物认出滕娘子的，不论滕娘子承不承认，抑或是记不记得，侄儿都敢肯定滕娘子就是当年救过我的小娘子。"

滕绍先是一讶，随后似是受了触动，望向女儿时，眼里是掩不住的疼惜之色。

滕玉意垂着眼睫，自顾自地伏在地上。

皇帝和皇后却笑了。

"滕将军，佑儿这话说得够明白了。这些年不断有人假冒那女娃娃，佑儿一次也没认错过。如今他敢确定滕娘子便是当日那个孩子，可见此事是再无疑义了，真要是弄错了，也只能怨他自己。"

皇后也笑道："滕将军，纵使朝廷不因此事封赏令爱，令爱也值得褒奖。那回尸邪闯入成王府，阿芝和一众宾客不幸也被困在花厅里，若非令爱用一把小剑同那大邪物周旋，不等佑儿他们赶回，府里可能就血流成河了。还有那晚皓月散人意图化作血罗刹，也是令爱急中生智才阻止耐重屠城。令爱的种种义举，当得起'嘉言懿行'这四个字。方才我与圣人商量，'厚德县主'的封号被人冒领过，不如改封令爱为'嘉懿县主'。"

话说到这个份儿上，再推拒就显得矫情了，滕绍纳头道："玉儿，还不快谢恩？"

滕玉意只好恭敬叩首："臣女滕玉意，叩谢圣人、皇后隆恩。"

关公公笑呵呵地把制书交到滕绍手中。

制书上不但赐了滕玉意"嘉懿县主"的封号，还另赐了两百户的食邑。

皇帝慈爱地看了看滕玉意，又看了看蔺承佑："好了，总算是珠还合浦了。"

那边皇后招手让滕玉意上前，拉住她的手问："好孩子，进宫之前用过膳没？碰巧昌宜和阿芝也想同你说说话，同我去拾翠殿吧。"

滕玉意随皇后离开了麟德殿。

她知道，圣人深夜急召阿爷进宫，除了封赏，还有别的原因。

她回头望了一眼，蔺承佑也被圣人留下了，看来他们要连夜商量对付彭家的法子了。

皇后和滕玉意一离开，皇帝就屏退了殿中的宫人。

"彭氏姐妹的犊车可让人扣下了？"

蔺承佑道："刚出城就被拦住了。彭家给两个孩子易了容，犊车也是专门从马辔行雇的寻常犊车。看样子他们打算先将彭氏姐妹送走，接下来再暗中护送彭夫人离开长安。"

皇帝欣慰地点点头，那晚彭思顺突然在御前为孙女和佑儿说媒，他和佑儿就预料到彭家不日会有异动，这几日彭家的一举一动，全在朝廷的监视之下。

今晚李三娘将证据呈送上来后，左右羽林军立刻将彭家在长安的数座宅邸一一包围，行动风驰电掣，除非彭思顺父子陡然生出双翅，否则绝不可能逃出长安。

皇帝看向滕绍："滕将军，你的那封密信，成王已经托人快马加鞭告诉朕了。你在信上提醒朝中有人蓄意谋反，最迟可能在冬月举事，让朝廷顺着向回纥人购买马匹的那些商贩往下查，还提醒成王那些人买马借用的是南诏、渤海等小国的名义。正因为你的这封信，蔺效推迟了回京的时日。朕知道，你有顾忌，暂未拿到彭家造反的铁证，倘或言明是彭家造反，不但会让彭家立即将矛头对准淮南道，还会让朝廷怀疑你的动机。为了确定你在信上说的是彭家，蔺效花了近两个月的工夫搜集线索。"

滕绍肃容道："圣人洞若观火，臣的这点儿私心瞒不过圣人。"

圣人微笑道："卿何言私心？卿一心为朝廷揭发奸逆，所作所为可谓殚精竭虑。朕猜彭家听说世上有人能预知后事，早就打算提前谋反了。这两个月，彭思顺父子表面上在长安述职，暗地里却一直在调兵遣将。若非你的这封信，蔺效不会查到淮西道近日暗中在河阴仓附近屯兵五万，等到他们发兵围住河阴仓，朝廷会处处受制。"

河阴仓？蔺承佑皱了皱眉。

从李淮固呈上的那些证据来推断，彭家的第一步行动原本是率兵往南先扼住陈颖水路，水路一断，漕运受阻，彭家等于扼住了京畿地区的咽喉，时日一久京畿地区兵粮不继，这一仗会打得极其艰难。

想必彭家已经查清李淮固确有预知之能，故而临时调整了作战方案。彭氏父子不愧是身经百战的名将，河阴仓这一步棋也很妙。

眼下朝廷的江淮赋税大多被储存于河阴仓附近，另有黍谷数万斛，彭家不论是将河阴仓据为己有，抑或是付之一炬，对朝廷的物资储备都是沉重的打击。

"蔺效查清此事后，立即发信回京。朕打算调动河东道的林奋暗中发兵前往河阴仓北部，同时令幽州的周贵仁南下，两军形成掎角之势，暗中包抄彭家这支五万大军。"

滕绍道："圣人明鉴。彭家盘踞淮西道多年，陆续在河东、幽州等相邻藩镇安插了无数耳目，两军这一动，淮西道势必会收到风声。叛军早已驻扎多时，不论是连夜退踞蔡州，抑或是掉头攻打陈颖水路，都只需数日行程，河东和幽州两军未必能救得了河阴仓，说不定还会痛失陈颖水路。不如由臣连夜调镇海军沿寿州往北，从后方突袭淮西军。寿州与淮西道只有数镇之隔，镇海军可连夜赶至。

"为了防止彭家突然发难，臣这两个月一直在部署此事。军队已经屯扎在寿州附近，只等圣人首肯。臣敢保证，寿州调军的风声绝对传不到淮西道，尽管这些年彭家一直有意在淮南道安插细作，但臣始终没让他们得逞，淮南道对彭家来说好比一块铁板。"

皇帝备受鼓舞，别人说这句话他未必相信，但滕绍的治军之才天下震畏，只要滕绍不想让彭家的手伸到淮南道，那么彭家一定连只苍蝇都放不进去。

"卿所言甚是，那就依卿之言。"皇帝起身踱步，"此外蔺效和沁瑶在信上提醒朕，彭家养了不少会邪术的异士，想来是当年无极门那几个残渣余孽被彭家收留了。这帮人还利用邪术的种种好处，将不少豪绅和文人墨客诱至彭家麾下。一旦朝廷与彭家开战，朕不怕别的，就怕这些人利用邪术祸害战场上的士兵。佑儿！"

"侄儿听命。"

"无极门光是'撒豆成兵'一符就能引来不少阴兵，为减少我军兵马损伤，此次平叛少不了道术高妙之人。师父年岁已高，万万不能劳动他，你阿娘是女子，在军中多有不便，为今之计，只有派你与滕将军一同平叛了。你计出万全，前年又曾随军历练，镇国公告诉朕，那回党项兵士在凤翔府附近烧杀抢掠，你才十六岁，听闻此事，仅凭一人一骑就斩杀了上百名党项军士。派你去，伯父放心。"

蔺承佑对此并不意外，光从那面邪门至极的"月朔镜"就能看出，彭家豢养的并非寻常之辈，而是几个深谙《魂经》上种种邪术的大"邪物"。想必这些人当年逃出长安后，为了报复朝廷没少苦练邪术。长安城不乏懂道术之人，但彭家筹划多年，保不齐收买了多少人，眼下军情告急，哪儿来得及一一排查？他想来想去，朝中的确没有比他更合适的人了，于是正色道："侄儿领命。"

皇帝郑重地对滕绍道："滕将军，佑儿这孩子看着洒脱任性，实则机警如神，有他相助，此次出征必定如虎添翼。只是这孩子年少，免不了有些不稳重之处，若他言语冒失，还请滕将军多多提点和关照。"

这种语气和目光，只有在极为疼爱孩子的长辈身上才能看到。

滕绍凛然道："臣不敢有负天恩。圣人请放心，有臣在，绝不会让世子出半点儿差错。"

蔺承佑笑道："侄儿已近弱冠之年，伯父还老把侄儿当小孩儿。"

皇帝佯怒地瞪了蔺承佑一眼，随即收敛神色："滕绍、蔺承佑听旨。"

二人俯首。

"滕将军，朕命你为天下兵马大元帅、淮西平叛大将军，领镇海军，负责此次平叛之征总务；蔺承佑领神策军，任左右神策军使、平叛副指挥使，兼行营兵马使，即日前往淮西道，率兵拿下河阴仓。"

皇帝又道："战火连绵，受苦的是百姓，这次出征，务必速战速决。朕只给你们两个月的工夫，不出意外的话，彭氏父子今夜就会被朝廷控制。"

这时关公公忽然进殿："圣人，郭将军求见。"

殿中三人同时一凛。

蔺承佑暗忖：郭肃是左武卫大将军，今晚奉命前去捉拿彭氏父子，突然回宫禀告，莫不是……

"快让郭肃进来。"皇帝忙说。

郭肃匆匆踏入殿中，纳头便拜："启禀圣人，臣等不力，此去只捉到彭思顺和彭家一众女眷，没能捉到彭震。"

"他跑了？"

郭肃满头大汗地摇摇头："府中那个'彭震'是人假扮的，此人易容术很高明，言行举止也与彭震很相似，想是为着这一日，早在几年前就开始接受训练了，臣等直到揭开面具才知道他是假的。不过彭家想是不想让圣人起疑心，彭思顺倒并非旁人假扮，臣去的时候，彭思顺从容就缚，想是知道朝廷头些日子就开始监视彭府，逃跑只会打草惊蛇，何况他本就气若游丝，没法儿活着走到淮西道。"

皇帝大惊："也就是说，彭震自始至终都在淮西道？！"

"看来是这样的。"

蔺承佑皱了皱眉。彭震躲在淮西道暗中排布，却让老父和女眷来长安。想来他笃定老父能带着家眷顺利逃出长安，就算没逃出，以伯父仁厚的心肠，也不会随便处置彭家老小。

皇帝快速踱了几步，对滕绍和蔺承佑道："京中满是彭家的眼线，今晚朝廷兵围彭府，淮西道一定会收到风声，看来得马上发兵了。"

滕绍皱眉思忖："用兵之策也得做些调整。"

蔺承佑想起李淮固的话，忽道："伯父，彭震可能会派人对付滕将军。滕将军武艺再高，也敌不过邪术。这两日滕将军身边离不开人相护，今晚我送滕将军回府，但明日我要去神策军，恐怕抽不出空，还请伯父让缘觉方丈派几个大弟子出寺，即日起日夜保护滕将军。"

皇帝和滕绍一怔。

皇帝忙颔首："你所虑极是。"

他们议了一晌事，不知不觉已是后半夜了，滕绍唯恐女儿扰了皇后歇息，便要接女儿出来。

蔺承佑本就打算送滕绍和滕玉意回府，于是一同出了麟德殿。

他们刚走到半道儿，迎面看到清虚子道长、绝圣和弃智。

蔺承佑吃了一惊，师公很少这么晚进宫。

"师公，您老怎么还没睡？"

滕绍也微讶，随即行了一礼："道长。"

清虚子道长神色极其凝肃，冲滕绍颔了颔首，便对蔺承佑说："师公有急事找你。"

滕绍忙说："世子不必相送，滕某和小女自行回府便是。"

清虚子道长道："你要亲自送滕将军回府？"

"长安有不少彭震的党羽，徒孙怕他们用邪术加害滕将军。滕玉意嘛，她本就爱招惹邪祟。"

滕绍眉峰微耸，虽然早就知道蔺承佑有意求娶女儿，但这声"滕玉意"他未免叫得太顺口了点儿。

滕绍心里五味杂陈，蔺承佑是个不错的孩子，就不知玉儿是怎么想的。这些日子他心头压了太多事，此次一去，唯独放不下玉儿，若是蔺承佑能……

他转头审视蔺承佑。

"让绝圣和弃智送一送就行了。"清虚子道长说，"学了这些年，他们破个简单的邪术不在话下。"

绝圣和弃智拍拍胸脯："师兄你陪师公说话吧，我们送滕将军和滕娘子就成。"

滕玉意随宫人从拾翠殿里出来，正好听见这段对话，目不斜视地走到阿爷身旁，冲清虚子道长行礼，行完礼也不看蔺承佑，只拿眸子看着绝圣和弃智。

滕绍也说："道长年事已高，不宜熬夜枯等，世子自去忙吧，有两位小道长相送就无虞了。"说罢他对绝圣和弃智做出一个伸臂相邀的姿势："有劳两位小道长了。"

一行人便出宫去了，滕玉意刚上辇车，蔺承佑也出来了，令宫人把他的马牵来，笑着对滕绍说："滕将军，还是我来送吧。夜太深了，师弟年纪太小，遇事不善应对，让他们送我不大放心。"

自从听了滕玉意和李淮固的那番对话，他胸口仿佛时刻横亘着一块看不见的石头，在滕氏父女的安危上，他可不想再出任何差错了。

滕玉意若无其事地放下窗帷，顺势往嘴里放了一颗杏脯。她早就困了，蔺承佑这一来，她忍不住调整一下坐姿，放心地打起盹儿来。

滕绍深沉的目光中透着几许暖意："那就有劳世子了。"

蔺承佑清清嗓子，翻身上了马："滕将军不必多礼。"

清虚子道长在拾翠殿里的暖阁中闭目打坐，也不知过了多久，听到外头传来轻健的脚步声，猛一睁眼，知道三个徒孙回来了。

清虚子道长一跃而起："快把李三娘今日交代的事告诉师公。"

蔺承佑心中纳罕至极："您老等到现在都不睡，就是为了问这个？"

清虚子道长脸上透着焦灼之色："师公头些日子就觉得天象不大对，今夜想起此事，无论如何睡不着了。快，这李三娘和滕娘子到底是怎么说的？你赶快一五一十地告诉我。"

蔺承佑挥手让宫人们退下，扶着师公坐回榻上，把今晚李淮固和滕玉意之间的对话一一对师公说了。

清虚子道长双眼圆睁："李三娘说她在所谓的'上一世'中是染时疫而亡的？"

"没错。"蔺承佑皱眉思忖，"她说三年后暴发了一场时疫。"

清虚子道长"喃喃"地道："时疫、时疫……"

他坐不住了，负着手在殿中来回踱步："难怪最近长安冒出这么多邪祟，今晚城外满是从四面八方赶来的孤魂野鬼。师公大致能猜到究竟是怎么回事了。时疫、邪祟、借命、滕娘子中的错勾咒……"

说完这些话，回头看见徒孙脸色不大好看，清虚子道长心乱如麻地招招手："此事非同小可，过来，师公细细同你说。"

滕府。

这一路滕玉意睡得很踏实，等她下车时，蔺承佑已经走了，她揉揉眼睛看了看空荡荡的街尾，回头就撞上父亲复杂的目光。

"走吧，阿爷有话要同你说。"

这话正合滕玉意的心意，她本就要问阿爷今日为何跑去找邬莹莹。

父女俩到了书房门口，滕绍解下身上的披风递给程伯，低声说："不必奉茶，我跟玉儿有话说。"

程伯郑重地应了。

滕玉意在旁边瞧着父亲的一举一动，一迈步，随父亲进了书房。

滕绍似是心绪沸乱，目光在屋中凌乱地扫了扫，开门见山地道："阿爷和蔺承佑要率军前往淮西道平叛，最迟后日就会拔营。蔺承佑率领神策军，圣人给了两个月的时限。"

滕玉意一震。她早料到朝廷和淮西道快开战了,但万万没想到蔺承佑会和阿爷一同出征,愣了会儿神,一抬眸,才发现阿爷望着自己的目光中有着很深的不舍,像是要在这一晚把女儿的模样深深印在脑海里。

滕玉意越发诧异。

"不过你别担心,阿爷准备多时,蔺承佑也是天纵之才,这仗最多两个月就能打完。"滕绍补充道,端详着女儿的表情,忽道,"好孩子,你告诉阿爷,你喜欢蔺承佑吗?"

这问题问得人措手不及,滕玉意口唇顿时像着了火,脸也一瞬间发红。

她挺了挺胸膛,便要矢口否认,忽地望见阿爷那伤感的表情,异样的感觉再一次浮上心头:不对劲儿,阿爷的语气分明有种诀别的意味。

她依旧脸热心跳,却忍不住审视阿爷:"阿爷今晚这是怎么了?"

阿爷几次失态,似乎都与邬莹莹有关,上回她一说到那封南诏国的信,阿爷的样子有如被万箭穿心。今晚阿爷如此异常,没准儿就是因为阿爷白日去见过邬莹莹。

她一念及此,心里的怒火"噌噌"地往上冒:"阿爷,你为何要去见邬莹莹?"

滕绍脸上闪过一抹难以形容的耻辱之色。

"你知道她住在何处?"

滕玉意心里直发寒,她的判断没有错,阿爷和邬莹莹的关系就是有问题,不然阿爷不会一听到邬莹莹的名字就倍感耻辱。

"我怎能不知道?"滕玉意冷声道,"靖恭坊的华阳巷!她刚来长安的时候我就知道了。当初她在我们府中住过半年,阿娘的病就是在她上门后染上的,阿爷以为我忘得了她的模样和名字吗?"

她用冷厉的目光死死盯着父亲:"阿爷你让程伯隐瞒她回京的消息,自己掉过头就去找她!你口口声声说要我信任你,可你对得起阿娘吗?"

滕绍似被最后一句话刺痛了,断喝一声:"住口!"

滕玉意咬牙瞪着滕绍,滕绍的眼睛已是一片猩红。

他闭了闭眼,无比疲累地瘫坐到身后的座席上,凝视着虚空中的某个点,整个人仿佛被痛苦的回忆给攫住了。那种悲悔的情绪,强烈到连几步之外的滕玉意都能感觉到。

滕玉意浑身像竖起了刺,微微喘息着。

默然良久,滕绍开了腔:"你是个心事重的孩子。从前阿爷想差了,本以为有些事我即便不说，你大了自然就放下了，但阿爷没想到，这个疙瘩不但一直搁在你心里，还越拧越深。此次出征之前，阿爷本就想跟你好好谈谈，否则只怕……"

滕玉意眼中的刺化作强烈的不安：阿爷这话是什么意思？

"这个邬莹莹祖上是南阳邬氏，她的祖父名叫邬震霄。"滕绍语气里满是萧索。

滕玉意紧走几步坐到榻上，虽然一直巴望着阿爷亲口说清楚当年的事，但真等到这一刻，胸膛里却充塞着不祥的感觉。

"南阳？"

当年祖父带着两位伯父抵抗南下的胡叛，战死之地就是南阳。

当时帝国已经陷入生死一线的绝境，这一战长达半年，尽管最后南阳城门被破，但多亏了祖父这半年的殊死抵抗，帝国后方的水运漕粮才得以保全，这也为日后帝国成功收复失地奠定了坚实的基础。

这一战太过惨烈，也太过荣耀。敌军为了攻下南阳，早就切断了往城中运粮的道路，城中粮草不济，祖父为了保护城中百姓，令人用暗道将百姓们分批送走，但他们这些守城的将领一个都不能撤。暗道本可以运点儿粮食，可惜没多久就被敌军发现了，为了不让敌军沿暗道闯入城中，祖父只得命人将暗道封死。

众将士抵抗了大半年，待到城破之时，守城将士死得只剩数百人。

当时城中一片荒芜，家家户户都空着，粮草和马匹早已被吃得一干二净，祖父和几个手下将士为了充饥，整日以树皮和枯草充饥，被俘时，瘦得几乎只剩下一副骨架。

叛军被眼前这一幕深深震撼了。他们没想到，这座史无前例地难攻难打的"铁城"竟是在这样一种悲惨的境况下被守住的，以至胡叛下令在城头斩杀祖父和伯父时，那些杀人如麻的叛军将士居然个个面露不忍之色，齐声口呼"英雄"，敬重地向祖父和伯父磕了几个头才动手。

此役过后，祖父滕元皓成为名震天下的第一勇将。

先皇感念祖父的匡翊之功，特加赐赏，赐祖父谥号"忠勇"，同时将祖父的画像和生平事迹陈列于凌烟阁。两位伯父也被追封为正二品的辅国大将军，这是只有开国功臣才能享有的无上荣光。

"当年那一战，邬莹莹的祖父邬震霄是守城将领中的一员。"滕绍沉重的话声震荡着室内的空气，"邬震霄跟随你祖父多年，堪称赤胆忠心，早在南阳那一战之前他就救过你祖父一回，敌军用箭暗算你祖父，是邬震霄奋不顾身挡下这一箭。他虽侥幸活下来，却也盲了左眼，自那之后，军中将士都称他'邬独眼'，他左眼虽盲，上阵杀敌时依旧百夫难当。他既是你祖父的部下，也是你祖父的救命恩人。"

滕玉意皱眉听着。

"几年后的南阳之战，邬震霄随你祖父殊死抗敌。濒临城破时，你祖父别无他法，听说临淮有大批援兵赶至，当即派邬震霄率四十多名精锐骑兵出城。邬震霄骑术出尘绝俗，趁城外敌军夜间休整时突出重围，总算没有辜负你祖父的嘱托，突围时身中数箭，最终率领几名侥幸活下来的骑兵连夜赶到临淮。可叫邬震霄万万没想到的是，朝廷派到临淮的将领是秦丰寸。此人与你祖父不睦已久，本就不愿看你祖父立下大功，且叛军盘踞左右，秦丰寸担心己方派出援军，叛军会掉头攻打临淮，无论邬震霄如何劝说都拒绝发兵。"

滕玉意心中激荡，这段过往她也听说过，事后朝廷追责，第一个斩杀的就是秦丰寸。

"邬震霄性如爆炭，当场掀翻秦丰寸招待他的那桌酒席，口中连声痛骂，心急如焚地出了帐。南阳城挺不了多久了，再去别处搬救兵已经来不及，他只能带着十名骑兵连夜返回南阳，却不料秦丰寸怕邬震霄将此事告到朝廷，竟派出一支骑军追杀邬震霄一行人。邬震霄本就受了箭伤，为了躲避追杀不小心摔入附近的山谷中，等到醒来时发现自己躺在一辆犊车上。救他的百姓是从临淮跑出来的，他们告诉邬震霄，南阳被破了，滕将军死了，他们怕临淮也保不住，准备南下避难。

"邬震霄痛哭流涕。他既伤心你祖父和伯父的死，也恨朝廷用兵失误派秦丰寸前来支援，满腔悲愤无处发泄，发誓此生再也不回朝廷效力。邬震霄头些年就在谯郡纳了一个歌姬为妾，妾室给他生了一个儿子，当时这个孩子已有十几岁，名叫邬子奇。邬震霄伤好之后便偷偷潜回谯郡接了妾室和孩子，那之后只远远地看了南阳城一眼，便带着妾室和儿子随流民南下，终其一生，再也没回过南阳。邬震霄伤势太重，又逢连日颠簸，身体一下子垮了，熬了没几年就过世了……"

滕玉意大受震动，父亲眸色深沉，显然也在为这段惊心动魄的往事伤怀。

"邬震霄死后留下一笔积蓄，妾室拿着这笔积蓄与儿子相依为命，又过几年，邬震霄的儿子邬子奇娶妻，生下的孩子就是邬莹莹了。"

滕玉意目光颤动，邬莹莹当年突然赶来投奔阿爷，看来是仗着祖父邬震霄对滕家的那片忠义之心了。

她果听父亲说："邬莹莹长大后，被城中一位年近花甲的豪绅看中。邬子奇力孤病重，恨自己无力保护女儿，听说我行军路过，拼死托一位叫邬四的老忠仆将邬莹莹送到我的帐下。我不忍英雄后代落得被人糟践的下场，只得令人收留了邬莹莹。"

滕玉意咬了咬牙，邬莹莹这一来，一切都变了。她寒声道："要报恩法子有的是，为何不给邬莹莹财帛？为何不给她找个好人家打发她走？邬莹莹来之前，阿娘身子还是好好的，她来了后没多久，阿娘身子就垮了。你把邬莹莹接到家中，可想过这是引狼入室？阿娘那样信重你，你为何要伤阿娘的心？"

滕绍额角"突突"直跳："因为阿爷问心无愧！"

滕玉意满心恨意，嗓音陡然拔高："阿爷若是问心无愧，为何对邬莹莹的事缄口不言？！阿娘若不是伤心到极点，怎会从此一病不起？！"

滕绍心中酸苦异常，突然厉声道："你以为阿爷不想知道为何吗？！"

滕玉意眸中泪光一凝。阿爷不知道？

呵……这不可能。

滕绍脸上的痛苦之色丝毫不亚于女儿："当年邬莹莹被送来后，阿爷做的第一件事是让人核实邬莹莹的身份，当时阿爷在外御蕃，核实完邬莹莹的身份后连夜给你阿娘修书一封，把当年邬家和滕家的这些事一一告诉你阿娘，让你阿娘帮邬莹莹寻找一门合适的亲事，同时令人立刻前往邬子奇身边帮他求医问药。

"为了不惹来风言风语，你阿娘对外说邬莹莹是我的表妹。等阿爷回到家中，已是两个月后的事了，邬子奇已经病逝，邬莹莹身边只有那个叫邬四的老奴。你阿娘告诉我，这两个月她一直在王家和滕家的亲眷中寻觅人品贵重的郎君，但看邬莹莹的意思，似乎不是很想嫁人。"

说到此处，滕绍顿了顿。当时他听闻此事，立即将邬四叫到身边，直言冲着邬震霄当年对滕家的恩情，滕家可以保证邬莹莹一辈子炊金馔玉，但她既非滕家的亲眷，又非王家的亲故，长久住下去必定惹来流言蜚语，他听说邬莹莹已十七岁了，与其寄人篱下，不如马上谋一门中意的亲事嫁人，而这一切，滕家可以出面帮着操持。

滕绍万万没想到，邬四当面回绝了他，说娘子自小极有主意，非王侯将相不肯嫁，还说若是滕将军不能帮娘子实现这个心愿，娘子情愿出家为尼。

邬莹莹想嫁王侯将相？这岂不是异想天开？

滕绍断然说做不到，但紧接着就想起一人，又改了主意："姑且试一试吧。"

他挥退邬四，动身去后院寻妻子商量此事。

妻子意味深长地看着他，笑道："我知道她在想什么，她这是在给你出难题。"

邬家人丁凋零，邬震霄在世上只剩下这点儿血脉，这孩子走投无路之下前来投奔滕家，一朝落得出家为尼的下场，世人只会说滕家薄情寡义。所以不论事情多难办，滕绍都得为邬莹莹争一把。

"无论她索要多贵重的财帛，你都可以满足她，但这种高门亲事，你也没法子，一日办不到，她就能一日赖在我们家不走。"妻子打趣他。

滕绍移开被子里的暖炉，用自己温暖干燥的手掌包裹妻子有些发凉的双脚。

"她怎么想的我不管。"他语气冷淡，"假如她不是邬将军的后代，我早就让人把她送到尼姑庵去了。你放心，我有法子。头年剑南道和南诏国联合攻打吐蕃时，我认识了南诏国的新昌王，此人尚未婚配，为人也不坏，对中原文化极为向往，早在很久以前就说要娶一位中原女子为妻。新昌王可是名副其实的'王侯将相'，不如由我来为他和邬莹莹牵线搭桥。邬将军一生忠肝义胆，能为他的后代找个好归宿，我也算对父亲有交代了。"

妻子把脸贴到丈夫脸上温柔地磨蹭着，打趣丈夫道："小瞧你了，这么好的法子都能被你想到。"

滕绍把妻子紧紧地搂在怀中。

过去这一年，妻子总是心事重重的，隔三岔五就去佛寺上香，夜间也经常睡不安稳。为此他专程请了一位杏林圣手帮妻子调养身体，但妻子的身体依然不见好。他想着想着，眉间挤出了一个深深的"川"字形。

与妻子商议好后，滕绍着手筹划此事。他令人为邬莹莹作了一幅画送到南诏国，同时奉上了邬家的族谱，告诉新昌王邬莹莹的祖上是南阳邬氏，她祖父邬震霄是一位忠义两全的骁将。

新昌王对画像上的邬莹莹一见倾心。

没多久滕夫人有了身孕，身体比从前更差了，白日懒进饮食，晚上也总是噩梦连连。

玉儿正是找娘的年纪，滕绍怕女儿白日吵着她阿娘，大半时间待在内院陪伴妻子。

过几个月朝廷传来消息，吐蕃入寇河陇一带，朝廷欲急调镇海军前去应援。滕绍放心不下妻女，却又不能抗旨不去，这日商量完军情从院外回来，邬莹莹突然求见。

滕绍原本不欲理会，但邬莹莹说她要说的事与二十多年前的南阳一战有关，事关滕家荣耀，她必须当面告诉滕绍。

滕绍暗觉古怪，让人把邬莹莹请到书房。然后，他从邬莹莹口中听到了一个让他心魂皆碎的秘密。

这个秘密是邬震霄有一次醉酒后对姜室说的，姜室又把这个秘密告诉了儿子。

滕绍第一个念头是不相信，但邬莹莹说的那些事，只有当初亲历过战场的人才能说得出来，除了邬震霄，谁也编不出这样的故事。

当年南阳一战，城中将士已经死绝，世上知道这个秘密的只有邬家人了。

这番话让滕绍当场魂飞魄散，邬莹莹似是看他面色遽变，亲口承诺自己不会把这个秘密告诉旁人，还说为了感谢滕将军给她谋了一门好亲事，在滕将军远征之前，愿为他抚上一首曲子送行。

偏巧滕玉意来书房找阿爷撞见了这一幕，滕绍听到女儿"咚咚咚"地跑开的脚步声，才陡然把自己的思绪从震惊中抽离出来。

他目光冰冷地看向邬莹莹，不论这件事是真是假，邬莹莹早不说晚不说，偏偏在出嫁之前说，分明是不想嫁去南诏国，想利用这个秘密威胁他。

他冷声说："没人相信你的这套说辞。你要是不想嫁给新昌王可以直接告诉滕某，不必捏造这等骇人听闻的鬼话。"

邬莹莹怔了一下，叹气说自己其实心里很满意这门亲事。

滕绍心乱如麻，令人把邬莹莹送到一处新置的宅邸中候嫁，在新昌王上门迎娶之前，不许此女踏入府中半步。

怎知过两日妻子就突然滑胎了，情绪也一落千丈。

记得他闻讯赶回房中时，满屋子都飘荡着"雨檐花落"的香气，那是妻子平日最爱熏的一种香，那一日这味道空前浓烈。

此后不论滕绍如何开解妻子，妻子总是郁郁寡欢，脸上再也看不见明媚的笑容，眼中只有深渊般的绝望。

滕绍内心痛苦不堪，疑心妻子听了玉儿的话对他产生了误会，忙将那日的事告诉了妻子，只将南阳之战那个骇人的秘密隐瞒了下来。

妻子却只轻轻地抚摸着他的脸，说她愿意相信他。

嘴上这样说，妻子对他却一日比一日冷淡，不让他在床边陪她，也不听他说话。只要他一近身，妻子就闭着眼睛把脸转向床的里侧。只是她常常把玉儿抱在怀里，动不动就无声垂泪。

妻子的种种表现，都像对他失望到了极点。

滕绍的心又酸又痛，他和妻子成亲整整五年，她对他连半点儿信任都无，她与其这样折磨自己的身体，不如直接拿尖刀剐他的肉。

滕绍忧心如焚，连夜派人从长安请来医术最高明的医工为妻子诊治。

没多久新昌王率领南诏国仪仗前来迎娶邬莹莹，妻子终于露出一点儿笑脸，说新昌王虽然只是南诏国的一个王爷，但毕竟事关两国邦交，如今朝中也来人了，滕绍最好亲自送邬莹莹出嫁。她还说会照顾好自己，让丈夫安心去送嫁，等他回来她要亲手给他裁件夏衣。

可等滕绍赶回来，他看到的却是妻子冰冷的尸首。

滕绍沉浸在回忆中，眼中布满了血丝："这些年阿爷总在想，当年是不是做错了，或许阿爷不该为了报恩接受邬子奇的嘱托。但邬莹莹到府中后，阿爷即刻与你阿娘为她安排亲事，为了尽快把邬莹莹嫁出去，阿爷动用了朝中所有能影响新昌王的力量，之后种种安排，也都预先同你阿娘商量过。

"如果你阿娘的病是因怀疑阿爷和邬莹莹有染而起，你何不问问你阿娘，她为何情愿相信一个外人，也不信任自己的丈夫？！"

滕绍的话声充满了讽刺。

滕玉意已是泪流满面，闻言颤声摇头："你胡说！阿娘那样信重阿爷，才不会随随便便就疑心你。阿爷一定是做了很过分的事，才会让阿娘伤透心肝的！"

滕绍猩红的双眼盯着女儿。

未几，他悲凉地、摇摇晃晃地起了身："你阿娘是个极通透的人，成亲后与我情同胶漆，平日与我无话不谈，假如不是对阿爷产生了很深的误会，怎会对阿爷冷淡如斯？可无论我怎样剖白，你阿娘就是不肯信我。夫妻本该同心同德，你阿娘却因为一个外人与我反目。你以为只有你耿耿于怀？阿爷比你更想知道你阿娘当年是怎么想的！"

滕玉意呼吸发颤，心中又悲又怒："不许你这样说阿娘！邬莹莹跟阿爷说了南阳一战的秘密，阿爷你不是也没告诉阿娘吗？一定是你瞒着阿娘，阿娘才会耿耿于怀的！"

滕绍仿佛被人打了一记重拳，嘴唇一刹那变得煞白："这件事只是那个邬莹莹的一面之词，我如何把它当作事实告诉你阿娘？为了求证这件事，十年来，阿爷到处找寻当年南阳一战幸存下来的战士，可惜没有一个人比邬家知道得更详尽。阿爷好不容易把线索拼凑得差不多了，今日去华阳巷找邬莹莹，就是为了向她求证最后一件事。"

那种耻辱的神色又一次出现在滕绍的脸上，他闭上眼睛，声音却止不住地发颤："直到今日阿爷才想明白，当年你阿娘根本不是因为邬莹莹的事生病，而是因为滕家的这个秘密，阿爷我……险些负了你阿娘的一片苦心。"

那种不祥的预感爬上滕玉意的后背，她屏住呼吸，眼睛一眨不眨地盯着阿爷："那到底是什么秘密？"

滕绍睁开眼睛望向女儿，这一次，他的神色无比温柔，像是要代替早逝的妻子好好打量一回女儿。

"我们的玉儿长得这么大了。蕙娘若是看到你现在的样子，不知会高兴成什么样子。"

"阿爷！"

滕玉意心里已是一团乱麻："南阳之战到底发生了什么？！为何说阿娘的死也与此有关？"

滕绍眉睫颤动，那件事总要有人付出代价的，而这个人本该是他。

"你只需记住，这件事与你无关。"滕绍声音嘶哑，无比疲累地摆摆手，"一切有阿爷，往后不会再有邪祟来找你了。还有，阿爷没有对不起你阿娘，你只管解开心结，瞧上哪位郎君就欢欢喜喜地与他相处。该说的话都说明白了，回吧，阿爷也累了。"

"阿爷！！！"

滕绍却起身大步走到门口，拉开房门扬声道："程伯，把娘子送回内院。陆炎他们来了吗？"

"来了，就等着老爷召唤呢。"

"叫他们进来。"一转眼的工夫，滕绍恢复了从前那坚毅如山的神色。

滕玉意死死地瞪着阿爷的背影，她知道，今晚别想再从阿爷嘴里撬出一个字了。听得外头隐约有话声传来，她纵是再不安、再不情愿，也只能一步一步离开书房。

清虚子道长亲自举着烛台，点了点被火光照亮的纸上的某一处。

"你看，倘或错勾咒是在滕绍出生之前下的，那么滕绍应该活不到成年，但他不但平平安安地活到了三十八岁，还屡次建功立业。因为这个，师公一度以为下咒之人恨的是滕绍。那人出于恨意，对滕绍的子女下了错勾咒，所以滕娘子明明面相极好，生下来却有一副极凶的命格，假如没人帮她换命，她断乎活不过十六岁。

"今日听说滕绍在所谓的'前世'里也是死于非命，师公突然换了个思路，假如那人恨的是滕元皓呢？滕元皓以身殉国时滕绍已经四岁了，父兄上沙场，滕绍因为年岁太小留在家中。

"倘或有人在滕元皓死亡之际对其后代下咒，滕娘子身为滕家的血脉自是难逃一劫，但滕绍当时已经长到了四岁，落到他身上的诅咒没那么严重，所以他能长大成人，但因为错勾咒的影响，最终死于非命。"

蔺承佑思忖着接腔："而且下咒的时间一定是在滕绍出生之后到四岁之间。如果有人在他出生之前就下了咒，那么滕绍也就活不过十六岁，而他四岁之后他父亲已经死了，那人怨念再强，也无法对一个已死之人下错勾咒。"

按照这个时间来推断，滕元皓最有可能被下咒的时间是南阳之战的时候。

蔺承佑皱了皱眉，那是一场彪炳千古的守城之战，经此一战，滕元皓成为一代名将。

但无论是敌方将士，或是己方将领，都不可能恨滕元皓恨到下错勾咒的地步，毕竟战场上刀剑无眼，胜败乃兵家常事。

这个诅咒太酷烈了，施咒人不但会当场魂飞魄散，而且永生永世不能再投胎。

至于城中百姓，听说滕元皓早就用暗道将他们送出城了，南阳百姓对滕元皓应该只有感激，不可能会有恨意。

所以这到底是怎么回事？

清虚子道长也是一头雾水："这件事太古怪了。先不说滕元皓到底得罪过什么人。人都有六道轮回，但滕娘子轮了同样的两世，可见只要有人帮她换命，她又会重来一世。师公猜滕元皓做的事一定惹得天怒人怨，甚至对其下咒之人可能不止一个，不然不会招来如此强烈的诅咒，要化解，只能行非常之事。"

蔺承佑焦灼地想：滕元皓可是铁骨铮铮的老英雄，因何招来这么强的咒怨？

"李三娘不是也轮了同样的两世吗？这又怎么说？"

"前世李三娘是死于时疫，但今日师公看她面相不像短命之人。师公猜她借用滕娘子的生辰八字为自己谋过利，由此招来了灾祸。落在滕娘子身上的错勾咒非同小可，李三娘只要在佛前以滕娘子的名义许过愿，怨气也会沾染到她身上，因此前世她明明还有阳寿，却因为染了时疫而殁了。听说她以前常去滕娘子家，说不定偷过滕娘子什么物件，这件事你不妨再好好审问审问。"

蔺承佑心烦意乱："照这样看，要化解滕玉意身上的灾祸，光借命还不成？"

清虚子道长捋捋胡子："你先别急，解铃还须系铃人，你得先弄明白滕家当年发生了什么事，我们才能想出应对之计。师公估计滕将军也是有苦难言，毕竟当时他才四岁。出征在即，你与滕将军同行，不妨找个适当的机会把该问的话问出来。滕将军就算是为了女儿的安危，也不会不肯说的。"

蔺承佑忽然想起那回武绮说过，早在一个月前皓月散人就说过长安会有一场大灾祸，他们无极门懂的明录秘术不少，莫不是提前窥见了什么？

最近长安冒出了那么多尺廓，也许与滕玉意命格中的灾祸有些关系。

他本就打算在出征之前帮滕玉意找回那对步摇，何不借机把玉真女冠观的地宫仔仔细细地搜一遍？说不定能有意想不到的收获。

"时辰不早了，您老先睡吧，明日还有的忙，徒孙也回府歇息了。"说着他匆匆出了宫。

次日蔺承佑忙了一整天，直到傍晚才抽空去了趟玉真女冠观。

皓月散人伏法后，朝廷专门派了大批禁卫在此看守，如今除非有圣人的手谕，任谁也不得擅自入内。

蔺承佑冲门口的禁卫点了点头，一脚跨入了观门。

入观后他没去旁处，直接下了地宫。他和滕玉意上回遇到耐重是在第一层的大殿，但地宫共两层，格局好比两张相互交错的"棋盘"，只要有人闯进去，立即就会引起棋盘错位。虽说大理寺官员们只下地宫搜索了一次，但滕玉意的步摇也绝不可能还在上回的位置。

好在就算这个地宫千变万化，"棋盘"每一次错位的角度也是有恒数的。

蔺承佑在黑暗中默算了一遍，欻然一声，用火折子点亮手中的琉璃灯。

滕玉意一整天都没能见到阿爷。想起昨晚与阿爷的那番对话，她胸口有如堵着一团棉花，想起阿娘，心里又只剩凄恻。

这一天，她觉得自己被不安的阴云笼罩着，无数次跑到前院，无数次扑了个空。

一直等到傍晚，她都没堵到阿爷。程伯进来告诉她阿爷去了西营，当晚就要出征了，滕玉意宛如被一盆冷水从头浇到脚，心都凉透了。

她此时出府去找阿爷，只会暴露阿爷的行踪，彭家不可能没在附近留耳目，她绝不能擅自行动。

思来想去，她只有等。

她等了一晌，夜色越来越深，明月高悬，夏虫"啾唧"作响，滕玉意歪靠着栏杆用小扇给自己引风，但是再清凉的夜风也带不走她心头的焦灼。

扇了一晌，滕玉意把团扇抛给身后的春绒，取出小涯剑，到院子当中要起了剑。练了几套剑法下来，她如愿出了一身汗，进屋沐浴换了衣裳，出来后本以为心里多少会宁静些，没想到一颗心依旧七上八下的。

滕玉意立在廊道里深深地吸了一口气："碧螺，给我拿几壶石冻春来，很久没喝酒了，今晚我要喝个痛快。"

碧螺和春绒忙说："娘子你心里正烦着，这当口喝酒当心醉得快。"

"少啰唆，快去热酒。"

二婢只好在院子里的石桌上摆上一些小菜，热好一壶酒呈上来。

滕玉意拔出壶盖，仰脖将壶里的酒喝了个精光。

春绒和碧螺劝道："娘子，酒量再好也禁不起这样喝，当心明天早上起来头疼。"

滕玉意自顾自地把空酒壶重重地往桌面上一放："去，再热一壶。"

喝完一壶又喝一壶，滕玉意渐觉飘飘欲仙，那些积压在心头的沉重心事一股脑儿不见了。

不知过了多久，她迷迷糊糊地听到有人叫道："哎呀，吓死我了，那是一只黑豹子！"

"世子，你不能进来，娘子她喝醉了。"

蔺承佑到滕府时已是半夜，这么晚来找滕玉意说起来不大妥当，但神策军明日就要拔营，今晚他还需回宫一趟，思来想去，只有今晚有机会同滕玉意说道说道，因此程伯一出来相迎，他就开门见山地说道："程伯，我有些重要的话要当面告诉你家娘子，请她立即出来一趟。"

程伯看了蔺承佑脚边的小黑豹一眼，点点头应了。

没过多久，程伯一个人出来了："世子不如明早再来吧，娘子她喝醉了。"

蔺承佑心里正乱着，闻言蹙了蹙眉：滕玉意酒量那么好，怎么突然就醉了？看看脚边的俊奴，他迈步出了中堂："我进去找她吧，有件东西须当面交给你家娘子，不会耽搁太久，我跟她说几句话就走。"

程伯急眼了："万万使不得！世子把东西交给小人，让小人转交给娘子吧。"

蔺承佑在前面摆摆手："平日也就算了，这东西得亲手交给你家娘子，此外我还得当面交代她一些事。程伯你也不想我不在长安期间，你家娘子不小心犯了什么忌讳吧？"

程伯一愣。

程伯一愣神的工夫，蔺承佑已经扬长而去。

程伯连追带赶地到了潭上月，还没来得及进去通报一声，院门口那堆小丫鬟就被蔺承佑脚边的小黑豹吓得惊声大叫。

"碧螺姐姐、春绒姐姐，院门口来了只黑豹子！"

程伯呵斥小丫鬟们一声，快走几步拦住蔺承佑："世子稍稍留步，娘子说不定已经歇下了，此时进去恐有不妥，小人先进去通报一句。"

蔺承佑顿住脚步，怪他，急着叮嘱滕玉意，一时也顾不上这些礼数了："也对，是我太冒失了，烦请程伯通报一句，我在这儿等她就行。"

不料门口的动静早就传到里头去了。

滕玉意原本歪坐在院中的石桌旁，冷不丁看到外头那颀长的身影，先是眨眨眼，然后揉揉眼睛，放下手瞧了一晌，忽然一把推开碧螺和春绒的胳膊："蔺承佑，你来啦。"

蔺承佑虽站在门外，却压根儿没往里看，听到这个声音忍不住转过头，却看见滕玉意坐在树下。

"你来，你快来。"滕玉意乐呵呵地冲他招手。

"娘子！"程伯和春绒、碧螺顿觉不妥，为了劝阻娘子，忙将她围在当中。

哪知滕玉意喝酒后力大无比，挥手就将二婢推开，程伯毕竟是个男子，不好太靠前，滕玉意一拍石桌，摇摇晃晃地撑着桌面站了起来："你们走开，我要见蔺承佑……蔺承佑，你……你进来，你站在那儿干什么？"

蔺承佑这时候已经看出滕玉意醉得不轻，听她这样叫他，情不自禁地朝她走去。

"你怎么喝得这样醉？"他有点儿好笑，望着那张染满了红霞的芙蓉玉面，目光一时挪不开，原来滕玉意醉酒后竟这样娇憨。

滕玉意笑容可掬，冲他招手道："你过来，我等你很久了。"

蔺承佑刚到近前，不等他开口说话，滕玉意就一把拽住他的胳膊，当着一院子人的面，把他拽到一边，然后摇摇晃晃地一指面前的廊庑顶："我想……上去，可我的腿脚突然就不听使唤了，你来得正好，你……借点儿轻功给我。"

"娘子！"这回不只程伯，连端福都冲过来阻止。

蔺承佑把胳膊抽出来，转头对程伯说："没想到她喝得这样醉，那我明早抽空来一趟吧，你们把她扶到屋里去。"

说着他转身就走，不料滕玉意双手再次缠上来，仿佛抱着一根萝卜，紧紧抱着他的胳膊不撒手："我……有话对他说，你们别烦我，你们再啰唆，我就哭给你们看。端福，你走开，你走开。"

端福只得停步。

程伯哭笑不得："世子莫见怪，我家娘子每回喝醉酒，都像个小孩儿似的不讲道理。"

"你才不讲道理！"

滕玉意醉眼蒙眬地睨着蔺承佑，再次向上指了指屋檐："我要上去吹吹风，你帮帮我。"

春绒和碧螺试图把滕玉意的手从蔺承佑的胳膊上拽开，越拽，滕玉意搂得越紧。

蔺承佑自己也拽了一下，孰料一碰到滕玉意的手腕，她就"哎哟"叫痛，蔺承佑怕自己伤到她，只得收手："要不这样吧，你们拿件披风出来，我带你家娘子上去坐坐。我看她喝得也差不多了，上去坐一会儿说不定就睡着了，等她一睡着我就把她送下来。"

院子里的人面面相觑，他们还能怎么办？娘子抱得这样紧，硬拽怕把娘子拉伤，可他们又不能把成王世子的胳膊留下。

"快给娘子拿披风。"无奈之下，程伯到底发话了。

碧螺和春绒很快取了一件披风出来，连哄带劝地为滕玉意系上。

其间滕玉意不断扭动挣扎，一双手倒是不忘搂紧蔺承佑的胳膊。

"我们上去吧。"她一个劲儿地催促蔺承佑。

蔺承佑只得用另一只手把俊奴牵到树前拴好，给俊奴留下几颗肉脯，叮嘱它乖乖地在树下等待，随后在一院子人的注视下，带着滕玉意纵上了房顶。

滕玉意重心不稳、脚步蹒跚，蔺承佑搂住她的肩膀帮她站稳，试着抽胳膊，她依旧死活不松手，蔺承佑只得拉着她在自己身边坐好。

一转眼的工夫，院子里的人就散尽了。

"明日我就离开长安了。"蔺承佑的心跳个不停，他转头打量她，"我放心不下你，所以把俊奴给你带来了，它不但能驱邪，还能治恶人，有它守着你，我也放心些。还有绝圣和弃智，明日起也会住到你府中，我爷娘这几日就回长安了，我托他们照顾你，你有事就同他们说。"

滕玉意脑袋东倒西歪，看样子一句话都没听进去。

蔺承佑怕她伤到脖子，只得搂着她的脑袋让她靠着自己的颈窝。

"刚才在底下那么聒噪，怎么一上来就不说话了？"蔺承佑的目光静静地在她脸上打转，他第一次这么近距离地看她，月光下，她的眉、她的睫毛、她的鼻梁……那样美，仿佛一件上好的玉器，每一处都经过精心雕琢。看着看着，他喉头有些发紧，忙把视线挪开，看着前方道，"喂，等我回长安，你就嫁给我好不好？"

滕玉意脑袋一晃，终于有了点儿反应，红唇一嘟，很不乐意地说："我才不嫁给你。"

"为什么？"

"你总是欺负我。"

蔺承佑愣了一会儿，笑道："我怎么欺负你了？"

滕玉意不知想起了什么伤心事，抽搭了一下："虫子。"

"什么虫子？"

"我退亲，想跟你借虫子，你……你把我的剑封了……害我中了妖毒……"

蔺承佑一拍脑门。

"我错了，我向你赔罪。"

"你还让人搜我的身。"滕玉意越想越伤心，眼里隐约有泪花打转，"没收我的暗器……"

蔺承佑牙疼似的"咝"了一声，一想起这些事就恨不得打死当时的自己。

"当时我太浑蛋了，我诚心向你赔罪好不好？"

滕玉意越说越委屈，用力推开他的胳膊："你还害我长热疮……你太坏了。"

蔺承佑哭笑不得，这他可不是故意的，但他一句不敢回嘴，依然点头如捣蒜："都是我的错。"

滕玉意眼泪汪汪："你不肯教我武功，还说我是世上最恶毒的女子。"

"你想怎么出气？"蔺承佑把胳膊抬到滕玉意面前，"我让你随便咬好不好？"

滕玉意丝毫不客气，对准他的胳膊一口就咬了下去。

蔺承佑心里叫痛，面上连眉毛都没动一下："千万别客气，怎么出气怎么来，等你出完气了，肯答应嫁给我就行。阿玉，这些事我替你记一辈子，从前我是有不少浑蛋的地方，往后我加倍对你好，你别生气了好不好？"

滕玉意却不肯再咬了，猛地抬起头，用一双蒙眬的醉眼打量他一阵，也不知想起了什么，含怒指了指自己的嘴唇："上次你还咬破了我的嘴唇！"

没等蔺承佑回过神，她一把捧住了他的脸。

蔺承佑浑身一僵，眼看滕玉意的脸离自己越来越近，心像同时跑过一千匹野马般"怦怦"直跳，连呼吸都滞住了。

"你这是要做什么？上次我可是为了救你。"蔺承佑强行保持最后一丝清明，身子一动也不敢动，"喂，你们府里的下人可没走远，端福也在，你可别公然轻薄我啊。"

滕玉意红唇鲜若樱桃，双眼迷离如翠湖，并不听他废话，鼻梁一碰上他的鼻尖，二话不说就咬住了他的唇。

嘴唇上立时传来一阵钻心的疼痛，好在她似乎只咬一口就要松开，蔺承佑心里、耳边全是电闪雷鸣，眸色一深，不等她躲开，追上去吻住了她的唇。

第九章
错勾咒

蔺承佑一触到滕玉意的唇瓣，胸腔里就像着了火。这世上最甜的酒，就藏在她的唇齿间，他肆意追逐那芳浓的酒香，醺醺然无法自抑，醉意仿佛能传染，仿佛只一瞬间，他脑中便只剩她身上甜蜜干净的气息。他沉醉其中无法自拔，咬着她的唇低喃："阿玉。"

滕玉意不知是醉糊涂了，抑或是傻了，身体热乎乎的，绵软得像只狸奴，依在他的臂弯里，乖乖地被他吻着。

蔺承佑迷醉地想，她醉成这样，到底知不知道他在对她做什么？可是他已经停不下来了，身体无法控制，只能贴着她的唇低声问："阿玉？"

滕玉意挣扎了一下，宛如一个正大口喝甜浆的孩子突然被人夺走了水斛，何止是不满，简直要发脾气，懊恼地贴紧他的唇，毫无章法地咬起来。

蔺承佑轻吮她的舌尖，她就磕他的牙，他退而亲她的唇角，她就嗫他的唇。

这份鲁莽的热情让蔺承佑像着了火，心里的花苞承受不住这份强烈的悸动，膨胀成了一朵世上最绚烂的花。

一个人的心房里怎能盛得下这许多欢乐？他意乱情迷，几乎有点儿招架不住，扣住她攀附上来的双手，回应得比她更鲁莽，然而滕玉意的身体出奇地软，他身子稍稍向前一倾，她就支撑不住地往后倒去。

情急之下，蔺承佑伸手护住滕玉意的后脑勺，可就是这恍神的一瞬间，滕玉意就倒到了瓦当上。

倒下时滕玉意仍紧紧地抱着蔺承佑的胳膊，顺势把他也拽得倒下来。蔺承佑一手护着她的后脑勺，另一手撑在她的脑袋旁边。

屋檐上的瓦当被两个人的身体所压，发出响动，在这寂静的夜里，听上去格外刺耳。

紧接着，底下传来"嗷呜嗷呜"的怪叫声。

蔺承佑汗毛一竖，刚才只知放纵和沉溺，早忘了附近还有一群人。两个人鼻尖贴着鼻尖，炽热的气息交缠在一起，每一次凌乱的呼吸，都叫人浮想联翩。蔺承佑望着怀里那宛如初绽花蕾的娇艳脸庞，心里再舍不得，也只能暂且离开她嫣红的唇。

撑着胳膊肘，他侧头去听，院子里安静得出奇，那些人不知避到了何处。

院子里似乎只剩下俊奴了，但蔺承佑知道，那帮下人一定就在附近听着屋顶的动静。他心跳如擂鼓，赶忙把滕玉意搂起，哪知滕玉意似是尝够了甜浆的孩子，依着他的胸膛打了个哈欠，然后就再也没有动静了。

蔺承佑心里说不出是什么滋味，他这边仍耳热心跳，滕玉意倒是说睡就睡。

他无意中用手背擦了一下嘴，才发觉嘴唇已经被她咬破了。

今晚他何止被她亲了，简直被她狠狠地啃了一通。

这吻就像永远抹不去的痕迹，一旦烙印在他身上，那就是一辈子的事。无论从哪个角度来看，他蔺承佑都是她滕玉意的人了，同理，她滕玉意也早就是他蔺承佑的人了。

万一她明早起来就忘了这事，他找谁说理去？

趁两人还没回到院中，蔺承佑忍不住拨弄滕玉意腮帮上的碎发，接着，又轻轻捏了捏她的鼻头，真想问她一句：滕玉意，你记不记得今晚我和你……话到嘴边他又轻声改口道："阿玉？阿玉？"

看样子是叫不醒她了，蔺承佑只好用披风裹住滕玉意的身体抱她起来，回到屋檐边，纵身落到了院子里。

院子里果然只有俊奴，其他人不知跑到哪儿去了。

蔺承佑厚着脸皮咳嗽一声。

咳嗽声刚落，程伯带着下人们从院门口冒出来了。

蔺承佑用很平常的口吻说："她睡着了，带她回屋安置吧。"

"有劳世子。你们还不快上前伺候？"程伯一向慈和的面孔上透着几分不自然，端福看上去比平日更加冷漠，剩下那些丫鬟不是脸红通通的，就是目光有些闪烁。

碧螺和春绒急着把滕玉意弄回房，赶忙围上去，可是手刚碰到滕玉意的胳膊，滕玉意酒意再次涌上来，先是干哕几声，随后推开二婢的手："不要……"

程伯嘴角抽搐了几下：娘子在成王世子怀里扭来扭去的样子，活像一条肉虫，亏得成王世子受得了这个。醉酒的人比平日更沉，程伯自是不好近身，端福虽是阉人，却也没有抱着娘子进闺房的道理。

若是即刻让人从外院弄一架肩舆来，以肩舆的宽度，充其量只能被抬到廊下，无论如何进不了门。

"抬！"程伯当机立断地下了指示，让春绒和碧螺抬滕玉意的头和肩，另一拨小丫鬟负责抬滕玉意的腰臀，剩下的抬滕玉意的双腿。

这样做样子是很狼狈，但已经是最好的法子了。

眼看婢女们一窝蜂地拥上来，蔺承佑抱着滕玉意后退一步："哎，何必这么麻烦？弄摔了怎么办？既然她不愿意让你们碰，还是我送她进去吧。"

院子里的人面面相觑。这俩人抱也抱了，亲也亲了，他们让成王世子再送一程好像也不是很过分，况且方才他们都看见了，是娘子主动啃上去的，成王世子的嘴唇都破了……

之后的情景他们都不好意思看了。

现在娘子又抱着成王世子死活不撒手……

他们发愣的当口，蔺承佑早抱着人走到了外屋的门外。春绒和碧螺连忙跟上，推开门引着蔺承佑往里屋走。

蔺承佑第一次进滕玉意的闺房，尽管目不斜视，还是不小心瞟见了几个角落。

案上放着一张乌油油的素琴，原来她喜欢抚琴吗？床前的帘幔上挂了好些小玩具，小娃娃、小纸鸢、小香囊、小扇子……琳琅满目，看着出奇热闹。

到了床前，蔺承佑轻轻地将人放上去，刚要直起身，岂料前襟又被滕玉意揪住了。

蔺承佑脸一热，这一拽可就要把他拽到床榻上去了，碧螺和春绒急中生智，忙从枕头下面抽出布偶塞到滕玉意怀里。

滕玉意抱着布偶呢喃几句，痛痛快快地松开了手。

蔺承佑松了口气，改而打量滕玉意怀里的布偶，这布偶是她阿娘留给她的，这么多年过去了，依旧被她珍视着。

他轻柔地摸了摸布偶的头，却意外地闻到了一股臭臭的味道。

这味道……他皱眉，怎么像口水的味道？

他再次嗅了嗅，没错，味道是从布偶上面飘出来的，换别人肯定闻不出来，可谁叫他嗅觉比旁人灵敏呢？

滕玉意这么大了睡觉还流口水……

碧螺和春绒忙说："这布偶是夫人留给娘子的，看着是很旧了，但婢子们时时清洗的。"

蔺承佑对着滕玉意恬静的睡脸端详一会儿，心知再留下去就不妥当了，解下腰间的玉佩放到滕玉意枕边，对仍在酣睡的滕玉意道："这是我从小就佩戴的玉佩，拿着这个就可以直接进宫。我走了，你好好照顾自己。"

他说了几句，只换来滕玉意一连串不耐烦的咕哝声。

蔺承佑低眉笑了笑，直起身，从怀中取出一个装首饰的扁盒放到滕玉意的枕边，转身离开了卧房。

大理寺，办事阁。

阁内一灯荧然，已经很晚了，有位年轻官员仍端坐在案前整理卷宗，正是严司直。

灯光映照下，严司直的脸色分明有些疲惫。

蔺承佑道："严大哥。"

严司直搓搓脸庞振作精神："你来得正好，喏，案宗都在此处了。"

蔺承佑接过案宗笑道："有劳严大哥了。"

他翻开案宗，上面不但记录了庄穆、皓月散人、宋俭、卢兆安、武绮、王媪等涉案者的证词，还誊写了树妖出现那晚紫云楼的宾客名单，连胡季真出事那日英国公府的宾客名单也没落下，至于"月朔镜""天水释罗""银丝武器"等相关证物，也都一一在列。

换言之，从上巳节那晚树妖突然出现在紫云楼，到葶姬服毒死在平康坊的宅子里，一系列相关案件的细节，严司直全一丝不苟地整理好了。

这就是严司直，蔺承佑默然地想，打从他第一日到大理寺点卯，严司直便是如此，管他是惊天大案还是不起眼的案子，只要被交到严司直的手里，就绝不会被敷衍对待。

他正想着，严司直道："虽说皓月散人背后那位主家行事谨慎，但好像也不是全无破绽，再这么查下去，离收网也不远了。对了，蔺评事，蛾儿巷那座宅子真是扬州那位儒商王玖恩的祖业？"

蔺承佑点点头："此人与卢兆安在扬州是旧识，卢兆安用来蛊惑女子的相思蛊就是王玖恩给的。卢兆安进京赴考前，王玖恩指点卢兆安去平康坊找葶姬，等到卢兆安中了魁元，他们便正式开始笼络卢兆安。当日王玖恩原打算引卢兆安与幕后主家相见，不料胡季真突然闯入坏了事。出事那日王玖恩就逃出了长安，现在下落不明。前几日我去万年县查司户登记，证实这宅子明面上一直在王玖恩名下。"

"照这样看，这宅子正是他们平日用来暗中联络和部署的场所之一？"

蔺承佑默然片刻："可惜宅中旧物早已经被清理过了，即便残留些痕迹，搜查起来也非一日之功，我令人暂时将宅子封锁起来，回头再细查。"

严司直刚要接话，愕然发现蔺评事嘴唇破了，看着不像打架破的，反而像是被人咬破的……

这还不算奇怪，最奇怪的是蔺评事表情说不出地烦乱，明明在讨论案情，但并不像往日那样神采飞扬，反而有种在刻意回避什么的感觉……

严司直忽然想起蔺承佑傍晚讨了圣人的手谕去过一趟玉真女冠观。

"蔺评事，你是不是在观中查到什么了？"

蔺评事既然查到了那位幕后主家的关键线索，为何不愿往下说？

蔺承佑却道："时辰太晚了，嫂夫人还在家中等严大哥吧？我正好要进宫，顺便送严大哥回家。"

严司直听他提到妻子，神色顿时温柔了几分，歉疚地看了看屋角的漏壶，回身整理案牍："这就走。"

两人往外走时，蔺承佑道："明日我要出京一趟，这几桩案子暂且搁到一边，案宗我先送到宫里去了，等我回京再继续往下查。"

严司直并不知道蔺承佑即将率领神策军出征，一下子愣住了："蔺评事何时回来？何必把案宗送到宫里去？你不在京中的这段时日，我可以到那几处街间多走动走动，时日一长，说不定能打听到一些线索。"

蔺承佑道："没用的，此人行事比彭家更谨慎，豢养的耳目也不见得比彭家少，万一严大哥查到什么，我怕他们对你不利。我手上还有另外几桩棘手的案子，正好劳烦严大哥分神帮忙查办。"

严司直愣了一会儿，苦笑道："也好，那就等你回来再说。"

他们到了严宅门口，门口的下人闻声提着灯笼出来。

严司直的薪饷买不起宅子，这座窄陋的宅子是赁来的。

严司直下马入内，门内有年轻女子"喁喁"细语，蔺承佑知道那是严司直妻子的说话声，夫妻二人感情深厚，无论严司直多晚回家，严夫人都会亲自出来迎接。

严司直轻声细语地同妻子说了几句话，没多久反身出来，牵住蔺承佑的缰绳热情地说："拙荆煮了夜宵，蔺评事吃完再走。"

蔺承佑素来没架子，往日办案太晚时，也曾到他们府里用过夜宵。

蔺承佑笑道："若是平时少不得进去叨扰嫂夫人一顿，今日实在抽不出空，我还得进宫与皇伯父商量几桩要事。"

严司直只得松开缰绳："那就不强留了。附近没有灯火，走，严大哥提灯送你出巷口。"说着他举起灯笼在前领路。

蔺承佑谢道："不必了，我能夜视，严大哥回吧。我不在京这一阵，严大哥好好照顾自己，那案子莫要查了，等我回京再说。"

这是蔺承佑今晚第三次嘱咐他别再往下查了，严司直怔了一下，心里再纳闷儿，也只得应了。

蔺承佑稍稍放心："那我走了，严大哥保重。"

"路上小心。"严司直留在原地目送蔺承佑。

蔺承佑拱了拱手，策马拐出巷尾时回头看，严司直仍高举着灯笼为他照路。

兵贵神速，蔺承佑未再耽搁，策马扬鞭，一瞬驰入夜色中。

大明宫里，皇帝和清虚子道长一边下棋一边等候消息。

当浮箭指向子时，蔺承佑总算回来了。

关公公带人呈上夜宵，轻手轻脚地退下了。

"宽奴说你把俊奴送人了。"清虚子道长眯缝着眼睛打量徒孙，"送到何处去了？"

"送给滕娘子了。"蔺承佑坦然地道。

"弄到这么晚？"

蔺承佑面不改色地答："我顺便去大理寺找了一下严司直。"

说话间他坐到灯下，皇帝和清虚子道长望见蔺承佑的脸，一下子都不吭声了。

蔺承佑不假思索地用手挡住嘴，又觉得这样做显得太心虚，干脆一言不发地喝粥，借着手中的碗挡住嘴唇，然而粥有些烫，烫得他伤口疼，怕两位长辈看出端倪，他只能硬挺着。

清虚子道长将一个玉斛推到徒孙面前："慢点儿喝，别烫着嘴了。"

蔺承佑险些被呛住——那是一斛冰块。

皇帝蔼然转移话题："回大理寺交接手头的案子去了？"

蔺承佑若无其事地接话："严司直将皓月散人一干人犯事的案宗都整理好了。淮西道反旗一举，那人一定会有动作，这些证物放在大理寺不安全，不如干脆由伯父亲自保管。"

皇帝接过那沓案宗，越翻神色越凝重。

蔺承佑道："此人筹备许久，早就蠢蠢欲动了。若我们能尽快平定叛乱自是最好，若是拖得久些，此人恐会乘隙作乱……"

皇帝想了想："作战讲究知己知彼，彭震筹备得再周全，也断然想不到滕绍几个月前就接到了风声，非但如此，还立即把此事告诉了蔺效。淮西道现在就如一个四处漏风的筛子，还未开战就已经被探清了底细。伯父只给你们两个月时限，也是经过考量的。即使平叛之征延长到半年，对朝中兵力的损耗也不算大，就算那人趁乱谋逆，也不可能成事。"

蔺承佑没吭声，让他困惑的正是这个。

彭家造反，对那人来说是千载难逢的好机会，譬如李淮固所说的"前世"，朝廷足足花了三年的时间才成功平叛，伯父体内的余毒每三年发作一次，倘若赶上伯父旧疾发作，谋逆自然大有胜算，所以皓月散人那帮人才会千方百计地逼迫彭家在今年造反。

而今彭家造反的消息被提前泄露，这意味着平叛之期可能会缩短，只要朝廷兵力并无多大衰减，那人筹备得再多，谅也掀不起什么风浪。

那人知不知道这件事？

他是放弃这次机会，继续等待下一个造反的人，还是改而采取别的行动？

放弃是绝不可能的，然而，他想等来下一个具备同样实力的造反者，又谈何容易？

至于他改而采取别的行动嘛——

蔺承佑道："伯父，记得那日侄儿跟你禀告过，皓月散人曾预言长安会有一场大灾祸……"

这一番谈话，不知不觉花去了半个多时辰。

皇帝沉默良久，对蔺承佑道："伯父心里有数了。你爷娘后日回长安，我再与他们好好商量应对之策。可惜你天不亮就走，也来不及与他们见上一面。"

清虚子道长叹气："去吧去吧，你这孩子福大命大，师公倒也不担心什么。对了，你先前见到滕娘子，可曾问过她错勾咒的事？她知不知道自己中了此咒？"

蔺承佑心里本就涌动着强烈的不安，闻言离席，跪下对着两位长辈"咚咚咚"

288

地磕了几个头："说到此事，有件事想拜托师公和伯父。"

皇帝和清虚子道长互望一眼，渐渐了然："你且说。"

"我对滕娘子的心意，伯父和师公想必早已清楚了。此次出征，我最放心不下的就是她。就像师公所说，下咒之人存心让她活不过十六岁，而且或许因为下咒人不止一个，光靠'借命'之术还化解不了，所以'前世'明明有人帮她借了命，重来依旧身负咒怨，只要这咒一日化不了，滕玉意就会一直被困在这个谜局内。可是，如果咒怨源自南阳一战，滕玉意何其无辜？"

皇帝和清虚子道长齐声叹气。

蔺承佑正色道："我与滕玉意虽然相识仅仅数月，经历的事却数不胜数，一同抵御过天地不容的大魔物，一同抓过奸恶之徒。她总说我是她的救命恩人，可她何尝没屡次救我？她'前世'的种种遭遇，徒孙并不全知情，但这一世滕玉意的坚毅勇敢，徒孙再清楚不过。她如此搏命，只因想活下去，等到平复叛军，徒孙就回来帮她化咒。无论化解的法子有多难，徒孙都会舍身试一试。"

皇帝面色微变，清虚子道长白眉倒竖："你这孩子！"

"我不在长安的这段时日，滕玉意的安危就拜托诸位长辈了。"蔺承佑纳头便拜。

殿内空气凝重，皇帝转头望了师父一眼，长叹道："好孩子，你且放心，纵算你不请求，伯父也会同你爷娘和师公悉心照料滕娘子的。"

蔺承佑依旧不肯起来，显然还在等师公的承诺。

清虚子道长绷着脸瞅着徒孙。如此怨毒的咒语，化解哪儿有那么容易？这孩子命中有情劫，他本以为应在绝情蛊上，可这孩子该动心的时候还是动心了，如今看来，所谓"劫"，是应在滕娘子的错勾咒上。

眼看徒孙心事重重，清虚子道长到底心软了，喟叹道："走吧走吧。"

蔺承佑长眉舒展，重重地磕了几个头才起身。

滕玉意醒来时天刚蒙蒙亮，一睁眼，顿觉头昏脑涨。

她昨夜喝醉酒了？看样子醉得还不轻，她捂住额头迷迷糊糊地想了一阵，一时什么也想不起来，本想躺回去，忽然听到窗外有"嗷呜嗷呜"的怪声，随之响起的是小丫鬟们又惊又怕的笑声："哎呀，这小豹子的脾气好大。"

豹子？

她就听碧螺呵斥道："你们给我小声点儿！娘子还在睡觉。"

滕玉意疑惑地放下怀里的布偶，掀开被子欲下床，望望窗外的天色，约莫才五更天，奇怪，院子里为何这般热闹？她趿鞋的时候，余光瞥见枕边放着陌生的东西。

她转头去看，那是一个小小的花鸟螺钿漆扁匣。

漆匣旁边，是一块晶莹剔透的玉佩。

滕玉意呆了呆，纳闷儿地唤道："春绒、碧螺。"

她一边喊一边将那块玉佩拿起来，定睛辨认一番，不由得吃了一惊：这不是蔺承佑平日常佩在腰间的那一块玉吗？何时跑到了她的床上？

春绒和碧螺闻声进来："娘子，你醒了？"

滕玉意惊疑不定："这玉佩是谁送来的？"

春绒和碧螺尴尬地互望："是昨晚成王世子留下的。"

滕玉意一头雾水：昨晚？蔺承佑来过？

她隐约感觉不妙："他何时来的？我怎么不知道？"

"娘子你喝醉了酒，非要成王世子进院子。"春绒残忍地揭穿真相。

"娘子，你真的一点儿都不记得了？"碧螺嗫嚅半晌，讷讷地道。

滕玉意捧着脑袋苦思一晌，脑子里虽是一团糨糊，却也叫她捕捉到几个残缺的画面，她想着想着，头皮轰然一麻，差点儿没从床上跌下来。

完了完了，她好像干了什么不得了的事。

春绒和碧螺取下紫檀衣架上的外裳，上前帮滕玉意穿衣裳。滕玉意起身的工夫，碧螺在她耳边说了几句话。

滕玉意身子再次一晃。什么？她昨晚死扒着蔺承佑，还……捧着他的脸亲他？

她活像被一道巨雷击中了天灵盖，整个人都蒙了，混乱了一阵，先是茫然四顾，随即回身一头钻进衾被，慌乱地蒙住头，在被子里大声道："不可能！我才不可能做出这样的事！"

碧螺和春绒苦着脸说："婢子怎敢胡说？昨晚娘子就像一条葫芦藤似的死缠着成王世子不放，别说婢子们，程伯和端福都没法儿把娘子从他身上扯下来。"

滕玉意浑身一抖。

她紧紧地闭上眼，颤声道："胡说，你们胡说。"

可她心里知道，春绒和碧螺说的是事实，就算把别的事通通忘了，她也隐约记得自己曾经捧过蔺承佑的脸……

她从来没那么近距离地端详过他，假如她只是在做梦，绝不可能那样清晰地描摹他的眉眼。

滕玉意面红耳赤，如果面前有坑，她一定毫不犹豫地跳下去。光蒙住脸还不够，她开始裹着衾被在床上扭来扭去，可即便把自己扭成一根麻花，也没法排遣那份让人恨不得钻进地缝的浓浓羞耻感。

春绒俯身扒拉滕玉意头上的衾被："娘子别闷着自己了，除了这块玉佩，成王世子还送来了一只小黑豹。这豹子脾气傲得很，现在趴在廊下谁也不理。娘子要是不信，出去瞧瞧就是了。"

滕玉意一动不动。

在床上扭动一圈无效，她决定装死。

碧螺和春绒望着床上那条全无声息的"长虫"，无奈地摊了摊手："娘子，事情你已经做下了，躲起来也没用不是？"

这话说得像她把蔺承佑怎么着了似的。滕玉意尴尬地蜷了蜷手指，才发现自己还握着蔺承佑的那块玉佩。她下意识地松开手，旋即又紧紧攥住——这玉佩是蔺承佑的随身物件，此刻她在被子里滚来滚去，待会儿找不着了怎么办？

"两位小道长也来了，说是等滕娘子一起去送师兄呢。"

滕玉意纹丝不动。

"再不去可就赶不及了。"

滕玉意懊恼地把眼睛闭得更紧。她见了蔺承佑说什么？昨晚是她主动轻薄他，当着一院子人的面，对他又是亲又是抱的，这事儿连小豹子俊奴都能做证。一想起这事儿，她就恨不得当场羞死才好。

没脸见人了，她决定一整天都不出屋。

春绒把枕边的小漆盒递到被子前："娘子，这也是成王世子送来的。婢子看着像是娘子前一阵在玉真女冠观丢了的那支步摇，你快起来瞧瞧。"

安静了片刻，滕玉意一骨碌钻出来。

漆盒里静静地躺着一支珍珠步摇，看上去再眼熟不过。

滕玉意不敢置信地望着漆盒，拿起步摇，轻轻地在指间转动，没错，这就是阿娘留给她的那支步摇。

当初这支步摇被落在了地宫里，事后她想去玉真女冠观找寻，可如今道观非持圣人手谕不得进，她没能如愿进去，而且那地宫千变万化，这样一支小小的步摇遗落其中，论理早就找不到了。

蔺承佑他……

步摇的光芒耀如清波，映在滕玉意漆黑的眼眸上，她胸口起伏，顾不上仍旧火辣辣的脸颊，两腿往床边一伸，蔫头耷脑地跐鞋道："准备衣裳，我即刻出门一趟。"

匆匆盥洗完毕，滕玉意坐到妆台前梳妆，忽然想起一事："把我头几日做的那几盒鲜花糕拿过来，对了，还有我给阿爷做的那件佛头青夏裳。"

她拾掇好后出了屋，果然瞧见卧在廊下的小黑豹。

"俊奴。"滕玉意高兴地上前。

小黑豹面前围满了好奇的小丫鬟们，它骄矜地搭着两只大爪子，碧荧荧的眼睛里满是不屑之意，听到滕玉意唤它，懒洋洋地回眸。

滕玉意把食盒递给阶前的端福，蹲下来摸摸俊奴的脑袋："走，同我出门一趟。"

她二话不说牵起俊奴项圈上的金丝绳，飞快地朝外走去。

俊奴难得听话一回，起身乖乖地跟上滕玉意的步伐，在丫鬟们惊羡的目光中扬长而去。

绝圣和弃智一早就来了，宽奴也在中堂候着。蔺承佑对俊奴的灵性很有信心，但也怕它在滕府捣乱，临走前特地交代宽奴，让他过来指导滕府的下人如何喂养这头灵兽。

"滕娘子。"绝圣和弃智欢喜地围上来，宽奴在旁恭敬行礼。

"昨晚俊奴听话吗？横竖这些日子我们会住在贵府，喂养它的活儿交给我们来做就是。"

"它乖得很。"滕玉意和气地开腔，"宽奴，我有件东西忘记给世子了，知道你家世子大约何时启程吗？"

宽奴朗声道："世子早有交代，若是滕娘子想亲自送他，让小人带路便是。"

滕玉意哑口无言：他怎就料到她想亲自送他？蔺承佑这过于自信的臭毛病什么时候能改改？

要不是……罢了。

"那就快带路吧。"滕玉意清清嗓子。

路上，绝圣和弃智赧然地道："又得叨扰滕娘子一阵了，师兄有交代，在他回长安之前，我们得寸步不离地守在滕娘子身边。"

滕玉意笑道："说什么叨扰？我求之不得呢。我让程伯把上回你们住的小院拾掇干净，你们在府里只管随意，想吃什么、想玩什么只管告诉我。"

弃智憨笑一会儿，瞥见滕玉意腕子上的玄音铃，忙从怀里掏出一块石头样的物事："师兄这一走，就没法儿再听到玄音铃示警了。师兄本想把这块应铃石给师公，可是师公年岁太大了，思来想去，只好放到我这儿来了。师兄说我比绝圣睡觉轻，应铃石放我身上，夜间滕娘子有什么事我也能及时察觉。"

绝圣道："往日师兄把这块应铃石放在自己怀里，所以每回滕娘子有什么事，师兄那边立马就能知道。"

滕玉意接过应铃石摩挲，车厢里变得异常安静，两人看她只顾望着石头不说话，也不好再开口。

宽奴一个劲儿地催促车夫说："走芳林门。"

神策军在城北龙首原驻扎，出征自是也要从城北开拔，天色尚早，路上行人并不多，牛车一路疾驰，飞一般地驶向芳林门。

等他们赶到城外，到底晚了一步。神策军分守于京畿地区及关内道，除了长安，另分布于奉天、扶风、鄠县、陕州诸镇，此去平叛调走五万兵马，尽管圣人前日就下了密诏，麾下军士也需至少两日方能集结完毕。

蔺承佑身为神策军主师，应该是天未亮就拔营出征了。

好在当今圣人政治开明，只要不是秘密行军，朝廷都准许士兵的家眷在城门外眺望相送，滕玉意不便混到送行的女眷中，只好把车停到城外不远处的一座山丘前。

等爬上山丘，他们刚好瞧见那渐渐远去的大队士兵。

朝廷有意让淮西道误以为平叛主力为神策军，故而此次神策军出征声势浩大，夏日的晨曦照耀那金戈铁马，反射出一大片耀眼的光辉，那壮丽的金色光芒，堪比喷薄而出的朝阳。时值初夏，微凉的风从龙首原上方刮过，神策军的旌旗随风"猎猎"招展。

滕玉意沿着山坡往上急追，只恨没能瞧见蔺承佑的身影，绝圣和弃智一面抻着脖子张望，一面跺脚："这可怎么办？"

滕玉意抱着怀中的食盒跺脚眺望，忽然看见一队骑兵从城内驰出。

最前头的是一位英姿勃发的少年将领，戎服囊鞬，红巾抹额①，身背金色长弓。

这个少年在赤金色的朝阳下疾驰而过，端的是美若天神。他这一出现，立即引

---

① 囊鞬服和红巾抹额在唐朝是一种很常见的军人装束。《开元礼》中有这样的描写："金吾左右将军随仗入奏平安，合具戎服，被辟邪绣文袍，绛帕囊鞬。"其中"绛帕"指的就是红色抹额。《新唐书》第一百零八卷《娄师德传》说唐高宗时"募猛士讨吐蕃，（娄师德）乃自奋，戴红抹额来应诏"。由此可见，有唐一朝，这种标志性的军人服饰非常普及，甚至宋人也有"囊鞬帕首多名将"（详见宋朝诗人王柏的《薰风歌代寿节斋》）等名句。

来城墙下女眷们的低呼声："瞧，那是成王世子！"

"蔺承佑！"滕玉意又惊又喜，迅速回身往下跑，然而她的这声呼唤转瞬间就被那冲天而起的鼙鼓声给淹没了。

鼙鼓声声震人心脾，俨然在为出征的战士鼓气。

许是前方军情有变，蔺承佑路过城墙下时并未停留，径直奔向前方广阔的平原。

一时间，烟尘滚滚，鼓噪震地。

滕玉意追了一晌，眼看蔺承佑的身影即将消失在行伍中，只得抱着食盒停下来。

这时候，蔺承佑似是感觉到了什么，冷不丁控缰停马，回头往后看。

滕玉意大喜过望，再次拼命往山上跑，然而相距太远，没法瞧见蔺承佑的表情。

蔺承佑的确什么也没瞧见，因为他看的是芳林门，按照往日风俗，家眷们通常会在城墙下依依相送。

他仔仔细细地回望半天，没能捕捉到熟悉的身影，不免有些失落，不过这也打击不到他，昨晚滕玉意醉得不轻，此刻说不定还没起来，只要她醒了，一定会前来相送的。

可惜他没法儿再等下去了，军情有变，神策军必须在今晚之前赶到陕州，他迅速收敛心神，刚要回头，突然意识到了什么，目光一移，改而望向远处一座不起眼的山丘。然后，他就看到了山丘上的几个小黑点。

蔺承佑唇边扬起一抹比朝阳还要明媚的笑容。

尽管他没能看清那行人的模样，但他很自信地认定其中就有滕玉意。

他这一回头，最前头那个人影突然开始快速移动，风一吹，那人的身后扬起一抹绚丽的色彩。

那是小娘子臂弯里的披帛。

蔺承佑这下越发确定那是滕玉意了。这一眼对他而言比蜜糖还甜。他们没有言语，没有打照面儿，甚至连对方的表情都瞧不清，但眼前这一幕像一幅色彩绚丽的画，深深地烙印在他的心头。遥望一晌，他留恋地向那个身影投去一瞥，果断拽动缰绳，回身策马而去。

滕玉意留在原地，目送那个身影离去。蔺承佑应该是看见他们了吧？然而她不是很确定，更遗憾的是，他惦记了那么久的鲜花糕没被送到他手中，她来晚了，再送有败坏军纪之嫌。

日头渐渐升高了，夏风吹得人浑身舒爽，随着旌旗的消失，龙首原逐渐回归宁静。

滕玉意眺望着军队消失的方向，久久未曾挪步，忽听到山丘底下有人道："俊奴？"

"绝圣、弃智？"

滕玉意惊讶地往下望，山丘下进城的小路上，行来一队宝钿辌车，单从囊鞴仆从来看，便知来者身份贵重。

某辆辌车上有位小公子正褰帘往外看，方才说话的就是这个小公子："阿爷、阿娘，你们瞧，山坡上的是宽奴和俊奴！"

一望之下，滕玉意便猜到这行人的身份，果然听到宽奴欢呼道："王爷、王妃、二公子！"

绝圣和弃智也高兴地往山下跑。

他们跑了一晌又转回来："滕娘子，那是师兄的爷娘。"

滕玉意只好带着端福和俊奴下山。辌车前立着一匹千里马，马上端坐着一位身着石青色襕袍的男子，三十多岁，气度出尘，俨若冰玉，那清如山泉的眉眼让滕玉意一下子想到了蔺承佑。

蔺承佑的美貌，一半源自这个男人。

宽奴早在一旁为主人做起了介绍。

听了宽奴的回禀，成王开始认真地打量面前这个孩子。

"你是滕娘子？"

滕玉意恭谨地行礼。

"好孩子，不必多礼。"成王面容沉静，目光却很温和，端详滕玉意一晌，侧过头，温声对车里的人道："瑶瑶，这孩子便是滕将军的女儿。"

滕玉意暗想，成王声音低沉缓和，与阿爷一样，一开腔便有着让人安心的力量，那种巍峨如山的品格并非天然就有，而是随着阅历和年岁的增加，慢慢沉淀到骨子里的，一言一行，无不让人折服，仿佛天大的事到了他们面前，也不足为惧。

辌车立刻有了动静，车帘被人一掀，先钻出一位绯袍金冠的小公子，十三四岁的模样，相貌跟蔺承佑有点儿像，只是眉眼尚未长开，身板也有点儿单薄，那聪明伶俐的神态倒是与蔺承佑如出一辙。

小公子一笑，让人如沐春风。他友好地望了望滕玉意，又好奇地看了看滕玉意脚边的俊奴，端端正正地对滕玉意行了一礼，回身掀开车帘。

很快，又有一位美貌少妇下车，这便是成王妃了。成王妃全无架子，说下车就下车。

滕玉意有些局促。以前她也见过成王妃，可惜离得太远，这回离得近了，才发现成王妃皮肤莹净如雪，一双眸子更是清妙绝伦。滕玉意想起那些关于成王夫妇的传言，实在想象不出这位王妃亲自动手教训儿子的情景。

成王妃身手敏捷，下车立定了，望见滕玉意，眼睛便是一亮，与丈夫含笑对视一眼，冲滕玉意招手："你叫玉意对不对？我是蔺承佑的阿娘。来，让我好好瞧瞧你。"

滕玉意胸口一暖，成王妃笑容诚挚，这一笑，仿佛能暖到人的心窝里。她再看端坐于马上的成王蔺效，虽然并未像妻子那样笑容满面，但目光里的暖意也好似能融化初雪。

滕玉意倍感亲切，笑出两个梨窝，上前敛衽行礼："见过王妃。"

两个月后。

淮西战况愈演愈烈。

彭家自盘踞淮西以来，不遗余力地鼓动麾下将士与当地百姓缔结姻亲，一晃数年过去，军中现有不少将士在淮西道安家落户，为了能在父兄长辈面前多尽孝道，部分将领甚至将远在关陇的亲眷接来一同生活。

彭震这一反，将士们不论愿不愿意，都得跟着彭家卖命，因为亲眷们的性命都被握在彭家手中，敢与彭家唱反调，全家老小都难逃一死。

而在笼络军心方面，彭家一向做得极体面，自去岁开始频频犒赏士卒，往日也常在军中论功行赏，光是冲着这些厚重币帛，也有不少人死心塌地地追随彭震。

威逼加上利诱，战鼓这一响，淮西道可谓上下一心。

除此之外，早在数年前，彭震就以"淮西兵力一缴，淄青、山南东道必危"为由，不断游说临近藩道的节度使与其暗中互为奥援，几年下来关中四镇已有守望相助、共同进退之势。

前脚，神策军和镇海军击溃盘踞在河阴仓附近的五万彭军，后脚，淄青的刘正威和山南东道的王世彪便先后举起反旗。

刘正威阻兵襄阳，王世彪遣兵帮助彭震扼守徐州涡口。

邓襄这一线，上至邓州，下至涡口，横贯中腹，扼守要冲，比之陈颖水路，地理位置更关键，一旦叛军得逞，不但平叛之征大受打击，整个南北运路也会陷入困窘局面。

彭震这番精密的布局，原本是神来之笔，可惜他遇到的是他一直以来的劲敌——本朝第一战神滕绍，不仅如此，还碰上了用兵如神，从不墨守成规的少年将军蔺承佑。加之有人提前泄露了天机，彭震事先埋下的几步棋都被一一窥破。

从占尽先机变为被动防御，往往只在一役之间，彭家接连失利，不到两个月，滕绍就成功克下襄阳和邓州，蔺承佑所率神策军也接连夺回埇桥、涡口。

彭震折戟沉沙，不得不率领残部退据蔡州。被刘正威和王世彪派出支援淮西道的本就是些老弱残兵，吃了几场败仗后，再看到神策军和镇海军的旌旗，无不四散奔逃。刘正威和王世彪为免被殃及，主动向朝廷递上"请罪疏"，说自己绝无反心，先前借兵给淮西道，只因被彭震的谎话所蒙蔽。

七月中，据守宋州的彭震副将刘云浩为营中军士所杀，军士们将其首级传至京师，举州向朝廷投降。

宋州一降，蔡州一郡七邑便悉数暴露在镇海军和神策军的马蹄之下，只等克下蔡州，天下不日可平。

消息传来，朝廷内外备受鼓舞。

滕玉意每日起来第一件事就是打听淮西道的战事，只要听说战事不利，便会心生忐忑；若是听到捷报，又会高兴一整天。

这两个月，她未去香象书院上学，滕绍为着女儿的安危着想，早在出征前就向书院替女儿请了假。滕玉意白日有大把工夫，时常同绝圣、弃智出门除祟。

最近长安城外常会冒出些奇怪的邪祟，例如上回那种罕见的七欲天，又在南城外冒出来了，只不过这回盘踞阵中的并非蟒蛇精，而是一只花妖，凡是路过那地方的商贩，几乎都着了道。

那日，成王妃听闻此事，就与清虚子道长前去收妖，碰巧滕玉意被阿芝邀请到成王府玩耍，成王妃顺便也带上了滕玉意、绝圣和弃智。

滕玉意激动地揣着小涯剑上了车。

可真到了杀妖那一刻，滕玉意远不如在蔺承佑面前自在，成王妃性情再随和，总归是长辈，滕玉意性情再大方，在长辈面前也有种天然的拘束感。

绝圣和弃智帮着收妖，回头一望大觉奇怪，滕娘子智勇双全，砍杀邪物时从来都是凶相毕露，今日却不同，斯斯文文的，看着像拿不动剑似的。

"滕娘子，你是不是生病了？"

"滕娘子，你以前都是杀气腾腾的，今日怎么这般秀气？"

滕玉意额角一跳。从前她总看蔺承佑骂师弟，今日算是明白原因了，当着成王妃和清虚子道长的面，她好意思"龇牙咧嘴"地杀妖吗？

成王妃一句话未说，走近握住滕玉意的剑柄，用力帮她把剑往前一送。

"噗"的一声，成王妃出招儿干脆利落，面前那只吃了好多人的蜘蛛精登时化作一摊脓水。

滕玉意顿觉自己的扭怩作态有点儿多余。

"绝圣、弃智都告诉我了，你不但亲手斫下过树妖的一只爪子，还帮佑儿锯过尸邪的獠牙。"成王妃含笑注视着面前的孩子。

滕玉意讪讪地说"是"。

"很好。"成王妃欣慰地拍了拍滕玉意的肩膀，无论是语气还是动作都充满了鼓励的意味，就差当面说"我很欣赏你"了。做完这一切，成王妃利落地回到清虚子道长身边。

绝圣和弃智捂嘴偷乐，滕玉意笑着瞪了他们一眼。闹了这一出，她也不好意思再假装斯文，手起剑落，一口气清了不少小煞物。

这拨怪物一除，长安城表面上消停不少，那之后阿芝常邀请滕玉意到成王府玩耍，滕玉意也常约阿芝来滕府用膳。

闲暇时，滕玉意会挖空心思做些精致的点心，除了例行送给姨母和姐姐品尝，每回都不忘多做上几份，然后将其盛入锦盒中，细致地装点一番，或是托阿芝带回府中，或是作为回礼亲自送到成王府和青云观。几次下来，连清虚子道长都对滕玉意的手艺赞不绝口。

这日，滕玉意和杜庭兰受邀去成王府参加诗会。

打从上回尸邪闯入成王府，阿芝郡主的诗会就中辍了。休整了几个月，阿芝又兴起了作诗的念头，赶上爷娘和二哥哥在家帮着操持，此次诗会空前热闹，除了诗会里的成员，还邀请了香象书院的众学生，就连国子监太学的几位番邦王子也在应邀之列。

诗会进行到一半时，南诏国太子顾宪突然离席而去，滕玉意手中的酒盏停在唇边，她对凉亭外的端福使了个眼色，端福会意，不声不响地退了下去。

半夜，一座格局精巧的宅邸内，屋角点着一盏藕丝灯，旖旎的光芒幽幽照亮房中的布置，窗扉紧闭，金螭香炉幽香袅袅，屋内无人说话，床上却不时发出暧昧又急促的声响，许久过后，屏风后雨歇风停。

安静了没多久，有个男子低喘着说了几句话，换来女子一声羞恼的惊呼。

有人跌跌撞撞地从屏风后出来了，赫然正是顾宪。

他目光散乱，脸上似有些醉意，身上蟒袍大开，里头的禅衣也半敞着。

他奔到桌边一边穿靴，一边愧悔地思索着什么，穿戴好后并未离去，而是怔立在桌边，等回过神来，再次绕过屏风，半跪着对床上的女子低声说了句什么。

床架轻轻响了一下，女子似是娇懒地翻了个身。

少顷，女子期期艾艾地开了腔。

"你走吧。"女子声音比少女还要酥软，说话时仍有些喘意，"你来探望我，我原本很高兴，要不是为了款待你，我也不会多喝这几杯，怎知你……今晚我只当你酒后失态，往后别再来找我了。"

说到最后她开始低低啜泣。

顾宪仿佛有些不知所措，轻声细语地说了几句话，忽听门外的婢女怯怯地说："太子殿下，阿赤塞有急事找。"

屋里一静，顾宪歉疚地对床上女子说："你别怕，一切有我。明早我来看你。"

说罢他从屏风后绕出来，走到门口，留恋地回头望了一眼，掉头匆匆离去。

顾宪离去后，女子并未立即下床，而是娇声唤婢女送水。婢女红着脸送了盥盆和巾帏进屋，女子不假人手，吩咐婢女们将东西搁到一旁，便让她们通通退下。

女子自行拾掇好后，款款地从屏风后出来，灯光如水，照亮她慵懒的身影，但见她发髻散乱，眼酥唇红，雪白丰满的胸部若隐若现，惹人无限遐思。

她眼角明明含着眼泪，嘴角却微微翘着，仿佛完成了一桩心事，又像是狩猎者终于捕到了让自己满意的猎物。

喝了半盏茶，女子弯腰吹灭桌上的藕丝灯，待要回床歇息，身后突然传来动静。

女子骤然望见投射到帘幔上的光亮，不由得大吃一惊，回头望去，就见屋里多了一个少女。

少女端坐在桌边，正似笑非笑地望着她，那盏本已熄灭的灯不知何时又亮了。

女子刚要高声叫嚷，一个高大的黑影如鬼魅般欺身上前，一下子封住了她的穴道，随后，一把寒光凛凛的匕首横在她的喉咙前。

"别来无恙，邬莹莹。"少女和颜悦色地同她打招呼。

邬莹莹惊疑不定地盯着少女。

少女好心提醒她："别喊，喊的话，这把匕首会立即要了你的性命。"

邬莹莹很识趣，忙喘息着点头。

滕玉意示意端福替邬莹莹解穴。

邬莹莹低喘着说："你是……滕将军的女儿？"

滕玉意笑道："记性不错。我本想过来探望故人，没想到撞到这般香艳的一幕。"

邬莹莹脸上红一阵青一阵，一面迅速向屋内张望，一面道："不对，你分明早就藏在屋中了。"

换言之，今晚她与顾宪的种种，全被滕娘子瞧见了。

她恼恨不已："你到底想做什么？"

滕玉意耸耸肩："我来瞧瞧我们家当年的老朋友近日在忙些什么。不枉我令人暗中盯梢了快两个月，一来就叫我瞧见了不得了的东西。如果我没记错，新昌王是顾宪的小叔叔，也就是说，你是顾宪的婶婶？"

邬莹莹原本羞恼到极点，不知想到了什么，忽而又一笑："这与你有什么相干？"

滕玉意自顾自地打量屋子里的物件，鸬鹚杯、青鸾舞镜、瑞光帘……这都是价值不菲的罕物，新昌王身后留下再多财产，恐怕也经不起邬莹莹这样挥霍。

听说南诏国每年分给皇室女眷的例钱是有限的，邬莹莹并无子女，丈夫一死，往后她在南诏国的待遇只会每况愈下。

若是邬莹莹过惯了先前那样奢靡的生活，是得为自己日后好好谋划谋划。

滕玉意将视线挪回邬莹莹的脸上，不得不承认，邬莹莹的容貌胜过世间大多女子，许是并未生育的缘故，肌肤依旧如少女般吹弹可破，身段也比寻常女子更丰腴诱人。

她记得那回邬莹莹在西市的粉蝶楼买香料，顾宪专程跑来接邬莹莹，当时她就有些奇怪，又不是什么大礼之日，纵算礼数再周全，一个做侄儿的，也鲜少会在自己婶婶面前如此殷勤。

她早该猜到顾宪恋慕邬莹莹。

算起来邬莹莹今年二十多岁，没比顾宪大多少。

"这两个月顾宪一共来找过你七次，每回都是只身前来，连扈从都不带。到了今晚，更是足足逗留了一个多时辰才走。"滕玉意笑道，"之前我就猜这一切是你默许的，今晚果然看到你对他半推半就。顾宪是南诏国国王唯一的儿子，日后会继承他父亲的王位，他今年刚二十岁，却恋慕你多时。你和他有了这层关系，日后他当上国王，也会在暗中关照你，你想要的荣华富贵，会一直有人替你维系。"

邬莹莹盯着滕玉意。事到如今她早已看出对方是有备而来，一味否认只会逼对方甩出更多证据，要想知道对方的目的，不如坦荡承认，于是干脆浅浅一笑："既然今晚你早来了，该知道从头到尾都是顾宪向我求欢，男人嘛，无论老少，都是如此。这世道对女子太不公，男子可以三妻四妾，女子一旦死了丈夫就不许再嫁人，我还这么年轻，凭什么像木头似的活着？男欢女爱，你情我愿，便是不图荣华富贵，我也愿意有个替我暖床的郎君。他自己送上门来，我可没主动过。"

这些话听得人脸红，滕玉意忍不住清清嗓子。她虽憎恶邬莹莹，但这话还挺有道理的。

邬莹莹不动声色地瞟了一眼窗外。

"我呢，对你们这些事丝毫不感兴趣。"滕玉意讥笑道，"不过我得提醒你，现在这座宅子外全是我的人，来之前我就已在信上告诉了阿爷此事，你们敢耍花样的话，明日就会有人把你们的事传到南诏国。这段时日盯梢你的不只我们滕家，证人要多少有多少。当然，我敢保证，只要你乖乖配合我，这件事到我这儿就打住了。"

邬莹莹面色变幻莫测，显然在权衡利弊，思来想去，奈何被对方掐住了要害，瞟了滕玉意一眼，笑叹道："小小年纪这般有手腕，我算是怕了你了。说吧，你想知道什么？"

滕玉意面色一沉："那日我阿爷过来找你何事？"

邬莹莹轻咬嘴唇，似在犹豫要如何说。

"为了南阳之战的事？"

邬莹莹脸色一下子变得很难看："你知道南阳之战？"

忽觉皮肤一凉，邬莹莹才意识到脖颈上还架着一把匕首，只要再前进半寸，利刃就会划破她的颈子。

"玉儿，说起来我也是你的长辈。"邬莹莹勉强笑了笑，"我与你往日无冤，近日无仇，何必兵戎相见？快……快叫这位壮士把匕首拿开。"

"你是我哪门子的长辈？"滕玉意冷冷地笑道，"今晚便是杀了你，也没人能查到我们头上。你要是不想死，最好痛痛快快地说出来。说，我阿爷前来找你求证何事？"

邬莹莹沉默良久，幽幽地叹息道："我不是不想说，只是这件事太过残忍，你是滕老将军的后代，听了未必好受……"

匕首又逼近一分，邬莹莹花容失色："我说、我说。你阿爷问我，当年我有没有把南阳之战的真相告诉你阿娘。"

滕玉意从宅中出来时，整个人乱得像刚从炼狱中爬上来。

邬莹莹的话，一字一字地凿在她的心坎上。

"我到你家之前，你阿娘就病了好些日子了。听说她夜间老是做些骇人的怪梦，时日一久身子就熬不住了。"

"怎会没想法子？滕将军请遍了扬州的僧道，但不论那些人怎么瞧，都说你阿娘身边没有邪祟。听说阿娘当初怀你时也曾经做过这样的噩梦，只不过生下你之后就好了。你阿娘看你身体健壮，也就没放在心上。哪知我到滕府头一年的盂兰盆节，你阿娘去宝莲寺为你们父女点了两盏消灾降福灯，也不知招惹了什么，那噩梦又来了。做过几场法事之后，你阿娘倒是不再做噩梦，但精神头仍不好。"

"我怎会知道这些事？不不不，我从来不屑于偷听，是有一回去看望你阿娘，无意中听她身边的管事嬷嬷说的。"

"什么梦？一大帮老百姓，男女老少都有，个个衣不蔽体，围在你阿娘床前向她索命，不一会儿这群人就消失了，你阿娘面前只剩一堆白骨。如果不是有一回你阿娘夜间说梦话，下人们也不知道她做的梦这般可怕。"

"我听了这话，其实也被吓得不轻，因为滕夫人梦中的景象，竟与我从父亲那里听来的一段往事莫名相似。是，就是你祖父和南阳将士被困城中时发生的惨事。"

"我当然没有告诉你阿娘。"

"这怎能叫狡辩？没做过的事我当然不肯认，但听了你阿娘梦中的情形后，我开始疑心你阿爷知道这个秘密，你阿娘之所以做噩梦，就是因为被这件事吓得落下了心病。论理这件事只有邬家人知道，我单独去找你阿爷，就是想试探你阿爷是从何处听来的，可是你阿爷当时的表情震骇至极，说明他也是第一次听说这件事。"

"你阿娘应该是在梦中窥见了真相，所以才会备受折磨。是，你阿娘滑胎与我无关。她腹中的胎儿早就保不住了，头年也滑过一次胎，那已经是第二次滑胎了。"

"那时你才多大，当然不知道这些事。你阿爷忙着建功立业，只当是意外，多半也不会多想，他怕你阿娘忧心，只会请来最好的医科圣手为她调养。但你总还记得你阿娘喜欢用一种叫'雨檐花落'的自用调香，我早就发现那香气不大对劲儿，味道比初闻时浓烈许多，后来我试着照配，才发现里头混了几味能保胎的草药。头些日子我去粉蝶楼重新调配这个方子，结果再一次证实了我的疑惑。"

"是，加了艾草之类的。你阿娘像是横下心要对抗什么，拼命想保住胎儿，单独烧艾^①容易被人闻出来，只好将其掺杂在香料里。即便如此，胎儿还是没保住，我去看望你阿娘，你阿娘那心碎的模样，任谁看了都会心酸的。"

"是你阿娘主动问起的。"

"她问我为何去书房找你阿爷，我怕你阿娘误会，不得不把当日之事说出来。我对你阿娘说，那些噩梦会不会与这件事有关，与其漫无目的地烧香拜佛，不如好好为那些冤魂做一场法事，那些人的怨气平复了，夫人兴许就不会再做噩梦了。你阿娘听完我的话并没有很惊讶，只叹息道：'原来这是真的。'她多谢我告知真相，遣人送我回新宅去候嫁，我离开的时候不小心遗落了手帕，回去取帕子时正好撞见她搂着你低声啜泣，嘴里说道：'没用的。'"

"我为何要在书房为你阿爷抚琴？呵，我素来自负美貌，但滕将军从来没有正眼瞧过我，马上要嫁人了，我得想法子让你阿爷记住我。可惜没等我把那首曲子抚完，你阿爷就把我赶出了书房。"

"想想真是狼狈，凡是与我打过交道的男子，无有不对我另眼相看的，你阿爷是个例外。"

"不不不，我从来没想过与你阿爷有什么瓜葛，自小我跟着父母颠沛流离，早就立誓非王侯将相不嫁。你阿爷已经有了你阿娘，我才不会给人做妾。不过嘛，即使我不想与你阿爷有什么牵扯，也想让他记住我。"

"你不必那样瞪着我。男子可以让女子伤心，女子为何就不能四处留情？我就喜欢看男人为我神魂颠倒。你也不想想，如果你阿爷随随便便就变心，值得你阿娘为他牵肠挂肚吗？"

"说起来真够遗憾的，那样一个顶天立地的英雄，对我没留下半点儿好印象，估计他现在想到我，只会想起南阳那场噩梦。"

"你阿娘嘛，是我见过的最美丽、聪慧的女子，她很爱你和你阿爷，这点我可以做证。当初听说她病逝，我也很怅然。"

"我怎敢说谎？纵算不怕你，我也怕滕将军找我麻烦。没错，这些年我没有再回过中原，但我一直在想，你阿娘的死会不会与梦中那帮索命的冤魂有关。去年我突然梦见你阿娘，醒来有些感慨，正好我的老仆邬四要回中原替我买东西，我就写了

---

① 唐朝时人们非常流行用"艾灸"给自己治病。

一封信让邹四亲自带给滕将军，可惜你阿爷或许依旧认为这事是我胡编乱造的，压根儿没有回信。不过他不信也不奇怪，毕竟此事我也只是从父亲口里听说过一次。"

滕玉意竟不知自己是如何走到巷中的。

事到如今，她总算明白阿爷为何缄口不言了，邹莹莹说的话不只让她震惊，还让她发自内心地感到恐惧。

她冷得直打战，每走一步都极其吃力。

"娘子。"程伯带人从暗处悄然出来，今晚的事说大不大，说小也不小，他唯恐出什么岔子，便亲自过来一趟。

滕玉意失魂落魄地摆摆手："撤。"

程伯忧心忡忡，回身让四周的暗卫悉数退下。

"慢着。"滕玉意忽然又道。

程伯候命。

"前一阵阿爷总不在城里，明面上是待在西营和进奏院，实际上他是不是去过一趟菩提寺？"

"菩提寺？"

"渭水附近的那间。几个月前我回长安时曾在那附近落过水，被救起之后我手中就多了小涯剑。阿爷说，我幼时同爷娘回扬州时路过那间菩提寺，阿娘曾带我上岸烧过香。"

程伯愣了愣："老爷的确去过。那回娘子被困在大隐寺，老爷去寺中探望娘子时，顺便与缘觉方丈说起娘子屡遭邪祟的事，不知缘觉方丈说了什么，老爷出寺后连夜离开了长安。据陆炎说，老爷找到那间菩提寺当年的住持，问了老住持好些话。"

滕玉意心中沸乱：阿爷果然因为她的遭遇起了疑心，一经缘觉方丈提醒，便开始积极调查当年的事。

菩提寺、菩提寺……无上菩提，惠施众生。

她怔怔地举起手中的小涯剑。过去这几个月她时常想一个问题，这样一把上古神剑，为何会突然出现在她身边？原来这并非凭空而来的一段机缘。

小涯说有人帮她借了命，但前世她遇害时爷娘早就不在了，自从得知那晚蔺承佑曾跑来营救她，这段时日她便总在想：帮她换命的人会不会是蔺承佑？或许是诅咒太可怕，哪怕蔺承佑为她换了命格，醒来后她和父亲依旧被困在这诡异的谜局里。

周而复始，她难逃相同的厄运。

然而与前世不同的是，这次她手中多了一把神剑，小涯助她降魔，帮她度厄，还让她提前认识了蔺承佑。

这番际遇，没准儿是父女二人目前能抓住的唯一生机。

这是阿娘替她在佛前求来的吗？滕玉意的眼泪无声地淌下来。阿爷查到真相的那一刻，想必心肝都碎了。

她忽然听到有人叫她："滕娘子。"

原来是绝圣和弃智。

他们早就听到滕玉意的说话声，却迟迟不见她上车，掀开车帘一看，就见滕玉意一手撑着墙壁，呆呆地站在巷子里，整个人都陷在阴影中，活像被某种看不见的力量定住了似的。

滕玉意缓步朝车前走去，平日轻松就能迈上去的车辕，今日却像千仞峭壁那般高，末了还是端福扶着她的胳膊，把她推上了车。

绝圣和弃智越发忐忑，滕娘子的脸色难看得像生了重病："滕娘子，是不是出什么事了？"

滕玉意跌坐到座位上，真相比她想的还要残忍。她很冷，也很不舒服，但她知道，必须尽快把所有的线索全部理清。

"滕娘子，我们快回府吧。最近城里进来好些邪祟。你瞧外头，阴气很重，天象也不太对。"

滕玉意脸上重新浮现出坚毅的神色："我们马上去青云观找清虚子道长。先前道长同我说过一种叫'错勾咒'的咒术，还问我滕家祖上有没有得罪过什么人，那次我说不知道，今晚我……我想我知道答案了。"

蔡州城外。

震天的呼喊声中，如蝗的箭矢伴随着巨石和沙袋从城墙上倾泻而下。

这是此次平叛之征的终点。

这也是彭震最后一次负隅顽抗。

唯有守住蔡州，彭震方有机会在镇海军派来的援兵到来之前突出重围，如能率领两万残部投奔回纥，等到休整完毕，说不定有杀回来的一天，一旦连这座城池都丢了，他就真的一败涂地了。

天气炎热，军心浮动，一边是接连打胜仗的神策军，一边是殊死一搏的彭家军，单论士气，彭家军胜出一截，一连数日，双方都处于僵持状态。

半夜时分，天上忽然下起了冰雹，这情形诡异至极，眼下明明是酷暑，这冰雹只能是彭震身边的异士使的法术。

比起军士们的焦躁，蔺承佑显得气定神闲。他背着金弓坐在马上，遥望着蔡州城方向。

滕绍的镇海军正从襄阳方向赶来，两军一会师，今晚便是蔡州城城破之时。

这时有副将跑来说："报！蔡州城中着了火，看方位像是兵器库。城墙上的士卒都忙着救火，冰雹也没再下了。"

蔺承佑嘴边露出一抹坏笑："上云梯，给他再添一把火。"

他忽听身后营帐哗然，有人急声说："世子，镇海军的刘将军来了！"

蔺承佑就见一位中年将领骑马奔到面前，满头大汗："世子，不好了，滕将军半路遭贼人暗算！"

来人是刘秀林，镇海军赫赫有名的大将。此人与陆炎同为滕绍的左膀右臂，历来深得滕绍信赖。

他的话比镇海军的一封公函还令人信服。

营帐外的将士们听说滕绍受伤，不由得大惊失色，但刘秀林焦灼归焦灼，说话时却暗暗对蔺承佑使了个眼色。

蔺承佑佯装大惊："怎会突然遭贼人暗算？！滕将军伤得重吗？"

"滕将军因为急着前来会师，专程从蔡州城外的青峰山谷抄近路而来，岂料山谷中埋伏了不少彭震豢养的异士，那帮人也不知用了什么邪术，漫山遍野都是阴兵。幸有缘觉方丈的两位大弟子相助，阴兵很快被我方击溃了，可滕将军还是不慎中了暗器。营中医工说暗器上头喂了邪毒，再不想法子，邪毒恐怕就要侵蚀心脉了。世子会破邪术，还请世子即刻同末将前去营救。"

蔺承佑二话不说令人牵马，上马后嘱咐副将陈文雄："你带领将士们继续攻城，我亲自去接滕将军。"

直到后半夜，蔺承佑一行仍未返回。

少了主帅的指挥，神策军的攻势远不如先前凌厉，云梯虽然架到了雉堞上，但彭震早就令人在城墙上做了手脚，不等攻城的士兵们跃到墙头，守城的士兵们就从事先挖好的孔洞里伸出长矛，齐力抵住云梯。长矛末端不但绑着钩子，还燃着熊熊烈火，神策军兵士们防不胜防，只得狼狈撤离云梯。

陈文雄旋即派出千名精锐步兵，驱使着四十辆战车气势汹汹地攻城。

战车外覆盖了厚厚的湿牛皮，既能防箭矢又能防火攻，发动攻击时，好比一座座坚固无比的移动铁堡。

怎知彭震又令人从墙头浇下滚烫的铜水，一下子灼破了战车外的牛皮，车中的士兵唯恐被铜水浇得皮开肉绽，连忙驱车撤离城下。

攻城接连遭挫，神策军头一次产生一种深深的无力感。

彭氏父子能够威震中原，并非浪得虚名，比起平地战争，彭家尤善守城之战，但朝廷只给神策军两个月时间平叛，今晚眼看就要到时间了。

攻不下这座城池，他们就得旷日持久地耗下去。

他们耗得久了，朝廷的威望必然大受折损。邻近的山南东道和淄青本就与彭震有所勾结，倘若此次神策军不借平定叛乱震慑四方，这两藩也会对朝廷生出觑视之心。只有轻轻松松地收拾了淮西道，神策军才能顺理成章地将两藩兵马尽数收归朝廷。

神策军的将士们抱着必胜的信念，一次次攻城，一次次被打回，次数多了，再骁勇的士兵也不免心浮气躁。陈文雄见势不妙，不得不下令暂停攻城，吩咐军士们退回营帐中，一边休整，一边等待蔺承佑返回。

蔡州城墙上，漆黑的雉堞后，无数双眼睛静静地窥伺着城外的军营。

之前城中兵器库失火，本是个绝佳的攻城时机，成王世子却舍下部众绝尘而去，这说明滕绍的情况属实不妙。

更让他们满意的是，主帅一走，神策军的将士们很快连城都不攻了，可见这支军队表面上兵强马壮，实则如一盘散沙。

他们耐心地等待着。

到了后半夜，城外再次有了动静，一队军马回来了，然而仅有四五千之众，为首的也不是蔺承佑，而是之前来报信的刘秀林。

刘秀林脸色难看得像蒙了一层黄灰，一来就呵斥道："为何不攻城了？"

陈文雄原本高高兴兴地迎接援军，闻言不乐意了，他是神策军的高级将领，并非镇海军的军士，刘秀林有什么资格对他大呼小叫？他上前打招呼时态度便有些冷淡："世子呢？"

"滕将军他……没能救回来，世子忙着料理滕将军的后事，让刘某先率领部分援军前来攻城。"

将士们骤然听到滕将军去世的噩耗，个个都呆住了。

陈文雄又惊又悲："怎会如此？！连世子都没能救回滕将军？"

"去得晚了。"刘秀林猩红的双眼瞪向蔡州城,"今晚我誓要将彭震的首级砍下。还愣着做什么,没有主帅、没有援军就不会打仗了? 还不快随我攻城!"

神策军的将士们一再被刘秀林呵斥,不免有些气恼:"刘将军,神策军好像还轮不到你来指挥!"

刘秀林一脚将那人踹翻在地:"老子为朝廷立下汗马功劳时,你还在你娘怀里吃奶呢! 你们打不动,我们镇海军来打!"

一时之间,将士们叫骂的叫骂,劝架的劝架,军营中全乱了套。

蔡州城上的士兵跑回内城向彭震汇报。

"将军,神策军和镇海军的援军打起来了。"

彭震却毫无喜色:"成王世子还没回来吗?"

"没有。成王世子早就放话今晚要拿下蔡州,若非实在走不开,不会拖到现在还不回,看样子,滕绍已经咽气了。"

谋士们精神为之一振:"亏得咱们早早就让无极门的异士们埋伏在半道上,不如此,焉能成功暗算滕绍?"

"将军,要出城,眼下是最佳时机,待到蔺承佑率领镇海军赶来,恐怕就不好走了。将军麾下仍有两万兵马,及早撤离的话,早晚有卷土重来的机会,继续在此地被困下去,犹如龙搁浅滩,一定会被朝廷耗尽元气的。"

正当部众们极力撺掇彭震趁势逃离时,议事堂的台阶前,一位身躯高胖的道士却在自顾自地观望天象。

有人问那道士:"殷道长,你也帮着出出主意。"

彭震却问:"镇海军派来的援军指挥是谁?"

"刘秀林。他在城下叫嚣着说今晚要把将军的头砍下来,而且像得了失心疯似的,一来就与陈文雄等人干架,看这架势,镇海军和神策军会各自为政了。"

彭震阴着脸说:"刘秀林跟随滕绍多年,并非有勇无谋的草包,再伤心也不至于如此,多半是为了攻下城池故意使诈。你我先别妄动,且静观其变吧。"

彭震料事如神,半个时辰后,两军表面上靠互相叫骂吸引守城将领的注意力,暗地里却派出一队精兵悄悄地绕到西门外,把云梯架到城墙上,悄然发动奇袭。

殊不知彭震早有安排,刘秀林率领的将士们刚欲攻城,城墙上就冒出无数长枪刺向他们,镇海军还未在神策军面前一展雄风,就吃了同样的大亏。

陈文雄受了刘秀林一晚上的窝囊气,见状少不了嘲讽几句。刘秀林气不过,一方面命令镇海军的数千援军全力攻打西门,另一方面再次与陈文雄大打出手。

就在南门和西门外都乱成一锅粥的时候，彭震果断下令撤离，打开北门悄然出城，准备沿着预先设计好的路线，一路往西北方向而去。

为了不惊扰后方的敌军，这支部队撤离时连火把都未燃，幸有孤星耀目，指引着他们前进的方向。

彭家军虽是弃城逃离，却依旧维持着铁一般的纪律。

彭震虽功败垂成，却仍保有一名节度使该有的风仪和尊严。

就在这帮人静悄悄地撤离时，四周突然亮起无数火把，伴随着漫天的箭雨和震天的呼喝声，无数士兵如潮水般从四面八方涌来。

彭家军士猝不及防，不少人纷纷中箭从马上跌落。

这支伏兵领头的两位将领正是滕绍和蔺承佑。

彭震的脸庞爬上一抹黑气，兵不厌诈，他到底中了蔺承佑这小子的计。蔺承佑策马迫近，那胸有成竹的表情仿佛在说：我说要在天亮之前攻下蔡州，那就是天亮之前。

彭家部将们大惊失色，忙护着彭震往城中跑。

"关城门！"

蔺承佑弯弓搭箭，随手就将彭震身边一个道士模样的谋士射倒，口中高喝道："生擒彭震者，重重有赏！"

"是！"骑兵们应声震天。

先前为了迷惑神策军和镇海军，蔡州城中的兵力大部分集中在西门和南门，北门眼下只有寥寥数十个士兵在把守，不等彭震等人逃回城中，箭矢就如暴雨般破空而来，墙头上的士兵纷纷中箭倒下，哪儿有余力收起吊桥？

不过一恍神的工夫，北侧城门便被攻破。

神策、镇海两军将士欢声雷动，历时两个月，他们辗转淮西诸镇，打过败仗，也损过兵马，随着蔡州城被攻破，平叛之征终于接近终点了。

彭家军的军心开始土崩瓦解，南门也变得不堪一击，陈文雄和刘秀林顺利攻破城门，率领军士们杀入城中。

彭家军困兽犹斗，边打边退，边退边打，不久就退到了内城边缘。

一时之间，城中金戈与长戟交错，发出震天的声响。

陆炎等人忙着捉拿彭震，蔺承佑忙着对付城中的邪道。

早前为了抵御城外的火攻，蔡州城上方突然袭来一场冰雹，可见城中有不少懂邪术的异士，万一被他们引来大批阴兵，屠城不在话下。蔺承佑盘马弯弓，箭无虚发，见一个擒一个。

蔺承佑擒拿完一众异士，又和缘觉方丈的两位弟子查看城中是否埋有阵法，不一会儿，果然在一个隐蔽的角落里发现了阴煞阵，此阵法引来的邪祟非同小可，为着城中百姓安全，蔺承佑与两位僧人逐一将阵法摧毁。

骤雨般的强攻下，城中的彭家军残部很快化作一盘散沙，彭震身边那上千名死士，败的败，降的降，转眼间，彭震就成了孤家寡人。就当军士们要将彭震绑住时，滕绍和蔺承佑突然同时拍马向北门方向驰去，所有人都认为彭震已是瓮中之鳖，无人留意到一行人趁乱到了北门，领头的是一位头戴毡帽的男子，即将逃出城门。滕绍身下的战马疾驰如电，蔺承佑挥出银链，银链去如流星，袭向男子的双足。

戴毡帽的男子被银链缚得一顿，滕绍的马正好拦到了他面前。

这时候，那边的士卒们也擒住了彭震，可他们仔细看去，不由得发出惊呼："将军，这人是假的！"

滕绍令人将毡帽男子的面皮撕下，果然这边的才是彭震。

陆炎等人叹服："不愧是关中一魁，兵临城下都能不慌不乱地布局，彭将军这份心计，真是让人防不胜防。"

彭震最后一层伪装被撕去，只能束手就擒，然而他身躯如山，毫无惶惧之态，只冷冷地睨着滕绍："兵无常胜，早在举兵造反之际，我彭震就预料过这一天，败，不可怕，比起你滕绍这样的小人，我彭震好歹轰轰烈烈地拼过一场。我且问你，滕绍，你愧是不愧？你我各踞一方，原本井水不犯河水，但你暗中窥伺淮西道，为了邀功主动将我蓄意谋反的消息告知朝廷。若非如此，朝廷岂能镇压得了我？"

"愧？"滕绍目如寒潭，"当今四海晏安，圣人仁厚开明，朝廷待你我一向不薄，忠义军的粮草军饷是朝廷给的，淮西道节度使的封号是圣人指任的。你食君之禄，本该荫庇一方，却因一己私心擅自发动兵变，是为不忠；兵戈不息，扰得百姓不宁，是为不仁。不忠不仁之徒，也敢喝问滕某？"

这时，蔺承佑已将彭震身边一干人等悉数绑住，一番搜查后，果然从众人身上搜出不少法器和符箓，只是并未发现身材格外瘦小之人。

蔺承佑目光从左到右缓缓扫过这些人一遍，冷不丁扣住其中一名贼眉鼠眼的邪道的喉咙："文清散人藏在何处？"

那道士面孔紫涨，艰难地发声："他不是跟皓月散人在一处吗？我们跟文清散人可不是一路的。"

话未说完，不知蔺承佑对他使了什么阴招，邪道身体猛一哆嗦，表情也变得狰狞可怖："我……我说的是实话。文清散人有多矮小，朝廷又不是不知道，就算你把城中每个角落搜遍，也未必能找到那般矮小的成年男子。据我们所知，当年文清散人跟皓月散人并未逃出长安。"

蔺承佑面色直发沉，令人将一众降将押入囚车中，自己思量着翻身上马，对滕绍说："滕将军，彭震及其部众盘踞蔡州城多时，说不定在城中布下了什么阵法，如今城池已攻下，不如将剩下的事务交由刘将军和陆将军料理，天亮之后，我等再入城也不迟。"

"也好。"滕绍痛痛快快地就应了。

他们走到北城门附近，头顶天空一暗，阴云腾沓而至，众军士还未反应过来，手中的火把就齐齐熄灭了。

伴随着阵阵阴风，众人脚下的土地发出诡异的窸窣声响。

"阴兵！"士卒们惊声道，纷纷拔出刀，惶然分辨周遭的动静。

蔺承佑策马护在滕绍跟前，扬手挥出数张符箓。符箓落到黑暗中，那诡异的风蓦然顿住了。

明心和见性两位大和尚将手中念珠击向迎面袭来的鬼影。

从土壤中钻出来的鬼东西并非一两个，而是一大片，那些硬邦邦的双手抓住士兵们的脚踝，将士们开始发出悚然的惨叫声，仓皇间直往后退。一片混乱中，半空中忽然荡出一圈明润的金光，一张金色大网凭空落下，如轻羽，如衾被，密密实实地覆到了地面上。

与此同时，蔺承佑祭出的符箓化作符龙，符龙一落地就分成两条，烈火熊熊，将那些刚钻出地面的阴兵烧得皮开肉绽。明心和见性一人拽着一半盘罗金网，继续压制底下的邪祟。

蔺承佑一边用目光寻找阵眼，一边扬声对滕绍说："滕将军，我和两位法师殿后，你和各位将军先走。"

滕绍深知轻重，应了一声"好"，借着火龙的光亮，率领部众往外疾驰，只恨城门外又冒出无数邪祟，一下子挡住了他们的去路。

囚车里的彭家军将士快意地笑了起来："殷道长果然有先见之明。城外无法埋下阵法，城中却可以大展拳脚，你们敢破城，就得做好吃亏的准备。这些阴兵来得正好，我等身死之前，好歹多拉几个人陪葬……"

话未说完，蔺承佑就利落地朝城门底下的某一处射出一箭，那是一个黑洞洞的浅坑，箭一落，炸出一个硕大的火球。

彭震和殷道士笑不出来了，那是阴煞阵的阵眼，里头埋着一具冤死者的尸首，冤死者死状极惨，散发出无穷的怨气。城门一破，阵法即会启动，不出一刻钟，这怨尸就将方圆百里的邪祟悉数引来，但他们没料到蔺承佑这么快就找到了阵眼。

阵眼一被破坏，厉鬼们立时化作缕缕黑烟。

火把重新亮起，将士们慌忙查看四周，鬼祟消失了，阴风也停了。

刹那间，两军恢复了井然的秩序，刘秀林等人正感服蔺承佑本领出众，就听陆炎惊声道："滕将军！"

蔺承佑回身望去，就见滕绍左腿上鲜血淋漓。

蔺承佑神色微变，急忙策马上前。今晚他刚见到滕将军时，就觉得滕将军印堂发黑，为防出事，他寸步不离地护在滕绍身边，方才如果不将阵眼找出来，会有更多士卒和百姓遭殃，然而，他一分神的工夫，滕将军就被一只怨气极重的煞鬼抓伤了。

滕绍面如金纸，很快就在众人的惊呼声中摇摇欲坠。

陆炎和刘秀林等人急忙上前搀扶，将其抬到地上，蔺承佑将滕绍的几处大穴封住，顺势给滕绍喂下一粒清心丸。

"滕将军！"

滕绍勉强开腔："先出城再说。"

蔺承佑令人将滕绍抬上马车，自己也上车查看滕绍的伤口，撕开左腿的衣服一看，一颗心直往下沉。

从伤口来看，于黑暗中抓伤滕将军的正是阵眼中的那具怨尸。这怨尸阴气冲天，且行动速度极快，别说在黑暗中，就是亮着火把也很难躲开。

如今阵眼被烧毁，怨尸化作一堆灰烬，但它留下的余毒非同小可。好在他封住了滕绍的几处大穴，及时阻碍了毒素的扩散。蔺承佑抖出银链，施咒让虫子化为本体。

锁魂豸最讨厌给人清毒，但许是感受到了主人的焦灼情绪，这回它痛痛快快地缠到滕绍的伤口上，大口大口地吮吸余毒。

它每吸出一点儿尸毒，就会耗损一点儿本体和主人的功力，不知不觉间，锁魂豸一身银鳞泛出青灰色，蔺承佑的头上也布满汗珠。

滕绍吃力地抬起一只胳膊，试图阻止蔺承佑："世子切莫伤了己身。"

"将军莫要担忧，不过中了点儿尸毒，清清毒就好了。"话说得轻松，但蔺承佑心里清楚，如不尽快将滕绍的尸毒除净，那伤口会慢慢溃烂，不出十日，滕绍必然毒发身亡。青云观中藏了几味灵草，用来解尸毒有奇效，但因为极其罕有，在别处是寻不到的。

为今之计，只有尽快护送滕绍回长安施行药浴，蔺承佑越想越焦心，留下锁魂豸继续为滕绍吸吮尸毒，径自下车安排诸事。

平叛大获全胜，将士们归心似箭，蔺承佑留下刘秀林和陈文雄等几位大将善后，嘱咐他们安抚好蔡州城的百姓，然后依照原来的安排，率领两军将士回京领赏。

安排好这一切，蔺承佑点了一支急行军和四匹千里马，与陆炎一同护送滕绍回长安救治。

车上，滕绍精神头还算不错，但气色又差了几分，蔺承佑上前查看，不由得浑身一僵。

他不在车上时，滕绍应该是无意识地翻了个身，这一动，前襟领口就露出了里衣的一角。

虽然只有一角，但他能清晰地看见上头画满了密密麻麻的符箓。

蔺承佑如堕冰窟，忙掀开滕绍另一只胳膊上的衣袖，没看错，那是《黄庭遁甲缘身经》，但怪就怪在上头的文字全是倒着写的。

这是一种罕见的自我惩罚之术，穿上此衣之人，死后会魂飞魄散，永世不得轮回。

蔺承佑震骇地看向滕绍。

"世子不必惊讶，这是滕某自愿穿上的。我……早料到自己会出事。"

"滕将军！"

滕绍勉强牵动嘴角："世子是不是也担心滕某会出事？可今晚的事世子也瞧见了，哪怕滕某自己也尽力躲避危险，该来的还是来了。这伤势非同小可，我未必能挺得过去，我心里早有准备，所以事先就把这件衣裳穿好了。"

"滕将军，你知不知道这是逆写的《黄庭遁甲缘身经》？！"

滕绍闭了闭眼："滕某……知道。只有这样，我的玉儿才有一线生机。"

蔺承佑喉头忽然一涩。

滕绍微微一笑："世子如此担心滕某的安危，是不是早就猜到了真相？玉儿她……和我一样身中错勾咒。被人下咒时我已四岁，故能侥幸活到成年，玉儿因在娘胎中就被施了咒，断然活不过十六岁。"

蔺承佑哽住了，虽然早就知道了真相，但滕绍眼中那深渊般的绝望，仍让他胸口酸胀。

迟滞片刻，他哑声道："是因为南阳之战吗？"

这话狠狠刺痛了滕绍，滕绍颤抖着闭上双眼。

那些苦痛的回忆，就这样浮上了心头。

三十多年前，胡叛猝然发动兵变，接连攻陷河北诸郡县和洛阳。

一夕之间，神州震荡，狼烟四起。

攻陷洛阳后，叛军紧接着进抵灵昌，兵锋直指河南要塞——陈留。

河南全线告急。

滕绍的父亲滕元皓本在京中担任左武卫大将军，却在前不久，因为得罪权相被贬至河南。

叛乱发生时，他正奉命驻守南阳，身边带着两个儿子，妻眷和小儿子滕绍留在长安旧宅。

惊闻此变，滕元皓让两个儿子带领将士们连夜对南阳一线的防御工事进行加固，自己则率领麾下众将前去支援陈留。

他们倍道兼行，唯恐去得晚了，然而没等滕元皓的援军赶到，新任的河南节度使罗轩就因不堪叛军的猛攻，举城投降了。

滕元皓惊怒不已。彼时朝纲混乱，朝政为奸相所把持，这位新任的河南节度使罗轩是奸相的某个远亲侄儿。此人胸无点墨，不通兵务，阿谀谄媚的本事倒是比谁都强，据说他能如愿捞到河南节度使的肥差，只因此前为奸相觅得了一匹世间罕异的名驹。

罗轩到河南上任后，因为忌惮滕元皓的威望和才干，屡屡找滕元皓的麻烦，但直至此日，滕元皓才知道罗轩比他想的还要无用，身为一方节度使，不说与叛军对峙一二，竟主动打开城门投降。

灵昌、陈留相继失守，这意味着整个河南很快就会成为胡叛的囊中之物。

滕元皓愤懑地注视着陈留城上方的叛军旗帜，夕阳西下，他和身后两万援军的影子被暮光拉得老长，面对全面失守的河南，每个人的心情都是那样低落。

滕元皓知道，眼下他只是一个小小的南阳守将，纵算再不甘心，也已然无力回天。

他急忙率军撤回南阳，叛军昼夜行军，定会趁势南下，南阳一郡是由关中通往江南富庶之地的重要门户，为了保障帝国的后方粮仓，他无论如何都要守住南阳。

滕元皓刚率领部将赶回南阳，十几万叛军就追上来了，轰轰烈烈的守城之战由此拉开帷幕。

正当滕元皓连夜部署守城事宜时，他突然意识到一个致命的问题——

这场叛乱来得太突然，城中囤粮不足。

其实在一个月前南阳城中尚有七万石囤粮，身为作战经验丰富的老将，滕元皓知道粮食对南阳这样的要塞有多重要，自从来南阳上任后，一直有意囤粮。

可就在前不久，濮阳等地突然闹起了蝗灾和饥荒，新任的河南节度使罗轩唯恐朝廷责怪他吏治无能，非但不肯向朝廷求援，还将消息隐瞒下来，又因怕饥馁的百姓闹事，强逼着滕元皓借调五万石粮食给濮阳等郡县。

不久之后发生叛乱，这么短的时日内，南阳城根本来不及将这五万石的粮食缺口补上。

剩下的这两万石粮食仅仅能支撑一两个月，城外叛军已至，再要运粮已经来不及了。

粮不够，他们如何与叛军抗衡？！

滕元皓很快就想到了一个主意，那就是将城中百姓沿密道送出去，与此同时，从密道外运些粮食进城。

南阳历来是河南要塞，城中密道挖了足有十年，出口远在城南数里之外，只要能走出密道，无论是去往谯郡等地，抑或是逃往江淮，总比困守在一座囤粮不够的城池中要强。

滕元皓当即下令，让部下指引城中百姓出城，并嘱咐优先护送孩子和女人出城。

当将士们与城外叛军浴血奋战时，百姓们的撤离工作也在紧锣密鼓地进行，短短十来日就遣散了近十万百姓，邬震霄等副将也悄悄地从城外运来了近万石粮食。

但就在这时候，敌方援军发现了这条秘密通道，为了抢夺这密道，叛军将密道出口的百姓和士卒屠杀殆尽。滕元皓听闻此事，不得不抢先将密道封死。

唯一的出城通道没了，剩下的四千多名百姓只能留下来。

好在邬震霄等人运来一万石粮食，加上粮仓原有的两万石粮食，他们收紧裤腰带总能挺过去。

滕元皓一面沉着应战，一面耐心等待援军和补给。但滕元皓万万没想到，此后的近半年，任凭叛军如何攻打南阳，朝廷都未给他派来哪怕一支援军。

南阳城，像是被世人遗忘在了角落里。

很长一段时日，滕元皓和两个儿子都处于消息封闭状态，直到有一日，他们从城外叛军将领的口中知道，关陇等地已相继失守，朝廷分崩离析，百官仓皇逃命，没人顾得上位于中原一隅的南阳城。

听到这个消息，滕元皓虽然悲愤莫名，却没有绝望。

他相信，只要坚持下去，他和他的部队总会等来支援的。

抱着这样的信念，滕元皓继续死守南阳。

为了攻下南阳，叛军相继调换了三名统帅，十来万叛军前仆后继，最后竟折损了一大半。

相应地，滕元皓和城中将士也付出了惨痛的代价：在这场旷日持久的攻防战中，南阳城中的三万精兵良将，折损得只剩下数千人。

关键是，城中的粮食已被吃得一粒都不剩了。

到了这个当口，城外的叛军反倒不再焦躁，因为他们知道，南阳城已经陷入绝境，他们要做的就是以逸待劳，等滕元皓和其部下耗尽最后一丝力气。

就在这个时候，滕元皓派出去的一队死士冒死杀回城中，并为滕元皓带来了一个振奋人心的消息：附近的州县来了两支兵马，一支是朝廷新任的河南节度使刘觉部，一支是前来支援河南的老将秦丰寸部。

刘觉已经到谯郡附近了，听说秦丰寸也在赶来的途中，死士已经向对方求援，相信不出半个月援军就会前来营救南阳。

滕元皓和将士们备受鼓舞。

南阳城外的敌军或许也怕夜长梦多，开始发动猛攻。

滕元皓和将士们抱着援军马上会赶来的信念，表现得比之前更加骁勇。

在守城将领们的殊死抵抗下，敌军又一次被击退，但南阳城的将士没有获胜的欣喜感。三万石粮食坚持了四个月，早在几日前他们就找不到充饥之物了，城中的老鼠、麻雀等活物被他们尽数吃光，连树叶和野草也被拔得一干二净，有的将士为了果腹，甚至吃土。

滕元皓望着面黄肌瘦的将士，心中油煎火燎，这样下去，不出两日南阳必定被攻破，那么他们此前所付出的种种努力，全会化为乌有。但所有人都知道，南阳城绝不能失守。

叛军们眼馋的不是南阳城，而是南阳城后方的江南财赋重镇，叛军的铁蹄已经踏遍了北地和关中，假如再拿下江南，意味着他们将得到大笔粮饷和数不尽的财宝。到那一刻，江山社稷即将易手。

朝廷的援军已到达了邻郡，只要再坚持些时日就好了，但将士们都已饿得拿不动兵器，如何坚持下去？

思索间，滕元皓迟缓地将目光投向街巷中一位病弱的老人。城中囤粮不足，每人分到的粮食有限，不久之前，他还曾主动将自己的粮食分给这位老人，但眼下……

老人病入膏肓，本就活不了几日了。

滕元皓的内心剧烈挣扎着，他犹豫了许久，终于缓缓地下了城池，走到老人身边。

滕元皓回过神来的时候，脸上还沾着老人的血，他的脑海中，满是老人从惊讶到恐惧，继而变为怨毒的眼神。

那目光像一支毒箭，深深扎中了他的心。

滕元皓木然地告诉自己，以那些胡叛的惯有作风，南阳失守的那一日，江南诸镇的百姓会面临灭顶之灾，到时候死的不仅是南阳城中的这些将士和百姓，而是数十万百姓，老人、女人、孩子，健壮的人、年幼的人……那将是一场惨烈的浩劫。

只有这样想，滕元皓心里才能好过点儿。但他万万没想到的是，战士们早已饿绿了眼睛，这种事只要开了头，就再也收不住了……

就这样，南阳城又苦苦支撑了两个月，滕元皓等人心中的信念就是刘觉和秦丰寸一定会前来支援他们。

但直到两个月后，刘觉和秦丰寸都没派出一支援兵，滕元皓回想上回死士所说的话，朝廷指派了两位节度使，分别由两位宰相推荐，一个在河这头，另一个在河那边。或许两人都忙着夺回洛阳，并不想给南阳分兵，尤其是守在南阳城外的叛军足有十万之众，要驰援就得抽调大批兵马。

军士们听到这个消息，心中的信念终于开始动摇。

江山社稷已经濒临绝境，这几个朝廷派来的将领还忙着打自己的算盘。

滕元皓却鼓舞士兵们说，即便为了守住江南门户，刘觉和秦丰寸也不会坐视南阳被破的，刘觉或许正全力攻打洛阳，秦丰寸兴许刚到邻郡。但南阳城又苦苦支撑了两个月，将士们又一次开始忍饥挨饿，眼看城破在即，滕元皓为了向距离南阳最近的秦丰寸求援，连夜派邬震霄带领数十名骑兵拼死突出重围。但是这一去，邬震霄就没有再回来。

城破的那一刻，滕元皓顶天立地毫无惧色，将士们却痛哭不已，并非怕，而是恨。滕将军铁骨铮铮，守城这半年，以卓绝的智慧和可敬的坚韧品格带领他们无数次击退敌军，其间哪怕朝廷派来一支援军，哪怕那支援军只有数千之众，他们也不会陷入如今的绝境。

直到被敌军砍下头颅，滕元皓仍凝视着长安城的方向，像在拷问，又像在沉思，但目光中的那份坚定，从头到尾没动摇过。

回忆完这段往事，滕绍已是双眼猩红。

蔺承佑的心情跟面色一样沉重，南阳之战的真相除了残忍，还透着无限辛酸。

滕老将军一腔热血为国尽忠，但直到临死那一刻都没能盼来朝廷的粮食和兵马。

其实当年南阳城一破，淮南立即有另一支朝廷援军赶到了，这支部队足有四万之众，趁叛军尚在休整之际，一举夺回了南阳城。只要再坚持两日，滕老将军和其部将们就能获救，可惜这些事，滕老将军再也没机会知道了。

英雄流血不流泪，滕老将军是抱着遗憾牺牲的。

"得知真相后，我常在想，当年换作是我守南阳城，我会怎么做？"滕绍声音暗哑，"一旦南阳失守，战火会蔓延至大江南北，到时候遭殃的是数以十万计的百姓，平叛也会变得越发艰难，但城中的四千多名百姓又何其无辜？他们也是活生生的人，也想活下去，面对守城将士们的兵刃，他们只能一个个被……整整两个月，百姓们面临那种恐惧和绝望，与身处炼狱何异？我想他们临死之前一定恨透了我阿爷，否则何以宁愿魂飞魄散，也要诅咒滕家的后人不得好死？"

蔺承佑久久缄默着，四千多人的刻骨怨恨，化作了一股难解难消的强大咒怨。

施咒成功的，绝不仅仅一人。这强大的咒怨落到滕老将军头上，祸及的是滕将军和滕玉意。

不论滕家后人愿不愿意，命运的绳索早已悄然锁住了他们的咽喉。

即使改换命格，等待他们父女的也将是一次次的"死于非命"。

忽然之间，蔺承佑的心口堵得很难过。

这件事到底是谁的错？

平生头一遭，他无法给出答案，这样一段椎心泣血的往事，这样一场惨烈至极的兵祸，哪怕他身处其中，恐怕也没资格评判对错。

涩然思索了一会儿，蔺承佑将目光移向滕绍的那件里衣。

"滕将军是想将所有的咒怨都引到自己身上，所以才提前准备了这件逆写着《黄庭遁甲缘身经》的衣服？"他眼中有了然，更多的是悲凉。

滕绍表情沉郁，俨然早已下定决心："早在这次出征之前，就有高人卜出我会遭遇不测，就像玉儿'前世'经历过的那样，我照旧会死于三十八岁这一年。弄明白错勾咒的真相后，我便开始设法为我和玉儿破咒，但有人告诉我，咒怨只能靠咒怨来化解，我死时穿着这样一件衣服，便会魂飞魄散，无法轮回。错勾咒只能影响三代人，如果我能一个人揽去最重的咒怨，落到玉儿身上的惩罚就会相应地减轻许多……"

说到此处，滕绍闭闭了闭眼："我跟蕙娘一样，只希望玉儿能平平安安地活下去。"

或许是提到了妻子，滕绍声音微微颤抖。

那一年，妻子因为夜间做噩梦的事整日心神不宁，为了消灾降福，蕙娘许愿说只要路过佛寺都会入内烧香拜佛。

那回他带妻子和玉儿回扬州，妻子看到渭水岸边的佛寺，就让他下令泊船，进寺烧香时，碰巧遇到了智仁住持。

智仁和尚的经历与旁人大不同，他在出家做和尚之前是个道士。据说他早年常跟几名道友四处除祟，斩杀过不少邪物。

人届中年时，智仁忽然对佛门心生向往，索性舍下道袍遁入空门，开始潜心钻研佛理。

智仁和尚慈眉善目，一双肥耳长可及肩，蕙娘看他天生异相，便向他请教自己噩梦缠身的事。

智仁和尚问蕙娘是从何时开始做噩梦的，梦中又见到了什么。

蕙娘说怀女儿时曾做过噩梦，但生下女儿之后就不做了。女儿满四岁生辰时，她曾到宝莲寺为父女俩点消灾降福灯，不料这灯一点，那噩梦又来找她了。

智仁和尚从未听说点祈福灯会惹来冤祟，怀疑蕙娘的女儿中了什么诅咒，凡是为这孩子祈福的人都会遭到反噬，蕙娘之所以又开始做噩梦，就是因她为父女俩点祈福灯的行为惹来了怨气。

蕙娘虽不相信滕、王两家祖上做过什么坏事，但最近的种种遭遇的确匪夷所思，得知智仁和尚兼通佛理和道术，便向智仁和尚求教破解的法子。

智仁和尚答应帮蕙娘问问当年的道友，还说让蕙娘将那些供在宝莲寺的祈福灯撤回，假如蕙娘从此不做噩梦了，那就说明这孩子身上果然带咒。

离开菩提寺前，蕙娘照例在佛前许愿，只是这回没再为丈夫和女儿祈福，而是为她自己祈福。她许愿自己事事顺遂，所谓"顺遂"自然就包括夫君和女儿的平安。

回到扬州后，蕙娘将被供奉在宝莲寺的祈福许愿灯改为给自己祈福，当晚果然没再做噩梦。

为此，蕙娘再一次陷入了深深的忧虑中，这期间她不断地给菩提寺的智仁和尚寄信，可直到半年后，蕙娘才收到智仁和尚的回信。

蕙娘拆开智仁和尚的信一读，头顶仿佛被浇下一盆冷水。

滕绍说到此处，眼中满是悔恨之意："可恨我那时对此全不知情，无论蕙娘怎么问我，我都斩钉截铁地说滕家祖上从未做过不好的事。蕙娘从我这儿得不到真相，只能自己苦寻答案，当时她过得有多煎熬，我根本无法想象。"

基于丈夫的回答，蕙娘对智仁和尚信上的话半信半疑，可是没多久她不但又一次滑胎，还从邹莹莹的口中听到了南阳一战的真相。蕙娘这才知道，她梦中见到的累累白骨从何而来。

蕙娘犹如掉入了炼狱中，梦中那些百姓的幽幽恨意让她不寒而栗，每次从梦中惊醒，她都会惊惧良久，原来那不是索命的冤祟，而是一种诅咒。

焦灼了几日，蕙娘很快拿定了主意，过去一两年她求教过不少僧道，只有这位兼通佛理和道术的智仁和尚说出了症结所在，这天下除了智仁和尚，恐怕没人能帮助他们了。当时朝廷正急召镇海军前去攻打吐蕃，丈夫为了商议军情经常不在府中，她唯恐丈夫此次出征会出意外，便连夜去信请智仁和尚来扬州帮忙化咒。

智仁和尚回信说爱莫能助，然而架不住蕙娘一再去信求助，到底心软了，将另一位道友想的法子告诉了蕙娘。这位道友是沧州悠游观的道长，早年曾帮着一户人家化解过错勾咒，虽然最终并未成功，但从那之后，他知道此咒或可用骨肉至亲的福报来抵消一部分，但前提是得做一场法事，而且这场法事极不好做，须僧道合力才行。

智仁还告诉蕙娘，从她女儿的命格来看，这孩子五岁左右时会遇到一个可能改变命运的转机，这个转机是另一个福大命大的孩子带来的。假如蕙娘想做这场法事，时机必须选在女儿五岁前，过了五岁这个坎儿，再怎么祈祷也无用了。

说到此处，滕绍移目看向蔺承佑，深沉的目光中，可见感激之意。蔺承佑心里有如刮过一阵狂风。

"前一阵，我总算找到了隐居在山中的智仁和尚，智仁和尚在听说玉儿能预知后事后，便猜到她曾经历过一世。为此他叹息了许久，说蕙娘甚有佛缘，第一世的法事，为玉儿求来了一个借命的契机，但也因为借命，玉儿和我被困在了这个'重生'的魔咒里。在第二世，蕙娘依旧义无反顾地用自己的福报为我和玉儿祈福……"

滕绍骤然哽咽失声。

这一次，蕙娘终于为丈夫和女儿求来了一把上古神剑，但因为上一世有人帮玉儿逆天改命，施术者和玉儿会不断遇到妖魔鬼怪。这是他们两个人的一场劫难，也是一场机缘，那把剑能斩妖除魔，如果玉儿不惧艰险，说不定能借除魔为自己消除孽障。

"智仁和尚告诉我，当年蕙娘弄明白缘由后，立即回信给他说她愿意做这场法事。她说先不论管不管用，既然找出了噩梦的源头，总要试一试，而如果提前将此事告诉我，以我的脾性，非但不可能同意做这场法事，还会将智仁和尚当作妖言惑众之辈赶出去。"

事关父女俩的安危，蕙娘不敢轻易冒险，至少在做法事前，不能将此事告诉丈夫。

智仁和尚郑重地告诫蕙娘，她的寿数本就不剩几年了，假如她用自己的福报为丈夫和孩子挡灾，死期很可能会提前至当年。蕙娘却说，长命百岁又如何，叫她看着自己的孩子和丈夫相继死于非命，她会比死还难过。她愿意把自身的福报捐给他们父女，不信换不来一点儿回报。

做法事前，蕙娘整日为女儿添置小衣裳和新首饰，因为女儿晚上总要阿娘抱着睡，她甚至亲手给女儿做了一个布偶，身子爽利的时候还会亲自带孩子做甜点。对丈夫，蕙娘却着意疏远，因为她怕法事若是成了，自己会早早离开他们父女，夫妻越情浓，丈夫会越伤心，丈夫越伤心，她会越难过。

做好这番安排，蕙娘从容地等待那场法事。

眼泪从滕绍的眼角无声地滑落下来，打湿了他的衣襟。

"这诅咒是针对我父亲的，要惩罚，也该冲着我来，只恨我无力对抗这宿命，最终连累了我的妻儿。得知真相后我常在想，我和蕙娘一生从未做过恶事，为何会有此遭遇？咒怨源自南阳一战的百姓，但他们又做错了什么？！"

他想恨，竟无人可恨。

蔺承佑心里异常酸苦，面对这种犹如在旋涡中挣扎的绝望，言语上的宽慰显得何其无力。

滕绍望着虚空中的某个点，忽然凄恻地笑了笑："我问智仁和尚，蕙娘求来的这把剑，能不能帮玉儿化解身上的咒怨，智仁和尚却说，虽说玉儿用小涯剑除了不少邪祟，但咒怨可能仍未消解，因为我印堂发黑，最近定有劫难，除非我此次出征平安无事，才能说明此咒已破。于是我提前准备了这件咒衣，这是世上最恶毒的自我惩罚之术，唯有如此，方能化解世上最恶毒的咒怨。只有我也落得永世不得轮回的下场，方能为玉儿挡了这场灾。"

话音未落，滕绍忽然重重地喘息起来，蔺承佑一惊，只见滕绍的脸色在迅速变差。

中尸毒之人情绪不该大起大落，毕竟这样会促使毒素蔓延周身，方才滕绍说起往事时，蔺承佑屡次想打断，但滕绍一心要用自己的死为女儿争来一线生机，并无求生的意志。智仁和尚的话应验了，滕绍父女身上的咒怨仍在，打从今晚被怨尸伤到的那一刻起，滕绍就做好了赴死的准备。

"滕将军。"蔺承佑忧心如焚，扣住滕绍的下颌，将一粒护神丹塞入滕绍口中。若是他身上带着六元丹就好了，六元丹解妖毒有奇效。可惜师公回长安之后尚未调配此药，而他平日不离身的那一瓶，又在紫云楼对付树妖那回，全数分给了昏迷不醒的杜庭兰等人。

想到此处，蔺承佑有些怔忪，滕玉意拼死从树妖手中救下表姐的性命，但也因此让他提前分完了六元丹，致使滕将军中毒之际他没有余药再为其施救，这岂不都是冥冥中注定的……

眼看滕绍状况越来越差，蔺承佑忽令停车，下车到另一辆负着辎重的马车上取来一件东西，快速回到滕绍身边。

他打开包袱，里面是一盒蜜饯和一个用妆花缎包好的小包袱。

"滕将军。"蔺承佑扶起滕绍，示意他看妆花缎里的那件物事，"这是阿玉让人送到军中的包裹，六月就从长安送出来了，但因为这两个月镇海军和神策军辗转各地，直到昨晚我才收到。这里面一共有两样东西，一样是她亲手做的蜜饯，是给我的，另一样是给滕将军的。滕将军，您好好瞧瞧，这是阿玉亲手为您做的夏裳。"

滕绍的泪眼凝视着面前之物，那是一件佛头青的夏裳，针脚有些粗陋。

蔺承佑托起夏裳的衣袖，以便滕绍看清楚上头繁复的花纹："我不知道阿玉做这件衣裳花了多少时日，但光看这上头的纹路就知道她倾注了不少心血，每一针每一线，每一块衣角都是她亲手缝的。她知道军中炎热，衣裳越轻软越好，做了衣裳送到军中，无非是想让父亲少受些暑热。滕将军，阿玉心里有多记挂父亲，您还不知道吗？"

滕绍鼻翼翕动，透过泪水打量衣裳的针脚。

"父亲出征，阿玉一定盼着父亲平安归来，如果到最后等来的是父亲的尸首，不敢想象阿玉心里会多难过。阿玉自小没了阿娘，阿爷再一走，她便是孤零零的一个人了。若是再知道滕将军为了替她解咒落得个魂魄无归的下场，就算她能长命百岁，这一辈子恐怕也会无法释怀。滕将军，您和滕夫人对阿玉的疼爱，比我想的还要深，但阿玉对爷娘的爱，未必逊于你们。滕将军坚毅过人，走到这一步也是别无选择，但事情未到最后一刻，未必没有转机。

"就算为了阿玉，也请滕将军务必要撑到长安。"说罢，蔺承佑郑重其事地将那件夏裳披到滕绍身上。

滕绍含着泪花闭上眼睛，这衣裳柔软如丝，让他想起女儿幼时白嫩的腮帮子，回忆一帧帧掠过眼前，让他的心变得跟布料一样柔软。他沉默良久，尽管已是气若游丝，仍吃力地领了领首。

去往青云观的途中，滕玉意空前沉默。

绝圣和弃智甚少看到滕玉意神色如此凝重，也不敢贸然搭话。

一路上，滕玉意腕子上的玄音铃时不时响几声，声音倒是很轻微，这说明外头的邪祟法力低微。绝圣和弃智手捏符箓，掀开窗帷往外看，夜色深沉，街上不时可见邪祟飘荡而过。

滕玉意自顾自地出了一会儿神，突然觉得不大对劲儿，往日绝圣和弃智见到邪祟就收，今晚这一路却始终没有出手的意思。

她问二人："街上既有邪祟，为何不收？不怕它们侵害附近百姓吗？"

绝圣摇摇头："不能收。街上这些只是些游魂，生前是良善之辈，死后做鬼亦不害人，之所以徘徊不投胎，多半是因为怀着未竟之志，我们只能做法事帮它们超度，却不能贸然将它们打得魂飞魄散，这样做太损阴德，会大大损伤自身修为的。"

滕玉意又问："我记得上回尺郭现世时，道长他老人家因为怕尺郭闯入城中，早带领众道友绕城布下了一圈御邪网，这些游魂法力并不高强，照理是闯不进城中的。"

弃智忧心忡忡地道："应该是有人暗中破坏了某一处的御邪网。长安城这样大，光城门就有十几个，每日进出城的人那样多，有的是机会弄坏御邪网。只要出现一个漏洞，游魂和邪祟就会有隙可钻，就算我们找到那处缺口补上，也防不住那帮人破坏另一处。"

滕玉意点点头，看来这是有人蓄意搅弄风雨了，依她看，多半就是皓月散人的那位主家，不过说到这个，她有点儿想不通："这些游魂既不能害人，法力又低微，把它们引进城又能如何？"

弃智忽然说道："滕娘子，你没发现那些游魂一直跟着咱们的犊车吗？"

滕玉意忙掀帘往外看，时值半夜，街衢巷陌空荡荡的，一眼望去什么也没瞧见。

弃智忙帮滕玉意打开天眼。

滕玉意再次睁开眼，就看到街上满是影影绰绰的游魂，它们追随着犊车，却因畏惧小涯剑的剑光，不敢靠得太近。

"头几日我和绝圣就发现滕府附近的邪祟和游魂比旁处要多，但因为师兄在府里设了结界，那些东西也不敢擅闯。滕娘子，我们觉得它们跟今晚这些游魂一样，对你的兴趣非常大。"

滕玉意放下窗帷暗想：这事真蹊跷，就算她历来容易引邪祟，从前也没见过这样成群结队的游魂跟着她。

她正在思量间，忽听帘外端福恭敬地道："道长。"

几人往外一看，果然是青云观的犊车，与清虚子道长一同前来的还有东明观的五道。

见天咋咋呼呼地说道："清虚子道长，当年我们东明观驰名长安的时候，你们青云观还是一座土坯房呢！别人怕你，我们可不怕你！你深更半夜把我们叫出来，到底要做什么？这满城的游魂是不对劲儿，可你凭什么说这跟错勾咒有关？你且说说，中咒之人是谁？那人又是如何引来这么多邪祟的？"

见喜不忿地道："就是。都在街上转了一个多时辰了，你不睡觉我们还要睡觉呢。再说了，旁人中错勾咒，又与我们有什么关系？今晚就算你说破了天，我们也绝不会跟着你去青云观的。"

绝圣和弃智跳下车："师公，这么晚了，您老怎么来了？"

滕玉意看看清虚子道长，又看看五道，看这架势，他们竟像是专程来找她的，她忙上前打招呼："道长。"

清虚子道长白眉一竖："时辰不早了，你们为何还在外头乱晃？"

他又用拂尘打了打绝圣和弃智的额头："天有异象，你们不劝说滕娘子在府里待着，还陪着她四处走，碰到的是些游魂野鬼也就算了，万一碰到尺廓，就凭你们两个的本事，确定能应付得了吗？"

滕玉意忙赧然向清虚子道长赔罪："不关两位小道长的事，是晚辈有急事须出门一趟。今日晚辈去找某位故人求证了一件往事，正要去找道长告知此事。"

清虚子道长怔了一下，大约看出滕玉意面色比平日难看，点点头，换了一副温和的口气："罢了罢了，外头不清净，有什么事到观里再说。"

五道却不肯动了，见天望着滕玉意，满脸错愕："清虚子道长，你说的那个身中错勾咒之人就是滕娘子？！"

滕玉意自是无心作答，清虚子道长也没接茬儿。

见天恍然大悟："难怪滕娘子总遇到邪祟，原来是……"

想来知道中咒之人多半没有好下场，他目光闪了闪，后头的话没再往下说。见喜等人也神色各异。

这时候清虚子道长和滕玉意几人早已各自上了车，五道也急急忙忙地跳上毛驴。

"老道，我们跟你一起回青云观。"

绝圣傻乎乎地道："前辈们肯去青云观了？"

见天笑嘻嘻地道："别人也就算了，谁叫中咒之人是滕娘子呢？上回在彩凤楼我们打赌输给了滕娘子，直到现在都没兑现那赌约，这回帮着出出力就当抵债了。"

绝圣和弃智心头一暖，乐呵呵地挠挠头。

回头一看，见滕玉意也在托腮微笑，绝圣和弃智悄声说："难怪师公和师兄有事没事都会想起五位前辈，大约也知道他们心肠不坏。瞧，真有事的时候，前辈们好像从来没推托过。"

滕玉意敲敲车壁，正要同五位道长说几句话，对面又来了一队人马，领头的那个也是熟人。

"宽奴大哥。"绝圣和弃智讶然地道，"今晚怪热闹的。"

宽奴驱马上前，先下马同清虚子道长和五道行礼，随后便对辇车上的滕玉意、绝圣和弃智说："今晚满城都是游魂，王爷和王妃放心不下滕娘子，便让人去滕府问安，怎知滕娘子和两位小道长都不在府中，连程伯也未回。王爷、王妃唯恐出什么岔子，便让小人带人沿着崇仁坊往南找，王爷、王妃也从府里出来，往城北方向找去了。"

滕玉意被吓了一跳，今晚找邬莹莹打听当年往事，不宜让旁人知道，所以她暗中部署时并未同成王府的人打招呼，没想到竟惊动了成王夫妇。

她脸有些发烫，忙下车道："劳王爷和王妃记挂，下回绝不会如此了。"

宽奴笑道："既然滕娘子跟道长在一块儿，我们就放心了，小人这就去给王爷和王妃报信，让他们别再找寻了。滕娘子和几位道长先走一步，稍后王爷和王妃也会赶去青云观。"

滕玉意应了，回身上车时有些纳闷儿，清虚子道长突然集这么多人一同去青云观，又一再提到错勾咒，莫不是想到什么法子为她化咒了？

她听着外头五道等人的说话声，又想想今晚这一路上遇到的人，胸口涌入一股暖流。

她又想着，如能顺利攻下蔡州城，蔺承佑和阿爷也快回来了，几个月前她托程伯送出去的那个包裹，想来应该送到了蔺承佑和阿爷的手里。

蔺承佑那么挑嘴，那盒蜜饯也不知他爱不爱吃，她为了清洗果子上的茸毛，手都泡皱了。

那件夏裳……阿爷穿着可还合身？一想到阿爷，滕玉意心里就酸胀难言，今晚得知南阳一战真相的那一刻，她才知道阿爷这些年背负了多少东西，现在有许多话想对阿爷说……

她正默默地在心里数着蔺承佑和阿爷回来的日子，不知从何处传来一个男人的呼喊声："救——"

声音异常急促，只短暂地响了一瞬，那人就似被人捂住了嘴。

端福忙止住车，偏过头全神贯注地倾听，犊车旁的滕府护卫们察觉到了附近的危险，也静悄悄地抽出了武器。

那声音来自一个拐角，青云观的犊车和五道的毛驴早就拐过街角了，故而未听见这声短促的呼救，滕玉意、绝圣和弃智却听见了。三人屏息凝神分辨着那声音的来源，绝圣和弃智不安地道："那声音为何这般耳熟？"

"是严司直！"滕玉意面色发沉。

她谨慎地掀开车帘，压着声音对端福说："快，先让长庚带人去瞧瞧。"

长庚等人很快就返回车前，急声说："娘子，出事了！那边有一位大理寺官员遭了袭，小人上回在世子身边见过那位官员，娘子应该也认识。"

滕玉意心脏猛跳："你们追上道长告知他老人家此事。"

说完她与绝圣、弃智下车前去查看情况。那是一条陋巷，附近没有灯火，凶手得手后已经飞速撤离了，长庚一来就带人排查完左右，现在巷子里外全是滕家的护卫。

长庚和端福在前提灯照路，滕玉意、绝圣和弃智快步往里走，一直走到巷子最深处，端福等人才停下，一看到地上的身影，绝圣和弃智呼吸就变得又粗又急。

"严司直！"绝圣和弃智疾步奔过去。

严司直身上仍穿着大理寺低阶官员的绿色官袍，仿佛一片枯叶，静静地倒在巷子深处。

滕玉意夺过长庚手里的灯笼，几步跑过去，望见严司直的脸，呼吸不由得一滞，依旧是平日那张年轻平和的脸庞，但严司直瞳孔涣散，嘴角挂着一抹晶亮的涎液，那痴傻的神态，与往日看上去截然不同。

绝圣和弃智惊怒交加地道："这……这分明是被人夺了魂魄！"

弃智霍然起身，拔腿就往外跑："我去告诉师公！"

滕玉意恨声问长庚："可瞧见那帮人的模样了？"

长庚遗憾地摇头。

滕玉意咬了咬牙，二话不说扶起严司直的肩膀："快，先把严司直送到青云观再说，道长他老人家说不定有办法。"

绝圣心中正是油煎火燎，忙帮着抬人，这时巷口又传来脚步声，清虚子道长和五道也闻讯赶来了。

"出了何事？"

"大理寺的严司直被人暗算了！"弃智急声道。

五道倒抽了一口气，头几回办案他们没少跟严司直打交道，早与这位年轻官员熟稔了。

清虚子道长大步上前，抖了抖袍袖，伸指掀开严司直的眼皮，一望之下，老人的表情凝重起来。

"三魂不附体，快送青云观。"

一伙人刚把严司直移到犊车里安置好，严司直嘴角忽然溢出一抹鲜血，绝圣和弃智大惊，手忙脚乱地用帕子帮着擦血，滕玉意心知不好，急声唤道："端福、端福！"

端福进车厢查看，默了默："应该是之前被人强行喂了毒药，看着像是断肠草。"

滕玉意心口一凉，忙说："快问问道长可有解毒的法子！"

端福脸色沉重，回身跳下车，清虚子道长上车看过之后，一句话未说，只从袖中取了一粒雪莲丹塞入严司直口中，便催犊车重新赶路。

"师公，这毒能解吗？"

"恐怕来不及了。"清虚子道长索性留在车厢中照看严司直。

车厢里一静，绝圣和弃智强忍着泪意道："别……别慌，观里有不少解毒的良药，师公您一定有法子的。端福大叔，麻烦把车驱得再快些。"

滕玉意却拦住端福："余奉御善解天下奇毒，快让长庚以阿爷的名义去尚药局请余奉御。"

"老爷不在京城，长庚没有老爷的随身信物，未必请得动余奉御。"

清虚子道长便要摘下自己的药囊递给长庚，滕玉意却早将手中的玉佩递过去：

"用这个去请！"

那是上回蔺承佑离京前特地给她留下来的，她带在身上却没用过一次，没想到今夜给严司直用上了。蔺承佑绝不愿意严司直出事的，或许这块玉佩能为严司直带来活下去的契机。

交代完这一切，滕玉意才看见清虚子道长也拿出了药囊，不过车里的人都顾不上这些了，救治严司直才是眼下最要紧的事。

犊车如离弦的箭，飞快地朝青云观奔去。

半路上，清虚子道长让绝圣和弃智检查严司直身上是否还有别的伤，就在两人检查严司直的双足时，滕玉意无意间看到严司直的靴底上贴着一张残缺的笺纸。

滕玉意一讶，忙将那张笺纸撕下来。笺纸上头粘了点儿胶泥，故能紧紧地粘在严司直的靴底上。

滕玉意用指尖摩挲胶泥，示意清虚子道长看那张笺纸："道长您看。"

先前他们已经搜过严司直的身，并未在严司直身上瞧见胶泥，想来那帮人谋害严司直后，顺便把他身上的所有物件通通搜走了。

严司直靴底的这一小块笺纸看上去毫不起眼，当时又在黑灯瞎火的巷子中，故而未被那帮人发现。

清虚子道长忙道："把灯移过来。"

岂料纸上并未留下只言片语，那是一张白纸。

绝圣和弃智大失所望，滕玉意却望着笺纸思索。这绝非偶然，因为胶泥和笺纸绝不可能同时跑到靴底上，那时候严司直应该已经察觉了危险，怎会做些无意义的举止？

白纸、白纸……滕玉意心中一动，再次将笺纸对准灯火，这一回终于在纸上看出了点儿端倪。

纸上头有些潦草的痕迹，像是用指甲划的，乍一看很不起眼，但细细辨认一晌……

"岷山严四。"滕玉意错愕地道。

绝圣和弃智忙凑过来帮着确认："真是这四个字。这是何意？"

弃智也不知想起了什么："对了，听说严司直是岷山人，这是指他自己吗？"

滕玉意蹙了蹙眉，在那样紧急的关头，严司直留下自己的字号又有何意义？

不，这一定是指别人。

当时严司直身上未带笔墨，遇到紧急情况只能用指甲写字，但他又怕这纸条被那帮人搜走，于是处心积虑地将其藏到靴底。

清虚子道长沉吟："严司直未必是家中四郎，这说不定是他在岷山的某位亲戚。"

"难道这位亲戚与案件有关？"

绝圣和弃智一头雾水。

滕玉意脑中飞快思索，这线索他们看不明白，但蔺承佑一定知道含义。

这个纸条是留给蔺承佑的。

想必严司直很清楚，即便他没能逃出毒手，他的尸首也会被送到大理寺。

蔺承佑既是他的同僚，也是他的朋友，一定会亲自为他做尸检。而只要这胶泥不彻底干掉，这一小块笺纸就不会从靴底掉落，凭蔺承佑办案时的细心，蔺承佑总有机会看到它的。

滕玉意缓缓地将目光投向严司直，目光里涌动着敬佩之意。

严司直在用这种方式给蔺承佑留下最后的线索。

哪怕那帮人异常狡猾，严司直也留下了线索。

青云观灯火通明。

经堂里，余奉御正和清虚子道长合力救治严司直。

漏壶的浮箭早已指向寅时初，观中却无人歇息，所有人都在经堂外焦心地等待着，成王和成王妃也在。

成王素来敏慧，在得知严司直因为查案遇袭后，立即派出大批护卫将严司直的妻子护送至青云观。

此刻严夫人正安然无恙地在廊下等候消息。

滕玉意、绝圣和弃智坐在另一侧长廊的台阶上，自从进观后视线就没离开过经堂。

所有人都寂寂无言，连五道也比平日安静，每个人的心里都抱着一丝希望，尽管知道希望渺茫。

近天亮时，经堂的门终于发出"吱呀"一声响，余奉御和清虚子道长一前一后地出来了。

滕玉意三两步跑下台阶，绝圣、弃智也跟着一跃而起。

严夫人踉跄着上前，哆哆嗦嗦地问："道长、奉御，万春他……？"

余奉御疲惫不堪，清虚子道长也极为沉郁，面对严夫人的一双泪眼，余奉御迟滞地叹了口气："恕余某回天乏术。"

滕玉意的心像被人狠狠揪了一把。严夫人面色一刹那白得像纸："不……不可能。"她身躯摇晃如风中轻絮，惶惑地推开众人要进房看丈夫，刚一迈步就昏死过去。

成王妃一惊，忙和滕玉意扶住严夫人。

成王妃焦声对绝圣、弃智说："快去拾掇一间厢房安置严夫人。"

厢房很快拾掇好了，成王妃坐在榻上帮严夫人掖被子，焦灼地回首望去，就看到滕玉意在房中忙前忙后，关窗户、煮水、准备盥洗巾栉、帮忙擦拭，事事亲力亲为。

成王妃的心柔软成一团：阿玉整晚都在为严司直两口子忙前忙后，这孩子骨子里是个极讲情义的人。

她冲滕玉意招手："阿玉，来，帮忙把帘帐放下。"

滕玉意忙应了一声，起身将拧好的巾帕递给成王妃。

两人心里都说不出地遗憾，严司直最放心不下的想必就是自己的妻子，严司直这一身故，两人便自发地将照顾严夫人当作第一要务。

正当这时，窗外传来众道喃喃诵咒的声音，声音浑厚苍凉，如松涛，如浪潮，不疾不徐地传至观中每一个角落。

滕玉意先是一怔，随即意识到那是清虚子道长和五道要合力为严司直起醮护灵了。

听声音，这是她迄今见过的最隆盛的一次守灵阵。

严夫人也被这诵咒声惊醒了，惶然地转动脑袋一看，推开衾被就要下床："万春。"

尽管已经悲哀到了极点，严夫人仍克制守礼，但没等下地便呜咽一声，发出撕心裂肺的悲鸣，好在成王妃和滕玉意及时拦了一把，严夫人才没一头栽到床下。严夫人的哭声哀恸万分，滕玉意和成王妃眼眶瞬间有些发酸："严夫人。"

严夫人绝望地痛哭，身子蜷缩成一团："万春……"

大伙儿眼圈直发红，忙将余奉御请进屋，余奉御二话不说为严夫人诊脉。

成王妃悬着心问："奉御，如何？"

"严夫人这是怀了身孕，初孕时有些气血不足，加之遭了重创才会如此，好在胎象还算稳固，将歇将歇就好了。王妃，可要余某立即为严夫人拟个安神保胎的方子？"

屋里的人都愣住了，滕玉意望向床榻，严夫人满脸都是凌乱的泪痕，也不知听没听见余奉御这话。

成王妃只当严夫人伤心欲绝再度昏过去了，低叹道："这种事还得尊重严夫人自己的意愿。她孤身一人，独自抚养孩子岂是易事？等她醒来，一切让她自己拿主意。"

严夫人表情原本一片木然，闻言眼眶里再次盈满了泪水："这是万春给我留下的骨肉，便是再艰难，我也会将这孩子好好抚养长大。若生下的是女儿，我就教她做个好人；若是郎君，便像他阿爷一样做个正直的好官……"

众人鼻根一酸。严夫人挣扎着掀被下床，求滕玉意和成王妃扶她去经堂。

严司直仍是生前的装束，安安静静地躺在灵坛正中，绝圣和弃智担心严夫人无意间破坏灵坛，赶忙过来迎接。严夫人一步一步地挨到灵床前，端详丈夫的脸庞，一低头，泪水滴落到丈夫的额头上，那是一张冰凉的、毫无生机的脸。严夫人心如刀割，俯身搂住丈夫的尸首恸哭道："你起来看看我，我还有话要对你说，昨日你走的时候说要吃我做的黍臛，我做好了等你回来，你怎能言而无信……"

妻子汹涌的泪水，瞬间打湿了严司直的绿色官袍。

院中的人也跟着湿了眼眶。

到了傍晚，这场隆重的法事终于接近尾声，众人在商量严司直的后事时，成王道："严司直既是佑儿的同僚，也是佑儿一贯敬重的前辈，严司直这一走，成王府理当好好照顾他的家眷。"

这时，外头忽然来人了，说是圣人急召成王进宫。

过来传旨的并非宫人，而是一位千牛卫的将领。

滕玉意顿生不安：千牛卫历来只贴身保护圣人，能劳动千牛卫亲自来送信，莫不是宫中出了什么事？

她正暗自揣测，程伯带着滕府的一干护卫寻来了。

程伯神色匆忙，进门之后先冲观里众人行礼，接着把滕玉意请到一旁，低声说："老奴刚接到各坊的消息，城内似乎不大对劲儿。"

滕玉意问："出什么事了？"

"据长庚手下的人回报，这两日城中突然多了不少面孔，个个做商人打扮，一来长安就住在修祥坊的一家客栈里，可没等长庚弄明白这帮人的来历，这家客栈突然关了门。当初老爷离京前交代老奴遇事可与成王府商议，老奴听闻成王殿下也

· 331 ·

在青云观，便赶过来告知此事。"

滕玉意一凛，眼看成王夫妇仍与千牛卫将领交谈，只好示意程伯："稍等等。"

可她心里的不安越来越强烈，假如此事与那位幕后之人有关，看这架势对方竟是按捺不住了。

这实在令人费解，尽管阿爷和蔺承佑还未班师回朝，但彭震的失败已成定局，鉴于朝廷处处抢占先机，这场仗只打了两个月便告捷，如今在京畿地区驻守的不是剩余的神策军，就是历来对皇室忠心耿耿的朔方军，这时候发动宫变，那人怎敢保证事成？

除非那位幕后主家能一举将皇室中人清扫干净，并一举控制北衙禁军。但这岂不是异想天开？不说圣人和成王年富力强，便是太子也已能独当一面，二皇子人在朔方军中历练，只要听说京中有变，回京只需半个月工夫，蔺承佑也已在班师回朝的路上。

这种境况下，那人如何确保能成事？

程伯这几日显然听到了不少风声，忧心忡忡地道："小人只担心这几日京中会生变，方才已派人给淮西道送了一封急信。老爷远在军中，抽调人马并非易事，若是长安这边有什么不妥，须叫老爷早做防备。"

滕玉意怔了怔。程伯这话让她想起近百年前宫闱中曾发生过的一场轰轰烈烈的宫廷政变：傀儡太子暗中豢养了大批谋臣和猛士，于某一夜猝然发兵控制了禁军、宫苑和南衙众大臣，由此从强势的母后手中夺回了大权，等到朝臣们惊觉变天，一切已成定局。

程伯这口吻，似乎担心那伙人也有这个打算。

朝堂上不乏忠臣良将，可一旦锋利的刀刃架到自己的脖子上，大部分人恐怕不敢说半个"不"字。

只要北衙和南衙落到那人手中，那就意味着整座长安城都被牢牢掌控。控制了三省和禁军，那人便可逼几位宰相连夜立下诏书，圣人本就有顽疾在身，此人只需对外宣称圣人崩逝，并将谋害圣人的罪名扣到成王蔺效的头上，即可顺理成章地接掌玉玺。

朔方军和神策军是中央直属军队，历来只听圣人指派，圣旨一下，两军自不会再听蔺承佑和二皇子指挥。

接下来，那人无论是派人在途中暗杀二皇子和蔺承佑，抑或是在长安布下陷阱请君入瓮，二皇子和蔺承佑都插翅难飞，即使两人侥幸逃脱，手下并无一兵一卒，又如何能夺权？

换言之，幕后之人要成事，只需做到一个字：杀。

人的欲望是无穷无尽的，皇位何其诱人？那人与皓月散人以及无极门的邪术打了这么多年交道，心性多半早已歪了。她记得那回在彩凤楼，蔺承佑为了召唤田氏夫妇的魂魄施过一次邪术，仅一次，便有心智被蛊惑之嫌，幸而五道、绝圣和弃智在旁拼命阻止，蔺承佑才不至于一再沉溺。

蔺承佑的意志力已经超乎常人了，他尚且如此……可见这号称《魂经》的邪术有多厉害。但这一切的前提，那伙人能同时暗算圣人和成王。

滕玉意想到此处，心一下子踏实下来。

这是绝不可能的。

等等，圣人的怪病是不是快要发作了？

上次阿爷对她说过，圣人和成王体内各有一块女宿的锁灵牌，圣人发作时只能由成王一人帮忙护阵。这当口若有人闯入阵中，完全可以成功暗算圣人和成王，故而当年此事虽然走漏了风声，但鲜少有人知道圣人具体在何日发作，更无人知晓成王具体在何处护阵。

假如成王为圣人护阵时出了差错……对某些要举事的人来说，无疑是一石二鸟之策。

滕玉意想得后背直发凉，但当她将目光投向成王夫妇和清虚子道长时，心里的忧虑再一次消失了。

几位长辈那样沉稳从容，想必眼下距离圣人发作的时日还远，何况蔺承佑查了那么久的案子，离京前也一定会让自己的伯父和爷娘多加防备。

严司直留下的纸条已经被成王慎重地收起来了，看成王夫妇的样子，似乎也早就起了疑心。她想想前世，蔺承佑为了引那人出手，不就假装在鄜坊府中毒箭了吗？

成王夫妇和圣人知道的、想到的，只会比她多。

那边，成王和成王妃进上房与千牛卫头领商议一番，不久便出来了。

程伯忙上前将长庚等人的发现告知成王，成王面沉如水，叮嘱程伯带人继续盯紧修祥坊，又调来大批禁军在观外守护，这才带着千牛卫头领进宫去了。

成王妃自发留在观中，只是眉间隐约萦绕着忧色。

待到成王府的护卫将严司直的尸首和严夫人护送出观，观中的氛围一下子沉寂不少，诸人心头仍沉甸甸的，清虚子道长将滕玉意等人召集到院中。

坐下后，清虚子道长指了指滕玉意，对五道、绝圣和弃智道："你我都看见了，滕娘子印堂发黑。"

滕玉意一惊。

"此事甚是蹊跷。滕娘子虽身负错勾咒，但她这半年没少降妖除魔，纵算不能完全化解咒怨，应劫的时日也不可能提前，此事很有可能与咒怨本身有关，滕娘子身上冤怨未消，凡是为自己祈福或者消灾之举，都会招来反噬。"

"反噬？"

清虚子道长"哦"了一声："你和佑儿斩杀的并非寻常邪物，而是能搅动乾坤的大魔物，你由此攒下的功德不容小觑，甚至可能一举破咒。但这回的错勾咒非同寻常，下咒的绝不止一人，察觉咒怨即将消除，怎会不发出冲天的怨气？这怨气在天地间涌动，又会引来旁的冤怨，聚少成多，积羽沉舟，凝聚在一处足以改变天数，所以最近长安城异象频发，尺郭现世不说，还频繁出现七欲天。这两样物事与先前的妖魔鬼怪不同，无魂无魄，乃是集大煞所成。从这种种异象来看，你攒了大量功德，反而导致你命中的那场劫提前了，这就叫此消彼长。要破此咒，绝非易事。"

滕玉意悚然而惊，照这样说，阿爷会不会也有危险？

这时成王妃也过来了。她换了一身利落装束，头上的簪环也被卸净了，白皙的脖颈上戴着噬魂铃，像是随时准备收妖。

看出滕玉意的不安，成王妃坐下拍了拍滕玉意的手背："别怕。好孩子，所谓否极泰来，只要你能成功渡过这次难关，没准儿能彻底解开你和滕将军身上的咒怨。"

滕玉意心窝暖洋洋的，刚要接过话头，腕子上的玄音铃突然一响，绝圣和弃智爬上墙头一看，观外竟来了无数游魂。

清虚子道长看看墙外，了然地对滕玉意道："你本就是带劫之人，又因最近为自己消灾的举动引得天地煞气凝聚，单凭你一个人，足以将四面八方的游魂全数引来。"

他想了想又道："第一批游魂是三日前出现的，贫道本以为有人暗中破坏了城外的御邪网，但沁瑶和蔺效仔细查找，并未发现破漏之处……假如没有漏洞，这些游魂从何处而来？昨晚蔺效提醒我，那漏洞很可能就藏在城中，冤魂野鬼在地上飘荡时，自是无法冲破城外的御邪网，但如果城中就有阴冥地界的出口，鬼魅出来时也就毫无阻碍。"

见天猛一拍手道:"原来如此!兴许这漏洞早就出现了,只不过被无极门那帮残渣余孽悄悄封住了。怪不得我们把城外掘地三尺都没发现尺廓的影子,搞了半天它们都窝在地底下!"

成王妃道:"我和王爷本打算连夜带人搜查全城,不料碰上严司直出事,王爷的手下继续在城中找了整整一夜,结果一无所获。这也不奇怪,假如真有异士在出口做手脚,除非有道法极高深之人去寻,否则难以识破。七日后又是阴日了,最迟要在那之前找到阴冥地界的出口。"

"不但如此,"清虚子道长道,"还得尽早将滕娘子身上的咒怨消解,咒不除,这些孤魂野鬼不会走,倘若任由它们大量聚集在长安城,贫道就怕会引来真正的地狱恶鬼屠城。"

滕玉意看看成王妃,成王妃也深深蹙眉,他们师徒显然还有别的隐忧。

五道大大唰唰地对滕玉意解释道:"这些游魂没做过恶事,我等不能强行将其驱散,倘若为它们做法事,它们各怀冤怨无法统一超度,如果一场一场来做,这么多游魂少说要花一年半载才能做完。我们不想损伤修为,又不想它继续在城中盘桓,如今最好的法子莫过于直接帮你化咒。"

至此滕玉意已经完全听明白了,她作为吸引煞气的带劫者,在封锁阴冥地界出口之前,必须一直守在出口附近。

若不如此,邪祟们便会顺着煞气的方向源源不断地往外冒,她在哪儿,它们就去哪儿,沿路伤害百姓不说,城中的怨气和煞气多了,早晚也会酿成一场大祸。

"师公,城中的阴冥地界门不能用罗盘来寻吗?"绝圣和弃智焦声问。

清虚子道长摆手:"这洞口变化无穷,小的时候只有针鼻儿大小,即使倾尽全力满城找寻,起码要花四五日工夫。"

"号召各观道友帮忙呢?"

成王妃摇头:"无极门暗中作祟多年,长安各道观中少不了混入几个居心叵测之徒,玉真女冠观的'静尘'就是个活生生的例子,让各观分头找寻倒是可以,就怕有人故意乘机混淆视听。"

"方才沁瑶给我出了个主意。"清虚子道长道,"滕娘子身负咒怨,被困在这轮回中不奇怪,奇怪的是那位李三娘明明未带诅咒,竟也会重新轮回一世。上回贫道觉得蹊跷,就同佑儿反复诘问李三娘,李三娘熬不住,只得承认当年偷过你的东西,而且并非寻常物件,乃是你阿娘为你祈福的灯笼。那灯笼上的莲花是由金丝和玉石做的,本要送到宝莲寺为你祈福的……"

滕玉意一愕，随即在心里骂了一句。

"那日李三娘恰好从你们滕府出来，因为眼馋那些灯笼精巧，便趁你们府中下人不注意偷走了其中一盏。她早就听说宝莲寺祈福极为灵验，心里羡慕你阿娘肯花这样多的银钱为你请高僧祈福，也想蹭点儿福缘，就偷偷地将上头你的生辰八字改成了她自己的。玩了一下午之后，她谎称灯笼是在滕府门口捡到的，将灯笼送到宝莲寺，殊不知身负咒怨之人是不能随便祈福的，点灯那一刻起，就会惹来无穷怨气。李三娘这盏祈福灯跟着一点，半年下来她已是冤怨缠身，所以前世你死后不久，她也患时疫殁了，但那咒怨毕竟不是针对她，故而她有了重生的契机。可惜贫道和佑儿没仔细问她究竟是从何处醒来的，照理说，李三娘既是受这咒怨连累的小鬼，重生的地点应该也在阴冥地界的出口附近。"

成王妃思量着说："听说李三娘只比阿玉大一岁，她那个布偶又是十年前就开始伪造的，我猜她的重生之年应该在六岁之前，过去那么多年了，就算她此刻在长安也未必记得清楚。"

这么说是没法子了。绝圣、弃智有些惶急："墙外这些冤祟越来越多，估计尺廓不久后也会找来，万一青云观被数不清的邪祟围住，我们就不好出去找寻出口了。"

成王妃果断起身："这样吧，我连夜带人去找寻，大不了每一坊、每一个角落地找，总比死守在此处要强。"

滕玉意忽道："或许有个人能帮我们想一想——我书院的一位同窗，邓侍中的孙女。邓娘子不止一次说自己幼时见过李淮固，但李淮固早年只来过长安一两回，想必当初发生过不同寻常的事。"

众人眼睛一亮，成王妃惊喜地吩咐一干护卫："事不宜迟，速拿我的帖子去请邓娘子。"

因是成王妃亲自下帖子邀请，没多久邓家人就热热闹闹地护送邓唯礼来了。

听完滕玉意的描述，邓唯礼愣了好一阵。

她只当滕玉意还在生气李三娘厚着脸皮冒充自己的事，本想打趣滕玉意几句，忽想起下帖子请她的是成王妃，忙老老实实地回答道："回王妃的话，晚辈幼时是见过李淮固一回。当时是隆元八年，晚辈同家中长辈在临安侯府赴宴，侯府后院有口井，李淮固玩耍时不慎掉入了井中，幸而井中有个木桶将她兜住了，当时她阿娘就在井边，人都吓坏了。可我还记得李淮固被救起后第一件事不是哭，而是问她阿娘：'现在是隆元几年？'我和姐妹都觉得她的样子很古怪。李三娘听说当时是隆元八年，不顾身上衣裙皆湿就往花园里跑，我很好奇这小娘子要做什么，就拉着姐妹们跟上去，但是李三娘很快就沮丧地返回来了，还被她阿娘打了一顿。"

说到此处，邓唯礼对滕玉意道："都说我记性好，其实我也不是事事都记得的，之所以对这件事有很深的印象，是因为李三娘当时的表现太不寻常。上回李淮固对成王世子谎称自己是世子的救命恩人，我还有些纳闷儿，因为我记得那日她怀中并未抱着布偶，但李淮固房中的布偶又确实已经用了好些年了，我也只当是我记错了。接着没多久，我就听说她是冒认的……"

众人急忙赶往临安侯府，一晚过去路上的游魂又多了不少，就如清虚子道长所言，城中不再只是无主孤魂，其中竟混杂了一大批伥鬼、五常鬼之类的恶鬼。

这些恶鬼呼啸而来，一口就能吞下十来个游魂，五道拔出手中长剑，直指恶鬼，剑光雪亮如虹，恶鬼几乎是被一剑一个地清除。

滕玉意留神观察，五道的剑光始终避免碰到那些游魂野鬼。

除此之外，街上时不时能看到金吾卫的身影，从数量上来看，远胜从前夜间巡逻的人数，看样子为防长安生变，圣人和成王早已有所准备。

他们就这样一边赶路一边收恶鬼，很快就赶到了临安侯府所在的荣富巷，到了侯府门前，却见府门洞开，明明已是大半夜了，管事和仆从们却慌里慌张地往外跑。

大伙儿都有些吃惊：自从五年前老侯爷病逝，临安侯府的声望就大不如前了，可纵算再不济，府里下人也不至于这般没规矩。

管事看到清虚子道长有如看到救星，白着脸上前道："叫王妃和道长见笑了。府里有些不对劲儿，小人们实在不敢在里头待着了，正商量着去找我们侯爷。"

"侯爷不在府里？"

"半个月前我们亲家老夫人过寿，小侯爷带着夫人和郎君娘子去洛阳了，说是要多盘桓几日，故而至今未回，如今府中只有我们这些下人。打从头几日府里就不大对劲儿，小人请附近至善观的若缺道长来看，若缺道长在门口看了看，硬说看不出半点儿邪祟之气。三日前忽有不少人在府中撞到邪祟，小人们吓坏了，再去找若缺道长，却撞见道长带着弟子们装行李准备离开长安。道长说天有异象，这些游魂野鬼不只我们府里有，满大街都是。他预备出去躲几日，给了我们一些符箓，让我们自求多福。今晚小人们在府里觉得实在冷得不像话，怕被邪祟缠身，便决定出去躲一躲。"

五道听得龇牙咧嘴："若缺那老小子比我们还不靠谱儿。"

清虚子道长和成王妃抬头看侯府上空，也难怪若缺道长看不出问题，此地分明被人动了手脚，连半点儿邪祟之气都没有。

"贵府共有几口井？"成王妃问道。

在管事的指引下，一行人很快就找到了当年的那口井。那口井坐落于花园某条小径的深处，周围满是馥郁的花丛，井上覆着石盖，看样子早就废弃不用了。

刚一踏进花园，滕玉意便觉阵阵阴风袭来，早前绝圣、弃智帮她开了天眼，她沿路能看到花园里全是殊形诡状的鬼祟，迎着那阴风往前走，寒意像能浸透骨髓。

眼看已经找到了那口井，成王妃忙让绝圣、弃智将管事领到外头去。

"打开井盖。"

众人上前合力打开井盖，井盖刚一移开，尖啸声就从井底喷出，浓浓的阴煞之气犹如火山喷发的岩浆，一刹那冲天而起。

众人大惊失色，见天道："不好！单单只有尺郭和小鬼的话，不至于阴气这般重，莫不是把冥界的飞天夜叉引来了吧？"

井口黑雾缭绕，透过浓浓的雾气，众人隐约可见底下那一片漫无边际的黑海，海浪无声涌动，水中漂满了惨白的尸首，那浩瀚无垠的阴森海面，让人只看一眼就觉得头晕心悸。

滕玉意忍不住打了个寒战，这种源自阴冥地狱的阴戾景象，远比耐重和尸邪这样的魔物更可怖。

她听说过飞天夜叉，上回在大隐寺躲灾时在佛经上看到过关于此物的描写，飞天夜叉亦是著名的修罗道恶鬼，但与耐重不同，此物乃是一雄一雌，向来喜欢出双入对。

传闻中这对夜叉"形如蝙蝠，两翅如席"，奔走时疾如风，锋锐的爪子一张，能抓破至坚至硬的岩石，法术再高明之人也难敌它们一击。

成王妃面如寒霜："前有尸邪和耐重，再引来一对飞天夜叉也不稀奇。看这阵势它们已经遁走了。宽奴，你速去大隐寺告知缘觉方丈，请方丈连夜集结满城僧道齐力降魔，我和五位上人留在此处辅佐师父作法。绝圣、弃智、阿玉，你们三个修为不够，留在阵外与常统领等人护阵。"

"是。"

阵法启动前需做些筹备工作，事态越紧急，成王妃越沉稳刚毅。

她让绝圣、弃智将临安侯府的一众下人护送到青云观，同时让常统领连夜进宫禀告此事，不久后，果有大批金吾卫和禁卫将临安侯府团团围住。

天亮时，成王也从宫里赶来了。

滕玉意一颗心落了地，禁卫们训练有素，且由成王亲自指挥，倒也不用担心众人作法时出什么岔子。

井口转眼就被贴满了符箓，但仍源源不断地有煞魅涌出，没多久，玉虚观等几大长安道观的道长也闻讯赶至侯府。

与他们同来的还有缘觉方丈座下的弟子圆惠和圆清。

想是考虑到出了皓月散人的事，方丈唯恐这些道人中混入奸邪之徒，自己忙着找寻飞天夜叉抽不出身，故而派出几位敏锐的大弟子帮清虚子道长护阵。

"道长。"圆惠和圆清上前拜谒。

清虚子道长倒是未说谢，只捋须示意二人坐下。

一番紧锣密鼓的安排后，临安侯府内外严阵以待。

清虚子道长盘坐在众人中间，沉声道："地狱之门一开，长安子民难逃一劫。此门开启已超过三日，封闭绝非一日之功，即使贫道以五相归魂阵镇压，少说也要七日七夜方可将洞口封住。此外诸位也看到了，此地除了恶鬼，尚有大量无辜游魂，若统一以法术镇压，有违天道，故而我等施法时，请玉虚观、凌云观诸观道友帮忙诵咒超度，如此既能送走附近的游魂野鬼，也防止它们被周遭恶鬼所吞噬。"

众僧道洪声道："依此行事。"

清虚子道长又看着滕玉意："滕娘子是应劫之人，你到何处，邪祟就会跟到何处，吾等作法时，还请滕娘子务必守在阵外。"

滕玉意正色道："是。"

清虚子道长又将视线转向阵外的成王。

成王抱剑立在亭中，端的是如玉如松，他身前不远处就是忙着检视法阵的成王妃。

成王怀中的赤霄剑似是感受到四周的邪祟之气，不断发出"嗡嗡"的警示声，虽然尚未出鞘，但剑光早已如水浪般一圈圈震荡着周围的阴气。

成王原本注视着妻子的身影，察觉到清虚子道长的视线，转过头朝清虚子道长颔了下首。

老人眼中忧色尽消。

安排好一切，清虚子道长扬手将一个布囊似的物事甩至半空，同时一甩拂尘，朗声喝道："煞魅横行，苍生罹难。弟子清虚子，谒见上君。死生之际，道神无奈何，弟子欲舍身制百邪百鬼，自明真道永长存。恭请五皇老君以太虚之芒济危救困，覆载天地，光明四海。"

这番话如黄钟大吕，一时间震荡四海。起先只是园中草木簌簌摇动，紧接着那风声陡然扬升，如雄兵会师鸣锣击鼓，驱千旗，驭百兵，从四面八方汇聚而来。

半空中那破旧的囊袋灵光乍现，如同一轮圆月稳稳当当地悬在井口上方，袋口落下一道笔直的幽幽光柱，与井底的阴煞之气相抗衡。

井口那阴寒至极的"猎猎"阴风，仿佛被一床看不见的厚重棉被压住，顿时有所衰减。

滕玉意心中激荡，在百名僧道的诵咒声中，这名动天下的五相归魂阵正式启动了。

这大阵一摆，便是整整七日。

在清虚子道长等人的护持下，井口的阴气时而变弱，时而暴长，出口迟迟没有关闭的迹象，但好歹不再源源不断地往外涌邪物了。

为了避免出现差池，在洞口正式关闭前，阵中之人只能在阳气最盛的午时稍稍休整一二。

每到这时，滕玉意、绝圣和弃智便会将热腾腾的汤粥一一送给阵中诸人。

圣人和皇后虽在宫中，却极为关注城中降魔之事，除了圣人连夜下旨号召洛阳等地的道长前来帮忙除妖，皇后还会每日带着尚食局为众人做膳食，考虑到护阵极消耗元神，每顿都少不了提气滋补之物。

到第七日中午时，清虚子道长依旧岿然不动，但面色已经相当难看了，绝圣和弃智亲自为师公喂食，清虚子道长只吃了两口就摆手让他们撤下。

众人忧心不已，成王和成王妃也露出忧色，成王妃起身到清虚子道长身边说了句什么，大约是建议换别的道长来主阵，清虚子道长睁开眼睛往四周一看，旋即又闭上眼睛缓缓摇头。知人知面不知心，倘或有变，遭殃的不只是应劫的滕玉意，阵中这些人乃至长安百姓都难逃一劫。

绝圣和弃智提着食盒出阵，滕玉意将盛好的饭菜推到他们面前："道长他……"

弃智惴惴不安地扒了一口饭，闷声说："不必担心，以师公他老人家的内力，再撑个两日没问题。"

"没错没错。"绝圣接话，"今日是阴日，挨过今晚就算大功告成，大不了师公支撑不住的时候由师兄接手就好了。"

滕玉意一愣：蔺承佑快回来了？不知阿爷是不是安好，可惜这几日她被困在侯府，也没法儿让程伯打听前方战事。她担忧地望向前方，短短几日，连成王妃也消瘦了不少。

"除了用这阵法来镇压，就没有更简易的法子吗？"

五道正坐在一旁用膳，听见这话，见喜大咧咧地说："法子当然有。滕娘子是应劫之人，今次这股天地的煞气是因你为了破咒强行除妖而起，只需以你的身躯堵住井口，准保连飞天夜叉都逐你而去。但如此一来你的小命就保不住了，道长和我们怎么可能……"

见天扬手就拍了见喜后脑勺一巴掌："少胡说八道！吃饭还堵不住你的嘴。"

绝圣和弃智忙拉着滕玉意吃饭："滕娘子你再不吃，这碗芋泥羹就被我们吃完了。"

到了晚间，天色空前阴沉，穹隆阴云密布，与之相对应，井底的景象又有了变化，不再是浩瀚无垠的黑海，而是满布着炽热的岩浆和烈火，阴气再次冲天而起，无数只恶鬼试图从滚动的岩浆中爬出来。

清虚子道长的诵咒声比此前更为高亢，在众人的合力下，布囊中的清光一刹那被催到极致，笼罩到井口，再次将那涌动不已的阴气死死扣住。

阴气一涨，阵中人需耗费更多心神，短短几个时辰，人人都满头大汗。

后半夜时，忽然有人急匆匆地来找成王。

来人是宫里的关公公。

关公公脸上挂着和蔼的微笑，嘴上说："奴婢奉旨来探望道长和诸位道友。"

然而他趁人不注意时，飞快地对成王附耳说了句什么。

成王面色果然有了变化，只坐了一会儿就同关公公离去了。

滕玉意的心直往下沉，虽然成王转瞬就恢复如常，但能叫成王变色的，绝不可能是小事。

成王走后不久，常统领来找成王妃，脚步比平日稍显匆忙。

常统领俯身对成王妃说了句话，成王妃倏地睁开眼睛，笑着说："让皇后别再费心为我们做夜宵了，阵法要收尾了，送来我们也没工夫吃，横竖明早我和师父就进宫，到时候再好好品尝她的手艺。"

滕玉意屏住呼吸。这太不对劲儿了，常统领此刻本应守在成王身边，竟专程跑来说夜宵这样的小事。

清虚子道长白眉微抖，缓缓睁开了眼睛，就听成王妃闲闲地说："这几日缘觉方丈忙着找寻飞天夜叉，想必早已疲惫不堪，不知他老人家要不要吃点儿夜宵？"

常统领笑着说："方丈已经找到飞天夜叉了，目下他老人家正带领众僧降魔，那东西好生厉害，听说半边寺庙都被它弄塌了。"

成王妃笑道："找到了就好，不知是一只还是一对？"

"听说只找到了一只，另一只仍无踪影。"

众人的脸色一下子变得极差。

"知道了，你先进宫复命吧。"成王妃神色如常。

常统领走后，成王妃和清虚子道长飞快地对了个眼色。

很快，成王妃似是想好了对策，抬头对玉虚观的含尘子道长道："晚辈有些精力不支，烦请上人帮忙替一会儿。"

此话一出，院中人皆是一惊，滕玉意的心跳得更快了，阵法已经到了最关键的一环，如果不是情非得已，成王妃绝不可能舍下自己的师父离开。

能惊动成王妃的，只能是比护阵更紧要的大事。莫不是……莫不是圣人余毒发作了？是了，只有这事，才会劳动关公公和常统领先后赶来送信，两人分别是圣人和成王最信赖的人，黄夜赶到此处，话语却很含混。

解毒时成王和圣人都处于毫无防备的状态，相当于将两人的性命一齐交托出去，护阵之人不但要懂法术，还要比谁都靠得住。

普天之下，这个人选除了成王妃和清虚子道长，也就只剩缘觉方丈了，孰料连缘觉方丈都抽不出身。

事态紧急，成王妃不得不走……

滕玉意一颗心七上八下的：莫非圣人体内余毒发作的时间比往常要提前许多？假如圣人短期内会发作，成王妃和清虚子道长绝不可能放心在此布阵。

偏巧最近又发生了一连串的大事，一下子将所有人都困住了……说到这个，严司直的遇害、临安侯府的阴煞地府、逃窜而出的飞天夜叉、清虚子道长等人为帮她破咒被困在此处、圣人的怪病提前发作……

忽然想起皓月散人几个月前的话，滕玉意额上冒出冷汗，有没有可能这一切是早有预谋的？

在大伙儿惊讶的目光中，成王妃从容起身："绝圣、弃智，含尘子道长前不久才因为在大隐寺帮着对抗耐重受了伤，眼下元气尚未全数复原，你们全程护持左右，必要时帮道长输送元气。"

这是防着含尘子生变，绝圣和弃智忙应了。

成王妃前脚离开阵眼，含尘子后脚顶上去，但含尘子许是年岁太大又受过伤，内力明显不如成王妃，这么一替换，囊袋中的清光登时暗淡了几分。

绝圣和弃智连忙以掌抵住含尘子的脊背，一晌过后，光芒才重新变得炽亮。

成王妃便要带人离去，但就在这时候，府外忽然传来一声怪叫，直奔花园而来，那声音猛一听像啄木鸟用喙啄着树桩，只是刺耳许多，也嘹亮许多。

听到这怪声，在场所有僧道面色齐齐一变。

"飞天夜叉！"

众人就见夜空中袭来一只似人似鸟的邪祟，那东西两眼血红，头颅似鼠，模样有点儿像蝙蝠，但体形硕大无朋，双翅足有丈余宽。它凌空袭来，瞬间将众人头顶遮挡得严严实实。

夜色中，一辆马车飞驰进城。

车上，蔺承佑正用内力帮滕绍续命，他们昼夜疾行，一路上换了好几回千里马，原本需要半个月的路程，只七日就赶到了。

滕绍体内的尸毒已经蔓延全身，换旁人早已咽气，但蔺承佑先前那番话起了作用，滕绍因为舍不下女儿，依旧在用意志力坚持着。

蔺承佑一进城就感觉到了周遭的阴气，面色微变，掀开窗帷往外看。

此时，昏迷了许久的滕绍似乎也感知到了什么，猛然睁开眼睛："玉儿……"

"滕将军。"

像是预料到女儿会出事，滕绍吃力地抬起头："玉儿。"

或许是与女儿心意相通，知道女儿有危险，又或许是知道唯有自己的死能为女儿换来一线生机，此话一出，滕绍竟再无求生之意，面色骤然黯淡下来。

飞天夜叉用猩红的双眼往底下一望，直奔滕玉意而去。

院中之人发出惊骇的骚动，即使有法力在身，面对如此巨物，也很难不觉得胆寒。

滕玉意惶然往后退，然而不等那东西飞到近前，便有三条火龙飞了出去，一下子挡住了那东西的去路。

成王妃催动噬魂铃，沉着地拦在滕玉意身前。

可惜成王妃显然不是这等魔物的对手，飞天夜叉不但毫发无损，还带着三条火龙勾动双爪，猝然朝她抓去。

清虚子道长睁开眼睛暴喝一声："快躲开！"

成王妃身手极为敏捷，就地一滚勉强躲开了那巨爪。

清虚子道长是主阵之人，注意力一分散，井口上方的清光再次变弱，很快便有伥鬼从井口钻出，怪笑着袭击阵中道士。

圆惠和圆清连忙掷出念珠，众道也纷纷打出符箓。但这地狱之门的阴力非同小可，稍有缝隙就有大量恶鬼钻出。

防住这边，那边又有恶鬼冒出来，五道情急之下驱剑对付，如此一来阵中灵力又有所衰减，转眼之间，又涌出更多恶鬼，并且这回还涌出了不少行走速度极快的尺郭。

滕玉意看得心急，这样下去阵中之人都得遭殃，她握剑上前帮忙，一口气帮着清了两三只恶鬼，但很快，她就听到背后传来"猎猎"风声，那气息腥秽无比，寒到人的心坎里。

那东西的速度快如闪电，她甚至来不及躲闪，飞快地往后刺出一剑，身躯猛地往前一扑。说时迟那时快，成王妃将三条火龙化为一条，空前炽热的火光总算灼痛了飞天夜叉的后背。

飞天夜叉发出一声尖啸，舍下滕玉意，改而抓向成王妃。

"阿玉，快跑！"成王妃身轻如燕，飞快地蹿至一旁的树梢上，在树上左躲右闪，拼死将飞天夜叉引开。

滕玉意眼眶发涩，在清虚子道长的主持下，阵法好歹重新稳住了，但飞天夜叉似瞄准了成王妃，一路对成王妃紧追不舍。

僧道们想方设法地对其施法，但飞天夜叉非但不曾受伤，阴力反而越发强盛，在它的召唤下，井口的阴气再次蹿起，哪怕清虚子道长拼尽全力与其对抗，也有些抵挡不住了。

圆惠惊呼一声，原来飞天夜叉破开他的袈裟奔向树梢，眼看再差数尺，巨爪便要抓到成王妃的天灵盖。

滕玉意拼死向前急奔，却又陡然止步，一个念头冷不丁地冒了出来。

她要不要……

她紧紧地盯着树梢上狼狈躲闪的身影，喉头忽然一哽，那是蔺承佑的阿娘，阿娘出事，蔺承佑会肝肠寸断的。

她移目看向阵中，眼前的清虚子道长、绝圣和弃智，无一不是蔺承佑所珍视的人，到了关闭地狱之门的重要时刻，他们必须在阵中坚守，但这样下去早晚会葬身邪魔之手。

要不是为了保护她，他们不会落到这步田地。

还有五道，平日那样奸猾，今晚为了帮她破咒怕是也难逃一劫了，说话那样讨人厌，做事却那样讲义气……

至于宫里的圣人，那是一位难得的好皇帝，不只疼爱蔺承佑，还极为怜恤百姓，假如因为解毒不及时重新变成痴儿，算是苍生之祸。还有此刻忙着为圣人解毒的成王，成王磊落坦荡，多年来与妻子无怨无悔地守护圣人，成王的为人和胸怀，想必无时无刻不在影响着蔺承佑……成王出事，她难以想象蔺承佑会有多难过。她只恨如今成王和圣人双双被困在宫中，身边无至亲帮忙护阵，少不了遭人暗算。那幕后之人好不容易困住众人，今晚势必会发动政变。

还有今晚帮忙护阵的僧道、长安城被邪祟侵扰的百姓……他们本与这祸事无关，却因为她无辜受牵连。

这是滕家的冤孽，怎能连累旁人？

眼看飞天夜叉的巨爪离成王妃越来越近，滕玉意断喝一声："喂，耐重是你的好朋友吧？它是我杀的！我是身负诅咒的应劫之人，你吃了我不但可以阴力大长，还可以替你的好朋友报仇。来，有本事就冲着我来！"

飞天夜叉闻言，果然在半空中一拐弯，发出阴恻恻的笑声，袭向滕玉意。

清虚子道长、绝圣和弃智一震："滕娘子！"

成王妃面色大变，急忙施展轻功追在飞天夜叉后头，但飞天夜叉岂是寻常人能追上的，转眼就将她远远地甩到背后。

滕玉意快步走到井前，回头，透过泪水仔仔细细地打量面前的每个人："道长、绝圣、弃智、五位前辈……"

她在心里认认真真地叫着每个人的名字，哽咽地笑道："虽然没能破咒，但我滕玉意能与你们结交一场，也算值了。"

她说着说着，泪水从眼中滑落。

五道面色难看起来："滕娘子！"

绝圣和弃智意识到滕玉意要做什么，哭着拼命摇头："不能，滕娘子你不能……师兄会难过死的……"

滕玉意眼眶一热，握紧手中那块玉佩："你们师兄知道我最惜命了，挣扎到现在，我尽力了，只怪命该如此。替我跟他说一声，下辈子，我还给他做鲜花糕。"

她说着说着，泪水越发奔涌不止，众人的眼圈一刹那都红了，滕玉意偏过头不让人看见她脸上狼藉的泪痕，只哀声笑了笑，悄声说："阿爷，阿娘，若有来生，我还做你们的女儿。"

话音未落，那巨大的身影已经掠到了滕玉意跟前，成王妃似乎绝望到了极点，悲怆地喊道："阿玉！"

滕玉意面色一沉，既已决意用她一人换所有人活下来，便不等那怪物的巨爪抓向自己，双手握着玉佩放在胸前，毫不犹豫地纵身跳入井中。

就在此时，外院上空有道月白色的身影纵身扑至，见状肝胆俱裂。此人身手俊如鹘，仓皇地越过众人头顶，一把抓向滕玉意的后背，却只撕下一块鹅黄色的衣角。

"滕玉意！！！"

那汹涌不灭的阴气，随着滕玉意身躯的没入，终于黯淡下来。

第十章

失　忆

黑暗如同浓墨，瞬间将滕玉意吞噬。

堕入井中的一刹那，滕玉意好似化作了一片轻飘飘的鸿毛，随风起伏飘荡。

灵魂离开了躯壳，等待她的是永无尽头的幽冥之境，但是这一回，她心甘情愿，无怨无嗔。

她也不知自己在幽冥中飘荡了多久，身后忽然传来缥缈的声响，那声响如同滚滚而来的海浪，越来越近，越来越响，灌注到头顶，大力将滕玉意往上拽去。

"砰"的一声，滕玉意重重地跌落到一处所在。

那是一个池塘，水底冰冷刺骨，让人浑身打寒战。

滕玉意浑浑噩噩地在水中沉浮。

寒气刺激着她腔子里那颗早已僵硬的心，冰水唤起她残存的意识。

这一幕何等熟悉。滕玉意依稀意识到，接下来无论她如何挣扎，都难逃死亡的宿命。但很快，有人游过来将她拉入怀中，对方臂弯里的暖意一下就驱散了她周身的寒意，水下光线昏暗，滕玉意隐约感觉到那人是个少年。少年搂着她，在她额上轻轻吻了吻，动作透着无限怜惜，让滕玉意的心骤然刺痛不已，随后那人拉着她往光亮的岸边游去，把她推上岸的一刹那，滕玉意听到他在她身后说："别忘了我。"

滕玉意挣扎着回头看，背后却早已是一片虚无，紧接着就听到耳边有人焦声喊道："阿玉！阿玉！"

滕玉意猛地睁开眼，对上阿姐和姨母焦灼的目光。

"是不是又做噩梦了？"杜庭兰俯身扶起滕玉意。

滕玉意气喘吁吁地点头。窗外天光透亮，空气却很寒凉，院中的小丫鬟们俨然在嬉戏，她隐约能听见欢笑声。

暖阁里人影绰绰，春绒和碧螺正忙着将银丝炭放入暖炉中，屋子里散发着玫瑰香味，四处都暖融融的。

"昨晚下雪了。"杜夫人起身取下紫檀衣架上的裘衣，为滕玉意披上，"扬州难得看到这样大的雪，听，那些婢子都乐坏了。"

滕玉意愣怔地望着窗外。不知不觉间，已是隆冬腊月了，再过不久，就是她的十六岁生辰。

或许是怜惜她大病初愈，两家人异常重视她的这个生辰，姨母和姨父专程从长安赶来，绍棠也向国子监告了长假。

家里许久没有这样热闹了，原本该很高兴，但滕玉意总觉得心里空落落的。

记得二月底她带着一众仆从去长安，路过渭水时不慎落水，被端福和程伯救起后，身体似乎就不大好了。

在长安的那半年，据说她老是撞到邪祟，五月淮西道的彭震发动叛变，八月长安也遭遇了一场大劫。

八月中的某个阴日，长安忽有大批邪魔作乱，碰巧她晚间出门访友，不幸被邪魔所害，原本已经魂飞魄散，是清虚子道长启动一个道家大阵把她救回来的。

那之后她整整昏迷了三个多月，醒来后就被送回了扬州。这一病到底伤了元气，病愈后她竟将长安那几个月的经历忘得一干二净。

除此之外，她晚间还总是做噩梦。

怪就怪在每回梦境都一样，梦中有个少年把她从冰冷的池塘中救起，但每当她想看清楚少年是谁时，就会突然从梦中惊醒。

醒来后，她胸口总是酸闷难言。

滕玉意无意识地揪住衣襟，忽然想起阿爷，一愣道："阿爷呢？"

杜庭兰软声对滕玉意说："你先穿上衣裳。姨父在书房同阿爷说话呢。"

滕玉意默默地接过外裳。在那场平定淮西道叛乱的战役中，阿爷不慎中了尸毒，命虽侥幸保住了，但左腿没了。她病重的时候，父亲身体也未愈，却仍支撑着病体，寸步不离地守护着她。

前些日子她去书房找阿爷，刚巧听到茶盏摔落的声音，阿爷尚未适应自己残缺的身体，本想下地为自己斟茶，却不慎摔倒在地。

阿爷那一刻的狼狈，深深地刺痛了滕玉意的心，自她有记忆起，阿爷便总是巍峨如天神，如今光是站立都如此艰难。

她当时奔进屋里搀扶阿爷，过后总去前院陪伴阿爷。阿爷倒是丝毫不见消沉，为了安慰女儿总说："不过丢了一条腿，便是双腿尽失，阿爷也照样能上战场。"

算起来，滕玉意已经醒来半个月了，病愈后精神头差了许多，动辄发怔，但行走还是自如，只要阿爷不见客人，她便会待在书房里陪伴阿爷，不是捉袖帮阿爷磨墨，就是帮阿爷读信。

天气越来越冷，但父女俩相处时，屋子里总是温暖如春，滕玉意偶尔一抬头，常能看到阿爷目光复杂地打量着她。

这种目光，近日她也在姨母和表姐的眼中看到。她忍不住问父亲："怎么了？"

"好孩子，你都不记得了？"

她应记得什么？滕玉意回内院问姨母和表姐，她们也满怀希望地问她："是不是想起什么了？"

滕玉意怔然。

她重病的这几个月，是父亲、姨母和表姐衣不解带地照顾她。

她在长安，姨母和表姐便昼夜待在滕府；她回扬州，她们就一同来了扬州。尤其是阿姐，她病中夜间离不开人，阿姐便整晚在榻边陪着她，几个月下来，人都瘦了一大圈。

想到此处，滕玉意心疼不已，上前搂住姨母和表姐，把头埋在她们的颈窝里，安静了一会儿，忽道："我记起来了。"

杜夫人和杜庭兰呼吸一滞。

"阿姐被册立为太子妃了。"滕玉意仰起头。

听说尚书省和礼部已经拟定了太子和阿姐的婚期，但是阿姐为了专心照顾她，一度缺席了皇后的筵席，太子非但不恼，还请求圣人和皇后对阿姐大加赐赏。太子说，阿姐冰壶玉壶，是世间难觅的佳偶。

"阿姐，太子是个好人。他这样维护你，可见是真心喜欢你的。"

杜庭兰握住滕玉意的手，酸楚地望着她，杜夫人小心翼翼地问："除了这个，你就不记得别的了？"

滕玉意脑中有些混乱，愣了一晌，茫然地望向窗外。

雪落无声，一夜过去，亭台楼阁仿若矗立在琉璃世界中，窗前红梅在雪中怒放，欹斜的枝杈悄然探进窗扉。

滕玉意走到窗前，抬手拨弄那俏皮的梅枝。

正当这时，院门口出现了一个身影，那少年冒着风雪，径直穿过庭院，滕玉意凝神一看，是表弟杜绍棠，这半年来他结实了不少，从前像株细弱的杨柳，如今看着也有松柏之姿了。

杜绍棠进屋时，大氅和斗笠上堆满了晶莹的雪花。

杜夫人让人把暖炉递过去，杜绍棠却笑道："儿子哪儿用得着这个？"

他举手投足间沉稳了不少，进屋后脱下大氅和斗笠，顺手将手中那包热气腾腾的物事递给下人。

"扬州城新开了一家饆饠店，儿子路过时凑了回热闹，没想到味道跟长安韩约能家[①]的差不多。我问店家，他果然是韩约能的远亲。店家说他为了学这门做饆饠的厨艺在长安整整待了三年，前一阵才回扬州。我记得阿姐和玉表姐都爱吃樱桃饆饠，就多买了几份。娘，您也尝尝。"

春绒和碧螺将饆饠盛到桌上的琉璃盏里，杜绍棠捧着一份递给窗边的滕玉意。

滕玉意一尝，果然浓香四溢。

杜绍棠殷切地问："味道还成吗？"

滕玉意点点头。近日表弟过来探望她时，态度老是异常敬重，那是少年人特有的赤忱，活像她做了什么了不起的事似的，滕玉意虽然不明白这"敬佩"从何而来，仍"嗯"了一声："好吃。"

其实她早就忘了韩约能家的樱桃饆饠是什么味道了，但隐约觉得自己吃过比这更好吃的饆饠。她想到此处，心头忽然有些恍惚。

杜绍棠高高兴兴地回到桌前，坐下与母亲和姐姐闲话。

滕玉意倚在屏风前的榻上，有一搭没一搭地听着。

他们说起了几个月前的那场宫廷政变。

这件事她刚醒时就听表弟和姨父提过。

过后她问阿爷，阿爷比绍棠说得更为详尽。

阿爷告诉她，那是一场轰轰烈烈的宫廷政变，险些一夕血洗宫闱。

淳安郡王的隐忍和谋略，出乎所有人的意料，为了不引起圣人和成王的警惕，

---

① 《酉阳杂俎》记载，将军曲良翰炮烹的驼峰炙、萧家馄饨、庾家粽子、韩约能家的樱桃饆饠，并称长安的"衣冠家名食"。

他从不像其他谋逆者那样大肆收买人马，而是在察觉彭震有反心之后，让手下人慢慢搜集朝中诸人与彭震暗中来往的证据。

彭震未必能成事，但只要彭震事败，这些证据足以让人满门获罪，淳安郡王便是利用这一点，依次拿捏彭家安插在长安的棋子。

以京兆府为例，彭震两年前就举荐过一个叫舒文亮的幕僚进京兆府做小吏，此人平素极不起眼，却在一个恰当的时机制造了一场邂逅，将自己貌美的侄女舒丽娘送给了郑仆射。

因这一切安排得不着痕迹，连一贯以朝堂"老狐狸"著称的郑仆射都未察觉端倪，但没等彭震利用舒丽娘拿捏郑仆射，淳安郡王就令人杀了舒丽娘取胎。他已经搜集完郑仆射与舒文亮来往的证据，足以在彭震失势后用来钳制郑仆射。

如此一来，彭震费尽周折安排的这枚棋子，轻轻松松地就落入了淳安郡王的囊中。

"阿娘，你不记得舒丽娘，总该记得那桩骇人听闻的剖腹取胎案。"

杜绍棠这些日子想必没少打听其中的细节，说起这事头头是道。

"前后死了三位孕妇，舒丽娘就是其中之一，是郑仆射的别宅妇，死时腹中胎儿已有好几个月了。还有一位受害孕妇，是荣安伯世子宋俭的妻子小姜氏。她姐姐大姜氏素有贤名，过世前与我们家来往过，阿娘可还记得她？"

杜夫人叹气："怎会不记得？也就是大理寺破了那桩案子后，阿娘才知道大姜氏并非难产，而是被自己的妹妹小姜氏所害。宋俭得知妻子被谋害的真相后，因一心要让小姜氏惨死后魂飞魄散，最终沦为了皓月散人的帮凶。"

杜绍棠扼腕："宋俭大哥二十岁出头就当上了北衙禁军中将，彭家对其早就有笼络之意，听说荣安伯府不同意世子娶大姜氏，彭震的夫人便自发上门保媒，因为姜家门第寒微，彭夫人还主动认了大姜氏做外甥女。为此宋俭一直对彭家心存感激。日后彭家举事，宋俭便是彭家在北衙禁军中的突破口，可惜没等这枚棋子发挥作用，皓月散人就利用宋俭为妻子报仇的执念，诱惑宋俭与其合作杀人。"

就这样，彭家在禁军中埋下的这枚棋子再次为淳安郡王所钳制，只不过后来大理寺的官员很快查到了宋俭头上，淳安郡王才不得不让人杀了宋俭灭口。

说到此处，杜绍棠喟叹："说起这谋事的耐心和手腕，天底下有几个人能胜过淳安郡王？造反需大量人力、物力，稍有不慎就会引起朝廷的警惕，郡王索性利用另一个财雄势厚的谋反者为自己铺路。彭家在前苦心经营，郡王在后窥伺，不费吹灰之力就将彭家在各衙门的棋子收归己用，前有宋俭，后有郑仆射，京兆府和尚书省那几个彭家耳目也都被郡王拿住了要害。听说当晚，郑仆射和尚书省的几位要员明知有诈，可为了撇清自己与彭家的关系，不得不赶往宫苑，不料还在半途就被郡王的人马给扣住了。淳安郡王又逼郑仆射写下帖子，急召几位宰执和南衙禁军将领赶往南衙。"

滕玉意默默地听着，绍棠这番话倒与阿爷的说法差不多。

阿爷告诉她，早在控制南衙前，郡王就已经设下一个连环局牵制住宫里的圣人和成王。

由于长安城涌入大量邪祟，圣人的怪病被天地间这股煞气惹得提前发作，成王赶入宫中为圣人疗毒时，只有不懂道术的皇后和太子护阵。清虚子道长和成王妃为了降魔被困在宫外，连缘觉方丈也分身乏术。

就在这时候，淳安郡王率兵闯入了禁宫。

郡王早前在禁军和宫苑安插的人马发挥了作用，一个是当夜值班的羽林军二等将领，另一个是京都诸宫苑总监①。

前者是彭家继宋俭之后在禁军收买的第二枚棋子，因为贪财目短，在彭家事败后为郡王所用，后者虽然只是个从五品下的小官，却因常年负责管理宫中花草树木，怀揣宫禁的钥匙，而且官舍就位于玄武门附近。

换言之，京都诸宫苑总监能为叛军出入宫禁提供最大的便利。

当晚郡王带领麾下兵马顺利地从御苑南门进入玄武门的禁军总部，并顺理成章地将官舍作为行动指挥部。

闯入禁中后，淳安郡王的人马立即分作三队：一队围困圣人秘密疗伤之所，以护驾之名软禁太子和皇后；另一队率领万骑卫士攻打玄德门；最后一队人马则由那位被收买的禁军将领和郡王的骑兵共同组成。

最后这队人马赶到离寝宫最近的飞骑卫士营，大喊"成王蔺效谋害圣躬""今夜我等当同心协力诛杀成王叛党"，以此来扰乱军心，再利用邪术让羽林军军士们在不知情的状况下，成为郡王叛乱的襄助者。

淳安郡王自己则坐镇玄武门，全盘控制宫中局势。

为了这场叛逆，淳安郡王和文清散人等人暗中豢养了八千名死士，个个武功卓

---

① 京都诸宫苑总监：官名，掌宫苑内馆宇、园池之事，凡禽鱼果木皆总而司之，官从五品下，西京、东都各一员，职位虽不高，但能随时进出禁苑。

绝，且都身负异术，遇到殊死抵抗时，一人可敌百夫。

只等捕杀完宫苑中的皇室众人，淳安郡王便会下令关闭各道宫门及京师所有城门，继而彻底肃清整个皇党势力。

而南衙中那些被软禁的朝臣，则会在郡王的威胁下写下遗诏，只需一日一夜，成王和清虚子道长等人就会被打为乱臣贼子之流。

这盘大棋原本天衣无缝，哪知就在这时候，宫外的那个降魔阵出了意外。

有个应劫者舍身跳入井中，引得当晚最大的魔物飞天夜叉跟着飞入。

在场诸人原本难逃一劫，却因那个应劫者奋不顾身的举动当场获救。

千钧一发之际，清虚子道长和成王妃顺利关闭了地狱之门，并集结宫外的军士赶入禁中救驾。

那一夜，对皇城内外的人来说注定刻骨铭心。

大明宫的灯火彻夜不熄，白兽门和玄德门下的拼杀声响彻云霄。

一夜过去，宫苑内外堆了数千具尸首，禁苑的各条小路上，洒满了造反者和禁军的鲜血，殷红的，触目惊心。

这是一场豪赌，也是一个怪诞的魔咒，几乎每隔数十年，宫苑的这片土地上就会被浇灌一次鲜血，成与败，往往只在一线之间，赌输了，成千上万的人都得为败者的野心陪葬。

这一回，轮到淳安郡王参与赌局。

他赌输了。

"郡王现在被关押在何处？"杜夫人有些唏嘘。

"早上听姨父说，暂且被关在兴庆宫。"杜绍棠说，"听说大理寺足足审理了四个月才将郡王殿下一党全数摸查清楚。圣人有感于开朝以来不少人借叛逆罗织冤狱，唯恐冤枉任何一位涉事者，所以这次全程与三司共同审理此案。"

"这次朝廷还抓到了当年无极门的大弟子之一文清散人，此人当年逃过了朝廷的追捕，过后一直藏在郡王府的密室中，多年来与皓月散人一明一暗，共同为郡王出谋划策。"

他又感叹道："以郡王这番周密的部署，如果不是那晚宫外的降魔阵提前破局，他极有可能就成事了。"

说到此处，杜绍棠似乎颇受触动，突然停下了话头，杜夫人和杜庭兰也齐齐转头。

淳安郡王算准了所有人的弱点，却没算到那点儿人性中的光辉。

那点儿光辉，就像夜幕中划过的灿亮流星，足以照亮穹隆一隅。

那个应劫者在困境中做出的抉择，最终让当晚的形势发生了逆转。

三人慨然看向窗旁，执料屏风前空无一人，滕玉意拿着一支玉笛径自出了房门。

滕玉意立在廊下怅惘四顾，每回听人说起降魔当晚的事，她心头总是空落落的。

阿爷说她当晚也路过了那个降魔阵，结果受了重创险些没活下来，说起此事时，阿爷的表情就如刚才的姨母和阿姐一样，像是盼着这些话能唤起她的感触似的。可惜她一点儿当晚的记忆都没了。

雪花纷纷扬扬，随风落到廊下，几片雪花停驻在她的鼻尖上，带来一阵湿湿的凉意。

滕玉意一低头，意外发现衣领上落了几片鲜嫩的花瓣。

她拈起花瓣出神，自顾自地退到里侧的杌子上坐下，随后把玉笛横到唇边，悠悠地吹了起来。

心随意动，她随口奏出一曲活泼欢快的乐府。

这是滕玉意病愈后新添的爱好，她自小因为阿娘只对抚琴情有独钟，笛子也会吹奏，却一向不算擅长。

奇怪的是，这些日子，她只要心里觉得怅惘，就会下意识地吹笛子，吹着吹着，原本空荡的心田仿佛就能填进丝丝暖意。

杜庭兰等人听到廊外的笛声，也都有些出神。

几人掀帘出来，就看见滕玉意衣绯茸装，端坐在庭前吹笛。

那团烈焰般的红色身影与皎洁的雪地交相辉映，织就一幅动人心魄的画面。

笛子的曲调出奇地欢快洒脱，似能吹散天地间的寒意，在这隆冬腊月听来，犹如长安四月的春光，让人情不自禁地微笑。

几人伫立了一会儿，杜庭兰趋步上前把暖炉塞入滕玉意的怀中，碰巧程伯赶来送礼："娘子，各府送礼来了。娘子香象书院的同窗也寄来了不少生辰礼，要不要现在就过目？"

笛声戛然而止，滕玉意茫然地起了身，差点儿忘了，后日就是腊月二十八了，她忙点点头："拿到后院来吧，正好我要给同窗们一一回信。"

她这是连同窗都记起了……杜夫人和杜庭兰涩然相望，随即拥着滕玉意进屋："进屋再细看吧，快过生辰了，千万别在这当口染了风寒。"

兴庆宫，一座冷清的宫殿外。

漫天风雪中，有人推开了殿门。

听到这个动静，屋角那个泰然静坐的身影终于有了反应，扭过头看向门外。

目光触到门口那道高挑的身影，淳安郡王淡然地说道："你总算肯来看我了。"

淳安郡王白冠牦缨，俨然已是阶下囚，但仍芳兰竟体，温然如美玉，可当淳安郡王看清来人的脸庞，脸色却瞬即起了变化——蔺承佑的脸上赫然束着一条朱红色的布条，这使得他的面色看上去比平日苍白些许。

"你的眼睛……"

蔺承佑侧过头冲身后道："你们先走吧，待会儿师兄自行回去。"

绝圣和弃智应了一声。

可两人并未离去，而是走到一边的丹墀盘腿坐了下来。冬夜里，此地有种清迥岑寂之感，两人伸手去接面前轻絮般的雪花，耳朵却留意着身后的动静。

殿内，淳安郡王望着蔺承佑走近。

蔺承佑听声辨位，很快走到桌边，结果因为失了准头，不小心踢倒了一张春凳。

这声响在这旷静的宫殿里格外刺耳，绝圣和弃智不敢吭声，廊外的宫人们却碎步跑近："世子，世子！"

蔺承佑不耐烦地道："滚。"

门外迅速重归寂静。

蔺承佑俯身摸索着将春凳捞起，自顾自地撩袍坐了下来，表面上与旁人无异，但动作明显比平时迟缓。

淳安郡王眼中漾起一点儿波澜。

"你体内的蛊毒发作了？"

蔺承佑将脸庞对准淳安郡王的方向。

"是不是强行用邪术给滕娘子招了魂？"

蔺承佑依旧没回应。

淳安郡王端详着蔺承佑，良久，缓缓开腔道："绝情蛊虽然号称'绝情'，但只要宿主不动情，万万不会伤到根本。一旦宿主对某个女子动了心，蛊虫便会一分为二。其中一条蛊虫会顺着心脉往上游走，一年半载就会让人眼盲，假如这当口宿主遇上极为伤心之事，又或是施法时耗费大量心力，蛊毒更会提前发作，宿主的眼睛不但从此无法视物，还格外怕风、怕光。看来你的蛊毒已经发作了，滕娘子在何处？她可还记得你？"

蔺承佑没吭声。

"她忘了你？"

淳安郡王那双幽沉的眼睛仿佛能看到人心的最深处，他了然地点点头："看来你与滕娘子有过亲热之举。"

蔺承佑面无波澜，耳后却几不可见地红了。

淳安郡王笑了笑："这蛊虫是百年前那个名叫不争散人的邪道所研制的，集符术与蛊术之大成，他自己为情所困，便要让天下人都尝尝他所受的苦头。只要中蛊之人与自己的意中人亲热过，其中一条蛊虫便会顺着口唇传到对方体内，日复一日地压制意中人的心智。"

殿中落针可闻。

"这当口切莫强行提醒滕娘子，这蛊虫是从你的体内渡过去的，只要当着她的面提到你这位原宿主，她体内的蛊虫也会有所感应，蛊毒一释，必然损坏根本，她要么如你一样盲眼，要么被蛊虫永久损伤心智。这一点，想必清虚子道长也料到了。"

蔺承佑微微侧着头，不知是在聆听，抑或是在思索。

淳安郡王轻轻拂了拂袍袖，叹息道："你现在能做的，唯有等，等到某一日滕娘子自发想起你，并主动来找你。但听说绝情蛊蛊毒霸道，此前甚少有人能破蛊，唯有极深的情意和刻骨的思念才能克化那蛊虫。在不争散人心中，这世上多的是求而不得，鲜少有两情相悦，除非滕娘子早已爱上你，并且对你的情意铭肌镂骨，否则……"

否则蔺承佑只能永无止境地等下去。

解蛊的条件不是情愫初生，也不是偶尔萦怀，而是"铭肌镂骨"，冲着这四个字，蔺承佑也不敢轻易冒险。

殿里再次变得寂静。宫灯的光芒笼罩着大殿，为两人的脸庞增添了一些阴影。

殿外朔风渐起，风裹挟着雪粒，簌簌敲打着窗格。

往年每到腊月，兴庆宫和大明宫都会热闹非凡，今晚却出奇地萧瑟。

两人倾听着外头的风雪声，一时都未说话，许久后，蔺承佑终于有了动作，从袖中取出一样物事，用手掌将其扣到桌面上。

"今夜我来，并非来讨教解蛊之法，更无意与你叙旧。我是奉父王之命来给你送一样东西，顺便向你求证几件事。"蔺承佑对着淳安郡王的方向开口了。

然后，他缓缓移开手掌。

蔺承佑的举止如此郑重，淳安郡王不禁随着移动眼眸。那是一小块笺纸，在灯下看着有些皱乱。

笺纸上空无一字，蔺承佑却说："这是严司直在遇害前用胶泥贴到靴底上的，上面有四个字：岷山严四。

"严四是严司直岷山的一位亲戚。去岁这位严四来长安找活计，在严司直家中住了一段时日，有一回因为喝醉了酒，在一处僻静的巷口冲撞了一位贵人的马车。那位贵人就是你。"

淳安郡王静静地听着。

"这件事严司直在我面前提过一回，他说你倾身下士，人后也表里如一，非但没责怪严四，还令人把他搀扶到路边。但是案发前不久，严四再次来长安，一次闲聊时，严司直偶然得知当时严四冲撞你之处就是蛾儿巷。那条巷子里住着一位扬州的儒商，名叫王玖恩，不久前，我和严司直就已经查到此人与卢兆安、皓月散人是一伙儿的。

"严四坚称是在蛾儿巷撞见你的，当时那条巷子里只住了三户人家，严司直由此开始疑心你。那之后，他着手调查卢兆安中途离开英国公府时你是否还在筵席上，尽管做得够小心了，还是招来了杀身之祸。他不敢笃定凶手就是你，又怕留下太明显的线索会被你的手下当场毁弃，只能用这种极隐晦的方式提醒我。"

蔺承佑摩挲着那张残缺的笺纸，寥寥四个字，既是物证、人证，也是一张清晰的"路线图"，事后他顺着"路线图"查下去，很快摸清了严司直出事前的所有行程。遇害前，严司直才从英国公府出来，此事英国公府的管事和下人均可做证。尽管这些线索日后不足以用来定罪，但至少如明灯一般为接下来的办案工作照亮了方向。

"为什么不肯放过严司直？"蔺承佑面无表情地问。

他们心里都很清楚，到了那当口，严司直查到了什么线索已经无关紧要了，一切都已准备就绪，举事之期就在七日后，淳安郡王步步为营，连圣人会因长安城蓄积大量煞气提前发病都算准了。

郡王身边的皓月散人和文清散人都是无极门的高徒，无极门最善利用邪术窥测天象中的细微征兆，这一点，天下任何一个道派都望尘莫及。

早在几个月前，皓月散人就看出长安城中藏着命中带天煞之人，预言长安城会有一场大祸事，而圣人体内的怪病正是因当年的大煞物"女宿"而起，煞气若是继续蓄积，可能会导致圣人体内的余毒提前发作。

淳安郡王索性据此制订了举事计划。这盘棋可谓险中求胜，但一旦成了，便可掀天揭地。

"你胜券在握，严司直却势单力孤，仅凭那点儿单薄的证据，他是无法举证你有谋反之心的，既如此，为何不肯放过他？"

"你不是早就知道答案了？"淳安郡王笑道，"不杀他，我焉能拖延时日？那晚我故意让严司直死在清虚子道长的眼皮子底下，就是为了让你们误以为我们急于灭口。"

他不但让人给严司直服了毒，还取走了他的魂魄，清虚子道长如不立即为严司直作法招魂，严司直都没有投胎的机会。那时候清虚子道长和成王妃已经察觉到城中有漏洞了，假如连夜找寻，很可能会提前找到阴冥地界的出口，那样他也就无法在阴日那晚圣人发病时，利用那口井牵制住清虚子道长和成王妃了。

假如说这世上人人都有弱点，那么清虚子道长和成王妃的弱点就是太讲"道义"。道义如同一道虚伪的枷锁，有时候会死死捆住一个人的手脚。如他所料，他们两人果然心软了。

为了给这位年轻官员招魂，清虚子道长光是做法事就花了一日一夜。就是这一日一夜，清虚子道长错失了封锁地狱之门的最佳时机。

"这是一场赌局，容不得半点儿闪失。为了挨到那一日，我再多杀几个李司直、刘司直又如何？"

蔺承佑"注视"着前方，正如从前办案时审视每一位涉案嫌犯的表情时那样。

可惜这一回他眼前只有黑暗，而他的身边，也再没有那样一位勤勉负责，书写的卷宗永远找不到错处的严大哥了。

蔺承佑的心像被密密的针扎中一般，猛地刺痛起来。

"他姓严，叫严万春！"蔺承佑断然打断淳安郡王的话，"岷山人氏，年二十有八，隆元十三年登进士科，有妻，尚无子。他严万春……不单单是大理寺的一个小小官员。他就如你我一样，有名有姓，有血有肉！"

说到最后，他已是声色俱厉。

淳安郡王怔住了。

蔺承佑的话在空旷的大殿里回响，句句震人心弦。

淳安郡王静默半晌，表情起了波澜，他缓缓抖了抖袍袖，起身环顾四周："看看这宫殿。殿堂再阔大，布置再精巧，也不过是座华丽的囚笼，这就是失败者的下场。早在我谋事那一日起，我就知道这是条不归路，我告诉自己，绝不能出半点儿纰漏。一条人命，换一个稳赢的局面，换作是你，你会怎么做？怪只怪你和这位同僚太亲厚……"

蔺承佑手指微蜷，假如严司直与他关系平平，淳安郡王也难以利用严司直来拖住师公和爷娘。严大哥与他关系越亲厚，就越得死。

蔺承佑闷声低笑起来，笑声起先几不可闻，渐渐有些止不住。

过了好一阵，蔺承佑方勉强止住了笑，然而话声充满讽刺，语调也极为不稳："亲厚？比得上我待皇叔吗？"

淳安郡王脚步一顿。

"是。"蔺承佑自嘲地点头，"换作是旁人，早前树妖在紫云楼作乱时我就会起疑心了。记得那晚我在逼问树妖被何人点化时，树妖突然被一道怪雷打回了原形，那并非怪雷，而是专门用来降妖的光明印，可因为树妖出现时伯父和一众大臣都及时撤离，当晚留在楼中的只有寥寥数人。我在后楼捉妖时，你在前楼坐镇。我早该想到，只有对我了若指掌之人，才能一次次地成功阻止我查到下一步线索。

"胡季真公子出事的那一日，你与卢兆安同在英国公府赴宴……耐重前脚出现在玉真女冠观，你麾下的人马后脚纵入观中……你的手下为了混淆视听，逃走时故意绕了好几条巷子。后来我查到了蛾儿巷，地点上勉强能解释得通，但看那人出现得那样快，我就知道他们的藏身处就在附近，而你的郡王府，与玉真女冠观仅有一墙之隔。当日事态紧急，你为了提醒皓月散人莫要露出马脚不得不出下策，那是你迄今为止露出的最大破绽！

"种种蛛丝马迹，都因为我对你的信任，通通被我撂下了。"

蔺承佑突然止了声，殿中安静如坟，一如他此时的心境。信任如高楼，并非一夕就能铸就的。

"记得小时候，我不常见到皇叔，七岁那年我从马上摔下，是皇叔跑过来接了我一把，当时你也才十岁，自己也折了胳膊。从那次起，我就知道我这位小皇叔是个好人。"蔺承佑讽刺道，"我竟不知皇叔是何时变得心狠手辣的！"

淳安郡王面不改色，仿佛这些话无法在他心中激起半点儿波澜。

"我若是足够心狠手辣，"他叹道，"早在几个月前你着手调查我时就会设法除去你了。过去这一年，你一再坏我的事，我辛苦设局对付彭家留在长安的眼线庄穆，却被你当场识破庄穆是被人陷害的。我费尽心思钳制宋俭和郑仆射，你却顺藤摸瓜查出'静尘师太'就是当年的皓月散人。我好不容易拿捏住了一心要做太子妃的武绮，你却利用她布下陷阱抓住了卢兆安和王媪。我精心布局，你步步进逼。若非屡生波折，我也不至于一再损兵折将；若非怕出意外，我又何须利用天地间的那股煞气大做文章？"

蔺承佑忽而笑了笑："说到武绮，我差点儿忘了，你算无遗策，连我们的亲事也不放过。你该清楚阿麒平日待你如何，可你为了日后控制东宫，明知武绮野心勃勃也要助她成为太子妃。那日你突然在御前提起娶妻的事，是为了逼我尽快求娶滕玉意？"

面对蔺承佑的逼问，淳安郡王负手仰头，那恬淡无愧的神情，仿佛在与蔺承佑闲聊家常。

"你且想想，"他回头淡然地看了蔺承佑一眼，"如能利用一个应劫者在举事那晚牵绊住成王府和青云观，成事岂不更添几分胜算？那时我们差不多已经确定滕娘子身上带劫，接下来我得确认滕娘子在你心目中的分量。结果一试就被我试出来了，你比我想的还要在意她。"

蔺承佑笑了笑，笑声不只满是愤懑之意，还充满了悲凉之意。

"可如果我没猜错，最初你谋算过自己和滕玉意的亲事。"

空气一静，淳安郡王滞住了。

"我过生辰那晚，滕玉意为了给我送紫玉鞍，特地去了西苑的致虚阁，碰巧你也在附近，四下里无人，你与她相遇，离开的时候你好心提醒她香囊掉了。这一幕落在旁人眼里，极容易让人误会，我只当是巧合，但如今细想，皇叔你一向聪敏过人，不想被人误会的时候绝不会落人口实，所以当晚你就是故意的。你想让我误会你与滕娘子有私，从此打消对她的念头。"

淳安郡王坦然地道："那一阵我是有过这个想法，不为别的，就为她父亲是滕绍，如能顺利娶到滕玉意，日后我趁乱举事时，滕绍的镇海军很难不为我所用。可惜滕娘子不好拿捏，又是应劫之人，知道她频繁招惹邪祟后，我便彻底打消了这个念头。地狱之井一开启，这种应劫者就是煞物眼中的最大靶子，与其费心费力地讨好她，何不利用这一点做文章？"

蔺承佑心中一痛，再次讽刺地笑起来："可惜你千算万算，没能算到最终是滕玉意让你功亏一篑。"

那个纵身跳入地狱之井的身影，是整盘棋局中最大的意外。两人同时一默，窗外雪虐风饕，风吹得窗棂"呼啦啦"作响，那浩浩的风犹如一只巨兽，似能吞下天地间的万物。那一晚魔物作乱时，长安城也是这样昏天黑地。惆怅片刻，淳安郡王长叹道："这世上，最难谋算的是人心……"

这声叹息中，有遗憾，有惆怅，唯独没有懊悔。

蔺承佑的表情有些奇怪，他觉得面前站着的仿佛不是一个活生生的人，而是一座融化不了的冰山。

心被伤到极点，反而横生出一种荒唐感，为了确认这不是一场梦，他伸出右手，摸索着往前探了探。

"你很恨我爷娘？"滞了片刻，蔺承佑收回手，偏过头，确认淳安郡王所在的位置，"那晚皓月散人事败，你冒着露出破绽的风险派出三十多名暗卫抢夺她的魂魄，对一个外人尚且如此，可见你不是全无心肝之人，但你偏偏对兄嫂和圣人格外冷酷无情。我记得过去这几年你一直与他们相处甚睦，究竟从何时起你对他们有了这么深的恨意？"

淳安郡王依旧在殿中闲散地漫步，并无接话之意。

"为了崔氏？"

此话一出，淳安郡王宛如被人戳到了痛处，转过头，露出嘲讽的神色。

"我记得崔氏一直被幽禁在南城的旧宅，幼时我因为好奇偷偷地去看过她，结果还没进门就被祖父的手下逮着了，回去后祖父呵斥了我一顿……"

淳安郡王目光一冷，骤然打断蔺承佑的话："你不知道的事太多了！"

短短一瞬间，他冷峻得像变成了另一个人。

"你是皎皎之子，我是尘垢秕糠，过去这些年发生的事，你知道几件？"淳安郡王讥诮道，"说起你七岁坠马，你倒是记得我和你同时受伤，但你恐怕不知道，我养伤那段时日，过来探望我的只有你爷娘。你的祖父，也就是我的父王，从头到尾没来看过我一眼。"

蔺承佑的话就像一把利刃，一下子剖开了淳安郡王身上包裹多年的层层伪装。他依旧伫立在原地，但整个人就如酝酿着惊涛骇浪的大海，再也无法维持平静的表象。

他冷笑道："你只知幼时甚少见到我，可知道我两岁那年就被父王扔到了别院中？在你们尽享天伦之乐的时候，陪伴我的只有乳娘和下人。

"我就像父王心中一个耻辱的标志，被他远远扔开了。他从不来看我，也不许我去澜王府给他请安。除了逢年过节，他不许我到外面走动。你和太子在崇文馆启蒙念书时，我连国子监的大门在何处都不知道，父王为了少与我碰面，只延请诸位名师到别院为我授课。那时我年幼，不懂父王为何突然如此厌憎我，长大了我才明白，这一切是因为我母亲犯了错。父王为了顾全皇室的颜面不肯休她，只将她常年幽禁在另一处。我想去探望母亲，却连大门都进不去。我去求我的长兄帮忙，长兄却袖手旁观。"

说到此处，他阴冷地回望蔺承佑："这就是所谓的亲情？比水还淡，比冰还冷。从那时起我就知道，你父亲满口假仁假义，实则冷酷无情！"

说来真讽刺，第一回带他去探望母亲的，是两个大恶人皓月散人和文清散人。他们为了躲避朝廷的追捕闯入了他所在的那座别院，一躲就是数月。数月后的某一晚，小敏郎循声发现了他们的踪迹。

皓月和文清当时很惊讶，说这孩子是他们见过的耳力最佳之人，他们哪儿知道，那是因为他寂寞时只能一个人调琴弄乐，久而久之，耳力自然比常人敏锐得多。世人都说他识音断律的本领天下第一，殊不知那是多少个独处的夜晚练就的。

"我在别院中长到六岁，平生头一遭交到了朋友。"淳安郡王自嘲地说，"文清和皓月为了活下去，变着法子讨好我。他们教我武功，教我道术，还教我如何在人前掩藏自己的武功和内力，得知我想见我母亲，就冒着被人发现的风险半夜带我翻墙出去。世人都说他们是无恶不作的大恶人，可在我心里，他们比你父亲这样的'善人'要忠义百倍。"

"那是因为他们要利用你报复圣人。"蔺承佑冷冷地道，"无极门害人无数，他们是首恶之徒，没有你的庇护，早就被抓入大牢了。"

"那又如何？"淳安郡王厉声道，"在我最孤独的时候，那些好人在何处？皓月也就罢了，文清在我的密室中一住就是十五年。他们从不打听我为何一个人住在别院，也从不在背后议论我是不是'奸生子'。只有在他们面前，我才能自由自在地做我自己。我日夜思念母亲，但我身边没有一个人肯帮我见到她，若不是文清和皓月，也许直到母亲过世我都见不到她。"

淳安郡王提到母亲，表情变得苦涩又狰狞。

见到母亲前，他对母亲的感情是极端复杂的。诚然，他深深地想念她，在孩子心里，世上没人能替代母亲这个角色，尽管母子很早就被迫分离，但他依稀记得母亲是如何亲昵地叫他"敏郎"。但他也恨她。

他还太小，不明白这一切是谁造成的，想来想去，只能怪母亲，倘或当初母亲不犯错，他们母子也就不会分离了。然而，这种种难以言喻的复杂情绪在见到母亲的那一刻，全被狂喜和思念所淹没了。

母亲欣喜若狂，把他抱入怀中泣不成声，他在母亲的臂弯里啜泣着睡了小半晚，近天亮时才被皓月和文清带走。

等到他再大些，母亲告诉他：她没有背叛他的父王，她是被蔺效陷害的，她与那位名叫曾南钦的娘家旧友只私下见过几面，从头到尾没有私情。父王之所以冷待他，是因为怀疑他是曾南钦的私生子，只要能证明当初她与曾南钦并无首尾，父王就会待他如从前一样好了。

比起这个，蔺敏更希望母亲能回到澜王府，但因为母亲的这句话，他开始找寻真相。

"这一查就是近十年。别说那件事过去了好几年，便是新近发生，又如何能证明一个女人和一个男人并无私情？但我坚信母亲不会骗我。十六岁那一年，我羽翼渐丰，皓月散人顶替静尘道长接掌玉真女冠观后，手中有了大笔银钱，而我则利用澜王府每年拨到别院的例银，在皓月和文清的配合下，暗中豢养自己的人马。也就是这一年，我找到了当初玉尸作乱时的一位幸存者，此人名叫春翘，被关押在大理寺的死牢中。她不记得当时山上都有哪些人，但认出了画像中的曾南钦，她说她亲耳听到此人对玉尸说自己是童男子。在玉尸面前，无人敢撒谎。春翘还说，当时蔺效和瞿沁瑶也在山上，这件事他们也可以做证。"

淳安郡王的脸色阴沉得仿佛要下雨："直到那一刻，我才知道原来我的兄嫂一直都知道真相，但过去这些年他们不但任由我父王怀疑我的血统，还任由满长安的人在背后说我是'奸生子'。我知道，长兄因为我母亲，历来不大喜欢我，但即便父王不许他们来看我，他们也隔三岔五地给我送衣食，冲着这份关照，我对他们只有感激，没有半分憎恨，直到得知真相，我才知道他们比这世上所有的魔物都要虚伪恶心！"

那日他带着查到的一切证据，兴冲冲地到澜王府去见父王，父王年岁已高，卧病在床，看到小儿子呈上的种种证据，只淡淡地挥了挥手。

"下去吧。"

蔺敏如同被兜头淋下一盆冷水，一下子僵在了床侧，父王明明看完了这些证据，为何对他还是如此冷淡？

紧接着，他听到父王令人叫长兄和长嫂进屋，那一瞬他心里全然明白了，当初就是因为长兄证明母亲与曾南钦"有染"，母亲才落到了今天这步田地，许是长兄新近又给父王看了更多的证据，所以父王并不肯相信他和母亲，毕竟比起历来厌憎

· 363 ·

的小儿子，父王自然更愿意相信大儿子的说辞。

他的努力成了笑话。

"那之后没多久，父王就病逝了。母亲被幽禁多年，身体早就垮了，之所以苦苦支撑，不过是因为盼望着有朝一日看到我的处境有所改善，听说我父王到死都不肯原谅她，一恸之下也离世了。"蔺敏的语气冷硬如铁，"你问我为何对你爷娘冷酷无情，为何不问问他们为何对我没有半点儿恻隐之心？我母亲背了一世污名，连带我也深陷泥淖，而这一切全拜你父亲所赐！"

他自小耳力过人，无论走到何处，总能听到那些贵妇在背后悄悄议论他："人倒是好的，只可惜有个那样的娘。"

"到底是不是老王爷的亲骨肉，还真不好说。"

这些话语就如淬了毒的箭，一次次扎入他的胸膛。

"很早以前我就知道，我和你们的处境迥然不同。你爷娘面上待我亲厚，其实假情假意；清虚子道长对你们几个非打即骂，待我却极为客套；圣人和刘皇后口口声声对我们一视同仁，但真到了说亲之时，为你们挑的不是王郑邓武的后裔，便是外地强藩的千金，轮到为我挑时却总是些低阶官员和外地贵胄的女儿。这些虚伪和矫情，我早就恶心透了。"蔺敏猛地笑起来，只是笑声比外头的风雪还要寒凉，"没人会站出来说明当年的一切，没人会大声告诉天下人我母亲没背叛过我父王，我心里比谁都清楚，要让这些人闭嘴，除非长安城我一人说了算！我差一点儿就成功了！"

他冷眼看向蔺承佑，清俊的脸庞上满是遗憾之色。

"事到如今，最让我惋惜的不是事败，而是谋事那晚明明死了那么多人，偏偏让你爷娘侥幸逃脱了！"

那阴狠的神态，让他看上去与平日判若两人。

偌大一座宫殿，一时间只能听到淳安郡王粗重凌乱的呼吸声。

在这令人窒息的安静中，蔺承佑沉默了一会儿，缓缓从怀中取出一个小囊袋，将其放到桌上："来之前父王嘱托我把这些东西带给你。顶上这封是当年祖父上书求圣人封你为'淳安郡王'的奏疏，剩下那些是你母亲在闺中时做过的绣活儿和写过的一些信。"

蔺敏在听到前一句话时毫无反应，听到最后一句话时却怔了怔，快步走到桌前，拿起信展开看了起来。

他一看到信上的字句，脸上闪过一抹夹杂着耻辱和惊愕的神色。

"当年你母亲在信上对密友吐露自己的心事，说心里早就有个恋慕的郎君，可惜那位郎君门第太高贵，又从未正眼看过她，她为此痛苦不堪，为了排遣相思，就擅自给那位郎君做了好些绣活儿。这些信她一封都未寄出，绣活儿也全藏在自己的闺房里。那时你母亲本与表兄曾南钦定了亲，却突然无故悔婚，不久后以崔家女的身份嫁入了澜王府做继室。你母亲嫁人之后，曾南钦越想越恼恨，便潜入你母亲的闺房，准备拿回他当初送她的那些定情物，结果无意中搜到了这些信和绣活儿。那一刻他才明白，你母亲甘愿给人做继室并非单单为了澜王府的富贵，还有别的原因。"

蔺敏死死地盯着那些绣活儿，那清亮的双眸刹那间似能渗出血来——那些绣活儿上，无一例外地绣着"效"字。

"我阿爷是很厌恶你母亲，但他因为怜惜你，早就将那日在山上斗玉尸的情形告诉了祖父。祖父冷待你和你母亲，并非因为怀疑你不是他的儿子，而是有别的缘故。曾南钦为了撇清自己和崔氏之间的关系，在狱中托人将这些东西转交给祖父，那一刻祖父才明白崔氏嫁入澜王府的初衷。或许是深觉耻辱，祖父去世前不只待崔氏和你冷淡，待我阿爷也很疏离，这一点，凭你的敏慧，当初多少该有所察觉。

"阿爷成亲后带着我阿娘住到了成王府，祖父则常年独自待在澜王府。祖父为了少见我阿爷，甚至不让爷娘去澜王府请安，我因此不大敢去找祖父，自小就与师公更亲近。祖父晚年过得跟你们母子一样不开心。祖父被心魔折磨了许久，直到临终前才释然，深悔过去因为崔氏冷待你，便写下了那封为你请旨封王的奏疏，说愿意将自己的食邑和封地全留给小儿子，还求圣人将澜王府的宅邸换一座新府邸为你做封王之用，所以你十六岁就被封为淳安郡王，食邑封地也远远超过本朝历代王爵。伯父和阿爷为了堵住悠悠众口，在颁布旨意的那一日，一再在满朝臣工面前强调这是祖父的遗愿。"

可惜崔氏被软禁了这么多年，那些不堪入耳的流言早已飞遍了长安城的每个角落，仅凭一个封号，什么也改变不了。蔺敏也好，淳安郡王也罢，一生都无法躲开这些流言蜚语。

而一旦仇恨的种子在心里生根发芽，皇室这些事后补救的举动，在蔺敏眼中自然都成了惺惺作态。

蔺承佑说完这些话，周遭变得异常安静，大殿里隐约有什么东西轰然倒塌了，蔺承佑无法视物，只能静静地聆听和感受。

那是一种近乎狂乱的情绪，几尺之外的人也能被震撼和感染。

默然了一会儿，蔺承佑迟滞地起身，把那堆旧物留在桌上，往外走去。

他忽听身后传来"刺啦"一声，像是纸片被撕碎了。

紧接着又是一声，那样决绝，那样急不可待，像是急于否定什么。一声又一声，不绝于耳，很显然，桌上的信和布帛正被人恶狠狠地逐一撕碎。

蔺承佑只顿了顿，便继续往前走去。

那撕扯的声音戛然而止，蔺承佑背后冷不丁地响起蔺敏的闷笑声，笑声古怪扭曲，癫狂不受遏制。

幽静的广殿里，那满含屈辱的笑声不断回响，越来越大，越来越刺耳。

蔺承佑不禁停下了脚步。

蔺敏断断续续地笑着，悲哀愤恨地从齿缝里挤出一句话："你连我都骗……阿娘……我这一生……我这一生……不值！"

蔺承佑心中一涩，蔺敏的爱与恨，这一刻通通成了空。他推开殿门，雪花迎面扑来，那"呼呼"的风雪声一瞬间盖过了大殿中那痛苦癫狂的大笑声。

茫茫天地间，唯有雪花洁净如初，蔺承佑并未停留，径直顺着丹墀往下走，寒冷刺骨的风拂到脸上，似能涤荡人的肺腑。他双眼已盲，风雪声影响了他的判断，每走几步，他就会踉跄一下，身后一直有脚步声相随，但没人敢上来扶他。

又一次被绊倒时，蔺承佑顺势坐下来。

"我累了，歇一歇。"他侧过头对身后的人说，"太冷了，你们别跟着我到处跑了，先到仙居阁烤烤火，我认得路，稍后自会去寻你们。"

绝圣和弃智没敢说话，任谁都看得出师兄现在的心情糟糕透了。太监上前将捧在怀里的氅衣披到蔺承佑身上，离开前出于习惯要留下一盏灯。蔺承佑似乎猜到他们要做什么，补充道："留灯做什么？我又用不着。"

几人面色一黯，提着灯笼静悄悄地走开了。

蔺承佑在黑暗中静坐了许久，紧锁的眉头稍稍舒展，抬头朝南边眺望一晌，眼前半点儿光亮都无。

他自嘲地笑了笑，从腰间取下一支玉笛，放到唇边便要吹奏，就在这当口，黑暗中有什么东西悄然靠近。

蔺承佑放下玉笛分辨一阵，感觉对方是一缕无害的幽魂，便摆摆手示意对方走开。

那缕幽魂却执意守在他身边，蔺承佑忽然意识到了什么："严大哥？"

那幽魂仿佛是在回应他这话，他面前卷起一点儿微弱的风声。

蔺承佑喉头一哽，用手往前探了探："你来跟我道别？"

面前只有一片虚无，他仔细听，风声有些不同，幽魂似在含含混混地说着什么，蔺承佑念咒打开周身灵力，凝神听了一会儿，才听出幽魂在对他道谢。

"何须言谢？"蔺承佑涩然笑了笑，"记得我第一次去大理寺点卯时，严大哥就告诉过我，查案追凶本就是你我的天职。谋害你的人落网了，那些旧案也全查清了。严大哥，你放心走吧。"

幽魂却仍在徘徊。

蔺承佑满心酸楚地颔首："我忘了，嫂子怀有身孕，严大哥是舍不得嫂子。有我在一日，成王府便会关照嫂子和侄儿一日……年关在即，再不走就不好投胎了，该走了，让我送你最后一程。"

风声里夹杂着叹息声，幽魂似在追问蔺承佑什么事。

蔺承佑想了想："我的眼睛？"

幽魂飘荡到蔺承佑的颈后，似要确认那赤金色的蛊印还在不在。

"不在了。"蔺承佑笑道，"蛊虫跑到眼睛里，我盲了。"

幽魂卷起一阵风，风声微微，那是一个含含混混的"滕"字。

蔺承佑一滞。

幽魂急切地徘徊，似在询问有什么法子能帮蔺承佑复明。

蔺承佑沉默着，原来他的不快活，连幽魂都能感受到。

他枯坐了一晌，不远处传来脚步声，绝圣和弃智放心不下师兄，到底回头找来了。

幽魂被脚步声所惊扰，一忽闪到了暗处。

绝圣和弃智隔着老远就看见师兄在黑暗中独坐。

两人鼻根一酸，从小到大，他们从没见师兄这般消沉过。

师兄这样不快活，除了因为淳安郡王的事难过，一定也在担心滕娘子。再过两日就是滕娘子的十六岁生辰了，纵然滕娘子为了大义又死过一回，但谁也不敢保证她身上的咒就一定消除了。

偏偏师兄还不能去扬州找她，滕娘子还没想起师兄，师兄这当口去找她，会害她失明失智的。

那日师公亲自审问了文清散人后才知道，只有刻骨的思念才能克化蛊毒，除非滕娘子对师兄的情意已经铭肌镂骨，否则蛊毒是不会解开的。

师兄已经等了好些日子，也许会永远等下去。但师公说，这是师兄命中本就有的情劫。滕娘子补天浴日，葬送了性命，师兄为了帮她招魂遭了天谴，一切都有因果。

师兄想独处，他们本不该过来相扰，但天气这样冷，再这样闷坐下去师兄会变成雪人的。两人小心翼翼地上前："师兄，你在跟谁说话？"

这一回蔺承佑倒没急着撵走师弟，只怅然地"望"着幽魂飘然离去的方向："碰见了一位故人，我有些舍不得他。走吧，借你们的眼睛送严大哥最后一程。"

滕玉意望着一封奏疏发怔。

那是阿爷写的奏疏，奏疏上，阿爷恳请圣人同意滕家在南阳城外立下一块碑，在碑上写下当年祖父守城时的大功与大过，让后人知道曾有四千多名无辜百姓惨死在守城将士手中。阿爷又恳请圣人收回对祖父的追封，以此祭奠那四千多个亡魂。

这是数月来父亲上的第四封奏疏了，圣人仍在与众臣商榷。

放下奏疏，滕玉意起身继续找东西。

今日是她的生辰，为了这一日，阿爷已经好几晚没睡了，一到夜间，就会拖着残腿整晚守在庭中。

姨母一家人也整日惴惴不安。她过十六岁生辰，在家里人眼中像是要过一个大坎儿似的。

受到紧张情绪的感染，滕玉意昨晚也几乎整夜未睡，到了今朝曙光显露的那一刻，阿爷眼眶红了，滕玉意长这么大，第一次看到阿爷在人前落泪。

阿姐一家人也像劫后余生。

昨晚阖府都阒然无声，天一亮，所有人又都活过来了，程伯庆幸地忙前忙后，连一贯面无表情的端福也活跃得不像话。

各府送来的生辰礼流水般地被送到滕玉意面前，然而府里越热闹，滕玉意就觉得心里越空。

她老觉得自己丢了什么，一闲下来就会四处找寻，但姨母和阿姐问她究竟找什么，她又说不上来。

"所有礼物都入库了？"杜夫人问程伯。病愈后滕玉意有些迟钝，这几个月一直是她帮着打理滕府内务，这两日滕玉意又一直埋头找什么东西，几乎连礼单都顾不上看。

程伯说："只要是有名有姓的全录上了。瞧，连圣人和皇后都各有赏赐呢。"

杜夫人笑眯眯地道："把这两份赏赐放到玉儿房里的供案上供一日，圣人和皇后都是福泽深厚之人，让玉儿沾一沾他们的光也好。"

杜庭兰却问："那些没有附名姓的礼物呢？"

程伯默了默，转身捧过一个极为精巧的螺钿漆盒。

杜夫人和杜庭兰心领神会，大家都悄然看向滕玉意。

打开漆盒，几人眼前一亮。

那是一串穿满了靺鞨宝和碧玉的璎珞，靺鞨宝被雕镂成一朵朵玫瑰花，碧玉则被刻成了栩栩如生的嫩叶，细细一看，连花枝上的小刺都清晰可见，挨挨挤挤有如一串天然花簇，只一眼就有动人心魄之感。

屋里众人惊异得说不出话，这等精巧的宝物，满天下都未必能找到第二件。奇怪的是这样贵重的礼物，却连名帖都没附，漆盒内外连半点儿能推测出送礼之人身份的线索都没留下。

杜夫人和杜庭兰心头一酸，都猜到这是谁送给阿玉的生辰礼。他如此小心，唯恐惊动阿玉体内的蛊虫。

"阿玉，过来看看这礼物喜不喜欢？"

滕玉意正急着找东西，闻言过来瞅了一眼。

"喜欢吗？"

滕玉意愕了愕，点点头坐下："谁送的？"

她对这串璎珞爱不释手。

杜庭兰心里隐隐有些失望：难道阿玉真不记得蔺承佑了？不，忘是一定没忘的，但前不久清虚子道长在信里告诉过他们，只有足够深的羁绊才能……

她试探着问："你觉得应该是谁送的？"

滕玉意愣怔地看着那异常可爱的小玫瑰，心里益发空茫怅惘，急切地检视漆盒，孰料里外都找不到名帖。

"程伯，好好查查这礼物是哪家送来的。"滕玉意有些着急。

程伯只得应了。

滕玉意一颗心"怦怦"地跳着，焦灼地起身回屋继续找，越找眉头越紧。

"你到底在找什么？"杜庭兰和杜夫人上前询问。

"好像丢了一件东西。"滕玉意毫无头绪，"我得尽快找回来，不然心里总不踏实。"

杜夫人无奈地道："你倒是说说大概是什么物件，不然我们怎么帮你找？"

滕玉意张了张嘴，思索半天，却连自己要找的东西究竟是物是人都说不清。

她心急火燎，自顾自地蹲下来翻找箱箧："姨母，我也说不上来，还是我自己找吧。"

这时下人说扬州各贵要人家的女眷都到花厅了，请夫人和娘子赶快出去招待。

"阿玉。"杜庭兰在滕玉意身后轻声催促。

滕玉意置若罔闻。

杜夫人和杜庭兰只得先行出去招待女眷。

结果整整半个时辰都不见滕玉意到花厅，她可是今日的小寿星，再不出现就失礼了，杜庭兰忙向众人告了罪，自行到内院寻滕玉意。

她到了院中，四下里却出奇地寂静，廊下的小丫鬟们静悄悄地不说话，她踏进房中，发现连春绒和碧螺都不大对劲儿，几个大丫鬟都倚在门口，屏声敛息地望着屋内。

杜庭兰焦急地分开几人，只见屋子里箱箧摆了一地，四处都堆着被翻出来的物件，滕玉意戳在一堆杂物中间，似在低头看什么。

"阿玉？"杜庭兰上前扳滕玉意的肩膀，一下子没扳动，只得转到妹妹身前，意外地看到妹妹满脸是泪。

"阿玉！"她循着滕玉意的视线低头看，才发现妹妹手中竟紧紧地攥着一串小铃铛。铃铛金灿灿圆滚滚，却哑默无声。

滕玉意的泪水大颗大颗地滚落，瞬间就打湿了玄音铃。

一个月后，长安。

这日傍晚，通化坊某条偏僻的小巷里，冷不丁响起了"沙沙"的脚步声。

绝圣、弃智一边走一边张望左右，除夕和上元节相继而至，天气却不见好转。旧雪未消，又添新雪，无论他们行走在长安城的哪个角落，总能看到一片豁目爽心的白。

昨晚又下雪了，今早起来，天地间仿佛被冻住了似的。不过两人一点儿也不觉得冷，过年前师公给他们添了好几套新衣，有毡帽和毡靴，还有厚实的夹纩长袍，有了这身装束，天再冷也不怕。只是这样一来他们显得更胖了，走在街上时，老被人打趣"青云观的伙食是不是特别好？瞧，那两个小道士圆滚滚的，像两个小肉球"。

天越来越晚了，他们是来寻师兄的。

今日并非节庆日，但晚上宫里要举办家宴，成王妃的哥哥瞿子誉从益州卸任回来了，同他一起回长安的还有成王妃的嫂嫂和爷娘。信上原本说后日才到，孰料瞿家的车马今日晌午就进了春明门。

王爷和王妃喜出望外，忙不迭地赶去春明门迎接，师公也高兴坏了，放下观里的活计赶到宫里相聚。亲人久别重逢，自是有说不完的话，圣人和皇后说难得一家人这样齐全，不如今晚就在宫里举办家宴。

话说回来，自打师兄眼盲之后，宫里许久没这样热闹了。可惜那时候师兄已经去大理寺了，刚巧错过了这热闹的一幕。

他们问了宽奴才知道，通化坊出了一桩很邪门的案子，大理寺的官员唯恐凶手逃脱，特地带着案宗到成王府找师兄。

师兄听完案情，二话不说就走了，宽奴本想跟随，无奈师兄不许。大理寺官员在外办案时历来没有带仆从的先例，师兄眼睛看不见，但五感和内力并未受损，何况有衙役相随，倒不必担心在外头迷路。

不过似是为了让爷娘放心，师兄出门前还是牵走了小豹子俊奴。

眼看天快黑了，师兄还未回来。

宽奴、绝圣和弃智分头去找寻，宽奴去大理寺，绝圣和弃智去往发生凶案的喜鹊巷。

喜鹊巷极为穷陋，住户也不算多，但一眼望去，仍能感受到新年的喜庆气息，家家门前都挂着祈福的鲤鱼幡子①，户户门外都新换了鲜艳的桃符②。

可惜就在前些日子，这里有个七十岁的老翁遇害了。

此翁姓刘，多年前就已丧偶，膝下有个女儿，十几年前就已嫁人，不幸的是女儿出嫁后没多久也病亡了，剩下老人独自生活。时日一长，刘翁手头益发拮据，为了维持生计，只得拖着病躯出门卖炭。

刘翁死时身首异处，家中略值钱的东西都不见了，碰巧前一阵通化坊出了好几桩盗窃案，而贼首刚刚落网，法曹和里正便将刘翁的案子一并归纳为盗窃案，只需

---

① 鲤鱼幡子：史料记载，唐朝人正月初一会在门口悬挂起上面有鲤鱼图案的幡子，寓意是祈福、祈长命，门口会换桃符、贴门神和春联。

② 桃符：用桃树枝干削成的一对木片，涂成红色挂在大门两边，据说有辟邪的作用。

将案呈补完，案子便算告破了。

偏偏在这时候，长安县衙闹起了鬼。

一到晚上，就有一个无头野鬼提着自己的头颅在县衙门口徘徊，衙门里的吏员认出这是刘翁，一个个吓得魂飞魄散。刘翁夜夜徘徊，分明有冤屈难伸。

县衙连夜将此事上报到大理寺，大理寺的官员闻讯赶到现场勘查，只恨刘翁家中的线索早已被毁坏得差不多了，加之此案牵涉到冤魂作祟，只好去求助蔺承佑。

绝圣和弃智顺着邻居的指引往里走，巷子七拐八弯，越往里头越窄陋，一眨眼，天色已经黑了，巷子两边都有宅邸，也不知哪一户是刘翁生前的陋宅。

两人正商量着要不要点火，前头的宅子里传来了一些轻微的动静，绝圣和弃智心中一喜，忙迎上前去："师兄！"

他们点了灯笼一看，却见一高一矮两个身影坐在一座破宅的门槛上。

那两个身影坐在黑暗里，似在发怔，又似在等候什么，正是蔺承佑和俊奴。

弃智心思比绝圣细腻，一眼就看出师兄神色不大对劲儿，师兄脸庞微低"望"着脚边，看上去已经在此地呆坐了许久。弃智提灯往师兄身后瞄了瞄："师兄，案子查完了吗？"

话未说完，宅子里有两团光靠近，两名衙役提着灯笼从宅子里出来了。

"蔺评事，"一个衙役抹着汗说，"又搜了一遍，实在没搜到什么可疑的线索。"

另一个衙役为难地道："卑职并非要偷懒，只是这样徒劳地搜下去，搜到天亮都未必有什么收获。此等大案马虎不得，要不卑职马上请寺卿另派一位长官过来帮忙？卑职心太粗，搜查证物时素来离不开长官的指点，蔺评事您的眼睛……"

言下之意，这一下午蔺承佑就没帮上什么忙。

绝圣和弃智偷偷地看向蔺承佑。

蔺承佑倒是很平静："你们先回大理寺，我在此处等你们回来，至于要不要将此案交还给陈司直，明日再由张寺卿定夺吧。"

两位衙役松了口气："也好，那卑职马上回禀寺卿。"

顺势看了看蔺承佑面前的小师弟，两人放心地走了。

衙役走后，蔺承佑在原地枯坐。

绝圣和弃智胸口堵得慌。从前师兄查案时机警如神，何时被人当作过累赘？

"师兄，"绝圣闷闷地道，"我和弃智的眼神准保比那两位大哥要好，我们帮你搜查证物。"

蔺承佑依旧沉默。

过了片刻，许是为了宽慰师弟，又或是觉得此案迷雾重重，他松开眉头，重新振作精神："也好，进去试试吧。"

说着他将俊奴拴在门口，随绝圣和弃智入内。

为了照顾蔺承佑，绝圣和弃智走得极慢，每走几步，蔺承佑就会停下脚步听一听。

"看看草丛和花枝底下。"

"石缝和墙角也别漏过。"

"水缸的缸壁可有什么奇怪的记号？"

这样一寸寸地找下来，他们足足花了大半个时辰才走到外屋。

刘翁是在里屋被人谋害的，案发时房中四壁都溅满了血，三人进屋时够小心了，弃智突然发出一声惊呼："绝圣，小心！"

绝圣被吓得一动不敢动，用灯笼一照，原来自己的衣袖险些拂到门框，门框上有个血手印，虽然已经干涸，但一不小心可能就碰到了。绝圣庆幸地收回手，一回头，险些又嚷出来，就见蔺承佑踩在一个奇怪的印子上，那印子只有一个浅浅的残迹，不用灯笼仔细照决计看不出来，方才离得有点儿远，他也没顾得上提醒蔺承佑。

两人屏住呼吸，师兄恍若未觉，就那样立在原地静等着他们下一步的指引。他们现在是师兄的眼睛，师兄全盘信赖他们，但即便再谨慎、再小心，他们也会有照管不到的地方。

绝圣和弃智先前还对那两个衙役大哥不满，现在总算明白他们为何宁肯得罪师兄也要回大理寺请人了。一个盲人，稍有不慎就会破坏现场。

"怎么了？"蔺承佑察觉有异。

绝圣和弃智心里堵得难受："师兄……你脚下有个印子。"

蔺承佑滞了滞。

过了好一会儿，他勉强开腔："把印子的形状拓下来，我们走吧。"

他们出来时，空气里有一种让人难以呼吸的消沉感。

碰巧那两名衙役带着陈司直赶来了，陈司直小心翼翼地凑上前："有劳蔺评事了，天晚了，蔺评事办案多有不便，此地暂且交给我们吧。张寺卿急等着陈某写案呈，陈某若查到了什么，改日一定去成王府请教世子。"

蔺承佑摸索着弯腰，一言不发地牵起俊奴的项绳，起身时笑了笑："也行，查到什么回头再找我。"

说着他便越过几人，径自往巷外走去，脚步迈得又快又大，再也没回过头。

绝圣和弃智望着师兄的背影，那是一种极为落寞的状态，只看着就让人心酸。

他们听宽奴说，师兄一听说有棘手的案子便兴冲冲地出了门，那样意气风发，说明对自己的办案能力依旧满怀信心，不料非但没能帮上忙，还被同僚……

经过今晚的事，他们才明白眼盲之人的处境有多难堪。盲了眼睛，师兄就像被生生折断双翅的苍鹰。

这时蔺承佑因为迈步太急，不小心被绊了一下。

绝圣和弃智难过极了，忙上前搀扶，忽觉巷中有鬼影掠过，蔺承佑用胳膊挡开绝圣的手，侧耳听了听。

弃智赶忙捏诀燃符："像是冤魂。"

"看来不止一个受害者。"默了一晌，蔺承佑道，"凶手残暴异常，刘翁的头颅到现在都没找到，来都来了，我们还是在附近转一转吧。"

绝圣和弃智眼圈一红，师兄不敢再回去破坏现场，却还是放不下案子。

三人正要往前走时，忽听暗处的角落里传来"丁零零"的声音。

绝圣和弃智愕了愕，这声音怎么那样像……

不对，这绝不可能，玄音铃只能由活人佩戴，滕娘子上回"身死"时，玄音铃论理就从她的腕子上脱落了。

蔺承佑却犹如听到了一声惊雷，脸色一下子就变了。

前方的角落里站着一个人，铃音就是从那人身上传来的。

她提着一盏灯笼，应该已经在原地站了一会儿了，方才的那一幕，想必被她尽收眼底。天那样冷，这人身躯微微发抖，像是在哭。

看清对方的面容，绝圣和弃智露出狂喜的神色，但或许是高兴得蒙了，"滕娘子"三个字竟硬生生地卡在了喉咙里。

滕玉意穿着雪白的裘衣，像是经过千里奔袭，鼻头被冻得通红，妆发也有些凌乱。

滕玉意鼻翼翕动，含泪打量蔺承佑眼上的朱红色布带，望着望着，情不自禁地朝蔺承佑走去。雪地湿滑，她不小心摔倒在地，可她一声不吭，爬起继续走，越走越快，越走越快，到最后，不顾一切地飞奔起来。

蔺承佑僵立在原地，一动不动，拼命侧耳听着前方的动静。

地上泥泞湿滑，滕玉意不小心又摔了一跤，膝盖撞到坚硬的地面，发出一声闷响，但她没意识到疼，双手一撑又爬了起来。

从扬州到长安，千里路她都走过来了，但过去从来没有哪一刻像现在这样，脚下的路长得仿佛没有尽头。

夜风刮到脸上，似能将人的骨头冻住，她的心却和呼出的气息一样滚烫无比。蔺承佑立在幽暗的小巷中，双眼已盲，形容狼狈，但仍像皓月一样发着光芒。

终于，他近在咫尺了。

滕玉意等不及，一头扑入他的怀中，手中的灯笼落到裙边，倏地熄灭了。

少了一盏灯笼，四下里更暗了，滕玉意的心和眼却极亮，她清楚地听到他的心在"咚咚"狂跳，呼吸也极为粗重凌乱。刚才他像木头桩子似的僵立不动，这一刻突然活过来了，抬起手，小心翼翼地触摸面前的人，拂过她的肩膀、她的裘领，还有她的脸颊……动作那样急切，却又格外珍重，仿佛面前的人是个美丽的泡沫，一触即会消失。

滕玉意眼泪扑簌簌地落下，双手环住蔺承佑的腰，头贴紧他的胸膛，哽咽道："蔺承佑！"

怀中的人就像过去每回情急之下她会做的那样，连名带姓地叫他。

只有她，只有她才会这样叫他。蔺承佑的手停在了滕玉意的腮边，一片静默中，滕玉意忽觉额头一凉，似乎有泪落了下来。她心尖一颤，抬头打量他，可惜她自己的泪水在眼里结成了一层厚厚的水膜，让她一时瞧不清他此刻的表情。

蔺承佑胸膛起伏，仿佛对待世上最珍爱之物那般，极缓慢地触向滕玉意的眉眼。他顺着她弯弯的眉、圆而大的眼、纤长的眼睫……细细地描摹着，就像无数次在梦中做过的那样。描着描着，他骤然收拢自己的双臂，把她嵌入自己的怀中。

滕府，潭上月。

院子里灯火荧煌，廊下和花园中四处可见丫鬟们穿梭的身影。

老爷和娘子刚到府，大堆行李仍堆在马车上，为着今晚能尽快安置好，春绒几个正带着丫鬟们屋里屋外地忙活。

自从娘子病愈醒来，她从未像今晚这样高兴过，府里人几乎都感受到了小主人的欣喜，也跟着欢声笑语。

滕玉意绕着桌边的蔺承佑走来走去，一会儿让人去厨下传话，一会儿让碧螺把她最爱喝的茶沏好送上来。

滕玉意走到哪儿，蔺承佑的脸就循声对准哪儿，眼上的布条没摘，但众人能清楚地看到他嘴边挂着的笑容。

那是种肆意的、比四月春光还要明媚的笑容。

绝圣和弃智坐在一旁，也跟着笑得合不拢嘴。过去这几个月他们就没见师兄笑过，今晚那种熟悉的笑容又回来了，那种张扬的快乐，能感染身边的每一个人。

这是滕娘子的小院，他们待在她的书房里。

这么晚他们还待在这里好像不大合规矩，不过今晚，没人顾得上规矩。

滕娘子一路把师兄搀扶进她的小院，当时滕将军就挂着拐杖在边上看着，非但没见怪，反而露出极温暖的笑容。

滕府里每个人都笑意盈盈，都对师兄极为诚挚。

把师兄扶到自己的小书房后，滕娘子就让师兄坐在她的桌边，哪儿都不许去。

师兄也是，之前不许任何人搀扶他，今晚却任凭滕娘子扶着，脚下时不时还会跟跄一下，接着他一定会说："阿玉，你好好扶着我。"

每到这时，滕娘子就会小心地审视师兄脚下，面上很疑惑："哎，我明明都瞧过了……"

师兄到屋里后也没消停，说自己渴，说自己饿，同滕娘子要吃的。

滕娘子裙角和双手还沾着泥，却二话不说忙活起来。

滕玉意每吩咐完下人一件事，就会回头看看蔺承佑，看他坐在桌边"望"着自己，眼睛就会亮亮的满是笑意。

春绒过来提醒滕玉意："娘子，回屋梳洗一下吧。"

滕玉意这才想起自己满身狼藉，只好对蔺承佑说："我去换件衣裳。绝圣、弃智，你们好好照顾师兄。"

她出了屋，突然又掀开帘子把脑袋钻进来瞅瞅，确认蔺承佑乖乖地坐在原地，这才心满意足地出去了。

蔺承佑无声地笑了，听得滕玉意的脚步声远了，摸索着端起茶盏，然而茶到了唇边却未喝，只一味竖着耳朵听着外头的动静。

滕玉意一走，屋里似乎一下子就没那么热乎了，好在不一会儿滕玉意就回来了，同时带来了夜宵。

她新换了一件朱红底撒绣球银丝夹纱襦裙，外头套着银鼠坎肩，裙角的绣纹若隐若现，让人想起早春吐露芳颜的辛夷花，偏偏领口和袖口是毛茸茸的，衬得滕玉意脸欺腻玉，鬓若浓云。

春绒和碧螺看看桌边的蔺承佑，怪不得娘子非要穿这件新裙，方才她们太高兴没顾上仔细看，这会儿在灯下瞧得清清楚楚，成王世子今日也穿了一件朱红色襕衫，外头则是件玄色大氅，打眼一看，里头的襕衫竟像与娘子的衣裙出自同一个绣工之手。

可惜这一幕成王世子看不见。

滕玉意让春绒、碧螺把粥菜放到桌上，自己在蔺承佑对面坐下。

"饿了吧，快尝尝。"滕玉意口里招呼绝圣和弃智，手里却忙着为蔺承佑盛粥。

蔺承佑伸手去端碗时，差点儿就"不小心"碰翻了粥碗。绝圣和弃智目瞪口呆，随即一缩脖子埋头吃饭。

滕玉意心里一急，干脆起身坐到蔺承佑身边。她第一回照顾眼盲之人，怪她太粗心了。

她亲自把碗送到蔺承佑手里，掰开他的手指助他握稳碗，随后提起箸："我来给你夹菜。"

蔺承佑顺理成章地道："我想先吃点儿素的。"

"好。"

滕玉意盛了一勺芋泥到他的碗里，蔺承佑又说："有鱼脍吗？"

"有鱼有鱼。"滕玉意就把新做的松江鲈鱼干脍夹给他。

"想喝汤了。"

滕玉意亲自给蔺承佑盛汤："花鸭汤爱喝吗？"

过了一会儿，蔺承佑又说要吃点心，好在连点心都是现成的。

蔺承佑吃饱喝足，滕玉意又把帕子塞到他手里。蔺承佑净了手和面，便坐在那儿听滕玉意用膳。

桌上的茶清香四溢，他的心神却全放在滕玉意的身上。

滕玉意把荤菜吃遍了，唯独不肯吃素菜，真够挑食的。

蔺承佑想了想，拿起她手边盏里的勺子，循着用膳时的记忆，摸索着盛了一勺蕨菜放到滕玉意的碗里。

滕玉意愣了愣。

蔺承佑说："看你爱吃玉函泥，帮你盛了一勺。"

可那明明是蕨菜……

滕玉意眼眶发酸："好。"

她二话不说就把那勺蕨菜吃得干干净净。

不一会儿，蔺承佑又盛了一勺，依旧是蕨菜。

滕玉意又吃了。

结果没多久，蔺承佑又给她盛了第三勺蕨菜。

这一回，滕玉意的伤心短暂地化为了狐疑，然而一扭头，她便看到蔺承佑手上和腕上有几处伤痕，看着像平日不慎绊倒时擦伤的，殷红的伤口在他白皙的皮肤上格外触目。

她回想先前在巷中听到的对话，蔺承佑如今似乎连查案都查不了了，双眼一盲，犹如整日待在黑暗中，那种光景，对蔺承佑这样的天之骄子来说怕是一刻都难以忍受，可这几个月因为怕惊扰她体内的蛊虫，他竟硬生生地挨下来了。她一颗心像被泡在醋里，酸胀得要炸开了，一声也未吭，埋头将碗里的蕨菜吃得一点儿不剩。

用完膳，滕玉意净了手和面，坐在蔺承佑面前静静地端详他眼上的布条。春绒和碧螺见状，提着食具悄悄退下，离开时顺便把绝圣和弃智也请了出去。

等到屋里没别人了，滕玉意把手绕到蔺承佑的后脑勺上，小心翼翼地解开布条。

布条从蔺承佑脸上滑落，依旧是高挺的鼻梁，白净如玉的皮肤，那双眼睛漆黑如墨，看上去与平日没什么两样。

然而，眼睛一触到风，蔺承佑就几不可察地皱了皱眉头。

"很疼吗？"

"不疼。"

但他的眼睛转眼就红了，滕玉意赶忙帮他重新束上布条，摸了摸他的眉眼，想弄明白蛊虫到底藏在何处。

蔺承佑指指自己的太阳穴："蛊虫在这儿，在后头压着眼睛，所以看不见。"

说着，他略一迟疑，伸手探向滕玉意的脸。先前在巷中他也没顾得上细细感受，她大病初愈，这几个月也不知养得如何了，他摸到她的脸颊，她似乎消瘦了一点儿，想想过去这半年发生的事，他的心猛地刺痛："阿玉……"

他忽觉滕玉意捧住了自己的脸，香甜温暖的气息一下子逼近，没等他反应过来，柔软的唇瓣贴住了他的唇。

蔺承佑的心猝然缩成一团。

滕玉意的心跳得跟他的一样快。她听说蛊虫当初就是通过亲吻传到她体内的，那么解蛊或许也只能靠这个法子，她迫不及待地要帮蔺承佑复明，无论什么法子都愿意尝试。

何况，她本就是愿意跟他亲近的……

她闭着眼，一点儿一点儿地含吮他的唇，吮了一会儿，恋恋不舍地松开他，红着脸，用迷离的眼眸仔细打量他的脸。

"如何？"过了片刻，她满含希望地问道。

蔺承佑的薄唇和她的脸一样红，喉结滚动了一下，他道："好像……不成，要不再试试？"

滕玉意二话不说又吻住了他。

第十一章

成　亲

　　但是这一回，蔺承佑没再乖乖地被她亲吻，几乎是她的唇贴上去的一瞬间，他就蓦然收紧了双臂。

　　滕玉意猝不及防，一下咬紧了他的唇，牙与唇相撞，隐约磕破了皮肉。她睫毛微颤，唯恐他吃痛，但他连哼都没哼一声，那样专注，仿佛荒漠中走了许久路的焦渴行者终于寻到了甘泉。

　　滕玉意眼眶微湿，几个月前的那一晚她以身饲魔丢了性命，是蔺承佑违背天道帮她将魂魄一点点重新拼凑起来的。醒来后她像一缕怅惘的幽魂，到处找寻自己失落的珍宝，幸而他和她过往的点点滴滴已经被她刻入骨髓，任谁也别想抹去。

　　那是她和他共有的，普天之下最宝贵的东西。

　　她跋山涉水，终于在这一晚寻回了她的宝贝，听着他急促的呼吸声，她的心融成了热乎乎的一团。她闭上微涩的眼，全身心地回应，他的气息清冽如初，让人想起初夏的竹林。

　　忽然，他松开了她的唇，圈住她的肩膀，把她搂在自己怀里。

　　"阿玉。"

　　简短的两个字，有着那样重的分量。

　　过去这几个月他和她都在炼狱中滚爬了一回，历经生离死别，落下满身伤痕。她差点儿丢了性命，而他盲了双眼，但好在，她找回来了。

　　他记得那晚触摸到她的尸首时，他的心一刹那碎成了灰，而如今，她好端端地待在他怀中，身子暖乎乎的，不再是那一晚被他从井里抱出来时那样冰冷苍白的样子。

数个月来他无时无刻不盼着自己复明，但是眼下，他忽然生出一种感觉，用他的一双眼换她长命百岁，似乎也值了。

如果这就是天谴，这就是代价，他愿意承受。

蔺玉意把头埋在蔺承佑的颈窝，这是蔺承佑今晚第二次失态，可他明明是那样一个潇洒不羁的人。她想说些什么，却又不知从何说起，千般言语，万种情思，全堵在了心头。沉默中，她用力搂紧面前的人，用脸蛋轻轻磨蹭着他的脸。

她忽听蔺承佑在她耳边说："我疼。"

蔺玉意心一抖，忙把头抬起："哪儿疼？"

蔺承佑指了指自己的唇："这儿，又被你咬破了。"

蔺玉意谛视他的脸，一点点重新靠过去，然后用额头抵着他的额头，垂眸在他的唇上扫过来扫过去，那里是破了个小口子，下唇沁出了一点儿血。

她抬起手，用指尖小心翼翼地触碰他的唇。

"你这都是第几次咬我了？"蔺承佑低声说。

"你也咬过我。"

她说话时，长长的睫毛时不时扫到他的皮肤，痒到人心里。

"我何时咬过你？"

"那回在蟒蛇精的水洞中，你就咬过我。"

蔺承佑脸一热，低下头，吻吻她的鼻尖："咬了这儿？"

"还是这儿？"他又吻她的脸蛋。

她觉得痒，情不自禁地往后躲，他倾身向前，再次贴住了她的唇。

蔺玉意的心"怦怦"直跳，她环住他的脖颈，轻轻吮吻他的伤口。

满室寂静，她的耳畔只有他们交缠的呼吸声。

他们小心翼翼，像一对初尝蜜糖的蝴蝶，生涩，但又互相吸引，那样紧密，分也分不开。

他们忽听外头有脚步声追近，很快就到了门口。

这声音传到书房里，有如一声惊雷，蔺玉意和蔺承佑乍然分开，分开时气息仍紊乱得不像话。

"世子，宫里来人寻你。娘子，圣人和成王殿下听说世子在此处，召老爷和娘子一同入宫呢。"

蔺承佑调匀呼吸，清清嗓子道："知道了。"

滕玉意也勉强稳住心神："那就准备进宫的衣裳吧。"

脚步声很快远去。

房里，两人相对着脸红。

等到脸不那么烫了，滕玉意想起自己吻他的初衷，用手摸摸蔺承佑的眼睛，期盼地问："怎么样？"

蔺承佑摘下布条。

滕玉意屏住呼吸。

嘴唇被她咬破了，论理到这一步蛊虫该有所松动了，但他眼前仍是一片黑暗。

默然片刻，蔺承佑笑笑："好像还是不成。"

他一副满不在乎的样子，好像觉得自己复不复明都无所谓。

滕玉意却失望得无以复加：都这样做了为何还是不能解蛊？她唯恐蔺承佑心里难过，忙帮他把布条重新系上去："听说蛊虫不是一日之内发作的，那么解蛊也该有些日子，不着急，兴许过些日子就自发好了。"

说着她欲扶着他的胳膊站起，蔺承佑却忽地道："阿玉，假如我一辈子都复明不了怎么办？"

这话让滕玉意的胸口仿佛遭了一记重锤，不为别的，只为蔺承佑语调里的一丝怅然。

她重新坐到他面前，额头抵着他的额头，低低地说："那我就当你的眼睛。你护我那么多回，往后该轮到我护你了。你想去查案，我就陪你查案；你想去捉妖，我就同你去捉妖。"

有她在，她才不会让他受半点儿委屈。

蔺承佑反手扣住她的手静静听着，那是他的玫瑰，无论何地，无论何境，只要她绽放，他的眼中、心中就再也容不下旁物。

她这一句话，胜过一切。默然许久，他在她的额头上涩然落下一吻："好。"

宫里热闹非凡，除了圣人和皇后、成王夫妇、太子和二皇子，还有好些滕玉意之前没见过的生面孔。

圣人走下御座，亲手搀扶滕绍。滕绍放下拐杖纳头便拜，却被一旁的成王挽住了胳膊。

成王妃把滕玉意拉到一旁，她们不过数月未见，竟恍如隔世，她想说些什么，又觉得言语的分量太轻，最后只唏嘘道："回来就好，回来就好。"

滕玉意红着眼睛逐一向长辈们磕头。

蔺承佑无法视物，阿双和阿芝便热络地帮滕玉意做介绍。

那边那个模样俊雅的中年男子是蔺承佑的舅父瞿子誉，而那位眉眼柔和的美貌贵妇则是蔺承佑的舅母王应宁。说起来，王应宁与滕玉意的母亲还算是同一支的族亲。

上首是蔺承佑的外祖父和外祖母。还有几位姿态清贵的少年男女，是蔺承佑的表弟表妹。

瞿家人看到蔺承佑现在的模样，无一不露出震撼和心疼的神色。

一瞬间，所有人都围拢了过来。

滕玉意稍稍退到一旁，瞿家长辈对蔺承佑的关怀是刻在骨子里的，让人心中发暖。

在接下来成王妃和皇后等人的交谈中，滕玉意知道了几个月前蔺承佑帮她招魂用的是佛家鬼舍利，此物与佛家高僧圆寂后留下的舍利子不同，是修罗道厉鬼放下心中魔念后留下的残迹，故被称为鬼舍利。

鬼舍利出自修罗道魔物，介乎阴阳之间，本是不祥之物，但用来招魂比任何玄门阵法都有用，只是百年间少有魔物肯放下执念，以清虚子道长和缘觉方丈之高龄，迄今为止也只见过两枚鬼舍利。

一枚是二十多年前被迫成为大煞"女宿"的圣人亡母蕙妃留下的。其中一半没入了圣人体内，另一半没入了成王体内，此后二十多年，此物一直帮着儿子连绵不断地克化体内残毒。

另一枚则是耐重被大隐寺众高僧点化后留下的那枚黑舍利。

耐重被降伏之后，那枚黑舍利一直被供在大隐寺。

飞天夜叉不怕旁物，就怕万鬼之王耐重。蔺承佑便是利用这枚鬼舍利启动了灵飞六甲阵，一下子打通了阴阳两道。

正所谓"出生死之津梁"，冥间鬼物畏于耐重的余威，不得不将滕玉意四散的魂魄一一叼还。说来也巧，当初众人能顺利降伏耐重，滕玉意也算占了一份功劳，小涯所说的"除妖攒功德"，或许并不是指一味斩杀妖魔，而是指在与魔物打交道的过程中，利用智慧和毅力为自己将来度厄留下一线生机。但蔺承佑也因此付出了惨重的代价，亏得命格贵重，福大命大，方不至于重病不起。

滕玉意边听边默默地望着蔺承佑，这时坐在上首的清虚子道长到底挨不住了："如何？"

这话既是问徒孙，也是问滕玉意。

四下里一静，大伙儿的目光齐刷刷地落到蔺承佑的面上。

蔺承佑迎着众人关切的视线，坦然地道："我……还没好。"

众人掩不住失望，清虚子道长看看蔺承佑，又看看滕玉意，捋须沉默着。

圣人和成王妃焦灼地询问："师父，滕娘子能冲破蛊毒想起佑儿，就意味着体内的那条蛊虫已消。佑儿体内的那条蛊虫感应到另一条已死，估计也不会独活，既如此，为何蛊毒还是未解？"

清虚子道长在殿中来来回回地踱步，踱了一会儿，突然止步道："看来只能速速成亲了。"

大伙儿一愕。

这话唐突至极，但说这话的是清虚子道长，他的话比谁的话分量都重。

"天生万物，自有阴阳，那位不争散人一生都未能娶到自己的心上人，因为不堪忍受噬心之苦，才有了这恶毒至极的蛊毒。一条虫也就罢了，既是两条虫，必然是互为表里，相呼相应，佑儿体内的那条是主蛊，滕娘子体内的是副蛊。假如用寻常法子不能诱蛊虫出来，那就只有结为夫妻了……"

剩下的话不必多说。

"这……"众人看向滕绍。

一片寂静中，蔺承佑率先有了动静，对着滕绍的方向撩袍便拜："滕将军，即便不为解蛊，晚辈也早有求娶令爱之心。晚辈与令爱相识已久，然阴错阳差，几经波折，过去这一年，某与令爱历死生、共度厄，凡此种种，刻骨铭心。趁此良宵，某恳请滕将军将令爱许配某为妻，某必珍之爱之，一生不负。"

这话掷地有声，声声震人心房。滕玉意脸上带着红晕，眼中却隐约浮现泪光。

滕绍望向一旁的女儿，胸口一阵阵发涩，朗声道："好好好。得此佳婿，余愿已足。"

他顺势跪于御前："臣斗胆伏请圣人和皇后赐佳期，择日尽六礼之数，交两姓之欢。"

圣人和皇后互望一眼，含泪笑着对成王夫妇道："蔺效、沁瑶，你们怎么说？"

成王妃已是泪盈于睫，成王看看儿子，又看看滕玉意，感慨叹息："滕将军忠义，滕娘子仁慧。大郎自小顽皮，蹉跎了这么久好歹算有福。今夕良夕，难得几家亲眷都在此，还请圣人为两个孩子赐婚。"

次日一早，滕玉意刚醒转，就闻到一阵清淡的香气。她心里装着事，一骨碌从床上爬起来，一掀帘就看见桌上的琉璃球里插着一枝鲜嫩的杏花。

碧螺过来高兴地说："今儿一大早庭院里好些春花都开了，看样子天气要见暖了。"

春绒也笑道："圣人为娘子和世子赐婚的消息一大早就传遍了长安，外头来了好些客人，老爷正忙着在中堂招待呢，待会儿杜家姨母和大娘估计也要上门。"

滕玉意会心地笑了。

她让人将另一套新做的衣裙找出来，坐到妆台前精心打扮："对了，叫端福帮我弄一套小道士穿的棉服来，今日我出门说不定会用得着。"

说完这话，滕玉意习惯性地摸向自己的衣袖，结果依旧没能摸到那片熟悉的冰润感。自打上个月想起蔺承佑，她顺势也想起了小涯剑，然而，或许是认为她劫难已化，自己到了功成身退的时刻，小涯居然无声无息地不见了。

这些日子任凭滕玉意翻遍箱笼，都没能把小涯找出来。

想到此处，滕玉意心里说不出地惆怅，让人把美酒和鲜果子摆到窗前的榻几上，在屋子里仔细找寻："小老头儿，你我在一起相处这么久，你忍心不打招呼就走吗？我热了你最爱喝的石冻春，快出来同我酌几杯。"

但无论她怎么诱惑，四下里都静悄悄的。滕玉意连床底下都找过了，也不见小涯的影子。

眼看再不走就来不及了，滕玉意只得留下那壶酒和那碟果子，匆匆地出了屋。

成王府。

蔺承佑坐在廊下，身边围着一大帮小孩儿。

他向来最会玩耍，逢年过节，亲眷中的小孩儿都喜欢围着他打转。

他眼睛虽然看不见了，身上那种洒脱的性子却不改，一大早，瞿家的表兄妹就跑来找蔺承佑玩，一起来的自然也少不了一心要照顾哥哥的阿芝和阿双。

蔺承佑懒洋洋地靠着栏杆给弟弟妹妹们发红梅糖，可他的注意力一直放在庭前，只要听到匆匆跑来的脚步声，就会微微侧过头聆听。

没多久，他就听到宽奴欢快地过来说："世子，大理寺有衙役来报信，说通化坊的喜鹊巷又出人命案了。看手法，凶手像是与上回谋杀刘翁的是同一个。"

蔺承佑皱了皱眉："出了人命案又不是什么好事，怎就把你高兴成这样？"

宽奴苦着脸："小的怎会因为这个高兴？是滕娘子她也来了。滕娘子让我问世子，如果世子要出门办案，要不要她帮世子把青云观新招的无为小道长请来。"

蔺承佑心里的笑意一下子蹿到了脸上："滕娘子现在何处？"

"在花厅同王妃说话呢。"

"我行走不便，走不到花厅，先把滕娘子请到这儿来吧，我亲自同她说。"

宽奴临走前笑嘻嘻地对一大帮孩子说："诸位小郎君、小娘子，王妃亲自做了糕点，香甜得不得了，赶快过去吃吧。"

小孩儿们欢呼不已，阿芝却赖在蔺承佑身边："我得照顾阿兄，回头你们把阿娘做的点心拿一碟来就是了。"

阿双握住妹妹的手，好声好气地劝道："你不是嫌府里的纸鸢做得不好，打算亲自出门买吗？今日阿兄带你去西市转转。"

四下里很快就安静了，蔺承佑坐在庭前等着，有风轻轻拂过面门，温柔得不像话。

身边的人一走，蔺承佑脸上的笑慢慢地就淡了。早上醒来，他眼前仍像往常一样漆黑，一夜过去，蛊毒并未像所有人盼望的那样自发消解。尽管他早已做好了准备，但睁眼的那一刻，他的心仍不免往下沉，耳力再灵敏又如何？待会儿滕玉意来找他时，他连她今日穿什么衣裳、戴什么首饰都看不见。

滕玉意一进庭院就看见了坐在红梅树下的蔺承佑。他穿着一身玉色夹纩襕袍，外头是雪裘坎肩，头戴白玉冠，腰间束着白玉带，远远看着，仙境中人似的，但他整个人有种说不出的消沉感。

然而，一听到她的脚步声，蔺承佑顷刻间就把身上的消沉通通收起来了，循声转过头，听了片刻，笑道："我在等无为小道长，阁下是谁？"

庭中只有他二人，滕玉意笑眯眯地说："在下名号甚多，在外人称'王公子'，在家有个小字叫'阿玉'，捉妖时另有道号，'无为'二字便是我师兄赐的。"

蔺承佑笑着点点头："无为，无为，'道常无为，而无不为'，这个道号刚好帮你这多灾多难的小道士压一压。有师兄若此，无为道长本事不会差吧？"

"马马虎虎，目前尚有一样本事远不及我师兄。"

"你且说来听听。"

"脸皮。我就没见过比我师兄更喜欢夸自己的人，说起脸皮厚，他算是天下第一。"

蔺承佑"啧"了一声："孺子可教也。知道自己尚有不足之处就好，今日打算跟师兄出门长长本事吗？"

"东西都备妥了，特来恭请师兄。"说话间她已走到红梅树下，含笑低眉望着蔺承佑。

"要我带你出门长见识倒是成。"蔺承佑并不肯动，"就是地上积雪未消，我走路易滑倒，待会儿得一直有人扶着我才行。"

这样厚脸皮的话也就蔺承佑能说出口。滕玉意看看四周，成王府的仆从甚懂规矩，大约知道小主人不喜被打扰，早就远远地躲开了。

偌大一座庭院，她一时只能听见微风扫过红梅枝头的轻响。

滕玉意扶着蔺承佑起身，扶是一定要扶的，但两人毕竟尚未完婚，假如就这样大咧咧地扶着蔺承佑四处走动，多少有些不妥。

踟蹰间，滕玉意看向蔺承佑的衣袖，心念忽然一动："那我得跟师兄借样东西。"

蔺承佑从袖中抖出锁魂豸："这个？"

滕玉意掰开蔺承佑的手让他握紧银链，自己则稳稳地牵住另一头，然后叮嘱长虫："你好好的，千万别随便松开你主人。"

长虫很不愿意被滕玉意支使，不过还是慢腾腾地缠住了蔺承佑的手。

滕玉意检视一番，确定锁魂豸缠得足够牢固，这才牵着蔺承佑往前走："有我在，绝不会让你磕着碰着。"

蔺承佑笑靥越发深了，就那样不紧不慢地跟在滕玉意后头。

长长的银链，一头在滕玉意手里，一头在蔺承佑手里，相距不算近，却又跬步不离。

他们每走过一株花树，都会有花瓣乱纷纷地落到两个人的头上和身上，形如春雨，色若云霞。他们再往前走，又有杏花初绽，花瓣随风回旋，活泼地追逐两人的身影而去，远看好似一幅绚烂的画。

两人走着走着，画中的某个人笑着开了口："老回头看我做什么？"

蔺承佑虽然看不见，但能听到滕玉意回头时鬓边首饰摇晃的声响。

滕玉意正用目光仔细地确认蔺承佑脚下是否有石子，那次她被耐重掳到地宫，蔺承佑就是用锁魂豸牵着她走出地宫的。

"你想想那回在玉真女冠观我和你在地宫里是何光景，就知道我为何会如此了。"

蔺承佑慢悠悠地道："我只记得你生怕我把你弄丢了，为了缠得紧些，把锁魂豸欺负得'哇哇'直叫。滕玉意，你是不是打小就霸道？"

滕玉意道："不对，你再想想，当时在地宫你是如何待我的。"

蔺承佑笑着不说话了。

滕玉意一默，忍不住再次回头瞥他，这一眼目光涩涩的，却是温柔无比，当时蔺承佑就像她现在这样，每走几步就会回头确认她是不是还在自己身后。

打从他们相识那日起，他要么口口声声嫌她烦，要么专程跟她作对，但一颗心早就系到了她的身上。

她心里又酸又甜。

蔺承佑提醒她："当心自己脚下，别我没摔着，你自己先摔着了。"

此时成王妃身边的管事嬷嬷采蘋找来了。

采蘋看到两人这光景，只一讶，旋即又笑了。

眼盲这几个月，大郎从未笑过不说，更是不肯让人搀扶自己，今日这光景，让人发自内心地想笑，亏这两个孩子能想出这个法子。

蔺承佑侧耳听了听，对滕玉意道："这是阿娘身边的采蘋嬷嬷。"

滕玉意忙恭恭敬敬地敛衽。

采蘋细细打量滕玉意，笑得合不拢嘴："王妃问大郎和滕娘子是不是要出门，早膳备在花厅，叮嘱你们用过早膳再走。"

今早滕玉意急着来找蔺承佑，的确没来得及用早膳。

蔺承佑道："突然想吃点心了，有红梅糕吗？"

采蘋错愕，世子可向来不爱吃点心，不过她还是笑着说："有，有，有。"

蔺承佑又道："替我和阿玉同阿娘说一声，今日我们出门查案，晌午未必赶得回来，府里不必等我们用膳了。"

他们到了花厅，满屋都是孩子，两人坐下同大伙儿热热闹闹地吃了一顿早膳。

膳毕，滕玉意到阿芝房里换上道袍。阿芝绕着滕玉意走来走去，脸上充满了好奇，一会儿摸摸滕玉意脸上的易容面具，一会儿看她身上的装束，越看越觉得有趣，缠着哥哥，闹着要跟他们出门办案，末了还是成王妃以检查女儿新学的剑法为名，让人把阿芝带到上房去了。

喜鹊巷比前晚喧闹许多，巷子里的住户心有余悸，三三两两地聚作一堆讨论昨晚新发生的命案。

衙役们忙着驱散人群。

昨晚被杀的人名叫王大春，并非喜鹊巷的居民，而是一名更夫，大约是四更天被人杀害的，第一个发现王大春尸首的是在附近巡逻的武侯。

王大春的死状同上回被人谋害的刘翁一样，也是身首异处。

巧的是，王大春就横尸在刘翁的宅子外。

衙役们找了一大圈，未找到王大春的头颅，对陈司直道："王大春今年六十有五，也是一位鳏夫，原先本在义宁坊打更，前些日子才被调到通化坊。事发时附近邻居并未听到呼喊声，王大春应该是被一击致命，看样子，凶手昨晚曾偷偷潜入刘翁的宅子，王大春来此打更时碰巧撞见凶手，凶手为灭口便将其杀了。"

陈司直正要接话，忽听那边有人道："错。王大春不是刚巧路过，而是有备而来。"

众人惊讶地回头，只见现场不知何时多了两个人，蔺承佑半蹲在血迹喷洒之处，他的身边蹲着一个面生的小道士。小道士一边仔细查看地面，一边对蔺承佑描述血迹的形状和范围。

陈司直等人忙迎上去："蔺评事。"

蔺承佑笑道："刘翁的案子本就有许多蹊跷之处，听说今早又出了人命案，所以我过来转转。陈司直，王大春的伤口也跟刘翁的一样齐整吗？"

众人小心翼翼地往地上一觑，没提防蔺承佑的脚竟未碰到血，先是一愣，随即意识到是蔺承佑身边的小道士起了作用，再看滕玉意时，面上便多了些好奇。

"陈司直？"

"哦。"陈司直回过神，"没错，而且王大春的头颅也尚未找着。蔺评事，你因何说王大春是有备而来？"

蔺承佑用手在面前虚虚地画了一个大圈："当时是四更天，前不久此宅才有人被杀害，按照常理，王大春打完更点个卯便会匆匆离去，但经过仔细比对，大门内有一串干净的脚印，大小形状正与王大春的脚相符，怪就怪在并未沾染血迹，可见是王大春遇害前留下的。但此宅不仅每晚都会被上锁，还会被贴上大理寺的封条，若不是翻墙进去，根本不可能在里头留下脚印。这说明王大春昨晚偷偷潜入此宅，结果刚巧与凶手撞上，王大春身手不敌凶手，忙又翻墙逃出，刚跑几步就被凶手取了性命。"

陈司直顺着这话宅里宅外逐一检视，果然全对上了，先前那些藐视和不耐烦的神色，终于彻底被收起来了，他忙堆起笑容道："蔺评事断案如神。陈某万想不到一个更夫竟有这么多猫儿腻。"

滕玉意在蔺承佑身后打量这位大理寺官员。她看人时不看皮相、不看装扮，专门往人的骨子里瞧。陈司直三十多岁，面上看着也是斯斯文文的，但他身上既没有严司直办案时的那份耐心，目光也远不及严司直清正。

这样一对比，严司直的可贵越发凸显。

滕玉意遗憾地叹气，物是人非，蔺承佑失去的何止是一双眼睛，还有一向最信赖的同僚和搭档。她都不敢想象当初蔺承佑得知严司直的死讯时有多难过。

"依我看，他们三个人过去可能相识。"蔺承佑道，"王大春原本在义宁坊打更，前不久才设法调到此处，说不定本就是冲着刘翁来的，这也与凶手的意图不谋而合。三人或是内讧，或是抢夺同一件东西，凶手不但行凶，事后还将二人的头颅带走，这样做多半是怕我们通过冤魂之口问出他是谁。死者被割下头颅，意味着口舌喉的灵窍都不在了，即便化为厉鬼也无法言明自己是被谁杀害的。除此之外，凶手过去应该杀过不止一个人，那晚我来此地时，发现巷中有游魂，假如当时凶手在附近窥伺，说明他身上杀孽很重，无论走到何处，都有冤魂跟着他。"

陈司直疑惑地说："那依照蔺评事看，凶手和王大春究竟在找什么？刘翁生前只是个卖炭翁，照理是没有值钱家私的。"

"东西值不值钱，得找出来看了才知道。"蔺承佑思索着说，"这两桩案子最大的疑点就是凶器。究竟什么样的利器能那么快割下一个人的头颅？切口边缘整整齐齐不说，刘翁和王大春遇害前甚至没来得及呼救，这种手法，倒叫我想起了一种熟悉的暗器。"

滕玉意心一跳，脑海中突然浮现那件银丝暗器。

尽管她已经得知幕后主家是淳安郡王，但淳安郡王只说这银丝暗器是当初皓月散人花重金买来的，他们图它轻便好用，且能杀人于无形。至于皓月散人最初是从何处弄来这暗器的，一直是个谜。

她记得那回大伙儿在彩凤楼讨论对付尸邪的法子时，曾说起剑南道的军士们在南诏国遇到过尸王，南诏国的军士正是利用一根琴弦似的武器锯下了尸王的獠牙才得以驱邪，会不会这种杀人暗器最初是从南诏国传到中原来的？

"对了陈司直，昨日下午我来时，曾让董衙役去长安县讨要刘翁的户籍，现在可取回来了？"

陈司直"哦"了一声："找着了。原来刘翁并非长安人士，十几年前才从剑南道迁来长安。他过去曾在南诏国和剑南道之间往返，据说靠贩货为生，至于卖什么货，那就不大清楚了。"

滕玉意一震：莫非此案真与南诏国有关？

"不如顺道一起查查王大春的来历。"蔺承佑道，"他来长安做更夫前，说不定也在剑南道和南诏国待过。去岁坊间曾暗中流行过一种昂贵的银丝武器，大约是从南诏国的巫蛊之地传来的，假如刘翁和王大春都是被这种暗器所害，我大致能猜到凶手的目的是什么了。"

当初查办皇叔和皓月散人一案时，他曾打听过这种银丝武器在坊间售卖的价钱，以庄穆为例，此人手里的银丝一根要价万钱，彩凤楼的老板彭玉桂家资巨万，也仅购买了一根用来防身。

不少江湖人士想得到这种暗器，只不过因为朝廷打压，不敢明目张胆地交易。可惜先后出了彭震和皇叔的事，对方有如惊弓之鸟，吓得再也不敢冒头了。

看来风声一过，这帮人又蠢蠢欲动了。

他又听闻，南诏国有处偏僻的巫蛊之地，当地百姓因为常年与世隔绝，禀性纯良，为了获取衣食，常将本地的一些珍异之物以贱价卖给中原人士和胡人。

这种银丝暗器说不定就源自南诏国某处深谷里的矿池，如果一个人掌握了制作这种银丝暗器的秘籍，只需悄悄售卖个两三年便可富甲一方。

陈司直也听说过去岁那几桩案子，忖度着说："照这样说，刘翁、凶手、王大春很可能共同做过贩卖银丝暗器的营生，但不知怎么回事，三人闹掰了。凶手和王大春以为刘翁私藏了剩余的货物，所以一个杀了刘翁之后到处翻找，一个专程跑到喜鹊巷打更。凶手甚至冒着被发现的风险再次潜回刘宅。"

这样一捋，原本迷雾重重的案子一下子变得明晰了不少。

有位老衙役钦佩地说："本来毫无眉目，一经蔺评事之手，案件好像就变得不那么复杂了。"

陈司直哂笑："说来说去，都是为了一个'利'字，案件本就不算复杂，凶手又因为急于得到东西留下了不少破绽。对蔺评事而言，这当然不算难办，他可是破过无数扑朔迷离的大案的。"

滕玉意淡淡地瞅了陈司直一眼，先前他可是嫌蔺承佑碍事的。

蔺承佑盲了眼又如何，心比他们亮就行。

"无为。"蔺承佑开口道。

"是。"滕玉意昂首说，"师兄有什么吩咐？"

"那东西多半还在刘翁的宅子里，趁日头好，我们进去找一找。"

"好。"滕玉意牵着蔺承佑往宅内走，一边走一边主动把自己看到的一切告诉蔺承佑。

陈司直也赶忙带着衙役们入内搜寻。

蔺承佑边走边指点滕玉意如何搜寻证物，滕玉意依言做了。她比绝圣、弃智更为护短，入内后一双眼睛基本不离蔺承佑脚下，护着这儿护着那儿，唯恐那帮同僚嫌蔺承佑碍事。

或许是心境不同，又或许是觉得滕玉意护短的样子实在可爱，蔺承佑非但不再像那晚那样郁结，转悠到最后反倒笑了。

在陈司直等人忙得气喘吁吁的时候，蔺承佑和滕玉意到外院坐下。

蔺承佑问滕玉意："如果你是刘翁，你会把这样重要的物件藏在自家宅子里吗？"

滕玉意帮蔺承佑重新系稳眼上的布条，坐回原处托腮想了想："如果没人来抢，我自是会放在身边，如果知道有人觊觎，我就得找个更妥当的地方藏起来。"

蔺承佑半倚着身后的廊柱，手里转动着一根枯草："一个卖炭翁……如何避人耳目藏东西……"

沉默了一会儿，两人异口同声地说道："卖炭！"

滕玉意语气那样兴奋，蔺承佑简直能想象到滕玉意那亮亮的眼睛，不由得笑道："快让严司直……"

说完他才意识到自己说错了，脸上笑容一滞。

滕玉意忙对屋里的陈司直说："陈司直，我师兄大约知道那东西藏在何处了。事不宜迟，我们得在凶手发现前赶过去。"

从喜鹊巷出来，众人分头上马，一边沿路向街坊邻居打听，一边沿着刘翁平日卖炭的路线往西市走，寻到将近傍晚时，果然在半途中找到了一座空宅。

这座空宅所在的巷子离喜鹊巷足有两座坊，巷子里只住了两户人家，异常冷清不说，最里头那座宅子还常年空置，但刘翁几乎每日都会来此处卖炭。

大理寺的人入内搜查，不出所料，很快就在寝房床后的一个暗洞里找到了一个漆盒。

当衙役们把东西小心翼翼地捧出来时，滕玉意神色一亮，这可是她第一次帮蔺承佑破案。

衙役刚要擦拭漆盒，蔺承佑却道："慢。"

锁魂豸爬上圆桌，确认漆盒并未藏暗器和毒药，蔺承佑这才令衙役打开漆盒。

盒子里头果然放着秘籍和钥匙。众人翻开秘籍看了看，上头记载着藏矿的具体山头，以及提炼和制作这种暗器的秘法，至于那把钥匙，想必就是打开藏矿之处的钥匙了。

蔺承佑在掌心掂了掂那把钥匙，摘下腰间的金鱼袋递给身边的衙役："给宫里送信，说去年在坊间售卖银丝武器的那帮大鱼落网了，让北衙派百名金吾卫来此处，接下来数日，须日夜在附近蛰伏，除此之外，在座的几位大哥最近也不能离开朝廷的监视。"

陈司直和衙役们心知事关重大，忙应了。

滕玉意看着漆盒，对蔺承佑说："里头还有几本书。"

衙役们小心翼翼地将书取出，却是一些记录南诏国巫蛊之术的秘籍。听说南诏国百年前出过一位很有名的巫后，最善用蛊虫害人，凡是巫后下的蛊，极少有人能解。盒子里这些残本想是刘翁等人在南诏国贩货时无意中搜集到的，因为代远年湮，大部分已破旧不堪。

衙役们正要将其原样放回去，滕玉意一瞥之下，忽道："绝情蛊？"

蔺承佑一怔，绝情蛊虽出自道家散人之手，历来却被称为"蛊"，原因自是那位不争散人用的虽然是五行阴阳术，引子和载体却是用的南诏国巫后的蛊虫。

可惜不争散人去世多年，南诏国巫后也早已成了一堆枯骨，是以师公苦寻多年，一直没能找到绝情蛊的破解之法。

滕玉意也想到了这一点，忙取出那本旧书拍了拍封面上的灰，这是后人的手抄本，面上虽破，里头的字迹倒是清晰。

她翻开第一页，上面写着："靡不有初，鲜克有终。情之一字，乱人心魂，凡动情之人，心眼皆盲。捣其心，毁其目，瞎瞎瞎。"

这行字疯疯癫癫的，透着一股冰冷的恨意。

滕玉意皱了皱眉，顺势将这句话念了出来。

蔺承佑略一思索，忙道："陈司直，这本书我可能得拿回去一用，请你们先过目一遍，确定无误，便请登记到证物簿上。"

回去的路上，滕玉意在车里磕磕巴巴地为蔺承佑读那本秘籍，这上头有太多蛊术之类的术语，她现在只能算粗通道术，读起来难免觉得深奥。

犊车都要到成王府了，她才勉强将整本秘籍读完。

"如何？"滕玉意放下那本书，紧张地望着蔺承佑。

蔺承佑的脸色很难看。这本书应该是当年那位南诏国巫后炼制绝情蛊时留下的，记录之人大概是某位误闯南诏国巫蛊之地的中原道人。

书上写得很明白，若无奇药相克，这蛊虫会一直附在男子体内，怪不得他和滕玉意亲吻后依旧无法复明。不争散人只是在蛊虫外套了个道家的虚壳，道家那套阴阳相济的心法根本无法克化蛊虫，成亲也未必管用。

书上倒是写明了奇药是什么，这东西有名有姓，最初是由巫后保管，但据他所知，此物早已失传。

假如找不到那枚奇药，就意味着他一辈子都无法复明……

为了宽慰滕玉意，他笑了笑道："上头写了解蛊的法子，只要吃下一枚奇药，我眼睛就能复明了。"

滕玉意一滞，闹了半天必须要吃药才成，也就是说不争散人把他们所有人都耍了。她忍下心里那口恶气，问："是上头所说的'力根遥'吗？那是何物？"

蔺承佑道："那是南诏国语，意思是南诏国的异宝赤须翼。"

滕玉意自小也见过不少世间奇珍，但从未听说过这种宝物。

"那是南诏国当地一种昆虫化作的结晶，存在了约有上万年之久，夜间能照明，佩戴在脖颈上有驻颜美肌之效，据说南诏国皇室就庋藏着一枚，但多年前就已失传了。唉，你别丧气，只要我想搜罗，这世上就没有我找不到的东西。"

但蔺承佑心里知道，这话不过是安慰滕玉意罢了，失传已久的宝贝，哪儿有那么容易被找到？等找到的那一日，他和阿玉说不定多大岁数了，这些年，他都要在黑暗中度过了。

虽然心里这样想，他却很快打起精神："天太晚了，先回府里用晚膳，待会儿到青云观把这本书给师公瞧瞧……"

滕玉意却冷不丁说："等等，我知道这宝贝在何处。"

蔺承佑奇怪地道："何处？"

滕玉意一笑，掀开车帘让车夫改道："麻烦去靖恭坊的华阳巷。"

华阳巷一座精致宅邸中。

蔺承佑无声无息地张着双臂，像一只俊鹘那样趴在后窗和房檐的中间。

滕玉意则趴在他的背上。

这个姿势坚持久了，对常人来说无异于酷刑，对蔺承佑来说却如吃饭睡觉一般轻松，但他额头上仍沁出了汗珠，不为别的，只因为能清清楚楚地听到房里的动静。

原来赤须翼并未失传，而是藏在新昌王的遗孀邬莹莹手里。

来时的路上滕玉意向他保证，只要她开口，邬莹莹绝对会乖乖地把这世间异宝交给她。她又叮嘱他到时候千万别露面，这事交给她一个人来办就成，一旦他出面，这件事就会牵涉两国的朝堂和外交了。当时他还笑问其中的缘故，现在知道原因了。

顾宪这厮，正和自己的婶婶邬莹莹翻云覆雨。

之前滕玉意为了要挟邬莹莹，专程盯了邬莹莹两个月，本想捉住邬莹莹别的把柄，却意外发现邬莹莹和顾宪有私。等到证据搜集得差不多了，滕玉意认为时机已成熟，某一晚便让程伯等人在宅子周围安排一番，她自己则用蔺承佑教她的心法屏息猫在壁橱后。

换言之，那晚顾宪和邬莹莹偷情时，滕玉意全程都在房里待着。

碰巧那一阵蔺承佑在淮西道镇压彭震的叛乱，怎能料到滕玉意在长安也没闲着。他早就知道滕玉意不守规矩，但没想到这小坏蛋连这种事也能……

蔺承佑脑子里乱七八糟地想了一通，等他回过神，房里的声音仍在响。

都快一个时辰了，顾宪和邬莹莹仍未消停。

他也是今晚才知道，这种事原来有这么多花样。

蔺承佑心跳如擂鼓，身上的汗出了一层又一层，这种滋味，比平日打几场架都累。

他们有完没完了？再这样下去，他都快支撑不住了。

滕玉意趴在蔺承佑身上，没比蔺承佑好到哪儿去。

她脸烧得像炭，心也"怦怦"直跳，谁能想到今晚他们一来就撞见顾宪来找邬莹莹？

大约是即将启程回南诏国，怕日后没机会偷情，顾宪和邬莹莹这回比上次折腾得久多了。

蔺承佑虽然始终没吭声，但看上去比她还要难受，除了那块朱红色布条，脸上哪儿都是汗，汗珠正从他的太阳穴缓缓往下淌。

滕玉意伏在蔺承佑背上不敢抬头。

因为怕发出声响，她的脸颊一直紧贴着蔺承佑的脖颈，她能隐隐感觉到，蔺承佑已然到了忍耐的极限。他肌肤发烫，颈上的动脉跳得又急又快，这种燥热感仿佛能传染，连带她也跟着口干舌燥。

熬了一晌，滕玉意试图把头从蔺承佑的颈窝抬起，只要她的肌肤不和他的相触，或许两个人都会好受一点儿，结果刚一动，立刻被锁魂豸化作的软绳勒了回去。

滕玉意艰难地瞥了瞥蔺承佑，锁魂枭向来只听主人的使唤，这只能是蔺承佑的指示，她果见蔺承佑微侧下颌，大意是叫她别动。

顾宪本身会武功，偷情时意乱情迷，耳力自是不如平日机敏，但这不表示稍大些的动静不会惊动顾宪。

这种事被当面撞破，对谁都没有好处。

挨到现在，蔺承佑已经有点儿挨不住了，滕玉意随便一个轻微的举动都会令他耳热心跳，她再乱动，保不齐两个人会一起跌下去。

好在这时候，房里的人终于消停了。

蔺承佑和滕玉意同时松了口气。

邬莹莹娇喘着说了句什么，房里瞬即又响起细微的暧昧声响。

听着听着，蔺承佑嗤之以鼻。

他一听就知道，顾宪在与邬莹莹接吻。

这回他不再是门外汉了，他都吻过滕玉意好几回了。

这方面他很有自信，滕玉意是很喜欢被他亲吻的，他可不像房里的顾宪，像在啃什么似的。

蔺承佑被迫继续听房里的动静，表情却越来越不屑。

滕玉意因为早等得不耐烦了，也在暗暗撇嘴，眼珠子一转，却瞧见蔺承佑一脸鄙夷的样子。

咦？她正好奇蔺承佑在不屑什么，听得圆桌"吱呀"一响，顾宪似乎将邬莹莹从桌上抱了起来，听脚步声，似乎又回到了床边。

蔺承佑身上好不容易松快几分，听到这响动，不禁在心里把顾宪骂了几百遍。

还好这次两人没再继续做那事，说了一会儿话，顾宪穿好衣裳，恋恋不舍地下床离去了。

静待片刻，蔺承佑确定周围并无异状，胳膊往背后一揽，将滕玉意搂在怀中，抱着她轻飘飘地蹿到窗台上，侧耳听了半响，低声在滕玉意耳边道："去吧。"

滕玉意在蔺承佑怀里点点头。

蔺承佑固住滕玉意的腰肢把她往下放，滕玉意依照蔺承佑过去教她的招式，以一招漂亮的鹞子翻身纵入窗户。

尽管动作足够轻盈敏捷，仍惊动了屏风前的邬莹莹。邬莹莹刚要叫唤，看清是滕玉意，一下子哑了。

滕玉意笑着负手踱过去："上回在你房里瞧见一件好东西，觉得还不错，当时没顾上打听，回去后越想越爱，藏到哪儿了？借我玩一玩。"

蔺承佑在窗外无声地笑了，也只有滕玉意能做贼都做得如此理直气壮。

她这哪儿是商量，分明是硬抢。

不过不这样做，他们不可能得到赤须翼。

顾宪为了邬莹莹，罔顾人伦纲常，多半是迷恋邬莹莹的皮相，眼下这妇人容貌鲜妍，用不着赤须翼，日后为了继续吸引顾宪，少不得用异宝来保持容颜。

此物当世仅有一枚，邬莹莹怎肯割爱？纵算圣人亲自向南诏国讨要赤须翼，邬莹莹多半也会谎称东西已遗失，至于蔺承佑瞎不瞎，与邬莹莹又有什么相干？

滕玉意出面讨要就不一样了。她拿住的是邬莹莹的要害，此事一旦被传出去，南诏国国王为了皇室和儿子的体面，保不准会暗地里赐死邬莹莹。到时候别说荣华富贵，邬莹莹连性命都保不住。

聪明人最会权衡利弊。邬莹莹能先后得到新昌王和顾宪的眷恋，绝不可能只靠一张漂亮脸蛋。

如他所料，邬莹莹果然连喊都不敢喊，只恶狠狠地对滕玉意说："你把我这儿当什么地方了？！想来就来，想要什么就要什么？"

滕玉意自顾自地在房里翻找，过了片刻，似乎拿到了东西，抛下一句"这是你欠我的"，便沿原路翻窗出来。

蔺承佑俯身一捞，稳稳地将滕玉意捞入自己的臂弯里，滕玉意把一枚鸽子蛋大小的物事高兴地塞入蔺承佑掌心。蔺承佑一笑，低头在滕玉意的额头上亲了亲，身躯一纵，搂着她翩然跃上房檐。

半路上，滕玉意依照秘籍上所记载的法子暖好一壶酒。蔺承佑接过酒盏，正要送服赤须翼，滕玉意心里一慌，忙又扳住蔺承佑的手："真要吃？"

"你千辛万苦帮我弄来的，不吃岂不辜负你的一片心意？"

"我怕……"

蔺承佑指了指锁魂豸："这长虫能嗅出毒邪二物，刚才它瞧过了，至少这枚赤须翼是无毒无邪的。"

"但此物并非药材，万一吃下去对你身子不好……"

"阿玉，你什么时候变得畏首畏尾了？"

滕玉意迟疑着道："我……"

"巫后亲手炼制的蛊虫，自然不是寻常药材就能克化的，既然拿到了赤须翼，总要试一试的。"

"我还是……"

蔺承佑忽道："过些日子就要大婚了，我可不想盲着眼娶你进门。"

滕玉意哑然。

蔺承佑一笑："成亲那日，我想亲眼看着你。"

滕玉意脸一烫，蔺承佑这话，怎么听上去有点儿怪怪的？为了证明这不是自己的错觉，她凑近打量蔺承佑，蔺承佑面上若无其事，耳根却红了。

"你脸红什么？"她好奇地问道。

"你靠得太近了，当心碰洒我的酒。"蔺承佑头往后靠，口里低笑道。

滕玉意刚要开口，趁她分神之际，蔺承佑迅速服下了那枚赤须翼。

滕玉意紧张得直冒汗，勉强挨了一晌，忍不住帮蔺承佑解下布条："如何？"

蔺承佑皱了皱眉，随即缓缓摇头。

滕玉意叹气，到了这一步，或许并不是蛊毒难解，蔺承佑本是正道中人，却因为救她强行施行邪术，这等逆天悖理之举，本就会遭天谴。

静默一晌，蔺承佑表情反倒回归平静："别急，没准儿过几天就好了。尽人事，听天命。该做的我们都做了，接下来的事便交给老天爷吧。"

他们这一等，便等到了一个月后。

这样长的一段时日，照理赤须翼该发挥作用了，但蔺承佑的双目始终没有复明的迹象。

一日日期盼，换来一次次失望，滕玉意懊丧了几日，渐渐振作起来。她可是死过两次的人，早清楚这世上没有十全十美的事，或许就像蔺承佑说的，尽人事就好，眼盲的是蔺承佑，他都能那样豁达，她又怎能日日嗟叹？

眼下她还有更重要的事要做，因为她和蔺承佑的婚期越来越近了。

这日傍晚，滕府空前忙碌，前来道喜的亲朋好友络绎不绝，宝钮犊车将滕府门前堵得水泄不通。

据说司天台和清虚子道长共同用六壬、太乙、奇门三种卦式算了好几卦，最终根据蔺承佑和滕玉意的生辰八字定下两个好日子，一个在半年后，一个就是明日了。

滕府和成王府商量一番，一致同意将婚期定在靠前的那个日子。

时间虽紧，好在滕玉意的嫁妆是自小就开始筹备的。滕夫人过世后，滕府的管事们依旧遵照滕夫人的安排，岁岁添置，年年积攒，经年累月下来，单是绫罗绸缎就积攒了整整十车。

打从半个月前，杜夫人和杜庭兰就整日在滕府里帮忙操持诸事，滕玉意自己也没闲着，每日一早起来，不是同阿爷一起清点库房里的嫁妆，就是同姨母、阿姐检视妆奁和款待宾客。

香象书院的同窗们都知道滕家没有主母，自从得知喜讯，那些与滕玉意交好的娘子，例如郑霜银、邓唯礼、柳四娘等人，便自发上门帮着写花帖、拟单子，每日辰时结伴而来，忙到晚上用过膳才说笑着离去。

杜裕知父子也向国子监告了假。

滕玉意带着春绒、碧螺等大丫鬟四处忙碌时，总能看到姨父和表弟步履匆匆的身影。阿爷本就腿脚不便，每日操劳的事又多，凡有照应不到之处，一概由姨父出面代劳，绍棠为了帮忙清点各项礼单，几乎日日都窝在库房里。

每到此时，滕玉意胸膛里就充塞着酸胀的情绪：姨父满腹学问，一生磊落无私，却因性情太过刚直，始终未能实现自己的抱负，前世还因为表姐和姨母相继离世，落得晚景凄凉的境地。如今绍棠虽仍不能支应门庭，但至少不像前世那样懦弱胆小了。

这一切的转机，源自上巳节的那个晚上。一想到此处，滕玉意就越发思念小涯。

每晚睡觉前，滕玉意都会在窗前供案上准备好小涯爱吃的石冻春和鲜果，可等她早上起来再检视，酒和果子必定原封不动地放在那儿。

滕玉意心下怅惘，为此事，还特地请教了清虚子道长。道长说这种上古神剑会自行认主，来得突兀，走的时候也未必会打招呼。她身上的咒已除，小涯也算功德圆满，再强留也无益，不如随他去吧。

这日傍晚，滕玉意正腻着姨母和表姐说话，程伯过来传话，说老爷请娘子过去一趟。

杜夫人又惊又喜，忙把滕玉意从自己怀里搜出："说不定是世子的眼睛好了，好孩子，快去问问你阿爷是怎么回事。"

滕玉意匆匆到了书房，一进门就看见阿爷端坐在榻上，拐杖被放在一边，阿爷正望着手中的朱色小纸鸢发怔。

这纸鸢滕玉意很眼熟，阿娘去世那一年，她因为思念阿娘整日郁郁寡欢，阿爷为了哄她高兴，便亲手帮她扎了个小纸鸢。她记得那日阿爷穿着一件家常长袍，牵着她的手慢慢地把她从房里领出来。

到了花园中，阿爷先是蹲到她面前沉默地望了她一会儿，接着便把小纸鸢举到她眼前，认真地教她如何放线，滕玉意不肯让父亲带她玩，只听了几句就跑开了。

跑了一段路，她回头，父亲仍立在身后望着她，那时的父亲还很年轻，但因为阿娘离世，短短几个月就憔悴了不少。父亲那静若幽潭的目光，滕玉意一辈子都忘不了。

那之后没多久，父亲奉命率军打吐蕃去了，某一日滕玉意想阿爷了，就悄悄地将其取出，独自跑到花园，默默地放了一下午纸鸢。

事后她怕把纸鸢弄坏了，郑重地将其收在房里，本以为早弄丢了，前一阵因为清点嫁妆又找出来了。

阿爷大约也想起了往事。

滕玉意鼻根一酸，阿爷的神情那样萧索，她这一出嫁，往后府里就只有阿爷一个人了。

"阿爷。"

滕绍闻声抬眸，不提防看到女儿面有异色，勉强露出温煦的笑容，放下纸鸢冲女儿道："找你来，是有件事想告诉你。"

滕玉意静静地坐到父亲对面。

"今朝圣人在殿上为剿平彭震叛乱一事论功行赏。平叛之初，蔺承佑即率神策军成功夺回埇桥和涡口，此后又接连攻克彭震麾下数座重要城池，为剿灭彭党立下首功。圣人封其为清元王，另赐府邸和两千食封，府邸就在亲仁坊，你们成亲后先在成王府住一阵，等那边修葺好了便会另行开府。"

滕玉意怔了一下，"清"，取涤瑕荡秽之意；"元"，暗合蔺承佑的小名和他在皇室子弟中的排序。圣人对蔺承佑的疼爱和期许，光从这个封号就能看得出来。

她红着脸继续聆听。

"此外还有一件事需告诉你，圣人同意在南阳城外立碑了。"滕绍目中有些惘然，"你祖父为保全江山社稷立下大功，但在守城期间的食民之举有违伦常，四千多条人命，四千多个冤魂，民无贵贱，人命亦如此。圣人嗟叹良久，只说朝廷追封你祖父是先祖做的决定，他无权褫夺，斟酌再三，下旨将你祖父的画像从凌烟阁撤下，另行删去功臣簿上你祖父和两位伯父的名字，令史馆补录概要，同时在南阳城外立碑，凡过路百姓，皆可详知南阳守城战的真相。此碑由本朝第一匠作所制，所用石料极其坚固，据闻能屹立千年不倒，不必担心日后湮没于滚滚尘烟中。逝者不可追，真相却永不可灭。你祖父的功与过，交由后人评断。"

自此之后，滕家祖上的荣耀便荡然无存了，滕玉意却如释重负，南阳一战为滕家后人带来了崇盛的荣光，朝野上下一度人人称羡，但这何尝不是个沉重的枷锁？那耀目的光环落到头顶时，诅咒也悄然降临。为了还债，她和爷娘付出了何其惨重的代价。

她和父亲往后可以坦坦荡荡地行走在天地间。

"圣人又说，祖上之过，本就不该累及后辈，这些年阿爷为抵御吐蕃东征西战，那晚你为了御魔舍身跳井，种种功德，足以抵消大过，况且这是我们父女自发做出的义举，当另行嘉奖。圣人欲封阿爷为晋国公，欲赐你千匹绢帛，通通被阿爷坚辞了。阿爷……阿爷想用这些恩赏换一场法事。"

滕玉意眼眶一涩："为了阿娘？"

"你阿娘为了帮我们父女破咒，甘愿捐出自己的福报。"滕绍哑声道，"阿爷常在想，你阿娘这一生是被滕家给拖累了。如果当初娶你阿娘的不是阿爷，你阿娘定会平安喜乐。"

说着说着，滕绍声音低了下去。

滕玉意一哽，扬声道："阿爷这话才是辜负了阿娘的一片心。阿娘当初若有半分懊悔，绝不肯做那场法事。这些日子我清点我的嫁妆，样样都是阿娘去世前半年拟定的，还有阿爷你平日的穿戴，一大半是当初阿娘备下的。我想阿娘从不曾后悔嫁给阿爷，更不曾后悔生下我。那回在淮西道，阿爷为了帮女儿破咒，自愿穿上逆写《黄庭遁甲缘身经》的衣服，心里可曾懊悔过？阿娘的心岂不就同阿爷一样？"

她说到最后，气息和话语全哽在了喉咙里。

滕绍清然泪下。

他四岁丧父、丧兄，是寡母拉扯他长大，为了不辱没滕家的忠烈之名，十几岁就上阵杀敌，不论遇到多大的事，他都习惯自己扛。他是行军打仗的天纵之才，年纪轻轻就名动天下，可当他以为自己能扛住世间所有风雨时，命运戏耍了他，他连自己挚爱的妻子都没能护住。自从得知真相，他没有一天不活在愧悔中，那种噬心之痛，足以将他压垮。

女儿聪慧过人，一眼就看到了他的骨子里，女儿的一句慰藉，胜过世上一切灵丹妙药。

一时间，房里阒然无声，滕绍闭着眼，不知不觉已是泪流满面。

"阿爷。"

过了许久，滕绍强自振作精神，只是声音仍有些发颤："好孩子，你这样说，阿爷心里好过多了。你能这样想，可见有多体恤你母亲。明日你就要出嫁了，往后阿爷不在你身边，你得带上阿娘对你的那份珍爱好好活着。你过得越好，阿爷和你阿娘就会越高兴。"

滕玉意没言语，只一个劲儿地抹眼泪。

滕绍眼中噙着泪花凝视女儿，脸上慢慢恢复坚毅的神色："阿爷的话说完了。明早你便要出嫁了，今晚需早些睡，回吧。"

滕玉意望着父亲空荡荡的左腿，不由得心酸到极点，"扑通"一声跪到榻前："阿爷残了腿，我这一走，往后就没人帮阿爷磨墨沏茶了。过去这十年，女儿没能跟阿爷好好相处，唯有死过一回，才知道阿爷有多么不易。从去年上巳节至今，阿玉在阿爷膝下尽孝刚一年，对女儿来说，不够……"

滕绍料到女儿要说什么，哑声打断女儿的话："傻孩子。婚期是圣人指的，岂能说改就改？你为阿爷做的一切，早就重过'孝道'二字了。你且想想，要不是你过去这一年不畏艰难，我们父女俩终究躲不过劫难。"说着，滕绍欣慰一笑，"阿爷今日才从圣人口里得知，蔺承佑前日在御前为你请过旨，他说你遗失了小涯剑，往后即便跟着他除妖恐怕也无法积攒功德。他一来知道你记挂母亲，二来也担心错勾咒还未完全清除，于是想在大婚之后与缘觉方丈去南阳城为那些亡故的百姓作法超度。法事盛大，南阳与长安相距千里，蔺承佑双目已盲，来回奔波比旁人更为艰难，这样费心费力，不过是为了帮滕家消除冤孽。这孩子有多看重你，光这一桩事就能瞧出来了。"

滕玉意的泪花凝在眼眶里。

滕绍含泪蔼然笑道："好孩子，你的心干干净净，你就该嫁给一个重情重义的少年郎。明朝就要嫁给你的心上人了，你阿娘若知道你为自己选了一位如此出色的郎君，不知会有多高兴。"

滕玉意泪眼婆娑，仍不肯离开父亲膝前。

滕绍俯身硬将女儿搀扶起来。

"再说下去阿爷该难受了。想想你和蔺承佑吃了多少苦头才有今日，你该欢喜才是。屋里定然还有不少事要忙，快去吧。"

滕玉意抹了把泪，离开时一步三回头，到了门口回头望，父亲仍无声地望着她，灯火中，父亲巍峨的身影像一座高山。

滕玉意心里装了太多事，当晚挨到后半夜才睡着，睡得正沉时，迷迷糊糊地感觉有一双手轻轻地抚摸她的脸颊。

小涯不在了，最近常有魂魄入她的梦。玄音铃在腕子上轻轻地响着，那响动就如那双手一样温柔。

滕玉意睁不开眼睛，眼睫却湿了。

"阿娘……"

只有阿娘有这样纤秀的手指，也只有阿娘才会这样亲昵地抚摸她。

"阿娘……"滕玉意在梦中低低啜泣，"来为女儿送嫁吗？"

那双手停在了滕玉意的肩头，轻缓地拍打着，就像幼时母亲为了哄她睡觉常会做的那样。

滕玉意噙着泪，孩子气地呢喃："女儿嫁的郎君，阿娘可还中意……"

她的耳边隐约有叹息声，是不舍的，也是欢喜的。

滕玉意眉头慢慢松开，母亲的手犹如一缕清风，渐渐抚平她心头所有的离愁和哀惋。

早上滕玉意醒来，发现泪水打湿了衾枕。

没等滕玉意下床，杜夫人就带着两位喜娘把她从衾被里提了出来。

成亲历来在傍晚，但白日尚有许多礼仪，滕玉意昨夜睡得浅，起床后一个劲儿地打瞌睡，人虽坐在妆台前，脑袋却一点一点的。

杜夫人和杜庭兰扶稳了滕玉意的脑袋，让喜娘随便折腾。

昨晚府里的人大半未睡，这会儿早就忙碌了半晌了，滕玉意被拖到屏风后穿嫁衣的时候，忽听姨母同表姐说："绍棠真这么说？"

杜庭兰"嗯"了一声："世子这几日压根儿没在长安，今日天不亮才赶回成王府，绍棠过去送东西的时候，正好听到门口的小厮说起这事，府里人唯恐世子赶不回来，个个都要急死了，还好世子及时赶回来了。"

滕玉意登时精神了。

南阳城与长安相距千里，去南阳不可能这么快赶回来，看来他去了别处，但眼看要大婚了，蔺承佑又能跑到何处去呢？

杜夫人满含希望地道："世子能自行出长安，莫非眼睛好了？"

"不大像。世子带了一大帮扈从，而且绍棠说世子眼上还束着布条。"杜庭兰轻叹。

滕玉意正竖着耳朵听着，就听外头说笑声骤起，各府的女眷联袂而至。

到傍晚时，一切准备停当，忽听锣鼓喧天，丫鬟们兴奋地跑进来禀报："迎亲的来了！"

屋里越发忙乱。

喜娘将一把早就准备好的团扇递给滕玉意，一左一右扶起滕玉意。

滕玉意屏住呼吸握稳扇柄，沿着铺好的毡毯往外走去。毡毯花团锦簇，踏上去寂寂无声。四周满是欢声笑语，她隔着团扇也能感觉到友善的目光。

她的背后忽有人小声啜泣，却是姨母和阿姐。滕玉意一来舍不得她们难过，二来自己心里也生出强烈的不舍，回头想安慰姨母和阿姐，喜娘却硬将她拦住了："今日大喜，不兴回头看。"

杜夫人和杜庭兰忙跟上前，强颜欢笑，叮嘱道："阿玉，你好好的。"

滕玉意到了中堂，喜娘在耳边提醒滕玉意："滕将军送嫁。"

滕玉意透过团扇的绡纱，隐约看到庭前站着一个高大的身影，他拄着拐杖，却站得极稳。

到了近前，滕玉意垂眸望见阿爷的袍角，突然间泪如雨下。

那是她亲手为阿爷缝制的佛头青襕衫，阿爷平日舍不得穿，今日郑重其事地穿上了。

滕玉意泪盈于睫，跪下磕了三个响头："阿爷，您保重。"

滕绍双眼噙着泪花点头，过了片刻才道："今日吾儿出嫁，要欢欢喜喜的。起身吧，阿爷送你出门。"

滕玉意跟随父亲稳健的步伐，一步一步地往外走，每走一步，眼中的泪就积聚一点儿。他们到了二门外，礼乐声骤起，门口鲜车健马，聚满了前来迎亲之人，放眼望去，不是长安有名的大才子，就是与蔺承佑交好的贵要子弟。

另有东明观的五位道长和绝圣、弃智等人。

人群簇拥着一位身着红袍的郎君，骑白马，辔紫鞍，俊如珠玉，朗若朝霞，意态潇洒，未语先笑。

喜娘似是头一回看到这般俊美的新郎，立时屏住了呼吸，滕玉意身后安静了一瞬，有外地来的女眷窃窃私语："这便是成王世子？当真跟画上的人似的。"

绝圣和弃智在马上探头探脑，一看到滕玉意出来，高兴地嚷道："师兄！"

五道等人打趣道："瞧这两个傻小子，什么'师兄'，那是你们师兄的新妇。"

众人哄然大笑，绝圣、弃智憨笑挠头。五道想起滕玉意和蔺承佑这一路走来的诸多不易，笑容中还透着几分唏嘘之意。

每个人都那样高兴，这种热气腾腾的欢乐氛围冲淡了滕玉意心里的惆怅，她心窝暖洋洋的，然而不敢四处张望，只奇怪自己一露面就有一道灼灼的视线落在自己身上。天色虽不早了，但她很确定那目光是从蔺承佑的方向投过来的。

她心里有些疑惑：蔺承佑一个月前吃了赤须翼，但一直没有复明的迹象，双目看不见，他怎么可能这样灼灼地注视她？

莫非他复明了？

真如此的话，蔺承佑怎会不让她提前知道？

这样想着，滕玉意打算偷偷地看蔺承佑一眼，两位喜娘却二话不说就把滕玉意推上了犊车。

滕玉意端坐在青庐中，身边堆满了糖果金钱，帐内静悄悄的，外头却笙鼓鼎沸。

沃盥礼行了，却扇礼行了，合卺礼行了，结发礼行了。① 礼数一成，她和蔺承佑便正式结为夫妻了。

再过一会儿，蔺承佑就该回到青庐了。想到此处，滕玉意下意识地揪紧那厚重的青绿裙角②。

只恨行礼时四周挤满了人，她都没机会仔细瞧蔺承佑，但即便只是飞快地瞥了几眼，也瞥见了蔺承佑注视自己的目光。

那双眼睛漆黑如墨，笑意似能漾到她心里去。

她知道以蔺承佑的性子，今日成亲必然不愿再在眼上束上一根布带，但看他的一举一动，他哪儿像眼盲之人？

两人拜天地时，蔺承佑不时会回头笑着看她，成王府占地广阔，他们光从中堂走到青庐都要花费不少工夫，但无论在何处行礼，蔺承佑总不忘关照她。

喜娘们撒帐时，滕玉意头上落了不少玉箔和果子，蔺承佑与滕玉意行合卺礼时，他顺手替滕玉意摘下鬓边的一个小果子，这举动情意流露，引来屋内一阵笑闹声。

"看来世子极喜欢自己的新妇。"

"可不是，新妇花容月貌，谁瞧了不喜？你们瞧，世子和新妇坐在一起，当真

---

① 沃盥礼、却扇礼、合卺礼、结发礼等，都是唐时婚礼必不可少的礼节。

② 据唐时旧仪，新娘着绿裙，新郎反而着红袍，所谓"红男绿女"。

是一对璧人。”

此时，滕玉意几乎可以确定蔺承佑复明了，但她仍不相信蔺承佑会瞒着自己。蔺承佑该知道她得知此事会有多高兴，可他竟然瞒着她。

再说了，赤须翼可是她抢来的。

滕玉意越想越气，忽听帐外传来脚步声，心猛地一缩，再一听，又悄悄松懈下来。

来者是碧螺和春绒，她们身后还跟了七八个嬷嬷和小丫鬟。

“娘子，热汤备好了，这一天都快累坏了，盥洗后换上寝衣吧。”

滕玉意抬眸打量那几个面生的婆子，她们那样谦恭和气，一望便知是成王府的老人，她本想问碧螺“你们瞧蔺承佑是不是复明了？”，见状，对着几个嬷嬷笑靥浅生，把话悄悄又咽了回去。

一座青庐，辟作两间，外头是喜帐，里头是净房。

滕玉意到净房脱下厚重的嫁衣，浴洗一番，湿淋淋地从浴斛中出来。

春绒和碧螺正帮滕玉意擦拭身子，就听外头的嬷嬷讶然道：“咦，大郎这么快就回来了？”

紧接着她就听见脚步声传来，果然是蔺承佑，入内后，他似乎怔了一下，笑问：“她呢？”

这个“她”，自然是指滕玉意。

滕玉意一颗心提到了嗓子眼，手忙脚乱地让春绒和碧螺帮自己穿衣裳，等到重新裹得严严实实了，才稍稍松了口气。

“丢不了。”嬷嬷笑着说，“玉娘在里头盥洗呢。”

蔺承佑“哦”了一声，顿了顿道：“没什么事的话，嬷嬷们先下去吧。”

滕玉意低头望望自己，身上只穿着寝衣，便低声对碧螺和春绒道：“你们出去把外裳拿给我。”

碧螺错愕地道：“都换了寝衣，怎还要穿外裳？”

滕玉意清清嗓子：“啰唆。叫你拿就去拿。”

碧螺不肯：“白日穿了一天，嫁衣上有汗，再穿上恐怕不好。”

滕玉意说：“那……那你们就去给我找一件别的衣裳。”

春绒无奈地道：“娘子这不是无理取闹吗？箱笼都被送去了世子住的东跨院，临时去拿岂不大费周章？”

“我不管。你们自去想法子。”

二婢干脆撇下滕玉意，匆匆地出了净房，出去后似乎只与蔺承佑见了个礼，便告辞离去了，仅一瞬，外头回归安静。

滕玉意悄悄地走到帘前，正要塞帘往外看，有人把一件裙裳递了进来。

"是不是在等这个？"

那正是滕玉意刚脱下的青绿色中裙。

滕玉意心一跳，就听蔺承佑在帘外道："还要我给你拿别的吗？"

第十二章
紫灵天章球

蔺承佑倒是没进净房，只在外头给滕玉意递了裙裳。

他的手指修长白皙，衬得那件裙裳的颜色更加鲜嫩。

滕玉意感觉自己的脸又开始发烫，心道定是净房太热才会如此。

她不肯接："碧螺和春绒自会帮我拿。"

"别等了。我嫌她们碍眼，早把她们打发走了。"

"你……"滕玉意扬声道，"她们可是我的丫鬟。"

"这儿还是你和我的青庐呢。"

此话一出，滕玉意连耳朵都开始发烫。

"你打算在净房里赖到天亮吗？"蔺承佑的话里透着笑意。

滕玉意磨蹭着接过蔺承佑手中的裙裳，低下头，窸窸窣窣地系中衣和中裙，刚穿戴妥当，帘子忽地一动，蔺承佑探手捏住滕玉意的手腕，一下子把她拖了出去："你出来，我们好好说话。"

滕玉意挣了一下没挣脱，只得半推半就地被蔺承佑拖着走。

好在她身上不再只穿着一袭轻薄柔软的寝衣，这让她多少自在了些。

生气归生气，她没忘记仔细打量蔺承佑，他步伐那样快也就罢了，回头看她时，目光灼灼，简直能烫到她的心窝里。

这下再无疑义了，蔺承佑就是复明了。

滕玉意喉头一哽。先前她还有佯怒的成分，这下是真生气了。

这段时日，她的心都要被他折磨碎了。

她认识的蔺承佑，是个整日在长安坊市间策马驰骋的潇洒少年，在她心里，这世上就没有蔺承佑破不了的案、降不住的妖，但自打他盲了眼，一切都和从前不一样了。她看到过蔺承佑查案受阻时的落寞，也目睹过他在人后不经意间流露的消沉。他就如一条被困在浅滩的蛟龙，从前有多洒脱，眼下就有多困窘，偏偏他还那样骄傲。

午夜梦回，她睁眼望着漆黑的帐顶，想起蔺承佑整日都处在这种光景里，心就会阵阵疼痛。

只要能帮他复明，别说只是成亲和谋取赤须翼，便是上刀山下火海她也义无反顾，不为自己，只为能让他像从前那样恣意快活。

绍棠说蔺承佑头几日不在长安，可见蔺承佑的眼睛绝不是今日才恢复的，明知她有多盼着他复明，蔺承佑却根本没想把这个好消息告诉她。

她越在意，就越恼火。

滕玉意挣了挣他的手，恼恨地说："可我现在一点儿也不想跟你说话。"

蔺承佑脚步一顿，青庐那样小，他这一回身，滕玉意不免一头撞到他怀里。

"阿玉。"

滕玉意扭过头拒绝与蔺承佑对视，这时，眼前突然落下一根奇怪的红绳。

滕玉意一怔：这是何物？

蔺承佑趁她发愣把她拽到床榻上坐下，然后抓住滕玉意的手，让她触碰自己的眼睛。

"我好了。"

滕玉意心又是一酸，气恼地抽回自己的手："看出来了。蔺承佑，今晚你别指望我跟你说话！"

"我没成心瞒着你。"蔺承佑忽地道。

滕玉意不接茬儿。

蔺承佑低眉打量滕玉意，她生气的时候，脸颊像一颗仙桃那样柔嫩，让他望着望着，心都要化开了。

他萌生出一种触碰那柔嫩脸颊的冲动，但心知她在气头上，又暂且按捺住，清清嗓子正色道："五日前是我第一次能看见东西，当时第一个念头就是告诉你，但没等我走出东跨院，又盲了，接着就这样反反复复，没一次复明能撑过半个时辰。那几日我备受折磨，好的时候狂喜不已，坏的时候像被打回地狱。我不敢告诉你，是怕你白高兴一场，万一我又瞎了，那种失落感我怕你承受不住。"

滕玉意不肯转脸，耳朵却支棱着，听到最后，心弦已被牵动，蔺承佑的语气里有种罕见的患得患失的意味。他不只为自己，更多的是为她。

　　肚子里的气一下子就消了，她缓缓转过头，抬眸望向他的眼睛，蔺承佑的眸子像天池的寒泉，大多时候黑得如墨一样，只有在烈日下眸色才会稍稍浅些。

　　若是蔺承佑含笑看一个人久些，再静谧的心湖都能被撩动。

　　先前这双眼睛大多时候静止不动，这一回，她不只能在他的眼睛里看见自己小小的倒影，而且，只要她稍微一动，他的目光也会随着移动。

　　他能看见她了……目光那样专注，那样幽沉，仿佛除了她，这双眼睛里根本装不下旁物。

　　滕玉意喉头涩涩的，等到回过神，她的手指已经万分珍重地触上了他的眉眼。

　　飞扬的眉，带笑的薄唇……再挑剔的审视者都得承认蔺承佑生得极好看。

　　抚着抚着，滕玉意有点儿恍惚，也许不只是今生，前世在玉真女冠观的赏花会上，当她第一次看到那个背着金弓穿过花园的少年时，她的心、她的眼，就记住了面前这双眼睛。

　　蔺承佑眼睛一眨不眨地谛视着滕玉意，她的手指离自己越来越近，这使得他的心跳不受控制地加快，这不是他脑中想象出的画面，而是真真切切能落在眼里的事实，她的每一个举动都似有魔力，让他完全挪不开眼。他默然望着滕玉意，任凭她轻轻触上自己的眼，她的手指碰到自己皮肤的一刹那，那温热的触感让他的胸口生起飘飘忽忽的酸胀感。

　　他索性捉住滕玉意的手腕，把她拉得离自己更近些，这样才能方便她尽情端详自己。

　　滕玉意轻轻挣扎了一下，挣扎的幅度微乎其微。

　　蔺承佑笑了，低下头抵住滕玉意的额头，目光一寸寸地在滕玉意的脸上游移，她嫣然的红唇，比他记忆中的更饱满。

　　“昨日在洛阳，我复明后维持了一整天，自打有复明的迹象开始，这还是头一回，可惜当时在洛阳，我没机会赶回来告诉你。今日嘛，是第二回。”

　　滕玉意呼吸正发颤，闻言眨了眨眼，原来如此。今日是她和蔺承佑的大婚之日，蔺承佑偏偏大老远跑到东都去，路上那样颠簸，他双眼并未完全复明，若是没及时赶回长安，这亲结还是不结？

　　“你就不怕临时赶不回来吗？”她嗓音低柔，话语里却有着娇嗔之意，呼出的清甜气息若有若无地拂过蔺承佑的脸。

蔺承佑眸色更深了。

"成亲前莫名其妙地跑到洛阳去，"滕玉意低声责问他，"今早才赶回。你说，你是不是没那么想娶我？"她说话时学蔺承佑注视自己的样子，用目光一点点地扫过他的脸庞，虽说在责问，语气却近乎呢喃，轻飘飘地落入对方耳中，让人耳热。

说完这话，滕玉意有些慌乱，桃腮一躲，便想逃开蔺承佑的注视，怎知这时候，蔺承佑右手往下一探，一把捉住了她的脚踝。

滕玉意的心漏跳了几拍，她只穿着寝衣和中裙，蔺承佑这一握，正好握住了她的裤腿，料子薄透，他掌心的温度仿佛能顺着她的小腿往上蹿。

"你……你要做什么？"滕玉意有些结巴，试着往后抽脚，哪知蔺承佑握得很紧。

蔺承佑脸有点儿红，语气却十分正经："别动。"

他另一只手上缠着一条长长的红绳。

滕玉意早就好奇这红绳是从哪里来的了，一时忘了收腿。

"这……这是何物？"

"双生双伴结。"蔺承佑撩起滕玉意的裤腿，欲将红绳系上去，望见那莲花瓣一般白净的脚踝，喉头莫名一紧。

他强行移开目光，把脑中乱七八糟的念头暂时撇到一边，抬高滕玉意的脚踝，专心帮她系红绳。

"刚才你问我为何去洛阳，瞧，就是为了弄这个。"蔺承佑道，"这是当年中黄真人留下的法器，现存于洛阳紫极宫。据《灵宝五符真文》记载，此物性灵，只要夫妻在成婚之夜把这条红绳系在各自的脚踝上，下辈子……"蔺承佑顿了顿，"还有机会结为夫妻。"

滕玉意屏息听着，闻言，微微瞪圆眼睛。

"虽说不一定能成，不过试试总没坏处。"蔺承佑脸皮一向比旁人厚，说这话时居然有点儿赧然，"据说它本是当年狐仙求偶时留下的精丹，中黄真人用炼丹炉将其炼成了一条红绳。这可是我千辛万苦才讨来的，眼下你的诅咒已消除，但未必为下辈子攒下了什么福缘，万一遇上灾厄，说不定会落得魂飞魄散的下场。我就不同了，我是修道之人，只要一生不行恶，下辈子也会福泽深厚。有了这条红绳，我就不怕找不到你……"

半天没等到滕玉意接茬儿，蔺承佑抬眸望向滕玉意："怎么，不愿意吗？"

滕玉意怔怔地望着他。

一条红绳，就那样静静地被攥在他指间。为了她，哪怕只是一个虚幻的祝福，他也愿意试一试。

有了这条红绳，我就不怕找不到你了……

看滕玉意不说话，蔺承佑扬了扬眉："我可是这世上最好的郎君，即便下辈子也差不到哪儿去，如果不是遇上这世上最好的小娘子，我才不会试这个法子。你要是不愿意，那我……"

滕玉意猛地扑到蔺承佑的怀里，搂住他的脖颈哽声说："愿意，我愿意！"

她一扑之下，不提防蔺承佑顺势往后一仰。滕玉意趴在他的胸膛上，红唇差点儿碰到他的唇，她慌忙抬眼，正好对上他乌沉沉的眼眸。

蔺承佑望见她眸子里的水雾，心中一荡，翻身压住她。

滕玉意心跳声震耳欲聋，蔺承佑的手游走到哪儿，哪一块皮肤就像着了火，她想躲开，只恨浑身的力气像被他抽走了似的，只能任由他施为。

忽然，蔺承佑捉住她的手，在她耳边喘息着说："阿玉，你也帮我系上。"

"什么……"

"红绳……"

青庐里，一时只能听到两个人急乱的呼吸声，忽然有人大声咳嗽："看来老夫来得不巧。"

床上一静，接着两人便是一阵慌乱，滕玉意吓得钻入衾被，蔺承佑差点儿从床上滚下去。

蔺承佑恼羞成怒，随手抓起一个果子便要当作暗器掷出去，待看清那人，他硬生生地收住了动作："是你？！"

滕玉意也觉得那声音耳熟，气喘吁吁地从衾被里抬起头。

青庐的角落里放着一张案几，案几上不知何时多了一把碧莹莹的小剑。

剑上，盘腿坐着一个小老头儿。

滕玉意冷眼一看，老头儿的眼睛上竟像模像样地系着一块红绸，这装束与前些日子蔺承佑盲眼时的装束一模一样。

"小涯！"滕玉意又惊又喜，一时竟忘了害羞，忙要从被子里钻出来，蔺承佑胳膊一挡，又将她拦回去了。

"你这学人精老头儿！你也眼盲了吗？"蔺承佑外袍半敞，脸色潮红，一时竟不知是恼怒还是烦闷，没等平复呼吸，迅速下床束腰带。

小涯把脸一仰，咂巴着嘴说："不错，世子一复明，又像从前一样嚣张了。老夫倒是没眼盲，但所谓'非礼勿视'，闻知二位今夕佳礼，老夫生恐误撞见什么，是以提前用红绸遮上了眼睛。你们放心，方才我可什么都没瞧见。"

这下连滕玉意也有点儿生气了，拉高衾被把自己的脑袋蒙住："前一阵我日日等你不见你，为何独独今晚找来了？"

蔺承佑一抬下巴，没好气地说："你是成心的？你要做什么？"

小涯叹了口气："滕娘子灾厄已度，老夫本想不告而别的，回到渭水才发现自己身上带着脏污，用惯了世子的浴汤，只好又回来寻你们了，还好来得及时，再晚些我就用不了世子的浴汤了。"

蔺承佑被这话气笑了："就为了讨我的浴汤，你就跑来坏我和阿玉的……"好事？

顿了一下，他又改口道："我欠你的？"

"小涯，"滕玉意有点儿伤心，在被子里闷闷地说，"如果不是为了讨浴汤，你是不是压根儿没想过回来看我？你走时就没有半点儿不舍？你知道我至今还天天为你准备果子和酒吗？"

小涯满不在乎地耸耸肩："器灵的天职是护主，老夫功德已满，该回去等待下一个需要度厄的有缘人了。滕娘子的酒和果子虽好，老夫也不能赖在你身边一辈子不走不是？"

滕玉意一噎。这会儿蔺承佑已经重新穿戴好，回手放下帘幔将滕玉意遮得严严实实，走到案几边，一撩衣袍，半蹲下来打量小涯。

小涯仰着小脸，眼上的绸带红得像火。似乎察觉到蔺承佑在观察自己，他再次咂巴了一下嘴。

他这模样简直无赖到了极点。

"你要浴汤我就得给？"蔺承佑哂笑，"劳你白跑一趟，今晚我还偏不盥沐了。"

小涯慢悠悠地抱起了胳膊："老夫早就知道世子爱干净，平日天天沐浴，连澡豆都是专用的，今日大礼出了那么多汗，怎会不盥沐？方才太情急没顾得上，这会儿该补上了。"

蔺承佑的脸烧得像火炭，他冷不丁出手，便要捉住小涯，不料小涯一翻身就没入了剑身，饶是蔺承佑动作快如闪电，也差了半寸。

"你出来，我好好招待你。"

小涯自是不肯出来："老夫也不是成心来讨人嫌的。世子且想想，当初如果没有老夫，你和滕娘子怎会在紫云楼相遇？细论起来，老夫还是你和滕娘子的大媒人呢。就冲这个，世子给老夫准备一百桶洗澡水也是应该的……"

"是绝圣、弃智的不能用，还是我师公的不能用？他们也都是有道家真气的纯阳之躯，为何今晚偏要来讨我的浴汤？"

"这个嘛……"

蔺承佑睨着剑柄，忽然有点儿明白过来了："你也有点儿舍不得阿玉是不是？"

滕玉意正躲在幔帐后急急忙忙地穿裙裳，听到这儿，忙掀开一条帘缝往外看。

小老头儿慢腾腾地从剑里钻出来，坐稳后用小手掩住自己的脸，有点儿赧然的样子。

蔺承佑笑了："据我所知，器灵与主人的缘分是有定数的。时辰一到，绝不能再拖着不走，你同我要浴汤，是知道若是强行折回对自己的灵力颇有损害，可你又舍不得阿玉。"

所以他明明都狠心走到渭水了，又大老远折回来见阿玉一面。这浴汤不是为了清洗所谓的"脏污"，是对这一趟行程所损失灵力的弥补。

小涯继续捂着脸，嘴里却咕哝道："什么舍得不舍得的，老夫可不是婆婆妈妈的人。老夫是惦记滕娘子的石冻春和蟠桃，这样的好酒、好果子别处可觅不着。"

滕玉意刚才还为小涯满不在乎的告别伤心，这会儿突然又有点儿酸楚："小涯。"

蔺承佑想了想，让小涯钻到剑里，起身道："你等着。"

他到床边坐下掀开床幔往里看，发现滕玉意重新穿上了外裳外裙，便拉着她下床，倾身在她耳边说："我出去要汤。"

滕玉意红着脸"嗯"了一声。

不一会儿，嬷嬷们鱼贯而入，一拨负责奉热汤和巾帕，另一拨则端着一盘盘鲜果和一壶壶美酒。

蔺承佑是最后一个进来的，手里还提着两壶样式特别的酒。

嬷嬷们只当新妇要吃喝，安置东西时，不免含笑打量坐在床畔的滕玉意。

蔺承佑却道："这一天我也没好好吃东西，这会儿早饿了，干脆好好吃喝一顿再睡觉。"

说着他屏退嬷嬷们，把酒放到案几上，清清嗓子道："我去盥洗了。"

滕玉意没好意思回视蔺承佑，只应了一声，走到案几前坐下，敲敲剑柄："你出来。"

小涯重新钻出来，滕玉意歪头端详小涯："你这样我有点儿不习惯，把绸带摘下来吧。"

小涯摸索着扯下绸带，冷不丁看到面前的盘盏，新鲜果子琳琅满目，各色各样的酒水也有七八种。那双绿豆眼顿时绽出精光，他搓了搓手说："嘿嘿，世子可真大方，老夫这趟来得值。"

滕玉意为自己和小涯各斟上一杯酒："如果没有你相伴，我也不能度过这场灾厄，本以为没机会见你了，还好今晚补上了。"

说着，她郑重其事地举起酒杯："小涯，这杯酒，我敬你。在我最困顿、最黑暗的那段时日，幸得有你为我引路。"

小涯忽然把头扭向一旁，不接话也不喝酒，滕玉意好奇地倾身，意外发现小涯眼眶有点儿红。

"小涯……"

小涯胡乱揉了一把眼睛："来的时候也不知在哪儿碰上脏水了，害得老夫眼睛疼。"

说着他转过头捧起那一小杯酒，"咕嘟咕嘟"一饮而尽。

"这是何酒？闻着比石冻春还香。"小涯意犹未尽地眯了眯眼。

"换骨醪。"滕玉意说。遥想当初，这两瓶换骨醪还是她为了感谢蔺承佑的救命之恩送给他的，看样子蔺承佑一直没喝，今晚为了招待小涯倒是痛快地拿出来了。

滕玉意感激地瞥了一眼净房的门帘，这世上怕是没有第二个比蔺承佑更懂她的人了。

"此酒不易得，我和世子都没舍得喝，滋味还不错吧？"滕玉意帮小涯斟上第二杯酒。

小涯感慨万千："何止不错，堪称瑶池仙酿。在滕娘子身边这一年虽说没少受惊吓，但美酒算是实打实地喝过瘾了，到了下一任主人身边，也不知道能不能有这种际遇。"说话间瞥见滕玉意裙摆后方的红绳，小涯愣了愣。

滕玉意顺着他的视线回头一看，红绳本该系两头的，可没等她帮蔺承佑系上另一端小涯就冒出来了，那一头还系在她的脚踝上。

"这是……"小涯待要细看，门帘一动，蔺承佑盥洗完出来了。

他换了一件簇新的朱色锦袍，鬓边仍湿漉漉的。

滕玉意忍不住瞄了瞄蔺承佑，看他手里拿着个囊袋，料着其中是浴汤，奇怪地道："何不干脆让小涯到浴斛里供奉？"

蔺承佑撩袍坐下，顺手把囊袋里的浴汤倒进一个琉璃盆内："那可是我和你的浴斛，怎能让旁人用？"

这话让人面红耳赤，小涯却眉开眼笑，纵身跳入琉璃盆中，欢畅地在盆中游来游去："这么多浴汤够老夫洗好几回了。"

蔺承佑拿过滕玉意手里的酒壶给自己斟了一大杯酒，一本正经地对着小涯举了举杯："小涯，冲着你帮吾妻度过最难熬的那段时日，我也该敬你几杯酒。听说你是青莲尊者当初用玉笏制成的法器，专为有缘人度厄，道观和佛寺禁锢不住你，你一蛰伏便是数十年甚或上百年。今夜我们夫妻与君一别，今生怕是再也无缘相见了。大恩不言谢，这一杯，蔺某先干为敬。"

这是蔺承佑头一回用如此敬重的口吻同小涯说话，此话一出，一股浓浓的伤感离愁在青庐里弥漫开来，小涯也不瞎三话四了，默默地游到盆边抱住酒杯慢酌。

滕玉意连酒也不喝，只留恋地望着小涯，忽道："对了，说到挑选主人，我还有件事没来得及问你呢。菩提寺的智仁和尚告诉阿爷，你能来到我身边，是因为我阿娘……"

她哽了一下。自从经历过生离死别，她早已体恤阿娘的苦心，但每回提到此事时仍不免伤感，过了片刻，她勉强稳了稳心神："我和阿爷背负不止一个人的诅咒，不破咒，注定会一次次死于非命。阿娘第一世没能成功帮我和阿爷度厄，第二世才把你求到我身边。上一世的事我虽然猜得八九不离十了，但未必就是真相，如今我灾厄已度，你总不怕泄露天机了，能不能告诉我上一辈子杀害我的人，还有帮我借命的人都是谁？"

小涯摆摆手道："不成的，不成的，这话真要说出来，老夫再洗一百次世子的浴汤也不管用了。"

似是怕滕玉意和蔺承佑追问，小涯冷不丁地从琉璃盆里爬出来，抖了抖身上的水，精神矍铄地跳到剑上："喝也喝了，吃也吃了，告别也告别过了，老夫在滕娘子身边待了整整一年，再赖着不走对你我都不好。世子，劳烦你把我搁到贵府的井边吧，方才我瞧过了，那井就在不远处，天下水源相通，老夫自有法子回到渭水。滕娘子，老夫一向只出现在需要度厄之人身边，你千辛万苦破了错勾咒，往后定会平安顺遂的，今夜一别，你我后会无期！"

说罢，他一狠心钻入了剑身。

滕玉意倾身抓向小剑，但到底迟了一步。她望着那柄莹透安静的小剑，眼泪一刹那湿了眼眶。过去这一年，她经历了很多事，结识了很多人，这个最初给她以琼琚的小人儿，到底要离她而去了。她心里满是不舍之意，扭头对蔺承佑说："我想送送小涯。"

"那我带你出去。"

"可我是新妇，不能出青庐。"

蔺承佑笑道："阿玉，你是个守规矩的人吗？从前你都过得随心所欲，嫁了我难道就该缚手缚脚了？半个时辰前我就让人把青庐附近的人都驱散了，这会儿出去不必担心撞见人。"

说着他指了指自己的肩膀："来。"

滕玉意破涕为笑，上前伏到蔺承佑的肩膀上，蔺承佑把小涯剑递给滕玉意，转头对身后说："你我之间哪儿有那么多规矩？你想做什么就做什么，想说什么就说什么，万事都有我护着你，再任性的事我都陪你做。"

滕玉意的笑容从心中蔓延到脸上，她闻着他脖颈上的清冽气息，懒洋洋地"嗯"了一声。

蔺承佑忽然想起什么："记得那回你和李淮三对质时说过所谓'上辈子'的事，你上辈子是不是也想嫁给我来着？你是不是一早就知道我有多好了？"

滕玉意一默，忙否认："胡扯。李淮固的话你也信？压根儿没有的事。"

蔺承佑"啧"了一声："上回你都承认了，现在倒是不肯认账了？你细细告诉我你是怎么谋求我的，我又是怎么对你说不娶的，我保证不会笑话你。"

滕玉意环紧他的肩膀，闭着眼睛嘟哝："当时你只听了一半，实话告诉你吧，上辈子也是你爱我爱得不行。"

"真的？"蔺承佑半信半疑。

"真的。"滕玉意点点头，语气十分笃定。

正如蔺承佑所言，青庐外连个走动的下人都没有，两人到了井边，滕玉意取出小涯剑放到井台上，万分不舍地抚了抚剑身："走吧。"

不料剑身一烫，小涯又钻了出来，叉手站在井边，一指滕玉意裙边的红绳："哎，老夫原本不想说的。瞧，你们不是都弄来了双生双伴结吗？这可是狐仙为了求偶倾注大半灵力所炼制，据说能窥见前尘影事。告诉你们一个法子，你们将其系在脚踝上，若是上辈子你们之间有牵扯，总能在梦里窥见真相。"

蔺承佑和滕玉意同时一愣，小涯剑却迅速滑入井中，"扑通"一声，溅出一点儿水花，接下来水面回归平静，仿佛什么也没发生过。

回到青庐里，滕玉意仍有些怅惘。

蔺承佑牵着滕玉意走到床边，坐下后二话不说就撩起了她的裙摆。

这回滕玉意没再躲，只红着脸任蔺承佑研究她脚踝上的那根红绳。

"小涯这样的上古神剑，必定知道不少幽冥之事，只是我没想到，这根红绳还有这个作用。"蔺承佑抬眸瞅了瞅滕玉意，忽然笑道，"这回总算有机会知道上一世我是如何'爱你爱得不行'的了。"

滕玉意有点儿心虚，下意识地就要把脚缩回，然而实在舍不得这双生双伴结的好寓意，只得任他摆弄，口里"哼"了一声："小涯惯喜欢糊弄人，他的话可作不了准，再说梦还是反的呢，即便真梦见什么，那也未必是真的。"

蔺承佑的笑容带着些玩味："滕玉意，我怎么觉得你很怕我窥见前世之事？你说，方才你是不是吹牛了？"

"我吹什么牛？"滕玉意道，"难道你现在不是对我爱之若渴吗？那么上辈子你爱恋我又有什么可稀奇的？"

话音未落，唇上一热，蔺承佑倾身将她吻住。

滕玉意的心在胸膛里静止了，蔺承佑身上的热度似能把人融化，她胳膊一下没能支撑住，同他一起倒在床上。蔺承佑的气息和吻一样滚烫，他在她耳畔说："原来你也知道我对你爱之若渴……"

他的吻落到她的唇瓣上，然后一路往下。

滕玉意的眼圈一烫，那股飘飘忽忽的热气把她一下子带到了云端，下一瞬，她又像是跌落到了浩瀚汹涌的海洋中。那高高的浪裹住她的身躯，把她卷过来，推过去，她羞赧，颤抖，躲闪。蔺承佑对她有无限的耐心，炽热且隐忍，冲动又体贴，终于，在那颠簸的水浪中，她宛如一朵娇艳的花，一寸寸绽放。

幔帐里，一会儿传出滕玉意的轻嗔和低泣声，一会儿又传出蔺承佑牙疼似的"咝咝"声。

"你别咬我……"

滕玉意颤声道："那……那你不许动。"

"好，我不动。阿玉，我忍不住……啊……你松口……你咬疼我了。"

"我才要疼死了……"

也不知过了多久，帐内的人终于不再"打架"了。

滕玉意浑身是汗，迷迷糊糊地感觉蔺承佑在帮自己擦拭身体。她羞得不愿睁开眼睛，任他摆弄一晌，推开他，自顾自地蜷缩成一团躲到床里侧。

蔺承佑替滕玉意盖上被子。

滕玉意刚要闭眼，怀里忽然多了个布偶。蔺承佑从后头环住她，吻了吻她的腮帮子："你那两个婢子说你睡觉时离不开这个。"

滕玉意一言不发地搂紧布偶。

"阿玉……"蔺承佑拨开她腮边湿透的发，"你……还疼吗？"

滕玉意把眼睛闭得更紧了，想起自己痛极的时候曾咬过蔺承佑的肩头，也不知咬得重不重。她踌躇了一会儿，到底转过头，微微抬起一点儿眼，看见蔺承佑把玩着她肩上的一缕青丝，似在琢磨什么。

他生龙活虎，哪儿有半点儿疲惫之态？

滕玉意飞快地扫了蔺承佑的肩膀一眼，又飞快地移开目光，之前他的肩背露在外头，现在又穿上了寝衣，伤口被挡住，她也没法仔细打量。

"你在瞧什么？"蔺承佑回眸笑问。

"你还疼吗？"

"疼。"

莫不是她真咬重了？滕玉意忙放下布偶，探头看向他的肩膀。

"你亲眼瞧瞧就是了。"

滕玉意瞥他一眼，轻轻挑开他寝衣的衣领，明明只是确认他的伤口，这动作却让两个人的脸都红了。

果然，蔺承佑的右肩上留下了一排清晰的牙印，然而牙印很浅，估计过两天就会消了。

"骗子，一点儿也不重。你弄得我才疼呢。"

蔺承佑眼睛一眨不眨地望着面前那张美若莲花的粉面，笑道："你要是觉得不够重，那你再咬我一口？"

他的胳膊正好在她的唇边，滕玉意毫不客气地张口就咬，然而只轻轻地含住，并不肯用力。她抬眸对上他的眼睛，他眼含笑意，眸色很深，似有个旋涡能把她吸进去，她推开他，闭上眼睛："我乏了，要睡了。"

或许是太困乏，这一闭眼，她很快就睡着了。

等到滕玉意再睁眼时，已是次日拂晓，青庐内外寂静无声，连脚步声和说话声都不可闻。

滕玉意怔忪了一会儿，再一转眸，就看到那张熟悉的侧脸，桌上的红烛几乎要燃尽了，但烛光仍能清楚地照亮身边人的轮廓。

滕玉意还是第一次看到蔺承佑熟睡时的样子，忍不住悄悄支起胳膊，好奇地打量蔺承佑。

蔺承佑睡觉时气息很轻，烛光落在他高挺的鼻梁上，为他那俊美飞扬的五官添了抹清俊柔和的色彩。

昨日从洛阳风尘仆仆地赶回来，路上那样颠簸，他一定累坏了。滕玉意静静地支颐端详蔺承佑，耐心地等蔺承佑自己醒来，忽又想起什么，悄悄掀开寝被往下看，红绳仍系在两人的脚踝上，但昨晚她并未梦见前世。

她看蔺承佑这张平静的脸，他也不像梦见了什么。

滕玉意疑惑地重新盖上被子，继续托腮端详蔺承佑，望着望着，突然发现蔺承佑寝衣的前襟，靠近胸口的某处布料的颜色看着比别处要深，像是被水洇湿了似的。

滕玉意有点儿好笑地想：这块水渍……该不是蔺承佑睡觉时流口水吧？

她脑中忽又冒出一个念头：等等，如果是他流的，位置未免太靠下了，这说不定是她梦中流的。

她这样一想，滕玉意的笑容凝在脸上，这要是被蔺承佑发现，少不得取笑她一通。她屏住呼吸，便要悄悄地从蔺承佑身上越过，怎知这时候，腰后忽然一紧，没等她反应过来，蔺承佑就一个翻身将她压在身下。

"别擦了，我早就瞧见了。"

滕玉意错愕，蔺承佑的眸子敏锐清澈，哪儿有半点儿睡意？两个人四目相对，都有点儿不好意思。

"你……你早就醒了？"

"看你睡得熟，没忍心吵你。"蔺承佑指了指自己前襟上的口水，"滕玉意，我没想到你的口水能淌到我的寝衣上。"

滕玉意脸一红，张口便否认："我怎么不知道我睡觉流口水？说不定是你自己流的，别想赖到我头上。"

"昨晚我可是看着你贴过来的，我倒是想躲开，可你死活要抱着我睡，我差点儿被你挤到床下去。"

滕玉意不信："胡说，我睡觉时只会抱着我阿娘做的布偶。"说话时她目光胡乱一扫，却发现小布偶歪躺在她的枕边。

这下她没话说了。

蔺承佑尽情嘲笑滕玉意："你总不能赖到布偶头上。布偶，这口水是你流的吗？"

他说话时一低头，吻住了她露在外头的白玉般的脖颈。

滕玉意一向怕痒，不由得笑着躲闪："我就是爱流口水，你要是嫌弃我，那你去别处睡好了。"

"那可不成。日后你在哪儿睡，我也只能在哪儿睡。"

忽听外头传来一阵脚步声，阿芝欢快的笑声在青庐外响起："阿兄、嫂嫂，你们起来了吗？"

两人一愣，阿芝绝不会无故来吵他们，看样子时辰已经不早了，只怪青庐昏暗，一时看不出天色。

又有下人道："大郎、玉娘大喜。关公公来传宫里的旨意了。"

滕玉意面红耳赤，忙要推开蔺承佑下地，刚一动，身子差点儿栽到床底下，亏得蔺承佑拽住她的胳膊，及时把她拉回床上。

两人低头一看，才发现那根红绳还系在两个人的脚踝上，若是一个人下地，另一个人势必也得跟着下地。

滕玉意低头要解开红绳，蔺承佑拦住她："出青庐的时候才能解开这红绳。"

滕玉意狐疑地道："那怎么办？"

蔺承佑索性抱着滕玉意下床，让她环住自己的腰，顺势让她将双足踩在他的脚背上："这不就好办了？"

说着他扬声对外头说："知道了。阿兄同你嫂嫂说会儿话，你让采蘋嬷嬷带你到花园玩去。"

两个人都赤着足，滕玉意被蔺承佑带着一步步挪向净房。

滕玉意不得不环住蔺承佑的腰，同时仰头望着蔺承佑，先前还不好意思，末了干脆支使他："我渴了，要先喝水。"

蔺承佑又改而抱着她退向案几，边退边低头笑着端详她："你别笑，你看你腮边是什么，待会儿我再受累帮你洗把脸吧。"

两人拾掇完毕，带着一帮丫鬟婆子去往上房。

上房里笑语喧腾，成王夫妇，蔺承佑的外祖父和外祖母、舅舅舅母全在。

两人还在廊上时，就听屋里传来成王妃的说笑声："方才你们也听王爷说了，濮阳等地有妖异作乱，当地官员陆续上奏，奏请朝廷即刻派僧道前去降妖。师兄看了这些奏折，便对王爷说，正好佑儿要带玉儿去南阳做法事，缘觉方丈也会同行，不如索性把东明观的五位道长和绝圣、弃智都派上，如此佑儿捉妖时也能有个帮手。"

舅母王应宁微笑道："这倒是个好主意。他们一群人热热闹闹地同去降妖，路上也好有个照应。佑儿眼睛复明了，趁这个机会玉娘可以跟大郎好好在外头游山玩水。"

阿芝一听这话来劲了："那我也要去！"

蔺效面色平静，眼里却掩不住对女儿的疼爱："你去做什么？"

阿芝扑到父亲怀里："阿芝刚同阿娘学了一套青玄剑法，正好同哥哥嫂嫂一同捉妖呀！"

欢笑声中，滕玉意跟蔺承佑进去行礼，一进屋便察觉到四面八方投来的视线，那种慈爱的目光让人心中发暖。

蔺承佑拉着滕玉意到正中跪下，笑着说："儿子带新妇阿玉给爷娘请安了。"

蔺承佑带着滕玉意上前同长辈们一一见礼。

一圈下来，滕玉意得了不少宝贝。

关公公也从宫里带来了圣人和皇后的赏赐，笑着对蔺承佑和滕玉意说："清元王府的宅邸是王爷和王妃日后的新居，修葺上断乎马虎不得。圣人指了宫廷将作大匠冯瑜亲自打造府邸，只是再好的工匠也只能雕琢大处，细小之处还得由殿下和王妃自行斟酌，趁这几日休沐无事，殿下不如带着王妃到亲仁坊多走几趟，若有什么新的想头，也好及时告知冯大匠。"

蔺承佑和滕玉意谢恩领赏。

舅父瞿子誉素来偏疼外甥，闻言颔首道："'清元''清元'，这封号对大郎而言倒是再贴切不过。这孩子可不是生来便以'涤瑕荡秽'为己任？打小跟着他师公捉妖降魔，十一二岁便能独当一面，过后又到大理寺供职，奇案、诡案之类的没少破。"

外祖母瞿陈氏接话说："说到这个，记得有一回南城有只花妖幻化成美貌妇人，四处吃人心肝，那时候佑儿才十二三岁，追了三天三夜，到底把这妖怪逮住了。花妖看大郎年岁小，妄图用花言巧语迷惑他，结果被大郎直接摁到地上打成了一摊花泥，碰巧当时我们也在，看得我心肝直颤，他阿娘倒好，一个劲儿地在旁边拍手叫好，真可谓有其母必有其子。"

蔺效微微一笑，沁瑶哭笑不得："娘，您说大郎便说大郎，为何说到女儿头上？"

滕玉意甚少听到蔺承佑这些儿时趣事，自是听得津津有味。

蔺效怕妻子窘迫，对儿子、儿媳说："好了，师公想必也惦记着你们，这边见过礼了，到青云观给师公磕头去吧。"

滕玉意便随蔺承佑起了身，瞿沁瑶招手让滕玉意上前："你那把神剑是不是找不回来了？"

滕玉意遗憾地点头："是。"

"你本就不懂道术，如今连称手的法器都没有了，日后跟佑儿一同降妖，怎好为自己积攒功德？"瞿沁瑶压低嗓门说，"你师公那儿宝贝多，待会儿去青云观，你自管让佑儿帮你向师公讨法器。师公虽然抠门儿，但为着贺你们新婚之喜，少不了会准备礼物，你只管挑最好的要，师公就算嘴上不乐意，末了也会给你的。"

滕玉意赧然点头。

瞿沁瑶说完一抬眼，发觉儿子正注视着这边，低笑着说："以佑儿的性子，多半一早就替你在打他师公那堆宝贝的主意了，回头到了青云观，抢都会帮你抢一件。去吧。"

蔺承佑拉着滕玉意向众位长辈告别："晚辈带阿玉去给师公请安。"

他们到了青云观，下车前蔺承佑果然拦住滕玉意："待会儿见了师公你先别说话，看我的眼色行事。"

滕玉意眼睛一亮："你要帮我讨宝贝吗？"

蔺承佑托起滕玉意的双手打量，一脸嫌弃的样子："你瞧瞧你，号称跟端福学了快一年的功夫，连几个毛贼都打不倒，虽说轻功还不错，那还是有我渡给你的内力做底子，我估摸着以你这个进度，少说要三年五载才能有点儿样子。这回出远门，我们除了要去南阳，顺便还得去濮阳、江南等地捉妖，要是再不帮你弄点儿好宝贝，你可就要拖我的后腿了。"

滕玉意秀眉一挑："呵，依我看，端福可真冤枉，想当初我第一回完完整整地学的武功，还是世子教的那套《桃花剑法》呢，真要说起来，你才是我的师父。徒儿学得慢，师父不帮着找补谁帮着找补？"

"这不是帮你找补来了吗？稍后你看中哪样法器只管给我使眼色，我保证替你讨来。"

滕玉意心里一高兴，伸臂环住蔺承佑的脖颈："那你得先告诉我哪样法器最好。"

蔺承佑捏了捏滕玉意的脸颊："师公那儿就没有差的，况且越是好的法器越认主，你能看上人家，也得人家看上你才行。反正待会儿你别说话，师公他老人家小气得很，同他老人家要东西，还数我有法子。"

滕玉意笑眯眯地说"好"。

两人刚迈上台阶，绝圣和弃智就旋风般地迎了出来。

"师兄、滕娘子。"

观里的几个老修士含笑提醒："该改口叫嫂嫂了。"

绝圣和弃智乐呵呵地道："师兄、嫂嫂，师公在经堂等你们呢。"

说着他们风一般地跑回耳房，沏茶、端点心，忙得不亦乐乎。

滕玉意随蔺承佑往内走，青云观松柏参天，一派道家清幽的世界，多亏绝圣和弃智平日里爱说爱笑，才不显得太寂寥。

清虚子道长端坐在经堂的蒲团上，蔺承佑带着滕玉意上前磕头："师公，徒孙和阿玉来给您请安了。"

清虚子道长掀了掀眼皮："起来吧。"

这会儿老修士们端着茶进来了，滕玉意恭恭敬敬地到清虚子道长面前奉茶："师公，您请喝茶。"

清虚子道长依旧板着脸，眼中却微露笑意，他一甩拂尘，右手接过茶盏，喝完茶，用麈尾指了指一边的托盘："佳偶天成，琴瑟和鸣，那是师公为贺你们新婚之喜准备的，拿着吧。"

蔺承佑瞟了瞟，托盘上放着两柄犀角黄金钿庄如意，也不知师公他老人家从哪个旮旯儿翻出来的，看这样式，多半是宫里往年的赏赐。

另有两块金元宝，倒像是师公自行准备的，元宝颜色倒是黄澄澄的，然而个头只比栗子大那么一点儿。他越看越头痛，虽说这已是师公这么多年最大方的一回了，但仍显得那么抠门儿，早知道就该提前送些金银玉器到观里。

滕玉意觑见蔺承佑的表情，忍笑端起托盘，将其高举过额头，朗声道："阿玉多谢师公。"

清虚子道长抬手："起来吧、起来吧。"

两人刚坐下，蔺承佑突然向绝圣、弃智发难："你们俩的'三洞四辅'学得怎么样了？"

绝圣、弃智端着点心托盘的手一抖："还……还没学完呢。"

蔺承佑叹气："年岁太小，学艺不精，师兄也不指望这回去濮阳你们能帮上什么忙了。"

说罢他对清虚子道长说："师公，如今只知濮阳那妖物法力不差，却也不知对方究竟什么来头。伯父指了五道和绝圣、弃智同我一道去，但五道惯爱喝酒误事，绝圣和弃智尤其靠不住，原本阿玉有小涯剑，以阿玉的慧黠，往常还能同徒孙齐力应对妖邪，可如今她的法器也没了，真到了紧要关头，说不定只有徒孙一人支应。师公，徒孙身边总不能一个得用的人都没有，您老帮着想想法子。"

清虚子道长一抖胡子："师公想不出法子。"

蔺承佑笑道："无妨，其实徒孙都帮您把法子想好了。"

"哦？那便恭喜了。"清虚子道长慢条斯理地抖抖袍袖起了身，"你带阿玉在观里转转，师公回上房打坐去了。"

蔺承佑拦住师公，笑着说："徒孙的话还没说完呢，这法子在您身上。"

清虚子道长用力扯回自己的袍袖："你那些坏法子，师公不听也罢。"说罢，他款步往外踱去。

奇怪的是这回蔺承佑居然没拦他，清虚子道长慢悠悠地走到回廊上，陡然意识到不对劲儿，略一琢磨，探手往宽大的袍袖内一摸，那把他从不离身的库房钥匙果然不见了。

"好你个臭小子！"

等清虚子道长赶到库房时，蔺承佑早把他皮藏多年的宝贝全搬下来了。

十来个蜜陀螺钿宝箱，或大或小，或长或扁，全敞着盒盖，满屋灵光四溢。

蔺承佑和滕玉意蹲在箱前挑挑拣拣，绝圣和弃智也傻乎乎地在边上帮着出主意。

清虚子道长一个箭步上前，对准徒孙的后脑勺就是一个栗暴："臭小子，不给你，你便偷是不是？！"

蔺承佑硬生生地挨了这一下，回过头时一脸无辜："徒孙这也是为了您老着想。此去濮阳，徒孙对那妖邪的底细一无所知，稍有不慎就会折胳膊折腿的，如果阿玉能有件称手的法器，徒孙除妖时好歹也有个得力的帮手。绝圣和弃智就别提了，倘或徒孙和阿玉受了伤，他们俩也未必能全须全尾地回来，到那时候，最心疼的还不是您吗？"

"心疼不起。折胳膊折腿又如何？横竖还能长回来。"清虚子道长吹胡子瞪眼，话虽这么说，到底没把东西抢下来，被蔺承佑好说歹说搀扶着坐到一旁。

安抚好师公，蔺承佑拽着滕玉意重新蹲到箱子前，挑拣一晌，举起一个样式古怪的小神龛，回头对清虚子道长说："您瞧，这个金银龟甲龛阿玉拿着是不是正好？"

清虚子道长懒得搭腔。

绝圣和弃智挠挠头："这个太笨重了，提在手上不好施展。"

滕玉意瞧见蔺承佑给她使眼色，故意将其托在掌心里掂了掂："是有点儿沉。"

清虚子道长没眼看，他们这挑挑拣拣的架势，简直把青云观的库房当成西市的货肆了。他闭上眼睛捋胡子。

蔺承佑鼓捣一晌，又掏出一柄红牙拨镂尺："这个够轻便了。"

滕玉意摇头："太长，也太硬，平日不好藏到身上。"

"这个呢？"这回蔺承佑干脆端出一把螺钿紫檀阮咸。

滕玉意露出很"为难"的神情："这也太大了……况且我不会弹阮咸。"

"蠢物，你就不能挑一件阿玉能随时揣在身上的吗？"清虚子道长终于没忍住搭腔了，"你瞧瞧你挑的这都是什么。"

蔺承佑和滕玉意相视一笑，他忙皱眉应道："徒孙愚钝，但求师公指点一二。"

"瞧见那双绛色绣线鞋了？此鞋名叫引商鞋，取自'引商刻羽之奏'，乃当年元阳道君身边最善音律的金仙子所制，里头藏着九地三十六音，惯能迷惑邪祟。主人越通音律，此鞋便越能发挥威力。阿玉穿上这鞋，也就不用带上一堆东西了。

"还有那个墨绘弹弓，里头藏着三昧真火，弓身才巴掌大小，藏在袖子里丝毫不突兀。

"那个玛瑙银薰球叫紫灵天章球，看着与寻常香囊无异，里头却藏着两条隐影玉虫翅，掷地后能化作一对玉色蝴蝶，一只蝶翅上篆写着太上大道君的《上清大洞真经》，另一只蝶翅上写着《命召咒文》，法力虽不算多强，但也能帮主人抵御好一阵邪魔了。此物系在身上，岂不比阮咸之类的乐器轻便甚多？"

蔺承佑边听边把这三样宝贝找出来放到滕玉意面前："听见了？这是师公赏你的，还不快谢谢他老人家？"

滕玉意痛快地上前顿首，扬声道："多谢师公赏宝！"

清虚子道长心肠一软，俯身搀起滕玉意，可一转向蔺承佑，依旧没什么好脸色："东西好归好，也得看人家认不认主，待会儿先让阿玉试试。臭小子，到院中起坛去。"

蔺承佑忙捧着三样法器出了屋，先将其放到院中的供案上，忙活得差不多了才请师公入坛。

清虚子道长步罡踏斗，逐一扯下法器上的封条，一场法事做下来，三样法器上方的宝光似乎更为炫目了。

蔺承佑把滕玉意拉到供案前："现在可以试了。"

滕玉意最感兴趣的是那双引商鞋，好奇地上前摸了摸，隐约感觉鞋在动，她只当是错觉，刚要将其捧下供案，那双鞋突然像长了脚似的，自行从供案上跳下来，"啪嗒啪嗒"地往另一头逃了，亏得蔺承佑身手极快，才将其逮回来。

清虚子道长摇了摇头："这双鞋的第一任主人是金仙子，第二任主人是玄光真人。两位真人都是出了名地体态丰腴，这鞋习惯了那样的重量，怕是不喜欢体态轻盈的主人。"

那就没法子了。

清虚子道长一拍脑门："师公差点儿忘了，那枚紫灵天章球素来只认内蕴道家真气的主人，阿玉不通道术，香球未必肯认她。"

滕玉意一下子失望到极点。她虽跟着蔺承佑学过一些皮毛，蔺承佑也给她渡过几回内力，但她自身远远称不上"内蕴道家真气"，看来香囊球也指望不上了。

她干脆直接去触摸墨绘弹弓，就在这时候，那枚玛瑙银薰球冷不防从盒中弹出来，然后沿着供案滴溜溜地往前滚，一直滚到滕玉意腰间的位置才往下落，一落下，刚巧缠上了滕玉意的裙绦。

滕玉意愕了愕，蔺承佑笑道："那就是它了。"

滕玉意觉得不可思议："可我体内并无道家真气……"

"看不出它喜欢你吗？"蔺承佑若无其事地道，"对这等宝物的器灵来说，或许投缘才是最重要的。"

清虚子道长狐疑地瞅着徒孙，滕玉意也是满腹疑团。

蔺承佑分明在打岔，不管了，回头再细问好了。滕玉意笑吟吟地捧起银薰球，万分珍重地摸了摸，充满豪气地开了腔："你叫紫灵天章球对不对？我叫阿玉，旁边这位呢，是我夫君蔺承佑。你且安心跟着我，往后我一定会好好待你的。"

银薰球在滕玉意的掌心里滚来滚去，模样亲昵极了，滚着滚着，洞眼里突然探出四只小小的触角俏皮地摇了摇。

绝圣和弃智乐不可支："这对蝴蝶性子真好玩，它们是在同嫂嫂打招呼吗？"

清虚子道长叮嘱滕玉意："它们嘴馋得很，供奉时切不可大意，供奉的法子佑儿知道，切莫误了时辰。"

滕玉意忙应了。

清虚子道长瞟了徒孙一眼："法器挑好了，你也该称心如意了，别在这儿缠磨师公了，走吧走吧。"

蔺承佑却不肯走："我和阿玉既来了，不蹭您老一顿饭是绝不会走的。"

清虚子道长从鼻中哼了一声，自顾自地踱步走了，然而脸孔板得再紧，也掩不住嘴角的笑意。

蔺承佑拉着滕玉意回库房帮忙整理东西。

他们先把剩下的宝器重新归位，又仔细检视那些上了锁的道家秘籍。

滕玉意一看便知蔺承佑是做惯了这些的，一边帮着四处扫尘，一边问："你常整理库房吗？"

"师公他老人家年事已高，我不忍心他老人家操劳，能帮着打理一处便是一处。"

"师兄可心疼师公了。"弃智接过话头，"虽说去大理寺应职之后越来越忙了，但师兄几乎每晚都回观里就寝，白日有空时，也总会过来帮忙打点庶务。"

滕玉意面露思索之色，蔺承佑一回头，笑道："你在想什么？"

"我在想往后我和你要多过来陪陪师公……"

说话时她一抬头，就看到蔺承佑正盯着橱子上的某一处发怔。

"怎么了？"

蔺承佑伸臂往橱子里探去，从橱子与墙的缝隙当中艰难地取出一个牙制书签，拍掉上头的灰尘，露出下面的底色，这东西年头久远，都泛黄了。

此物之前大约是被卡在橱子的隔板后头，所以他一直没瞧见，刚才一下子把那么多法器全部搬下橱子，不小心导致橱子挪动了位置，书签露了出来。

好在书签上头的刻字是清晰的："天昌十一年，收此书。"

滕玉意和蔺承佑同时露出讶异之色："这都是四十年前的东西了。"

蔺承佑认出这是师公的笔迹，不由得回视面前的那层格子，上头有个上了锁的小木匣，刚巧这木匣他再熟悉不过，因为里头正好存放着那本《绝情蛊》。

从书签跌落的位置来看，当初这书签是被放在这本《绝情蛊》秘籍里的。

蔺承佑怔住了。当初他一直以为这本书是师公从无极门那帮邪道手里缴获的，但从书签上的记录来看，这本书明明四十年前就到了师公的手里。

四十年前师公不知出于什么目的寻到了这本书，过后却一直没用，直到十年前他因为懵懂莽撞，误中了铜锥里的蛊毒。

滕玉意一时也说不出地诧异，绝情蛊自是为了绝情，难道道长也有求而不得的经历？但道长孑然一身，她本以为他老人家一辈子都没有动过情念。

她忍不住在心里乱猜。是了……当年清虚子道长拼死救下襁褓中的圣人，又含辛茹苦地将其养大，为了哺育圣人没少吃苦头，因为过惯了清苦的生活，还养成了悭吝的毛病。据说道长无怨无悔地养大圣人，只因与圣人那位惨死的生母蕙妃是家乡的旧识，可她听说蕙妃阴错阳差地早早就进了宫。

若非极其痛苦，老道长想必不会想到用绝情蛊这种邪术来压制自己的思念。

蔺承佑只出了一会儿神，就迅速地把牙制书签收入袖中，随后当作什么都没发生，继续收拾旁处。

蔺承佑不说，滕玉意自然也不便多问。

四人从库房出来，绝圣和弃智怕挨师公责骂，磨磨蹭蹭地练功去了，蔺承佑和滕玉意去上房陪清虚子道长，又是沏茶又是陪着打坐，有说有笑地把上房弄得片刻不得安宁。

清虚子道长烦不胜烦，只恨自己怎么也舍不得赶他们走。

正闭目打坐，忽觉四周安静不少，清虚子道长奇怪地睁开眼，看见两个孩子坐在窗前榻上研究一本书。

蔺承佑点了点书页："跟我念，'兆汝欲却邪辟鬼，当被符，次服神药。符者，天地之信也；药者，人丹也'。"

滕玉意跟着念完这句，干脆闭上眼把剩下的部分一口气背了出来，声音脆若黄鹂，一个字的错漏都无。

蔺承佑眼里满是笑意。

滕玉意重新睁开眼睛，单手支颐望着蔺承佑："你说的，只要我一字不漏地背下来，你就教我使符。你瞧，现在我可都记住了。"

蔺承佑从怀里取出一张符，扳开滕玉意的手指让她夹好。

"看好了啊，我只教一遍。"

滕玉意目不转睛地点头。

清虚子道长露出蔼然的笑容，这一幕让人心绪宁静，他调匀气息，重新合上眼睛。

两人在观里用过午膳，清虚子道长自称要午歇赶他们走。蔺承佑和滕玉意不好再赖着，只好从上房出来。

下台阶时，滕玉意忍不住转头看蔺承佑，蔺承佑从头到尾没问师公那枚牙制书签的事。

她回头望了望，尽管隔着重重院门，也仿佛能看到清虚子道长那清瘦苍老的容颜，那样一位古板严肃的老人，却有着这世上最深沉、最宽厚的爱。

滕玉意心下惆怅，两人走到一株相思树前时，蔺承佑右手一抬，不过须臾工夫，那枚牙制书签便化作齑粉，纷纷扬扬地落入泥土中。

"走吧。"蔺承佑挥手撒完粉尘，洒脱地牵着滕玉意往前走。滕玉意回头望着院中的相思树，许久，轻轻喟叹一声。

有些无法言说的爱意，就让它永远尘封在记忆中吧。

两人刚回到成王府，宽奴牵着俊奴跑来："大郎和娘子总算回来了，杜家大娘和杜家大郎在东跨院等你们好久了。"

滕玉意高兴地催促蔺承佑："我们快回去。"

蔺承佑也笑道："给杜表姐和杜表弟上茶点了吗？"

"这还用世子吩咐？"宽奴嘀咕。

"你把俊奴牵出来干吗？"

"是二公子和郡主牵出来的，结果才玩了一圈，王爷和王妃就带着二公子和郡主进宫去了，小人还没来得及把俊奴拴回去。"

滕玉意接过俊奴的项绳："我来牵它吧。"

她又同蔺承佑讨吃的："给我点儿肉脯。"

蔺承佑从腰间取下一个囊袋递给滕玉意："别给它喂太多，回头它的嘴更刁了。对了，那回我去淮西道之前把俊奴放到你身边，回来发现它胖了一圈。你说，那几个月你都喂它吃什么了？"

滕玉意蹲下来摸摸俊奴的脑袋："还不就是些肉和果子之类的。俊奴可是世子的宝贝，真要是饿瘦了，世子岂不要向我问罪？俊奴，我们滕府的伙食如何？"

俊奴尚未搭腔，滕玉意腰间那枚紫灵天章球出人意料地滴溜溜一转。

滕玉意一愣。

蔺承佑一瞧就明白了："里头那对蝴蝶也馋你手里的肉脯了，给它们也吃点儿吧。"

说着他一笑："滕玉意，我算是发现了，若非一等馋货，绝不会往你身边凑。小涯已经够馋了，看样子这对馋嘴蝴蝶比小涯更不着调。"

滕玉意喂完食，拍拍手起身道："你快告诉我，为何我会内蕴道家真气？"

蔺承佑顾左右而言他："本想带你去驯服那匹赤焰骓的，既然今日无空，干脆过几日歇好了再带你去马厩。"

说着他抬腿就走。

滕玉意自不会上当，上前拦住蔺承佑："是不是那套《桃花剑法》有点儿问题？"

蔺承佑笑而不答。

滕玉意笑眯眯地看着他："我早就觉得奇怪了。自从学了《桃花剑法》后，我连夜间手脚发凉的毛病都没了，可这剑法总共才七招，哪儿有那么大效用？你快告诉我，你是不是给我渡什么真气了？"

"想知道？晚上我再告诉你。"

"为何晚上才能说？"

"这不是来客人了吗？招待完客人，还得进宫用晚膳，等到我们俩闲下来，差不多就到晚上了。"

滕玉意狐疑地道："那你脸红什么？"

"天太热给闹的。"蔺承佑二话不说就牵着妻子回到东跨院，下人们知道小两口免不了有些亲昵的话要说，有意离他们远远的。

恰逢春日，庭中花卉繁茂，莺啼蝶舞，滕玉意边走边环顾四周，只觉无处不幽，无景不美。

比起她的潭上月，蔺承佑的院子要清幽简约不少。

先前蔺承佑眼盲时她也来过他的住所，但当时两人尚未成婚，她即便来了也不会多停留，更别提仔仔细细地打量了。

今日她的心境自是不同，要知道清元王府修葺完毕之前，这儿都是她和蔺承佑的住所。

"这儿添株玫瑰好了。"滕玉意指指点点，"那儿可以再添两株芭蕉。"

蔺承佑负手顺着妻子的视线一会儿看看这儿，一会儿看看那儿："行吧，都依你，亲仁坊那边你想添置什么也都告诉我，你那么喜欢玫瑰，到时候愿意种一府的玫瑰都随你高兴。"

滕玉意心满意足地点头："玫瑰自是要多种些，但旁的花卉也不可少。你想想，如果只种玫瑰，等到花谢了，园子里该多寂寞。"

她掰着指头对蔺承佑说："三月的迎春、四月的牡丹……七月的玉簪花……还有什么棠梨、茉莉、赛金花……全种上才好。"

蔺承佑边听边笑着点头："行倒是行，不过你就不怕到时候清元王府变成个大花园吗？"

"这样我才能四季都给你做鲜花糕不是？"

蔺承佑不说话了。

"怎么了？"

"我想亲你一口。"

四周可都是人，滕玉意脸一红："你怎么这样？我在同你说正经事呢。"

"我哪句话不正经了？"

"世子、阿玉。"两人闻声抬头，就看见杜庭兰姐弟坐在回廊下，廊下铺着凤翾席，席上满是珍果芳酿。微风习习，春日融融，姐弟俩一个柔美端庄，一个清秀文弱，相貌倒是极相似。

滕玉意忙和蔺承佑迎上去："阿姐、绍棠。"

姐弟俩离席行礼，歉然道："其实该叫王爷和王妃了，先前叫惯了，一时改不过来。"

蔺承佑撩袍坐下："真要这样叫，反倒显得生疏了，阿姐叫惯了阿玉'妹妹'，不如索性叫我'妹夫'。绍棠，你叫我'姐夫'就好。"

杜庭兰温柔的目光落在滕玉意身上，她看妹妹眉梢眼角都是笑意，俨然比成亲前更娇美了，心知妹妹过得无拘无束，便也由衷地替妹妹高兴。

"你二人新婚宴尔，我和绍棠本不宜过来打搅。"杜庭兰从身后的婢女手里拿过一个漆匣，柔声说，"昨日就知道妹夫复明了，大礼之日也没来得及道贺。今早爷娘越想越高兴，也等不及阿玉回门那日了，一早就准备了贺礼让我们登门贺喜。"

滕玉意亲自接过贺礼，上前挨着杜庭兰坐下："阿爷也知道这事了吧？今早蔺承佑就让人给两府都送信了。"

"姨父自是知道了，阿爷说，姨父高兴得不得了。"

"姐夫，听说你和玉表姐要去濮阳捉妖？"

蔺承佑摇了摇白琉璃盏里的桂醑，等到酒液挥发些，再将其搁到滕玉意手边："当地僧道奈何不了那妖怪，圣人生恐还有百姓遭殃，正好我们和缘觉方丈要去南阳做法事，圣人便叫我们顺道去降妖。"

杜绍棠看看邻座的姐姐，有点儿害羞地说："阿姐和太子的婚事定在七月，到时候姐夫和玉表姐可要及时赶回来才成。"

杜庭兰脸有些红。

蔺承佑笑着说："在阿玉心里,阿姐的事是头等大事;在我心里,阿麒的事也是头等大事,你们只管放心,无论如何我们都会提前赶回来的。"

他们忽听身后有人笑道："你又在编派我什么?"

众人回头,就看到一个紫袍金冠的贵公子沿着回廊走来,这人生就一张端正的方脸,嘴唇也稍厚,但气度清贵,神情也很温善。

"太子殿下。"

仆从们纷纷行礼,杜庭兰姐弟也退到一边欠身。

太子忍不住望向杜庭兰,看她容颜如花,想起前日两人见面时说的那些话,心里像沁了蜜那样甜,目光随之变得更柔和了。

杜庭兰并不肯在人前看太子,只红着脸依礼行事。

太子只好收回视线,坐下对蔺承佑道："爷娘怕你的眼睛忽好忽坏,特地派我来瞧瞧你,今日如何,可维持了一整日?"

他一边说,一边故意伸手在蔺承佑眼前晃了晃。

蔺承佑笑着挡开太子的手："行了,我好得很。"

太子大松一口气："看来那枚赤须翼已经彻底把你体内的蛊虫克化了。不过说到这个,爷娘都有些好奇,原来嫂嫂与新昌王的遗孀是故交吗?竟连赤须翼这样的天下异宝都能讨来。"

一说到这事,蔺承佑和滕玉意有点儿尴尬,厚着脸皮互相望了望。滕玉意含笑道："新昌王的遗孀十年前到我家住过一段时日,说起来我娘对她有恩,因我自小便认识她,算得上交情匪浅。"

杜家姐弟脸上同时闪过诧异之色,又迅速掩去了。

蔺承佑生恐太子继续追问,摩挲着酒盏说："今日这般高兴,要不我们玩点儿什么吧。绍棠,你会射箭吗?不如我们在庭中玩一回射礼。"

杜绍棠腼然摇头。

太子知道杜家门风古朴,对蔺承佑说："难得闲一两日,何苦又拉弓射箭?阿大,你善吹笛,绍棠善抚琴,庭……杜娘子据说善弹阮咸,我箫技不差,嫂子想必也有擅长的乐器。春物方盛,我们何不乘兴奏乐一曲?"

蔺承佑一下子来了兴致,他只知道妻子会抚琴,还没见过她抚琴是何种情形,便让宽奴把他的那支玉笛拿来,顺便安排人到库房取一架未用过的琴和一支箫,扭头问滕玉意："想抚琴吗？"

滕玉意兴致勃勃地对春绒说："回屋取琴吧。"

等到乐器被一一取来，五人也不离席，留在原位各持一把乐器，互相笑望着。

风一起，满座香馥袭人，人人神情怡悦。

蔺承佑说："绍棠年纪最小，不如就由绍棠起头吧。"

杜绍棠笑着应了，伸指调了下琴弦，一支清肃的曲子倾泻而出。

曲调刚一起头，蔺承佑的脸色瞬间淡了下来，太子的笑容也凝在脸上。

滕玉意和杜庭兰惊讶互望，那是一曲《思归引》，无论宫廷还是民间，常能听到有人演奏此曲。

杜绍棠察觉两人脸色难看，错愕地顿住了："怎么了？"

太子拧着眉头不吭声，皇叔识音断律的本领天下第一，阿大兄妹的音律都是皇叔亲手教的。他记得那年中秋节举行宫宴，有人提议皇叔和阿大合奏一曲，所奏之曲便是《思归引》。

太子犹记得当时是在大明宫的麟德殿外，殿前铺满了如霜的月色，皇叔和阿大一个抚琴，一个吹白玉笛，端的是满庭生辉。

自那之后，只要叔侄二人同席合奏，几乎都少不了一曲《思归引》。

如今两人再听到这首曲子，心里怎能不别扭？照理说，为了岔开话题该另起一首曲子才是，但两人一下都没了兴致。

皇叔如今被幽禁在兴庆宫，圣人顾念亲情不忍将其赐死，但朝野内外不断有臣子上奏疏，说淳安郡王一为谋夺帝位豢养枭众，二为成全野心残杀无辜，堪称罪无可恕，从树妖为祸紫云楼到八月中发动宫廷政变，前前后后死在淳安郡王手里的人数不胜数。

此子按律当诛，不知圣人因何迟滞不决，若圣人成心轻罚，叫天下人如何作想？但他们俩都知道，圣人之所以如此，不过是因为怜悯皇叔自幼被恶人和母亲引得走入歧途，一念之差，万劫不复。

其罪，不可恕；其情，实堪怜。身为淳安郡王的兄长，圣人何忍杀之？

滕玉意怔怔地望着蔺承佑。她甚少在蔺承佑脸上看到这般烦闷的神色，除了惊讶，心里也有百般猜想。

过了片刻，蔺承佑勉强笑笑："要不换首曲子？"

滕玉意正要说话，采蘋嬷嬷匆匆赶来："太子、大郎，宫里有急事找你们。"

众人一惊，蔺承佑愣了一下，对滕玉意说："你和阿姐、绍棠说说话，我去去

434

就回。"

滕玉意忙点头。

直到太子和蔺承佑离席而去，姐弟三人仍有些怔忪。看这架势，莫不是宫里出了什么大事？既是大事，为何不见关公公来传报？

三人无心再饮酒作乐，滕玉意同杜庭兰在院子里走了走，又拉着姐姐回里屋说话。

杜庭兰看妹妹神色困乏，便说："你们尚在新婚，我和绍棠不便在此久留，也该午歇了，你先睡一睡，等世子回来就知道出什么事了。"

滕玉意换了寝衣上床躺下，顺手摘下那枚紫灵天章球放到枕边，忽然拉住阿姐的手，悄声说："我猜是淳安郡王出事了。"

杜庭兰一讶，顺势在床边坐下："为何这样说？"

"阿姐你想想，采蘋嬷嬷是成王府的老人了，平日轻易不会亲自过来传话，连她都如此郑重，可见多半是出了急事，奇怪的是采蘋嬷嬷却又未明说是何事。对皇室中人来说，眼下岂不是只有淳安郡王的事是'说不得'的？"

杜庭兰叹气："若是他，我实在怜悯不起来，一个人无论有什么样的因由，都不该残害无辜，况且他也算间接害过你。"

滕玉意哑然，阿姐只知疼惜她，却不知自己前世的死也与淳安郡王有关，甚至连今生，阿姐也险些遭了卢兆安那帮人的毒手。

至于自己前世的死……滕玉意心里好不可惜，虽说昨晚在脚踝上绑了双生双伴结，她和蔺承佑却都未梦见前世，看样子她心中残留的那些谜团，注定是无法弄明白了。

滕玉意一边思索一边整理衾枕，无意间发现枕头下放着一根红线，抽出来一看，正是双生双伴结。早上蔺承佑叮嘱她要妥善保管此物，碧螺、春绒估计是怕弄丢了，便塞到枕头下了。

滕玉意瞧了一眼，重新将红绳掖回去："阿姐，你再陪我说说话。"

杜庭兰帮滕玉意掖了掖被角："好。"

或许是这几日累坏了，滕玉意说着说着，不提防睡意涌了上来，没多久就睡过去了。

滕玉意再有意识时，只觉得胸肺胀痛得欲炸开，勉强睁开眼，冷不丁呛了一大口水，大量冰冷的水顺着她的气管灌入她的肺，让她浑身哆嗦。

滕玉意一滞，慌乱地环顾四周，这不是……这不是前世她溺死的池塘吗？可方才她明明在她和蔺承佑的卧房中午歇！

她被吓得魂飞魄散，骇然在水中挣扎，只恨四肢僵硬如木，渐渐地，胸膛里的心跳变弱。她颓然地挣扎一晌，那种绝望无助的感觉又来了，她半睁着模糊的双眼，浑浑噩噩地在冰水里沉浮，当她只剩最后一口气的时候，池塘边忽然有个人纵身跳入水中，飞快地朝她游来。

就在这时，滕玉意的心猛烈一颤，眼前再次陷入了黑暗。

滕玉意合着眼，静等自己重新堕入幽冥之境，等着等着，陡然发现不对劲儿：自己明明已经死了，耳边却仍有清晰的水声。她急忙睁开眼，蓦然发现自己仍在池塘中，只是不再冷、不再痛，整个人轻飘飘的，仿佛无知无觉。

下一瞬，她看见池塘里静静地漂浮着一个人，距离她那样近，近得连对方的睫毛都能看得一清二楚，那张脸庞依旧美丽，但已然毫无生息。

滕玉意一哽，那便是死后的自己了，不知为何，看上去别样可怜。她惶然地靠过去，想把那具孤零零的尸首搂入自己怀里。这时，水里另一个人飞快地游了过来，很快到了近前，一把将溺水的少女拽入怀中，转身就朝岸上游去。

滕玉意僵住了，看清那人面庞的一刹那，仿佛有什么东西击碎了她的心脏。

她一次次猜想出结论，远不及亲眼看到真相来得震撼人心，那人竟……竟真是蔺承佑。

她浑身哆嗦，大脑也一阵阵眩晕，揪住前襟，张了张嘴想喊他，声音和泪水却生生卡在了喉咙里。

"蔺承佑。"她哽咽着发出声音，但蔺承佑似乎听不见身后的动静。

泪水从眼中无声滚落，滕玉意情不自禁地跟上去。蔺承佑身手矫健，很快就游到了岸边，先将她的尸首举到岸上，稍后自己也撑着池边上岸。

时值隆冬，池榭边堆积着皑皑白雪，头顶一轮孤月，幽幽照耀着空旷的滕府。

月光落到池边，将蔺承佑的眉眼照得清晰无比。他浑身上下都湿透了，在冰水中待了这么久，肤色也比平日苍白不少，他抹了一把脸，水珠依旧"滴滴答答"地顺着他的脸庞往下滴，可他根本顾不上这些，只顾蹲在岸边为她施救。

"蔺承佑，我在这儿。"滕玉意泪眼婆娑，飘飘荡荡地靠过去，但无论她怎么唤他，蔺承佑都毫无所觉。滕玉意心下焦急，上前搂住他的肩膀，蔺承佑依旧没有反应。

他全副心神都放在面前少女的尸首上，奋力施救一晌，似乎终于发现回天乏术，面色变得极难看，怔了许久，颓然地跌坐到一旁。

蔺承佑这一停，四下里便回归寂静。

在这清冷的冬夜，孤寂的天地间，滕玉意一时只能听见蔺承佑凌乱的呼吸声。他整个人像是被冻住了，样子说不出地消沉，枯坐良久，久到眼眉上的水珠都要结冰了，终于迟滞地抬手抹了一把脸："原来你就是阿孤。"

他的语气要多懊悔有多懊悔。

滕玉意酸楚地推搡他："蔺承佑，我在这儿，你看看我。"

蔺承佑沉默一阵，扯过那件湿透的狐裘，将少女的尸首从头到脚蒙好，霍地起了身，这时，垣墙上出现了十来个人影，其中两人抬着重物，跃下墙朝蔺承佑奔去。

为首的是宽奴，远远地看到蔺承佑浑身湿透了，不禁吓了一跳："世子？"

他急忙回头吩咐身后的人："快到车上把世子的袤衣取来。"

说话间，众人将那具黑衣人的尸首搁到地上，蓦然发现池塘边还有一具被狐裘覆盖着的尸首。

"这是……"宽奴面色大变，"滕将军的女儿？"

蔺承佑冷冰冰地盯着空荡荡的垣墙上方："叫你们四面包抄，可捉到活口了？！"

宽奴一凛："那帮人不但武功颇高，还颇通邪术，事发突然，刚才只逮住了一个，没等小人问话，此人就咬毒自尽了。这是从他身上搜到的，除此之外再无旁的物件。"

蔺承佑接过那团银丝似的物事，沉默地打量着。

与此同时，花园的另一头又冒出一大帮持着火把和武器的武侯，火光里人影幢幢，少说有五十人。

"世子，刚才我们沿路瞧了，府里的大管事、卫兵，大部分被暗算了，剩下那几个侥幸活下来的也都痴痴傻傻的，就是不知滕将军的女儿在何处！"

看到地上那一具被雪白狐裘覆盖着的尸首，众人脸色大变。

蔺承佑语气冷厉："搜查各处，府里说不定还有活口。"

"是！"

待众人散去，蔺承佑蹲下来检视黑衣人的尸首："刚才在墙上跟我交手的黑衣人是今晚这伙人的头目，当时我急着救人，没工夫继续跟她纠缠，故而叫她跑了。

不过交手时那人露馅儿了，应该是个女人。"

宽奴惊讶地道："女人？！"

"而且是个身量矮小的女人。她为了伪装成男人，特地穿上了大氅，先前如果不是我踢中她的'胫骨'，也不会察觉她'膝盖'以下全是木桩，后来我出招抓住她的肩膀，发现她肩膀下也加了东西。个头儿矮的男人不少，但骨骼如此纤细的，只能是女子。"

说话间蔺承佑重新搜了黑衣人的尸首，而后起身比画一下："她约莫只有这么高，没用香，没用配饰，招式也新鲜，身形上嘛，更是大加伪装，如此大费周章，要么是怕滕府的人认出她，要么她本身在长安是个有头有脸的人物。"

滕玉意浑身冰冷：皓月散人！

为了帮助武绮剔除竞选太子妃的对手，皓月散人竟亲自出马了。

"是皓月散人！"她忙踮脚在蔺承佑耳边说，"快去查'静尘道长'！"

蔺承佑毫无所觉。

不只蔺承佑，池畔的这些人也没一个能听到她的声音。

蔺承佑交代完这边的事，留下亲随看护滕玉意的尸首，自己朝外院走去。滕玉意身不由己，飘飘荡荡地跟在蔺承佑身后。

书房中灯火通明，除了先前那帮武侯，又有奉命赶来的金吾卫。

"世子，那帮人似乎想找什么东西，书房被他们里里外外地翻过了。"

滕玉意跟随蔺承佑到了多宝槅前，那个暗格果然被人撬开了。奇怪的是那封写着"南诏国邹某叩上"的信，被人草率地丢弃到了角落里。

蔺承佑捡起那封信抖了抖灰，信里写着：

自南诏国一别，已有十年未与滕将军谋面了。

将军送嫁之谊，妾身一日未敢忘，前日忽于梦中见到嫂嫂，醒来时泪湿衣襟。十年生死，两厢难忘，妾尤记得当年将军与嫂嫂情同胶漆，无奈香魂已逝，将军切要保重己身。

妾身寄居扬州时，幸得嫂嫂悉心照拂，近来思之，点点滴滴皆烙在心头。将军固不信妾身所言，但妾身仍斗胆自呈：南阳城中的那些事虽是祖父酒后所言，但当年祖父誓死追随滕老将军，此等关系滕家祖上威望之事，绝不敢妄生穿凿。当初嫂嫂一再滑胎，又一再为噩梦所扰，妾身近来常想，嫂嫂的病因会不会与南阳之事有关？

信的后面邬莹莹委婉地告诉滕绍，这些日子她又陆续想起当年的一些事，信上不便详述，若是滕将军想知道详情，可以让老仆邬四给她带信。

从信上的日期看，这封信是邬莹莹在新昌王去世后半年写给滕绍的。

滕玉意冷笑，暗格里未看到旁的邬莹莹的回信，可见阿爷当初并未回过信，但阿爷似乎终于对信上所说的阿娘的病因起了疑心，否则不会将这封信锁在如此私密的暗格里。

"南阳一战……"蔺承佑目露思量之色，旋即举起烛台照了照外封，"信上有靴印，看着是刚踩上去的，我猜那伙人原本想把信带走，孰料被滕府的护卫拦住了，搏斗时信件跌落到了桌后的角落里，他们逃走时也就未顾得上。"

说完他将信纳入怀中，在书房里外翻找了一遍，墙上和角落里共有四个隐秘的暗格，全被撬开了。

"贵重之物都在，偏少了一样东西。"

宽奴不解地问："何物？"

"信件和公函。"蔺承佑立在房中环顾，"堂堂淮南道节度使的书房，竟连一封军情方面的公函和信件都无，清得如此干净，只能说明那些人一来就将信搜走了。"

宽奴一诧："什么样的人会偷镇海军内部的公函？"

"自是心有所图的人。滕将军虽已身死，镇海军那些旧部却还在，例如陆炎和刘文秀等人，都是素有威望的名将。他们效忠滕将军，往日不方便亲自来见滕将军时，只能以书信禀报，遇到朝廷调度，信上难免有些牢骚之语，至于镇海军的内部公函，内容就更是五花八门了。那帮人搜走信，大约是想从信件中找到这些人的把柄。"

"所以他们想辖制镇海军？"

"至少是辖制镇海军的高级将领。"蔺承佑走到门外，蹲下来查看雪地里那一串凌乱的脚印，"看看地上这些痕迹，他们可是一来就直奔书房。"

宽奴忙跟上去："看来元凶是彭震无疑了。朝廷的平叛大军出征在即，彭震若能在那之前找到镇海军陆炎等人的把柄，也就不怕被朝廷和镇海军两面夹击了。"

蔺承佑不置可否，过了片刻狐疑地道："彭震都公然谋逆了，想来不怕再多一桩灭门案，可今晚这帮人个个掩藏面目，分明很怕被人知晓身份，而且滕娘子未必知晓镇海军的军务，他们夺信便夺信，为何非杀滕娘子不可？"

滕玉意至此已将真相悉数弄明白了，忙蹲到蔺承佑身边说："不是彭震，是淳安郡王。搜走阿爷的信件和公函，是为了拿捏陆叔叔他们；杀我，是为了助武绮当上太子妃。淳安郡王早就拿住了武绮的把柄，只要武绮当上太子妃，日后他不但有机会控制东宫和太子，还能利用武绮威胁武中丞。但淳安郡王没料到太子如今有意娶我，不杀我，他布置好的那些棋一步都走不了。"

蔺承佑却起身朝院中走去，滕玉意刚要跟上去，冷不丁被绊了一下，再一起身，眼前霍然一亮。

她面前是一处宽阔的街肆，街上熙熙攘攘都是人。

滕玉意一转身，发现自己立在一家售卖胡饼的胡肆门口，而店内一个不起眼的角落里，坐着蔺承佑和严司直。

滕玉意愣了愣，忙回到店内挨着蔺承佑坐下，就听严司直惊讶地低声说："蔺评事怀疑那帮人之所以杀害滕娘子，是因为她有可能成为太子妃？"

滕玉意近乎酸楚地打量蔺承佑最敬佩的这位同僚。他青衫幞头，双眸有些细长，看人时目光清亮温和，端坐着的样子如竹如松，关键是，此刻的严司直是一个活生生的人，不是一具冰冷的尸首。

蔺承佑凝视店外的街角："一切还只是猜测。先跟一跟这个武二娘再说。"

严司直微愕地点头："太子妃是未来皇后，事关四方利益，为此提前铺路，花再多人力物力也值得。不过假如按照这个思路查下去，我们前头的推测通通要被推翻了。对了，莫非主凶是武中丞？严某实在想象不出一个十五六岁的小娘子会有如此手腕。还有，太子妃的钦定人选现有三位，除了滕娘子和武二娘，还有邓侍中的孙女，何不连邓家一起查查？"

蔺承佑道："查过了，邓侍中为了与郑仆射和武中丞斗法，倒是有意在圣人面前抬举他的孙女，但邓娘子大半时日住在洛阳，只在去岁冬至日进宫拜见过皇后，看这怠懒的样子，不大像非做太子妃不可。武二娘就不一样了，此女性情爽直，面上似乎并不热衷嫁入皇室，但我仔细一查，严大哥你猜怎么着？凡是有太子出席的筵席，武二娘必定也在。"

严司直认真听着。

"去岁太子参加击球大会，阿芝和昌宜都在女眷席上瞧见了武二娘，碰巧那日是武大公子的生辰，武二娘百忙中竟也抽空去看了一场比赛。还有一件事特别巧，太子最喜朱色，偏巧武二娘也总是穿红裳，这些事看上去毫无联系，但加起来似乎也太凑巧了。武中丞嘛，一时还探不出深浅，不如先看看武二娘平日都跟何人来往，再来判断此事到底是不是武中丞指使的。"

严司直目光忽然一动："她出来了。"

滕玉意顺着严司直的目光看过去，就看见武二娘精神奕奕地从对面的彩帛行出来了。

滕玉意死死地盯着武二娘的背影，蔺承佑不紧不慢地喝完一盏茶，对严司直道："严大哥，你我兵分两路，你去查查滕娘子过去这几月与何人来往过，我去跟踪武二娘。我身手好，不怕被她察觉。"

严司直说："好。"

蔺承佑离了座，滕玉意忙要跟出去，怎知因为碰到外头的日光，眼前突然一黑，等到回过神，便到了一处衙门办事阁之类的处所。

窗旁有条案和书架，严司直坐在桌案边翻看卷宗，蔺承佑抱着胳膊背靠榻子，皱眉思量着什么。

夜色已深，两人仍在大理寺忙碌。

"刚着手调查武绮，她就暴病而亡。"严司直深深叹气，"时机未免太凑巧了，偏偏验尸验不出端倪。先前我们还怀疑此事与武中丞有关，现在是不是可以排除他了？虎毒尚且不食子，即便害怕我们因为武绮查到他身上，他也不至于心狠到提前杀害自己的女儿。"

说完这话，半天未听到蔺承佑接腔，严司直回头："蔺评事，你是不是想到了什么？"

"我在想，究竟何时走漏了风声？"蔺承佑蹙眉，"滕娘子的案子疑点重重，大理寺的调查重点一直放在彭震及其党羽身上，谁能这么快察觉我们已经怀疑武绮了？"

严司直怔了怔："总归是近几日走漏的风声，问题要么出在你身上，要么出在我身上。你我都好好想想，最近都去过何处，见过什么人。"

说罢，他一边回忆，一边将自己近几日的行踪一桩桩说出来。

蔺承佑忽地道："那日在紫云楼，昌宜当着众人的面问武绮为何爱穿红裳。她有此一问，自是因为那日我拿着长安仕女的名单过去找她们，我将武二娘和邓娘子的名字混在其中，问她们对哪位仕女印象最深。昌宜和阿芝并不知晓我的目的，便随口说了几句。昌宜毕竟是太子的亲妹妹，或许那次之后她也觉得平日总能看到武绮出现在太子周围，于是有了当日那一问。这句话在旁人听来只是闲谈，落在有心人耳里自是不同。"

严司直一惊："能进紫云楼之人，少说是朝廷三品以上的官员，莫非真是武中丞？"

蔺承佑眼波微动："让我想想，当时在座的都有哪些人……"

滕玉意边听边在屋内游荡，不知不觉到了桌边，低头就看见两份案卷上分别写着"卢兆安案""杜庭兰案"。

两份案宗都摊开着，上头写着卢兆安如何用相思蛊设计杜庭兰和郑霜银，如何因为嫌杜庭兰碍事起了杀机，末了又是如何于上巳节当晚在月灯阁的竹林外勒毙阿姐等犯案始末。

其中"行凶企图"那一栏写了两个字：存疑。

案宗上那端正的字迹估计出自严司直之手，但"存疑"两个字分明是蔺承佑的手笔。

滕玉意心下恻然，虽说早已从李淮固口里得知阿姐的案子是蔺承佑亲手破的，但她看到这些，仍大受触动，飘飘荡荡地挪到蔺承佑的背后，默默地从后头贴着他。

蔺承佑像是察觉到了什么，冷不丁回头。

严司直一愣："怎么了？"

蔺承佑环顾四周："怪了，最近老感觉身后有人。"

"莫不是有鬼祟路过？但以蔺评事的法力，应该能瞧见才是。"

滕玉意玩心大起，踮起脚把脸庞送到蔺承佑眼前，只恨蔺承佑的视线只在她上方游移，依旧没发现她的存在。

滕玉意故意用手在蔺承佑眼前晃来晃去，却听严司直讶然地道："不知不觉都过了子时了。蔺评事，你先回吧，待我整理好卷宗，我也回去就寝了。"

"不急，我再从头到尾理一理。"蔺承佑随手拿起一份录簿在对桌坐下，歪靠着椅背翻阅线索。

严司直捉袖提笔，温声问道："蔺评事，你以前是不是认得滕将军的女儿？出事那晚你那么快就赶到了滕府，事发后你又查得格外用心。"

滕玉意靠在桌边托腮望着蔺承佑。蔺承佑专注地翻看录簿上的线索："算是认识，幼时我贪玩差点儿溺死，就是这位滕娘子救的我。可惜当时也没问清她是谁家的孩子就与她走散了，这些年我找她，无非是想当面补个'谢'字，只可惜……"

严司直诧异地叹了口气："原来如此。"

· 442 ·

他宽慰蔺承佑："此案错综复杂，换旁人未必查得出真相，落到蔺评事手里就不一样了。你也说过这世上就没有你破不了的案子，只要能尽快找到凶手，滕娘子泉下有知，至少能安心投胎了。"

蔺承佑目露思索："但滕娘子的命格似乎……"他想了想又把话咽了回去，"罢了。"

滕玉意待要挨着蔺承佑坐下，猛不防身子被人向后一拽，等到双脚站稳，意外到了一座清幽的庭院里。庭前花落无声，花树上春莺鸣啭，廊下盘腿坐着两个白胖的小道童，齐齐打着盹儿。

"绝圣、弃智！"滕玉意又惊又喜，上前唤了两声，绝圣和弃智毫无反应，滕玉意暗觉好笑，待要逗他们打个喷嚏，但没等她将指头凑到两人圆乎乎的脸蛋前，主屋里就传出熟悉的说话声。

"荒唐！滕娘子命格古怪又如何？那是她祖上的余孽所致，你敢帮她借命，就不怕反噬到自己身上？！"那是清虚子道长的声音。

滕玉意耳边如有惊雷炸响，忙飘到窗扉前往里看，就看到蔺承佑懒洋洋地歪靠在榻上，被师公呵斥一顿也不恼，只随手扔开手里的弹弓："徒孙当然怕，但您老也说了，这是您迄今为止见过的最凶的错勾咒，若是无人帮忙操持，滕娘子和滕将军会一次次枉死，直到偿还完所有诅咒为止。"

"命该如此。"清虚子道长打断徒孙的话，"你我谁也帮不上忙！"

"未必就帮不上忙。徒孙看过那本《魂经》了，现有两个法子：换命格或是借出寿元。前者就如当年您和缘觉方丈所做的那样，直接为蕙妃和怡妃换命格，但这个法子只能救下一人，并且前提是滕娘子身上只剩一道诅咒了，不然下辈子还是会早亡。后者，就是直接以寿元相赠，这寿元最好是福大命大之人自愿相送，又或者取自大奸大恶之徒。您老也算了，滕娘子的某位至亲帮她求到了一段福缘，若是再加上一点儿从旁人处借来的寿元，兴许滕娘子下辈子能有什么意想不到的造化。这点儿造化，刚好助她和滕将军破咒，咒一破，可就一劳永逸了。"

清虚子道长喟叹："这是逆天之举，再怎样都会有损阴德。师公此前也从未听说有人能破得了错勾咒。"

蔺承佑翻身坐起："那可未必，事在人为。您老也常说，知恩不报也会损阴德。当年徒孙答应帮那位小恩人找她阿娘，末了却舍她而去，之后滕娘子罹难，徒孙又因为差了一步没能相救。徒孙欠她一条命是事实，如今知道这位恩人下辈子还会惨死，总归有点儿于心不忍。"

"看来你已经打定主意了？"清虚子道长嗓门拔高，"你自小天不怕地不怕，多半是觉得利用邪术借出一点儿寿元也没什么了不起。师公今日把话给你说明白，各人有各人的造化，你现在能做的，就是尽快抓到凶手帮滕娘子报仇雪恨，胆敢擅用邪术，不必你爷娘动手，师公亲自打断你的腿！"

滕玉意扒在窗扉上听得入神，却听蔺承佑喝道："谁？！"

话音未落，窗内袭来一个符团，滕玉意忙往旁一躲，起身时却发现耳边极为嘈杂，错愕四顾，面前不知不觉出现了一座巨大的城门，火光熊熊，映亮整片天空，城墙下骏马和人影纷乱交错，呼喊声直冲云霄。

雪浪般的刀光中，不断有人从马上跌落。

滕玉意伫立一会儿，开始惶惑地环顾周围，禁军历来驻扎在皇城左右，南有玄武门，北有玄德门，眼前是白虎门，看这架势，莫非有叛军要攻打禁苑？

这须臾的工夫，有东西滚到滕玉意脚下，滕玉意低头一看，却是个血肉模糊的人头。她被吓了一跳，此地箭矢如雨，稍有不慎便会丢了命，她连忙往后退离，同时在人群中找寻蔺承佑的身影："蔺承佑！蔺承佑！"

冷不防对面一支箭矢射向她的眉心，滕玉意忙要闪躲，那支箭却穿过她虚幻的身影，径直射中她身后的某个人。

滕玉意回头望去，空气里血雾四溅，腥浓的气息直冲她的脑门，被射中的那人身量矮小，中箭后踉跄退步，拼命捂住伤口。

滕玉意目光一厉：皓月散人！

皓月散人哑声怒斥左右："还不明白吗？我等中计了！如今白虎门周围都是禁军，就等着我们自投罗网。那日在郿坊府，成王世子中的只是一支寻常的箭矢，伤势是真的，毒却是假的，此局如此周密，军中所有人都被骗过去了，今晚多半要事败！快去告诉敏郎早做准备！"

滕玉意忙要追上前，那边却有个矮小的男子纵马而来，到了近前翻身下马，一把将皓月散人捞起。

皓月散人惊喜地道："师兄！"

滕玉意暗自打量那人，看来这人就是文清散人了，许是常年躲在郡王府密室中的缘故，文清散人肤色惨白，毛发稀稀拉拉，远看如枯草一样，但他武功出神入化，一路砍杀如入无人之境。

"现在说事败还早得很！"文清散人暴喝，"跟我走！今晚无论如何要先护送敏郎离开长安，若连他也被困住，就是必败之局了，尔等听明白了？"

"是！"

滕玉意在奔跑中跌了一跤，爬起来一看，却到了大明宫的麟德殿前。

方才那惊心动魄的厮杀声不知何时消失了，四下里安静得出奇，殿前金甲葆戈，禁军们手持刀戟，屏息等候着什么。

殿前立着两人，一人戎服櫜鞬，英姿勃发，似是刚经历过一场拼杀，浑身染满了血迹和尘沙，手中举着一柄寒光凛凛的长剑，直指另一人的咽喉。

另一人头戴远游三梁冠，身着绛色暗龙纹朝服①，却是淳安郡王。

"蔺承佑！"滕玉意鼻根一酸，急忙分开众人朝前奔去。蔺承佑整个人都不对劲儿，脸上溅满了血，左胳膊上束着布料，伤口似是崩开了，布料上满是渗出的鲜血。

他眼睛赤红，目光冷厉地看着对面的淳安郡王，举剑的手臂虽然纹丝不动，剑尖却在隐隐抖动。

淳安郡王往日总是衣冠楚楚，眼下却分外狼狈，身上血污狼藉，鬓边散落着几缕青丝，定定地望着手中的一包绣活，癫狂地笑道："原来如此，原来如此……阿娘……你骗得我好惨！"

他奋力撕碎那包绣活，目光骤然一寒，回手攥紧蔺承佑的长剑，用力往自己的咽喉刺去："我知道你恨极了皇叔，为了引我露出马脚，不惜从去年就开始做局，看看你臂上的伤，为了成事你待自己如此狠绝！说白了，你我是一样的人！如今你也算如愿以偿，杀了叔父，就能平定这场叛乱了。"

蔺承佑的剑尖却纹丝不动。

一片死寂中，淳安郡王掌心的鲜血顺着剑刃"滴滴答答"地往下淌，他握紧剑身，嘲讽地笑道："不忍心？你的好同僚是我令人杀的，三年前的滕府灭门案也是我让人做的，听说你总想着帮滕娘子借命，奈何找不到愿意捐献寿元之人，叔父是大奸大恶之徒，拿走我的寿元，你不必担心遭天谴。"

蔺承佑眼圈一红，咬牙笑道："用不着！滕娘子被你害得那么惨，纵算你肯捐寿元，她未必肯要！"

滕玉意冷冷地注视着淳安郡王，淳安郡王惨然地点头："好，好，好。你自小

---

① 此处参考了《旧唐书·舆服志》。

行事坦荡，报恩时亦是光明磊落。皇叔不如你，皇叔这一生……到底是走偏了。"

　　说话时，他突然暗自发力，蔺承佑似是早料到有此一变，不顾自身伤口，迅疾向前扣住淳安郡王的手腕，可终究晚了一步，淳安郡王嘴角溢出一抹鲜血，仰面往后倒去。

　　蔺承佑面色大变，收剑上前一托，到底迟了一步。

　　转瞬间，淳安郡王已是面如金纸，蔺承佑屈膝半跪在淳安郡王身边，咬了咬牙："皇叔……"

　　淳安郡王呛了口血，笑道："我这一生，幼时渴盼亲情，长大后渴盼权势，我总觉得，只要长安城我一人说了算，就没人能在我背后指指点点了。可惜命运弄人，越想得到什么，就越是得不到，今晚听你这句'皇叔'，我方知……方知我从前错得狠了。"

　　他话未说完，表情倏地定住了，面庞那样俊美沉静，看上去与平日的淳安郡王无异，只是嘴角含着一抹讥讽的笑意，不知是在嘲讽自己，还是在质问上苍。

　　蔺承佑闭了闭目。

　　滕玉意说不出地心疼，上前欲挨着蔺承佑，却听有人在背后喊道："阿玉！阿玉！"

　　滕玉意惊讶地回首，这分明是蔺承佑的声音，但蔺承佑明明在自己身边。

　　"阿玉，阿玉！"对方似乎忧心如焚，声音越来越急促。

　　滕玉意焦急地逡巡，无奈寻不到那声音的来源，不知不觉游走到殿前的一株柳树下，只见前方有处异常明亮的所在，刚要迈步，不知何处蹿来一根红绳系住了她，红绳那头传来一股大力，一下子将她拽向明亮处。

　　蔺承佑从兴庆宫回来时已是傍晚，一路疾驰，异常沉默。

　　宽奴等人骑马紧随其后，个个大气不敢出。行到半途时，蔺承佑似是觉得胸口发闷，猛地勒缰控绳，停在路边喘气。

　　宽奴心中忧虑，忙也跟着停下："世子？"他望见蔺承佑的表情，话头全堵在了喉咙里，原来不知不觉间，世子已满脸是泪。

　　宽奴默然退到一边。

　　蔺承佑并不搭腔，面无表情地拉拽缰绳，继续策马疾行。

　　宽奴不禁在心里重重叹气。

　　晌午时分，淳安郡王在兴庆宫自缢了，为免被人拦阻，特地先用指血在门口画了个粗糙的阵法，等到禁卫们发现不对劲儿时，郡王已闭气多时了。

他走得那样决绝，甚至未留下只言片语。

消息传出，朝野内外那些对圣人和成王不满的声音立时消散了。

那晚世子不顾眼盲去兴庆宫探视淳安郡王，该说的，想必那晚世子在兴庆宫就已说尽。

事发至今，郡王不曾忏悔过自己的罪过，以世子的心性，即便不为严司直之死，便是为着那晚娘子因为郡王的布局死过一回，也会深恨自己这位叔父。但郡王这一死，世子依旧难过到了极点。

他正想着，前方的蔺承佑突然勒缰下马，宽奴一愣，才发现他们已经到了王府门前。

蔺承佑上了台阶，跨入府中，径直朝东跨院而去。

他心里又痛又苦，只想尽快见到妻子，不必说什么话，哪怕只捏捏她厚嫩的耳垂也觉得安慰。

"娘子在做什么？"蔺承佑边走边问府里的下人，迎面却看到几个嬷嬷匆匆忙忙地赶来。

"世子，娘子看着似乎有些不好。"

蔺承佑神色遽变："什么不好？胡说什么？"

老嬷嬷们急声说："世子回去看看就知道了，世子刚走娘子就开始午睡，一睡就是两个时辰。春绒她们只当娘子累坏了，也没敢去打搅，怎知都天黑了娘子仍未有醒转的迹象。几个婢子不得已入内唤了唤，竟是死活唤不醒，非但如此，娘子还浑身哆嗦，不停地说胡话，碰巧王爷和王妃仍在宫里未回，老奴正要给世子送信呢。"

嬷嬷话未说完，眼前哪儿还有蔺承佑的人影？

蔺承佑急匆匆地到了东跨院，听到主屋里乱糟糟的满是说话声，心里越发油煎火燎，开始沿着回廊快速奔跑。

他到了房内，一屋子都是婢女。

"都滚出去！"他上前掀帘，果见妻子躺在床上，也不知梦见了什么，白皙的额头上密密麻麻满是汗珠。

"阿玉。"蔺承佑焦灼地俯身摸了摸妻子的额头，非但不烫，反而冰凉至极，他又凝神查看四周，并无邪祟作乱的迹象。

他心脏急跳，她莫不是魇住了？

"快去尚药局请奉御！"随后他又低唤："阿玉，阿玉！"

滕玉意战栗着呓语，蔺承佑贴上去仔细听，就听到妻子含混地说道："蔺承佑，他才是凶手，他才是……"

蔺承佑脑中闪过一道白光，忙掀开衾被查看妻子的脚踝，岂料妻子的脚踝上并未绑着双生双伴结，接着他又依次搜检旁处，这才在妻子的右手小指上发现了那根红绳。妻子绝不会无故系上这根红绳，莫不是红绳感知到妻子前世的孽障自己缠上去的？难怪绳子的颜色比平日看着更加鲜艳。

这时滕玉意又惊恐地尖叫一声，蔺承佑额上冒出冷汗，忙将妻子搂入怀中，不断地拍抚她："阿玉，别怕，我在这儿。"

等到滕玉意安稳些，蔺承佑连忙取下红绳，依着洛阳紫极宫录玉真人所教的心法，满头大汗地诵了一遍咒，又将红绳另一头迅速系在自己的指尖，压着焦乱的心绪勉强闭眼感受。过了好一会儿，他自觉没什么变化，正要睁眼，忽觉身后有人拉了自己一把。

蔺承佑回肘向后一撞，怎知撞了个空，不等他再出招，耳边一下子变得热闹非凡。

他惊讶地睁开眼，却发现自己竟到了一座花园里，园中池榭玲珑，布局颇为眼熟，定睛一看，竟是玉真女冠观。

他正暗觉诧异，身旁传来熟悉的说笑声。蔺承佑循声转头，就看到一个少年背着金弓从花园里穿过。

少年笑语如珠，俊逸绝伦。

"这不是我吗？"蔺承佑纳罕地道。

他后头有女孩窃窃私语："瞧，那就是成王世子。"

蔺承佑往后一看，就看到花树下坐满了衣饰华贵的仕女。

只一眼，蔺承佑就认出了坐在东侧的滕玉意。她身着绿萼色上襦，齐胸系着莲子白单丝花笼裙，胸前垂着石榴红的丝绦，脚下的翘头履也是石榴红色。今日贵女如云，但她显然是相貌最出众的那个，那张鲜花般的脸蛋上，有一双乌溜溜、水灵灵的眼睛。

蔺承佑便知自己踏入了妻子前世的梦境，心里一急，情不自禁地朝妻子走去："阿玉，跟我回去。"

他走了几步，发现滕玉意一直望着另一边，顺着她的目光往后看，才发现她在暗自打量那个背金弓的少年。她目光炯炯，也不知在琢磨什么，那副志在必得的神情让人忍俊不禁。

蔺承佑不由得笑了，走到滕玉意面前，蹲下身伸手在她眼前晃了晃，故意问她："有什么好看的？"

他这一触，面前竟是一片虚无，看来在这场梦境里，自己只能做一缕旁观的游魂，却听女孩们低声说："名为赏花，说白了还不是为宗室子弟选亲？连成王妃也来了，看样子要认真地为世子相看一回了。听说成王夫妇不看门第，一向只看重品行，今日表现最出众的那个，王妃多半要亲自问话。"

另一人低声说："别说话了，皇后和成王妃出题了：七律，《赏春》。"

蔺承佑聚精会神地望着滕玉意。

滕玉意面上漫不经心，耳朵却竖得高高的，闻言一凛，提笔铆足了劲儿开始作诗。

蔺承佑眼中笑意加深。

少顷，诗成。

蔺承佑抚了抚下巴，在边上一字一字地拜读，一首《赏春》写得错彩镂金，看得出她费了不少心思。他睨了睨妻子，干脆挨着妻子坐下，不一会儿有宫人过来取诗。滕玉意谨慎地将诗作呈上。

没多久，宫人含笑过来对滕玉意说："恭喜滕娘子，皇后殿下和成王妃亲点了滕娘子的诗为今日魁首，召滕娘子过去相见呢。"

滕玉意忙应了，低头时眼睛却比刚才更亮了。

蔺承佑一颗心酥成一团，不由自主地跟上去，脚下忽然一轻，一转眼又到了另一处。

那是一座华丽的宫苑，周围十分安静，四处转了一圈，蔺承佑就看到另一个自己坐在庭前。

大约闲得发慌，少年手里握着一张弓，有一下没一下地射箭玩。

这当口回廊尽头有人来了，却是关公公。关公公颠儿颠儿地捧着一卷画轴，上前对少年说："画像画好了，还请世子过目。"

少年有点儿好笑："伯母一大早把我叫到宫里来，就是为了这个？"

关公公苦心劝说："道长他老人家也说了，过去大伙儿可能都猜错了，绝情蛊也许并非让男子动不了心，而是有别的坏处，想要破解此蛊，唯有让世子先动心一回。世子不如趁此机会好好相看，说不定能遇到中意的娘子。当日赏花会世子也去了，滕娘子学问、相貌可是顶顶出众的一个，皇后也说了，她绝不强求你们，横竖你们自己先看对眼再说。"

说话间，关公公将画卷缓缓展开，露出一位姿若仙人的小娘子。

少年漫不经心地扫了画卷一眼。

蔺承佑坐到一旁提醒少年："喂，还等什么？她可是世上最好的小娘子。"

少年却说："不娶。"

蔺承佑头顶如同滚过一个焦雷，关公公也愣住了。

少年不紧不慢地擦拭弓箭："不就是诗琴出众吗？看不出什么特别的。我想要的小娘子，起码要对我的胃口，不说别的，性子要够好玩。这位滕娘子……我可没兴趣。"

蔺承佑推他一把："你是傻了还是有眼无珠？滕玉意可是长安城最好玩的小娘子。"

少年掸掸衣袍，提着弓潇洒离去。

蔺承佑刚要追下台阶，没提防脚下又是一空，再一睁眼，就到了一间卧房内，房内的布置瑰丽奇巧，空气里弥漫着玫瑰香。

他一转头，就看到滕玉意端坐在席上调香，春绒和碧螺怯生生地传着程伯的话："成王世子看了娘子的画像，然后说……说'不娶'。"

滕玉意一不小心打翻了香盏。

滕玉意满不在乎地"哼"了一声："知道了。我该去陪姨母了，收拾东西吧。"

她搅动了一会儿香盏里的白蜜，自顾自地去净房沐浴，等她走到近前时，蔺承佑听到滕玉意小声"喊"了一下："不娶？我还不嫁呢。"

蔺承佑心尖一颤，忙笑着说："那浑蛋不是我。阿玉，我知道你有多好，怎舍得不娶你？那人被猪油蒙了心，俗称有眼如盲，你先别生气，我替你教训那个浑蛋。"

滕玉意理都不理他，蔺承佑差点儿跟进净房，所幸记得这会儿她还不是自己的妻子，不得已在帘前止步，这工夫外头有婢女惊慌地跑进来："娘子，杜家姨母不好了！"

门帘一掀，滕玉意白着脸从净房出来："备车，去杜府！"

蔺承佑甚少看到滕玉意这般仓皇，胸口也跟着一疼。

他待要跟上去一探究竟，面前却射来一道刺目的白光，等到回过神，人已恍惚到了一座眼熟的府邸中。他打量周遭，倒是一眼就认出眼前的是滕府的外书房。

寒冬腊月，府里每个角落都覆盖着皑皑白雪。

蔺承佑在雪地里伫立片刻，正要找寻滕玉意的身影，听到书房里传来声响，循声走过去，看到屋里的景象，不由得怔住了。

滕玉意一身缟素，双鬟上半点儿首饰都无。

这世上能让滕玉意服重孝的只有一人，莫不是滕将军离世了？可若是连滕将军也走了，阿玉便是孤零零的一个人了，蔺承佑心乱如麻，上前打量滕玉意，她神色木然，整个人瘦了一大圈。

"阿玉……"蔺承佑小心翼翼地伸手触碰她，这时外头却传来一阵诡异的动静。

蔺承佑一凛，连忙探手入怀取暗器，怎知摸了个空。这时那怪声越来越大，滕玉意警惕地在房中唤道："端福！程伯！"

外头一片死寂，滕玉意神色紧张起来，略一踟蹰，推开门谨慎地往外走，蔺承佑拦到她跟前："跟我走。"

滕玉意却穿过他的虚影，径直到了廊下。

蔺承佑额角一跳，连忙跟上去，刚走几步，就听到程伯等人发出惨叫声。

滕玉意似乎被吓坏了，立时顿住脚步："程伯！程伯！"

蔺承佑心疼不已："阿玉。"怎知他连妻子的胳膊都抓不住。

他再次追出去时，就看到端福背着滕玉意立在花园的垣墙上，夜色下，垣墙的另一边无声无息地站着一个黑氅人，端福咽喉处鲜血淋漓，显然已经活不成了。

滕玉意含泪伏在端福背上，不断低唤："端福、端福。"她又厉声质问黑氅人："你到底是谁？！"

蔺承佑肝胆俱裂，开始沿着池岸狂奔，但无论是面前的垣墙，还是墙边的柳树，都只是一个虚无的影子。他无数次飞纵上去，又无数次扑了个空，枉他一身本领，眼下却是无计可施，情急之下，蔺承佑开始捏诀念咒，招数很快使尽了，依旧无法触碰到眼前之物。

垣墙上，滕玉意俨然惊惧到了极点，但她仍试图同对方交涉："只要你放过我和我的手下，我马上带你去找……胆敢再碰他们，我保证你们什么也得不到！"

蔺承佑咬牙看着这一幕，心肝肺仿佛都被搅碎了，焦急地环顾四周，待要再想法子，黑氅人一把抓住滕玉意，扬手将她扔下墙内的池塘。

蔺承佑脑中一空，不顾一切地纵身向前扑去，却连滕玉意的衣袂都没捞到。

"扑通"一声，滕玉意在他眼前跌入了冰冷的池塘。

"阿玉！！！"蔺承佑发指眦裂，毫不犹豫地跟着跳入水中，但眼前的池塘依旧只是个幻影，他一扑之下，竟扑了个空。

滕玉意拼命地在池塘中扑腾，时间一点点流逝，水面的波纹越来越微弱，蔺承佑一再试着入水，却一再被挡在池边。他骇然无措，眼睁睁地看着滕玉意的气息越来越弱，胸膛里仿佛有一把看不见的尖刀，一片一片地割他心上的肉。

"阿玉！"

等到池塘里终于不再发出水声时，蔺承佑的心脏也跟着冻在了腔子里，他身体僵冷，半点儿知觉也无，只伏在池边定定地看着那张苍白的脸。

这时候，他隐约听到有人朝池边赶来，但已无力转头，因为他能感觉到，池中的滕玉意已是生息全无。可他看清纵入池塘中的少年是自己时，依旧自嘲地一笑。

果然，前世的他来迟了一步，即便很快将滕玉意从池塘中捞出，也只救上来一具冰冷的尸首。

蔺承佑摇摇晃晃地走过去，跪到尸首身边，只恨泪眼蒙眬，望不清眼前的面庞，手伸出去，又悬在半空。这就是她和他的前世？他望着那张苍白的脸，一时间心痛如绞，末了搂住那虚幻的身影，埋头低哑地痛哭起来："阿玉！"

滕玉意警惕地打量四周，前一瞬她还在大明宫的麟德殿前，下一瞬就飘到了一条黑魆魆的地道中，低头一看，那根红线不知不觉地系到了她的腰间。

认出这是双生双伴结，滕玉意暗自松了口气，一边循着红绳向前走，一边对红绳的那头低唤："蔺承佑，蔺承佑。"

她忽地想起麟德殿前的那一幕，脚步又是一顿。

小涯说她能重生是因为上辈子有人帮她借了命，她命格大凶注定短命，若有个福大命大之人愿意出借几年寿元给她，所谓以大福压制大凶，她下辈子便有机会破咒，怎知她阴错阳差提前重生了。

因是借命之人，她自打醒来后便不断招惹邪祟，前一阵得知了当年真相，她一度以为借出寿元的是阿娘，但从刚才淳安郡王和蔺承佑那番对话来看，借命的似乎另有其人。

莫非是大奸大恶之徒？只有这样主阵人才不会遭受天谴，可是从蔺承佑跟淳安郡王的那番对话来看，他显然不屑于为了报恩谋夺另一人的寿元。

她正胡思乱想，听到背后有人叫她："阿玉！"

那唤声不只透着惶急，还带着一种撕心裂肺的痛楚，那种哀恸到极点的感情，一下子触动了她。

滕玉意顿生忐忑："蔺承佑？！"

她回头，惶急地找寻声音的来源，不远处又响起一个细声细气的声音："你还不知道？这可是晋国公小女的陵墓，旁边是晋国公夫人王氏的，再前头就是晋国公滕绍的了。圣人顾念滕将军生前的赫赫战功，特地为其一家修葺陵园，此后宫里每年都专门派人在此看护，但滕家本就人丁稀薄，滕娘子一死，滕家就算绝后了，逢年过节只有一些亲故过来烧香，平日里要多冷清有多冷清。太子昨日过来上香，一是为悼念他从军时的恩师滕绍，二是为告知滕娘子她大仇已报。"

"啊？"另一人错愕地道。

前头那人压低嗓门："你该不会不知道太子当初差点儿就娶了滕娘子吧？这事说来也玄乎，当年一共有三位太子妃人选，末了竟一个没成。滕娘子被人杀害，武二娘暴毙，剩下邓侍中的孙女，太子又因她神态与滕娘子有点儿像，执意不肯娶，蹉跎了整整三年，最后娶了柳尚书家的四娘。"

另一人不耐烦地说："哎哎，太子这桩事我早就知道了，我问的是成王世子为何到晋国公陵园中来了？成王世子与晋国公可是非亲非故。"

"这我就不知道了，听说案子是成王世子破的，莫不是过来悼念英魂？"

两个人的声音越来越远，滕玉意贴在墙上细细听着，岂料墙面突然往内一陷，她一下子没站稳，往前跌了出去，站稳脚跟一看，外头是一座陵园，前方是宗庙，后头是陵墓。

天上下着霏霏细雨，杏花纷纷而落，雨中的三座坟茔看上去格外凄清。

滕玉意怔松片刻，来到坟茔前，先静静抚触阿爷的墓碑，接着游荡到母亲的墓碑前，坐下，辨认墓碑上"王氏"的字样。

枯坐良久，滕玉意抬首四望，如两个太监所说，此地清冷幽寂，偌大一座陵园，看不见一个人影。

望着望着，滕玉意忽然感到前所未有的孤寂，把身子蜷缩成一团，贴着母亲的墓碑哽咽："阿娘……"

偏巧此时，前方的杏花树下传来马蹄声，有人来了。

滕玉意噙着泪花向后看，不禁愣住了，来人竟是蔺承佑。

他孤身一人冒雨前来，到了大理石台阶前，下马拴绳，径直走上台阶。

"蔺承佑……"滕玉意惆怅地看着他，他臂上束着布帛，看样子箭伤仍未好。

蔺承佑自顾自地给滕绍和滕夫人上了炷香，这才半蹲下来望着滕玉意的墓碑，未几，从怀中取出一张暗赭色的符箓。

符箓阔达数寸，上头密密麻麻的满是符文。

"欻"的一声，蔺承佑点燃了那张诡谲的符箓，火苗跳跃，照亮他熠熠的眼眸。

"当初你救我一命，我却没能及时认出你。"蔺承佑静静地望着那团火苗，开了腔，"如果那一年的赏花会上我不那么自以为是，或许滕府出事那晚我能及时相救。"

说罢，他指了指符箓，歉然一笑："我命格极重，希望你下辈子不会再这么苦命。"

说完这话他放下符箓，起身洒脱离去。

滕玉意看清符箓上的字样，心脏活像被人狠狠地捏了一把，那上头写着"苍山无极门借命符"，底下并排写着两行字，一行是：滕玉意，乙巳年腊月二十八子时生人；另一行是：蔺承佑，壬寅年四月初七寅时生人。

两个人的名字和生辰八字并排写在一起，符箓的底下则另写着一行字："愿借三年寿元助其度厄。"

滕玉意脑中轰然作响，给她借寿元之人竟是蔺承佑！果然是蔺承佑！因为他不屑于借用旁人的寿元为自己报恩，于是献出了自己的寿元。

她抹了一把眼泪，急忙追上去："蔺承佑！"

蔺承佑却已经翻身上马，一人一马转眼就驰入了雨幕中。

滕玉意追了一晌没能追上，只得怔立在原地，望着蔺承佑渐渐远去的背影，胸口像被人挖空了似的，不禁放声痛哭起来。

滕玉意并不知道，在她哭得撕心裂肺的时候，她身后不远处，另有一缕蔺承佑的游魂，坐在坟茔前红着眼圈望着她。

滕玉意忽觉背后有人拉了她一把，不等回过神，就猝然跌到一个温暖的怀抱里。

滕玉意喘息着睁开眼，恰好对上那双熟悉的眼睛。

滕玉意眼泪瞬间涌出来，忙用尽全力回抱他："蔺承佑！"

床前垂着熟悉的幔帐，空气里弥漫着她惯用的玫瑰香，不会错，这是她和蔺承佑的新房。

滕玉意依旧泪流不止，但一触到蔺承佑的体温，那颗悬在腔子里的心瞬间就落了地。

"刚才我梦见了前世。"她拼命地把头往蔺承佑怀里钻，啜泣时，声音传进他的心房，"我梦见了你，还梦见了我，原来前世是你帮我借的命。"

这时滕玉意才注意到蔺承佑呼吸异常粗重凌乱，意识到不对劲儿，连忙抬头端详他。

蔺承佑却猝然收紧双臂，把她重新纳入怀中。

滕玉意暗觉诧异，忽觉额上一凉，有泪水滴落下来，愕然低头，看到系在两人指尖的红绳，心里一下子明白过来，依着他的胸膛，哽咽地问："你都看到了？"

"看到了。"他笑着答道，声音却在发颤。

滕玉意眼泪越发汹涌，嘟哝着说："所以你也知道你前世并没有对我求而不得了？"

他笑着"嗯"了一声。

滕玉意抽噎一下，含着泪花说："你看，你瞧不上我。"

"他有眼无珠，怎知你有多好，我……"他笑着笑着，话语再度哽在喉间，"我只庆幸我这辈子没有放手。"

番外一

春日迟迟，卉木萋萋

半个月后。

这日早上滕玉意睡得正香，迷迷糊糊地感觉脸上发痒，那股痒感轻若柳絮，一会儿停留在她的腮帮子上，一会儿又游走到额头上，她不耐烦地翻了个身，那酥痒的感觉却又顺势移到她的后颈上。

滕玉意嘟囔："蔺承佑，你真烦人。"

她背后传来笑声，蔺承佑干脆将她从衾被里捞出来："也不瞧瞧都什么时辰了，说好了今日去西市，再睡可就天黑了。"

滕玉意依旧睁不开眼："我困……昨日练了一整天的功，胳膊腿都快断了。"

蔺承佑心疼坏了，只得又把妻子塞回被子里："要不明日再去也成，横竖后日才启程去濮阳。"

滕玉意踌躇地道："明日你不是要去大理寺跟同僚交接手上的案子吗？"

可见她还是想去，蔺承佑想了想，索性取下床前逻娑檀衣架上的衣裳，让妻子靠着自己的肩膀继续打盹儿，举起她的一只胳膊，胡乱帮她套襦衣。

"你睡你的，我受累帮你穿衣裳。"

滕玉意最是怕痒，被蔺承佑折腾一阵，"扑哧"笑出了声："中裙不是这样系的……你那个结打反了。哎哎，蔺承佑，我怕了你了。我醒了，自己来。"

蔺承佑顺势拽她起床。

"爷娘呢？"滕玉意闭着眼睛问。

"宫里要举办射礼，爷娘一大早就带着弟妹进宫了。"

滕玉意睁开眼睛一瞧，蔺承佑早就穿戴好了，穿着一身琉璃绿的联珠纹圆领襕衫，锦料当中夹杂金丝，且不说在阳光下，便是在屋中也有流光溢彩之感。这般颜色秾丽的衣裳，连肤白的女子都鲜少压得住，穿到蔺承佑身上倒极妥帖。

滕玉意垂着脑袋在床边趿鞋："你等我，我去梳洗。"

蔺承佑拦住她："我帮你穿了衣裳，你倒是也帮我穿戴穿戴。"

他戴着玉冠，只是腰间尚未挂配饰，两人相视而笑，滕玉意接过玉佩和金鱼袋帮蔺承佑一一系上。

嬷嬷们听得屋里的说笑声，一时也不敢进屋，渐渐发觉屋里的动静不太对，早就识趣地躲到耳房去了，又过了半个多时辰，才听到蔺承佑在屋里唤人："娘子醒了，把巾栉和汤送进来吧。"

嬷嬷们忙应了。

一行人鱼贯而入，抬头就看见蔺承佑身上的锦袍皱皱巴巴的，这可是大郎早上才换的，论理这样的料子绝不至于被揉成这样……

几位老嬷嬷并不敢朝凌乱的床上瞧，只从紫檀衣柜里又取出一件新袍子，静悄悄地放到案几上。

蔺承佑面红耳赤，好在滕玉意早在下人们进来之前就躲到净房去了。

滕玉意盥浴一番，出来就看到蔺承佑又换了一身簇新的牡丹白襕衫。

他正百无聊赖地歪靠在榻上翻着一本书。

滕玉意坐到镜台前，蔺承佑抬眸看她梳妆。

滕玉意梳好了发髻，却不肯让春绒和碧螺装点首饰，只从妆奁里取出一串光润晶莹的殷红玫瑰花簇项链，作势要往脖子上戴。

蔺承佑扔下书："我来吧。"

这串鞢鞜宝项链还是滕玉意的十六岁生辰时，他送的呢，从选料到挑匠人，他当初不知费了多少心思，只恨那时候她因受蛊毒的压制一直未想起他，送礼时他甚至不敢让她看见自己的名字。

戴上项链后，蔺承佑一抬眼，恰巧对上妻子的目光，花簇配上她纤白的脖颈和乌油油的秀发，当真雅丽非凡。

出屋后，蔺承佑牵着滕玉意的手沿着游廊往外走。

"瞧瞧这日头，瞧瞧这天气，今日去明月楼用午膳如何？我记得你喜欢这家的酒菜。"

滕玉意却突发奇想："要不我们去吃饦饦吧。"

蔺承佑瞥她："饦饦有什么好吃的？"

"我说的可不是寻常店肆卖的那种，是你那位胡人朋友亲手做的饦饦。那回你在彩凤楼办案时带绝圣、弃智买过一回，正好我也吃了，记得一份饦饦里足足放了二三十种馅料。"

滕玉意说到这儿，肚子里的馋虫早已被勾起来了，屈起十根手指头慢慢数："有花蕈、石决明、透花糍，还有黏甜的酪浆……我长这么大，还是头一次吃到那般考究的饦饦，事后我让程伯去买，你那位叫诃墨的朋友连门都不肯开。"

蔺承佑细细地听她说了半晌，笑道："难为你记得这样清楚，想吃这个还不容易？我让诃墨给你做个十份八份便是了。"

两人乘车到了平康坊，下了车，蔺承佑带着滕玉意七拐八拐，没多久就摸到了一间食肆门前。

店里只有一个伙计，他看到蔺承佑，忙把主家诃墨从后头请出来。

滕玉意定睛打量，那是个三十岁出头的胡人，模样称得上诡异，鼻子像一颗圆圆的蒜头，嘴唇却薄得像纸片，生就一双碧色琉璃眼珠，胡子则是淡赭色的，一开腔，居然是一口标准的洛下音。

如今四方胡人均以学习中原文化为荣，但能将官话说得这般地道的委实不多见。

或许是自负学问精深，诃墨与人打交道时，有些倨傲之色。

蔺承佑开口做介绍："这是吾妻滕氏。"他又对滕玉意说："阿玉，这是我朋友诃墨。"

诃墨早将脸上的傲色收起来了，冲滕玉意恭敬地叉手作揖。

滕玉意便也慎重还礼。

两厢见礼后，诃墨指了指不远处的彩凤楼："现有不少人询价，只是一直未成交。有心想买的商贾嫌此地出过人命案，不忌讳这些的又嫌估价过高。"

蔺承佑漫不经心地听着，忽然想到什么，转头看了看滕玉意。

滕玉意也在打量那空置的彩凤楼。

两人当下心照不宣。

不一会儿，饦饦呈上来了，滋味堪称一绝。滕玉意一口气吃了两份，吃完很满足，对蔺承佑说："别说长安，便是全天下也找不出比这更好吃的饦饦了。"

蔺承佑放下酒斛："既这么喜欢吃，让诃墨多做几份带回去。"

滕玉意摆手："一次吃太多反而生腻，还是为日后留点儿念想吧。"

两人净了手面出店，很有默契地朝彩凤楼走去。

自那些伶人和妓女被遣散，此地已经空置许久了，门口只有两个不良人看守，比起相邻店肆的热闹，楼前有种怪诞的荒凉感。

蔺承佑说明来意，两位不良人争先恐后地启开门扃。

他们推开门，淡淡的潮气扑面而来，蔺承佑牵着滕玉意的手入内。

滕玉意环顾四周，当初为了躲避尸邪不得已住进这里，不知不觉都过去一年多了。

她故地重游，颇有物是人非之感。

蔺承佑似乎也有些感触，径自在厅堂里转了一圈，撩袍蹲到角落里的一张圆桌下往上看，当初他就是在这底下搜到了彭玉桂私藏的那包毒针。

滕玉意道："我想把这楼盘下来。"

蔺承佑丝毫不奇怪，拍拍手起了身："行，都依你，明日我就让人问价，就不知道你买下来做什么，做妓馆？"

他说完这话，上下打量妻子一眼："不大合适吧，滕玉意……"

滕玉意扬眉："谁说我要做妓馆老板了？盘下就不能做别的吗？依我看，这地方做香料铺就很好。"

说着她冲四周指指点点："上头一层可以做招待贵宾的包间，顶上那层可以做库房，难得格局都是现成的，稍稍修葺修葺就成了。此地从来不乏达官贵人，名妓粉头之类的也多，我这铺子专门依照各人的喜好做些独有的调香，尽可以卖得贵些。还有，这次你别出钱，我要拿我自己的体己盘下这个铺子，横竖我自负盈亏。"

蔺承佑听妻子说得头头是道，不由得也认真起来，心知她多半已经打定了主意，便笑着说："不让我出钱，我帮着出出力总成吧？你素来爱调香，做香料铺倒是比做别的容易上手些，就是我们后日就要启程去濮阳了，盘下来也得找人帮你打点才行……"他略一思索，"这事交给我了，我帮你物色几个靠谱的掌柜和管事。"

滕玉意笑眯眯地点头："那……好吧。对了，还记得卷儿梨和抱珠吗？程伯说她们在附近开了一家胡饼铺，只因无依无靠，平日没少受人欺负，我打算把她们找来，往后就让她们在我的铺子里谋生。平康坊这等艰难谋生的妓人很多，我这铺子日后只招女伙计也不错。"

蔺承佑回头看她："何止平康坊，长安城别处也有不少难以维持生计的妇人。

你这香料铺若是做得够大，不妨多收容些可怜的妇人。前有先人'为天下寒士谋广厦'，后有滕玉意'为天下孤寡妇人谋居所'，听上去岂不壮哉？况且这也是积德之举。"

滕玉意原是一时兴起，没想到蔺承佑处处想着为她积攒功德，细一想，这番安排也算扶危济困，便高兴地说："干脆以我阿娘的名义兴办这香料铺，无论赚多赚少，都拿来贴补这些贫苦女子，若真能因此积善，全记到我阿娘头上才好。"

夫妻俩边商量边转悠，不知不觉到了后院。路过那座废弃的小佛堂时，两人并肩钻了进去，梁上结满了蛛网，地上满是灰尘。滕玉意找到当初彭玉桂施邪术时留下的残印，蹲下来指给蔺承佑看，两人再度感叹一番。

两人从佛堂出来，抬头就看到了花园里的那株槐树。

滕玉意步伐一缓，那回她因为喝了火玉灵根汤，不得已在树下苦苦练功，蔺承佑却躺在树上尽情笑话她，想到此处，她转头觑了蔺承佑一眼。蔺承佑显然也想到了这件事，拉着妻子朝外走："这园子疏于打理，没什么好逛的，时辰不早了，该去西市了。"

"哎哎，等一等。"滕玉意松开他，回身走到槐树前纵身一跃，轻飘飘地跃到了树梢上。

找到一个粗壮的枝丫坐下，她笑吟吟地冲蔺承佑招手："你也上来。"

蔺承佑立在树下仰头看，滕玉意坐在枝丫上晃动双腿，这些日子妻子勤学苦练，功夫可谓日进千里，这样透过树枝向上看，他只能看到妻子的银红缭绫裙的一角，春风间或拂动她的裙摆，露出裙下一双朱红芍药绣线鞋。

蔺承佑的心像被什么挠了一下，说不出地酥痒，他一撩衣袍，提气就向上飞纵，怎知刚掠到一半，上头猛地袭来两股热风。蔺承佑偏头一躲，一眼认出是妻子那枚玛瑙香球里释出的两只大蝴蝶，心知妻子故意使坏，迅即在半空中回身一翻，改而抱着树干绕向后方。

他正要出其不意地纵到滕玉意的身后，岂料那两条隐影玉虫翅却又从斜刺里冲出，再次挡住了他的去路。

任蔺承佑机变过人，也没法在半空中借力抵挡两次，只得松开树干，仰面向树下落去，却听到妻子在树上轻笑。

蔺承佑在树下站稳脚跟，回头往上看，除了滕玉意，还有谁能想到这法子捉弄他？

"成心捉弄我？"

蔺承佑笑道："我可没拦着你，有本事你倒是上来。"

蔺承佑望望两边，踏上树干，如同轻猿一样向上直蹿。

隐影玉虫翅再次拦上来，蔺承佑不躲不避，扬手挥出一把肉脯，两只灵虫闻见肉香，果然愣了一下。

滕玉意心知不妙，急声说："喂，别分神！他狡猾得很！"

蔺承佑却早已趁这当口绕过树干，隐影玉虫翅待要再追，已经迟了。

滕玉意傻眼了，蔺承佑翩然踏上树梢，撩袍坐到妻子身边。

滕玉意不得已将玉虫翅召回香囊，对着香囊一个劲儿地摇头叹气："馋货，馋货，叫你们不长记性。他知道你们最馋俊奴的零嘴，故意拿这个诱你们上当。"

说话间她瞟了蔺承佑一眼，趁他不注意朝树下跳去。

蔺承佑手疾眼快，一把将滕玉意拽回："刚捉弄完我，这就要跑了？"

滕玉意跌坐到蔺承佑身边，笑道："就捉弄你了，你待如何？"

蔺承佑捉住妻子的手腕把她扯到自己面前，眼睛一眨不眨地打量她。

滕玉意眨了眨眼，蔺承佑的脸庞离自己越来越近，她索性闭上眼睛，嘟起鲜若樱桃的红唇，打算等他亲吻自己时推开他就跑。

然而她失算了，蔺承佑半晌也没有下一步的举动，滕玉意睁开眼，就看到蔺承佑笑着打量自己。

本想捉弄他，结果反倒被他取笑，滕玉意不免又羞又恼，愤愤地推开他就要跳下去，蔺承佑却收紧双臂，低头吻住了她。

滕玉意张口就咬，蔺承佑任她咬，好不容易等她松了口，低声说："你恼什么？"

"恼你。"

蔺承佑无声地一笑："我还没恼你呢，你倒恼起我来了。"

"我有什么好让你恼的？"

"生这么好看做什么，我都瞧不过来了。"

滕玉意"啧"了一声："你得罪我了，这些甜言蜜语对我已经不管用了。"

说话间，她趁蔺承佑不注意，捧着他的脸重重地补咬一口。蔺承佑唇齿一用力，顺势也回咬她的唇瓣，倒是舍不得发狠，挑衅的意味却很浓。滕玉意肆意轻咬，心里像吃了蜜似的。

两个人的笑似能传到彼此的心房。枝头春意盎然，树梢上原本有几只黄鹂蹦来蹦去，被这份流淌的炽热情感所感染，扑棱扑棱一忽儿全飞走了。

不知过了多久，两人才从树上下来，蔺承佑回头看滕玉意发上落满了花瓣，便固住她的肩膀，耐着性子帮她整理，这边摘完了，滕玉意又踮脚帮蔺承佑摘花瓣，闹了好一会儿才摘净。

滕玉意抬头看看天色，杏眼含嗔："你瞧瞧，你瞧瞧，这都多晚了！都怪你，再不走西市可就关门了。"

"是是，都怪我。"蔺承佑拉长声调，"那还不快走？"

到了门外，蔺承佑笑着对门口的不良人说："两位帮我跟刘里正说一声，这栋彩凤楼我们盘下了。"

他撂下这话，拉着滕玉意上了车。

路上滕玉意摆弄着腰间的香囊，不无懊恼地说："我这两只隐影玉虫翅法力是不错，就是太馋嘴了，随便一点儿肉脯就能扰乱它们的心神，将来遇到邪魔外道时，还不知会如何。"

"急什么？"蔺承佑说，"对这等灵虫而言，贪嘴本是天性，锁魂豸刚到我身边时也这样，细论起来你才驯养它们半个月，多训诫几回它们总会知道轻重的。有你这样的主人，它们差不了。"

滕玉意这才稍稍放心。

到了西市，滕玉意只顾在酒肆和鱼筌铺之类的货肆转悠，蔺承佑提醒妻子："不必买太多酒食，宽奴他们备了不少，缘觉方丈和岳丈想必也没少准备干粮。"

滕玉意却说："路上大半时日都在船上，只吃干粮闷得慌，不如捕些鱼上来烤着吃，保证既鲜美又能解闷儿。"

蔺承佑甚觉有理，指了指货架上的红泥炉子和筌具，对主家说："把这些都拿下来吧。"

买完渔具，滕玉意豪情万丈地说："到了船上，叫大伙儿好好尝尝我烤鱼的手艺。"

蔺承佑笑着点头："那我就给你打打下手、热热酒什么的吧。"

他又拉着滕玉意到另一间货肆买鱼饵，七七八八买了一堆，这才高高兴兴地去买酒。

他们路过一间笔墨斋时，听到有人唤道："阿玉。"

滕玉意转头，却是郑霜银和邓唯礼几个。

番外二
暗尘随马去，明月逐人来

郑霜银一贯守礼，只留在原地打招呼，邓唯礼却冲滕玉意招手："阿玉，来，有要事相商。"

滕玉意心里痒痒，对蔺承佑说："你等我一会儿，我去同她们说说话。"

蔺承佑瞟了瞟对面，妻子素来与这几位同窗交好，这一碰面指不定聊到什么时候，正好他手头一桩案子的嫌疑人就住在西市，便笑道："我去旁处忙点儿别的事，对面那家东风楼的酒水不错，你若打算跟她们长聊，不妨到楼里坐着慢慢说。"

说着他示意宽奴进酒楼帮滕玉意安排，自己朝另一头去了。

这厢滕玉意同几位同窗进楼，宽奴为了方便几个人边饮茶边说话，特地挑了二楼靠窗的雅间。

"你买这么多渔具做什么？"邓唯礼摘下帷帽，露出里头的装扮，花梳满髻，明眸皓齿。

"此去濮阳和江南，途中少不了走水路，怕船上无聊，打算捕些鱼烤着吃。"滕玉意亲自给两人斟茶。

邓唯礼笑道："你素来会吃，别把渭水里的鱼都给吃光了。"

滕玉意睨着她："那也得你邓唯礼同行才成，单凭我们几个是吃不光的。"

郑霜银拉住两人："打住，你们每回一见面就拌嘴，别忘了还有正经事要说呢。"说着她对滕玉意说："阿玉，你猜我和唯礼刚才碰见谁了？彭大娘和彭二娘。"

滕玉意一愣神，自打彭震公然谋反，她已许久没见过这对姐妹了。

前不久彭震及其党羽伏诛，彭家女眷按律本应充入掖庭为奴，圣人和皇后宽容仁厚，下旨将彭家的几个女眷发放了，但她们毕竟是罪臣家属，即便不必为奴为婢，想必日子也极不好过。

"彭夫人贫病交加，前不久病逝了，彭花月和彭锦绣为了维持生计，现如今在西市一家绣坊替人洗衣裳。"郑霜银说，"我与她们虽然不算多交好，但当初一同在书院念书时，也算日夜相伴，说到底，彭大娘和彭二娘本性并不坏，我看她们蓬头垢面瘦了一大圈，心里十分不忍，便赠了她们一些银钱。姐妹俩起先不肯接，后来大约知道我是诚心帮她们，到底还是接了，可就在这时候，唯礼过来找我……"

说到这儿，郑霜银和邓唯礼互望一眼。

滕玉意认真听着，郑霜银性情矜持孤傲，人前总是淡淡的，但只要与郑霜银相处久了，就会知道她为人有多仗义。

"唯礼一来，彭二娘突然就变了脸色，急急忙忙地拉着她姐姐离开，连那些银钱也不肯收了。"

邓唯礼苦笑："走时她还恶狠狠地瞪我一眼，活像与我有什么深仇大恨似的。记得那时在书院念书，我虽与她们不算交好，却也不曾得罪过彭二娘，实在不明白她为何恼我。"

滕玉意"咦"了一声，此事听来是有些奇怪，邓唯礼的祖父邓侍中在清除彭震余孽时出了大力，彭二娘莫不是因为这个迁怒邓唯礼？但照这样说，郑仆射出的力不比邓侍中少。

可惜她因为早知道彭震会造反，一直有意疏远彭氏姐妹，对姐妹俩印象最深的一件事莫过于当初无意中发现彭二娘恋慕淳安郡王，别的倒不大清楚。

"彭家当初也曾盛极一时，彭二娘自小炊金馔玉，家逢遽变之后，心性难免变得古怪些。"滕玉意试着猜测，"许是一时触景伤情，未必是恼了唯礼。"

"彭二娘瞪唯礼的样子……不大对劲儿。"郑霜银疑惑地说，"那种恼恨，像是唯礼抢过她什么宝贝似的。"

滕玉意觑着邓唯礼："你抢过彭二娘的东西？"

"我可从不稀罕抢旁人的东西。"邓唯礼耸耸肩，"罢了，也许就像你刚才说的那样，彭二娘性情变了，所作所为不能再以常情度之。"

郑霜银说："此地鱼龙混杂，姐妹俩年轻无依，早晚被人祸害，总归同窗一场，我和唯礼既然撞上了，就想帮她们找个妥当的安身之所，但我阿爷当初差点儿就被卷入彭家一案，若由我出面安置她们，难免惹人猜疑。"

滕玉意"嗯"了一声，郑仆射的别宅妇舒丽娘就是彭震拐弯抹角地让人送的，"色"字头上一把刀，为此郑仆射险些先后被彭震和淳安郡王辖制。淳安郡王发动宫廷政变之后，郑仆射不知费了多少工夫才打消朝廷对他的疑虑。

大约是想起了这段往事，郑霜银露出淡淡的嫌恶之色，碍于那是自己的阿爷，只得佯作无事喝茶闲谈。

"看彭二娘这架势，也不大像肯接受唯礼的好意，至于别的同窗……彭家造反一案牵连甚广，如今人人避之唯恐不及，想来想去，我和唯礼只好去找你了。清元王是圣人的亲侄儿，去岁淮西叛乱又是清元王和滕将军合力平定的，若由你们出面，总不会惹来嫌隙，偏巧我们就在西市碰上了你们。"

滕玉意想了想。她原就打算盘下彩凤楼做香料铺，倒也不愁没地方安置彭氏姐妹，但此事说大不大，说小也不小，为免日后给阿爷和蔺承佑惹麻烦，起码要跟蔺承佑先禀明圣人和皇后，待帝后同意之后再行安排。

因此她并未马上答应，只笑道："我先问问他。"

这个"他"，自然是指蔺承佑了。

这话情意流露，郑霜银和邓唯礼脸同时一红，两人尚未有心上人，对情爱之事一知半解，然而单听这句话，就可知何谓"两情缱绻"了。

两人不住地含笑打量滕玉意，滕玉意原就是一众同窗里相貌最出众的那个，而今一成亲，宛如含苞之牡丹一夕绽放，越发明秀可人。

滕玉意被她们看得怪不好意思的，故意转头看向窗外说："咦，楼前那几个锦衣公子是谁？我瞧他们在门前候了老半天了。"

郑霜银很随意地瞧了瞧："多半是冲着唯礼来的。太子与庭兰一定亲，唯礼也就不再是太子妃人选之一了，消息传出，长安和洛阳不知多少郎君想求娶唯礼，什么卫安侯世子、博陵崔氏长房大公子……提亲的人都快把他们邓府的门槛踏破了。每回唯礼出门，后头少不了跟着几个'尾巴'，弄得我们都不大愿意跟她出门了。"

滕玉意闻言并不意外，邓唯礼出身衣缨世族，琴棋书画样样精通，难得又娇憨爱笑，无论走到何处总能惹人注目。

邓唯礼对此早已习以为常，朝窗下投去嫌弃的一瞥："一个都瞧不上，不是太乏味，就是相貌平平。"

郑霜银低头一笑："听听，堂堂邓家女公子，竟公然谈论男子长相。"

滕玉意转动茶盏："唯礼，这就是你的不对了，你我都是胸有丘壑之人，怎能以貌取人？"

邓唯礼"扑哧"一笑，抬手指了指滕玉意，又指了指郑霜银："你们少合伙挤对我，难道你们就不以貌取人了？"

滕玉意笑问："你长这么大，就没遇到过一个瞧得顺眼的男子？"

邓唯礼仿佛有些失神，支颐想了片刻，摇头叹气说："反正现在没有瞧得上的。"

那就是过去曾经有瞧得上的了。滕玉意被勾起了好奇心，待要细问，这时候邓唯礼和郑霜银又说起兴办诗社的事。

邓唯礼兴冲冲地问滕玉意："你来不来？郑二是诗社社长，你阿姐是副社长，此外还有三十来名同窗，一同帮忙打理庶务。这些日子你不在长安，我们和你阿姐先行操办。"

滕玉意最喜玩乐，自是百般愿意："真要兴办此社，何必拘泥于作诗和清谈？"

郑霜银笑道："你待如何？"

"骑马、舞剑、蹴鞠……样样都有意思，最好定期比个输赢才好。"

郑霜银和邓唯礼不禁也来了兴致，三人商量一番，郑霜银说："那就这么说定了，等阿玉从濮阳回来，我们再正式开社。诗社第一回的主旨，就由阿玉分享此去濮阳途中的所见所闻。"

说到兴头上，滕玉意顺势邀同窗们明日到成王府讨论细节，不知不觉天色已黑，郑霜银和邓唯礼便告辞离去。

几人下楼分手，临去前，郑霜银将彭氏姐妹现今的住处告诉了滕玉意。

滕玉意上车一看，蔺承佑还未回。

宽奴忙对滕玉意说："世子刚盯上一个嫌犯，可能还要一些工夫才回，娘子若是乏累了，小人就先送娘子回府。"

滕玉意笑道："我在车上等他吧。"她又吩咐宽奴，"端福在街角的货肆等我，帮我把端福找来。"

不一会儿端福来了，滕玉意将那间绣坊的位置告诉端福："你去盯一盯彭氏姐妹，无论她们说什么、做什么，回来后一五一十地告诉我。"

她已经打定主意帮一帮彭氏姐妹了，只不过还没想好把她们安置在何处。

除此之外，滕玉意记得很清楚，当初在书院念书时彭二娘与邓唯礼相处甚谐，突然恨上邓唯礼，必定是后头又发生过什么事。

端福这一走，宽奴带着人在车前候着，又等了半个时辰，端福就回来了，巧的是，端福刚要禀告刚才的见闻，蔺承佑也回来了。

蔺承佑上了车，奇怪地道："你让端福干什么去了？"

滕玉意低声说："待会儿再告诉你。"说完她吩咐端福："可以说了。"

端福就把自己的所见所闻都说了。

彭大娘和彭二娘现住在明珠绣坊的后院柴房，那间柴房窄小肮脏，一共挤了四个人，端福猫到屋檐上时，恰好同屋的另外两个人去井边淘衣服了。

彭大娘看左右无人，便在屋里低声数落妹妹："我们姐妹都沦落到这般境地了，你还只顾着使性子。郑霜银赠银时半点儿轻贱之意都无，一看就是诚心要帮我们。我刚才瞧了，那么多钱够我们赁一间陋宅了，你好好的发什么疯？若不是你非拉着阿姐走，怎会闹得一缗钱都未拿？阿姐真要被你气死了！"

彭二娘啜泣道："收下又如何？我们还不是缺衣少食，顶多赁些日子，末了还是会被人赶出来。"

"总强过似狗彘一般同这些卑贱之辈挤一间屋子。"

"莫要说旁人卑贱，阿姐还不明白吗？你我也早就是卑贱之躯了，这样的苦日子往后过都过不完，何必心比天高？"

彭大娘颤声说："原来你心里也有数。既如此，你凭什么不让阿姐收下那些银钱？！"

彭二娘不肯开腔。

"是不是因为邓唯礼？"彭大娘逼问。

"是！"彭二娘声音尖厉几分，"谁都可以，我唯独不愿意承她的情！"

彭大娘似乎气得不轻："就因为淳安郡王对她……你真是糊涂到家了，这一切不过是你自己的猜疑，那人深不可测，你怎么知道他是不是真的喜欢……"

彭二娘话语里带了哭腔："他就是！他就是！那时候我心里、眼里都是他，他的一举一动瞒得过别人，瞒不过我！"

"就算是真的又如何？邓唯礼又不曾亏欠过你，那会儿在书院时，她待你我不够好吗？再说他那样的乱臣贼子不知害过多少人，值得你惦记到现在？当初他都不曾正眼瞧过你，你看看你现在又是什么样子？"

彭二娘气急败坏地道："他是乱臣贼子，阿爷不也是吗？成王败寇。说到底，他不过是事败了，假如当初他或是阿爷成了事……"

彭大娘慌忙捂住妹妹的嘴："你疯了，连这样的话也敢说！淳安郡王已经死了，不，罪臣蔺敏已经伏诛了，你为了当初的一点儿痴念，难道连命都不要了？"

彭二娘低声痛哭，这时外头有绣娘过来呵斥姐妹俩："叫你们把料子剪好，原来在这儿躲懒呢！"

绣娘进屋后连打带骂，将姐妹俩撵走了。

蔺承佑一听到"淳安郡王"四个字，笑容便不见了，无声地看着端福，听他往下说。

端福却木讷地道："大约就是这些了。"

滕玉意惊诧得半晌没出声：彭二娘那话是什么意思？莫非是因为这个才记恨上了邓唯礼？但这……怎么会？

她震惊地看了蔺承佑一眼，吩咐端福退下，一回身，把自己决定收留彭氏姐妹的想法对蔺承佑说了。

蔺承佑过了许久才恢复如常："帮她们一把也行，但前提是她们不会起什么坏心，听这意思，心性倒也不坏，先不急，再让端福盯几日。"

滕玉意点点头。

说完这话，蔺承佑拧着眉不知在想什么，滕玉意默默地注视着他。淳安郡王在兴庆宫自缢后，蔺承佑就没谈论过此事，但在料理淳安郡王的后事时，蔺承佑短短几日就瘦了不少。在那之后，只要有人提到淳安郡王的死，蔺承佑都会迅速地沉默下来，这回也不例外。

蔺承佑出了一会儿神，回头看见妻子望着自己，心里一涩，揽过她的肩膀在她的额头上亲了亲："天色不早了，还得收拾行装，回吧。"

路上，滕玉意靠着蔺承佑的肩膀默默思量，忽道："我想问你一件事。"

"说吧。"

"记得那一回淳安郡王为了襄助武绮选上太子妃，曾令人设计你和邓唯礼。"

蔺承佑神色稍淡，"嗯"了一声。

"当晚是浴佛节，你和邓唯礼同时被人引到青龙寺门前的拱桥上，路过的人无不以为你们在幽会，这误会一旦传得沸沸扬扬，邓唯礼自然很难再当选太子妃。除此之外，那一晚淳安郡王还仿冒你的字迹给邓唯礼写了一封情信，随信还附上了一对殊异的'映月珠环'。"

说到这儿，滕玉意瞄了瞄蔺承佑："因那首饰盒上写着'摘星楼'三个字，连我都一度以为送礼之人是你，事后才知道这一切是圈套，但如今想来，想叫邓唯礼产生误会，单单一封情信也就够了，何必再送上那样名贵的首饰？而且那首饰只是伪称出自摘星楼，实则是从旁处买来的。淳安郡王行事再谨慎，只要大理寺顺藤摸瓜查下去，保不准会查出珠环真正的来源。"

蔺承佑没吭声，这些破绽也曾让他费解，不大像皇叔的手笔，反倒像彭震那等武夫所为。

况且他细一想，尽管此举会让人误会邓唯礼与他有私，但熟悉他的人都知道，那时他一门心思全在滕玉意身上，此事或许会让邓唯礼丧失参选太子妃的资格，却不会让他和邓唯礼真正产生什么攀扯，以他的性子，甚至会极其反感邓唯礼。

"再有，邓唯礼自小喜欢搜集匠人做的木偶，偏巧当晚把邓唯礼引到巷子里去的是一个卖木偶的小贩，但邓唯礼从未公开说过自己的癖好，就连书院里的同窗也没几个知晓，当晚淳安郡王能做出那般巧妙的安排，分明仔细打听过邓唯礼的喜好……"

车厢里突然安静下来。

假如说彭二娘的那番话只是埋下了怀疑的种子，经过这番分析，疑团已然在两人心里越滚越大。

两人继而想到前世的那个梦境。前世太子妃候选名单上的三个人，最后一个都没嫁给太子。

从那些宫人的议论来看，大多数人以为太子之所以不肯娶邓唯礼，是因为她的神态与滕玉意有些相似，但倘若其实是有人不想让邓唯礼嫁给太子，存心在其中设置种种障碍呢？

蔺承佑面色变幻莫测，滕玉意问："那封情信是不是仍被收在大理寺？"

蔺承佑"嗯"了一声。

滕玉意背靠他的胸膛，捡起他腰间的金鱼袋把玩："你还记得信上都写了什么吗？"

蔺承佑漫不经心地想了想："不过是些缠绵的语句，那会儿我一心要查出幕后之人是谁，也就没仔细看，过了这么久，早就记不清了。"

滕玉意在心里叹气，淳安郡王的事在蔺承佑心上凝结成了一道疤，冲着前世她的遭遇和严司直的死，他这辈子都不可能释怀。

或许是这个缘故，每回提到淳安郡王，蔺承佑总是有意无意地回避。

她不忍心追问，只是压不住心里的好奇。

那封情信虽是仿造蔺承佑的笔迹，内容却是淳安郡王亲笔写的。

也许，答案就在信上。

次日滕玉意醒来侧身一摸，身边的蔺承佑早已不见人影了。

"大郎去大理寺交接案子去了，走时叫奴婢们别吵着娘子。"几位老嬷嬷过来说。

滕玉意坐在被子里发了一会儿呆，径自起床梳妆。她装扮妥帖，又去上房请安。

瞿沁瑶正要去青云观帮清虚子道长打醮，看到滕玉意，拉着她叮嘱了好些话，阿双和阿芝自告奋勇留在家里帮嫂嫂收拾行李，沁瑶这才满意地离去。

滕玉意携弟妹回了东跨院，半路上遇到春绒："娘子快回吧，来了好些书院的同窗。"

如此一来，二弟阿双倒不便跟着了，微微一笑，立在原地对滕玉意说："嫂嫂，我今日一整天都在府里，嫂嫂有什么要办的急事，只管吩咐二弟。"他又嘱咐阿芝："好好帮嫂嫂收拾行李，莫要淘气。"

说这话时，阿双在太阳下潇潇而立，既不似蔺承佑神采飞扬，也不像成王端肃沉稳，倒有点儿舅父瞿子誉的儒雅品格，滕玉意看他少年老成，不由得忍笑点头："嫂嫂有事定会找你相帮。"

说话间，她携阿芝回到东跨院，庭前笑语晏晏，来了三十多位同窗。

滕玉意拉着阿芝上前打招呼，女孩们纷纷含笑欠身："阿玉，阿芝郡主。"

上茶点的间隙，杜庭兰悄声问滕玉意："明日就要启程了，行李收拾得如何了？"

"差不多了。不过昨日去西市又添了些东西，今日还得重新装裹一下。"

杜庭兰不放心："回头我亲自帮你收拾。阿娘怕你吃不惯路上的吃食，特地准备了好些吃的让我带来。"

滕玉意眼睛一亮："姨母都做了什么？"

杜庭兰笑着戳妹妹的额头："馋嘴。"

那厢阿芝高兴地问道："邓娘子、郑娘子，你们也要开诗社吗？"

这话一起头，亭子里益发热闹。喝了一盏茶，滕玉意邀同窗们在园中游乐，不知谁说到江湖奇人，有位同窗插话说："说到这个，我记得唯礼几年前在洛阳遇到过江湖奇人。"

邓唯礼接话："没错，我因贪玩带着护卫们跑出去，不幸在外头遇到一帮武功高强的匪徒，那人正好带着随从路过，三两下就将那帮贼人尽数赶走了。可惜当时天色太晚，我没瞧见他的相貌。"

阿芝好奇地追问："连那人的身形也没瞧见吗？"

邓唯礼笑容微微一滞，随即摇摇头。过了片刻，女孩们四散开去，赏花的赏花，捕蝶的捕蝶，那些缤纷绮丽的窈窕身影，为秀丽的花园平添几分春色。

滕玉意与杜庭兰等人在花园一隅商量诗社的事，无意间一瞥，见邓唯礼正独自坐在池边钓鱼，明明是一副慵懒随性的姿态，却比一旁的牡丹还惹眼。

滕玉意心中一动，撇下阿姐和郑霜银，走到池边挨着邓唯礼坐下。

邓唯礼睨她："是不是瞧过彭氏姐妹了？你打算如何安置她们？要是你这边不方便，我就去求求我祖父。"

滕玉意托腮望着池中游来游去的锦鲤，没接茬儿。

邓唯礼凑近端详滕玉意，狐疑着道："今日你怎么怪怪的，莫不是知道彭二娘为何恼我了？"

滕玉意冷不丁说："唯礼，你是不是曾误以为当初救你的那位江湖奇人就是太子？"

邓唯礼两手一晃，差点儿丢掉钓竿，虽未答话，但惊诧的表情已经说明了一切。

滕玉意扬眉："你先别恼。我知道你外表懒散，心里却极有主见，倘若不是对太子印象不错，绝不可能任由尊祖父送你参选太子妃。"

邓唯礼飞快地瞥了那边的杜庭兰一眼，把手里的钓竿一放，压低嗓门说："你猜归猜，可千万别让庭兰误会我，再说我早就知道救我的那人不是太子了。"

"何时知道的？"

"几年前就知道了。"邓唯礼倒不怕滕玉意误会，但唯恐杜庭兰心里拧着疙瘩，干脆把话敞开了说，"不然你当我为何总躲在洛阳？就是因为我知道自己弄错了。无奈太子妃候选的名单非同儿戏，我总不好再央祖父撤掉。洛阳那件事都过去五六年了，当时天色已黑，救我的那人从头到尾都没说过话，但他身边扈从甚众，个个称他'公子'，从随从的口音来听，分明是长安人。我看那排场，心知他多半是白龙鱼服的宗室子弟，其中两名护卫非男非女，嗓门又尖又细，后来我进大明宫拜见皇后，才知宫里的太监大多是这样的声音。你想想，假如那人不是皇子，怎能让宫里的太监做自己的扈从？但那时二皇子才十岁，所以只能是太子。我让祖父打听，果不其然，太子那一阵的确来过洛阳，这误会也就结下了。也就是几年后，我才知弄错了。"

滕玉意讶然地道："你如何知道的？"

"我记得那人一招就把匪首击倒了，可见他武功有多出众。可头几年有一回我在宫里看太子与武士比武，武功似乎远不及那人，不单是太子，长安城里就没几个人有那样高的武功。"

说着她又看了看滕玉意，坦白地说："当初我也曾怀疑过是成王世子，但那一阵成王世子同王爷和王妃去洪州游历，压根儿不在京洛。"

滕玉意目光动了动："你就没怀疑过是淳安郡王？"

邓唯礼一震："不可能！世人都知道淳安郡王学富五车，唯独不会武功。"

说完这话，邓唯礼似乎想起那场宫变，表情闪过一丝犹疑之色。

滕玉意心道不妙，忙笑道："瞧我，差点儿就忘记这个了，不过我听世子说，淳安郡王倒是会武功，只不过武功还不如绝圣、弃智罢了。"

邓唯礼先是很惊讶，听到最后一句话又松了口气。

滕玉意望着邓唯礼，邓唯礼自小无忧无虑，性格更是光明豁达，有些话，她不便再问下去了。

只是她想起去年浴佛节的那个夜晚，心里始终横亘着一个疑团——

邓唯礼自小见识不凡，怎会擅自收下一对来历不明的映月珠环？莫不是那封情信上说了什么打动邓唯礼的词句？

滕玉意忍不住顺着这个思路往下猜，例如，写信人在信上细数自己见过邓唯礼的那些场景，或提起邓唯礼做过的某些事。

这些话足以让邓唯礼深信信是爱慕自己的人写的，但当时邓唯礼已是太子妃人选之一，除了太子，长安城没人敢打她的主意，所以邓唯礼才会误以为那就是太子在向她示爱。

然而事后证明，那不过是一场阴谋。

不，或许这场阴谋的背后，还藏着一抹不为人知的情愫。

可惜她再问下去的话，只会给自己的好朋友徒增烦恼。

罢了，有些事就让它随风而逝吧。

她忽又想起昨晚与蔺承佑的那番对话，不知他今日到大理寺会不会找寻那封信。

蔺承佑交接完手头的案子，径自坐在办事阁出神。

四下里明明很寂静，他耳边却萦绕着在禁衢时听到的几个世家子弟的对话声。

“你想求娶邓侍中的孙女？”

“有何不可？”

“门第倒是相差不远，不过你别忘了，那位邓娘子当初差一点儿就成了太子妃，一般的人品和门第，别指望邓侍中瞧得上。”

“这老头儿未免太骄狂。别忘了当今太子妃是国子监杜博士的女儿，邓侍中还能盖过太子？”

“一个是太子自愿求娶，一个是邓家和卫国公府自行择婿，两者岂能相提并论？再说杜家如今再不济，也是关陇百年望族，而邓侍中这厢，当初可是连淳安郡王都瞧不上。”

“嘘，劝你慎言。现在哪儿还有什么淳安郡王，只有罪臣蔺敏。对了，这事你又是如何知道的？”

“这件事过去好几年了，那会儿我阿娘常在宫里走动，皇后和成王妃怜蔺敏自幼无母，等他满了十八岁就做主为他挑选好亲事，也不知怎么回事，头一个问的就是邓侍中的孙女，没想到被邓侍中一口回绝了。回绝就回绝吧，据说这位宰相口气还相当生硬，过后邓侍中似是生恐皇后和成王妃不死心，居然连夜把孙女送回了洛阳卫国公府，弄得皇后和成王妃好生下不来台。”

另一个浪荡儿笑道：“其实也怪不得邓侍中，蔺敏那身世……不清不楚的，换我也不会把宝贝孙女嫁给一个奸生子。只要邓侍中还活着，别说蔺敏事败，即便他仍是那个淳安郡王，也娶不成邓娘子。”

蔺承佑正想着，外头传来同僚们的说笑声，一下打断了他的思绪。

同僚们进屋笑道：“蔺评事，自打你成亲，已许久没跟同僚们一块儿喝酒了，大伙儿商量着，趁你还未去濮阳，今晚大伙儿痛痛快快地喝回酒。王司直说了，这回他来做东。”

蔺承佑心里只惦记着滕玉意，笑道：“还有这等好事？只是今晚还得回去打点行装，再晚就来不及了，前辈的好意某心领了，这顿酒先记着。王前辈，等晚辈回来再补上如何？”

同僚们拉不住他，只得说说笑笑地送蔺承佑出去。

众人到了廊下又说了一晌话，蔺承佑笑着向同僚们一拱手，先行告辞了。

他路过拐角处的宗案室，身形又顿住了。

宗案室的门紧闭着，那些有关淳安郡王的案呈就被锁在里头，因是谋反大案，大理寺只有张寺卿和负责此案的官员掌管钥匙，而蔺承佑恰好就是那位官员。

在门前站了一会儿，蔺承佑鬼使神差地启门进去。

映入眼帘的是三个即将顶到房梁的书架，这地方蔺承佑太熟悉了，闭着眼睛都能找出相关的案呈。他很快找到那桩案子的卷宗，继而在一堆证物中找出那封情信。

与信放在一处的还有一个漆匣。

蔺承佑犹豫一瞬，慢慢打开那个尘封已久的匣子。

匣盖里慢慢溢出如月般皎洁的光芒，那对映月珠环静静地躺在匣内。

蔺承佑顺手取下匣旁那封信，信里头的字迹与他的一模一样。

这信当初他只潦草地扫了一遍，毕竟那只是一场阴谋，信上这些字句，自然只是虚情假意。

而今不同，心里那个巨大的疑团让他开始重新审读信上的内容。

蔺承佑读着读着，心里像刮起了风，言辞可以造假，情意可以夸大，但信上那几段翔实的描述，是断乎掺不了假的。写信之人只有将收信人极放在心上，才会留意那样细小的瞬间。

可惜那些骄傲又矛盾的青涩情愫被藏得太深，压得太实，全掩藏在虚虚实实的字里行间。

渐渐地，蔺承佑胸口莫名生出一种闷胀感。

这让他有种喘不上气来的感觉。

他迟滞地将信放回原处，伫立良久，又轻轻关上那个神光异彩的首饰匣，动作异常珍重，甚至未拂乱匣盖上的灰尘。

这一整天，滕玉意都在与人商量诗社的事，傍晚送走一众同窗后，又忙着指挥春绒几个打点行装，这时嬷嬷过来请示："娘子，世子可说了要回来用晚膳？"

滕玉意尚未答话，就听有人接话说："不必了，我和娘子今晚要出门一趟。"

滕玉意回眸，就看到蔺承佑穿过前庭走来。

滕玉意笑生双靥，回头急急忙忙地吩咐碧螺几个："我和世子要出府了，把我准备的那些东西拿来，还有，那些贴身衣裳等我们回来再收拾。"

说着她下台阶迎了过去。

蔺承佑上下打量妻子，笑道："不用换衣裳了？"

"早就换好了。"

昨晚夫妻俩就商量好了傍晚要出门。

蔺承佑牵着妻子朝外走："那走吧。"

一上车，滕玉意掩口打了个哈欠，困意上来，干脆背靠着蔺承佑的胸膛打盹儿。

蔺承佑一愣，垂眸望着妻子："今日没午睡吗？"

滕玉意闭着眼睛"嗯"了一声："中午忙着跟我阿姐她们商量事情，也就没顾得上午歇。"

蔺承佑低头在她的发顶上亲了亲："行了，靠着我睡一觉吧，到地方了我再叫你。"

他顺手扯过一旁矮榻上的披风替妻子盖上。

滕玉意眯了一会儿，忽觉蔺承佑异常安静，抬眸打量，他的神色倒与平日没什么不同，但那种情绪上的细微变化，瞒得过别人，却瞒不过她。这让她想起那封情信，默了默，她看蔺承佑仍在出神，并不打算追问，只重新闭上眼睛打盹儿。

她几乎一合上眼皮就睡着了，忽听有人在耳边低声唤她："阿玉。"

滕玉意揉揉眼睛。

蔺承佑捏捏妻子的耳朵："醒了吗？"

滕玉意闭着眼睛点头，蔺承佑替她松开披风："那就下车吧，到地方了。"

两人相携下车，沿着巷口往里走，很快到了一间陋宅前。

蔺承佑抬手敲门，不一会儿，就听门内传来细碎的脚步声，大门应声而开。

"世子、娘子。"开门的是严家的一位老嬷嬷。

紧接着，他们就看到一位装扮朴素的年轻妇人迎了出来，正是严司直的遗孀白氏。

严夫人臂弯里抱着个白胖的婴儿，看到二人，掩不住满脸的惊喜之色。

"嫂嫂。"蔺承佑和滕玉意笑着打招呼。

严夫人忙不迭地引他们往内走："快、快请入内。"

说话间，他们到了前庭，滕玉意四下里打量，宅子拾掇得井井有条，主仆几个也都衣饰整洁。他们踏进中堂，就听里头有人问："三娘，谁来了？"

严夫人忙说："娘，是世子和娘子。"

话音刚落，就有位年迈妇人急匆匆地从里侧绕出来，满头白发，身形瘦削，但那温和的目光和清肃的轮廓让人一望就知她是严司直的母亲。

蔺承佑和滕玉意恭敬地上前稽首："晚辈见过老夫人。"

严老夫人手忙脚乱，刚架住这边，又拦不住那边，只好扭头对白氏说："三娘，你在此招待贵客，娘去端茶点。"

"儿去吧。"白氏回身要将怀里的婴儿递给身边的老嬷嬷。

"嫂嫂别忙，我抱一抱侄子。"滕玉意小心翼翼地接过婴儿。

说话时，她一低头，恰看到婴儿干干净净的眼睛，孩子似是刚睡醒，胳膊和腿十分有劲儿，口里无声地吐着透亮的泡泡。

滕玉意好奇地跟婴儿对视。

蔺承佑并不敢碰触这么小的婴孩，就着妻子的怀抱端详一会儿，突然发现婴儿注意到了自己，情不自禁地笑了，开口逗弄道："认得我吗？叫我佑叔叔。"

滕玉意"扑哧"一笑："他才多大，我听说小儿得半岁才能认人。"

蔺承佑不以为然："他一看到我就笑，准保已经认得我了。"

滕玉意定睛一看，婴儿果然把视线挪到蔺承佑脸上去了，不但如此，还咧嘴望着蔺承佑无声地笑了。

"呀，还真认得你。"

白氏带着嬷嬷过来奉茶点，听他们小夫妻一本正经地讨论，忍不住笑道："已经认人了，唤人倒还早得很。"

严老夫人红着眼睛感叹："劳世子和娘子常来照料，孩子长得很结实，倘或万春泉下有知，不知该多感激。"

蔺承佑笑了笑："本想着探望一二，若是惹老夫人伤心，反倒是我们的过错了。"

严老夫人抹了一把眼泪，坐到一旁慈蔼地发问："天色不早了，可用过晚膳了？"

滕玉意跟蔺承佑对视一眼，坦然接话："回老夫人的话，还没来得及用晚膳，正想在府上叨扰一顿。"

严老夫人和白氏大喜过望："何来叨扰？莫嫌饭菜粗鄙才好。"

不一会儿饭菜上桌，样样爽口，几人热热闹闹地吃了一顿饭，滕玉意趁老夫人拉着蔺承佑说话，出门叫宽奴把她早前准备好的包袱送进屋。

包袱里头装满了米粟、各类山珍、石决明和鱼脍。滕玉意说："吃过这一顿，横竖还有下一顿，这些吃食就放在嫂嫂处吧，往后我和世子再来蹭饭时，也不算空手上门。"

她这样一说，白氏和严老夫人怎好再回绝这份心意？

又逗了一会儿襁褓中的小儿，眼看时辰不早，滕玉意便和蔺承佑告辞出来，严老夫人和白氏抱着孩子送出门。蔺承佑道："这几个月晚辈和阿玉不在长安，从明日起，成王府会轮流派人在旁照料，老夫人和嫂嫂有什么要帮忙之处，只管吩咐他们。"

白氏将怀中的孩子递给身后的嬷嬷，正色向滕玉意和蔺承佑行了一礼："嫂嫂岂能不知你们的一片心？孩子尚小，日子还长，便是为着大郎，我和阿娘也绝不会胡乱逞强。你们放心走吧，若有什么为难之处，自会找你们相帮。"

说完这话，她又将自己亲手做的一囊蝴蝶酥递给滕玉意："嫂嫂自己做的，比西市卖的强，路途迢迢，你拿到路上做干粮。"

滕玉意暗暗叹气，这妇人不卑不亢，当真可敬可爱。她慎重地接过囊袋："嫂嫂留步。老夫人留步。"

两人走到巷口，回头望去，白氏和老夫人仍立在原地用目光相送。

回到府里，蔺承佑拉着滕玉意屋里屋外转了一圈，眼看行李都拾掇好了，便让宽奴带人从外头送来一只小小的箱笼。

滕玉意暗觉那箱笼透着古怪，弯腰欲打开箱盖，被蔺承佑拦住了："急什么，到船上再打开瞧。"

"难道里头藏着大活人？"

蔺承佑笑道："想什么呢？我怕你路上闷，帮你搜罗了一些好玩的物件，这会儿就瞧过了，路上还能觉得新鲜吗？"

滕玉意想了想，笑着点点头，打发走宽奴，蔺承佑瞟了漏壶一眼："明日还要早起，回屋睡觉吧。"

说罢他牵着滕玉意的手回了卧房。婢女们脸一红，忙不迭地退出去准备汤和巾栉。

滕玉意盥浴后上床，不一会儿蔺承佑也从净房出来了，床帷一掀，滕玉意鼻端飘来一缕似竹非竹的清冽气息。

滕玉意赶忙闭上眼睛装睡，下一瞬感觉额头上痒痒的，蔺承佑似乎正撑在她上方打量她："阿玉？"

滕玉意耳热心跳，成亲这半个月，两人每晚都少不了亲热，换作往常，蔺承佑看她故意不睁眼，要么在她耳边呵痒，要么埋头在她颈间吮咬，横竖会逗得她笑个不停。

想到此处，滕玉意忍住心里的笑，继续闭眼装睡。可这次蔺承佑只在上方静静地端详她一会儿，又翻身躺了回去。

滕玉意一讶：他不会真以为自己睡着了吧？

她睁开眼一转头，帘幔外灯影摇曳，幽幽照亮蔺承佑的轮廓。他定定地望着帐顶，俨然在出神。

滕玉意想起白日那封信，一下子怔住了。

两人似乎心有灵犀，滕玉意明明没说话，蔺承佑却仿佛听到了妻子心里的叹息声，回过神，转脸看了看妻子，侧身把滕玉意搂到怀中，然而一句话也未说。

良久，蔺承佑开腔："阿玉，明早我想去一个地方。"

他的表情透着几分迷惘。

滕玉意挨在他胸前，只"嗯"了一声。

"你就不问我要去什么地方？"

"我知道。我同你一起去。"

蔺承佑的心猛地抽痛，不知是为自己走错路的叔父难过，还是为妻子的这颗琉璃心所触动。

他搂紧滕玉意，想开腔，却酸涩得不知说些什么。滕玉意用力回抱他，帐里慢慢流淌着一股看不见的暖流，情到深处，两人甚至不必多说一个字，就早已知晓对方的心意。

次日拂晓，晨雾缭绕。

春明门外，一座刚修葺好的坟茔前，突然多了一道颀长的身影。

那是一个十八九岁的玉冠少年，身着一身素服来到坟前。

墓碑上只有简简单单的一行字："蔺敏，字思弘，殁于隆元十九年，年二十有二。"

少年轻轻抚了抚墓碑，径自在一旁坐下，少顷，提起备好的酒壶斟满酒，举起酒盏，以酒酹地。

酒液清亮如银，泥土却暗黑湿润，酒液一滴滴洒落在泥土中，瞬间消隐无踪。

这期间，坟前连草木都纹丝不动。

少年木然地望了一会儿被酒浸湿的泥土，抬眸对墓碑低声说了句什么。

四周依旧一片寂静。

又坐了片刻，那郎君放下酒壶，珍重地拂了拂墓碑上的灰尘，终于起身离去。

坟茔的不远处，道路旁的垂柳下，静静地立着一位小娘子，她戴帷帽、着素裙，手中牵着一匹神骏的小红马，小红马身旁另有一匹白马。

她似乎一直在等待那位郎君，锦衣少年刚走到近前，小娘子便将白马的缰绳递给他，二人并无多余的言语和举动，却是亲密无间。

少年翻身上马，小娘子也一抖缰绳，两人并辔而行，很快就消失在晨雾中。

待那马蹄声消失，雾中慢慢走来两位老人，一僧一道，皆衣袂翩然。

两位老人身后，紧跟着两个小道士和几位大和尚。

"师公。"绝圣和弃智惊讶地道，"那是师兄和嫂嫂。"

清虚子道长望着那渐渐远去的两道身影，捋须："看见了。别大呼小叫的。"

绝圣、弃智困惑地挠挠头，师兄至今对严司直的枉死耿耿于怀，照理说嫂嫂也深恨郡王，且不说嫂嫂前世的遭遇是真是幻，今生她可是又因为郡王殿下的陷阱"死"过一回。前后被同一人谋害两回，嫂嫂得知真相后怎能不恨？

他们听说过去嫂嫂出门时随身携带毒药和暗器，就是怕再被淳安郡王手下的"黑氅人"暗害。他们想想嫂嫂过去的处境，当真可怜。

可今早，他们不但看到师兄过来祭拜叔父，还看到了在一旁守候的嫂嫂。

清虚子道长白眉一扬，朗声说："人活一世，爱得起，当恨得起；恨得起，当也放得下。你们师兄顽劣归顽劣，心中却是光明豁达，能怨，自有释然的一天。阿玉就更难得了，她肯放下恨意，除了她本性仁善，也因为深爱你师兄。所谓心若琉璃，不外如是。"

缘觉方丈注视着那对少年侠侣消失的方向，蔼然道："一念恶，灭万劫善因；一念善，即生大智慧。这一年多来，两个孩子显然长进了许多。"

清虚子道长面露欣慰之色，忽听绝圣和弃智似懂非懂地说："师兄和嫂嫂肯如此，大约是因为淳安郡王本身也是个可怜人。"

清虚子道长叹道："糊涂。敏郎有可怜之处，却也不可怜，这世上人人都有苦处，也不见得个个去行恶。他明明有无数条路可走，偏偏为了自己的野心害人害己，说到底，那些无辜受害者可不欠他蔺敏什么。"

随即他一甩拂尘："不啰唆了，今日老秃驴还要启程去濮阳，赶紧开始吧。"

坟前众人顿时忙活起来。绝圣、弃智都知道，这法事是成王夫妇和圣人费了极大心力布置的，头七做过一场，今日是第二场，而接下来的第三场，因为缘觉方丈不在，将由他的大弟子明心和见性主持。大隐寺的高僧佛力不可小觑，三场法事下来，淳安郡王生前所犯的罪孽多少能减轻些。

小辈们忙碌的同时，清虚子道长和缘觉方丈兀自在一旁端坐。

"也不知这两个孩子因何事释怀了。"清虚子道长眺望远方，口中唏嘘，"这两日他们可对你说过什么事？"

缘觉方丈专注地转动手中的佛珠，闻言连眉毛都没动。

清虚子道长嗟叹："佑儿嘴上不说，但我知道他心里老在盘算如何帮蔺敏减轻生前的罪孽，严司直的家人如今孤苦无依，佑儿虽说时时上门照料，却绝不忍心开口替蔺敏求得严司直一家的原谅。阿玉肯释怀，倒是一桩意外的造化……她历经两世苦厄，仍能性行纯善。敏郎也算有造化，明明是被他害过的人，却能以善念帮他度化。"

缘觉方丈睁开眼睛，微微笑道："恶壤中结出善果，两者皆有造化。'前念著境即烦恼，后念离境即菩提。'两个孩子只不过是不再自寻烦恼罢了。"

说着他慈悲地望向蔺敏的墓碑："人赠一枝莲，万境自如如。希望此子……下辈子莫再心怀执念了。"

一声叹息未了，坟前佛号响起，宛如微微耸动的海浪，轻轻拨动碑前那青青如碧的野草。风声"萧萧"，凭空而起，伴随着那越来越洪亮的梵音，那清风愈行愈远，再也未回过头。

晨雾散去，长安上空又见丽日晴天。

灞桥上，垂柳旁，聚满了前来送行的车马。

蔺承佑和滕玉意回成王府换过衣裳，这会儿双双立在桥上。

蔺承佑穿常服，背金弓。滕玉意为了方便赶路，特地换了一身绯色男子胡装，那团红色像一簇跃进春日画卷里的火，不只映红了蔺承佑的心，也叫在场的每个人一见就心境开阔。

杜家人一早就来了。

"好玉儿，船上湿滑，少在甲板上玩耍。"

"大郎，这是姨母新做的点心，拿着路上吃。"

蔺承佑和滕玉意应了这个又接那个，简直应接不暇。蔺承佑道："姨母，这也太多了，天气见热了，阿玉一个人再爱吃也吃不过来，我们收下这两盒，剩下的您留着给绍棠和阿姐吃。"

杜夫人努嘴："这不是给玉儿的，是给你的。姨母知道你不爱吃甜的，专门为你做了些清淡的咸口酥，发面颇费工夫，今早才做成。"

蔺承佑便笑着收下。滕玉意在姨母和表姐身边腻来腻去，蔺承佑早习惯了妻子这副憨态，在旁目不转睛地瞧着。这边正热闹着，那头车轮"辚辚"，却是书院一众同窗赶来为滕玉意送行。

第一个下车的就是邓唯礼。

滕玉意和蔺承佑早上从城外回来，心中有如放下一块大石，此时再看到邓唯礼，再无五味杂陈之感。

滕玉意忙迎过去，女孩们先给长辈们行礼，这才围住滕玉意叙话。

邓唯礼递给滕玉意一本乐谱："喏，上回你说想要洛阳白氏父子的《上云月》集，此谱失传已久，我托人打听了许久才寻来，怕你路上无聊，特地赶在你出发前送来。"

滕玉意大喜过望："多谢多谢。"

郑霜银和柳四娘也双双递上两本《尚书》和《论语》："刘副院长叫我们别荒废学业，你带着这些书在路上看。"

滕玉意心领神会，悄悄掀开封皮一窥，这哪里是什么正经书，分明是两本坊间传奇簿子，里头记载了各类杂闻趣事，用来解闷再好不过。

她咳嗽一声："不敢有负师长教诲，路上定时时温习。"

同窗们忍笑互丢眼色，又听车马喧腾，原来是清虚子道长和缘觉方丈带领麾下弟子来了，后头还跟着五个骑着黑毛驴的白胖老道士。

五道嘻嘻哈哈地在驴子上说："清虚子你只管放心，此去濮阳，世子和阿玉的安危就包在我们身上了。"

这边清虚子道长一下车，就自发将视线落到蔺承佑和滕玉意身上，表情像是欣慰，又透着几分唏嘘。

"太子今日要在麟德殿主持射礼，赶不过来送你们。你爷娘手里还有一场重要的法事要办，不得已委托师公转告你们几句话：濮阳当地的官员寄信来，说那只妖怪不但变幻无穷，且颇通水性，到那儿之后，切不可轻敌。"

蔺承佑拉过滕玉意磕头："请爷娘放心。"

清虚子道长又道："圣人和皇后也有话交代：此番南下，一为给当年南阳一战时冤死的百姓超度祈福，二为替濮阳百姓斩妖除魔。你们俩一个自小习道，一个初入道门，论心术聪悟却是不相上下，这一路相扶相携，为民除害不容退却。记住了？莫要辜负长辈和百姓对你们的期望。"

滕玉意胸中激荡，蔺承佑面色也严肃了几分，两人齐齐磕了个头，正色应了。

蔺承佑又道："徒孙和阿玉不在长安的这些日子，您老好好保重身子。"

清虚子道长一抖袍袖，弯腰把两人搀扶起来："有你们这些小辈在，师公一时半会儿还舍不得走。对了，玉儿那对隐影玉虫翅练得如何了？"

滕玉意照实说："还算听我的话，就是打斗时容易分神。"

清虚子道长说："它们能感知主人的一思一念，易分神，是因你真气修炼得还不到家。莫要心急，以你的悟性，假以时日，这对虫子的法力不在佑儿那张金弓之下。"

滕玉意对此本就充满信心，闻言只笑盈盈地看了蔺承佑一眼，见他笑着注视自己，便朗声说："多谢师公教诲。"

这当口，灞桥后方的小径上又来了一队人马，领头那人威武若天神，正是滕绍。与往日不同，他骑马快归快，身子却有些歪斜，细一看，衣袍下少了一条腿。

"阿爷。"滕玉意心中一酸。

滕绍由着女儿、女婿扶自己下马，心中甚感宽慰："好孩子。"

说话间，他又上前给清虚子道长和缘觉方丈叉手作揖。

"滕将军。"

这样一来，所有人都到齐了，高高兴兴地说了一晌话，滕玉意和蔺承佑在亲友们的簇拥下分别上车、上马。

灞桥上人影交错，垂柳下依依相送，滕玉意注目桥上的亲友们，心窝暖洋洋的，直到视野中那些小黑点消失，才恋恋不舍地放下窗帷，听得车旁蔺承佑和阿爷说起江南风俗，不觉微笑。

他们一路往东出城，到得东渭桥下，舍马上船，此行共有五艘船，较大的那艘足能容纳上百人[①]。上船后，因着急赶到濮阳捉妖，众人稍稍安置一番，就正式行舟向南。

蔺承佑和滕玉意最是闲不住，一上船就商量捕鱼吃。

宽奴取出早已备好的渔具，蔺承佑把背上的金弓摘下来递给滕玉意，趁滕玉意在房中用红泥炉子生火的间隙，自己先行到船舷上捕鱼。

他捞了一回，倒也叫他捞着两条，只是迟迟不见滕玉意从舱里出来，丢下渔网进舱一看，就看到滕玉意把胳膊搁在窗框上，正默默地望着河面发呆。

---

① 唐朝造船技术已经十分成熟，《唐国史补》中记载了一种叫"俞大娘"的船，载重在万石以上，操船的船工多达数百。

她这样子哪儿像要出去捕鱼？蔺承佑随手关上门，坐到妻子身边顺着她的视线向外看："瞧什么呢？"

滕玉意放下胳膊，回身依偎着蔺承佑的颈窝："刚才我给阿爷送东西，听到阿爷跟缘觉方丈询问阿娘身后之事。阿爷说自己与阿娘缘分太浅，问方丈有没有法子让他与阿娘重续缘分。我听了这话心里难过……这一年来阿爷总是郁郁寡欢，我想开解阿爷，却又不知怎样做。"

说着她眼圈一红："其实我心里也很怕，过去我每晚都会抱着布偶细细回想阿娘的样子，即便如此记忆还是越来越淡了，我怕再这样下去，总有一天会忘记阿娘长什么样……"

不知不觉，滕玉意泪流满面。蔺承佑默然帮滕玉意擦眼泪，谁知眼泪越擦越多，不好起身去拿帕子，他干脆让她靠在自己的胸口，才一会儿的工夫，她的泪水就打湿了他的前襟。

过去，滕玉意无论遇到何事都往自己心里压，而今在他面前是想哭就哭，想笑就笑。往后她的喜怒哀乐时刻都有人为她分担，这样一想，他心痛归心痛，却也释然不少。

滕玉意似乎也意识到了这点，透过眼泪看了蔺承佑一眼，再次把头埋到他的颈窝。蔺承佑的心软成一团，等她哭够了，他低声说："你不是想知道那个箱笼里藏着什么吗？"

滕玉意原以为蔺承佑会想法子宽慰自己，没料到他会提起这茬儿，没搭腔。

"要不现在打开瞧瞧？"

滕玉意勉强有了点儿反应，噙着泪花点点头。

滕玉意因近日学了些粗浅的道术，老早就看出这箱笼不大对劲儿。蔺承佑拉她起身走到箱笼前，蹲下打开箱盖，里头果有煞气丝丝溢出，她定睛一看，里头是一大堆陈旧的卷宗。

她的眼泪凝在眼眶里："这是什么？"

"濮阳历年来的无头公案。"蔺承佑随手取出一份卷宗递给滕玉意，"早前听说濮阳闹妖异，我便觉得此事不对劲儿。那会儿我忙着成亲赶不过去，便让濮阳县衙的一位法曹整理出旧案案呈快马加鞭送到长安。"

滕玉意好奇地打开第一封案卷，上面写着"黄安巷柳小坡灭门疑案"。

这起案子发生在三年前，受害人名叫柳小坡，是当地一位巨贾，事发当晚，一家老小八十余口悉数被灭口，此案至今未破。

第二份案卷上写着"谷仓府兵案"。

这起案子发生在五年前。两位被害人都是负责看守谷仓的府兵，事发那日被人杀死在谷仓前。诡异的是，谷仓里颗粒未丢，两名受害人胸膛里的心脏却不翼而飞。

除了顶上这两起，底下还有二十多起稀奇古怪的悬案。

"瞧出问题了吗？"蔺承佑望着滕玉意。

滕玉意蹙了蹙眉："这些案宗面上或多或少都有怨煞之气，看着像附着厉鬼，可打开案宗瞧里头，却又毫无异常。"

蔺承佑点点头："外头有煞气，说明这批案宗曾与怨气极重的案宗接触过；里头干净，说明这煞气并非来自这批案宗里的受害者。"

"你是说……"

"冤魂分明是另一份案宗的受害者。有人怕我们瞧出不对劲儿，提前把那份真正有问题的案宗藏起来了，送到长安来的，不过是些混淆视线的案呈。"

滕玉意一下来了兴趣："能经手这些旧案的只能是濮阳州府的人，胆敢私藏案宗，官职绝不会低。"

蔺承佑一哂："你想想，妖异等物往往凝集怨煞二气而生，濮阳近年来并无瘟疫灾祸，怎会无缘无故地闹出那样的大妖？依我看，或是当地有大冤案，或是贪官豪绅长期鱼肉乡里，而且并非一朝一夕之功，是长年累月酿成的。当地这帮狗官不敢往朝廷报，无非是怕牵扯出自己那些见不得人的勾当。"

滕玉意越听眼睛越亮："所以我们赶到濮阳之后先不急着捉妖，而是先顺着这条线弄明白那妖怪的来历。正如当初应对尸邪前，得先弄明白尸邪是前朝亡国公主；降伏耐重前，得先知道耐重因何成魔。"

说着她拊掌笑道："既然对方自作聪明，我们不如就从当地府衙开始查。"

蔺承佑边听边笑着点头，他的阿玉从来不用他多费唇舌。

"你再看看这是什么？"他一指箱笼深处。

滕玉意低头一望，从底下取出一个小匣子，匣子轻飘飘的，触手却冰寒刺骨，外头还贴着蔺承佑亲自画的符箓。

"这里头装着的……"滕玉意掂了掂盒子，"莫不是鬼？"

"不是鬼，是花妖。此妖花言巧语，最善惑人心性，当初为着修行吃了不少活人的心肝，被抓后一直被镇压在青云观。"蔺承佑坏笑道，"它被师公取走妖丹后，法力已大不如前，不过嘛，迷惑人心性的本领却丝毫不减。往日我常拿它来训练我那条银虫，这回就把它给你了。你把这花妖释出来训练你那对隐影玉虫翅，不出半个月它们就会大有长进，到濮阳捉妖时，它们就能大展身手了。"

滕玉意心里高兴极了，面上却狐疑："别告诉我这妖怪是你从师公那儿偷出来的。"

"知道还不犒劳犒劳我？"

滕玉意钩住蔺承佑的脖颈一阵狂亲，蔺承佑哪儿经得住这个，眼看舱门关得严实，干脆就势搂着妻子的腰往后一倒，一个翻身压住滕玉意，便要狠狠反亲几口。

滕玉意眼中蜜意荡漾，笑着扭头欲躲，面前霍然一亮，两只玉色蝴蝶竟从香囊里蹿了出来。

原来它们早闻到了箱笼里的妖气、煞气，只担心小主人应付不来，情急之下也就忘了训诫。

对此，蔺承佑自是没好气："让你们出来了吗？滚回去。"

两只玉虫翅自顾自地绕着滕玉意飞来飞去，显然把蔺承佑的话当作耳旁风，滕玉意"扑哧"一笑，捧着蔺承佑的脸亲了几口，在他耳边说了句什么。

"真的？"

"当然。"

蔺承佑耳根一烫，这才懒洋洋地翻身起来。

这会儿滕玉意已被濮阳奇案彻底勾起了兴趣，想了想，若要帮阿娘攒功德，首先要多多扶正黜邪，而不论是除妖还是对付恶人，都需一身本事，近日她的轻功和剑法突飞猛进，差的只是道术，于是举起盒子训导两只灵虫："瞧见了吧？这里头装着道行很高的妖怪，打败它算你们有本事，但如果半个月后你们还是没长进，日后就没有肉脯吃了。"

她训完这话就要把匣子里的妖怪释出，蔺承佑却说："等一等。"

他拉着滕玉意走到窗前桌边，从怀中取出一囊随身带着的朱砂，以水溶化后，用笔尖蘸了朱砂递给滕玉意。

"这叫兼修笔。道家中人再怎么行善除恶，修的也不过是自身之福，想要替旁人修行，就得专门在随身法器上写下那人的名字。这次到濮阳之后除了应对那只妖怪，还有那么多桩无头公案要查，我们夫妻联手一桩桩查下来，可以积下不少善缘。你提前在这对灵虫上写下二老的名字和生辰八字，就能把功德攒到岳丈和岳母身上了。"

滕玉意万没想到蔺承佑东拉西扯绕了一大圈，最后竟是为了解开她的心结，脸上泪痕未干，眼圈一下子又红了。她望了他一阵，哽声说好，抹了把泪接过笔，提笔在其中一只蝶翼上写下爷娘的名字和生辰八字。阿娘对她的疼爱，她此生无法偿还，阿爷这些年的不易，怪她知道得太迟，只要能帮爷娘修一修来生的福，无论什么法子她都愿意尝试。

两只灵虫也不乱飞了，而是留在原地乖乖地让主人摆弄自己的蝶翼。

做完这一切，滕玉意释然不少。蔺承佑在旁瞧着，不由得也松了口气，刚要把笔收回来，滕玉意却径自走到另一只隐影玉虫翅面前，提笔写下另两行字。第一行是他的生辰八字，第二行却是"蔺承佑长命百岁"。

蔺承佑怔在原地。这种祝福他在某个浴佛节的晚上也写过，那时候滕玉意身负恶咒、妖魔缠身，而他顾虑重重，无法对她表明心迹，怕她活不过十六岁，只好把爱意全写在祈福灯里。

此事滕玉意并不知情，两人心意相通后自不必再提，他没想到滕玉意有一日也会用相同的方式为他祈福。

滕玉意心满意足地写完字，回头看蔺承佑仍在发愣，便搁下笔走到他面前。

"想什么呢？"

蔺承佑忽然低头吻住她，这个吻与往日不同，又清甜又轻柔，有如月色下的清溪，缓缓流过两人的心田。窗外斜阳照水，窗内是一轴绮丽的画卷，一对金玉般的人相依相偎，不知不觉与金色夕阳融为一体。

不一会儿，外头有人敲门："师兄、嫂嫂，宽奴捕上来一条大鱼，个头足有我和弃智那么大！大伙儿正商量放生呢，你们快出来瞧瞧！"

蔺承佑顿了顿。绝圣、弃智头一回坐船，自是兴奋不已，上船后一个劲儿地在甲板上跑来跑去，跑累了就趴在船舷上聚精会神地看那奔流不息的河水。

他们玩到现在，终于想起师兄和嫂嫂了。

除了绝圣和弃智，甲板上还有五道等人的说笑声，蔺承佑再不情愿也只得松开滕玉意："要出去瞧瞧吗？"

还未到就寝时分，他们老腻在舱内似乎不大好，滕玉意只好点点头。

向外走时，滕玉意瞥见桌上放着的金弓，刚走到门口，忽又说："你先出去，我再换件衣服。"

蔺承佑这时已经拉开了门，不便再退回来："我在外头等你。"

滕玉意走到桌前拿起金弓端详，弓臂内侧一个不起眼的角落里，果然用朱砂写着两行字。

朱砂的颜色，宛如心尖上的血。

滕玉意呼吸微滞，那字明明写在法器上，却像篆刻在她的心房上，蒙了一阵，她放下金弓，提笔重新蘸了点儿朱砂，而后把自己腕子上的玄音铃拨弄一圈，选了一个最合适的位置，小心翼翼地在上头加了两行字。

待字迹干透，她秀面一低，微笑着在那三个字上亲了一口，这才搁下笔，开门出舱。

接下来这半个月，滕玉意和蔺承佑过得舒畅无比，或是在一处捕虾练武，或是释出花妖训练隐影玉虫翅，整日形影不离。

有时候他们什么也不做，只立在甲板上静静地眺望远方，但见汪洋广阔，与天相接，黄昏时分，又有彤云晚霞，相映绚烂。

晚上，月色流泻，清光可爱，两人便对坐着饮酒下棋。

不想吃干粮的时候，滕玉意就用红泥炉子烤些鲜蘑和鱼虾，配上橙齑和桃花醋，依次送到父亲滕绍和五道等人房中，因味道爽口，倒也获得了一片赞誉。

一到晚上，绝圣和弃智必然会赖在师兄的房里帮着画符听故事，五道也少不了跑到他们的船舱里讨酒吃。

每当酒足饭饱，五道就会拉着人坐在甲板上谈天说地，说到热闹处，淮南道的几个老将和缘觉方丈座下的弟子也会接过话头，一路走下来，滕玉意倒也听了不少民间奇闻。

他们越往南走，岸上风光越是蔚然绮绣。

又过了半个月，他们终于抵达濮阳境内。

这日傍晚，蔺承佑寻到房中，看妻子正对窗理妆，便用笔蘸了点儿胭脂，自告奋勇地帮她画花钿。

他画了许久不见好，滕玉意心下起疑，身子不敢乱动，只得转动一双乌溜溜的眼珠往上看，可惜什么也瞧不见。

"还要多久？"滕玉意嘟哝，"都画了半个时辰了，这哪儿是要给我画桃花妆，是要给我画一幅牡丹群宴吧？"

"有点儿耐心行不行啊？"蔺承佑捏住妻子的下巴，"别乱动，马上就大功告成了。"

他每一笔都落得异常认真，笔尖落在额心上凉丝丝的，滕玉意姑且又将疑惑压了下去，等得无聊了，眼珠子滴溜溜乱转，恰好瞧见桌上的锁魂豸。这银虫先前喝多了酒，这会儿正鼓着肚皮睡觉，伴随着每一声细小的呼噜，它的尾巴总会随之微微一卷。滕玉意一看不打紧，才发现锁魂豸尾尖上似乎写着一行字。

她待要细看，蔺承佑突然松开了她的下颔。

"好了。"

滕玉意捞起裙摆起身奔到床前，取出枕下的菱花镜一照，额间竟是一朵绚丽无比的玫瑰，花冠和花枝都有模有样，只是花形略大。

"还不错。"难怪他画了这么久。

蔺承佑丢下画笔："也不瞧瞧是谁画的。"

滕玉意美滋滋地对着镜子左顾右盼，看着看着，忽然觉得不大对劲儿，那粉色花瓣未免也太肥阔了，花枝的位置也不大对劲儿，她仔细分辨，发现花心里竟藏着一头小猪。

小猪通体粉红，有半个指甲盖大小，卧在玫瑰中，憨憨的似在打盹儿，线条虽简陋，但寥寥几笔尽显神韵。

"蔺承佑！"滕玉意蛾眉倒竖，然而房里哪儿还有蔺承佑的影子？

外头传来了蔺承佑的笑声。

滕玉意扔下菱花镜就追出去找他算账。

她刚追到甲板上，五道咋咋呼呼地找过来："可瞧见天色了？先前清虚子道长说这妖物不可小觑我们还不信，看这架势还真是非同小可。此妖到底什么来头，你们可有点儿头绪了？"

滕玉意抬头看，头顶黑云滚滚，一眨眼就天黑了，岸边白雾骤起，风里腥秽无比，这景象分明诡谲异常。

一望之下，她早把前头那桩事抛诸脑后了。

蔺承佑也露出玩味的表情："看样子不等我们去寻它，它已经迫不及待地来跟我们会面了。不急，昨晚我和阿玉想了个法子，绝圣、弃智，去把缘觉方丈和滕将军请来。"

众人很快到了房里，滕玉意在大伙儿面前展开她昨晚画好的一张阵形图。

"那怪物不但千变万化，还深谙水性，我和世子翻遍《妖典》，也没看到此种怪物，弄清它的底细前，不宜贸然动手……"

说话间，她扫了角落里的那堆濮阳旧案一眼，自打进入濮阳境内，岸上百姓大多衣衫褴褛。

"不过既然它找过来了，我们也有对策。绝圣、弃智，你们……"

绝圣、弃智挺起胸膛："是。"

蔺承佑只在一旁微笑听着，滕玉意如此如此这般这般地说了一通，诸人自是心悦诚服。

眼看船只离岸越来越近，众人本该做好准备下船，却又分头回房。

这时，岸边传来箫韶之乐，白雾中影影绰绰，不过须臾工夫，竟驶来好些画舫。

领头那艘船灯光如昼，甲板上花影交错，最前头站着两位肥头大耳的官员，后头则是一群珠绕翠围的歌姬。

两位官员脸上油光光的，老远就叉手作揖："听闻清元王殿下远道而来，下官吴仁、刘鹊德特来拜谒。"

船上静悄悄的。

两人疑惑地互望一眼，不敢怠慢半分，依旧带领歌姬们上船。

他们刚在甲板上站稳，冷不丁看到一位绯衣少年独自坐在席上。

月色下，少年丰神俊朗，却是笑容满面。

两位官员一眼就认出少年腰间的金鱼袋，吓得一凛，忙整衣理冠上前行礼。

"下官吴仁、刘鹊德，见过殿下。"

蔺承佑笑着拱手："吴刺史、刘将军，二位不必多礼。"

两位官员看他和颜悦色，不由得大松了一口气，忙又问："不知滕将军和缘觉方丈在何处？"

"尚在房中歇息，劳二位在此等候片刻。"

吴仁和刘鹊德擦擦额上的汗，含笑对身后的歌姬们说："殿下远道而来，想必早已乏累了，你们还不赶快上前伺候？"

"慢。"蔺承佑道。

歌姬们笑容一滞。

吴仁讪讪地道："殿下，这可是鄙州县最出挑的一批歌姬，头一回出来伺候人，难免……"

"没别的意思。"蔺承佑说，"我嫌她们臭罢了。"

歌姬们掩袖轻笑："殿下莫不是说笑，妾身才刚盥浴过。"

蔺承佑笑容不减："刚闻过香的，自然闻不惯臭的。"

歌姬们只当蔺承佑说笑，摇摇曳曳仍要上前，不提防脚下冒出一团火，走在最前头的歌姬险些被火苗烧到裙角，吓得连忙止步。

蔺承佑冷笑："真是不知好歹。"

吴仁和刘鹊德挥退歌姬，待要亲自上前，却听蔺承佑又说："且慢！二位可是最臭的那两个。"

吴、刘二人抬起袖子闻了闻，赧然地道："下官为了迎接殿下一行，来前特地焚香沐浴过。"

蔺承佑不紧不慢地抽出腰间的银链，笑道："焚香沐浴又如何？横竖洗不掉一身腥秽气。"

那两人愣了愣，蔺承佑眼中闪过厉色，手中银蛇已如流星般朝他们袭去。

刘鹊德吓得直往后退，吴仁右脚一跺，四周阴风暴起，不知从何处释出一团黑雾，从四面八方席卷而来，歌姬们个个变得殊形诡状，两手弯似铁钩，直朝蔺承佑扑去。

整场变故中，只有刘鹊德瑟瑟发抖、不知所措。

蔺承佑银链所触之处，立即激起一阵阵焦臭味，但那魅影层出不穷，很快将他团团围在中间。可他依旧不躲不闪，分明在等待什么。

说时迟那时快，半空中响起女子清脆的话声："瞧明白了吗？咬它！"

话音未落，凌空扑下两只大物，不叼吴仁，也不叼歌姬，而是径直冲向躲在一旁的刘鹊德。刘鹊德始料未及，一下被叼住了。

说来奇怪，刘鹊德一被咬住，吴仁和歌姬们就化作黑烟四散窜逃。

刘鹊德原本一副胆怯的嘴脸，这下变得阴戾非凡，忍痛仰头，却看到船舱上坐着个小娘子。

月光将小娘子的脸庞照得纤毫毕现，只见她笑意盈盈，宛若神仙中人，方才那两只神光隐隐的大蝴蝶就是从她背后冒出来的。

"你又是何人？"刘鹊德的嗓门突然变得很奇怪，在暗夜中听来，恍如毒蛇"咝咝"吐芯。

滕玉意一抬下巴："长安双邪没听说过吗？遇到我和他，今日你算死期到了。"

刘鹊德冷笑连连，转头纵入河水中，两只蝴蝶展开双翅，立即紧紧追上。

"它们法力不够，未必追得上。"蔺承佑回头，"来。"

滕玉意笑着往下一跃，正好扑到蔺承佑怀里。

"师兄、嫂嫂！"绝圣和弃智从另一头跳出来。

"今晚来的只是那妖怪底下的一个小怪，追上去看看老巢在何处。"

"好。"绝圣、弃智兴奋地挥剑追出。

这当口,五道和缘觉方丈驾着另一艘船疾驰而来,一下就拦在了那怪物面前。

滕玉意和蔺承佑松了口气。

滕玉意伏在蔺承佑背上,听得耳边风声"呼呼",心里说不出地兴奋,忽在他耳边道:"你是不是又在锁魂豸身上写东西了?"

"什么?"

"我都瞧见了。"

蔺承佑面不改色地道:"'长命百岁'呗。"

"不对,除了这个,还有一行字。"

蔺承佑拉长声调:"'这世上最好的小娘子长命百岁。'"

滕玉意甜笑一声。

蔺承佑反问:"你是不是也在玄音铃上写了东西?"

"你瞧见了?"

蔺承佑低声道:"昨晚在床上你搂我的时候瞧见的。"

滕玉意脸一红。

"你先别说。我知道,也是'长命百岁',对不对?"

"不对。你再猜。"

"那就是……"蔺承佑一笑,"'这世上最好的郎君长命百岁'。"

滕玉意伏在他肩上摇头:"还是不对。你再想想别的。"

他们忽听岸上绝圣、弃智大叫道:"别叫它跑了。哎哟,师兄、嫂嫂,快来帮忙!"

蔺承佑一路疾掠而去,口里却不闲着:"那就是'白头到老'?"

"再猜、再猜。"

蔺承佑低头看到水上两人的影子,如胶似漆,难分难舍,心中忽地一动:"莫不是'长命百岁,一生相随'?"

"……"

"猜对了?"

滕玉意在他脸上亲了一口,好在四周迷雾缭绕,倒也不担心被旁人瞧见。

"长命百岁,一生相随。"蔺承佑只觉心弦震荡,反复低声诵念了好几遍,"说好了,下辈子也是如此。"

滕玉意重重点头："有双生双伴结做证。"

蔺承佑回头亲她一口。

他们又听岸上五道嚷道："长安双邪，你们也太不地道了，都捉住了还不露面，快来收尾吧！"

两人相视一笑，朗声道："来了！"